台灣の讀者の皆さんへのコメント

越えて旅したことのない私の書いた小説が、
越えて多くの讀者の皆様のもとに届いていることを、
ら嬉しく思っています。
作品も、どうぞお樂しみいただけますように！

致親愛的台灣讀者

從未出國旅行的我，
這次很高興自己寫的小說能跨海與許多讀者見面，
希望這部作品能帶給您無上的閱讀樂趣。

宮部みゆき

作品集／14

Miyabe Miyuki

宮部美幸

劉姿君・王華懋・婁美蓮 譯／總導讀 文藝評論家 傅博

蒲生邸事件

がもうていじけん

蒲生邸事件

Contents

宮部美幸的推理文學世界

日本當代國民作家宮部美幸

近年來在日本的雜誌上，偶爾會看到尊稱宮部美幸爲國民作家。怎樣才能榮獲這個名譽呢？好像沒有確切的答案，然而綜觀過去被尊稱爲國民作家的作家生涯便不難看出國民作家的共同特徵。

明治維新（一八六八年）一百多年以來，被尊稱爲國民作家的爲數不多，夏目漱石和吉川英治是最早期的國民作家。夏目漱石是純文學大師，其作品具大眾性，一九一六年逝世至今，已歷九十年，其作品在書店仍然可見，代表作有《我是貓》、《少爺》等等。吉川英治是大眾文學大師，其作品有濃厚的思想性，對二次大戰戰敗的日本國民發揮了鼓舞的作用，其著作等身，代表作有《宮本武藏》、《新·平家物語》等等。

屬於戰後世代的國民作家有松本清張和司馬遼太郎。松本清張是社會派推理文學大師，其寫作範圍十分廣泛，除了推理小說之外，對日本古代史研究、挖掘昭和史等，留下不可磨滅的貢獻。司馬遼太郎是歷史文學大師，早期創作時代小說，之後撰寫歷史小說和文化論。這兩位作家的共同特徵是，著作豐富、作品領域廣泛、質與量兼俱。他們的思想對一九六〇年代後的日本文化發揮了影響力。

上述四位之外，日本推理小說之父江戶川亂步、時代小說大師山本周五郎，以及文學史上創作量最多、男女老少人人喜愛的赤川次郎也榮獲國民作家的尊稱。

綜觀以上的國民作家，其必備條件似乎是著作豐富、多傑作；作品具藝術性、思想性、社會性、娛樂性、普遍性；讀者不分男女，長期受到廣泛的老、中、青、少、勞動者以及知識份子的閱讀。

宮部美幸出道至今未滿二十年，共出版了四十三部作品，包括四十萬字以上的巨篇八部、長篇十五部、中篇集三部、短篇集十三部，非小說類有繪本兩冊、隨筆一冊、對談集一冊。以平均每年出版兩冊的數量來說，在日本並非多產作家，但是令人佩服的是，其寫作題材廣泛、多樣，品質又高，幾乎沒有失敗之作。所獲得的文學獎與同世代作家相較，名列第一，該得的獎都拿光了。質的成功與量成比例，是宮部美幸文學的最大武器，也是獲得國民作家之稱的最大因素。

宮部美幸，本名矢部美幸，一九六〇年十二月二十三日生於東京都江東區深川。東京都立墨田川高中畢業之後，到速記學校學習速記，並在法律事務所上班，負責速記，吸收了很多法律知識。一九八四年四月起在講談社主辦的娛樂小說教室學習創作。

一九八七年，〈吾家鄰人的犯罪〉獲第二十六屆《ＡＬＬ讀物》推理小說新人獎，〈鎌鼬〉獲第十二屆歷史文學獎佳作。一位新人，同年以不同領域的作品獲得兩種徵文比賽獎項實爲罕見。

前者是透過一名少年的觀點，以幽默輕鬆的筆調記述和舅舅、妹妹三人綁架小狗的計劃所引發的意外事件，是一篇以意外收場取勝的青春推理佳作，文風具有赤川次郎的味道。後者是以德川幕府時代的江戶（今之東京）爲時空背景的時代推理小說。故事記述一名少女追查試刀殺人的兇手之經過，全篇洋溢懸疑、冒險的氣氛。

要認識一位作家的本質，最好的方法就是閱讀其全部的作品。當其著作豐厚，無暇全部閱讀時，則是先閱讀其處女作，因爲作家的原點就在處女作。以宮部美幸爲例，其作品裡的偵探，不管是系列偵探或個案偵探，很少是職業偵探，大多是基於好奇心欲知發生在自己周遭的事件眞相，而做起偵探的非職業偵探，這些主角在推理小說是少年，在時代小說則是少女。其文體幽默輕鬆，故事收場不陰冷而十分溫馨，這些特徵在其雙線處女作之中已明顯呈現。

繼處女作之後的作品路線，即須視該作家的思惟了；有的一生堅持一條主線，不改作風，只追求同一主題，日本的推理小說家大多屬於這種單線作家——解謎、冷硬、懸疑、冒險、犯罪等各有專職作家。

另一種作家就不單純了，嘗試各種領域的小說，屬於這種複線型的推理作家不多，宮部美幸即是罕見的複線型全方位推理作家。她發表不同領域的處女作——推理小說和時代小說——同時獲得肯定，登龍推理文壇之後，此雙線成爲宮部美幸的創作主軸。

一九八九年，宮部美幸以《魔術的耳語》獲得第二屆日本推理懸疑小說大獎，拓寬了創作路線，由此確立推理作家的地位，並成爲暢銷作家。

宮部美幸作品的三大系統

這次宮部美幸授權獨步文化出版社，發行台灣版《宮部美幸作品集》二十七部（二十三部中有四部分為上下兩冊），筆者以這二十三部為主，按其類型分別簡介如下。

要完整歸類全方位作家宮部美幸的作品實非易事，然其作品主題是推理則毋庸置疑。筆者綜合故事的時空背景以及現實與非現實的題材，將它分為三大系統。第一類為推理小說，第二類時代小說，第三類奇幻小說，而每系統可再依其內容細分為幾種系列。

一、推理小說系統的作品

宮部美幸的出道與新本格派的崛起（一九八七年）是同一時期，其早期的作品可能受到此影響之外，文體、人物設定、作品架構等，可就是受到赤川次郎的影響了。所以她早期的推理小說大多屬於青春解謎的推理小說；許多短篇沒有陰險的殺人事件登場，大多是以日常生活中的家庭糾紛為主題，屬於日常之謎系列的推理小說不少。屬於本系列的有：

1.《吾家鄰人的犯罪》（短篇集，一九九〇年一月出版）收錄處女作以及之後發表的青春推理短篇四篇。早期推理短篇的代表作。

2.《完美的藍天》（長篇，一九八九年二月出版／獨步文化版．宮部美幸作品集01——以下只記集號）「元警犬系列」第一集。透過一隻退休警犬「正」的觀點，描述牠與現在的主人——蓮見偵探事務所調查員加代子——的辦案過程。故事是正和加代子找到離家出走的少年，在將少年帶回家的途中，目睹高中棒球明星球員（少年的哥哥）被潑汽油燒死的過程。在搜查過程中浮現的製藥公司的陰謀是什麼？「完美的藍天」是藥品名。具社會派氣氛。

3.《令人著迷——正之事件簿》（連作短篇集，一九九七年十一月出版／16）「元警犬系列」第二集。收錄〈令人著迷〉等五個短篇，在第五篇〈正的辯明〉裡，宮部美幸以事件委託人登場。

4.《今夜難眠》（長篇，一九九二年二月出版／06）「島崎俊彥系列」第一集。透過中學一年級生緒方雅男的觀點，記述與同學島崎俊彥一同調查一名股市投機商贈與雅男母親五億圓後，接獲恐嚇電話、父親離家出走等事件的眞相，事件意外展開、溫馨收場。

5.《連作夢也沒想到》（長篇，一九九五年五月出版／13）「島崎俊彥系列」第二集。在秋天的某個晚上，雅男和俊男兩人參加白河公園的蟲鳴會，主要是因爲雅男想看所喜歡的工藤小姐一眼，但是到了公園門口，卻碰到殺人事件，被害人是工藤的表姊，於是兩人開始調查眞相，發現事件背後的賣春組織。具社會派氣氛。

6.《無止境的殺人》（長篇，一九九二年九月出版／08）將錢包擬人化，由十個錢包輪流講自己所見的主人行爲而構成一部解謎的推理小說。人的最大欲望是金錢，作者功力非凡，藉由放錢的錢包揭開十個不同的人格，而構成解謎之作，是一部由連作構成的異色作品。

7.《繼父》（連作短篇集，一九九三年三月出版／09）「繼父系列」第一集。一個行竊失風的小偷，摔落至一對十三歲雙胞胎兄弟家裡，這對兄弟的父母失和，留下孩子各自離家出走，於是兄弟倆要求小偷當他們的爸爸，否則就報警，將他送進監獄，小偷不得已，承諾兄弟倆的要求當了繼父。不久，在這奇妙的家庭裡，發生七件奇妙的事件，他們全力以赴解決這七件案件。典型的幽默推理小說集。

8.《寂寞獵人》（連作短篇集，一九九三年十月出版／11）「田邊書店系列」第一集。以第三人稱多觀點記述在田邊舊書店周遭所發生的與書有關的謎團六篇。各篇主題迥異，有命案、有日常之謎、有異常心理、有懸疑。解謎者是田邊舊書店店主岩永幸吉和孫子稔。文體幽默輕鬆，但是收場不一定明朗，有的很嚴肅。

以上八部可歸類爲解謎推理小說，而從文體和重要登場人物等來歸類則是屬於幽默推理、青春推理爲多。屬於這個系列的另有以下兩部。

9.《地下街之雨》（短篇集，一九九四年四月出版）。

10.《人質卡濃》（短篇集，一九九六年一月出版）。

以下十部的題材、內容比較嚴肅，犯罪規模大，呈現作者的社會意識。有懸疑推理、有社會派推理、有報導文體的犯罪小說。

11.《魔術的耳語》（長篇，一九八九年十二月出版／02）獲第二屆日本推理懸疑小說大獎的社會派推理傑作。三起看似互不相干的年輕女性的死亡案件，和正在進行的第四起案件如何演變成連續殺人案。十六歲的少年日下守，爲了證實被逮捕的叔叔無罪，挑戰事件背後的魔術師的陰謀。宮部美幸早期代表作。

12.《Level 7》（長篇，一九九〇年九月出版／03）一對年輕男女在醒來之後失去記憶，手臂上被印上「Level 7」；一名高中女生在日記留下「到了 Level 7 會不會回不來」之後離奇失蹤。尋找自我的男女，和尋找失蹤的女高中生的眞行寺悅子醫師相遇，一起追查 Level 7 的陰謀。兩個事件錯綜複雜，發展爲殺人事件。宮部後期的奇幻推理小說的先驅之作、早期代表作。

13.《獵捕史奈克》（長篇，一九九二年六月出版／07）持散彈槍闖入大飯店婚宴的年輕女子關沼惠子、欲利用惠子所持的槍犯案的中年男子織口邦雄、欲阻止邦雄陰謀的青年佐倉修治、欲去探望病倒的妻子的優柔寡斷的神谷尙之、承辦本案的黑澤洋次刑警，這群各有不同目的的人相互交錯，故事向金澤之地收束。是一部上乘的懸疑推理小說。

14.《火車》（長篇，一九九二年七月出版）榮獲第六屆山本周五郎獎。停職中的刑警本間俊介受親戚栗坂和也之託，尋找失蹤的未婚妻關根彰子，在尋人的過程中，發現信用卡破產猶如地獄般的現實社會，是一部揭發社會黑暗的社會派推理傑作，宮部第二期的代表作。

15.《理由》（長篇，一九九八年六月出版）二〇〇一年榮獲第一百二十屆直木獎和第十七屆日本冒險小說協會大獎。東京荒川區的超高大樓的四十樓發生全家四人被殺害的事件。然而這被殺的四人並非此宅的住戶，而這四人也不是同一家族，沒有任何血緣關係。他們爲何僞裝成家人一起生活？他們到底是什麼人？又想做什麼？重重的謎團讓事件複雜化，事件的眞相是什麼？一部報導文學形式的社會派推理傑作。宮部第二期的代表作。

16.《模倣犯》（百萬字長篇，二〇〇一年四月出版）同時榮獲第五十五屆每日出版文化獎特別獎，二〇〇二年同時榮獲第五屆司馬遼太郎獎和二〇〇一年度藝術選獎文部科學大臣獎文學部門獎。在公園的垃圾堆裡，同時發現女性的右手腕與一名失蹤女性的皮包，不久兇手打電話到電視公司和失主家中，果然在兇手所指示的地點發現已經化爲白骨的女性屍體，是利用電視新聞的劇場型犯罪。不久，表面上連續殺人案一起終結了，之後卻意外展開新局面。是一部揭發現代社會問題的犯罪小說，宮部文學截至目前爲止的最高傑作，推理文學史上的不朽名著。

17.《Ｒ・Ｐ・Ｇ》（長篇，二〇〇一年八月出版／22）在食品公司上班的所田良介於杉並區的建築工地被刺死，在他的屍體上找到三天前在澀谷區被絞殺的大學女生今井直子身上所發現的同樣纖維，於是兩個轄區的警察組成共同搜查總部，而曾經在《模倣犯》登場的武上悅郎則與在《十字火焰》登場的石津知佳子連袂登場。是一部現今在網路上流行的擬似家族遊戲爲主題的社會派推理小說。

宮部美幸的社會派推理作品尚有：

18.《東京下町殺人暮色》（原題《東京殺人暮色》，長篇，一九九〇年四月出版）。

19.《不必回信》（短篇集，一九九一年十月出版）。

20.《誰？》（長篇，二〇〇三年十一月出版）。

二、時代小說系統的作品

時代小說是與現代小說和推理小說鼎足而立的三大大眾文學。凡是以明治維新之前爲時代背景的小說，總稱爲時代小說或歷史・時代小說。

時代小說視其題材、登場人物、主題等再細分爲市井、人情、股旅（以浪子的流浪爲主題）、劍豪、歷史（以歷史上的實際人物爲主題）、忍法（以特殊工夫的武鬥爲主題）、捕物等小說。

捕物小說又稱捕物帳、捕物帖、捕者帳等，近年推理小說的範疇不斷擴大，將捕物小說稱爲時代推理小說，歸爲推理小說的子領域之一。捕物小說的創作形式是日本獨有，其起源比日本推理小說早六年。一九一七年，岡本綺堂（劇作家、劇評家、小說家）發表《半七捕物帳》的首篇作的《阿文的魂魄》，是公認的捕物小說的原點。

據作者回憶，執筆《半七捕物帳》的動機是要塑造日本的福爾摩斯——半七，同時欲將故事背景的江戶的人情和風物以小說形式留給後世。之後，很多作家模倣《半七捕物帳》的形式，創作了很多捕物小說。

由此可知，捕物小說與推理小說的不同之處是以江戶的人情、風物爲經，謎團、推理爲緯而構成的小說。因此，捕物小說分爲以人情、風物爲主，與謎團、推理取勝的兩個系統。前者的代表作是野村胡堂的《錢形平次捕物帳》，後者即以《半七捕物帳》爲代表。

宮部美幸的時代小說有十一部，大多屬於以人情、風物取勝的捕物小說。

21.《本所深川怪異草紙》（連作短篇集，一九九一年四月出版／05）「茂七系列」第一集。榮獲第十三屆吉川英治文學新人獎。江戶的平民住宅區本所深川，有七件不可思議的事象，作者以此七事象爲題材，結合犯罪，構成七篇捕物小說。破案的是回向院捕吏茂七，但是他不是主角，每篇另有主角，大多是未滿二十歲的少女。以人情、風物取勝的時代推理佳作。

22.《幻色江戶曆》（連作短篇集，一九九四年八月出版／12）「茂七系列」第二集。以江戶十二個月的風物詩爲題，結合犯罪、怪異構成十二篇故事。辦案的是茂七，但仍然不是主角。以人情、風物取勝的時代推理小說。

23.《最初物語》（連作短篇集，一九九五年七月出版，二〇〇一年六月出版珍藏版，增補一篇作品／21）「茂七系列」第三集。以茂七爲主角，記述七篇茂七與部下系吉和權三辦案的經過，作者在每篇另有記述與故事沒有直接關係的季節食物掌故，介紹江戶風物詩。人情、風物、謎團、推理並重的時代推理小說。

24.《顫動的岩石——通靈阿初捕物控1》（長篇，一九九三年九月出版／10）「阿初系列」第一集。破案的主角是一名具有通靈能力的十六歲少女阿初，她看得見普通人看不見的東西，而且一般人聽不到的聲音也聽得到。某日，深川發生死人附身事件，幾乎與此同時，武士住宅裡的岩石開始顫動。這兩件靈異事件是否有關聯？背後有什麼陰謀？一部以怪異取勝的時代推理小說。

25.《天狗風——通靈阿初捕物控2》（長篇，一九九七年十一月出版／15）「阿初系列」第二集。天亮刮起大風時，少女一個一個地消失，十七歲的阿初在追查少女連續失蹤案的過程中遇到邪惡的天狗。天狗的眞相是什麼？其陰謀是什麼？也是以怪異取勝的時代推理小說。

26.《糊塗蟲》（長篇，二〇〇〇年四月出版／19．20）「糊塗蟲系列」第一集。深川北町的鐵瓶大雜院發生殺人事件後，住民相繼失蹤，是連續殺人案？抑是另有陰謀？負責辦案的是怕麻煩的小官岩井平四郎，協助他破案的是聰明的美少年弓之助。本故事架構很特別，作者先在冒頭分別記述五則故事，然後以一篇長篇與之結合，構成完整的長篇小說。以人情、推理並重的時代推理傑作。

27.《終日》（長篇，二〇〇五年一月出版／26．27）「糊塗蟲系列」第二集。故事架構與第一集一樣，在冒頭先記述四則故事，然後與長篇結合。負責辦案的是糊塗蟲岩井平四郎，協助破案的除了弓之助之外，回向院茂七的部下政五郎也登場，作者企圖把本系列複雜化，或許將來作者會將幾個系列納爲一大系列。也是人情、推理並重的時代推理小說。

以上三系列都是屬於時代推理小說。案發地點都在深川，但是每系列各具特色，有以風情詩取勝，也有以人際關係取勝，也有怪異現象取勝，作者實爲用心良苦。宮部美幸另有四部不同風格的時代小說。

28.《扮鬼臉》（長篇，二○○二年三月出版／23）深川的料理店「舟屋」主人的唯一女兒阿倫，發燒病倒，某日一個小女孩來到其病榻旁，對她扮鬼臉，之後在阿倫的病榻旁連續發生可怕又可笑的不可思議的事，於是阿倫與他人看不見的靈異交流。一部令人感動的時代奇幻小說佳作。

29.《怪》（奇幻短篇集，二○○○年七月出版）。

30.《鎌鼬》（人情短篇集，一九九二年一月出版）。

31.《寬恕箱》（人情短篇集，一九九六年十一月出版）。

三、奇幻小說系統的作品

史蒂芬．金的恐怖小說和奇幻小說《哈利波特》成爲世界暢銷書後，原處於日本大眾文學邊緣的奇幻小說獲得成長發展的機會，漸漸確立了其獨立地位，而宮部美幸的奇幻小說就是在這欣欣向榮的機運中誕生的。她的奇幻作品的特徵是超越領域與推理小說結合。

32.《龍眠》（長篇，一九九一年二月出版／04）榮獲第四十五屆日本推理作家協會獎的長篇獎。週刊記者高坂昭吾在颱風夜駕車回東京的途中遇到十五歲的少年稻村愼司，少年告訴記者：「我具有超能力。」他能夠透視他人心理，愼司爲了證明自己的超能力，談起幾個鐘頭前發生的事件眞相，從此兩人被捲入陰謀。是一部以超能力爲題材的奇幻推理傑作，宮部早期代表作。

33.《十字火焰》（長篇，一九九八年十一月出版／17．18）青木淳子具有「念力放火」的超能力。有一天她撞見了四名年輕人欲殺害人，淳子手腕交叉從掌中噴出火焰殺害了其中的三個人，另一個逃走了。勘查現場的石津知佳子刑警，發現焚燒屍體的情況與去年的燒殺案十分類似。也是一部以超能力爲題材的奇幻推理大作。

34.《蒲生邸事件》（長篇，一九九六年十月出版／14）榮獲第十八屆日本ＳＦ大獎。尾崎高史爲了應考升學補習班上京，其投宿的飯店發生火災，因而被一名具有「時間旅行」的超能力者平田次郎搭救到一九三六年二月二十六日的二．二六事件（近衛軍叛亂事件）現場，兩名來自未來的訪客能否阻止起義而改變歷史？也是一部以超能力爲題材的奇幻推理大作。

35.《勇者物語——Brave Story》（八十萬字長篇，二〇〇三年三月出版／24．25）念小學五年級的三谷亘的父母不和，正在鬧離婚，有一天他幻聽到少女的聲音，決心改變不幸的雙親命運，打開幽靈大廈的門，進入「幻界」到「命運之塔」。全書是記述三谷亘的冒險歷程。一部異界冒險小說大作。

除了以上四部大作之外，屬於奇幻小說的作品尚有以下四部：

36.《鴿笛草》（中篇集，一九九五年九月出版）。

37.《僞夢１》（中篇集，二〇〇一年十一月出版）。

38.《僞夢２》（中篇集，二〇〇三年三月出版）。

39.《ＩＣＯ——霧之城》（長篇，二〇〇四年六月出版）。

以上三十九部是小說。另有四部非小說類從略。

如此將宮部美幸自一九八六年出道以來，一直到二〇〇五年底所出版的作品，歸類爲三系統後，再按時序排列，便很容易看出作者二十年來的創作軌跡，也可預見今後的創作方向。請讀者欣賞現代，期待未來。

二〇〇五・十二・二十三

本文作者簡介

傅博

文藝評論家。另有筆名島崎博、黃淮。一九三三年出生，台南市人。於早稻田大學研究所專攻金融經濟。在日二十五年以島崎博之名撰寫作家書誌、文化時評等。曾任推理雜誌《幻影城》總編輯。一九七九年底回台定居。主編《日本十大推理名著全集》、《日本推理名著大展》、《日本名探推理系列》以及日本文學選集（合計四十冊，希代出版）。

娛樂小說女王施展手藝

宮部美幸是當代日本推理小說界的女王級作家。自從一九八七年以《吾家鄰人的犯罪》獲得了第二十六屆ALL讀物推理小說新人賞以後，二十年來，她問世的作品超過四十本。期間得到的獎賞也多達十項：包括歷史文學賞佳作入選、日本推理懸疑小說大賞、日本推理作家協會賞、吉川英治文學新人賞、山本周五郎賞。從創作經歷可以看出，從推理小說出發的宮部美幸逐漸開拓了歷史小說、社會小說等不同的領域。

本書《蒲生邸事件》獲得了一九九七年的日本ＳＦ大賞以後，第二年《理由》一書為她帶來了娛樂小說的最高峰直木賞。進入了二十一世紀後，《模倣犯》更一次贏得了三個獎：每日出版文化賞特別賞、司馬遼太郎賞以及藝術選獎文部科學大臣賞。可以說，宮部美幸的實力在日本早就是公認的。

宮部美幸（本名：矢部美幸）一九六〇年十二月二十三日出生於東京東部江東區。（她生日跟另一位著名推理小說家綾辻行人完全一致。九二年，他們同時獲得第四十五屆日本推理作家協會賞。）從東京都立墨田川高中畢業以後，她任職於法律事務所，二十三歲時開始寫小說。當年，出版界巨人講談社為了培養新作家而開辦娛樂（Entertainment）小說教室；宮部美幸以及後來同樣是直木賞得主的篠田節子（一九五五年出生，原地方政府職員）都是邊上班邊在此學習小說創作的。

三年以後，宮部作品獲得新人賞，順利登上了文壇。

九〇年代中，有一段時間宮部美幸和高村薰（一九五三年出生，原商社職員）被認爲是日本推理小說界的兩大女王。跟宮部和篠田一樣，高村也是做了好幾年的普通文書職員以後，才下決心當職業作家而實現了夢想的。後來，高村作品的內容風格越來越嚴肅，亦常在報紙上評論時事、經濟等問題。但宮部美幸走的路線可不同：她貫徹娛樂作家的王道。不僅寫推理、歷史、社會小說，她也寫少年小說，甚至爲電玩遊戲《ICO》寫了一部小說。

矮個子、娃娃臉、加上酷愛電玩遊戲，雖說是不折不扣的大作家，宮部美幸的形象向來令人覺得好親切。她跟日本推理小說界的另一位明星京極夏彥都屬於老一輩作家大澤在昌經營的經紀公司，每每三人一起辦宣傳活動，必會引起媒體的注意。她與女演員室井滋私交甚篤，也出版過兩人的對談集兩本。

本書《蒲生邸事件》是推理、歷史、科幻、戀愛四種小說的混合體；可以說娛樂小說女王施展了全方位手藝。故事發生於一九九四年，十八歲的尾崎孝史沒有考上大學，爲了捲土重來而打算在補習班待一年。當他到東京辦理入學手續時，在平河町的老飯店遇上了火災，情急之下有人救了他，只是沒想到，那個人竟把孝史帶到一九三六年二月二十六日，正在發生歷史性大事（史稱二二六事件）的東京去。

所謂「二二六事件」，發生於一九三六年二月二十六日大雪籠罩的東京。一群陸軍的青年軍官發動武裝政變，好幾個政府高層遭到暗殺。結局雖然得不到天皇的支持而被鎮壓，但從此以後，軍部的力量壓倒政府，日本開始走向軍國主義道路。這個近代歷史的轉折點，向來是許多專家研究的重點。最近也有個評論家出了一本書專門討論該事件對作家三島由紀夫形成右派思想的影響。

然而，五十多年後的日本年輕人，對自己國家的歷史幾乎一無所知。通過時間旅行抵達了陸軍大將蒲生憲之宅第的孝史，開始在蒲生邸幫傭。他努力理解本國歷史，也試圖解決在密室發生的案件，同時他更企圖救助註定將在戰爭中遇難的年輕女傭。最後，孝史在回到現代前跟她交換的諾言，在五十多年以後的世界到底會不會兌現？

蒲生憲之是宮部美幸創作的虛構人物。書中記述他的宅第戰後化身成平河町第一飯店，也從來不存在。二十世紀末的小伙子跟三〇年代女傭之間的淡淡戀情更是全盤空想出來的。儘管如此，這樣厚厚的一本書，還是能一直抓住讀者的興致而不放。連對時間旅行者的感受，我們都能夠同情。這就是女王寫書的實力。

無論你是在去出差的飛機上，還是在度假的海灘上，或者在失眠的床上，宮部美幸保證帶給你百分之百的娛樂。她是小說的手藝人、匠人、達人，絕對不會讓讀者失望的。這一點我覺得非常值得佩服。

本文作者簡介

新井一二三

日本東京人，早稻田大學政治經濟學系畢業。大學期間公費留學中國大陸，後來作爲自由作家到加拿大，香港等地旅居十多年。現已回日本定居，從事中日文寫作，兼任明治大學講師。

東瀛專訪

國民作家的大師風采——當獨步遇見宮部美幸

二〇〇五年底，城邦出版集團開始籌備台灣首家日本推理專門出版社「獨步文化」的成立工作，計畫在本土一片日本推理熱中以穩紮穩打、長期經營的模式持續耕耘此一文類。而支持這樣想法的正是出版社手上一字排開來的超重量級作家名單——宮部美幸、東野圭吾、松本清張、橫溝正史、土屋隆夫、桐野夏生、京極夏彥、伊坂幸太郎、乙一等，其中又以宮部美幸最受台灣讀者的喜愛，這一點在隔年，即二〇〇六年台北國際書展《龍眠》一書推出後創下兩週將近萬本的銷量可見一斑。

兩年來讀者不斷表達希望邀請宮部美幸來台的呼聲更高了，出版社也更積極地與作家版權代理及經紀公司接洽，終於在三月上旬的某週末突然接獲雖暫時不能訪台，但樂意在六天後採訪的通知。當時出版社眞是憂喜參半，畢竟扣除兩天假日、一天去程飛行，只剩三個工作天，要在三天內做好所有準備眞是嚴酷的考驗。所幸採訪宮部美幸的相關作業已進行多次研商及沙盤推演，於是乎包括中天電視、中時開卷版、採訪者作家藍霄醫師、出版社工作人員，大隊人馬浩浩蕩蕩地開拔了。

在東京極富傳統氛圍的老社區，五星級飯店的會議室裡，我們終於見到了這位左手書寫時代小說、右手撰寫現代推理的日本文壇天后——宮部美幸。一位滿臉笑容、親切有禮，對於採訪問題知無不言、言無不盡，配合著豐富表情和手勢，滿懷誠意地將她對推理小說、對寫作、對讀者（尤其是青少年讀者）的熱愛傳達出來的「鄰家女孩」。是的，宮部美幸給人的印象正是個清新可人的「鄰家女孩」。

以下是這位平成國民作家接受採訪的完整內容。

時間：二〇〇六年三月十七日下午一點三十分

地點：東京日本橋ROYAL PARK HOTEL

採訪者：藍霄（以下簡稱藍）、陳蕙慧（以下簡稱陳）

陳：宮部小姐的作品無論是長篇或短篇，社會議題或幽默類型，都深受讀者的喜愛。其中又以幽默短篇最少，卻又最受到矚目。例如台灣有許多讀者都非常喜歡《繼父》，請問您會再寫《繼父》續篇嗎？

宮部：日本也有很多讀者喜歡《繼父》。這是我很早期的作品，我也曾經考慮過寫續集，但終究未能成功。在日本將作家的早期作品稱爲年輕力作，這是我十七年前的作品，如果我想繼續寫，不知道會呈現出怎樣的面貌呢？

我非常感謝台灣的讀者喜歡我的作品。我的作品能夠跨越海洋，得到大家的喜歡，令我甚爲感激。其實我並不習慣旅行，而且怕坐飛機，作爲一名作家而言，或許是件奇怪的事，所以我無法去台灣。本來我應該去台灣和大家見面的，直接和各位接觸，讓大家知道名爲宮部美幸的作家就是這樣的人。因此我很感激這次能透過貴社的盛情安排，在電視螢幕上與大家見面。

陳：如果請您從作品中挑選一部最喜歡的作品會是哪一部？原因是？

宮部：對我來說，每一部作品都像是自己的孩子，每個孩子都有其可愛之處。像你們剛才提到的《繼父》，也是我非常喜歡的作品。這本書最近還重新出版了針對十歲到十二、三歲的少年少女的新版本。我本身也非常高興，這本書即將和這些孩子見面了。因此要在自己的作品中選擇一部最喜歡的，是很困難的事情。

陳：您作品的書名是怎麼決定的？例如《繼父》、《無止境的殺人》、《火車》，怎樣構思書名？是有了故事大綱就有了書名？還是寫了一半、或全部寫完，才決定書名？

宮部：我在開始下筆之際就決定書名了，在決定故事大綱時，就已經有書名了。如果沒有定下書名，我無法開始寫作。不過某些時代小說，因爲寫得不太順手，常猶豫該用什麼書名，甚至更改過兩、三次。如果現在叫我再來想那些作品，我可能又會改用其他書名。

藍：您覺得推理小說最大的魅力是什麼？寫作上有沒有特別需要的技巧？

宮部：對我們這些創作者而言，這眞是永恆的命題。就我而言，我希望以某種形式來展現謎團，最後又令讀者感到「啊，原來如此」。我覺得這是推理小說最大的魅力。

藍：做爲一個推理小說家，您怎樣界定「犯罪」？

宮部：現實生活中總是存在著犯罪。這幾年，日本發生了許多駭人聽聞、令人難以理解的案件。與其說出人意料，不如說因爲在太過日常的情境中發生，因此令人感到不可思議。比如說在安靜的住宅區、小孩子放學的路上而發生了案件，讓人感到這世界變得不可理喻。推理小說總是處理犯罪題材，該如何界定犯罪，是一個很大的問題。正因爲無法確定什麼是犯罪、無法眞正理解犯罪，所以我總是在創作之中試圖理解和探究犯罪究竟是什麼。

藍：宮部文學最大的特色即在「以日常爲出發點」的推理，這跟您成長的背景有關嗎？有何理念？

宮部：我從小到大的生活場所和方式都沒有什麼變化。我總是處於日常生活之中，所以自然就會從日常生活發現素材並加以使用。

藍：即使是以「超能力」爲主題的奇幻小說（如《龍眠》、《勇者物語》、《蒲生邸事件》）也立基在現實的世界，但所要表達的又是個人與社會、個人與宇宙，甚至個人與歷史之間的關係，請問這樣的嘗試對您有何意義？

宮部：我的作品中的個人與歷史、個人與世界的關係，其實並沒有具體的模樣。比如說我和一個人談話，接著又和另一個人談話，談話的當時並沒有什麼特別的感受，但事後一想，會發現這些談話之間有著某種共通性。不僅僅是我，以現代爲舞台創作的日本作家們都會思考此刻活著的個人與世界的關係，人類該如何做才能幸福？案件又是怎麼發生的？我想所有日本的作家都邊思考著這些主題在寫作的。

陳：您接下來有什麼新作的預定嗎？

宮部：今年夏天我會出版一本現代的推理小說。今年之內可能還會再出一本，目前我在報紙上連載這部作品，連載將在夏天結束，之後就會出版單行本，現在正和出版社商量本書的出版事宜。

陳：您在開始寫新作品之前，會設定要寫什麼類型的作品嗎？還是由編輯提出要求？

宮部：通常都是由我決定的，這部給雜誌，這部給報紙，這部給週刊雜誌。例如說已經在這裡寫了歷史推理小說，如果另一個刊登媒體也寫歷史相關的作品時會比較累，因此就寫點開心的隨筆之類。不過所謂報紙或雜誌的連載，並無法全憑作者的希望自由寫作，要是在我之前連載的作家寫的是以現代日本爲舞台的推理小說，如果我也寫同樣的東西，那麼讀者就會覺得沒意思。因此我會根據編輯的要求和對方商量，我接下來就寫江戶時代的故事。通常就是這樣一邊商量一邊進行連載的。如果對方要求寫幽默的作品，但是我沒有靈感的話，就直說現在沒有靈感，所以寫些別的什麼吧等等。我都是這樣和編輯一邊商量一邊創作的。

陳：很多類型小說作家都固守自己熱愛的領域，像您這樣各種領域都有表現的作家實在非常稀少。另外北上次郎說《龍眠》是一本優秀的戀愛小說，但是您似乎還未寫過以戀愛爲主要元素的作品，將來有這個可能嗎？

宮部：推理小說就夠難了，戀愛小說更是困難，因爲戀愛充滿了謎團。像是單戀就是一件很不容易弄清楚的事情。例如說這裡有一個受害者倒在地上，在推理小說中這個謎團是很清楚易懂的。當然，戀愛的謎團和推理小說的謎團是截然不同的，可是我的確沒有嘗試寫戀愛小說的勇氣。對我來說，因爲我本身即是喜歡動作、驚險、推理這一類作品的讀者，所以自己的創作也都是這一類的作品。當然其中也可以加入戀愛的要素，比如說有人被殺了，犯人就在這某些人之中，而其中原本相愛的兩個人也不得不懷疑是對方所爲，那麼心裡當然會很痛苦。我希望在這些地方使用戀愛的元素。不過我也會想嘗試寫戀愛小說，只是如果沒有很豐富的經驗，大概無法寫出優秀的戀愛小說吧。對我而言是件很難的事情。

藍：在您創造角色的過程中，會從哪裡開始發想？又怎麼把它延伸到小說之中呢？

宮部：我是先決定書名和大綱的，或者說，我總是先想出故事結局的場景。首先是書名，然後是結局，在那個場景中，所有重要人物都到齊了。這些人物與故事共存，如果這些人物不出現，是不可能會有故事的。所以，人物尤其是主要人物，是與故事一同存在的，並不需要特別塑造。另外，可能和問題稍微無關的事：我不擅長讓同一個人物存在於各種系列作品之中。因爲我書中的人物是與故事共存亡的，所以一個故事結束了，人物的一生也就結束了，很難讓一個人一下子出現在這個故事，一下子出現在那個故事。

藍：在您的小說中對抗「日常重大事故之謎」的通常是少年或是少女（例如《模倣犯》、《魔術的耳語》、《繼父》、《今夜難眠》等等），請問這有什麼特殊的原因嗎？

宮部：我的作品中之所以常常出現少年和少女，也許是因爲我認爲也希望他們總是代表著某個時代裡的那道純潔的風景。而且他們在社會上是處於弱者的位置，很多地方都需要忍耐。我希望他們不會輸給現實的成人，這樣一來，連我自己也感到很快樂。如果是一個成年人，我會覺得他們完成或解決某件事是理所當然的，因爲他們是成人啊。但是年輕人努力地解決案件一事，會令我感到非常暢快，想替他們加油。

藍：在宮部小姐的小說中，對於人物的刻劃有非常細緻之處，但是又幾乎從不描寫人物的長相，請問有什麼特別的原因？而您是如何觀察生活周遭的人呢？從哪些角度及層面觀察他們的行爲及生活呢？

宮部：我不描寫人物尤其是主人公的外形，是有明確理由的，因為我希望讀者能夠一邊想像著自己最喜歡的類型一邊讀我的書。一百個人有一百種喜歡的類型，有人喜歡高個子，有人喜歡小個子，有人喜歡魁梧的，有人喜歡清瘦的。也可以將自己討厭的人的長相，像是欺負自己的上司，套到犯人身上。不過最近我有一本書則是故意打破了這個習慣，那本書裡有插圖，插圖的人物模樣與我想像的主人公完全一樣的，那位插畫家是日本非常受歡迎的漫畫家。之所以會有插圖，是因為我希望讀者不要有其他想像了，最準確的人物模樣就在插圖之中。不過其他作品都請讀者自由想像。

說到日常生活，我的生活幾乎沒有什麼改變。我總是在在同樣的地方買東西，在同一個車站搭電車或巴士，在這些地方和超市裡觀察周圍的人穿些什麼、買了什麼，以及一邊買東西一邊聊些什麼。即使不是刻意搜集，這些事情也都自然地落在我眼中和耳畔。即使只是零星的談話，也能讓我覺得剛剛那句話挺有意思的。又或者看到穿著打扮有趣的人，也會想，可以用在下次的哪部新作品吧。所以我不會缺少素材，觀察周遭的生活狀況本來就充滿樂趣。

藍：有哪些作品的取材是來自於律師事務所的工作經驗？以松本清張先生來說，似乎每日閱讀大量的書報雜誌與剪輯新聞摘要是必要的工作，而推理小說的犯罪小說化，也需要大量的情報知識，宮部小姐除了持續的閱讀與自身的過去工作歷練外，怎麼去處理想要撰寫題材的資料？

宮部：我運用在法律事務所工作的經驗而寫成的作品，最明顯的是《火車》，如果沒有在法律事務所工作的經驗，就沒有這部作品。至於我為何去法律事務所工作？其實是因為我喜歡推理小說，對律師事務所有一種憧憬。總之，我並不是因為在法律事務所工作才喜歡推理小說，而是先喜歡推理小說，才到法律事務所工作。所以，並不是說我從法律事務所學到了非常多事情，不過《火車》的確是由此而來。我平日看報紙，也認眞看電視新聞，說不上有什麼特殊的資訊來源。我挺落後的，現在也還不會上網，也沒有自己的電子郵件信箱。如果會上網，可能有更多的資訊來源，但我非常不擅長使用機器產品，所以還是以報紙、新聞和報導文學的書籍爲主要資訊來源。

藍：我們知道您也創作了許多時代小說，請問您寫作的契機是？這兩年來您發表的作品幾乎都是時代小說，接下來還會延續此一方向嗎？新作品的預定是？

宮部：我本來就很喜歡時代小說，從以前開始就看了很多作品。看了很多以後，就開始練習創作。這兩年我寫了比較多的時代小說，以後也會持續。今後可能是六成現代小說，四成時代小說。

藍：這些時代小說中有些偏向推理，有些偏向恐怖，這跟您的閱聽經驗有關嗎？

宮部：我非常喜歡恐怖小說，尤其是江戶時代的恐怖故事。我喜歡寫，也非常喜歡讀。現在也是有很多書可以選擇時，仍舊先看恐怖小說。寫的時候，也多半寫自己喜歡的類型。可以說，我喜歡寫的東西，與我個人的讀書經驗有很密切的關係。

藍：短篇與超長篇推理小說創作各有其困難度，宮部小姐喜歡哪種篇幅形式？我感到好奇的是，在寫完長篇推理故事的最後一句瞬間，宮部小姐的感覺是？

宮部：其實我很喜歡寫，也喜歡讀短篇小說。我最近覺得自己大概是寫了幾個短篇之後，如此這般地將很多短篇連接起來，就成了超長篇。某位大前輩也這樣對我說過。也就是說，如果能在某處結束，就可以寫新的短篇小說。可是不知怎麼回事，總是寫著寫著就長了。

寫完最後一句時的感覺，短篇和長篇都是一樣的。但當文章以書的形式回到自己手邊時，我也會想，「這是誰寫的，怎麼這麼長啊？」自己也嚇了一跳。比如說《模倣犯》這部作品，很厚的上下兩本，我就在想如果兩手各拿一本，就可以當啞鈴鍛鍊身體了（笑）。所以這書出版後，有人說可以設計一套《模倣犯》啞鈴操。也有人說可以用來做醃菜用的石頭，在日本醃菜時得用很重的石頭壓在桶蓋上，甚至有人開玩笑說要寫一套《模倣犯》的醃菜食譜。當我在寫的時候，其實並不覺得故事有這麼長。當時這部作品是在週刊上連載的，一週一次。日本的週刊雜誌上頭總是有很多新聞時事和緋聞，我的連載與這些新鮮的報導一起刊登，就會有種自己站在日本媒體的最前線的感覺，讓我心情愉快，所以一直寫得很起勁。有時候，我會想「沒想到居然寫了這麼多，讓我連載這麼久，而且還能賺稿費。」（笑）所以就《模倣犯》這部作品來說，當我寫完最後一句時，有一種「啊，結束了。」的感覺。眞的得對負責的編輯說一聲「辛苦了。」

陳：您剛剛談到喜歡恐怖小說，在閱讀的過程中不會感到害怕嗎？

宮部：會啊，我看的時候會非常非常害怕。我現在擔任幾種小說新人獎的評審委員，其中有一個是恐怖小說新人獎。閱讀投稿作品，我會覺得自己發掘了好幾位很有前途的新作家，可是回想評審過程，我覺得那眞是一段悽慘的時間。評審過程中我必須讀四部作品，我用十天到兩星期的時間來讀，每天晚上都得開著燈睡覺，關了燈就嚇得睡不著。我問自己爲何接下了這份工作？但我確實喜歡恐怖小說。與我一起擔任評審委員的作家朋友就笑我：「妳自己明明就寫恐怖小說，卻怕得像個外行人。」（笑）

陳：您有欣賞的當代作家嗎？海外的多？還是國內的多？每個月的閱讀量大概多少？

宮部：我一直都很喜歡海外作品，現在也經常閱讀。至於國內作家的作品，有很多人都是認識的同行，我也會看他們的作品。目前日本的文壇發展得十分熱絡，有很多與我同時代的作家，如果我追著看別人的作品，自己就沒有時間寫作了，所以我是將閱讀這些作品當作老了之後的享受。不過一不小心也會有漏掉的海外作品。我大部分還是閱讀紀實作品，有關歷史和考證的。此外只要手邊有我成爲小說家以前就喜歡看的老作品，我也會重讀。最近這些老作品也重新翻譯出版了，我也會看這些新版本。我還要看電影和打電玩，所以時間相當不夠用。因此我很可能就沒讀過太多暢銷書，不過既然大家都已經定義爲好作品，那麼幾年以後，魅力應該也不會有所減退，我也不必急著現在就讀。又像是如果我看到一本出色地融合了解謎、恐怖、戀愛這些要素的好小說，而自己又正好在寫這一類作品，那就會覺得自己寫得非常沒意思，這樣我會暫停閱讀那本書。

陳：新生代的作家有您欣賞或注意的嗎？

宮部：要說出名字來比較困難。和以前相比，比我們年輕一兩代的人之中有很多好作家，就像是一波波後浪推前浪似的。在我這個年代，女性作家比較強勢，當然現在她們也很強勢。而比我們年輕一些的男性作家則有捲土重來之勢，備受矚目的作家也不斷出現。現在在日本很受矚目的年輕作家伊坂幸太郎，像他這樣的作家將背負起日本文學今後的命運，可是他似乎還很年輕，才三十來歲吧。另一方面，比起我們年長了一代甚至兩代的人，也有人現在才寫了小說處女作。作爲小說家，我們這些人入行更早，但在人生旅途上他們是前輩。那些五、六十歲的後輩，是我們人生的前輩。人生經驗不同，閱讀量不同，生活體驗不同，他們也寫出了很有份量的東西。也許日本的出版界今後也將持續這種狀態，即年輕有爲的作家和中老年的優秀作家。像是比我年齡大上不少的人，突然寫了一本書，並且成爲排行榜之首，那也很有意思。例如一本叫《信長之棺》的歷史小說，我忘記作者名字了（編按：加藤廣），對不起，但那是非常精采的作品。總之，我們這代作家，正好被夾在中間，年輕力量不斷出現，而人生經驗比我們豐富的人也出來了，對出版界來說是好消息。但對我們這些被夾在中間的中年組是很有壓力的。這是日本目前最值得注意的文壇現象。我周圍的作家們也這麼覺得。

（您太謙虛了。）

不是謙虛，眞的，現在的日本藝文界眞的十分熱絡。

（伊坂幸太郎已經在台灣有翻譯本了，頗受歡迎。）

我相信台灣一定也有讀者喜歡他的，他有很獨特的文風，是個天才。

陳：據說您以前曾經是《幻影城》雜誌的讀者俱樂部「怪之會」的會員，當時所閱讀的作品對您後來的創作有影響嗎？

宮部：是的，當時我並不知道《幻影城》這本雜誌是爲我寫解說的島崎先生成立的。我加入這個「怪之會」讀者俱樂部時，雜誌本身已經不在了，那是喜愛雜誌的讀者們大家聯合起來成立的俱樂部。我當時並不熟悉日本國內的推理小說，但是在這裡認識的朋友推薦了我很多書，我就一一找來讀，那時候我好像二十歲左右吧。如果當時大家沒有向我推薦那麼多作品，我可能就不會閱讀這麼多推理小說。我至今仍然感激在俱樂部認識的朋友。他們之中鮮少有人成爲小說家，但有人現在是評論家，也常有機會與他們見面。

陳：作家林眞理子曾說您是「松本清張的長女」，可否請您描述一下您心目中的清張？

宮部：他是非常偉大的作家，我很尊敬他，我現在也喜歡讀他的作品。去年我替《文藝春秋》作了一件工作，就是從松本清張先生大量的短篇小說中，選編成一套短篇小說集（編按：共三冊）。目的是向在清張先生去世後才開始讀他作品的年輕讀者介紹他的短篇作品。這個過程更令我重新感受到清張先生是一位優秀的作家，我做這個工作做得相當快樂。目前日本又開始了清張熱，他的作品經常改編爲電視劇。在我進行這項工作時，承蒙林眞理子女士說我是清張的長女，這眞是令人高興又受之有愧的稱呼。我自己從松本清張先生那裡受益匪淺，有些作品也受他影響。我自覺沒有資格成爲他的長女，但有人這樣說，我感到很高興。

（敝社接下來也會出版您所編選的清張短篇小說集。）是嗎？那就拜託了。其實松本清張先生的短篇作品也非常優秀，有許多出色的作品。即使現在讀，也令我感到十分貼近現在的社會環境。請務必出版，讓台灣讀者一飽眼福。

藍：請問您開始寫作的契機？

宮部：我很喜歡推理小說，也讀了很多。我認爲喜歡推理小說的人，在看了很多作品以後，自然就會想「我也要寫」。寫了以後，就想給人看，想問對方「你猜到誰是犯人了嗎？」、「嚇了一跳吧」地想知道別人的感受。所以，我開始寫作的契機，就是在大量閱讀以後，自己也想嘗試寫作。和我同年代的作家中，很多人都是在童年時期就想要成爲作家的，而我並不是胸懷大志，懷抱著那種夢想開始寫作的。我沒有想太多，只是感到寫東西很快樂，不知不覺中，我居然就將寫作當成工作了，自己也深感幸運。現在自己也還是會想，這樣眞的可以嗎？我一開始確實只是寫著好玩的。以前有個日本傳說，就有這種事情，睡了一夜起來，發現一切都是南柯一夢。是否我在回家後吃飯、睡覺，然後次日清晨醒來，發現自己做了一個成爲了小說家而忙於寫作的夢。我眞的不是刻意進入這個世界，而是因爲幸運，所以現在也常覺得好像在做夢。我甚至覺得現在坐在這裡接受採訪是否也是夢境呢？

藍：您在剛出道時，幾乎在同時期連續拿到「第26回ALL讀物推理小說新人賞」（《吾家鄰人的犯罪》），「第12回歷史文學賞佳作」（〈鎌鼬〉），「第2回日本推理懸疑小說大賞」（《魔術的耳語》），橫跨了現代物與時代物、日常的謎與非日常的情節設計，這也是您後來寫作的方向，請問是在什麼樣的思考與概念下形成這樣廣泛的取向？您出道至今拿了這麼多獎項，您有什麼感想嗎？這對你的創作生涯有什麼樣的影響？

宮部：我最初開始寫作時，並沒有定下「想寫這種作品」的目標。我只是喜歡看書，我喜歡戀愛小說、時代小說、科幻小說、恐怖小說、奇幻題材，因爲喜歡所以才開始寫著玩。我比較幸運的是，拿了很多獎，這樣一來，就找到了下一個目標。其實，在新人時期，本是不應該將寫作範圍擴充得太廣，那不是好事情。日語有個詞叫「器用貧乏」，即梧鼠技窮，各方面看上去都不錯，那就代表沒有一樣出眾之處了，專業作家其實是避諱這種狀況的。我在寫作初期也曾想過，我是否會變成這樣？自己感到不安，周圍的編輯也爲我擔心，說我應該認定一條自己的道路。但我很貪心，什麼都想寫，結果就變成現在這樣了，但已經沒有什麼擴展的餘地了，再下去只有戀愛小說了。我依然喜歡閱讀各種類型小說，應該會一如往常什麼都寫。

藍：您明年就出道二十年了，對於持續創作這麼長的時間，作品數量又這麼龐大，回首過去，您有什麼感想心得嗎？對您來說，寫作時有沒有一些設定的原則或限制？

宮部：二十年眞的猶如彈指一過，彷彿還只是昨天的事情。怎麼不知不覺之間我就老了二十歲呢？好在這二十年來很健康，也遇到很多幸福的事，回首過去，我內心充滿感謝。我現在出版了四十三本書，實際上在日本，二十年裡出版四十三本書，實在不算多。日本有很多勤奮的作家，照理說我還應該多寫點才是，最起碼得多個一兩本。所幸至今爲止，我都是寫自己想寫的東西，從未發生過出版社方面要求我，按照對方計畫來寫的事情——就是說我沒有勉強過自己寫作。至於我自己想寫的內容，也沒有什麼特殊的限制。不過我有兩點原則，一是不刻意描寫殘酷的場面，如果有必要描寫殘酷場面的的話，那當然就寫，但如果僅僅爲了讓作品充滿強烈的刺激之後，再說那是犯罪小說，我覺得是沒有必要的。二是我儘量不讓小孩成爲受害者。

藍：如果不當作家的話，您覺得現在的您是什麼樣子？

宮部：如果有地方雇用我的話，我想大概是在法律事務所工作吧。還有，我有速記的資格，我做過五年左右的速記，而且做得還不錯，還有客戶指名要我去速記呢。所以我覺得如果能一直做速記的話，是很快樂的。日本也有像今天這樣的採訪，去採訪作家，然後旁邊有人做速記，回去後再謄寫成文稿。我想我最有可能的工作就是，我現在坐的位置是一位別的作家，我坐在後面一邊錄音一邊速記，回去後謄寫成原稿，我非常喜歡這項工作。我也常對出版社說：「拜託讓我做這個工作吧，我做得很棒的。」但是出版社的人都說，妳有那美國時間，還不如趕緊寫稿。所以我這個要求從來沒有實現過，但我眞的很想做。光寫自己想寫的東西，想寫什麼就寫什麼的話，可能會漸漸鬆懈下來。有時候很想聽別人說話，思考如何將對方的話寫成文章，這件事情本身就是學習。光寫而不學習是很可怕的。今天我的責任編輯也來了，所以我要再向他拜託一次，讓我做這件事。（笑）因爲他以前總是駁回我的要求。

藍：對於有心創作的人有什麼建議嗎？華文的推理小說女性創作者相當地少，但是推理小說愛

好者，卻相對地多，對於想從事推理創作的女性作家，您會建議如何起步？

宮部：推理小說有一定的框架，比如密室殺人、謎團等等，這些技術都是有傳統的。如果要寫，首先還是要多看，看了以後，吸收營養，熟悉了那些框架，再從那些框架中創新。多看、多寫，寫了以後給別人看，但不要給自己的親友和家人看，儘量給同爲寫作的伙伴或愛好者看，這樣才能得到較率直的意見。在聽這些意見的時候，不要生氣，如果別人說，應該寫得更清楚，那麼就朝著這個方向努力。如果能夠成爲專業，那當然是好事，但就算一直是業餘，也是很快樂的。

陳：聽說宮部小姐二十三歲開始抽菸，這有助於寫作的靈感嗎？現在還抽菸嗎？

宮部：我開始抽菸與寫作並無關係，不過這和我的家人有關，所以不能說得太詳細，我的家人都抽菸的。在日本，過了二十歲就可以抽菸了，不過在我二十三歲開始抽菸的時候，日本女性抽菸者還是很少。所以，我也想不通怎麼會抽菸的。當然我也覺得差不多是戒菸的時候了，抽菸對身體是沒有好處的。不過我在工作室也抽菸，如果突然戒菸，生活規律因此改變，不知道是否會影響到寫作。我周圍比我抽得凶的很多作家都逐漸戒菸了，戒菸以後對方還是繼續做很多工作，所以我也知道我該戒菸，不過還是在抽。話說剛才我們提到的松本清張先生，也是菸不離手的人，他的辦公室目前依照原貌改建爲紀念館。我去參觀過，裡面的地毯和桌子上有很多燒焦的痕跡。

陳：您介不介意描述一下您的少女時代？您覺得自己是一個怎樣的女孩？

宮部：我小時候身體不是很好，喜歡看書，當時沒有如今這樣多的錄影帶、DVD等娛樂。電影也得等到電視播出。我的父母都很喜歡電影，從小就聽他們談論電影話題，當電視播出電影時，我就很專注地觀看。我不是很喜歡學校，討厭上學。但當時不像現在的社會可以理解孩子「拒絕上學」的想法。我小時候，是一定要去學校的。雖然沒有被欺負過，但我還是覺得學校很無聊，去學校還不如在家看書。但如果大人要我去上學，我還是得老老實實地去。從學校回來以後，就可以看喜歡的書，而且我還和同學互相借書看。總之，我不是一個很出色突出的孩子，是比較乖、平凡的孩子。

藍：您多半在哪裡寫作？工作室？自家？創作時是手寫稿？還是打字稿？

宮部：我在工作室寫作。我的工作室和住家是分開的，從家裡步行三十分鐘到工作室。基本上我只在工作室寫作，白天十一點到晚上七點。回家以後，就忘記工作，看書、打電玩以及看電影。每週有一天休息，就像上班族一樣規律。寫作時會使用電腦，在早期我就用文字處理機寫作了。我只有在剛出道時用手寫，很快就轉爲打字了。

藍：我們知道您很喜歡電玩，是有什麼契機嗎？

宮部：之所以開始打電玩，是十三年前我曾經一度身體不適，停止寫作半年，而工作減少的狀態則有一年多，但也不能一直在家裡躺著。可是如果看書的話，我就會想，自己怎麼不寫作卻在看書呢？某某工作未能完成，眞是太慚愧了之類的事情。結果就是不能閱讀，無法打從心底放鬆享受讀書。所以我就想有什麼可以轉換心情的呢？問了作家朋友，一個朋友就建議我打電玩看看吧。在那之前我從來沒玩過。因爲生病而休業，身體不好也不能出去旅行，那就在家裡打電玩吧，這就是契機。當時我三十三歲，第一次玩電玩。一開始不會玩，還曾經一個晚上打了兩次電話給朋友，先是問對方遊戲的玩法，又去彙報我玩到哪裡。我那朋友是夜貓子，晚上可是他的工作時間啊。總之我第一次發現電玩這麼好玩，可以讓人全心投入，現在也在玩。

藍：最近您用了《Dream Buster》中的兩個角色在剛推出不久的大航海時代遊戲當中，那麼遊戲對於您的創作有什麼影響嗎？

宮部：對，這次的《Dream Buster》參與了大航海On Line的活動。寫小說的人都很喜歡看電影，因爲從電影中可以吸收到某些技巧，可以運用來展現某個世界的故事，兩者只是畫面和文字的不同而已，根本上是一樣的，電玩也是如此，只是講述故事的方法不同罷了。因此我就想能否將電玩上的技法運用到小說中呢？有什麼可以借鏡的呢？當然玩的時候我絕不會想到這些，不過事後想起就會發現，啊，有那麼東西多可以學呢。電玩讓我受益匪淺。

陳：您一天的作息是？平常除了打電玩、閱讀之外還有什麼活動？

宮部：我和父母、兄弟姊妹住得很近，但我是獨居的。所以我要花費很多時間去做身邊的事情，比如假日天氣好的時候，我要曬被子、洗衣服、打掃家裡，還要去購物。其他大多數休息時間還是看書、電玩，這些都是我轉換心情的好辦法，此外我還很喜歡散步，沒有目的地四處散步，不過我活動範圍很小。一般來說做我們這行的，大多數人都喜歡旅行，可是我不喜歡旅行，生活的範圍眞的很小。

陳：說到散步，您之前曾經出版了《平成徒步日記》一書，能不能請您談一談呢？

宮部：那是我在寫時代小說的時候，突然想到從前的人沒有交通工具，只能靠走路，走一個小時的話能走多遠呢？我很想知道這件事，而且不是靠大腦想像，而是想靠身體記憶。我不討厭走路，眞的很快樂。但第一次寫小說以外的東西對我而言是很困難，不知道該怎麼寫，自己在走的時候當然很快樂，但要如何表達這種樂趣？這是很艱難的工作。後來，有讀者看了這本書以後，來信說因此他也要去散步，我很高興。我喜歡走路，但不喜歡寫，眞是矛盾。

陳：那麼您大概都在哪裡散步呢？

宮部：我一般只在東京周邊散步。也許開車經過時不能感受到的事物，可以在步行時發現，這對我是很好的體驗。

陳：對史帝芬・金來說，寫作是心電感應；對您來說，寫作是什麼？

宮部：我非常喜歡史蒂芬・金。我個人覺得能夠做自己喜歡的工作，而且有許多讀者喜歡我的作品，眞的非常幸運。只是我常想，在腦子裡構思故事只是我的興趣，然後再將它們寫下來，但這就能成爲工作嗎？有時候連自己也感到奇怪。有時會覺得自己只是做喜歡的事情，但這樣就行了嗎？個人會覺得不好意思。不過我想，如果寫了一部作品，得到了讀者肯定，爲了不辜負讀者又會想繼續努力。當然在創作時，心電感應是很重要的，但如果只是等著它的話，當然史蒂芬金是很出色的作家，他可以獲得很多很多的心電感應，但要是我只是等心電感應的到來，可能什麼也寫不出來了。所以我只能努力去想去寫。

陳：您對台灣的認識與想像是什麼？能夠來台灣見見廣大的讀者嗎？

宮部：謝謝。如果我能克服飛機恐懼症，我眞的很想去呢。我哥哥現在正爲工作到台灣出差呢，我跟他提了今天的事情，他說，台灣的東西很好吃，爲什麼不去？他說不然我僞裝成作者去好了？我對他說「不可以」，這會影響我的形象。（笑）我哥哥因爲工作常去世界各地，每當他要去台灣之前，總是很高興，說東西好吃、街道美麗。

訪問者簡介

藍霄

一九六七年生 台灣澎湖人

南部某醫學中心主治醫師、推理作家、推理小說迷。

著有《錯置體》、《光與影》、《天人菊殺人事件》等長篇小說。

陳蕙慧

推理小說迷，現任「麥田出版」與「獨步文化」總經理。

前進　前進！

軍隊　前進！

——摘自昭和七年十二月出版

普通科用小學國語讀本

1 chapter

第一章
那一夜

1

辦理住房手續時站櫃的服務生，正好是兩個星期前辦理退房時幫忙結帳的那一個。當客人的馬上就認出來了，對方卻好像沒有發現，不過，也可能是基於職業習慣，發現了也不形於色而已。

「請簽名。」

服務生隔著櫃檯將旅客登記簿推過來，尾崎孝史把行李袋放在腳邊，拿起原子筆。那隻筆又粗又難看，筆軸上面還印著「風見印刷」這家公司的名字。客房裡也有這種筆。換句話說，凡是住在這裡的客人，即使只住一晚，也都會曉得這家飯店用的傳票、便條紙等等是由哪家公司承辦印刷的。這件事，對風見印刷也好，對飯店也好，對客人也好，究竟有沒有意義，實在是令人懷疑。

孝史放下筆，付了飯店要求的訂金，服務生便說：「我帶您到房間去。」

「不用了，我知道怎麼走，」孝史搖搖頭，「請給我鑰匙。」

這時候櫃檯服務生的表情出現了微妙的變化，於是孝史明白了：啊，原來這傢伙也記得我啊。

他只是裝作不知道，其實根本就認得。但這也沒什麼好奇怪的，因為孝史上次並不是只住一、兩晚而已。

這傢伙背地裡是怎麼想的？孝史開始想像。哦，這個考生又來東京了。這次大概也是來考試的吧！不過，今天已經是二十四日，快月底了。國立的就不用說了，大部分私立大學的入學考應該也差不多結束了。這麼一來，是國立的複試囉？還是抱著破釜沉舟的決心，非考上一家不可，即使是那種唸完四年也沒有什麼價值，只能在履歷表上塡個名字就算數的學校？或者是專門學校呢？再不然……

房間鑰匙已擺在眼前。孝史倏地回到現實，接過鑰匙，提起行李袋，朝著唯一的一部電梯走去。櫃檯服務生沒有再開口說話。

按鈕等電梯時，孝史突然間感到一陣羞恥，連脖子都發熱了。

不可以再一直想著這種事。見到每個人都覺得別人瞧不起自己，這已經是如假包換的被害妄想症了。不但如此，每當陷入這種妄想的時候，腦細胞都會反射性地全體總動員，思考著萬一對方說了什麼尖酸刻薄的話來損人，該怎麼還以顏色。眞是有病。

自己一味地想像，一味地生悶氣。再這樣繼續下去，最後的下場八成是拿菜刀捅路過的行人，而且當警察抓著自己的手臂往警車拉扯的時候，還會一路不停地大吼大叫：

「誰叫他瞧不起我！他們全都在笑我！」

好可怕。得趕快找回自我才行。

老飯店的老電梯遲遲不肯下來，一直停在五樓。可能是客用兼業務用，清潔人員推著裝了床單和衛生紙等物品的推車進了電梯，順便就地清掃也說不一定。

看了看手錶，剛過下午五點。一樓大廳人影全無，也沒有半點聲響。這裡雖然不算高級，倒是十足的安靜。還好夠安靜。這樣的地方，如果再加上櫃檯後面員工辦公室傳來的有線電視的聲音，那麼，不管是裝潢還是設備，就跟故鄉郊外的汽車旅館一模一樣了，差點就莫名地勾起他思鄉的情緒。

孝史無聊地發呆，無意間看到電梯右側牆上掛著相框，就藏在不起眼的觀葉植物後面，不由得覺得奇怪。

上次住宿的時候並沒注意到有這種東西，大概是那時候整個人滿腦子都是考試的事吧！

掛在牆上的是兩張照片，上下並排，框在樣式相同的相框裡。照片好像很舊了，已經褪色發黃。大小差不多是6×4尺寸。

他走到相框旁邊，撥開觀葉植物的葉子，抬頭仔細看。

下面那張照片拍的是一幢舊式的洋房。建築物的中央是座有個小小三角屋頂的鐘塔，左右差不多完全對稱。建築本身是兩層樓，兩端看來都設有類似閣樓的小房間，只有那個部分形成梯形，開了圓形的窗戶。相片的右手邊可以看到煙囪，所以應該有壁爐吧。因爲是黑白照片，不易辨認，不過看來屋頂部分和窗框應該是白的，而建築物的其他部分好像是紅磚，到處都看得到磚塊脫落或發黑髒污的地方，想必是幢老房子。窗格子格得很細，窗後隱約泛白，應該是窗簾。正面玄關是半圓形的拱型，前面有數階台階。爬上台階之後，是對開的門。前庭有草坪，花木扶疏，雖然聚焦有些模糊，還是可以看出有小花壇，花朵零零星星地開著。

在框內空白部分有一些筆跡拙劣的小字。

「舊蒲生邸　昭和二十三年（一九四八）四月二十日

小野松吉　攝」

蒲生邸。這麼說，這個地方原本是私人住宅了。難怪這幢建築物雖然有博物館似的外觀，看來卻不是很大。

不過，這種洋房的照片怎麼會掛在這裡？這個疑問，往上看另一幅相框裡的照片就得到解答了。

那是一張人物的照片。一名初老的男性，身穿軍裝，肩上掛著肩章，胸前別著勳章，正對著鏡頭。他的視線微微上揚，可能因爲這樣，表情顯得有點恍惚。照片中的主角坐在椅子上，只有上半身入鏡，即使如此，他那輪廓分明的威嚴相貌，再加上結實挺拔的肩膀，依然充分表達出雄糾糾氣昂昂的軍人風采。

「陸軍大將　蒲生憲之」

人物下方寫著這行字。照片旁還有一大段文字，同樣是以拙劣的筆跡寫出來的。

「本飯店所在地，戰前原爲陸軍軍官蒲生憲之大將之府第。

蒲生大將生於明治九年（一八七六）千葉縣佐倉市，爲農家長男。自幼學業與武藝兼優，於當地中學畢業後投考陸軍士官學校，畢業後就讀於陸軍大學，期間適逢日俄戰爭爆發，出任中隊長，於前線表現傑出。

日俄戰爭結束後返回陸軍大學，獲天皇頒賜軍刀，畢業後服務於軍務局軍事課，爾後順利晉升，歷任步一旅團長、參謀次長等職，於昭和八年（一九三三）四月榮升陸軍大將。然翌年因病退任後備軍官，後因病情復原狀況不佳而退役。退役後投身於著作與軍務研究，於後勤補給相關軍略尤有心得，然於兩年後之昭和十一年（一九三六）二月二十六日二二六事件爆發當日，蒲生大將留下長篇遺囑自決。該遺囑中對當時陸軍內部派系鬥爭，及青年將校起事的原因之所在，即軍部的政治介入與專擅深表憂慮。自殺事件發現當時因遺族的顧慮，未予公開，但戰後蒲生邸出售後於大將的書齋中起出，目前眞跡仍保存於惠比壽之防衛廳戰史資料室。

大將的遺書不僅對戰前我國政府、軍部之狀況與問題有著犀利深入的分析，甚至連最不利的狀況，即對美開戰與敗北均在其預料之中，並對軍部之專擅提出諫言，其先見之明令人驚異，至今仍獲得史學家極高的評價。

又，本飯店創始人小野松吉於昭和二十三年購得蒲生邸之際，得知大將遺書一事，對已故蒲生大將之人品及其慧眼深感敬意，自創業之始即於館內公開展示大將之肖像與經歷，以茲讚揚。」

由於字跡難以辨認，孝史自然而然地貼近相框，睜大眼睛凝神細看。直到聽到身後電梯門關閉的聲音，才猛地回神轉過身來。好不容易才下來的電梯因爲沒有乘客，一直停在那兒。孝史匆匆提起行李，按鈕進了電梯。

（這裡以前是軍人的房子啊……）

不管是不是，跟孝史都扯不上關係。儘管不知道以前情況如何，至少對現在這家飯店來說，那位人稱蒲生大將的人物並沒有多大的意義，否則那些相框也不會被掛在那種不起眼的角落了。

狹小的電梯裡有股淡淡的廁所芳香劑味道。孝史不由得苦笑，頓時又洩了氣。

這次住的是二〇二號房。上次來的時候住的是頂樓西北角的五〇五號房，房間本身簡陋得不能再簡陋，唯有窗外的景色美不勝收。對於一個在短短十天的逗留期間內必須到五所學校六個學院應考的考生而言，這樣的美景實是令人欣喜。考完試回到房間的黃昏時分，從西側的窗戶眺望出去，只見圍繞皇居的森林枯木褐黃與深綠交錯，一輪大大的夕陽緩緩落下，一整天的疲倦也跟著從體內融解、抽離。

那時候，彷彿東京這個城市已在自己的掌握中，甚至連未來都是一片光明。

和現在截然不同。

從二〇二號房的窗戶望出去，只能看到緊鄰飯店那幢破敗的四層樓商業大樓的外牆和排氣管口而已，室內幾乎沒有陽光。視野可說是這家飯店唯一的可取之處，然而這次與上次的差距如此之大，雖然可能只是巧合，但孝史總覺得這是一種暗示，所以覺得更鬱悶了。把行李往床上一扔，跟著整個人也撲上去，然後翻過身來平躺，瞪著天花板。

找到這家平河町第一飯店的，是孝史的爸爸尾崎太平。其實，與其說是找，不如說碰巧知道有這家飯店。但照他本人的說法則是：「爸幫你找到一家很好的飯店，可以讓你靜下心來用功哦！」

這家平河町第一飯店是某合資企業的資產，總公司位於東京赤坂，組織複雜，資本雄厚。對這家企業而言，平河町第一飯店就像盲腸一樣，只要沒有什麼害處，也不必特地處理掉，如此而已。

太平說，這家飯店可算是一種幽靈公司，飯店搞出來的赤字發揮了絕大的功效，好讓那家合資企業確保整體收益云云。但是，這是個笑話。其實，經營這裡所需的費用，再加上這裡賺取的微不足道的收益加起來，還不到那家企業一整年用途不詳的支出的百分之五。

總之，對企業來說，這裡只是一塊地。能在這片鄰近皇居的地段擁有一塊飯店大小的土地，雖然不大，但對大企業當然不是一件壞事。孝史心想，假使泡沫經濟多撐個一年，這裡八成已經被拆掉，四周類似性質的大樓也一併被收購，改建成新型辦公大樓之類的建築。說穿了，平河町第一飯店是飯店的墓碑，這裡的工作人員只不過是守墓人，在這裡看守飯店的遺骨，直到飯店改葬，這裡夷爲平地的那一天到來。要投宿到這種地方，也眞不容易哪！

基於生意往來，太平和那家合資企業旗下某公司某部門的某位課長稍有接觸，於是他堅持說：「人家出自好意，願意幫你安排他們關係企業經營的飯店，還給我們優惠呢！」我兒子就要考試了，東京某大企業裡的朋友特別幫我們介紹了好飯店——太平一心這麼想。

不，他應該想都不願想吧！

上次來東京的時候，孝史以爲太平會開口說要一起來。他心裡還想，萬一老爸眞的跟來了，實在很煩。結果，太平竟然說怕打擾他用功，答應讓他單獨成行。

待在故鄉家裡，他就可以得意洋洋地宣稱自己認識一個大人物，特地爲了考大學的兒子，在東京的黃金地段準備了一個飯店房間；就可以向別人炫耀——我們家孝史不必像別人家的兒子那樣，去參加東京的商務旅館搞的那些考生住宿方案了。

可是，如果太平眞的一起來到東京，親眼看到這個房間的話，會怎麼樣呢？他就必須面對內心害怕的事——事實的眞相——他在大企業的「朋友」其實是最基層的小職員，而自己只不過是連找個飯店都要靠這種小職員幫忙、讓人家在背後竊笑的小角色，只是個鄉下小公司的土老闆。

正因爲害怕面對這樣的現實，太平沒有到東京來。自己的父親並沒有足夠的自信與寬廣的胸襟叫兒子不去依靠東京大企業的「朋友」，反過來對他說：你就去參加考生住宿方案吧！選你喜歡的飯店住，不要怕多花錢。

儘管有這些原因，但是老爸最想做的，恐怕是利用那個「朋友」吧！在老媽和妹妹、員工面前撥打東京大企業的總機，指名要找那位課長，嘴裡說著：「我家小犬這次要考大學了，所以想在東京找家飯店住上十天左右……啊，是嗎？可以麻煩你嗎？哎呀，那就先謝謝你了！」想讓他們看看他和東京朋友的交談有多熱絡，讓他們聽聽他豪爽的男子漢口吻，向他們表示自己可不是區區的鄉下土老闆。

孝史心裡很清楚自己父親這種膽小得無以復加、虛榮得無可救藥的個性，而他也無法打從心裡感到厭惡。

因爲他知道自己的父親爲什麼會變成這樣。

說來實在沒道理，因爲在至今五十年的人生中，早該跨越那道障礙，然而他卻辦不到。所以，他把問題留給唯一的兒子孝史解決。

可是，孝史也沒能符合他的期望，至少今年沒有。因爲孝史報考的每一所學校、每一個學院都落榜了。

（學歷啊……）

望著灰灰髒髒的天花板，孝史在心中喃喃自語。

因爲少了這個東西，人生絕大部分都在失意中度過——至少他本人是這麼認爲的——這就是他老爸。自以爲大半輩子備嘗辛酸屈辱的老爸。而孝史，身爲唯一的聰明兒子，爲了父親，爲了明年捲土重來，明後天將接受補習班的測驗。

旅館房間雖小，因爲沒有家具，就天花板的高度看來還算寬敞。在靠近正中央的位置，有個灑水器突兀地凸出來，感覺從來沒有啓動過的樣子。再仔細一看，到處都垂掛著絲狀的灰塵，隨著空調形成的微弱氣流搖晃。要是睡著的時候掉在臉上，吸到鼻子裡去，一定會做可怕的惡夢。好比不但大學落榜，連補習班的測驗也沒通過之類的夢。

眞不吉利。孝史奮力從床上躍起，下床來。出去走走吧！晚餐時間到了，喉嚨也渴了。

說到吃飯，平河町一番飯店並沒有咖啡廳提供餐點。謝天謝地，幸好沒有。

飯店附近看不到咖啡廳或餐廳之類的店家。這件事他早就知道了。離開飯店第一個映入眼簾的，是莊嚴如要塞的最高法院，以及國會圖書館那道看似平易近人的繽紛外牆，再來就是行道樹。景觀非常美麗，卻毫無日常生活的氣息。

孝史往皇居護城河的方向走去，爬上三宅坂，在半藏門左轉，從麴町走到四谷，繞了一大圈，享受一次漫長的散步。氣溫雖低，但因天氣晴朗也沒有風，穿上厚外套，就不覺得冷得難受了。

經過上智大學附近時，孝史本來已經準備進一家看來像大學生常去的咖啡店，卻因爲似乎會產生自虐性情緒而作罷。最後，他在速食店解決晚餐，喝了咖啡，在路上看到的一家便利商店買了零食，拎著塑膠袋回到飯店。時間正好差不多快七點。

穿過噪音刺耳的自動門，踏進大廳。這家飯店的好處就是拎著塑膠袋也不用怕吵到別人，這點倒還不錯——

正當孝史這麼想的時候，突然發現櫃檯來了新客人。之前那位櫃檯服務生照樣面無表情地看著客人填寫住宿登記表。

在這裡遇到別的客人，連這次是第三次。上次還是因爲連住了十天才遇到的。孝史的眼睛自然而然被新客人的背影所吸引。突然他大吃一驚，忍不住倒退了一步。

因爲，站在櫃檯的那位新客人——個頭矮小的中年男子——實在是太「灰暗」了。是的，就是「灰暗」兩個字。他的所在之處，好像是光線照不到的角落一樣，暗朦朦的。本來，大廳的照明雖算不上燈火通明，但至少是亮著的。可是，卻只有櫃檯那個角落像是染上一層淡墨。

——是我眼睛有問題嗎？

孝史眨了好幾次眼睛，揉了揉眼皮。但是，那位客人四周依舊是一片昏暗。這到底是怎麼回事？

可能是感覺到孝史的視線，中年男子也轉過頭來，兩人目光交會。然後，他又緩緩地轉身朝向櫃檯，右手握著那支粗粗的原子筆。面無表情的櫃檯服務生在這齣稍縱即逝的活劇上演期間，也始終表情木然，呆立在櫃檯後面。視線既沒有望向中年男子，也沒有朝孝史看。

孝史戰戰兢兢地提起腳步，穿過大廳。他沒來由地覺得，如果自己不通過這裡，並且搭電梯上樓，那名中年男子一定會待在櫃檯不走。當電梯下來的時候，孝史儘可能不發出聲響，匆匆進了電梯。

等到電梯門關上，身邊沒有別人的時候，孝史忍不住鬆了口氣。

——眞奇怪。

是光影造成眼睛的錯覺嗎？這種經驗還是第一次。

和剛才完全相反的例子，他倒是曾經經歷過。例如，當某個人一現身，整個房間便頓時亮了起來。脫俗的美女、團體中的萬人迷、當紅的藝人等等——所謂會發出「光芒」的人物，便擁有這種力量。

這麼說，剛才那個中年男子就是具有「負的光芒」囉？他不是綻放光芒，而是把光給吸走？還是散播黑暗？

對了，剛才有一下子視線跟他對上，他的表情和眼神也好灰暗。不過這是指情緒上的「灰暗」。那種表情好像要去參加喪禮似的，實在形容不太出來……

這時，孝史腦海裡想起高中同班那個升學組文科第一名的女同學。她的詞彙豐富，讓她來形容的話，一定比我生動貼切得多。考大學一定也是一次就考上第一志願吧……

連這時候自卑都要來露臉。孝史對自己苦笑。

回到二〇二號房，坐在床上，打開剛買來的低卡可樂。咕嘟咕嘟地灌下半罐，大大地喘了一口氣，這時遠遠傳來電梯運作的嗡嗡聲。一定是剛才那名男子要進房間了。

電梯沒有停下來，直接通過這一層樓。孝史有一種複雜矛盾的感覺，好像鬆了一口氣，又好想再看看他的長相。那種好灰暗、好灰暗的表情，灰暗得好像會傳染給自己似的。

如果是我的話——對了，假使每年都談那種十年才能遇到一次的大戀愛，然後每次都被狠狠地甩掉，連續被甩上十年，我的表情搞不好就會變成那樣。只要遭遇沒有那麼淒慘，我這輩子應該跟那種表情無緣吧！

想到這裡，孝史感到背脊一陣涼意。

你啊，憑你現在的身分，有資格說這種風涼話嗎？明明每個考試都搞砸了，未來沒有半點指望，獨自跑來住這種飯店的人還敢說。

孝史突然感到坐立難安，正想站起來的時候，床頭桌上的電話響了。接起電話，原來是櫃檯服務生，說是外線電話。是爸爸太平打來的。

「喂？」話筒裡傳來的招呼聲，帶著晚餐小酌時酒精的味道。

「啊，是我。」孝史回答，「我平安到飯店了。」

「是嗎，很好很好。這次的房間怎麼樣？」父親以他天生的大嗓門問。

「房間大不大？景色好不好？」

「房間很舒服啊！而且又安靜，能住這裡眞好。從窗戶看出去，就是最高法院和國會圖書館呢！」

安靜是眞的，不過那是因爲沒客人的關係。而且這次的視野差勁透了。明明說實話也無妨，可是孝史卻光撿父親愛聽的話來說，讓自己變成一架自動說謊機。

不止是孝史，連母親、小他一歲的妹妹，還有父親的部下都一樣，經年累月地養成了這種討好太平的習慣，儘管心裡覺得老大不耐煩。

太平說，實在很想問你明天的考試有沒有把握，可是不想造成你的壓力，所以就不問了。孝史默默地笑了，這樣不就等於問了嗎。

後來換成母親聽電話，問孝史有沒有好好吃晚飯。其實，一直到最後一刻，母親仍在不忤逆父親情緒的情況下，主張孝史應該參加考生住宿方案。

因爲她認爲：「那種方案一定也會注意考生的飲食的。」所以現在第一個想到的也是民生問題。

「飯店附近有家很好吃的小餐館，上次也講過嘛？我就是在那裡吃飯，還喝了味噌湯。」

孝史把上次住宿時說的謊重複了一遍。只要母親不會哪一天心血來潮，想來平河町一番飯店住，就不必擔心謊話會被拆穿，所以說說謊也無妨。

明天的測驗從上午九點開始，八點開始報到。母親說早上六點半會打電話叫他起床。這跟上次來考大學時一模一樣。孝史說請飯店櫃檯叫就可以了，母親卻小聲解釋：「可是，你爸爸就是囉嗦啊。」

東拉西扯地講了十分鐘左右，孝史掛上聽筒，覺得好累。

爲什麼非得這麼顧慮自己父母親的感受不可？

他站起來，走進狹小的浴室。照了一下鏡框生鏽的小鏡子。

鏡子裡面出現的，是一個下巴削瘦、神情有點神經質的年輕人。尾崎家的男性鬍子都不怎麼濃，這是遺傳。不過，眼睛的話，倒是經常有人說他跟母親是一個模子刻出來的。一雙大大的眼睛加上深深的雙眼皮，小時候讓他覺得很丟臉，恨不得換掉這雙眼皮。諷刺的是，妹妹卻遺傳到父親的單眼皮，自從到了父親所謂的「愛漂亮的年紀」，就一直對這點忿忿不平，直嚷著說哥哥好奸詐、不公平。那種說法，簡直就像先出生的孝史在母親肚子裡把母親好看的部分都挑走了，把難看的全留給她似的。

孝史心想，我生來具有什麼樣的光芒呢？是不是像頭上那盞廉價小旅館的日光燈所散發出的黯淡光芒呢？

那天晚上，孝史沒睡好。他實在沒辦法不去在意電梯的聲音。

2

儘管睡眠不足，第二天的考試卻考得相當不錯。

可能是因爲第一科就解決了他最怕的英文。考大學的時候，因爲太心急，腦袋反而不管用，試題只答了一半時間就到了。由於平安考完這一科，接下來考的科目就輕鬆多了。

考試在下午二點多結束。孝史雖覺得自己怎麼可以如此得意忘形，心情卻還是悠哉了起來，便直接到銀座去看電影。他看的是《侏羅紀公園》。現在才來看去年秋天超級轟動的名片，感覺不免有點怪，可是在家裡，他的立場讓他有所顧慮，始終不敢上電影院。

電影播映完畢，燈也亮了起來，這時孝史才發現坐滿三成位置的觀眾大多是與自己年紀相當的年輕人。多數是情侶或朋友結伴而來，其中摻雜著幾個穿西裝的身影和遊民模樣的男子，這些人不約而同地一個人跑來看電影。

孝史讓七嘴八舌邊聊天邊爬樓梯的年輕人先行通過後，正想往出口移動時，他發現昨天看到的那名男子坐在觀眾席最後一排的一角。

這次總算沒有嚇到後退，但他還是不由得停下腳步。

當下，孝史還以為他是尾隨自己而來，不過那當然是不可能的。在平河町一帶想看電影，銀座是最方便的地點，而且這部電影實在不錯，一定只是巧合。

可能是電影院裡燈光本來就暗吧，男子周圍灰暗的程度感覺上並沒有昨晚在飯店裡讓他大吃一驚般那麼嚴重。只是，他營造出來的氣氛是夠灰暗的了。光是看著他，心情就陰鬱起來。這就是負的光芒——孝史又開始思考。

這時候，男子也注意到孝史了。他臉上露出驚訝的表情，朝孝史輕輕點了點頭，嘴角也不自然地稍微笑了笑。

孝史也機械式地點頭。接著又繼續開始走上階梯，滿腦子只想著，原來他也記得我！要是他跑過來跟我說話，該怎麼辦？

不過顯然是杞人憂天了。男子面向著什麼都沒有的銀幕，像個要接受面試的學生坐得直挺挺的，動也不動。他穿著昨天那身不成套的西裝和長褲，端端正正地併攏的膝蓋上擺著速食店的袋子。看樣子是在等下一場播映，要再看一次電影特效重生的恐龍。他一定是非常喜歡那些恐龍吧！

孝史低著頭走完台階的時候，耳邊正好傳來一群人的對話。

「喂，那個坐在最後面的中年人，你們不覺得他很噁心嗎？」有個女孩說道。

「他的臉色眞是灰暗得可以。」一個男孩的聲音回答。另一個女孩插進來說，該不會是色狼吧，最先開口的女孩馬上接著說：

「他不止是灰暗而已，我覺得看到他的臉，感覺簡直跟聽到刮玻璃的聲音沒兩樣。」

沒錯……妳的形容雖然殘酷，卻一針見血。孝史心想。

他回頭看。話題男主角孤伶伶地面對灰色的銀幕坐著，顯得一臉安心——至少，銀幕不會因爲討厭他而罷演——在孝史眼裡呈現的是這樣的景象。

離開電影院，孝史爲了找地方吃晚飯，在陌生的銀座四處晃。最後，總算在和光百貨公司附近找到一家拉麵店。

如果考上補習班，就要離家一個人生活了。這麼一來，應該會很快熟悉東京這個地方吧。要住哪裡，他心裡已經有譜了。其實，這也是父母親決定的。

今天考的那家補習班，還有明天準備要考的那一家，兩家都在御茶水這個地方。父母親的意思是，既然要在這裡補習，最好是住在走路就可以到的範圍內，具體的地點就是神保町。大約五年前，母親那邊的表哥重考的時候，也住神保町的公寓，上御茶水的補習班。據說這樣非常方便，所以打算讓孝史照著表哥的路子重新走過一遍。

這位表哥雖然重考一年，後來卻考上慶應大學的法學院。可能是想沾沾他福氣吧，再加上母親說，既然不可能自己開伙，不如住在外食方便的地方，她也比較放心。

這樣的地方，房租恐怕貴得嚇人。太平叫孝史不要擔心錢的問題，可是孝史心底卻存在著一種壓迫感——他欠父母的錢越滾越多了。

朋友當中有人說：「眞羨慕你，有這麼慷慨的爸媽。」「你就用爸媽的錢來玩嘛！」或許就現代的考生而言，這樣的想法才正常。可是每次聽到這種風涼話，總讓孝史覺得不是滋味。那種不服貼的感覺——舉例來說，或許跟獲選爲奧運國手的運動選手聽到一般人說：「眞羨慕你，到國外遠征還有國家幫你出錢。」那種感覺很類似。

即使如此，離開家一個人生活——這件事具有令人難以抗拒的魅力。所以，孝史格外希望能通過補習班的考試。他認爲今天的考試順手之所以會讓他感到輕鬆不少，也是因爲這個緣故。

逛逛書店，到百貨公司的家電賣場瞧瞧單身生活用的電器，耗掉孝史不少時間。等到天差不多黑了，他才準備回飯店。

本來打算從銀座站搭丸之內線到赤坂見附，再換乘半藏門線，可是卻因孝史想事情想得稍微出了神，錯過了人擠人的赤坂見附站。他心想與其搭反向車回頭，不如乾脆從四谷走回去。孝史出了站來到外面，今晚正好循昨天散步的路徑倒著走回去。白天天氣很好，晚上天空也沒有半朵雲，星星閃閃發光。東京的夜空其實也沒有那麼糟。

一路走到半藏門的十字路口，來到護城河邊，就看到國立劇場的另一邊停著一輛電視台的轉播車。本以爲是在轉播國立劇場上演的戲碼，靠近之後，卻看到經常出現在電視上的女記者手裡拿著麥克風，一面沿著名爲三宅坂的坡道慢慢往櫻田門的方向走，一面指著國立劇場，不知在說些什麼。原來是新聞節目。

不過，報導卻沒有急迫的感覺，看來並不是突發事件。有些行人故意挑轉播車停靠的那邊走，孝史卻走在護城河這邊。

在他前面兩、三步的距離，有兩個上了年紀的男性並肩慢慢走著。兩人都穿著正式的大衣，大概是在附近公司的上班族吧。

「不知道發生了什麼事？」其中一位說了跟孝史類似的話，顯然是覺得轉播車的燈光很刺眼。

「可是，這裡會有什麼事？」另一位回答，「國立劇場哩！」

「這年頭，誰又料得到哪裡會出什麼事呢！」

眞是世風日下，人心不古啊——他的同伴附和著，然後突然提高了音量。

「啊啊！原來如此！我知道了！」

「怎麼了？」

連帶引起了原本正準備超前他們的孝史的好奇心。這位伯伯，你知道什麼了？

「今天是二十五日吧？就那個嘛！」

「什麼那個……？」

「就是今晚啊！應該算是今晚還是明天早上？就是二二六事件啊！」

於是另一位也大聲回答，一副恍然大悟的樣子：「啊！對啦對啦！」

二人的腳步放得更慢了，遠遠望著邊說話邊移動的女記者。

「那時候她都還沒出生呢，竟然也來報導。」

「終戰五十週年快到了，電視台也開始零零星星地播放各種相關節目。」

「可是，這附近有什麼跟二二六有關的東西嗎？」

其中一人的手朝國立劇場比了比。

「那一帶以前本來是陸軍省和參謀總部吧!我記得是這樣沒錯。」

「原來如此,而且警視廳也在附近。」

在後面豎起耳朵偷聽的孝史,差點就忍不住「哦!」出聲來。

原來是二二六事件啊!掛在飯店裡的蒲生大將的生平事蹟,好像也提到過二二六哩?而且還提到大將就是當天死的。

這麼說,不就是明天了嗎?明天就是戰前那個地方的主人的忌日啊。雖然是巧合,但說實在的,心裡多少還是覺得有點毛毛的。

話說回來,二二六事件究竟是什麼樣的事件?既然新聞節目都加以報導,可見相當有名。歷史課教過嗎?

(可是啊……)

走在前面的二人,年紀應該比父親太平更大吧,連那一代的人都要花點時間才想得起來,更不用說孝史這一輩的人了,連半點關係都扯不上。

「今晚沒下雪,沒那個氣氛吧!」

「可萬一要是下了,就冷得叫人受不了啊!」

二人一路交談,沿著護城河走去。孝史在三宅坂的路口和他們分手。轉播車的燈光依然將附近照得有如白晝。

跟昨天一樣，晚上八點一過，太平就打電話來了。聽到考試考得很好，高興極了。

「你考大學那時候，一定是太緊張了。放鬆心情去考，一定考得上的，你有那個能力。」

太平的心，早已飛到明年春天去了。

孝史昨天還想著臨時抱佛腳也抱不出什麼名堂來，所以一點用功的心情也沒有，不過大概是今天的成果讓他重拾了一點自信，貪心了起來，開始希望能夠以更輕鬆、更好的狀態來通過明天那一關。他不像昨天那樣連衣服都沒換就上床，而是拿出塞在書包裡的參考書，在書桌上攤開來，開始用功。一直到覺得差不多了，抬頭看鐘，已經半夜十二點多了。他吃了一驚。只要有心，我的定力也蠻強的嘛！

這時，孝史突然很想喝熱咖啡，罐裝咖啡也沒關係。所以他決定穿上外套，到外面去買。平河町第一飯店裡沒有設置自動販賣機。顯然是故作姿態，表示這裡可不是商務旅館。可是他們沒有自動販賣機，卻也沒有客房服務。所幸，半藏門線的車站旁有販售熱飲的販賣機，所以孝史一點也不介意。

外面果然寒氣逼人。可能是入夜後起風的關係，北風迎面颳過來，吹得耳垂好痛。孝史跑步過去，又跑步回來。今晚的櫃檯服務生不是面無表情的那個，換成一個小個子、圓臉的老先生。不過，對於從外面買東西回來的客人漠不關心的態度，他們兩人倒是如出一轍。孝史小跑步通過櫃檯。

他搭電梯上了二樓，來到穿堂。要回二〇二號房，必須在前面那條走道左轉。右轉的話，沿著走道依序是二〇三、二〇四、二〇五號房，走道的盡頭是緊急出口，金屬製的安全門平常都是關上的。

本來正準備往二〇二號房走去的孝史之所以會朝右邊看，是因爲感覺到有冷風從那個方向灌進來。安全門好像打開了……

映入孝史眼裡的，是朝裡打開的安全門，以及門外逃生梯的平台上，有人站在那裡，身子朝欄杆向外探的背影。孝史對那個身形瘦小而穿著整齊的背影感覺非常眼熟，對那個後腦勺也很熟悉，因爲白天在電影院裡看過。

是那個中年男子。一身和白天相同的衣服，連外套也沒披，冒著大半夜的寒風，在逃生梯的平台上到底在做些什麼？

歌手中森明菜曾經有一首暢銷歌曲，歌詞裡有一句「在二十五樓的緊急出口，迎著風剪指甲」。父親有個在大型建設公司從事高樓建築的朋友，經常拿這句歌詞來消遣。

「我是不曉得她是在飯店還是什麼大樓啦，不過誰有閒情逸致在二十五樓的緊急出口剪指甲啊！既然有風，一定是在外面的樓梯嘛？沒繫安全索，連一步都走不了。別說走了，我告訴你，連門都打不開。」

那時候，他們只是笑說：「這傢伙眞沒情調！」，但是現在孝史看著中年男子的背影，腦袋裡想起的卻是這件事。大叔，你在剪指甲嗎？

儘管覺得這個人眞是奇怪，卻還是觀望了一陣子。今晚，不知大叔四周看起來是否還是很灰暗？還是因爲站在那裡，看不太出來？孝史心想。只見他光是杵在那裡，動也不動。

——我也眞蠢。

孝史突然覺得自己很幼稚。轉身便往二〇二號房走去。到了門前，從口袋裡掏出鑰匙——這時候，爲什麼會再度回頭去看緊急出口，連孝史自己都不明白。表面上或許只是「大叔會不會是在剪指甲？」的單純疑問，但在內心深處可能對「有人半夜站在逃生梯上」這種再怎麼想都不太對勁的情景，拉起了小小的警報。再加上男子那張灰暗的臉。孝史突然想到，那不就是想自殺的人的表情嗎！

不久之後，孝史將會深深地感到，自己的命運就取決於他進房間前的那一刻是否曾再朝逃生門看那一眼。這個小小的動作，便是他本人的生死交界。

但是現在，孝史當然不會想到這些。他是在心裡浮現的一個小小衝動的趨使下，才突然轉頭朝那邊看。就只是這麼一個動作。那個大叔，眞是個怪人……

孝史瞪大了眼睛。

轉過頭去的時候，那名中年男子的確在那裡，還站在平台上。可是下一秒鐘，他卻往欄杆的方向大大地踏出一步。在孝史看來，是踏出去了。至少，看起來是往那個方向移動了。不是上樓梯，也不是下樓梯；不是往左，也不是往右；不是退回走廊這邊，而是向欄杆的另一邊。那邊，只有一個小小的縫隙，再過去就是旁邊的大樓。而那下面，有的就只是飯店垃圾場光禿禿的水泥地面。

水泥地……

那一刻，在距離目瞪口呆的孝史眼前不到十公尺的地方，那名中年男子的身影，就這樣從逃生梯的平台上消失了。

大叔跳樓了！

一想到這一點，孝史拔腿就跑。在鋪滿寒酸的地毯的走廊上飛奔，一路衝到平台上，衝到欄杆前。勢頭之猛，萬一一個沒控制好，連他自己都可能會順勢滾到欄杆外。眞是有驚無險。

他就這樣靠在欄杆上，勉力把上半身探出去，盯著水泥地猛看。

蒼白的人工燈光從建築物的縫隙透過來，把水泥地照得慘白。在孝史面前是一排擺得整整齊齊的垃圾箱。由於他伸長了身子拼命向外探，放在鋼架上那些大大的藍色垃圾箱簡直就在他眼前，近得幾乎可以聞得到靠在角落那把髒兮兮的拖把發出濕濕臭臭的味道。

沒有半個人。根本沒有人掉下去。

孝史屏住呼吸，直接抬頭仰望樓梯上方。結果他看到的，是做了防滑處理的金屬製樓梯的裏側。在一級級通往三樓平台的最上面一層台階，黏著一塊口香糖，不知道是誰在很久以前黏上去的。

接著他往下看。逃生梯在這個平台上轉了一八〇度，繼續往下通到垃圾場。萬一發生火災，每個客人得設法從垃圾箱之間的縫隙擠出去才能逃生。因爲通往飯店小型專用停車場的一扇上了漆的門，就在垃圾場的另一頭。

沒有半個人。連腳步聲都聽不到。

即使如此，孝史還是下了樓梯。拾級而下，感覺到冬夜裡垃圾場的臭味還是一樣刺鼻。他通過垃圾場，檢查每一個大垃圾箱之間的空隙。如果那個中年男子眞的躲在這裡，那才眞的會把人嚇到心臟停止，可是，孝史還是寧願他眞的在這裡。就算找到他時的狀況再怎麼詭異，總比找不到好。

從垃圾場這邊打開門，看了看停車場內部。只有一輛白色的COROLLA像被棄置似地停在那裡，卻不見任何人影。孝史往回走，沿著逃生梯從一樓爬到五樓，還是沒有半個人。

那麼，剛才是怎麼回事？是錯覺嗎？那個大叔跳樓，是我看錯了？

孝史用力甩甩頭，雙手敲敲太陽穴。這個習慣是被太平傳染的。他父親工作一遇到瓶頸，就會三不五時這樣申斥自己，嘴裡還唸唸有辭，以前遇到電視影像有問題，只要這樣打一打就好了，腦袋不靈光，打一打也會比較管用。

但是，孝史的眼睛和大腦都主張它們剛才看到的不是錯覺。

到櫃檯去好了。可是，要怎麼說呢？有個客人好像從逃生梯跳樓了。咦？那，他掉到哪裡去了？就是找不到啊，他就像煙一樣憑空消失了——

孝史再度搖頭。可笑，太可笑了。這種可笑的事誰做得出來啊。

孝史決定回房間。先把咖啡喝了再說吧。雖然已經涼了，不過沒關係。口渴得要命。

從五樓進了電梯，孝史按下二樓的按鍵。到了二樓，電梯門打開。

在他眼前，站著一個雙手插進西裝外套口袋的人。就是那個男子！

3

孝史嚇了一跳，對方似乎也一臉驚訝。當他們面面相覷時，電梯發出刺耳的噪音，門開始關閉。孝史反射性地按了電梯裡的「開」鍵。

門打開了。但是，男子一副因為孝史在裡面就不敢搭的樣子，佇在那裡，要進來也不是不進來也不是。

他避開孝史的臉，目光一直向下。這時孝史才總算發現，原來自己一直露骨地死盯著對方看。心臟依然狂跳不止。過了一會兒，孝史總算出聲開口問：「下樓嗎？」

男子也很有禮貌地回答：「是的。我可以進電梯嗎？」

孝史反射性地往牆邊靠。男子進了電梯。孝史錯失了出電梯的機會。電梯門關上，往下移動。

孝史偷偷瞄了他一眼，觀察他的神情。

那是一張撲克臉，與其說是沒表情，不如說沒表情已經成為他的表情。昨晚第一次遇到時所感覺到的負面光芒，現在靠得這麼近，更加明顯了。而且這次孝史可以百分之百確定，電梯裡的亮度比他一個人搭的時候明顯暗了許多。

釋放黑暗的大叔。在小小的密閉空間裡，孝史覺得呼吸越來越困難。

站在不遠處的那名男子，身上還是穿著白天看到的那件西裝和白襯衫，雖然沒有繫領帶，但長褲的折痕熨得筆挺，鞋子也擦得乾乾淨淨。他的服裝一點也不邋遢，樣子並不會讓人感到不舒服，頭髮也是整整齊齊的。

從他身上完全看不出剛才曾經墜樓或跳樓，或是從逃生梯的平台上飛天盤旋的跡象。沒有一丁點兒可疑之處。

但是孝史眞的看到了，千眞萬確。僅僅十分鐘前，這名男子在逃生梯上消失了蹤影。

驀地頓了一下，原來是電梯停了。

男子移動腳步，走出電梯。當他走過孝史身邊的時候，輕輕地點了點頭。好像是道歉一般，目光朝下。

這一點頭，讓孝史再也按捺不住。像是要攔住男子般，出聲叫住他。

「請問……剛才您是不是在二樓的逃生梯那裡？」

因爲從來不曾說話這麼客氣，孝史講起話來怪怪的。男子停下了腳步。像被抓住上衣後領扯住似的，頓時停在那裡。就這麼背對著孝史僵住了。

孝史又開口了：「你剛才站在平台上吧？然後你就……就……」

你就不見了，所以我還以爲你跳樓了——正當孝史猶豫著該不該說這句話時，男子緩緩地轉過身來。

他的視線有一瞬間停留在孝史臉上，然後馬上轉開。好像直視孝史的臉是件罪大惡極的事一般，好像這麼做會造成孝史的麻煩。

「不知道呢，我想那不是我。」聲音低低的，尾音有一點點發抖。

「這樣啊……是我看錯了嗎？」

孝史注意到自己的聲音在顫抖。眞可笑，何必這麼緊張呢？

「可是，我嚇了一大跳。因爲那個人就像煙一樣消失了。眞的不是你嗎？」

男子像隻膽小老鼠窺探了一下孝史的眼神，然後搖頭。「不是我啊。我才剛從房間出來。」

騙人。孝史很想這麼說，可是腦筋越來越混亂，心臟也越跳越快，跟好久以前第一次約會的時候一樣，耳垂開始發燙。

正當他急著想找話接口，卻聽到男子說：「一直讓電梯停著不太好吧？」
原來孝史一直按著「開」那個鍵，擋在電梯門口。
他急忙走出電梯來到走廊。電梯門關上，就不再有動靜了。
「你本來就是要下一樓嗎？」男子問。他隨即邁開腳步，轉身向大門走去。
「你、你要到哪裡去？」
「我？」男子張大眼睛，第一次正面直視孝史的臉。
「是啊，都這麼晚了。」
男子的嘴角稍微歪了一下。他笑了。看到他的表情，孝史覺得自己眞是個實實在在、無可救藥的大白痴。攔住一個陌生人，跟人家說這是什麼話啊！
「我要去買菸。」
「菸？櫃檯沒有嗎？」
中年男子笑了笑：「沒有我要的牌子，我只抽hi-lite。」
「哦……這樣啊。」
孝史這才想起自己買的罐裝咖啡還在外套口袋裡。他隔著口袋敲了敲咖啡罐。
「這個，是在車站前的自動販賣機買的。我想那裡應該也有賣菸的自動販賣機，不過我不確定有沒有hi-lite。」
男子輕輕點了點頭。「這樣啊。好，那我走過去看看好了，說不定有。」
於是他再次向孝史點點頭，表示要走了。男子穿越冷冷清清的大廳，通過無人看守的櫃檯，走向大門。孝史就這樣站在那裡，目送他的背影。但是，當他要穿過自動門走到外面時，孝史到底還是忍耐不住，脫口大聲問道：

「你剛才眞的不在逃生梯那裡嗎？我嚇了一跳，還以爲你跳樓，到處找了一遍！」

男子沒有回頭，一路走遠，後來就看不見了。

孝史再也無法按捺，撒開腿跑到自動門邊。門反應遲緩地打開。然後，脫線的嘎嘎聲在耳邊響起，灌進來的寒氣直撲臉上，突然之間孝史洩了氣。

到底是怎樣？我這是在幹嘛？

提起手掌拍了頭一下。發出悶悶的聲音。甩甩頭，孝史轉身準備進去。

就在這時候，剛才人影全無的櫃檯冒出了一個人。是之前看到的那個小個頭的櫃檯服務生。因爲他出現的時機實在太巧，孝史不禁大叫一聲，聲音大得連自己都嚇了一跳。

結果，反倒是櫃檯服務生被他的反應嚇著了。圓臉上的圓眼睜得老大，兩手撐在櫃檯上，上身向後仰。

「啊，呃，對不起。」孝史慌張地說。

櫃檯服務生餘悸猶存，問道：「您還好嗎？」

聲音仍不脫櫃檯服務生慣有的機械與平板，因驚愕而僵住的表情還是繃得緊緊的。

「沒有，沒什麼，」孝史額頭髮際冒出冷汗，「沒事。只是有點嚇到了。」

「嚇到了啊，」櫃檯服務生像背誦似地重複他的話，「被什麼東西嚇到了？」

「什麼東西……」

孝史望著對方的臉。於是，他發現，櫃檯服務生的表情並不是懷疑也不是驚訝，而是像在刺探什麼，似乎在期待什麼。

孝史覺得奇怪。

櫃檯服務生看他沉默不語，隨即看了看四周，然後小聲地問：「莫非，您親眼目睹了什麼？」

「什麼？」

「是啊，您目睹了什麼？」

「目睹——」

原來櫃檯服務生是在問他看到了什麼。孝史走近櫃檯。

「你說我嗎？」

「是啊。因爲看客人你一臉好像看到可怕的東西的樣子。」櫃檯服務生接著說。可能是因爲講話的對象是孝史這樣的年輕小伙子，他的口氣變得比較隨便。

孝史的腦袋總算開始運轉了。心跳加速。他的意思難道是——

「這麼說，你也看到了？」孝史也跟著壓低聲音。

櫃檯服務生熱切地點頭。

「當然。」

孝史鬆了口氣，不由得笑了出來。

「就在剛才對不對？在二樓的逃生梯那裡。」

這個櫃檯服務生一定也看到剛才那個大叔消失了，一定是的。

「突然消失，過了一陣子又出現。是不是這樣？」

但是，櫃檯服務生卻搖頭。不過表情還是一樣起勁，把身子靠過來說：

「不是的，剛才我沒看到。而且，我也沒看過他消失呢！我只看過他走動的樣子。」

「走動的樣子——？」

「是啊、是啊！到目前爲止看過兩次吧！兩次都嚇得我一動也不敢動，只能傻傻地盯著看，看著看著，他就走掉了。」

孝史開始覺得迷惑。雙方的話怎麼好像雞同鴨講？

櫃檯服務生卻不管他的反應，一個勁兒地絮絮說個不停，顯得相當興奮。

「不過啊，離我上次看到已經有一段時間了，我還以爲他不會再出來了呢！原來又跑出來了啊。」

「請問……你說什麼東西跑出來了？」

聽孝史這麼問，櫃檯服務生再度睜大了眼睛。

「什麼東西，這還用說嗎？當然是鬼魂啊！」

「鬼魂？」這次睜大的是孝史的眼睛。「你剛才是在說鬼魂嗎？」

「不是嗎？」櫃檯服務生眨著眼問，「不然，你看到的是什麼？」

「呃，我……」孝史覺得頭痛了起來。「請問，你看到的鬼魂是什麼樣子？」

櫃檯服務生像隻半夜要去偷吃東西的老鼠，一雙小眼睛四處張望。那模樣活像他所說的「鬼魂」現在就在附近，生怕它正豎起耳朵偷聽他們的談話。

他把聲量壓低，好像在說什麼秘密似的，說：「就是蒲生大將的鬼魂啊！」

孝史張大了嘴。櫃檯服務生也配合著他開口。

「你看到的不是他嗎？」

孝史閉上嘴巴，又張開，又再閉上。這時候說什麼有人從逃生梯憑空消失也沒有用。

「你說的蒲生大將，就是以前在這裡蓋房子住的那個軍人？」

「是啊，後來自殺了。」

「你是說他的鬼魂會跑出來？」

櫃檯服務生用力點頭。「不止我，還有別人也看到了。他穿著軍服，拄著枴杖，在飯店走廊上走來走去，有時還會從玄關跑出去呢！」

「電梯旁邊掛的照片，就是他嗎？」

「是啊，就是他，而且他就穿著那身軍服。不過，照片是黑白的，顏色是不是一樣我就不知道了。」櫃檯服務生聳聳他圓圓的肩膀說：「不過呢，他不會害人啦！只是到處走動而已。更何況，我剛才也說過了，這一年來都沒人看到他，一直沒出現。」

「喔……」孝史不置可否地回答，做出一個不自然的笑容。

他想起電梯旁看到的那幀蒲生憲之大將的照片。那個縮著下巴、顯得意志堅定的軍人，威武的身形穿著軍裝，從照片裡走出，來到飯店的走廊上。這樣的想像莫名地鮮明。不會害人，只是到處走動而已——每走一步，胸前的勳章就晃一下，每次枴杖觸地，就發出結實的聲響……

孝史好像被粗粗的刷子刷過一樣，背上感到一陣戰慄。低頭一看，手臂上起了一片雞皮疙瘩。

眞想趕快回房間，不想再遇到任何人了。孝史急忙說：「我看到的可能就是那個。我也不確定。」

「眞的嗎？」

小個子的櫃檯服務生還不死心。孝史慢慢離開櫃檯。

「眞的。而且，我也沒怎麼受到驚嚇。嗯，大概就是這樣！」

孝史急忙右轉往電梯方向移動。他一邊跑，明明不想看卻又忍不住偷瞄那幀人物照。照片位於微弱照明照不到的黑暗裡，隱身於觀葉植物之後。即使如此，孝史還是感覺雞皮疙瘩又豎起來了。

電梯開門走進去之後，孝史又回頭看了一下，櫃檯服務生並沒有追過來，那個中年男子也沒有回來的樣子。

更別說鬼魂了，連個影子都沒有。電梯門一關，孝史大大地歎了一口氣。

回到房間，一口氣喝掉半罐已經快變涼的咖啡。然後，對著房間牆上掛著的那面鏡子，朝著裡面自己那張蒼白的臉大聲問：「你秀逗啊你？」

消失的大叔，再加上死了超過半世紀的軍人鬼魂。自己竟然被這些嚇得半死——

但是，鬼魂也就罷了，大叔的事卻是自己親眼看到的。那個大叔在二樓逃生梯的平台上像煙一樣消失了蹤影，短短五分鐘之後又出現在二樓走廊的電梯前。這件事實實在在發生過，千眞萬確。絕對眞實，毫無虛假。

本來，孝史一開始就覺得那個大叔給人一種奇妙的感覺，一種不尋常的印象。那種拘謹的態度也很奇怪。而且，爲什麼——

（爲什麼他會產生那種討人厭的黑暗氣氛？）

一起搭電梯的時候，孝史覺得自己好像戴了度數不合的眼鏡，視野是扭曲的……

想到這裡，孝史恍然大悟。那個人不是灰暗，而是扭曲。連他四周的光線都扭曲了，所以才會給人灰暗的感覺。

他還是第一次遇到這種人。

把空罐對準垃圾筒一扔，孝史癱在床上。髒髒的天花板上雖然沒有答案，但是躺著聽自己規律的心跳，心情也漸漸平靜下來。

明天考完試就盡快回家吧！孝史心想。

雖然自覺無所謂，其實神經還是繃得很緊，所以才會去在意那些小事。爸媽都叫自己考完試，休息一晚後再回家，但是照現在這種狀況，自己一個人悶在昏暗的房間裡，八成也不會有什麼好事。

（而且還會鬧鬼。）

在心裡嘀咕著，又覺得一陣發毛，可是孝史卻笑了出來。突然之間，覺得一切都非常可笑。甚至連今天要在這裡住一晚都覺得麻煩。

孝史翻身起床，把攤在桌上的參考書和筆記本收拾好。準備好明天要用的東西，然後很快地沖了個澡。清清爽爽地從浴室出來，心情也好多了。

打開電視，設定好三十分鐘後自動關閉電源，換好衣服鑽進被窩裡。孝史很不容易入眠，這是他的老習慣。不過要是專心看起電視反而會更清醒，所以音量要轉小，同時避免看電影或連續劇。

時間已過半夜一點，電視上播的是深夜節目。隨手轉到的頻道正好在播談話性節目。這類節目最適合拿來催眠了。

閉上眼睛，以抱著枕頭的姿勢朝右側躺。電視裡的希希沙沙聲，不斷流洩而出。

耳裡突然聽到其中一段話。

「所以呢，就在昭和十一年的本月本夜，發生了二二六事件……」

孝史躺著睜開眼睛。電視機的螢幕好刺眼。

男女數人圍著脫口秀的佈景坐在麥克風前。主持人是經常出現在其他節目的某男主播，好像叫齋藤什麼的。說話的就是他。

「好的，今晚的『極樂之夜』要聊的題目是年輕人眼中的太平洋戰爭，節目將以特別來賓的談話及開放現場年輕朋友討論為主。不過呢，我可以預見大家的反應可能會是——什麼太平洋戰爭嘛，都半個世紀前的歷史了！」

齋藤主播笑著說。

「我們把內容整理成幾個最基本的重點逐一討論，這些都是學校課堂上沒有教的。首先，從現在到凌晨一點五十分的第一部分，就從我國之所以——怎麼說呢，可以說是傾向戰爭嗎？我國之所以傾向戰爭的分歧點，也就是從二二六事件這次軍事政變開始，一直到珍珠港事變，現在也叫作 Remember Pearl Harber，以這一連串的歷史事件為一個段落來討論。」

談話的內容很嚴肅，口氣卻是綜藝節目的格調。堆滿笑容的臉上微微地冒著汗。

「接下來呢，在第一部分之後便是介紹本星期的娛樂資訊站單元，這十五分鐘的單元結束之後到凌晨四點的第二部分，我們大家一起來學習一下從珍珠港事變到日本接受波茨坦宣言、結束第二次世界大戰的歷史。這就是今晚的節目內容。」

齋藤主播身邊是一位穿著鮮黃色套裝的女播報員，在她旁邊，是頗受年輕人喜愛的女明星飯島盈。她穿著低胸洋裝，胸前波濤洶湧，手肘靠在桌子上。

「今天的企劃眞是陽剛啊，」女播報員開心地說。

「可不是嗎？而且時機正好。因爲，二二六事件就是發生在本月本夜的事。這邊的本月本夜可不是《金色夜叉》（註）哦，小盈。」

飯島盈露出酒窩，天眞無邪地反問：「金色夜叉是什麼？」

「跟今天的主題沒關係。」齋藤主播笑著回答，一邊轉向坐在她身旁的那位三十幾歲的男子。

「蘭草先生覺得呢？我想您應該很少有機會爲了今晚這樣的主題上節目。」

這位被稱爲蘭草先生的男子前方，放著一塊寫著「趨勢評論家蘭草和彥」的名牌。他以低沉的聲音回答：

「是啊。不過，我認爲歷史這種東西，最後也不過是趨勢不斷累積的結果。」

「哦哦——！原來如此！歷史是趨勢累積的結果啊！」

註：日本寫實派作家尾崎紅葉於明治三十年（1897）以熱海為場景所創作的小說，內容講述貧窮的男學生因戀人的變心，化身為金錢魔鬼，成為放高利貸者的故事。其中男主角在熱海海岸狠狠踢開拜金主義的女主角一幕最為人津津樂道。「本月本夜（日文為：今月今夜）」則頻繁出現於本書男主角台詞中。

「本來不就是這樣嗎？所以，我認為以這種角度來重新審視我們的國家是一件很有意義的事。今天的節目眞令人期待。」

攝影機的鏡頭隨著他的話切換，轉而拍起來到攝影棚的年輕人。每個都與孝史年紀相當，只見服裝與髮型大同小異的一張張面孔。其中有男有女，但男生多得多，比例大約是七比三。

「不過，大家一臉想睡的樣子。」

攝影棚因為齋藤主播這句話而揚起笑聲。

「做這種比較硬的企畫，大概很多人都覺得沒意思，轉台的轉台，睡覺的睡覺，不過，我在這裡拜託大家，可千萬別睡啊！小盈也要打起精神來哦！」

「好——。」她扭扭捏捏地笑了。「可是，齋藤先生，我眞的是什麼都不知道，你剛才說的二二六事件是什麼？」

攝影棚又傳出笑聲。趨勢評論家也笑了。

「傷腦筋哪！別一開始就讓我接不下去嘛！」

「那是我國歷史上極為罕見的大規模軍事政變。」蘭草解釋。

「哦——，軍事政變，聽起來好酷喔！」

聽到小盈的話，看起來不拘小節的蘭草的那張黝黑的臉露出笑容，傾身向前說道：「是啊。其實我對今晚的節目非常期待，這也是我把昭和四、五十年代出生的年輕人稱為『超戰無派世代』的原因。」

「超戰無派？」

「對。因爲他們已經超越了我們這些二次大戰後出生的戰無派（註）世代。在這些超戰無派的眼中，軍事政變這類的事件，對他們而言也只是覺得很酷而已。二二六事件的青年將校們在他們看來，也只是悲劇英雄。但是，今後的日本靠的就是這個世代。他們完全擺脫了複雜的歷史包袱，因而能夠建立一個自由的社會，我認爲他們是代表希望的世代。好比今晚的主題，他們或許能夠以與過去完全不同的角度來解讀。」

拜託，又是二二六事件啊！從昨天到今天，好像莫名其妙地跟這個事件扯上關係，可是我已經受夠了……害我差點又想起鬼魂的事了……

孝史雖然已有睡意，眼睛卻還是離不開電視。這時候畫面換了，出現了幾個黑色的大字標題：

「二二六事件」

同時旁白開始說話。

「昭和十一年二月二十六日破曉時分，陸軍第一師團麾下的步兵第一連隊、步兵第三連隊、近衛師團麾下的近衛步兵第三連隊，以這三處的青年將校爲中心所構成的起事部隊，他們襲擊、暗殺了當時的內閣總理大臣、內大臣、侍衛長、大藏大臣等重要大臣，這就是二二六事件的開端。起事部隊於發動襲擊後維持兵力，佔領了麴町、永田町一帶的政治軍事中心。他們的要求、目的是頒布

註：戰無派是相對於日本戰前派、戰後派所衍伸出的語詞。意指第二次世界大戰後出生，對戰爭一無所知的世代。

戒嚴令，由軍部來主導國政，並在其指揮下驅逐被視爲政治腐敗元凶的重要大臣，組織新內閣。他們稱之爲『昭和維新』。

這次軍事政變的發生，追溯其起因，在於當時陸軍內部兩大派系皇道派與統制派嚴重的勢力鬥爭。起事的青年將校隸屬於皇道派，當時陸軍中樞以與其敵對的統制派將校較多，但對青年將校寄予同情的親皇道派勢力亦不在少數，而這微妙的勢力關係致使事件朝難以想像的方向發展。

然而，針對此事件，昭和天皇的意見始終認爲『暗殺重臣之青年將校罪大惡極，應嚴加討伐』。陸軍中樞視起事部隊爲反叛軍，派出軍隊，並以不惜發動攻擊的態度與之對決，同時亦召喚下士官及士兵歸隊。到了二十九日，青年將校投降，爲期四天的二二六事件就此落幕。

遭到拘捕的青年將校立刻受到軍法會議的審判，在沒有辯護人也沒有上訴權的狀況下被宣告死刑，這次審判因而被稱爲黑暗審判，陸軍內部的皇道派勢力也一舉遭到剷除。然而這次事件的發生，使握有強大武力的軍部對國政的發言權大增，導致後來軍部專擅，帶領日本走向戰爭的時代……」

螢幕配合著旁白，出現了當時的報紙版面、武裝軍隊、在積雪的道路上行進的部隊等靜止畫面。在拒馬前行走的軍人。讀著車站前張貼的——應該是號外吧——報紙的人。豎起刺槍，站在「戒嚴司令部」招牌前的軍人。在看似大旅館的建築物前聚集的軍人。在遠處圍觀的群眾。清一色是單色的、黑與白的世界。畫面的一角秀出「照片由每日新聞社提供」的字樣。

這時，畫面又切換回攝影棚，拍的是飯島盈的特寫。她朝著鏡頭微笑，眼裡泛著睡意。

「看了以上的影片……」齋藤主播發話，「小盈，怎麼樣？看了剛才的影片，現在瞭解了嗎？」

她聳聳肩，乳溝顯得更深，嬌滴滴地「嗯」了一聲。

攝影棚裡發出笑聲。孝史揉著睏倦的眼睛，心想，我可沒資格笑人家。光靠剛才那段短短的影片，根本完全摸不著頭緒。如果是具有相關基礎知識的人或許還能夠了解，但是劈頭來個「皇道派」、「統制派」，聽在完全沒接觸過這件事的人耳裡，簡直跟暗號沒兩樣。

攝影棚裡的人都笑得很開心，而在來賓席一旁架高起來的地方，與其他來賓稍微有一段距離的位置坐著一位老先生，他把麥克風拉近，開口說話了。

「剛才的影片與解說整理得很好，但是只有那樣的說明是不夠的。」

看他的名牌，好像是某大學的教授。一身正式的西裝，白多於黑的頭髮梳理得很體面。

「而且，如果要符合今晚企畫的宗旨，不應該是從二二六事件開始，至少也要追溯到更早之前，也就是昭和六年（一九三一）的滿州事變（註一），否則就時序和因果來看是不正確的。陸軍內部的派系鬥爭一舉浮出檯面也是滿州事變種下的因……」

齋藤主播帶著親切的笑容急忙插話：

「多部教授，關於您所提的這些事情，在稍後的單元還要再向您請教。那麼接著我們看日中戰爭（註二）……」

多部教授忙不迭地點頭，一副我知道我知道的樣子。

「沒錯沒錯，二二六事件的第二年就發生日中戰爭，但是在這段期間，你剛才也提過好幾次，

註一：在我國稱「九一八事變」，即日本發動對中國戰爭的第一役。

註二：即我國所稱的「對日抗戰」

就是軍部的獨裁專權啊，導致好幾件事成爲後來引發日中戰爭的關鍵。可是要讓年輕人了解這當中的來龍去脈，如果不對更早之前的事情詳加說明……」

齋藤主播一副心不在焉的樣子，視線在畫面下方游移。可能是有人在對他打暗號吧。

「啊，好的好的，那麼，教授請您稍後再繼續。我們先進一段廣告。」

珠寶店的廣告迫不及待地跳出來，電視音量突然變大。正當孝史皺起眉頭時，自動關機的睡眠裝置啓動，關掉了電視。

孝史閉上眼睛，打了一個呵欠，眼角滲出眼淚。他對節目的後續並非完全沒有興趣——那個教授和主播各說各話的樣子眞好笑——但是還要起來開電視也很麻煩。

在攝影棚參加錄影的那些年輕人，不管是已經出社會還是學生，一定都找好出路了。否則，誰有那個閒情逸致在平常日的半夜去參加節目錄影啊！那是一群立場與孝史完全不同的年輕人。

——我管好現在都來不及了，才沒閒功夫去回顧歷史呢。

孝史心裡這樣想著，翻個身背向電視。然後，不到幾秒鐘的功夫便沉沉入睡。

4

下意識的警告。

這究竟是從哪裡來的呢？眞的像字面所說的，從意識之下來的嗎？遍布於皮膚表面那些敏感的感應元所接收到的訊息，透過複雜的神經預備線路，穿過平時緊閉的大門傳遞到心——最後到大腦。於是，紅色的警示燈開始閃爍。危險、危險、危險！

但是，這些警告並非言語，也不是聲音。把孝史從熟睡中喚醒的，並不是噪音。在床上突然睜眼醒來的時候，房裡靜悄悄的沒有半點聲響。

向右側躺，微微弓身，維持一、兩秒醒來的狀態之後，孝史睜大了眼睛，對自己突然醒來感到非常驚訝。明明又不是在作夢，怎麼會？

他是睡得很沉的人。一旦睡著了，除非發生什麼特殊狀況，否則不會中途醒來。準備考試的這段期間，這樣的體質著實令人煩惱。不管收音機的音量放得再大，只要一打起瞌睡，不到天亮是醒不來的。有一次隔壁房間的妹妹被吵醒，又氣又無奈地跑來他房裡關掉收音機，順便朝他背後搥了一拳，要不是隔天吃早飯時妹妹告訴他，他還渾然不知呢。

（我看哥哥啊，就算有人要他的命，也不會醒來的啦！）

現在卻不是這麼一回事。躺在床上的孝史，感覺到他的身體越來越僵，心情越來越緊張。

房間裡有人嗎？

腦海裡第一個冒出的念頭是這個。是因爲察覺到有人才醒來的嗎？

想動卻動不了。眼睛連眨都不敢眨，屏住氣息專心聽周圍的聲音。可是耳裡聽到的只有自己的心跳聲，其他什麼都沒有。簡直就像心臟從胸口跳到耳朵深處似的。

好，翻個身試試看。盡量裝作若無其事，要很自然。然後再聽聽有沒有什麼動靜。要是房間裡有人，一定會有所反應。

閉上眼睛。爲了轉動身體，必須鼓起勇氣。內心裡不祥的預感越來越強烈。絕對有問題。現在這個狀態太不尋常了。

當孝史正數著一、二、三準備翻身的時候，頭頂上從遠方傳來玻璃破裂的聲音，緊接著是女人急促又尖銳的慘叫聲。

孝史從床上彈起來。已習慣黑暗的眼睛依稀能夠辨視房內的家具、牆壁、窗戶的位置。胸口的悸動越來越劇烈，背後卻流起冷汗。

在他起身的同時，反射性地朝床的右手邊伸手過去，摸索檯燈的開關。手臂碰到床頭桌的電話，卡嗒卡嗒幾聲之後，聽筒掉在地上。

摸到開關，按下。瞬間，啪的一聲，藍白色的火花四濺，檯燈的燈泡破了。孝史趕緊將手抽回來。刺痛的觸感告訴他手臂被玻璃刺傷了。

檯燈四周發出一股異味，像是鐵銹味又像燒焦味。剛才閃電般藍白色的光線變成視覺殘留，烙在眼皮上。檯燈短路了。

到底是怎麼回事？正當孝史想大叫卻動彈不得的時候，上方又傳來聲響。這次是重重的、彷彿震到骨子裡的低沉聲響。天花板上開始有東西紛紛掉落。

這時候孝史已經管不了那麼多，也失去了判斷力。他從床上跳下來，赤腳著地的時候，一腳踩在剛才破掉的燈泡碎片上。玻璃碎片猛然戳進右腳腳底。孝史失去平衡直往另一邊倒，撞到門上。

打開鎖鍊，握住門把的那一刻，突然腦海中閃過一絲疑惑，門把竟然溫溫的？但是沒時間去思考這些，孝史跌跌撞撞地來到走廊。

整個走廊都是煙，而且沒有一盞燈是亮的。

在白濛濛的煙霧後隱約可見左手邊「緊急出口」的青白指示燈，而走廊右邊的盡頭，僅僅二公尺之外的那扇窗戶一片火紅。

一種認知從膝蓋猛衝上來。就好像所有的神經變成一束綳緊的鐵絲，另一端被抓住，狠狠地被甩了一下。孝史對當下情況的認知，傳遍了體內的每一個角落，讓他全身因恐怖不停發抖。

失火了！怎麼辦？飯店燒起來了！

爲什麼警鈴沒有響？自動灑水器怎麼沒有啓動？飯店的員工都在幹什麼？

孝史僵在那裡，腦袋裡淨轉著這些無謂的念頭，感覺到力氣不斷從膝蓋溜走。突然之間他開始哽咽。這家飯店根本就沒有什麼消防設備。打從一開始就不存在那種東西。這裡是飯店的墳場啊！

在這短短的片刻裡，煙霧越來越濃，孝史開始感到呼吸困難，也清楚感受到熱氣襲身。因爲腳步不穩，他伸手扶著牆，卻發現牆壁燙得嚇人。

孝史像被彈開似地離開牆壁，調整好姿勢，朝著青白色的「緊急出口」指示燈走去。剛才踩到玻璃的右腳一陣刺痛，他向前跌倒，雙手著地，忽然他發現靠近地板呼吸反而比較容易。電視上不也曾看過，遇到飯店火災要逃生時姿勢要放低嗎！

孝史在走廊上匍匐前進。二樓的其他房間好像沒有其他客人，所以這時也只有孝史一個人。不過他還是在中途扯開嗓門大喊：「失火了！失火了！」卻沒有任何回應，也沒有任何動靜。

前往緊急出口這一段短短的距離，汗水不斷從孝史的額頭流過下巴往下滴。煙霧燻得眼睛越來越痛。再七公尺、五公尺。孝史不時抬頭確認青白色的「緊急出口」，慢慢前進，心裡覺得好想哭。用鼻子呼吸覺得空氣很燙，可是每次用嘴巴呼吸又會咳嗽。

再一公尺就到了。已經來到「緊急出口」的指示燈旁邊了。孝史一把勁站了起來。這時候，他連右腳的疼痛都忘了。用力握住門把——

孝史大叫一聲向後倒。

門把燙得跟熨斗一樣。手心立刻一片血紅，接著柔軟的部分因燙傷泛白起了水泡。

這樣根本沒辦法開門。門不會自動打開，他也打不開，這樣沒辦法逃到外面去。

這時，「緊急出口」蒼白的指示燈好像在可憐孝史似的，閃了兩、三次之後，熄了。此刻照亮走廊的，只剩下另一側窗戶映出來的鮮紅火焰。

「該死！」

孝史膝蓋不停顫抖，向右轉身。這下完蛋了。門把燙成那個樣子，門外鐵定是一片火海。那個垃圾場的垃圾一定燒得不亦樂乎，火勢大到火舌都燒到門把了。

明明只要穿過那扇門、那道牆，就可以安全逃到外面；逃到二月底寒冷的夜色中；逃到可以自由深呼吸的空氣中了。

走廊充滿了濃濃的灰色煙霧，刺痛孝史眼睛，不一直眨眼會受不了。孝史爬離緊急出口，好不容易才回到電梯附近。

這時候搭電梯反而危險，而且電梯一定也不會動。火紅的窗也不必考慮，那外面一定是個火焰地獄。

怎麼會燒成這樣啊！起火點又是在哪裡呢？整間飯店簡直就變得跟烤爐一樣。

孝史拼命叫自己冷靜下來。現在剩兩條路可走。一條是經由電梯旁邊的員工專用樓梯下樓，另一條是回到房間，打破窗戶，從二樓跳下去。幸虧這裡的客房沒有裝設自動鎖，還可以回二〇二號房。

回房間吧！孝史當下做出決定。員工專用樓梯現在一定也變成煙囪了。就算勉強從那裡下去，也不知道一樓會是什麼狀況。

孝史毅然決然站了起來。現在連趴在地板上也難以呼吸了。他要從電梯前面跑過去，一口氣衝進房間。彷彿在向他保證這是唯一的安全出口似的，透過濃煙隱約可見二〇二號房的房門依然如故，沒有任何變化。

孝史邁出步伐。才走了兩步，正好來到電梯正前方。這時，一陣熱得讓他不由得閉上眼睛的熱風，從電梯那邊橫掃過來。

孝史反射性地朝那邊看。電梯左右對開的兩扇門中央，出現了一條火紅的線。電梯的門本來就關不緊。這座飯店真的是沒有一個地方蓋得像樣。

可是，那個縫有那麼大嗎？而且這陣熱風是怎麼回事？

危險！

這時候踏出去的是受了傷的右腳。如果右腳完好如初，能夠承受整個體重的話，孝史一定會毫不猶豫地通過電梯前吧！但是，身體受到熱氣的折騰，加上右腳腳底清楚傳來的尖銳刺痛，致使孝史頓了一下，把重心移到左腳。然而重心卻往後倒，致使孝史踩了個空，整個人向後退，離電梯反而更遠，最後還跌坐在地板上。

就在下一瞬間，電梯門突然飛了起來。

其中一邊的門扭曲成逆く字形，差點撞到走廊天花板。那一瞬間發生的一切，完完整整映入孝史眼簾。破壞電梯門的爆風挾著火焰吹到走廊上，發出震耳欲聾的爆音衝上天花板。

孝史眼睜睜看著被吹壞的電梯門撞到二〇二號房的門上，把門給封死了。連接在電梯上的幾條電線，在瞬間爆風的帶動下飄然起舞，好像在跟孝史說再見。

現在，全身虛脫的孝史只能坐在地上，看著越燒越烈的火焰。沒受到剛才那陣爆風的直擊，還好端端地活著，反而令人感到不可思議。

已經沒救了。

我要死了——孝史心想。這並不是放棄求生，而像一切的開關都被切斷，所有機能呈現停止狀態。甚至連恐懼都感覺不到了。

孝史一吸氣，燙傷了喉嚨，甚至感覺連鼻毛都燒焦了。頭髮也開始蜷縮，腦袋昏昏沉沉的。奇怪的是，這時候反而睏了起來。要昏倒了嗎？如果眞的像妹妹說的，在睡夢中死去，那樣也好。再見了。再也見不到家人和朋友了。做夢也沒想到，自己竟然會這樣死去。還一直以爲，不管自己是多麼乏善可陳，多麼不像樣，還是有未來的。

可是，我卻要在這裡被燒死了。命運眞是殘酷啊！死在這裡，豈不是連爲何會發生火災都無法得知了嗎？

報紙會怎麼報導呢？父親——太平會怎麼想呢？會自責嗎？還是會痛恨介紹這家老舊飯店的朋友呢？

地板好熱。屁股也好熱。全身沒有一個地方不熱。眼睛再也撐不住了。天花板是火的通道。再也沒有任何退路了。孝史閉上眼睛。
這時候，突然有人從背後抓住他的肩膀。
孝史以爲是錯覺，沒有睜開眼睛。原來被火紋身的感覺，竟然會令人產生這樣的錯覺。然而，那雙手不單單抓住孝史的肩膀，還用力搖晃。
「喂！振作一點！」
有人在他耳邊大叫，聲音大得像在怒吼。孝史擠出僅存的一絲力氣，勉強睜開眼睛。
那個中年男子就在他眼前。
他的嘴上蓋著濕毛巾，但是額頭和臉頰都紅通通的。身上穿的也不是睡衣，而是好端端地穿著襯衫和西裝外套。肩膀的部分燒焦了。頭髮也燒焦了。雙眼充滿血絲，也是紅通通的。
——就連這時候，我還看到那個大叔的幻影啊。
在模糊的意識之外，男子的聲音滑過：「振作一點！我馬上救你。知道嗎！聽到了嗎？」
聽是聽到了，可是身體動不了。再說，要怎麼救呢？
「把手給我！」男子伸手過來，用力抓住他右手的手肘部分。「抓住我的衣服。隨便抓哪裡都可以。抓好！振作點！」
他把孝史的手臂拉到他的西裝外套邊緣。在模糊的視線中，又紅又腫的手指總算動了。
孝史抓住男子的西裝外套。已經快麻痺的手指上，依然可以辨別出外套的羊毛觸感。
突然間，手臂被用力拉扯。身體向前動了。輕飄飄的，有一種被抬起的感覺。要到哪裡去？往哪邊逃？分明已經無處可逃了啊！

下一瞬間，一切都消失了。四周一片漆黑。

驟然只剩下黑暗。

那種感覺，並不是黑暗包圍住孝史，而是他自己一頭往黑暗裡栽。

四周的熱氣不見了，而且是在一瞬間不見的。但是殘留在孝史肌膚上的熱氣，仍繼續灼燒。頭皮發燙，臉頰刺痛。睡褲可能破了，感覺小腿好像露了出來。好痛。是灼傷。對了，剛才右手抓住緊急出口門把，手掌也好痛。

原來死亡就是飛進這樣的黑暗中啊。不過，灼熱和疼痛卻一點兒都沒有消失。甚至還感覺得到破掉的睡衣袖子飄動拍打著手腕的觸感……

爲什麼袖子會飄？

我在動，正在移動。孝史察覺到因灼傷而疼痛的臉頰受到風的撫弄。

不，不是風。那不是空氣在流動。不是的。那只是因爲孝史的身體輕飄飄地浮在空中，所以感覺很像微風吹撫。

我現在究竟在哪裡？

孝史想張開眼睛，可是眼皮卻動也不動。眼皮簡直像黏住了似的，不管怎麼努力都是徒然。

包圍住身體的熱度逐漸減退。相對地，存在於全身各處的局部疼痛與灼熱卻越來越清晰。是受傷的部位。不過比想像中還少。右手掌和右肩，兩頰、額頭、小腿肚、指尖，還有腳底。右腳腳底踩到玻璃的傷口發痛。還在流血。感覺得到，感覺得到疼痛。這是活著的證明。我得救了嗎？

身體在半空中漂浮。右手好像抓著什麼。被交代絕對不能放手，所以還抓著。是什麼呢？交代我不能放開什麼？那又是誰？

腦海中一片混亂，意識也越來越迷濛。好睏，快睡著了。

意識就在這裡中斷……

孝史昏過去，時間觀念也消失了。他跌進了自己內心深處的黑暗之中。

接著，再從那裡墜落，身體一直往下沉。那種感覺讓孝史醒了過來。耳朵聽到破空而過的風聲，指尖似乎觸摸到戶外冰冷的空氣。

往下、往下、往下。身體不停地往下掉。破掉的睡衣隨風拍打。這次眞的是劈啪作響。強風打在臉上，讓人張不開眼睛。

往下。

突然之間，聽到噗通一聲悶響的同時，孝史被摔到地面上。

右肩著地。因爲太過疼痛，呼吸還暫停了一會兒。

他本能地把身子蜷縮起來，所以沒有撞到頭。在痛苦消退之前，暫時維持這個姿勢，不動也不睜眼地縮成一團。意識空白宛如漆黑浪潮，緩緩地沖上來，包圍住孝史。

這次，浪潮很快地退回去了。從頭開始慢慢退到腳尖。就像潮騷一般，孝史宛如能清楚地聽到退潮的聲音。

心中的現實感又回來了。

孝史還是沒睜眼，就這樣躺著。眞想一直這樣躺下去。躺著躺著，就會有人來救我吧！

換成俯臥的姿勢，半個身子平貼在地面上。冰冷極了，好像貼在冰上。灼傷的臉頰和額頭感到非常舒適。把手伸展開來，右手手心貼住地面，疼痛一下子就遠離我了。

雖然現在是二月天，不過，原來柏油路面這麼冰冷啊！而且，觸感還這麼柔軟！好冷。這次換成全身被寒氣包圍。而且還感覺到有冰冷的東西紛紛掉落在身上。

孝史努力試著眨眼，卻不太張得開。睫毛燒焦黏住了。

試著移動身體，卻忍不住發出呻吟。還沒睜開的眼睛深處感到天旋地轉，一股反胃的感覺被激了上來。於是孝史放棄了，再度趴在地上。

過了一會兒，又試了一次。他小心翼翼地抬起身體，以較不疼痛的左手撐住地面，提起膝蓋。完成了這些動作之後，總算能讓自己側坐在地上，然後舉起右手搓了搓臉。

眼睛睜開了。

首先映入眼簾的，是一整片雪白的地面，發光般雪白的地面。孝史就癱坐在上面。

每一次眨眼，模糊的視野就慢慢地越來越清晰。但地面還是一樣地白，包裹住身體的寒氣冷得快把人凍僵，落在頭頂上、額頭上、臉頰上那些一點一點冰冷的感觸也未曾消失。

這不是錯覺。他沒有發瘋。

孝史抬頭往上看。無數白色發亮的碎片從被灰色占據的夜空中飄落下來。

是雪。在下雪。

5

孝史感到難以置信，嘴巴張得大大的，繼續看著上空。雪不停地飄下，大片大片的雪花，是他從沒見過的。地上也積雪了。有些地方像山一樣圓圓地鼓起來，應該是樹叢吧。

忽然他感覺到背後有人，吃驚地連忙轉頭。在孝史還沒看清任何東西之前，有兩隻手伸了過來，抓住他睡衣的衣角用力拉。孝史被拖到身後的一個大雪堆後面。

孝史正要大叫，背後又伸出一隻手摀住他的嘴。耳邊聽到一個壓低的聲音對他說：「不要出聲。」

一時之間，孝史連呼吸都停住了。

就在這時候，頭頂上方突然亮了起來。還傳出卡嗒卡嗒的聲音，好像有人在開窗戶。

「剛才那是什麼？」一個男子的聲音說道。

驚嚇之餘，孝史差點又叫出聲來。背後那雙手似乎早就預料到他會有這樣的反應，用力壓住了他。

剛才有人叫我不要出聲，是怕被這個男的發現嗎？可是，爲什麼？現在明明應該要求救的啊！好不容易從飯店火場中逃出來，爲什麼非躲躲藏藏的不可？

「大概是貓從屋頂上跳下去了吧。」這次是女子的聲音。嬌滴滴的語氣，音調偏高。

「看樣子，又是一場大雪。」

男子說完，接著傳來關窗的聲音。燈，仍然亮著。在這段期間，孝史一直被一股力量架住。

不久之後——可能有五分鐘吧——燈熄了。約莫過了十秒，架住孝史的手總算鬆開了。

孝史感覺到背後的人動了。那個中年男子——對，就是他——瞧了孝史的臉。

「你還好吧？」他悄聲問。

他的臉被燻黑了，衣服上也到處都是燒焦的痕跡，不過傷勢好像不怎麼嚴重，就是鼻頭有點發紅，眉毛燒焦了而已。

「全身骨頭好像快散了。」

因爲男子刻意壓低聲音，孝史自然也跟著降低音量。看到男子嚴肅的表情和態度，他覺得最好這麼做。

「我們是跳窗逃出來的吧？」

除此之外，不可能有其他方法了。

「你拉著我，打破某扇窗，帶我跳下來的對不對？雖然我不知道你是怎麼辦到的……。是到離電梯比較遠的房間，從二〇四號房那邊的窗戶跳下來的嗎？」

男子凝視著孝史，沒有作答。雪花紛紛黏在他眉毛燒焦的地方，越來越白。若在平常，看到這模樣可能會爆笑出來，但現在孝史卻笑不出來。

太詭異了，這種氣氛。而且，爲什麼完全聽不到消防車的警笛聲？也沒看到救護車。連看熱鬧的人都沒有。

別的不說，起火的平河町第一飯店在哪裡？

「請問……」

孝史思索著該怎麼問下去，男子什麼都沒說，只是朝著剛才窗戶開關、傳出人聲的方向，揚了揚他肥肥短短的下巴。孝史朝那邊看去。

在灰雲密布的夜空下，片片雪花織成的簾幕後方，浮現出一座黑色建築物的身影。

那是一幢兩層樓的建築。半圓的拱型玄關亮著一盞小小黃色的燈。有幾扇窗格子格得很密的細長窗戶，現在只有二樓最遠的一端還亮著燈。

孝史移動視線，將整個建築物的輪廓掃過一遍。混亂的腦袋仍處於驚嚇之中，卻還保有對這幢建築物的記憶。雖然只是一點點印象，但這幢建築的確似曾相識。

這是座洋房。這年頭在東京很少見了，感覺像是博物館或銀行總行。占地並不算大，不過中央部分有一座三角形屋頂的鐘塔。而且這種紅磚外牆……

男子任憑雪不停地掉落、堆積在頭髮上，並且平靜地說：「飯店電梯旁邊，掛著這座房子的照片。你沒注意到嗎？」

孝史差點又叫出聲來。

對啊！他看過那張照片的嘛！一張小小的黑白照片，慎重其事地加了相框，旁邊還寫了一大串說明。

男子緩緩地說：「蒲生邸。上面應該有寫才對。」

蒲生邸。沒錯。他還記得這張照片和陸軍大將蒲生憲之的獨照掛在一起。他還記得那名軍人的長相。現在眼前的這座洋房的確是他家、他的房子。

孝史看著男子的臉。兩人皆渾身是雪，臉色蒼白。嘴唇也是慘白的。

「可是……那是……」

「那張照片是昭和二十三年（西元一九四八）拍的。」

「就是啊！所以，你剛才說錯了。那張照片上寫的是『舊蒲生邸』。」

孝史抬頭看了看建築物，然後臉上總算出現一絲笑容。

「啊，我知道了。這是你說的那座蒲生邸的新版，後來才重建的吧？這是在平河町第一飯店的哪一邊？我完全沒注意到有這幢建築。」

男子垂下眼睛。孝史發現，他的嘴角隱約浮現類似笑容的表情。如果這個笑容有味道的話，一定非常非常苦。

「我說了什麼奇怪的話？」

男子緩緩搖頭，臉上笑容雖然沒有消失，但看來並不是在取笑孝史。

「不是你說的話奇怪，而是對你來說，事實變得很奇怪罷了。」

「什麼意思？」

男子向房子的窗戶瞄了一眼，好像在探聽什麼動靜似的，然後說：「說來話長。這裡太冷了。而且這裡是前庭，被人發現可能會攔住問話。穿過建築物旁邊就是後院，那邊有個柴房，我們先到那裡去休息吧。」

男子像檢視孝史的全身似的仔細看了看他。

「你需要一些衣物來禦寒，而且傷口也必須處理。先過去再說。」

男子彎著腰準備站起來，孝史拉住他的衣袖，說：「請等一下。我實在不明白，爲什麼要去躲在柴房裡？我們趕快離開這裡去求救吧！火災那麼嚴重，應該已經來了很多救護車和消防車。我想去醫院。」

「可是，你覺得有救護車或消防車來的跡象嗎？」

男子冷冷的一句話，讓孝史說不出話來。

「一定是搞錯了……」

「還有，這片雪呢？」男子舉起手，用手掌承接住大片的雪花。「才幾個小時，雪就下成這樣？」

「那是睡著了沒注意到而已吧！下雪又沒有聲音。」

男子嘆了口氣，這次眞的是露出苦笑，說：「那麼，平河町第一飯店在哪裡？你看得到嗎？你說的對，那麼大的一場火災，一定會冒出大量濃煙，天空也會出現一片火光。找一找，應該很快就可以發現飯店在哪個方位。你說，是哪邊呢？」

用不著他以這種挖苦的方式來問，孝史自己早就覺得奇怪了。

他心裡開始產生一種落入一場大騙局的感覺。就好像在一堆象棋裡混進了一顆西洋棋一樣，唯獨孝史一個人不懂得規則，搞不清楚狀況。

「——到處，都看不到飯店。」

孝史不情願地承認。好可怕。

「我們現在在哪裡？請你告訴我。你把我從那家飯店帶出來，到底帶到哪裡來了？」

本來準備站起來的男子再度坐下。他可能認爲不解釋清楚，孝史就不肯動吧。

「我再說一次。那張照片，是昭和二十三年，蒲生邸要拆掉之前拍的。」

「嗯，我聽說了。昭和二十三年，那是很久很久之前，我還沒出生。」孝史嚥下一大口口水。

「昭和二十三年的建築，爲什麼現在會在這裡？」

男子盯著孝史的雙眼回答：「因爲，現在是昭和二十三年以前。」

男子像是爲了封住孝史的嘴，不讓他說出「怎麼可能！」這四個字，他緊接著繼續說：「除此之外，沒有辦法從那場大火裡逃生。我知道你很難相信，但是，這是事實。」

「什麼事實？」

男子依舊看著孝史。他輕輕地吸了一口氣，吐著白色的氣息，說：「我們穿越時光了。」

穿越時光？

面對說不出話來的孝史，男子露出些微內咎的表情。

「我，是時光的旅人。」

6

時光的旅人。

一時之間，孝史的腦袋並沒有理解這個字眼的意義，只是一連串的聲音。這個字眼實在很突兀，太突兀了。

好不容易，孝史出聲了。「時光的──」

「旅人。」男子接著把句子說完。

「Time Traveler的意思？」

「如果你比較喜歡英文的話，也可以這麼說。我個人不怎麼喜歡就是了。」

「世界上怎麼可能會有那種人。」孝史喃喃地說。不是對男子說，反而像是自言自語。他想笑，卻牽動了灼傷的臉頰，好痛。「又不是小說。到底要怎麼樣才能穿越時光？我們又沒有聞到薰衣草的味道。」

「薰衣草？」

「《穿越時空的少女》啊！你不知道嗎？是一部描寫時光旅人的小說，很好看。」

男子撥開落在頭髮上的雪，搖搖頭。「凡是任何跟穿越時光沾上邊的東西，不管是小說也好，還是兒童科普讀物也好，我一概不碰。」

「少騙了！」孝史不顧臉頰刺痛，故意做出一副嘲弄的表情，「明明就是看了一堆那種東西，來打造自己的妄想還說。」

男子默默地看著孝史的臉，看了好一會兒。他的表情是如此灰暗，讓孝史不由得感到自己剛才的話非常不應該。

「總之，換個地方吧！」男子低聲說。「不然，你寧可不相信我的話，要去別的地方求助？那也可以啊。只是我先警告你，到時候我可沒有辦法保證你的安全。」

男子口吻很嚴厲，表情也很僵硬。好像在害怕什麼似的。

「你穿著那身睡衣——而且是一九九四年的睡衣，去跟別人說你從飯店火災逃出來了、請幫我叫警察、請讓我聯絡家人啊！天曉得會有什麼後果。」

「會有什麼後果？」

「不是不由分說就被警察拖走，就是被關進精神病院……」男子說話像在吟唱一種黑暗旋律，「再不然就是被槍殺吧！」

孝史笑了出來。這個人眞的有毛病。「槍殺？別鬧了。我又不是什麼罪犯。警察幹嘛看到我就開槍啊！」

「我可沒說是警察哦！」

這時，男子瞄了一下左手腕上那只復古風格的手錶。

「而且，距離可能發生那種最糟的狀況，還有一點時間。雖然只有一小時左右。」

「我根本聽不懂你在說什麼。」

男子不理會孝史，小心翼翼地觀察了一下四周，站了起來。「反正，我要到柴房去了。快凍死了。」

蒲生邸的前院鋪著一層白皚皚的雪，靜悄悄的，只聽得到雪沙沙落下的聲音。剛才看到二樓邊緣那扇亮著燈的窗戶，現在也一片漆黑。可能是在他們說話的這段時間熄燈的。

這件事，突然之間讓孝史劇烈顫抖。

當孝史在這裡和那名男子進行那些非現實的對話時，那幢府邸裡確實有人，開燈、關燈。或許有人在那裡做夜工，工作結束，上床就寢也不一定。

這裡，是一個活生生的世界。這幢豪華的洋房絕不是舞台裝置，也不是佈景，在裡面的人也不是演員，他們在這裡生活，並沒有發現孝史和那個男子。萬一要是發現了……

（會造成什麼樣的騷動？）

至少，不會有「你是從那場飯店大火裡逃出來的啊？快進來！我馬上幫你叫救護車」這種事吧！而且，如果平河町第一飯店就在附近的話，住在裡面的人也不可能睡得這麼安穩。照理說所有人都會飛身起床跑到外面，看看會不會延燒、爆炸，並且以幾近驚恐的狀態觀察火勢。

可是，現實是如何？事實又是如何呢？是如此地平靜，如此安祥。

這裡不在飯店附近。孝史和那個男子不是從飯店窗戶跳下來的。這裡不是孝史熟悉的地方。這裡正在發生一件極端異常的事。

不，或者，孝史和那名男子的存在才異常？

抬眼一看，男子正彎著腰，準備繞過樹叢，從洋房的旁邊繞到後院去。孝史急忙跟在他身後。

可是，一站起來，馬上踉踉蹌蹌地站不穩，結果臉部著地，整個人倒在雪裡。兩個膝蓋好像變成海綿，一點力氣都使不出來。

孝史掙扎著，試圖從雪裡站起來，男子走回來幫他。

「我一定是病了，」孝史發著抖說，「搞不好是一氧化碳中毒。」

男子很鎮定，說：「不是的，那是穿越時光的後遺症。」

在男子半扶半揹之下，孝史總算站了起來。全身每根骨頭都好像變成軟綿綿的麵包。

「穿越時空會對身體造成莫大的負擔，要一段時間才能恢復。其實，現在最好是找個地方躺下來。」

「你都沒事嗎？」

「我也很不舒服啊！不過，我早習慣了，而且好歹也做了些準備。」

「準備？」

「這個待會兒再說吧。」

兩人跌跌撞撞地，從蒲生邸和圍繞著四周的矮樹牆——現在也是被雪覆蓋成一片白——之間通過，繞到後院。正如男子所說的，在雪光中有一座小小的小屋。一座木板搭建的簡陋小屋。

後院比前庭小得多，柴屋的鐵皮屋頂的屋簷，都已延伸蓋到矮樹牆上方了。這時，孝史才第一次注意周遭的景色。

灰色的夜空與紛紛大雪。高高的樹林圍繞在宅邸背後。在極爲有限的視野當中，沒有任何醒目的建築物，只有一條泥土路穿過樹林，繞過蒲生邸通到右後方。

孝史眨眨眼甩掉落在眼睛上的雪，這才發現，穿過披著雪的樹林，遠方有一、兩點亮光正在閃爍。

「那是什麼？」

孝史問。男子正費心想盡量不發出聲響地打開柴房的門。他抬起頭順著孝史的視線看過去，立刻回答。

「陸軍省（註）的窗戶。」

他扶著孝史的身體，又瞄了手錶一眼。「這個時間，亮著的燈應該也就只有那幾盞吧。」

孝史像是傻了一樣，只能默默地看著男子的側臉。他的話，還在耳內深處回響。陸軍省、陸軍省、陸軍省……

記得昨晚好像在哪裡聽過這個字眼。是在哪裡呢？是誰說的？陸軍？在現代日本，那已經是個「死語」，一個不存在的名詞。陸軍省？難道跟厚生省搞錯了嗎？

柴房前有個小雪堆，使得門無法順利打開。即使如此，當門打開到可以容納一個人勉強側身而過時，男子先把孝史塞進去，掃視四周一番之後，自己也跟著進門。

所幸柴房不是直接蓋在泥土地上，是有地板的。大小約兩坪多的房間，中央堆著一堆柴，孝史倚著柴堆，像癱了似地坐下。頭暈得厲害，一時之間，連東西南北都分不清楚。

鼻子裡充斥著濕濕的木頭味兒。靠在背後那些凹凸不平的東西，的確是柴堆沒錯。爲了避免潮濕，同時也爲了容易拿取，木柴每十根捆成一捆，互相交錯堆疊。

即使腦袋混亂不已，孝史也充分地體會到這些事實——這一切現象所代表的意義。這年頭連澡堂都以電力來燒水了。而且，在東京正中央，有哪戶人家需要這麼多柴火？

直到這一刻，他才想起男子之前的話。在昭和二十三年以前。現在是昭和二十三年以前。

我真的穿越時光了？

這個柴房好像被拿來兼作倉庫，男子不知從哪裡找出一條舊毛毯，拿來蓋在孝史身上。毛毯破破爛爛的，還發出重重的霉味，但是有毛毯就要偷笑了。

註：日本二次大戰以前的中央行政單位之一，為軍政統治機關，行政首長是陸軍大臣。

「再過一會兒，府裡的傭人就會起床。到時候再去跟他們打聲招呼。」男子說著，往地板坐下。「在那之前，我得編一個帶你來這裡的理由。還有，你身上怎麼會有這麼嚴重的灼傷也需要一個理由。就說，你在鐵工廠工作，受不了師傅責打逃出來的好了？」

被毛毯包裹住的同時，驚嚇和疲倦也同時裹住了孝史。儘管開口說話很困難，但他還是問了。

「請告訴我一件事。」

「什麼事？」

「這裡是東京嗎？」

「是東京啊。」

「應該不是你背上長了翅膀，爲了從飯店火災裡逃走，帶著我飛到輕井澤的避暑勝地吧？」

男子看了看柴堆，微微一笑。

「避暑勝地是嗎。原來如此。你在想那一類的地方可能現在也還會燒柴吧！不過，不是那樣的。這裡是東京。說得精確一點，我們現在還在平河町第一飯店裡。就位置而言，並沒有移動多少，而且我們的移動，還是剛才一跛一拐走到這裡造成的。穿越時光並不會造成空間上的距離移動。」

男子稍稍聳了聳肩。「關於這一點，小說或電影是怎麼寫的，我就不知道了。」

「『回到未來』是怎麼說的啊……」明明不是什麼可笑的事，孝史的嘴唇卻輕輕咧開了。

「對對，果然是在同一個地方。」

「原來也有正確的啊。」男子說著，對孝史露出了笑容。

柴房牆壁的上方開著採光用的窗戶，不時有雪花從那裡飄進來。也多虧了那個窗戶，柴房裡透進了些微的亮光，讓他們可以看見彼此的臉。男子困頓地坐著，看起來非常疲倦。有一段時間，孝史和他只是毫無意義地對看。

「你，腦袋眞的沒問題嗎？」

男子搖搖頭。「很遺憾，我很正常。」

「那，無論如何你都堅持你是個時光的旅人，而我們穿越時光了？」

「因爲那是事實。正確的說法應該是，我是一個具有能夠在時間軸上自由移動的能力的人。」說完，再小聲地加上一句：「也不知是幸還是不幸。」

孝史閉上眼睛。整個人因疲倦而暈眩無力。好想哭。

「我知道了，我相信你。所以，我提議，我們回現代吧！」

他張開眼睛，看著男子。男子盤腿坐著，手肘架在腿上，像小孩子似地兩手撐住臉頰。

「既然你能把我帶來這裡，也可以把我帶回去吧？我們回去吧！」

「這一點我辦不到。」

「爲什麼？」孝史哀叫著起身。「空間上的移動，只要用走的就行了吧？如果說我們現在還在起火的飯店裡，那只要離開這裡，再穿越時光不就可以了嗎？管他是國會圖書館裡面還是最高法院的玄關，到哪裡都行。那一帶沒有住家，所以到哪裡都不會有人找我們麻煩的。只要能回到現代，哪裡都好。」

「沒辦法。」男子固執地搖頭，「第一，你忘了那些看熱鬧的和報新聞的傢伙。平河町第一飯店四周，現在一定是鬧得不可開交。不管我們穿越時光到哪裡，只要是回到現代，就有可能會被目擊。要是有人看見，會引起多大的騷動？我可不想去淌那種渾水。」

「那，離遠一點不就好了嗎！不管哪裡我都可以走過去，只要遠離這裡就可以了，不是嗎！」

男子無視於孝史的焦燥，繼續說：「第二，你一定不明白自己現在有多虛弱吧？我不是說，穿越時光會給身體帶來很大的負擔嗎？在這麼短的時間內，而且以受了傷的狀態你再試試看，只要一次，我保證你的心臟一定會停止跳動。」

的確，正如男子所說的，孝史身體非常虛弱。隨著心情慢慢平靜，自己也越來越清楚這一點。身體非常沉重，頭暈不止，而且反胃想吐。腳依舊像海綿一樣鬆軟無力。

「既然這樣，我們在這裡躲一個晚上，明天再回去。這樣總可以了吧？休息之後，我的身體就沒問題，而且過了一個晚上，飯店四周的騷動也應該平息了吧。」

孝史不死心地繼續糾纏，男子無情地搖頭。

「不行，辦不到。」

「爲什麼？」

面對窮追不捨的孝史，男子不再將臉頰靠在手上，坐直身子，反問：「來到這裡之後，我只提過一次是在昭和二十三年之前，除此之外什麼都沒說，你卻完全沒有問起我們現在到底來到什麼時代。」

「什麼時代都一樣。」孝史口氣變得很衝，「剛才你說什麼陸軍省的，所以一定是二次大戰前的日本吧！既然這樣，什麼時代都一樣。」

「不一樣。」男子平靜地說，「要看地點。」

聽他的語氣似乎有言外之意，孝史直直地望著他。

剛才自己才說的「陸軍省」這個詞，突然勾起了孝史的記憶。他昨晚聽到這個字眼，是在——對，走在護城河外的時候——電視台派了轉播車來——有兩個上了年紀的上班族——

（不知道發生了什麼事。）

（今天是二十五日吧？就那個嘛！就是今晚啊！應該算是今晚還是明天早上？）

（今晚沒下雪，沒那個氣氛吧！）

（那一帶以前本來是陸軍省和參謀總部吧！）

（原來如此，而且警視廳也在附近。）

這些全都是昨晚在平河町第一飯店附近聽到的對話。還有這些雪。對了，還有電視的深夜節目。就是本月本夜發生的事啊！

這些記憶片段倏然在孝史心中聚集成一個焦點。可是應該不可能吧！這種事……

男子似乎看穿了孝史心中的發現，緩緩地、用力地點了點頭。

「對……我們現在，就在昭和十一年二月二十六日凌晨的東京永田町。很快地——不到三十分鐘，二二六事件就要開始了。這一帶會被封鎖，一般人不得自由出入，更不用說像你這樣一無所知，到處亂晃實在太危險了。這個爲期四天的事件，就要開始了。」

雪花從窗戶飄進來，落在孝史臉上。剛才還覺得冷，現在卻覺得很舒服。可能是發燒了。

「為什麼要把我帶到這種地方來？」

男子沒有回答，沉默了一陣子。把目光從孝史臉上移開，看著雪花飄落在地板，化成雪水。然後，低聲說：「那跟搭車是不一樣的。」

聽起來像是在找藉口。

「咦？」

「你問我為什麼要把你帶到這裡、這個時代來，這就是答案。我的確是時光的旅人，可是並不能隨時隨地就輕易地到任何時點去。以你為例，你一定很想抱怨，為什麼不帶你到火災發生前的十分鐘就好了？但是，那對我來說是非常困難的。和十分鐘前的世界比起來，我對通往昭和十一年的這條路熟悉得多了。對，因為『路』已經開好了。而且遇到那場火災，我自己也亂了方寸，所以不管三七二十一，先想辦法脫身再說，等到我冷靜下來，就已經在這裡了。」

然後，他平靜地問道：「你寧可我不救你嗎？」

「這個問題很惡劣。」孝史說。

「我很感謝你救了我。」

就連說這句話的本人，也聽得出話中的言不由衷。男子苦笑。

「沒關係，不必勉強。老實說，爲什麼會去救你，連我自己都不明白。」

要解釋這整件事，可不是三言兩語就說得完——男子這麼說。

「沒關係。既然哪裡都去不了，時間多得很。」

「那麼，就從我爲什麼會具有這種能力說起好了。」

男子抖了一下，立起上衣的領子開始敘述。

「這個能力，是我的家族——正確地說，是我母親那一族——代代相傳的能力。應該說是隱藏在血液裡的特殊能力吧。不過與其說是能力，我倒認爲這像是一種病。」

「病……」

「沒錯。到了青春期就會顯現出來。」

男子的目光望向遠方。

「我第一次知道自己具有這種能力，是在我十四歲的時候。我這個人比較晚熟，那一天，正巧是我寫了有生以來第一封情書給第一次喜歡上的女孩，卻被她狠狠地退回來的日子。

那時候，我住在一個叫作——往後你還要回現代的，所以不能把眞正的地名告訴你——就假裝那個地方叫坂井好了。那是甩了我的那女孩的姓。

我的雙親在坂井這個地方經營一家南北雜貨行。家裡有五個小孩，依序是男、男、男、女、女，我是老二。在我那個年代，家裡小孩算是多的，所以家裡經濟頗爲拮据。不過，我的父母親都是非常好的人。

只是，在我的記憶裡，從小就不大受父母親的疼愛。不止是自己的雙親，連親戚、兄弟姊妹之間也是如此。妹妹們經常纏著另外兩個哥哥，卻完全不跟我親近。我的兄長在其他弟妹眼中如同父親一樣值得信賴，但他卻幾乎不曾關心過我。

某一天我突然發現，我連朋友都沒有。沒有半個好友。沒有人邀我一起去打棒球，也沒有人會到我家來玩。不，應該有過一、兩次吧，但是大家很快就露出無聊的表情，以後就再也不來了。

小時候我不明白這是爲什麼，心裡感到非常寂寞。自己拼命想了又想，也煩惱過是不是自己哪裡不好。

可是，另一方面，說來雖然有點冷漠，但我發現，自己之所以和大家合不來、被大家排擠，是因爲自己和別人是不同的人，因爲自己和別人有某種關鍵性的不同。

我必須先說清楚，這種發現一點都不會令人有優越感，也毫無驕傲可言。當時我年紀雖小，卻也感覺到我所發現的『不同』，具有一種非常特異的性質。」

「怎麼樣個特異法？」

「小時候，我不知道該怎麼說。現在的話，我會這麼形容。」

男子停了下來，思考了一下才繼續說：「我，不管在什麼時候，都沒有自己就在這裡的現實感。就算和家人一起吃晚飯，也不是自己眞的在那裡和大家一起拿著筷子吃東西，而是在旁邊，看著自己的空殼和家人一起吃飯——就是這種感覺。長大之後我調查過，實際上眞的好像有引發這種症狀的心理疾病，就叫作『離人症』。

總而言之，那種奇異的『脫離現實的感覺』一直緊跟著我。所以，我無法打從心裡和家人、朋友一起歡笑、哭泣，因爲我永遠都只是一個保持距離的觀眾。

於是，在我的童年時期，我經常幻想。一開始，我以爲這種幻想是因爲孤獨引起的。可是，後來我覺得有點奇怪。因爲就連在那種幻想之中，我也是獨自一人。幻想中的我，有時是走在陌生的街頭，有時置身於不知何處的車站，有時是抬頭仰望著全新落成的大樓，但是不管怎麼樣，我都是獨自一人。就一個孤獨的孩子的幻想而言，這也未免太貼近現實了吧？

於是，我開始思考，這些讓我不時身陷其中的『幻想』，也許並不是我自己憑空想像出來，而是實際存在的。

只不過，是現在還不存在而已，或者是現在已經不存在了。

我第一次想到這一點，是在我十三歲的冬天——那是隆冬裡颳著乾冷的寒風，某個寒冷的日子。放學回家的路上，我突然發起呆來。不久，我就感覺到，啊，我又陷入『幻想』中了。因爲那個時候，我已經習慣那種感覺了。

那時候，現實中的我，走到上學途中一條很大的國道十字路口。那條路，在我們那裡是最早修建完成的大馬路，四線道的路上隨時有砂石車呼嘯而過。雖然是三十二年前的事，不過正值日本高度經濟成長期的初期，整條路都鋪上了柏油，漫天風沙，完全沒有風景可言。

可是，在『幻想』中的我，卻是走在泥土的鄉間小路上，路旁油菜花開得正豔。

我的鼻子清清楚楚地聞到春天的花朵和土壤的芳香。我拎著書包，有一步沒一步地走著。然後，就看到右手邊有個已經崩塌了的老井。我提心吊膽地向下看，井底還泛著水光。在井邊，有一棵長得特別高的油菜花，我把那朵花摘下來，拿在右手上，繼續向前走，還不時回頭看——

等我回過神來，已經離開『幻想』回到現實了。不知不覺我穿越國道，走在回家的小路上，兩邊盡是一般住家，完全沒有一點綠意。腳底下是柏油路，只有被風飛吹來的枯葉掉落在地上，飄動著，發出沙沙聲，可是我手上卻還拿著一朵鮮艷的油菜花。

那朵花，在回到家之前就被我丟在路上了。我第一次感到害怕。

後來沒多久，就發生了一起卡車撞上國道隔音牆的車禍。爲了修補事故路段，他們將周圍拆掉重挖，聽說挖出了古井的遺跡。於是我才明白，原來自己的『幻想』並不是一般的幻覺，而是看到了過去的光景——我走在其中，並且摘了花回來。」

接著第二年春天，我被同年級的女孩拒絕而心碎的時候，得知進入那種「幻想」是一種特殊能力，而且可以經過訓練而自由操縱——男子繼續說。

「告訴我這件事的，是我母親的妹妹，也就是我阿姨。我想，她那時候大概是三十歲出頭吧。而且，是個非常灰暗的人。」

孝史正聽得入神，但男子順口說出的「灰暗」這個詞，卻好像突然摑了他幾個耳光似的，把他打醒。

男子好像也看出來了。他對孝史點頭說：「沒錯。我阿姨是個非常灰暗的人。而且，那已經不是表情或臉色的層次，而是……」

「像是她身邊的光都扭曲了？」孝史問道，「看著她，感覺就好像聽到刮玻璃的聲音？」

男子笑了。那個微笑也好黯淡。在雪白的世界裡，唯有男子周身被染上一層薄墨。

「你形容得非常貼切，雖然也很殘酷。」

「對不起……」

「沒關係，這是事實。」男子接著說，「我阿姨眞的就是那樣的人。當時她還單身，我想後來她也沒有結婚。她沒有朋友，一直一個人生活。在所有兄弟姊妹中，她和我母親算是最親的，但那種程度，也是好幾年才來露個臉而已，而且每次她來訪問或小住，從來都沒有受到熱烈款待。我阿姨就是這樣一個被人敬而遠之的怪人，跟我一模一樣。」

孝史默默地垂下眼睛。

「就像我剛才說的，那年春天我十四歲，爲了沒有結果的初戀而傷心。我寫的情書，對方連拆都沒拆就退回來了。我心儀的女孩是這麼說的。因爲年紀還小，所以話說得很直接、很殘酷。『很抱歉，你這個人又灰暗又噁心，我討厭你。你根本就不像人。』」

即使現在回想起來，想必男子內心依然有部分會隱隱作痛吧。他暫時中斷了敘述。

「我阿姨來訪小住的時候，正是我痛不欲生的時候。這時，阿姨要我去幫她做點事——我想，應該是買菸之類的跑腿吧，她給了我錢，我去幫她買菸回來，拿到後院去給她。她給了我一點零錢作爲獎勵，然後叫住我，對我說：『看樣子，是告訴你的時候了。』然後，就把母親那一族遺傳了穿越時光的能力的事情告訴我。」

「你阿姨也有那種能力？」

對於孝史的問題，男子點頭回答：「而且能力相當強，可能是訓練得法吧。」

阿姨的話雖然令人難以置信，卻很簡單明瞭。

「我母親那一族，每一代都會出現一個能夠在時間軸上自由移動的孩子。那個孩子必定具有一種『灰暗』的氣質，會產生一種令人不快的氣氛，一輩子註定沒有人愛他。而且每個都很早死，所以當然也不會留下子嗣。下一代具有這種能力的，會誕生在其他兄弟姊妹的孩子中——換句話說，就是那個人的外甥或外甥女當中會有一個具有這種能力。

我阿姨是從她的舅舅那裡知道這個秘密的，所以我阿姨也告訴我，她一直在觀察自己的外甥或外甥女當中，是否有這樣的孩子出現。

當她第一眼看到還是嬰兒的我，馬上便知道是我了。她說，我們這種人從小就可以明顯看出來。她還問我，你沒照過幾張相對不對。她說的沒錯。我天生就有一種扭曲的特質，讓我的家人不太敢幫我拍照。」

「爲什麼會這樣……」孝史看著男子灰暗的臉，喃喃地說，「那種能力和扭曲、灰暗有什麼關係嗎？」

「我不知道，」男子搖頭回答，「只不過，我自己對這一點有個看法。」

時間就是「光」——，男子以吟誦般的口吻開始說。「光就是時間。所以，離開時間軸的時候是沒有光的。剛才不也是一片漆黑嗎？」

逃離燃燒的飯店，在虛空中飛翔的那時候——

「像我這種能夠逃離光，也就是時間的束縛，自由移動的人，對光而言是個特異分子，就像侵入人體的流感病毒一樣，是異物，所以無法接受光的恩惠。在我們時光的旅人四周，光原有的力量會被削減。可能是因爲這樣，看起來才會灰暗、扭曲吧。」

第一次看見這名男子時，孝史以爲那家飯店的大廳好像產生了一個小小的黑洞。據說連光都會被吸到黑洞裡，那，黑洞裡有時間嗎？

「而另一個原因，可能是被拿來當作一種『安全措施』。」

「安全措施？」

男子的臉自嘲地歪斜了。

「難道不是嗎？能夠在時間軸上自由移動的人，要是具有一般人的魅力或人性，會怎麼樣？他每到一個時代，都會跟許多人產生關聯，所留下的影響和足跡也就越多。這樣，打亂歷史的可能性不也提高了嗎？」

孝史瞪大了眼睛。「你是說時空矛盾（Time Paradox）嗎？要是改變了過去，影響到歷史，就會擾亂未來……」

對於孝史激動的詢問，男子的反應很特別。他臉上浮現的扭曲笑容，驟然消失了。他垂下視線。有那麼一瞬間，男子似乎連孝史在他身旁都忘了。他的模樣，是那麼地孤獨、那麼地荒涼。

「時空矛盾啊。」他喃喃地說，「你連這種詞都知道啊。」

他那頗有深意的口吻，讓孝史感到困惑。

「不是嗎？時空矛盾。」

「我也不知道。不過，你要這麼想也可以。」

「不是嗎？」

惡寒越來越嚴重，使得孝史很難集中精神聽男子說話。孝史雙手啪地敲自己的頭，試圖振作精神。

「你還眞奇怪。」男子露出頗感興趣的表情，「不會痛嗎？」

「會啊。會痛才好，這樣呆呆的頭腦才會動。」
「就像收音機或電視機有毛病的時候，用力敲一下看會不會好一樣？」
「對。這本來是我爸爸的習慣。我爸爸也跟你說一樣的話，說他以前常常這樣修有毛病的機器。」
「他說的『以前』已經成了『現在』了。這一點你可別忘記。」
男子正經地說。孝史連眨了好幾下眼睛。
「可是，我還是沒辦法相信……」
孝史吞吞吐吐地說。突然間，男子撲過來用手摀住孝史的嘴，手臂勒住他的脖子，架住他，讓他動彈不得。
「噓！安靜！」
男子以極小的聲音說。他維持那個姿勢，臉部肌肉緊繃，正仔細觀察四周的動靜。
大片雪花不停飄落。除了靜靜的下雪聲之外，聽不見任何聲音……
然而，就在這時，孝史聽到從遠處傳來了極小的、類似車子引擎的聲響。
車聲正在往這裡靠近。
孝史被架住不能動，轉動眼珠往上看著男子的表情。男子的視線朝向聲音傳來的方向，稍稍瞇起眼睛。
引擎聲越來越靠近。路上滿是積雪，輪胎發出沉悶的聲音。車子的行進速度慢得令人焦躁。孝史被壓著，中途思緒開始飄忽起來。那輛車，車輪沒有上防滑鐵鍊。啊，是因爲這個時代鐵鍊還沒普及嗎？

慢吞吞地靠近的引擎聲，在蒲生邸前停住了。接著傳來車門開關的聲音。

男子鬆了手，孝史的嘴巴自由了。孝史低聲問：「有人來了？」

男子點頭。

「怎麼辦？」

「沒關係，應該不會來這裡。」

兩人動也不動，屏住呼吸。下車的人物——不知是一人還是好幾人——的目的地顯然是蒲生邸沒錯。不久，聽到有人在玄關敲門、叫門。

「有人在家嗎？有人在家嗎？」

是男性的聲音。話聲很急切。連在後面的柴房都聽得一清二楚，想必叫得很大聲。

過了一會兒，蒲生邸裡好像有人開了門。剛才的來訪者的聲音打了招呼：「早安。」

玄關的門發出尖銳的聲音，關上了。訪客進入屋內。

「會是誰呢？」孝史嘀咕。

「很快就會知道了。」男子說。「其實，大概也料得到。」

「是誰？」

男子沒有回答，而是鬆開了架住孝史的手臂，看了看手錶。

「這麼快就來通知了啊。」男子說，彷彿自言自語似的。

「我根本什麼都不知道。」

對於孝史的牢騷，男子又「噓！」的一聲制止，豎起耳朵。又傳來剛才那名訪客的聲音：「那麼，告辭了。」口吻聽起來像是在下達號令般，簡潔、俐落、精神抖擻。

不久，車子的引擎發動，在雪地裡掙扎著遠去。

再也聽不到車聲後，男子才終於坐回原來的地方。

「不能再耗下去了。好，把話說定。」

「話？」

「要假造你的身分啊！總不能一直待在這裡，會凍死的。」

那麼，就要進蒲生邸裡了。

「從現在起，你是我的外甥，知道嗎？」

「外甥？」

「對，就說是我妹妹的兒子好了。你叫什麼名字？」

「孝史——尾崎孝史。」

「名字用不著改。幾歲？」

「十八。」

「好，那你就是一九一八年出生的。大正七年，記好了嗎？」

孝史開始覺得頭暈。我是大正年代出生的？

「等、等一下——」

男子不予理會，接二連三地繼續說。「現在是昭和十一年，也就是一九三六年。但是，這個時代的一般平民，更不用說像你這種沒受過多少教育的勞工，是不會用西曆的。現在是昭和十一年，你是大正七年生的……，對了，你是哪裡人？」

「我家嗎？在群馬縣高崎市。」

「高崎啊——」男子咬住嘴唇。「這就麻煩了。我對那個地方完全沒概念。你對你家鄉的鄉土歷史熟不熟？昭和十一年的高崎市，可能還不是市，是什麼樣子，你知道嗎？」

「我怎麼會知道。」

好想哭。

「要是連那些都知道，也不會考不上大學了。」

「那就沒辦法了。要是有人問起，就說你是在東京深川區的扇橋這個地方長大的。記住了嗎？深川區，扇橋。」

「你也是那裡的人嗎？」

「不是。不過我曾對外說是在那裡住過一陣子。」男子很不耐煩似的，匆匆交待。「聽好了，現在在這裡的我，並不是在平河町第一飯店時的那個我。我有另外的名字，出身經歷不同，身分、戶籍也不同，是另一個人。在這裡，我出生在四國一個叫丸龜的地方，家裡務農，離鄉背井來到東京。我費了好大的功夫，才在這個時代取得一個正式的身分，你可別搞砸了，知道嗎？」

孝史咕嘟一聲，點點頭。

「深川區的扇橋哦！然後，你本來在鐵工廠工作，因爲發生了一些事情逃出來，昨天深夜來投靠我。」男子像是一一確認般，指著孝史的臉說。「我從今天起要住在蒲生邸當傭工，因爲有人要抓你，所以我先把你帶過來。我的打算是要讓你在我這裡躲個兩、三天，再讓你逃往別處。因爲事情緊急，所以我連自己的隨身物品都沒有帶，就出來了。知道了嗎？」

孝史在腦海裡複誦一遍，勉強點頭。

「知道了。」

「要是對方什麼都沒問，你就什麼都不要說。裝作腦筋不太靈光的樣子，這樣最安全。」

男子要言不煩地交待完畢，便不再開口，眼光落在手錶上。走到外面和這幢府邸的人接觸的時間就要到了。那個表情顯示著他已做好準備、下定決心了。

但是，他那堅決的表情，反而讓孝史害怕了起來。所有冷靜、理性、堅強的開關都一齊關閉，孝史的心就像失控的遙控飛機一樣，搖搖欲墜。

不能設法逃走嗎？——隨便想個辦法。這樣的心思，讓軟弱的言語脫口而出。「吶，不能只有你自己去嗎？」

「你說什麼？」

「你從今天起要住在這裡當傭工不是嗎？你自己去吧。我躲在這裡就好。」

男子直勾勾地盯著孝史：「會死哦。」

「不會的。」孝史硬是撐起虛弱的身體，挺起胸膛，做出保證的樣子。「我不會那麼簡單就翹了的。兩天、三天我都沒問題，我會躲起來，等到你有時間可以再穿越時光。」

男子面色難看地搖頭。感覺是絕對不允許孝史那麼做。

「你沒看到自己現在的臉色才會這麼說。你需要治療。可能沒辦法叫醫生來看，但是傷口要消毒，人要補充水分，至少也要靜養一天才行。你不能待在這麼冷的地方。別鬧脾氣了，乖乖照我說的……」

「不要！」

孝史大叫。一切的一切，在他眼裡都變得好可怕，連自己都覺得自己沒出息。絕對不可能辦得到的。那種事我怎麼可能做得到！

「我不去。太麻煩了。我沒有把握能裝得下去。那些假身分我記不起來。」

「還沒做就說做不到，太不像話了。」

「求求你，饒了我吧！」

才想著：啊啊，我要哭出來了，眼淚就已經淌下臉頰了。

孝史抱著頭，蜷起身體。好想變得小小的躲起來，從周圍的一切消失。

「我不要，我不想去。要去那裡不如待在這裡。不然我寧願回現代。把我丟在飯店火災裡面也沒關係。讓我回去，請你讓我回去！」

這時候，原本站在孝史身前的男子，突然轉頭走向柴房的門口，就這樣直挺挺地站著，彷彿被不斷吹進來的北風和捲進來的雪凍僵了。

孝史畏畏縮縮地抬起目光。

柴屋的門打開了約三十公分寬。透過那小小的縫隙，可以看著大雪畫出了無數條雪白的線。而以那雪白的地面爲背景，站著一個年輕的女孩，微微弓身朝這裡窺看。

她穿著和服。肩頭披著像小毛巾似的東西。頭髮應該很長吧，不過以復古的髮型盤在腦後，可以清楚地看到她的耳垂因爲太冷而凍得通紅。

她一手提著一個大大的像籠子的東西，赤裸的腳上穿著木屐。連看的人的腳尖都快凍僵了，孝史想。

她的五官清秀，肌膚雪白。大大的眼睛，眼角有點下垂，睫毛的影子落在鼓鼓的腮幫子上。沒有一絲一毫修飾、化妝的氣息。

即使如此，她依然非常美麗。

背對著孝史佇在門口的男子，突然慌慌張張地把兩手伸到背後。還以爲他要做什麼，卻看他把兩手藏起來，正在拆左腕上的手錶。

拆下來之後，便把錶往孝史膝蓋上方輕輕扔過來。孝史急忙接住，塞到睡衣的口袋裡。

這時候，女孩開口了。「平田叔？你在那裡做什麼？」

被稱爲平田的，便是站在孝史眼前的這名男子——把孝史帶來這裡的萬惡根源。他乾咳了一聲，發出非常虛弱的聲音。

「對不起，嚇著妳了。」

女孩打開柴房的門，踏了進來。她的視線在平田和孝史之間游移。孝史急忙低下頭，用舊毛毯把自己緊緊裹住。

「怎麼了？」女孩說。話裡有一點點口音。「這一位是？」

「我外甥。」平田立刻回答。「出了一點麻煩，所以他跟我一起來，我讓他躲在這裡……」

平田以非常謙卑、低微的語氣說。當他對孝史而言還是個不知名的時光旅人時，從來不曾以這種語氣說話。

「這件事，對老爺和夫人……」

「最好是不要提起是嗎？」女孩問。

男子低著頭、彎著腰說：「千萬拜託。」

女孩一時沒有說話。然後，再度將視線轉向孝史這邊。孝史全身都感覺到她雙眸的轉動。

「他受傷了嗎？」她似乎是指著孝史發問。

平田回答：「有點灼傷。我想讓他去分配給我住的那個房間裡躺著，不知道可不可以？」

女孩沒有答話，把手上提的那個籠子放在腳邊，關上柴房的門，往孝史身邊靠近。孝史把身子縮得更小。

白白的小手往孝史這邊伸過來。孝史往後退，手追了上來，來到孝史臉旁時稍微猶豫了一下，然後下定決心似地移動，摸到他的額頭。

「發燒了呢。」語氣很溫柔。聲音明明很可愛，卻有點沙啞。可能是孝史的耳朵有問題。

白白的小手很柔軟，冰冰涼涼的，好舒服。孝史就這樣閉上眼睛，感覺到身體緩緩地向旁邊倒下。

8

——遠遠地，有人在說話。

醒來時第一個映入眼簾的，是漆了灰色三合土的低矮天花板。在幾乎正中央的地方，懸著一顆沒有燈罩的燈泡，顯得冷冷清清的。

燈並沒有開。即使如此，室內依然有些微的光線，大小約兩坪多的天花板，每一個角落都可以清晰可見。

額頭上放著一個濕濕溫溫的東西，伸手一摸，原來是毛巾。

孝史緩緩地撐起上半身，環視這個陌生狹小的房間內部。

他躺在被窩裡。被窩鋪在離房間出入口較遠的那面牆邊。地板是木製的，三塊老舊的榻榻米並排鋪在房間的中央，而孝史睡的被窩也在上面。

靠近被窩腳邊的牆上有一扇拉門，寬度大約和一般的門一樣。同一面牆上的最右邊，有另一扇拉門，上半部嵌著毛玻璃。右邊那扇拉門大概是這個房間的出入口，而腳邊的那個應該是置物櫃吧。

那麼，光是從哪裡進來的呢？孝史轉頭尋找。就在頭部後方，有三個採光的窗戶。明亮的光線從那裡射進來。窗戶並非左右拉動式的，而是在窗框下方有把手，可以向外推開的那一種。

在榻榻米旁邊有個火盆，盆口約雙臂環抱的大小，上面有花紋。一把火鉗孤伶伶地插在那裡。看來，那就是這個房間唯一的取暖工具了。

空氣冷到極點。呼地吐一口氣，氣是白色的。榻榻米下面也有寒氣竄上來。這種感覺就叫作寒徹骨嗎？

遠遠地，又傳來對話聲。聽不出來在說些什麼。然後還有啪躂啪躂的腳步聲、開關門聲，突然之間又全都安靜下來了。

只剩孝史一個人。

我到底在什麼地方？到底發生了什麼事？腦袋裡好像被棉花之類的東西塞得滿滿的，無法思考，血液完全無法流通。而且這種棉還是石棉，粗糙地刺激大腦內部。雖然不至於無法忍受，但是從他一起來頭就痛個不停。

不止是頭而已，全身關節都痛。臉頰也好、指甲也好，身體稍微動一下，右大腿就像觸電似地一陣疼痛。對了，是被火燙傷的。這件事，讓孝史回想起之前發生的事。

——這裡，是蒲生邸內吧？

我好像是在那個柴房昏過去的。大概是那個時光旅人把我搬到這裡來的吧。

（你必須稍微休息一下。）

孝史試著回想昏倒之前在柴房裡的對話。

（我想讓他去分配給我住的那個房間裡躺著，不知道可不可以？）

這麼說，這裡是那個男的以後要住的房間了。我記得他說過，他要住在這裡工作。不管工作內容是什麼，反正是傭人就對了。那這裡就是傭人的房間囉？

孝史手裡還拿著濕毛巾。枕頭邊有個盛了水的金屬盆。有人幫他以毛巾敷額頭好降溫退燒。

孝史試著在被窩上站起來。搖搖晃晃的，站不穩。伸手撐了一下牆壁，被牆壁的冰冷嚇了一跳。牆上漆的也是三合土，濕氣很重。

孝史一邊適應關節的疼痛，一邊靠近位在被窩腳邊的拉門。打開一看，裡面放著一個大大的布製旅行袋，旁邊有一雙皮鞋，就這樣而已。皮鞋底部對底部橫放著。如果孝史沒記錯的話，那名男子在飯店裡，還有帶他來這裡的時候，穿的都是這雙鞋。

拉上置物櫃的拉門，接著走到窗戶旁邊。以孝史的身高，不必墊腳就搆得到窗戶的把手。轉動把手，想推開窗戶，窗戶卻不爲所動，只打開了不到一公分的小縫。孝史試了好幾次，窗戶打不開，倒是有小小的雪塊從窗框的縫隙滾進來。

稍微想一下就明白了。這個房間大概有一半是在地下。而現在地面有積雪，所以窗戶打不開。外面照進來的這片白亮的光，也是因爲雪的關係。

雖然只是在黑夜裡看了這座蒲生邸幾眼，他也曉得這裡是幢相當豪華的洋房。可是，傭人的房間卻這麼簡陋啊？

孝史將窗戶關上恢復原狀，搓著凍僵的手指，來到火盆旁邊。雪白的灰裡埋著燒得通紅的炭。伸手取暖，只覺火盆上方的部分立刻熱了起來。

上一次是在哪裡看到炭的啊？記得曾經在哪裡看過。

對了……是烤肉店。原來，以前連一般住家都是用這個來取暖的啊。

以前——昭和十一年。

現在是幾年啊？孝史想。是平成六年（西元一九九四年）吧？這樣，換算成昭和的話，昭和六十四年是平成元年，所以，應該是昭和六十九年吧。算一算，我竟然來到了五十八年前的時代。

不，孝史重新想想，又覺得不對。「現在」是昭和十一年才對。我爲了考補習班來到東京，住在平河町第一飯店，那家爛飯店發生火災，我從裡頭逃出來——昭和六十九年的這些事，是遠在五十八年後的未來才會發生的。

人眞的能穿越時光嗎？這個世界上眞的有人具有在時間軸上自由移動的能力嗎？

搞不好，這是一個精心設計的大騙局，而我完全被矇在鼓裡？

孝史身上還穿著飯店的睡衣。低頭看看自己的身體，摸摸睡衣的袖口和上身。潮潮的。湊近一聞，有汗臭味。可能是因爲發燒的關係。

（發燒了呢！）

在柴房見到的那個女孩，好像也這樣說過。

她好漂亮，孝史心想。那女孩是這裡的女傭嗎？或者是、或者是——（這場騙局的共犯？）

孝史全身發顫。

要怎麼做才能確認事實呢？要以什麼根據來判斷現在的狀況呢？

孝史緩緩地在室內踱步。牆上漆著灰灰的三合土，有幾個釘痕，榻榻米有一個被香菸燒焦的痕跡，大概是之前的傭人留下來的。

把手伸到火盆上。腳趾頭也很冷，所以輪流把腳舉起來取暖。突然之間，孝史覺得自己好蠢。

這個房間怪怪的……邊想，邊環顧四周，突然，他發現原因在哪裡了：對了！沒有電視！

他沿著牆壁繞了房間一圈，仔細查看。沒有插座，也沒有電視天線的插孔。昭和十一年。日本的商業電視是什麼時候開始播放的？一般家庭，甚至傭人房，都理所當然地普遍擁有電視機是什麼時候的事？

在反覆巡視了好幾次之後，孝史明白自己只是在敷衍自己。喂，你啊，既然心裡有一半懷疑自己是陷在一場騙局裡，幹嘛不走出房間到外面去看啊？出去不就什麼都知道了嗎！又不是傷得走不動。

孝史立定不動，下腹部卻以一種很不好的勢頭咕嚕咕嚕地叫了起來，發出陣陣絞痛。

一定是在雪地裡受涼了。孝史雙手搓著肚皮，嘆了口氣。實在太遜了。人家「回到未來」的米高福克斯回到五〇年代時可是生龍活虎的哩！

好想上廁所。眞的是越來越丟臉了。孝史無法可想，只好按著肚子。這時，又聽到遠處傳來開關門的聲音，還有腳步聲。往這裡來了。

孝史急忙鑽進被窩，把棉被拉到眼睛下方，觀察四周的動靜，發現腳步聲在拉門前停了下來。拉門發出卡嗒聲，打開了。

悄悄探頭進來的，是那個女孩。孝史急忙閉上眼睛，她以爲孝史還在睡。接著她進房來了。聽到門關上的聲音，孝史偷偷睜開眼睛。

的確是那女孩沒錯。她穿著之前那身和服，繫著圍裙，腳上套著襪套。左臂上掛著一些摺好的衣物，右手拿著一個類似小瓶子的東西。

女孩纖細、白晰，眞的很美。尤其是側臉，那臉頰的線條眞美，孝史想著，不禁朝她望。突然之間兩人視線相遇了。

「哎呀，你醒了呀。」

女孩說，嘴角漾出微笑。笑的時候，眼角有些小小的皺紋。孝史想，她的確是個年輕女孩，不過年紀或許比我大。

女孩靠近他。原來穿著襪套在榻榻米上走動，會發出衣物摩擦的聲音啊！以前都不知道。

女孩在孝史枕邊屈膝坐下，看著他。「覺得怎麼樣？」

孝史有點難以回答。全身到處都痛，而且又好像要拉肚子……這種話，實在說不出口。

女孩挽起和服的衣袖，伸出手臂，以手掌觸摸孝史的臉頰。孝史急忙閉上眼睛，但她那雙雪白的手臂，還是清楚地烙在他眼底。

「燒還沒退呢。」女孩低聲說。

「你冷不冷？」

孝史總算擠出一點聲音：「還好……」

「這個，是給你換的衣服。」

女孩把剛才掛在手臂上的衣服放在枕邊之後說。孝史伸長脖子看了看，好像是簡易和服的樣子。

「還有，這個是馬油。」女孩把小瓶子拿給孝史看，繼續說，「千惠姨說這個治燙傷最有效了。」

可能是孝史驟然聽到一個陌生的名字，臉上多少露出了疑惑的表情吧，女孩嘻嘻一笑，說道：「對不起，千惠姨是這裡的女傭，跟我一樣。千惠姨什麼都知道，聽她的話準沒錯。」

然後又壓低聲音說：「平田叔拜託的，所以我們沒把你在這裡的事跟府邸裡的人說。只有我和千惠姨知道而已，你放心吧！」

她這番親切的話語，一下子就讓孝史感到通體舒泰。他默默地點了點頭。

「你叫孝史對不對，」女孩繼續說，「你也眞是吃了不少苦頭。平田叔說要把你藏在這裡三、四天，然後讓你逃到大阪去。」

平田——對了，這是那個男子在這裡用的名字。孝史整理了一下思緒。我，是平田的外甥。

「我舅舅在哪裡？」

他總算開口問了問題。聲音小得自己都覺得丟人。

「平田叔正在外頭剷雪呢！」女孩說，「這裡是平田叔的房間。這一層樓，就只有我們傭人才會來。你心裡一定很怕，不過只要安安靜靜地待在房裡，誰都不會看見你的。」

看樣子，女孩完全把孝史失魂落魄的樣子解釋成「在逃之身」，以安撫的口吻對他說話。眞是溫柔極了。

「你自己能換衣服嗎？要不要我幫忙？」

在女孩的注視下，孝史急忙回答：「不用了，我自己來就行了。」

「油也能自己塗嗎？」

「能、能！」

女孩笑了。「平田叔說過了，你很怕羞。」

「不好意思。」

女孩微笑著，站起身來。「那麼，等你換好衣服，就把現在身上那件睡衣放在那邊吧！我會拿去洗的。」

女孩俐落的態度，讓孝史不知如何應對，可是偏在這時候，肚子又咕嚕咕嚕大聲地叫了起來，好痛。

「哎呀！」原本已經站起身的女孩又坐了下來。「肚子不舒服嗎？」

孝史羞得臉都要著火了：「好像冷到了……」

「很有可能。你身上才一件睡衣，又在這大雪天裡走來。等我一會兒。」

還來不及阻止她，她便以小快步離開房間了。然後，眞的過一會兒又馬上回來，手裡端著一個托盤，盤裡放著一個紅蓋子的黃色瓶子，還有一只小茶杯。

「吃了這個就會好了。」

孝史看到那個小瓶子，覺得那形狀、顏色頗爲眼熟，原來是正露丸。

不過，那標籤和孝史熟悉的正露丸有所不同，字也不同。這裡的標籤上寫的是「征露丸」，字的上下都有圖，下面畫的是小小的戰車，上面則是雙翼機。

孝史當著女孩的面，把正露丸吞下。茶杯裡是溫水。

「空著胃吃藥對身體不好，我這就去拿粥來。你一定餓了吧！」

女孩說著，接過孝史手裡的茶杯放在托盤上，站起身來。

「廁所就在出了這個房間的右邊。」

女孩正要離去，爲了再看一次她的笑容，孝史衝動之下出聲叫住了她。

「請問，妳叫什麼名字？」

女孩愣了一下。然後，露出跟剛才一樣令人安心的笑容。

「我叫阿蕗，向田蕗。」

第二章

蒲生家的人們

1

換下睡衣，在傷口上塗了馬油，用金屬盆的水沾濕了毛巾放在額頭上後，孝史鑽進被窩。

結果，腹痛又再度來襲。這次再不去廁所的話，鐵定忍不住。孝史按著肚子，來到門邊。伸手扣住拉門，輕輕使力。拉門沒有動靜。孝史試著用力一點。使力太大的話，會牽連到肚子。他彎著腰，喘著氣拉，結果門突然唰的一聲打開了。

聲音之大，一定響遍整層樓了。孝史嚇得縮起脖子，身體都僵了。該不會有人聽到剛才的聲音跑過來吧？

但是，沒有人過來。連腳步聲都聽不到，四周靜悄悄的。孝史鬆了一口氣，趕緊找廁所。就像阿蕗說的，房間右手邊有另一扇拉門，上半部嵌著毛玻璃。用不著打開，孝史就知道那裡便是他的目的地，因爲那裡發出一股惡臭。

打開門，臭味更強了。舊式的蹲式馬桶內，是一團深不見底的漆黑。那是糞坑式的廁所，滿了之後便需要有挑糞的人來清理的那種。這種廁所自從在小學一年級露營時住的山間小屋裡看過一次之後，就再也沒看過了。

廁所裡當然沒有衛生紙，只有一些粗得會扎手的灰色紙張放在角落一個四方形的籃子裡。

從頭到尾，情況與想像完全不同。上完廁所，孝史渾身不自在，覺得直接走出去實在太奇怪了。他總覺得，沒有按過鈕或壓過把手就不應該出去。身體所熟悉的一九九四年的生活，在這種地方也緊緊跟著孝史。

回到房間，才剛躺下，阿蕗用托盤端著小陶鍋來了。這次她的和服袖子爲了方便行動用帶子紮在身後，鼻尖微微冒汗。一定是很忙吧。

阿蕗在這裡的工作到底算什麼呢？孝史心想。他那年代的人並不知道什麼是「女傭」。現代——應該說孝史之前所生活的時代，有鐘點管家和幫忙的阿姨，卻沒有「女傭」。更別說像阿蕗這種年輕女孩，竟爲了做家事而住在別人家，這完全超乎他的想像。

他心裡呆呆地想著這些，眼裡痴痴地看著忙著攪動炭火、幫他盛粥的阿蕗的側臉。越看越覺得她臉頰的線條是多麼地美，眼神是多麼溫柔。

這就叫一見鍾情嗎？他想。這時候孝史才發現，不知爲何，阿蕗的側臉有著非常令人懷念的影子。好像在哪裡見過，他有這種感覺。

是這樣嗎？阿蕗與孝史認識的某人相似嗎？但那會是誰呢？現代的孝史身邊，有年紀大他一、兩歲的這種女孩嗎？

不，不可能。若是有，他不可能不記得。不如說，這就是一見鍾情的作用，讓人產生似曾相識的感覺。

或許是發覺孝史盯著她看，阿蕗的神色顯得有點害羞。

「有人在旁邊看著，吃起來也不舒服吧。」

說著，阿蕗就出房去了。孝史雖然覺得不捨，但是關於吃飯這件事，她說的沒錯。於是孝史掀開了鍋蓋。

粥又熱又好吃，越吃越是胃口大開，一口接一口。身體暖和了起來，精神也來了。

四周還是一樣鴉雀無聲。阿蕗曾說「這一層樓只有傭人而已」，他們白天幾乎不會下樓回自己的房間吧，應該是隨時聽候主人家的差遣，忙著工作。

孝史吃完粥的時候，採光窗那邊開始傳來沙沙的聲音。他覺得好奇，仔細一看，原來是窗外的雪漸漸被清走了。有人在剷雪。

他心想會不會是那個叫平田的人，抬頭一看，最右邊的窗戶外側的雪已經剷光，那裡出現了某人的手。叩叩，那人影伸手敲了敲窗戶的玻璃。孝史站起身來，推開窗戶。

果然不出所料，只見平田在那裡探頭探腦。他穿著膝蓋部分已經磨光變形的長褲，圓領毛衣外面套著一件類似日式鋪棉背心的衣服，脖子上纏著手巾，腳上則是一雙醜醜的長筒靴。

「身體覺得怎麼樣？」

他蹲著把頭臉貼近窗戶，所以聲音聽起來悶悶的。

「覺得好一點了，謝謝。」

「不過臉色還是很差，」平田說。

「你看起來倒是很健康。馬上就開始工作了嗎？」

平田稍微直起身子看了看四周，壓低聲量說：「別太大聲。」

「對不起。我已經盡量躲起來了。」

「等我剷完雪，會回房間一下。有些事想讓你先知道一下。」

平田回去工作了。孝史關上窗戶。他並沒有直接回到被窩，而是看平田工作看了一陣子。他的手腳挺俐落的，可見剷雪他是剷慣了。

基本上他已經把身世告訴孝史了，但就算孝史相信他所有的說詞，還是有許多不明白、想知道的事。例如他這半輩子，親友關係、工作的事；之前是否曾利用他所謂的「在時間軸上自由移動的能力」，前往其他時代等等。

而且，最令孝史感到不可思議的還有一點。那就是，平田為什麼偏要選擇這個時代，穿越時光而來。

即使讓欠缺歷史常識的孝史來想，也不認為昭和十一年是個人人安居樂業的時代。就拿現在來說，在距離這裡僅僅數公里，不，或許是僅數百公尺的地方，那樁二二六事件就正在爆發、進行中。

在國中和高中的日本史課堂上，現代史幾乎是不教的，因為考試不會考。而且，照課本排列的順序，從繩文時代的土器開始講解歷史，一路到教完明治維新，在記住明治開國元老的名字時，最後一學期的期末考就到了。這還是教課進度很快的老師才有的情形。孝史國中社會科的老師甚至直接告訴學生，廢藩置縣以後的部分課堂上不會教，同學只要自己看就好。

不過即使沒上過現代史的孝史，也知道二二六事件是由軍部發起的軍事叛變——其實，說實話，這些是他現在才知道的。就在平河町第一飯店睡著之前，電視節目裡是這麼說的。

軍人會起事叛變，代表著他們擁有足以發動叛變的權力。正因如此，日本才會在這個軍部的領導下，邁向太平洋戰爭。至少，關於戰爭方面，孝史所受到的教育是這麼告訴他的。火災前在飯店看到的電視節目——就孝史本身對時間的感覺，那是僅僅數小時前的事——不也是這麼說的嗎。那場戰爭從頭到尾都應該由失控的軍部負全責。國民之所以飽受物資缺乏與饑饉之苦，沒有參與戰爭的人也大批大批死在空襲之下，這些都是軍部的責任。

所謂二二六事件，應該算是日本陷入黑暗時代的轉捩點吧。在那個轉捩點之後，有的盡是死亡的恐怖、飢荒、匱乏等不幸。

一個人活在像一九九四年這麼豐饒富足又安全的年代，就算他具有能夠在時間軸自由移動、旅行的能力，爲什麼會想來到這種黑暗的時代呢？如果只是抱著觀光的心態來看看，還可以理解，可是那個男的卻特地弄到「平田」的姓氏和戶籍，要在這裡生活、工作。

除了發瘋，孝史找不到別的解釋。

搞不好這些事，都是他捏造的？

把沾濕的小毛巾放在額頭上，孝史仔細思考。我會不會是被騙了？人根本就不可能穿越時空。什麼超能力，那是夢想世界才會有的東西。

這時候，拉門上發出咚咚的敲門聲。毛玻璃後面映出模糊的顏色，是阿蕗的和服。孝史小聲地應了一句請進。

阿蕗的袖子還是紮起來的。可能白天都要這個樣子吧。這次，托盤上放著茶壺和茶杯。走近一看，發現孝史把粥吃得一乾二淨，便高興地露出笑容。

「非常好吃。謝謝。」

對於這句道謝的話，阿蕗的表情顯得有點困惑。爲什麼？

「衣服呢？」

「換好了。換下來的睡衣在……」

揉成一團放在枕邊。但是，正當孝史伸手去拿的時候，赫然發現一件事。

阿蕗拿給他的睡衣是簡便的和服，自己現在正穿在身上。對阿蕗而言，睡衣應該就是這一類的衣服吧，但是對於這套西式的睡衣，她會怎麼想呢？

從第一次碰面到現在，都沒有從阿蕗嘴裡聽到「你穿的衣服眞奇怪」這句話。但是，那是一回事。一旦她拿在手裡，況且她還說要拿去洗，等到她仔細看過這件衣服，她會有什麼感覺？

這件睡衣是什麼質材來著？百分之百純棉嗎？如果是倒還好，萬一要是和聚酯或嫘縈混紡的，事情就麻煩了。這個時代，應該還沒有這種人造纖維才對。

「我拿去洗，給我吧。」

看到孝史拿著睡衣卻不動，阿蕗出聲招呼。

「有什麼不對嗎？」

薄薄的睡衣在孝史手裡皺得越來越厲害，手心也開始冒汗了。

怎麼辦？

眞的要直接把睡衣交給阿蕗，然後再觀察她的反應嗎？

孝史想到，如果自己眞的穿越時空來到過去，和身陷一場空前大騙局，阿蕗的反應會截然不同。如果是後者，她可能會故意做出驚訝的表情，或者，也可能裝作完全沒注意到。

但如果是前者呢？一個人突然間看到前所未見的東西時，會有什麼反應？

孝史開始緊張，越來越不明白自己到底在想些什麼。面對一個如此令他心動的女子，卻同時對她心存猜忌。我這個人怎麼這樣啊！

「你不想洗嗎？」阿蕗柔聲問。

「覺得不好意思？」

孝史手裡仍緊緊抓著睡衣，用力閉了一下眼睛。然後，轉頭面對阿蕗。「不是的，沒這回事，只是覺得過意不去。」

阿蕗搖搖頭，說：「用不著客氣呀！那是件很好的睡衣，還是洗了帶走比較好，不然太糟蹋了。」

孝史用顫抖的手，把睡衣塞給阿蕗。阿蕗一拿到睡衣，馬上開始把皺褶撫平。

「弄得這麼皺。」她微笑著說，「這衣服的質地眞好。」

「……那是人家送的。」

「聽說你之前在鐵工廠工作，那麼，是工廠裡的人送你的囉？」

「師傅送的。」

謊言這玩意兒，就這麼順口從嘴裡溜出來。只是，一旦起了頭便只能繼續下去。

「我也看過這種睡衣哦！」阿蕗一邊攤開睡衣的上衣一邊說，「貴之少爺去歐洲旅行時，買回來做紀念的。不過那是純絲的。」

貴之。既然加了少爺來稱呼，應該是主人家的一份子。照這樣看來，對於在富有人家幫傭的女孩來說，這種睡衣並沒有稀奇到嚇人的地步。

「不過，這件的條紋比貴之少爺的鮮豔得多了，染布的技術一定很好。」

阿蕗仔細觀察睡衣。孝史感覺到冷汗從腋下滑落。

「妳不覺得奇怪嗎？」

自己都還沒意識到是什麼意思，話已脫口而出。這就叫作試探。

「哪裡奇怪？」阿蕗的大眼睛看著孝史。

「像我這種窮人，卻穿著這麼好的睡衣，很奇怪吧？」

阿蕗一雙眼睛直盯著孝史看。實際上可能只是一、兩次呼吸的時間，但孝史卻覺得有一小時那麼長。梗在喉嚨深處的那句話，一直掙扎著想冒出來。

（我啊，來自距離妳們現在這個時代五十八年後的未來！在我那個時代，這種睡衣在大型超市只賣二千九百圓！）

她會相信嗎？還是會假裝相信呢？或者，是裝作不敢相信？

然而，阿蕗卻張開沒有血色的嘴唇，突然冒出一句話，好像在質問似的：「是偷來的嗎？」

孝史感到一陣暈眩。這到底是因爲放下心裡一顆大石頭，還是因爲內心太過混亂，連他自己也不知道。

「你是從師傅那裡偷來的嗎？」阿蕗繼續說，「後來被發現，所以才被師傅毒打？」

來吧來吧，這裡有臺階可下哦！——謊言在向他招手。孝史閉上眼睛。

「是的……」

阿菭拿著睡衣的雙手，垂下來放在膝上，眼睛凝視著孝史。

「我手腳不乾淨，」孝史繼續說，「所以師傅很討厭我。」

沒想到，阿菭竟然笑了。孝史非常驚訝。

「我有一個小我兩歲的弟弟。他在川崎的造船廠工作。」

孝史默默地看著阿菭的臉。

「他有時候會寫信給我，說工作很苦。也多虧這樣，學會了苦這個字怎麼寫。」

「你弟弟……」

「是呀。你一定也是一樣吧！我弟弟明年就要兵役檢查了。我猜，你年紀可能跟他差不多。」

兵役檢查。對於第一次聽到的這個詞，孝史只有疑惑的份。冷汗又冒了出來。

「我是——昭和——不對，是大正七年（一九一八年）生的。」

阿菭的臉色一下子亮了起來。「哎呀！那你和我弟弟同年呢！」

明年要接受兵役檢查。如果自己活在這個時代的話。這個詞重重地在孝史腦海裡來回震盪。

2

向田菭將孝史的睡衣折得小小的，藏在袖子底下，離開了。她還是表示要洗乾淨再還給孝史。

阿菭走了之後，孝史變得無事可做。不過，他也沒有繼續躺著，而是挺起上半身坐在被窩裡。

全身還是酸軟無力，灼傷的地方也還在痛，但和早上比起來，情況好得多了。

他孤伶伶地待在房裡。

（到外頭去瞧瞧吧！）來到這裡之後，腦子裡第一次閃過這個念頭。大概是身體已經恢復元氣了吧，人眞是現實。

這個念頭在腦海裡越滾越大，心跳也越來越快，手心也出汗了。

如果，這一切都是騙局，只要他踏出蒲生邸，一切馬上就會揭曉。不管這裡是哪裡，內部場景佈置得再怎麼天衣無縫，佔地也不可能大到哪裡去。而且要跨出圍繞府邸的矮樹籬很容易，出去之後只要一個勁兒往大馬路跑就行了，不管路通到哪裡都無所謂。如果可以摸清楚方向就好了。今天早上天色還一片漆黑的時候，遠遠望見的那盞燈，平田說是「陸軍省的窗戶」的那盞燈，或許以那裡爲目標跑過去不失爲一個好主意。

當時，孝史非常虛弱，失去了冷靜判斷的能力，所以聽到那是陸軍省的窗戶，他並沒有嗤之以鼻。現在，在白天的日光下一看，或許就可以看出那扇窗是皇居護城河邊的某棟商業大樓的窗戶，這麼一來，他就可以大大嘲笑一番了。

相反的，若這一切並非騙局，而是如那個平田所說的，一切都是眞的的話呢？到外面去，孝史就可以確認這一點了。而且，對說不上來有莫名好感的阿蕗的懷疑可以徹底解除。

同時，這也可以造成平田極大的壓力。

因爲，要是孝史離開房間亂晃，被府邸的人看到而被視爲可疑人物的話，最傷腦筋的就是他了。他爲了能在這個時代平安無事地活下去，特地弄到現在的身分和工作。要是孝史引起騷動，去宣揚他是什麼時光旅人、有什麼超能力的，想必他以後就很難在這裡生存了。

在大戰前的這個時代，搞不好說起這種事會被警察逮捕。儘管孝史覺得未免有些誇張，還是將這一點列入考慮。畢竟，就連孝史也知道，在戰前這個時期，日本的「神」只有一位。然而平田卻說他能夠做到那位「神」都做不到的事——在歷史中自由來去。

就這麼辦！孝史下定決心。他要盡可能小心，先離開這個房間，去看看蒲生邸內部。最好也先搞清楚這府邸的主人和他的家人是些什麼人物。因為，萬一這裡是研究時光旅行的科學家的住所，而平田從旁協助的話……

自己想著想著，忍不住笑了出來。

笑容還沒消失，門口便傳來聲響。接著，門猛然打開，平田探頭進來。

孝史急忙收斂笑容，眼尖的平田卻已經看到了。他逕自走到被窩邊，一屁股坐下，這一連串動作的途中眼睛都沒有離開孝史的臉。

「你挺開心的嘛。」劈頭就是這句。

「因為我覺得好多了。」孝史回答，「而且，有許多難得的體驗。」

平田身上穿著剷雪時同一件毛衣、長褲，右手拿著捲成長筒狀，看來像報紙的東西。他盤腿坐著，把那捲東西遞給孝史。

「你看看吧！」

打開來一看，果真是報紙。「東京日日新聞」，是昭和十一年二月二十四日的早報和二十五日的晚報。

「倉庫裡有個地方專門放舊報紙，我從那裡摸來的。」平田解釋。

看到報紙時，說實話，孝史連確認發行日期都花了一點時間。因爲報紙上橫寫的字是從右到左排列的。印在欄外最上面的「東京日日新聞」這個名稱，第一眼看到的時候，也看成了「聞新日日京東」。

二十五日的晚報的一個版面分成四大段，每一段都大大地標著黑底鏤空的活字。最上面那一段是直書。「高橋是清自傳」——以前的「自傳」和現在的「自傳」意思應該一樣吧。還附了一段標題爲「活生生的明治史」的文章來推薦。但是，這本看似嚴肅的書旁邊，刊的廣告卻是「男女生活設計」這本書名令人忍俊不住的書。看樣子，應該是同一家出版社的關係，都是千倉書房出版的。

第二段從左到右，一整行被「座講學古考教佛」橫排字樣塡滿了。下面以直書寫著「佛教爲東洋思想之精華，亦爲我國文化一大要素」。

孝史抬眼看著平田。「昭和十一年已經可以刊登這種廣告了嗎？」

平田的表情顯得很意外：「咦？」

「日本在加入太平洋戰爭之前，國家清一色是神道信仰，其他的宗教沒有生存的空間，不是嗎？有這種廣告眞奇怪。」

平田的臉上逐漸出現笑容，有如向陽的雪逐漸溶化。「所以，你鼻頭才會冒汗？」

孝史摸了摸自己的鼻子，的確濕濕的。「我幹嘛非流汗不可？」

「八成是自以爲抓到騙局的證據了吧！」平田似乎很愉快，「你現在還是不相信我說的話吧？

以爲這是場什麼大手筆的戲，這些報紙你也認爲是假造的，所以看到佛教講座的廣告，以爲我在僞造上出了破綻。我沒說錯吧？」

孝史無話可說。

「準備考大學的人，啊，就是因爲要準備考大學，所以才不會去唸現代史吧。」平田說，「你說的沒錯，在太平洋戰爭之前，日本的確就像『國家神道』這四個字所說的，神道是名符其實的國教。但是，這並不是在昭和才明定的。早在慶應四年（一八六八）政府頒佈『神佛判然令（神佛分離令）』那時候，就已經開始了。」

平田拿走孝史手上的報紙。「但是這份報紙和廣告都是眞的。不管你相不相信，現在就是昭和十一年的東京。不說別的，我幹嘛爲了騙你，還特地僞造這種東西？」

孝史很不高興，閉緊了嘴不吭聲。心思被看穿讓他有所不甘，平田所說的話合情合理令人生氣，可是心裡那種被平田的詭辯所騙的感覺又實在揮之不去，讓孝史煩躁不已。

平田的視線落在報紙上，笑得更開心了。

「你看！」說著，手指著第三段右邊。

「這邊是三省堂的廣告，廣告的還是簡明英日辭典呢！多令人懷念哪！學生時代眞是人手一本。原來從這時候就已經這麼暢銷了。」

這則簡明英和新辭典的廣告寫著：「無時無刻、隨身必備的好辭典！」雖然不想笑，孝史卻笑了，覺得這廣告詞眞是簡單明瞭。拿來當隨身聽的廣告，搞不好會大受好評呢，無時無刻、隨身必備的隨身聽。

「你不覺得很諷刺嗎?」平田說。視線已經移到最上面那一段廣告。

「哪裡諷刺?」

「最上面那一段高橋是清自傳的廣告。」

即使他點明了，孝史還是不知道諷刺在哪裡。於是平田笑了。

「你還眞的什麼都不知道啊!這個叫高橋是清的人，在昭和十一年的現在，是日本的大藏大臣(註)。而他現在這個時間，已經被青年將校拿軍刀、手槍暗殺了。暗殺行動是今天早上五點左右開始的。」

孝史直瞪著平田的臉看。因爲他猜想，如果一直盯著平田看的話，他全身上下所發出的負面光芒、那種令人厭惡的灰暗氣氛，可能更加強烈。這一刻，孝史就是如此地想徹底討厭這個男人。

「你瞪我也沒有用，」平田說，「歷史上的事實，以及你對此一無所知的事實，再怎麼瞪都不會改變。」

「反正我就是笨嘛!」

「沒有人這麼說，」平田說，然後掏著長褲的後口袋，拿出一個小小的盒子給孝史看。「你愛吃甜的嗎?這是千惠姨給的，說要給我外甥吃。」

那是森永牛奶糖的盒子。上面的天使商標一模一樣，只是橫寫的「森永」變成「永森」而已。

「裡面還有一半，」平田搖搖盒子，發出卡沙卡沙的聲音，「這是大盒的，一盒要十錢。千惠姨唯一的樂趣就是甜食，想想她的薪水，就知道這份好意是不能糟蹋的。要是你討厭吃甜的，就還給她吧。」

「千惠姨是阿蕗的……？」

「同樣都是女傭，是一起工作的老前輩，快六十歲了吧。」

「她和阿蕗很要好嗎？」

「像母女一樣。你問這些做什麼？」

因爲我覺得阿蕗很可愛，對她有意思——孝史哪敢這麼說。他拿了一顆牛奶糖，一邊剝開包裝紙，一邊喃喃說起別的事。「可是，氣氛還眞平靜。現在眞的是二二六事件發生期間嗎？這裡眞是安靜得可以，沒有半個人吵鬧半句。眞的有軍事叛變在進行嗎？」

「只是你不知道而已，」平田冷冷地回答，「而且，這樣才好。在軍事叛變結束之前，你可要悄悄地躲在這裡。加上今天，頂多只要忍耐四天。」

「媒體沒有因爲事件而騷動嗎？」

「陸軍把報導擋下來了。所以，東京日日新聞要到明天早報才會出現第一次報導。最早的相關報導應該是今天傍晚的收音機吧！」

「別想去打聽這些，也別想去看外面的狀況，知道嗎？」

平田強而有力的視線射過來，好像要看穿孝史眼睛深處似的。

孝史點頭，牛奶糖梗在喉嚨裡。

「告訴你一件事。你對事情的發展完全不了解，但是，這幾乎就等於這個時代一般民眾的感

註：政府機關大藏省的首長。大藏省相當於我國的財政部。

覺。我在這裡用的名字原本的主人，就像我在柴房跟你說的，曾在這個時期住在深川區的扇橋。但是，他完全沒注意到發生過二二六事件，頂多只知道政府機關林立的這一區好像出過什麼亂子。的確，距離事件現場很近的丸之內、永田町、麴町部分地區，或者海軍陸戰隊大舉登陸的品川一帶，可能謠言滿天飛，說什麼『內戰爆發』啦、『全日本哀鴻遍野』之類的，但那僅僅是一小部分而已。」

孝史聳聳肩，說：「可是，蒲生邸就在遭到攻擊的地點附近吧？像陸軍省之類的。」

「陸軍省是在附近沒錯，但那裡沒有遭到攻襲。被攻擊的是櫻田門那邊的警視廳、陸相官邸，現在已經被占領了。從這裡也走得到就是了。不過，你沒興趣吧！」

平田的口吻，再一次惹火了孝史。這傢伙，又把我當白痴！

「那些就算了，可是這附近發生了這種大事，蒲生邸裡的人還這麼平靜，不是很奇怪嗎？」

平田似乎在思考些什麼，沒有馬上回答。一度開口準備說話，卻欲言又止，沉吟了一會兒，最後終於說話了。

「這座府邸的主人，是陸軍的退役軍人。你知道退役是什麼意思嗎？」

「這我當然知道。就是已經從現役軍隊退下來的軍人吧！」

「雖然說退下來，不過後備役和退役的意思又有所不同。不過不必管這些了。」平田說得很快，「主人名叫蒲生憲之，憲法的憲。人品就跟名字一樣，簡直是捧著明治憲法出生的。他生於明治九年，今年六十歲。而這個人之前在陸軍是親皇道派的，和青年將校們也走得很近。所以即使事件就發生在左近，也不至於有突然遭到攻擊的危險。不過，我剛才這些說明，你應該也聽不懂吧。」

孝史瞪著平田。

「要是你覺得損我很有趣，那就隨便你。」

「我沒這個意思。」平田從盤坐的姿勢站了起來。「我想，躲在這裡應該不算痛苦才對。千惠和阿蕗都對你很好吧？只要忍耐四天就行了。對於不必了解現代史的你而言，只管整天在這裡養好身體，儲備體力，好讓你在回到現代之後，能應付那些過度競爭的嚴格考驗就行了。」

平田離開了房間。他反手關上拉門的那一刻，孝史覺得自己好像被排除在一件非常重要的事情之外。

到外面去吧！現在的這種心情，已經不是來自於膽怯的自我保護的本能了。孝史也是有自尊的，他現在被平田激得一肚子火。

離開被窩，孝史重新繫好睡衣的帶子，第一次眞正爲了觀察四周的狀況，豎起耳朵傾聽。然後，慢慢地、慢慢地準備打開拉門。附近感覺不到有人的動靜，也聽不到腳步聲或人聲。可是手心卻直冒汗，連孝史自己都覺得好笑。

（幹嘛啊！又不是什麼生死關頭。）

他鼓勵自己，叫自己不必想得那麼嚴重。拉門不是很好拉，這在剛才去上廁所的時候已經知道了，所以現在他小心翼翼地，邊抬起邊悄悄拉開拉門，免得發出聲音。

果然，這次沒有發出任何聲響拉門就開了。可能是滾輪生鏽了。孝史還頗愛修理東西，只要他想修就能修得好。跟阿蕗說一聲，修一修好了。才想完就苦笑起來。我眞蠢，現在是管這些閒事的時候嗎？

他打著赤腳，所以走起路來像貓一樣悄無聲息。之前已經確認過，出了房間的右手邊除了廁所沒有別的，所以應該往左邊走，於是孝史向左轉。

右邊是牆，左邊有三道拉門以相同的間隔排列，每一道都和自己剛剛關上的一模一樣。這些大概都是傭人的房間吧。他現在才發現，所有的拉門都只有外側上了白色的漆。而且塗得很隨便，有些地方濃，有些地方淡，還有些地方根本沒塗到。孝史一絲不苟的個性又開始發作，心想，要是我來漆的話，一定會漆得更好。

這或許是個好徵兆，顯示自己已經慢慢恢復原有的步調了。孝史緩緩向前，來到走廊的盡頭。走廊延伸到三道拉門再過去一點便向右轉，接下來便是台階。

那會通到府邸裡嗎？一想到這裡，稍微緊張了一下。

正如孝史猜想的，這一層樓有一半在地下。數了數台階，一共有六階。普通一層樓應該有十幾階吧。爬到盡頭，連接最上一階的不是拉門，而是普通的門，門上有個復古風的玻璃門把。門的上半部鑲著毛玻璃。

就在這時候，毛玻璃前閃過一個人影。孝史連忙彎腰躲起來。那是個白白的人影，感覺很嬌小。孝史回到走廊轉彎處，從那裡探頭出去觀察情況，剛才通過那裡的人影又回來了，而且在說話。

「白木屋可能有……」

他只聽到這些。那是一個年長女人的聲音。或許是給他牛奶糖的千惠。

（怎麼辦……）

衝上台階，闖進那扇門去嚇千惠，質問她：「現在是昭和幾年？」也是個辦法。或者要直接穿過府邸，找到玄關衝到外面去嗎？這也是個辦法。

可是，他並不想用這些辦法。因爲，繼千惠的聲音之後，響起了阿蕗的聲音。

「可是，那也一定很貴吧！」

千惠的聲音回答：「但是，實在很想買來送她呀！」

「綾子妹妹收到一定會很高興的，」阿蕗笑著說，「眞叫人羨慕！」

那扇門的另一邊雖然屬於府邸內部，卻還是傭人們的空間吧，阿蕗和千惠似乎是手上一邊工作，一邊聊天。

孝史背靠著牆，觀察她們兩人的動靜。把頭縮回來，就聽不到她們對話的內容了。只能偶爾聽到兩人來回走動的腳步聲和談話的片斷。

看來孝史暫時不想移動。

有什麼關係呢？孝史想。不，是孝史刻意這麼想。我很有可能是被騙了吧？那就快爬上台階，直搗核心！你自己剛才不也在想，那個名叫阿蕗的女孩很可能是詐欺犯的同伴不是嗎！

但是，腳硬是不動。

連他自己都覺得自己是在裝模作樣。他不想看到阿蕗對他露出難看的表情，不希望阿蕗對他有不好的印象。至於原因，是因爲阿蕗待他是如此親切，如此溫柔，因爲她——是多麼漂亮、多麼可愛。男人眞是種無可救藥的生物。

孝史悄悄沿來路退回。不過，他在自己出來的前一個拉門停下了腳步。

先從這裡開始調查吧！如果這裡沒上鎖的話……

沒上鎖。拉門很順利地打開了十公分左右。爲了愼重起見，孝史這次也以半抬半拉的方式開門。

裡面的格局和大小都和平田的房間一模一樣，但是擺設卻截然不同。右邊那面牆，有一個小而堅固的日式衣櫃。嚴重磨損的榻榻上，鋪著草蓆模樣的東西，和一塊早已坐扁了坐墊。在那旁邊，是孝史已熟悉的火盆。出入口的側邊，有一個桌腳折起來的小圓桌靠在牆邊。

這種桌子叫作什麼？以前曾經在電視劇裡面看過，像NHK的晨間連續劇之類的節目……

對了，叫桌袱台！就是這種矮矮的小圓桌，桌腳可以折起來。

對面的牆上釘著木板，上頭有掛鉤，可以用來掛衣架。上面掛著一件和服，照和服的顏色來看，這裡應該是千惠的房間吧！

她到底在蒲生邸工作了多少年呢？就一個長年住在這裡的人而言，房間實在是太過簡樸，沒有幾件東西。就算是傭人的房間，也未免太空洞、太冷清了。難道這也是一個穿越時空來到過去的人的感覺？也許生活在昭和時代的人，生活上並不需要那麼多物質上的東西？

孝史悄悄離開千惠的房間，朝隔壁房間移動。拉門也一下子就打開了。然後，如同他有點內咎又有點期待的猜測，這裡是阿蕗的房間。這次，他也是由掛在牆上的和服看出來的。

老舊的榻榻米和火盆與千惠的房間相同。這些可能是每個傭人都分配得到的。不過，阿蕗的房間裡沒有桌袱台，也沒有衣櫃。倒是在採光窗的正下方，有一個小小的書桌。而書桌旁邊，有一個放小東西的櫃子，上面有一個玩具似的鏡台。鏡子上面罩著小毛巾，由形狀可以知道那是鏡台。

孝史慢慢橫越房間，伸手摸了摸鏡台，掀開小毛巾，圓圓的鏡子上沒有半點髒污，擦得乾乾淨淨。鏡台有一個小小的抽屜，上面有金屬製的把手，可以拉開。

孝史先回頭看了看，趕走內心的罪惡感之後，拉開了抽屜。

裡面有髮夾、木梳、黑色的髮圈——應該是拿來紮頭髮的吧，沒有看到化妝品類的東西。簡樸的程度，與妹妹房間鏡子前林立的瓶瓶罐罐連比都不用比。

抽屜底有一張剪報。孝史拿出來看。

上面大大地寫著「蝴蝶」。字體和剛才在東京日日新聞上看到的廣告相比，顯得時髦一點，算是很摩登的字體。這也難怪，因爲仔細一看，就知道這是化妝品的廣告。

「白粉十二色」、「定價六十錢」、「世界頂級白粉」。

原來阿蕗想要這個啊！孝史心想。一定是希望以後有一天能買才剪下來的吧。

孝史把東西放回原位，有點猶豫，但還是伸手去開下面櫃子的抽屜。最上面那一層，似乎是拿來當作針線盒，放滿了針線和碎布之類的東西。第二層是鉛筆、小刀，以及幾張千代和紙，其中還有摺了一半的。

然後再下面是幾張捆成一束的明信片。

（我弟弟有時會寫信給我。）

孝史的心跳驟然加遽，回頭望了望拉門。不知是幸或不幸，沒有任何人。

孝史慢慢地拿出那捆明信片，抽出最上面那張來看。

字很醜。正面的收信人住址以東京市麴町起頭。「蒲生憲之陸軍大將府內向田菈」，幾個字寫得歪歪扭扭的。寄件人只寫著「向田勝男」，省略了住址。

翻到背面，字是直寫的，還是很醜，幾行字扭來扭去，不時歪出去又歪回來。

「姊姊，妳好嗎？

有一段時間沒寫信給妳。我很好，天氣很冷，姊姊沒有感冒吧？

工作很忙。上一封信也寫過，我的組長是個非常嚴格的人，我一直挨罵。雖然我的工作是爲國家建造偉大的軍艦，可是有時候還是會想家。姊姊現在學會做麵包了嗎？

如果有休假的話，我們一定要到銀座去玩，去看電影。我會再寫信的。再見。　勝男」

孝史把這張明信片反覆看了兩次，看完之後，準備拿下面的明信片，卻停了下來。他突然覺得好羞恥。

阿菈這個名叫勝男的弟弟，和孝史同年。爲了國家，在可怕的組長——大概類似工廠作業長的上司吧——的叱責下建造軍艦。他負責的，可能是上螺絲、抛光零件、搬運材料之類單純的工作。照來信內容看，應該沒有受過高等教育。想必他每天都要操勞一些與雜用相差無幾的工作，過著被使喚、壓榨的日子。

（我們一定要去銀座去玩，去看電影。）

這是做弟弟的一個字一個字用心刻出來，寫給住在主人家幫傭的姊姊的信。怎麼能讓不相干的人隨便偷看呢！

孝史小心地把明信片歸回原位。關上抽屜，站起身來。

（有時候還是會想家。）

阿蕗的故鄉在哪裡呢？孝史突然想到。還有，提到那件睡衣的事時，阿蕗曾問他：「是偷來的嗎？」這時候，他才第一次了解阿蕗開口詢問的心情。這個時代還是那樣困苦的時代啊！至少，對阿蕗和勝男這樣的人是如此。

孝史轉身走出了阿蕗的房間。回到走廊上，再往前走到第三道拉門前。這道拉門也一樣沒有上鎖。打開一看，裡面比之前任何房間都還要冷清，完全感覺不到有人住在裡面的氣息。榻榻米缺了一塊，大概是某個已經辭職的傭人的房間吧。

於是，孝史再度站在那段台階下方。

毛玻璃後面已經不見人影，也聽不到人聲。不管千惠姨和阿蕗之前在做什麼，現在顯然已經結束了工作，去做別的事了。他也注意到，玻璃的另一邊似乎比剛才暗了一些。

上去看看吧！孝史的腳踏上台階。

一步、一步，心臟果然怦怦跳個不停。但是這次胸口的悸動，和之前的有些許不同。懷疑自己陷入騙局的想法大大消退，現在純粹只是擔心怕被別人看到。在多了解周遭的環境之前、在多得到一些資訊之前，孝史不希望被任何人逮到。

一級、二級，孝史爬了上去。爬到第六級，正對著門口。握住玻璃製的門把，冰冰涼涼的。手心可以感覺到有稜有角的形狀。

他試著轉動門把，門把發出嘰的聲音。然後，門稍微向後打開了。

從十公分左右的縫隙間流洩出來的，是陽光——自然的亮光。附近應該有窗戶。接著，孝史感覺到空氣中飄來一股甜甜的味道。很香，很像是鬆餅或餅乾的味道。

孝史從門縫中探頭進去。

之前他猜這個房間是傭人的工作室，只猜中了一半。事實上，這裡並不是房間，而是個稍微寬一點的走廊。地板是木頭的，牆壁也只是漆成冷清的白色，左右兩邊既沒有門也沒有牆。前面的牆邊靠著一張深約五十公分的細長桌子。仔細看來，好像是燙衣架。一台看來沉重無比的熨斗穩穩地坐鎮在桌子的一端，粗粗的電線纏著橫紋的布。

電線已經從牆上的插座上拔下來了。孝史深有所感地凝視著插座，那份外熟悉的形狀已許久未見。

以指尖碰了碰熨斗，還熱熱的。就在熨斗旁邊，有一個大概是利用燒紅的炭來發熱的，底部形狀像水泥抹刀的東西，斜斜地靠著牆。這個也還是熱的。所以剛才千惠和阿蕗兩個人是在這裡熨衣服啊，孝史不禁微笑。

就在這時候，右手邊的走廊前方，突然傳出一聲女子的尖叫聲。

3

孝史僵在當場。因爲過度驚愕，甚至忘了呼吸。

但是，那只是短暫的瞬間。因爲，繼第一聲尖叫之後，再度響起另一次叫聲，孝史一聽出是阿蕗的聲音便跑了起來。還來不及思考，身體便展開行動了。

聲音傳來的位置，從孝史所在的地點看過去是在左手邊。一口氣穿過那個有燙衣架、形同通道的小房間，向左直走，有一個三級的小台階。上去之後右手邊有個沉重厚實的木門。孝史不顧一切，急忙打開那扇門。打開之後，又是一道短短的走廊，裡面有兩扇門，一扇在左邊，另一扇在盡頭。阿蕗的聲音聽起來是從盡頭的門後面傳過來的。

孝史在那裡停下腳步，汗水從額頭沿著臉頰流下來。

這時，從門後傳來啪躂啪躂類似腳步聲的聲音。然後，令人驚訝的是，接下來傳出的是笑聲。那是年輕女孩的聲音，卻不是阿蕗。

那扇木門的門把，也是切割成稜角的精緻玻璃製品，門中央還鑲嵌著切割成幾何圖形的玻璃裝飾。透過玻璃隱約可見模糊的人影。

孝史握住門把，輕輕轉動，把門打開約十公分。女孩的笑聲變得更尖銳了。

「來呀！來呀！鬼，我在這裡！」

活潑開朗的聲音像在唱歌似的。孝史從門縫窺伺室內。

他看到一個年輕女孩，穿著花色豔麗的朱紅色和服，頭髮和阿蕗一樣梳成髮髻盤在腦後，不過她的髮髻上簪著閃閃發光的髮飾。

她大約二十歲左右吧，不過女人穿著和服，年齡很難猜得準了。她拍著手，高聲地笑著，看來非常開心。

「哎喲！阿蕗，不是那邊，我在這邊啦！」

孝史按住狂跳的心臟，尋找阿蕗的身影。眼前有一把椅背很高的椅子，正好擋住了他的視線。

「小姐……」是阿蕗的聲音。從右邊稍遠的地方傳過來。

「請您饒了我吧！」

那是相當冷靜、有禮的聲音，聽得出聲音裡微微帶著笑意。

正好在這時候，從孝史窺伺的房間的某處傳來開門聲。接著腳步聲響起，好像是有人進來了。

穿著朱紅色和服的女孩說：「啊，哥哥。」便從孝史的視野裡消失了。

這是個好機會。孝史伏低身子，匆匆竄進室內。他的腦中一片空白，對於進去之後該怎麼做完全沒有計畫。但是，他看到離門不遠的牆邊，豎著一架金色的屏風，正好擋住牆角。孝史便溜到屏風之後。

幸好，沒有被任何人發現。他謹慎地從屏風後探頭出來，仔細觀察室內。孝史發著抖呼了一口氣。

在場的總共有三個人。一個是那個身穿朱紅色和服的女孩，另一個，就是那個被稱爲「哥哥」的人吧，是二十五歲左右的男子。他穿著灰色長褲和白襯衫，腳上穿著室內拖鞋。他臉頰瘦長，但理得短短的髮型，不太適合他。

而第三個就是阿蕗。她的模樣把孝史嚇壞了。阿蕗整頭整臉罩著一塊像包袱巾的布罩，手上還拿著抹布。到底發生了什麼事？

「珠子，妳這在做什麼？」青年說，語帶責備。

「我在玩呀！」朱紅色和服的女孩回答，「我和阿蕗正矇著眼睛玩捉鬼呢！對不對，阿蕗？」

「是的，小姐說的是。」

手上拿著抹布，頭上罩著包袱巾的阿蕗點頭回答。於是，青年走到阿蕗身邊，幫她取下那塊包袱巾。由於後頭的地方打了結，花了一點時間才解開。

從包袱巾下露出臉來的阿蕗，表情雖然有點不自然，眼角、嘴角卻都帶著笑。

「妳不覺得這樣惡作劇很不對嗎！」

剛才的青年斥責那個名叫珠子的朱紅色和服女孩。阿蕗開口打圓場。

「貴之少爺，請您不要生氣，小姐只是在玩罷了。」

「就是嘛！」珠子抓著和服的袖子，晃來晃去，「一直下雪，我好無聊。爸爸又不許我出去。」

「就算這樣，妳也不能做這種孩子氣的事，很危險的。阿蕗可是在工作啊！」

珠子故意賭氣：「哥哥每次都這樣，每次都偏袒阿蕗。」

然後，如三流演技般，做作地把頭撇向一邊，轉身向右，啪躂啪躂地跑向房間左邊的門，接著就跑出去了。關門的時候，朱紅色的和服袖子還翻飛了一下。

孝史看得目瞪口呆。那女的在幹嘛啊？

但是，留在房裡的兩個人，卻對珠子的行爲舉止一副司空見慣的樣子。阿蕗走向前，行禮道歉：「眞是非常抱歉。」

那個叫作貴之的青年看來很生氣，把包袱巾用力一甩，掛在手臂上。

「妳沒有必要道歉。以後要是珠子再做那種事，不必客氣，儘管罵她。眞是拿她沒辦法。」

他好像眞的動氣了。青年那對明顯的大耳朵有點泛紅。看來那怒氣裡也包含若干「羞恥」的成分。

「妳在打掃的時候，她突然拿這個蒙住妳的頭？」貴之問。

「是的，」阿蕗露出笑容，「不過小姐立刻就接著說：『猜猜我是誰』，所以我馬上就知道是小姐了。」

「剛才聽到尖叫聲，嚇了一跳。」

「對不起，我太沒規矩了。眞是丟臉。」

阿蕗又低頭行禮。貴之把手放在阿蕗的肩上說：「妳不必這樣道歉。沒規矩的是惡作劇的人，知道了嗎？」

說完，貴之便拿著包袱巾，從珠子離開的同一扇門離開了房間。

房間裡只剩阿蕗一個人。她輕輕地嘆了一口氣，微笑在臉上綻開。

「阿蕗。」孝史小聲叫她。

阿蕗跳了起來。諷刺的是，她差點就發出比剛才更嚇人的聲音，扔下抹布急忙用兩手按住自己的嘴。孝史也慌了，要是貴之聽到聲音又回來就糟了。

「是我，在這裡、這裡。」

孝史從屏風探頭出來，向阿蕗揮手。阿蕗一雙眼睜得大大的，愣在那裡，突然又回頭看著貴之他們離開的門。確定沒有人會來之後，匆匆穿過椅子跑到孝史這邊。

「你在這裡做什麼？」

一句話就刺傷了孝史的心。

「我也聽到尖叫聲，嚇了一跳，就跑過來了。」

「哎呀，這樣啊。」

阿蕗雙手撫著臉頰，然後，噗嗤一聲笑了出來。

「謝謝你，對不起喔。」

「那是誰啊？一個女孩子，竟然那麼孩子氣地惡作劇。」

阿蕗再次看了看四周的狀況，在孝史旁邊蹲下。

「那是這裡的小姐，珠子小姐。」

「那個男的呢？是她哥哥嗎？」

「是的，那是貴之少爺。你不可以直呼那個男的。」

阿蕗以認真的表情糾正孝史，孝史覺得好生沒趣。不管是剛才的互動也好，還是阿蕗在睡衣那件事時提到貴之的名字時也好，不知道為什麼，他就是覺得阿蕗對貴之懷有好感。

「你最好趕快回房間。這個地方府邸的人都會來的。」

「好漂亮的房間啊。」

孝史再度環顧室內。

這是個挑高的西式房間，高度大概有一般住家的二層樓高吧，天花板的四邊有粗壯的樑，內側也是以粗壯的樑格成六角形。天花板上沒有樑的部分，全都掛著布幔，而且布面上滿是精巧的刺繡。布幔和所有的刺繡都是高雅的暗紅色，或者應該說，整個色調是統一而沉穩的紅色系。

壁紙也一樣。該怎麼說呢？摸起來，可以感覺到上面的凹凸，不是印上去的，應該是手工刺繡吧。天花板的部分看不清楚，不過牆上布幔刺繡的圖案像是大朵的牡丹花、葉子，還有小鳥在枝葉間飛舞。

地板上鋪的是深紅色的地毯。顏色是單色，不過仔細看就知道織工很講究。上面有凸起的線條，厚得連腳趾都陷在裡面。如果是赤著腳走在上面，幾乎不會發出任何聲音。所以剛才那名叫珠子的女孩，才能夠偷偷地走到正在掃除的阿蕗身後而不被發現。

「這裡是起居室嗎？」

對於孝史的問題，阿蕗點頭說：「客人也會進來坐。」

從孝史的角度看出去，在正前方是一個直徑有兩公尺以上的大壁爐，裡面的火燒得正旺。壁爐的周圍——這個部分叫壁爐架吧——是以淺淺的白色石頭砌成的，應該是大理石吧，上面放著好幾個相框。

壁爐之前，有一張很大的獸足桌，桌面鑲著玻璃，四周擺放著椅背很高的椅子，就是剛才擋住孝史視線的那種。壁爐右邊還有一把附腳凳的長椅，三個花紋鮮豔的靠墊放在上面，恰似長椅的裝飾品。

孝史隱身的屏風，從壁爐看過去位在房間西側角落的牆邊。仔細一看，牆邊的壁紙有一部分破損了，可能是爲了遮蓋這個破損才把屏風擺在這裡的吧。屏風的右邊是大大的窗戶，上下開關的窗框分成三段，一直延伸到天花板附近。戶外因雪光顯得非常明亮。沉重的布幔捲到窗框之上，不像窗簾倒像是舞台劇用的布幕。這也是雅緻的深紅色。布幔的邊緣垂著一條繫繩。這應該是用來捲動布幔的吧。

在牆邊，一座鐘擺式大鐘緩緩地刻畫著時光。

「請你回房吧！」阿蕗以懇求的口吻說。「要是被發現就糟了。會給平田叔添麻煩的。」

孝史直起身子站了起來。房間的全貌顯得更清楚了。

一共有兩扇門。一扇是孝史進來的門，另一扇是珠子他們出去的門。以壁爐爲準，房間的東邊角落有個大大的三角形裝飾櫃。這個有玻璃門的櫃子裡，裝滿了壺、花瓶類的東西。孝史走近櫃子。

「好漂亮啊。」

「那是老爺的。」阿蕗說得很急，「我知道你很想到處看看，可是請你回房間……」

阿蕗拉扯孝史的袖子，連聲催促。這時候，從珠子他們離開的方向，有腳步聲靠近。

「啊！」阿蕗輕喊，「有人來了，喏，快點……」

孝史當機立斷，拉著阿蕗的袖子迅速橫跨房間，跑到剛才的屏風之後。

「眞是的！爲什麼……」

「噓──！安靜！」

先制止阿蕗，孝史也悄無聲息地靜待往起居室靠近的人。

門開了。

出現的，是一個個子矮小卻結實的老人。他穿著和服，右手拄著枴杖。看來行走非常困難。每走一步就停頓一下，慢慢地進入室內。

這個老人的下巴又方又寬，長相看來很頑固。一頭茂密的銀髮，脖子短短的，連帶使肩膀看起來更高聳。眉毛有一半以上變白了，形成高高隆起的弓型，在細長的眼睛上像個硬梆梆的屋簷般凸出來。

「他是誰？」孝史悄聲問，「是老爺？」

阿蕗以非常驚訝的表情看著老人，回答：「嗯，是的。」

那麼，他就是蒲生憲之了。平田說他以前是陸軍大將，是昭和時期的軍人。

可是，他看起來比六十歲老得多。可能是因爲走路姿勢的關係。

「老爺有病在身，」阿蕗壓低聲音說，「平常幾乎不會離開自己的房間的，今天是怎麼了呢？」

蒲生憲之以走一步停一下的速度靠近壁爐。一直來到火焰反射到臉上的地方，才停下腳步，接著以慢得令人焦躁的動作，把枴杖靠在壁爐架上。

然後，伸手入懷，拿出一樣東西。是一疊白色的紙張——看來是文件。

蒲生憲之雙手拿著那些紙張，凝神看了一陣子。感覺上是在反覆閱讀。

不久，他開始把紙一張張揉成一團，扔進壁爐的火焰中。孝史數了數，一張、兩張……總共有七張。被扔進壁爐裡的紙，在火焰的威力下，立刻燒成了灰。

蒲生憲之一直凝視著這些過程。不但如此，他還拿起附近的撥火棒，撥弄燃燒的柴火，直到燒成灰的紙張完全看不出形狀爲止。老人手執撥火棒的時候，孝史一直提心吊膽的，深怕他一個站不穩，跌進壁爐裡。

好不容易完成了這項作業，老人以來時一樣不穩的腳步離開房間。孝史和阿蕗連大氣都不敢喘一口，直到再也聽不到叩咚、叩咚的枴杖聲爲止。

4

確認這個奢華的起居室裡只有自己和阿蕗兩個人之後，孝史長長地吁了一口氣，從屏風後面走到房間當中。手裡還牽著阿蕗的手。

阿蕗對於剛才親眼看到蒲生憲之，似乎感到非常不可思議。雖然剛才情況緊急，但她卻連孝史所採取的親密舉動都忘了加以責備，視線還停留在蒲生邸主人離開的那扇門上。

孝史輕輕拉了拉阿蕗的手，她才突然清醒似地眨眨眼睛。

「老爺像剛才那樣離開自己的房間到外面來，有那麼稀奇嗎？」

孝史還沒說完，阿蕗就用力點頭。看來她眞的非常吃驚。

「而且竟然自己單獨來起居室……」

話說到一半，才終於發現孝史一直牽著自己的手。她嘴裡輕輕地驚呼一聲，急忙把手抽回來。

孝史忍不住偷笑。

「這屋裡的人還眞奇怪。」

孝史抬頭看著高高的天花板上精緻的刺繡，伸著懶腰說。能從狹小的房間裡出來，感覺果然不賴。阿蕗一副驚異的表情看著孝史。

「關在房間裡的老爺、行爲幼稚的女兒、有如早期青春電影男主角的大少爺。其他還有些什麼人？」

孝史想起凌晨天還沒亮時躲在蒲生邸前院，聽到一對男女的對話。他們的聲音聽起來不像剛才那對兄妹，感覺上年紀應該更大。

阿蕗默默地看著孝史。然後，突然想起什麼似的，從孝史身邊擦身而過，蹲下去撿起剛才掉落的抹布。

「請你回到樓下房間去。」她背對著孝史說，「我還有很多事要做，我不是來這裡玩的。而且你……」

阿蕗猛地回過頭來，氣得咬住嘴唇，然後繼續說：「要是被府邸裡的人發現，被趕出去，你自己也會有麻煩吧？也許你自己不在乎，可是平田叔會很困擾的。你也要稍微爲你舅舅著想。」

孝史心想，她生氣的表情也很可愛。從藏身之處來到外面，自己的情緒比意識到的還要高昂。這種亢奮的情緒，與優越感雷同。當孝史發現這一點，連自己都感到意外。剛才還以爲自己身陷一場大騙局，一旦將那種懷疑拋在腦後，心中的鐘擺盪起來，反而變得相當愉快。

我眞的來到過去了。所以我知道這些人所不知道的未來。我來自未來，我知道等待著這些人的，是什麼樣的未來。

我知道的事，連住在這幢了不起的府邸裡的人都不知道！

阿蕗氣鼓鼓的，爲了不想在和孝史對看當中敗下陣來，努力瞪著他。那張臉蛋實在可愛得難以形容，更刺激了孝史的優越感。我要讓她大吃一驚，心裡才這麼想，話就脫口而出。

「日本戰爭會打輸。」

阿蕗瞪大了眼睛。對看就此結束，她那兩片粉紅色的嘴唇張得大大的，握著抹布的手一下舉到胸前。阿蕗向孝史走近一步。

「咦？你剛才說什麼？」

孝史重複剛才的話，而且還加上幾句。「日本會打輸，會被美國占領。軍人再也囂張不起來，因為日本會成為和平國家。」

說完，頓時覺得好爽快。尤其是「軍人」那幾句。原來，剛才突然激起的那股優越感，就是來自這裡啊！原來，自己是因為同情阿蕗在軍人家被使喚，生活過得如此卑微，想告訴她不需要這麼做。如果是戰後的日本，我所居住的現代的日本的話，像妳這麼可愛又勤勞的女孩，不管哪家公司都求之不得，就算遇到像蒲生憲之那種耀武揚威的上司，那也只是裝腔作勢，他們一樣是被公司僱用的上班族。我所生活的時代真的每個人都很自由，日本將來會變成那樣的國家。

但是，正當孝史準備繼續大肆誇耀時，卻發現在眼前的阿蕗臉色鐵青。

「日本……打仗會輸？」她喃喃地說。抬起頭來，直盯著孝史，「你為什麼要說這種話？太過分了！」

「過分？」孝史嚇了一跳。阿蕗握緊拳頭作勢要打孝史。「沒錯！太過分了！你竟然這樣說為了國家盡心盡力的軍隊，太失禮了！還說日本會輸！」

這次，換孝史驚訝得無以復加。阿蕗氣得眼淚都快掉下來了。她絞著雙手說：「當然……軍隊裡也很複雜……貴之少爺說大人物們做事都只顧自己，可是，就算這樣，真的打起仗來，日本也不可能會輸的。再說，為什麼會打仗？要跟誰打仗？中國？」

「我剛說了，美國，就是美利堅合眾國。」

孝史怕只說美國阿蕗聽不懂，換了一個說法。阿蕗搖頭說：「貴之少爺說我們不會和美利堅打仗的。」

孝史發起火來。開口閉口就是「貴之少爺」！

「貴之是剛才那個哥哥嗎？他知道些什麼！妳幹嘛把他看得那麼偉大？」

阿蕗一副受不了的樣子，無奈地眼珠往向上一抬。那種樣子，和遠在平成年代的二十歲女孩像極了。

「貴之少爺是從東京帝國大學畢業的！跟你這種小工人是不一樣的。你說話小心一點！」

阿蕗聲量變高，孝史急忙看了一下四周。阿蕗看到他那個樣子，好像也想起了自己的立場，伸手按住自己的嘴，垂下眼睛，整了整一點也不亂的領子，壓低聲音對孝史說：「請你回房間，乖乖待在裡面。」她的口氣是命令式的，「下次你再這樣，就算對不起平田叔，我也不能再讓你躲在這裡了。」

阿蕗轉過身去，準備從孝史進來的門出去。

「妳要去哪裡？」

「去幫千惠姨。我必須去準備午飯了。」

孝史想起剛才穿過有燙衣架的房間時聞到的那股香味。

「要做什麼菜？」

「我不知道。」

「剛才好香啊！是鬆餅之類的嗎？也有我的份嗎？」

阿蕗並沒有轉身，只是回頭又丟下一句：「不知道。」然後眞的開門走出去了。孝史好像眞的惹她生氣了。

門關上了。孝史眼睜睜地看著她走，一個人被留在那裡，心裡感到有點混亂。剛才那種反應是怎麼回事？爲國家盡心盡力的軍人？阿蕗，就是這些軍人把你們以後害得很慘的啊！

（這下，果然是眞的。）

孝史再一次體認到這一點。我眞的來到昭和十一年了。我來到的這個世界，還沒有人知道未來有悲慘的戰爭等著他們。

就在這時候，已經關起來的門突然又打開了。孝史背上的汗毛剎那間全體豎立。

不過，探頭出來的是阿蕗。她的嘴角仍顯得餘怒未消。她很快地說：「快回房裡去。如果你很安分，我就拿中飯過去。」

說完，一直撐著門，等孝史過去。孝史朝阿蕗微笑。

「我知道了。對不起啦。」

輕輕點頭示意之後，孝史穿過那扇門。阿蕗一直跟著他，直到他沿著原路回到樓下的房間。孝史覺得自己好像被押回軍隊的逃兵，回到最初的出發點，平田的房間。

但是，儘管對不起阿蕗，孝史並不打算安分地待在房間裡。等到一人獨處後，他抬頭觀察平田劃雪時露臉的那扇採光窗。

從這裡出去好了。和穿過府邸內部比起來，從這裡要快得多了。有沒有什麼能墊腳的東西？只要有個高度約三十公分的東西，踩在上面就可以打開窗戶，抓住窗框，最後再用點力應該就可以爬上去了。

火盆太危險了。這時候他想到，置物櫃裡那個旅行箱呢？孝史急忙打開置物櫃的拉門。

老舊的旅行箱是耐用的布製品，敲打起來感覺框架似乎是用木頭做的。厚度大概有二十五公分吧，應該沒問題。

孝史試抬一下，沒想到挺重的。這時候他突然想到一個疑問。

這是誰的箱子？

平田和孝史一樣，都是在火災中被迫穿越時空而來，並沒有攜帶任何隨身用品。飯店房間裡可能有他事先準備好的東西，但至少孝史可以確定，他並沒有帶來這裡。那時候並沒有餘力顧及這些。

孝史盯著旅行箱看了一會兒，悄悄地把箱子放在榻榻米上，想打開蓋子。但是提把旁卻掛著一個鎖，嘎嗒嘎嗒地扯它也絲毫不爲所動，最後孝史用力踢了一腳，

「好痛！」

結果只是自己吃痛而已。

孝史轉而去看敞開的置物櫃。平田穿來這裡的那雙鞋，好端端地擺在裡面。應該是平田脫下來放在那裡的吧，那時候，他不覺得這個箱子很可疑嗎？如果不覺得，那麼這就是他的東西囉？

（那個大叔，之前也應該穿越時空來過這裡吧？）

爲了事先做好準備？

火災前，平田站在二樓逃生出口的樣子在孝史的腦海裡復甦了。那時候，他像鬼魅般突然消失

了蹤影，然後又像變魔術一樣，站在二樓電梯口——

「啊！」孝史叫了出來。

（那時候，他也穿越時空了？）

沒錯，一定是的！那一定是穿越時空。平田在火災中和孝史一起「飛」來這裡之前，那時候一定也穿越時空了。

但是，那時候平田是空手的。這一點絕對錯不了，因為孝史親眼看到的。如果平田提著這麼大的箱子，孝史不可能沒看到。

那麼，這個箱子是誰的？而，那時候在二樓的逃生出口，沒錯，就是二樓，平田穿越時空到哪裡、哪個時代去了呢？

那次穿越時空爲時極短。孝史爲了找平田，在平河町第一飯店的逃生梯上到處跑的時間，最多不超過十分鐘。在這短短十分鐘之內，平田到了某處，又回來。

我被騙了，孝史想。來到蒲生邸的時候，在柴房裡，孝史哭著求平田快點帶他回現代，平田卻說，短時間內無法數次穿越時空，因爲身體負荷不了，一不小心就會有性命之憂。除此之外，還振振有辭地說了一堆，但是現在想起來，那些都是藉口。

孝史拿冒汗的雙手往睡衣上擦，腦袋開始動了起來。可惡！那個大叔果然很可疑！他到底有什麼企圖？我到底能相信他多少？

他說要在這個時代生活，要在這裡生活，所以一直爲此做準備。可是，沒有人知道這些話有多少是眞的。就算他眞的具有穿越時空的能力好了，但是他利用那種能力來到這裡的目的，和他嘴裡宣稱的，該不會根本是兩回事？

事情越來越複雜了。不，現在就已經夠複雜了，但是以後會更麻煩。總之，一定要先逮到平田，叫他招出來這裡的眞正目的。然後，請他把自己帶回現代。不，無論如何，都要叫他讓我回去。

孝史的手擦到大腿的地方。那平坦的觸感，讓他想起另一件事。

換衣服之前穿的睡衣。在柴房昏倒之前，那件睡衣的口袋裡有一個硬硬的東西，在失去意識之前，手心還感覺得到。那是……那是……

手錶！

當阿蕗在柴房發現他們的時候，爲了不讓阿蕗發現，平田背對孝史，拆下手錶，扔在孝史膝上。孝史把那隻手錶藏在口袋裡。當然，這是因爲那隻手錶是平成年代的東西，不能讓阿蕗看到。

孝史啪地拍了一下額頭。我怎麼把這件事忘得一乾二淨！

他拼命回想。換衣服的時候、把睡衣拿給阿蕗的時候，手錶還在口袋裡嗎？孝史一邊重複自己和阿蕗的動作，拼命地回想。

沒有，還是沒有。換衣服的時候，並沒有感覺到別的東西的重量。而且，阿蕗將那件睡衣摺得那麼整齊，如果口袋裡有任何東西，她一定會發現的。

那麼，是掉了嗎？掉在這個房間裡？

孝史把箱子的事丟在一邊。一定要找到手錶！

只要他手裡有那隻手錶，就可以藉此對平田施壓。這東西要是被蒲生邸的人看到，你會有麻煩吧？如果不想節外生枝，那就馬上再使出穿越時空的本事，帶我回現代！

孝史開始在榻榻米上到處爬。

5

但是——

孝史把這個潮濕的小房間的每一寸都找遍了，還是沒看到手錶的影子。

孝史喘著氣站了起來。東西不在這裡，那麼不是在孝史被抬進這裡的途中從口袋滑落，就是在柴房裡昏倒的時候掉出來了。因爲他很確定，當阿蕗把睡衣拿去洗的時候，東西已經不在口袋裡了。

（柴房啊……）

必須回那裡去找找看。如果不在柴房裡，就只好把從那裡到這裡的路徑盡可能仔細地找一遍了。

孝史抓住被他推到一邊的旅行箱的提把，提起箱子搬到採光窗下面。把箱子靠牆放穩，站到箱子上測試一下。箱子的木框很堅固，即使承受了孝史的體重也文風不動。

孝史推開窗戶，室外冰冷的空氣流進來，讓他打了一個噴嚏。外面很亮，暫時並沒有感覺到有人在外面。

他想起一件事，便從箱子上下來，到置物櫃去取出平田的鞋子，然後把鞋子先丟到窗外。光著腳在雪地上跑來跑去，這種事他已經受夠了。

接著要找禦寒的衣物。他回到被窩那邊，把棉被翻過來。有一件鋪棉的衣物被拿來當墊被，形狀像是下擺做得很長的日式棉襖。躺著的時候，多虧有這個，才睡得又暖和又舒服。這個，他記得好像是叫作「棉襖睡衣（搔卷）」。孝史還記得小學的時候，到母親的故鄉山形縣去小住，那時外婆就是拿這個出來給他用的。因爲有袖子，剛好可以披在簡便和服上面。孝史把這個捲成一團，從窗戶塞出去。

準備完畢，最後只剩自己。孝史兩手抓住窗框，以吊單槓的要訣，使勁把身體往上抬。

頭撞到窗框，肩膀也差點擦破皮，但上半身總算擠出去了。看樣子，雪已經停了一陣子了。黑色的地面跟平田剷雪的時候一樣，光禿禿的。泥土弄髒了孝史的指尖，跑進指甲縫裡。

孝史呻吟著，用力攀爬，好不容易來到外面的時候，已經出汗了。他一站起來，那些汗馬上結成一層薄薄的冰，像膜一樣包住他的身體。孝史急忙撿起棉襖睡衣，像穿和服似地把自己裹起來。不過，動作可不能慢吞吞的。冷空氣把他的耳垂凍得發痛，臉頰也僵了。

孝史鑽出來的地方，是圍繞蒲生邸四周的庭院的另一面——今天早上到達前庭之後，他們曾經穿過府邸側面走到後院的柴房，但是他現在站的地方，看來應該是位在相反的另一側。一樣有完全被雪覆蓋、形成圓圓的雪堆的樹籬，但這邊的空間稍微大一些，樹籬的另一邊有一座和蒲生邸相似的紅磚建築，背向這邊矗立著，周圍有著與建築物色調相同的磚牆，高約兩公尺。牆與建築物之間的距離，要容納兩棟孝史在高崎的家都沒問題。裡面應該是庭園吧，眞是闊綽啊。

旁邊這幢建築物距離雖遠，但當孝史看到二樓並排的三扇窗戶中，其中一扇亮著燈時，還是急忙伏低身子，然後就這樣，像個瘸腳忍者似的爬到樹叢下方，才抬頭看蒲生邸的牆壁。

頭頂上灰雲密佈，天空中飄散著黑煙，應該是從煙囪飄出來的。蒲生邸這一面的牆上，除了孝史剛才爬出來的窗口之外，只有二樓以及緊接在屋簷之下，三十公分見方的小窗戶而已。

向左走過去就是正面玄關，向右則是後院和柴房。如果向右走後面的話，守護蒲生邸背後的高大樹林便會提供遮蔽，不必擔心被人發現。

但是，本來應該立刻向右邊走的，孝史卻在突如其來的好奇心驅使下往左前進。他想看看這幢府邸的全貌。走到建築物的轉角，小心翼翼地探出頭觀望。

蒲生邸的正面雖然有樹叢圍繞，卻沒有莊嚴氣派的大門。只有今天早上看到的，同時出現在平河町第一飯店的大廳照片上的——那道別具特色的拱型玄關以及平緩的斜坡而已。通道部分的雪剷得乾乾淨淨，這可能要歸功於平田。泥濘的地面上，清清楚楚地留下了一組腳印。

蒲生邸正面樹叢的外側，是一條寬闊的大路，可能是公用道路。孝史看了看四周，確定沒有人之後，再度像忍者般跑到正面樹叢之後，暫時屏住呼吸，從那裡回頭觀察府邸的窗戶。沒有任何動靜，只有黑煙裊裊上昇。

孝史伸長脖子，越過樹叢向外看。

道路很平坦，是汽車專用道。整條路面上鋪滿白雪，上面有幾道車輪的痕跡，由右往左，也可能是由左往右，一路從蒲生邸前通過。被車輪碾過的雪融化成泥水的顏色。

但是，其中只有一組車痕稍微轉向蒲生邸，延伸到樹叢之前。孝史想起今天早上躲在柴房的時候，曾經聽到汽車引擎的聲音。大概是那時候車子的痕跡吧。

（那時候好像是訪客……）

一大早有人匆匆來訪。當時聽到的那種簡短有力的說話方式，再加上這幢府邸的主人原本是陸軍大將，從這兩點來推測，來訪的客人應該也是軍人。這麼一來，這輛車照理應該是軍車了。車輪痕跡清晰的地方陷得相當深，明顯看得出是輪胎的印子。看樣子輪胎相當厚，是卡車嗎？拜訪完畢離開這裡的時候，這輛車是倒車調頭，朝來時的方向開走的。雪地上還殘留著好幾次切換方向盤的痕跡。

孝史鼓起勇氣，連上身也跟著頭一起伸出去，打直了彎曲的膝蓋，擴大視線範圍。

儘管是陰天，孝史首先感覺到的還是天空很高。建築物很少，和孝史所知道的平河町第一飯店一帶相比，可能不到一半。每幢建築的高度也很低，所以景色看起來更遼闊。

不過，每幢建築物的結構看起來都很堅固，體積也很大。不是紅磚的，就是灰色的水泥，也有些看來是石造的。四四方方的大樓倒是很少，大多數的建築都有特別的屋頂或是塔，上面積了雪，形成悠靜而美麗的畫面。

到處都有電線桿。孝史本來還想數數看，但很快就因爲數不清而放棄了，可見得數量之多。這裡是東京，東京市中心的一角。正好就像孝史所知道的永田町車站附近一樣，是政府機構密集的地區。現在白雪掩蓋了建築物之間的空隙，什麼都看不見，但白雪之下想必是整理得美侖美奐的綠地吧，東京這一帶在這個時代，一定像歐洲的城市一樣如詩如畫。

眼前這條路，孝史在留宿飯店期間走過好幾次。之前經過的時候，孝史總是抬頭左顧右盼，向左看看最高法院，向右瞧瞧國會圖書館。那是條緩緩的下坡路，路旁行道樹的枯枝向空中伸展。現在雖然連行道樹的影子都沒有，路仍是緩緩的下坡。而這條路的盡頭，一定也一樣是皇居的護城河和綠色的森林吧。

只是現在，朦朧地出現在孝史視線裡的森林，卻是被皚皚白雪所覆蓋，枯枝也被冰雪凍結起來，宛如童話世界裡出現的冰雪女王的國度，沒有一絲綠意，而皇居之後，也不見銀座耀眼的燈光。

路上沒有半個行人，也沒有半輛車。孝史想起今天早上在柴房裡，平田曾說這一帶會被封鎖。那時候，平田說孝史看到的燈光是來自陸軍省的窗戶，但他還沒找到那扇窗戶所在的建築物。他在腦海裡繪了一幅簡圖，照現在的位置，可能是被蒲生邸擋住看不見了。

就算是這樣，那燈光也是在很遠的地方。因爲是陸軍中樞的所在，所以應該是位於護城河邊吧，遭到攻擊的警視廳在這個年代應該也是在櫻田門那邊，不管是陸軍省還是警視廳，從這裡走路都要十到十五分鐘。

既然如此，沿著這條不見人影的路走下去，找到一個和蒲生邸有段距離，卻又遠離軍事叛變的地方，從那裡穿越時空回到現代，絕非不可能。但平田的說法讓他以爲連這附近到處都有武裝步隊，其實根本沒這回事嘛！他有一種洩了氣的感覺，再一次覺得自己實在很沒用，竟然一直對平田的話深信不疑。

（我可不會再受騙了！）

孝史將這一片寂靜潔白的景色盡收眼底，然後再度彎起身子。蒲生邸的窗戶裡沒有任何變化，也沒有人從玄關出來。孝史踩著來時踏出的腳印，回到府邸旁邊。

途中他曾回到爬出來的那扇窗戶，探頭進去察看房內的情況，裡頭也沒有任何變化，沒有人發現他不在裡面。

孝史繞到後院。柴房孤伶伶地落在雪白後院的一角。後院沒有剷雪，在柴房和通往府邸另一邊側面的通路之間，留下了傭人來來去去的紊亂足跡。平田和阿蕗把孝史抬進府邸裡時所留下的腳印，說不定也混在裡面。

孝史毫無顧慮地跑在一整面平坦的雪地上。柴房背對著蒲生邸後面的樹林，正面朝向府邸，所以門也是向著府邸那一面。從孝史的方向看過去是在左邊。靠近之後，他發現柴房的門開了一個小縫。

是被風吹開的嗎？心裡正想著，卻聽到柴房裡傳來談話聲。

「喏，眞的不是你想太多嗎？」

孝史立刻蹲下。好在沒有貿然開門。孝史嚇出一身冷汗。

剛才那句話是女人的聲音。如果沒記錯的話，就是今天早上在前庭聽到的那個女子的聲音。

「他竟然還有力氣做那種事？我實在沒辦法相信。」

帶著笑意的口氣裡，也有一點挖苦的意味。這女的到底是誰啊？

「妳太小看大哥了。」有個男人的聲音回應道。這個聲音也是今天早上在前庭聽過的。這對身分不明的男女，總是成雙成對地出現在孝史面前。

「當然啦，自從他中風以來，身體的確是一下子虛弱很多。可是，他什麼話都藏在肚子裡，誰知道他心裡打的是什麼算盤。他那個人個性本來就很堅毅。」

「也不見得吧！照我看來，他根本是從骨子裡爛出來的。照說，如果他身上還留著一絲半點倒下去以前的氣力，貴之在那件事上出了那麼大的醜的時候，他怎麼可能不管呢！不過，那也是半年多以前的事了。」

「那是因爲他老早就對貴之心灰意冷了吧！」男子笑著說，「大哥打從一開始就知道貴之是個無可救藥的膽小鬼，當初就沒膽子跟著他老子走職業軍人的路。明明沒膽子，卻事事跟他老子作對，好一個愛講大道理的獨生子哪！」

「一點也沒錯。」女子也跟著訕笑。

「話雖這麼說，」男子又回到正經的口吻，「這次的騷動追究起來，八成會牽扯到相澤事件。不如說，要是沒發生相澤事件，青年將校也不會以這種方式起事。只不過，要起事也應該看時機……」

女子不耐煩地打斷他：「別說那些國家大事行不行？我又聽不懂。」

我們幹嘛非得在這種地方偷偷摸摸地講話不可？女方開始抱怨。

「在我房間講不就得了。」

「難保不會有人偷聽啊！」男子悄聲說。柴房外頭的孝史把脖子縮了起來。

「尤其是最近，珠子看我們的眼光特別奇怪，不時豎起耳朵偷聽。妳難道沒發現嗎？」

「那種蠢女孩，用不著理她。眞是，她到底好在哪裡，竟然還找得到婆家，我眞是壓根兒不明白。」

「站在珠子的立場，她是擔心自己出嫁之後她爸沒人照顧，所以對妳的舉動才更放心不下吧，不過，等我們一私奔，珠子的婚事一定也會跟著泡湯。」

「活該！」

「不必管他們了。不過妳啊，我們這可是在商量私奔的事呢！再怎麼小心都不爲過。」

女子聽起來一副提不起勁的樣子。「可是，不管怎麼樣，在這場動亂平息之前，我們也沒辦法離開這裡吧？時機眞是太不巧了，那些人眞是的，沒事幹嘛偏偏挑今天搞槍戰呢！」

女子唾棄地加了一句：「哼！軍人！什麼東西！」

「在這陣騷動平息之前，我們要暫時裝作什麼事都沒有，不然也沒別的辦法。只能巴望他們起事失敗，這樣就一舉數得，我們也用不著私奔了。」

女子驚呼：「什麼意思？怎麼說？你說的失敗是指那些軍人嗎？他們怎麼會跟我們扯上關係？」

孝史屏住氣息，把身子貼近柴房。

他聽到男子低沉的聲音：「要是這場起事失敗，大哥絕對不會苟活。」

在短暫的停頓後，女子興沖沖地問：「爲什麼？他怎麼會死？」

孝史聽得出來，她的語氣裡摻雜著壓抑不住的喜悅，讓他越來越想知道這個女子是誰。

還有，打算和這名女子私奔的男子，他又是什麼身分？他嘴裡說的「大哥」又是誰？是指那個叫貴之的少爺嗎？可是，照聲音聽起來，這名男子應該比貴之年長。但是孝史並不知道蒲生邸裡所有的人，所以也無從推測。

「好了，妳仔細聽我說。」男子繼續說。

「大哥和皇道派的青年將校走得很近，在他病倒之前，也經常請他們來家裡，這妳也知道吧？」

「嗯，是呀。」

「如果大哥沒有因病退役，現在還以大將的身分待在陸軍中樞服務的話，這次起事的那群人肯定會推舉大哥來帶頭的。爲了昭和維新，大哥自己也一定很樂意出頭的。」

女子又從鼻子發出「哼」的一聲。

「但是大哥變成這樣，想帶頭也是不可能的。但是，我想，大哥的心情和病倒之前並沒有任何改變，他依然站在青年將校那邊。所以呢，萬一他們起事失敗了，大哥會怎麼想呢？尤其是他現在成了一個動彈不得的孤單老人，要他眼睜睜地看著與自己抱持相同信念而奮勇起事的年輕一輩失敗，看著他唯一的夢想破滅，他會怎麼樣？要是這次起事失敗，反皇道派的人一定會趁這個機會，將陸軍中樞的皇道派一舉剷除。大哥自己也明白這一點。但是，他是絕對不想看到那種慘狀的。」

兩人陷入沉默。隔了一陣子，女方才低聲說：「這麼說，他會自決囉？」

男子從鼻子裡哼哼笑了兩聲：「沒錯。」

6

柴房裡那名男子幸災樂禍的笑法，讓孝史感到背上竄起的陣陣寒意，絕對不只是因爲室外的寒冷而已。

他們說的自決，就是自殺吧！這兩個人巴不得蒲生憲之自殺，而且抱著這個期望，躲在這裡偷偷摸摸地商量。

蒲生大將的確會自殺。這是歷史上的事實。只是，這件事並不是發生在二二六事件之後，而是在事件一開始就發生了。

但是，這兩個人究竟是什麼人物？

男子的笑聲還沒完全消失，便聽到女子又把音量壓得更低，繼續問：「喏，如果眞的那樣的話，我會怎麼樣？」

「什麼怎麼樣？」

「這屋子裡的錢呀！財產呀！」

男子毫不猶豫地斷定：「全都會變成妳的。」

女子的聲音非常雀躍：「眞的？」

「當然啦，這還用說嗎！妳可是蒲生憲之的妻子啊！」

孝史大吃一驚。這個講起話來如此輕佻的女子，竟是那個老人的妻子？

不管孝史怎麼想都覺得不匹配。她的聲音聽起來雖然不是什麼年輕小姑娘，但是論年齡，絕對比較接近那個叫珠子的女孩，而不是蒲生憲之。

（是再娶嗎……？）

那麼那個男的呢？他剛才提起好幾次的「大哥」，指的就是蒲生憲之？

這對兄弟的年齡也相差好多，不過，這並不是不可能的事。

這麼說，蒲生夫人就是和小叔有一腿了。

孝史在柴房外驚訝不已，柴房裡的兩人卻嗤嗤地笑著。

「財產不但落到我手裡，而且還不必私奔！」

「一點也沒錯。」

他們顯然是高興得無以復加。孝史感到非常噁心。

「那麼，只要等著看好戲就行了吧？」女方再度確認，「然後祈禱這次的起事會以失敗收場，是不是？」

「妳就好好地向上天禱告吧！」男子說著，似乎是準備起身，裡頭傳來了叩咚的聲響。

「那，我回房去了。妳先在這裡待一陣子再回府邸裡去。就說妳到院子裡去散步，要阿蕗幫妳泡個紅茶什麼的。到時候，可別忘了讓她看清楚妳凍得紅通通的鼻子，證明妳真的到外面去過。」

對於男子調笑的口吻，女子以嬉鬧的聲音回答：「討厭啦！你眞壞！」

柴房的門移動了。孝史把身體貼住柴房的側面，屏住氣息。棉襖睡衣長長的下擺拖在雪地上，孝史急忙撈起來。

門打開了。接著傳來走在雪地上的沙沙聲。男子似乎是在察看四周的情況。孝史縮緊下巴，讓後腦勺靠在牆上，盡可能讓身體可能平貼。

然後，又傳來沙沙的腳步聲。

「那我走了，鞠惠，妳千萬要小心。」

男子交代了女子幾句，便關上柴房的門。看來那個女人就叫作鞠惠。

當時若是男子選擇經過後院回府邸，便不可能不看見孝史已無處可藏的身影。孝史的內臟剎時間全部揪了起來。但男子卻直接向前，穿過蒲生邸右方，往前庭走去。踩在雪地上的腳步聲逐漸遠離。

孝史算一算時間，覺得差不多了，身體迅速離開柴房牆上，伸長脖子往男子離去的方向看。男子正好在府邸轉角左轉，身影消失在往前院的方向中。孝史只來得及瞥見他的背影。他穿著黑色外套之類的衣服，顯得有點臃腫，長褲也是深色的，腳上穿的是橡膠長靴，整體印象是個頭小小的。

今天清晨經過這裡的時候，孝史並沒有注意到，原來府邸這一面的側面有一扇小門。門邊的雪已經剷過，有一把剷子靠在門旁。阿蕗和千惠大概都是從這裡出入吧。

（咦？奇怪了，這樣的話，應該還有後門才對啊……）

圍繞在府邸背後的樹叢以相同的間隔排開，沒有缺口。既然特地開了一扇小門出入，要是沒有後門之類的，那麼傭人或是做生意的小販，所有人都必須經過前院才能來到這個小門。在這個時代，對住得起這種房子的軍人家庭而言，這不是「平等」得有點奇怪嗎？

這時候，柴房裡又傳出了聲響。孝史撈起棉襖睡衣，把身子縮了回來，貼緊牆壁。

「唉——！」是那個叫鞠惠的女子出聲嘆了口氣，以發牢騷的語氣低聲叨唸：「真是冷得不像話。」

接著哼了一、兩小段曲調，又開始嘆氣。真是個靜不下來的女人。然後，她打了個噴嚏。孝史也是從剛才就一直覺得鼻子很癢，鼻水不停地流下來，實在沒辦法，只好用睡衣的袖子去擦。擦過鼻水的地方濕濕的。

鞠惠還沒有要離開柴房的樣子。孝史只能暫時在這裡忍耐了。

而且，孝史實在很想偷偷潛進柴房看看那女人的身形樣貌。自從被捲進這次事件以來，他的好奇心第一次如此蠢蠢欲動。

再怎麼說，她是這家主人的妻子。明明和丈夫同住一個屋簷下，卻和同樣也住在一個屋簷下的小叔通姦，還打算私奔。

（通姦？我是從哪裡找出這個辭的啊？）

今天早上孝史「飛」到這裡來的時候，那兩個人也在同一個房間裡。這件事孝史記得很清楚。他們打開窗戶，悠哉地說什麼好像會下大雪之類的。那個房間在哪裡？

不是二樓。孝史很確定那是在一樓。那兩個人聽到孝史和平田的動靜，點燈、開窗探頭看究竟是怎麼回事。因爲孝史他們不動也沒出聲，便又關窗熄燈了。照這樣看來，那裡應該不是起居室或客廳等府邸裡的「公共」空間，而是個人的房間，他們兩個獨處一室。

主人的妻子，在天亮之前，和丈夫以外的男子單獨待在沒有開燈的房間裡。而且是大大方方的，一點膽怯羞恥的樣子都沒有。這個家，究竟是個什麼樣的家庭？他們的道德觀念到底出了什麼問題？

待在柴房裡的鞠惠又打了一個噴嚏，抱怨道：「啊啊！眞討厭！」然後傳出移動的聲響。孝史第三度像壁虎一樣貼在柴房牆上。

門開了，有個女人走出來。但是，就在不遠的地方，傳來另一扇門打開的聲音。孝史緊張得心臟都快跳出來了。那是小門打開的聲音嗎？

孝史的判斷是正確的。才剛踏出柴房的鞠惠，叫了一聲「哎呀」。在室外聽起來，她的聲音有一種獨特的高音，而且更加清楚。雖然不願承認，但是孝史覺得她的聲音頗具魅力。

「你是誰？」鞠惠叫住了某個人。

孝史趕緊趁機移動。把棉襖睡衣長長的下擺高高拉起，繞到柴房後面。有人從小門出來，而站在柴房前面的那個女人，和這個人碰個正著，於是把他叫住質問。

正當孝史跑到柴房後的雪堆躲起來時，被鞠惠叫住的那個人回答了。

「夫人，小的冒犯了。」

是平田的聲音。孝史忍住想大口喘氣的衝動，豎起耳朵專心聽。

「我叫平田次郎，從今天起在府裡工作。我是今天早上報到的，那時夫人好像還在休息，所以貴之少爺吩咐，等到用晚飯的時候再向夫人請安。」

平田一定是畢恭畢敬地低頭哈腰吧，他講話的聲調，跟唸台詞一樣又慢又平，聽起來也像有點害怕。

「哎呀，是嗎。」鞠惠說，「你是來接替黑井的吧？」

「是的，夫人。」

黑井？既然說是接替，那麼應該是指以前的傭人吧。

「夫人，如果您在院子裡有什麼事的話，請讓我來效勞。」

當傭人的，連要詢問家裡女主人在這種地方做什麼，也必須拐彎抹角大繞圈子才行。孝史不禁覺得好笑。

「我……」鞠惠夫人結巴了。孝史心想，這女人頭腦不太聰明，沒辦法當場扯謊。

「起居室的……起居室的壁爐熄了。對嘛！」鞠惠結結巴巴地說，「這怎麼行呢！天氣這麼冷，竟然讓火給熄了！所以我是來拿柴火的。」

這種謊不被拆穿才怪！孝史心想。差不多十五分鐘之前，我才看到煙囪猛冒煙的。而且這個叫鞠惠的女人，根本不可能會去給壁爐添柴添火嘛！

「夫人，眞對不起，」平田以非常認眞老實的聲音回答，「我馬上加柴火。夫人請進府邸去吧，不然會感冒的。」

「這還用得著你交待！」

爲了掩飾窘況而故意裝作生氣的樣子，這一點還眞是沒有身分之差，無論是夫人還是女傭都一樣。鞠惠以氣呼呼的口氣丟下這句話，便開始往府邸走。輕輕的腳步聲越來越遠。

但是走到一半，她突然停了下來。以高了半音的聲音說：「喂！你叫平田是不是？」

「是的，夫人。」

「你住哪個房間？」

「啊？」

鞠惠聽起來氣急敗壞的。於是，孝史突然間明白她在急什麼了。

（那個旅行箱！）

那不是平田的箱子，而是要私奔用的行李，是鞠惠和她的「男人」事先藏在沒有人住的傭人房裡的。

「你住的是黑井的房間吧？」
鞠惠完全失去冷靜。想必她現在一定冷汗直冒。
「我分配到一個房間，可是我不知道是不是黑井的房間，」平田表示他什麼都不知道，「要我去問千惠嗎？」
「我管你那麼多！不用了，不必問！」
鞠惠匆匆忙忙離開那裡。她一定會跑到那個傭人房去吧，不然就是到那個男人的房間找他商量。孝史好想大笑，要忍住實在很辛苦。好一齣荒腔走板的愛情鬧劇！
當孝史伸手按住嘴，叫自己不要笑的時候，耳裡聽到平田往柴房走來的腳步聲。他手上可能提著水桶之類的東西吧，有金屬的聲音。
腳步聲停下來了。一會兒之後，傳來一個低沉的聲音：「我應該說過，叫你不要出來的。」
孝史當場僵住。
接著聽到卡鏘一聲，大概是平田把水桶之類的東西放在地面上吧。腳步聲繞著柴房越來越靠近。孝史死了心，放鬆了身體。他已經不再害怕了。
因爲天冷，平田的耳垂變得紅通通的。應該不是因爲生氣的關係吧。
「你怎麼知道的？」孝史問，「我應該沒有發出聲音啊！」
平田以銳利的眼光打量著孝史一身裝扮，然後指著柴房四周被雪覆蓋的地面。「有棉襖睡衣拖地的痕跡。」
「哎，原來是這個啊。」

「把棉襖睡衣弄成這副德性，你要怎麼跟阿蕗解釋？」

孝史故意誇張地聳肩。「我不會給她添麻煩的。」

「怎麼說？」

接下來孝史嘴裡吐出的話，其中挑釁意味之濃厚連自己都吃了一驚。

「因為我要直接回現代。」

一時之間，孝史和平田兩人互瞪對方。平田還是劏雪時那身打扮，只是現在腳上蹬著木屐，孝史則像是半夜潛逃的病人，簡便和服之外裹著棉襖睡衣。在這種他人看到肯定會爆笑的情景中，孝史心裡想的卻是，如果在這場對峙之中輸了，一切就完了。

手錶不在身上。直到現在，他也沒時間去找。但是，一看到站在雪地裡的平田，看到他因為自己擅自離開房間便如此激動，氣到臉色都變了，於是孝史判斷，就算是虛張聲勢也一樣能夠達到目的。大叔害怕得很。他眞的很怕我隨便亂跑，去搞怪作亂。

「你要怎麼回去？」平田說，「走回去嗎？」

孝史得意地笑了：「你會帶我回去啊！」

「我不是說過了嗎？辦不到。最少要間隔兩、三天……」

「辦不到也得辦啊！」孝史堅持，「不然，我就要告訴這裡的人我們是怎麼來的，你又是什麼人，把一切一五一十地抖出來。我可是有證據的。」

「證據？」

平田的臉頰不斷抽搐著，綳緊的神經彷彿就要破皮而出。

「手錶啊！」孝史抬起下巴說。「今天早上，你不是把手錶拿給我了嗎？要是讓府邸裡的人看到，他們會有什麼反應呢？那可是裝電池的石英錶呢！只看過要上發條才會動的大笨鐘的人，會怎麼想呢？」

平田站在那裡，雙手垂在身子兩側，表情變了。那個表情，和孝史第一次在平河町第一飯店的櫃台遇到他時所露出的表情一模一樣。好像整個人都洩了氣、死了心一樣。

「你說的那隻錶，在我這裡。」

說著，平田掏了掏長褲的口袋，取出那隻手錶證明他所言不假。

7

孝史抓緊棉襖睡衣領口的手，一下子虛脫了。像當頭被潑了一盆冷水般，即使如此，感覺上還是鬆了一口氣，緊張也解除了。搞了半天，原來手錶在平田那裡啊！

「那個本來是放在我睡衣口袋裡的吧？」

平田一邊用大姆指指腹摩挲著玻璃錶面，一邊點頭：「把你抬到房間之後，我趁阿蕗不注意時拿出來的。」

「你一直帶在身上？」

「是啊，總不能隨便找地方藏，太危險了。」

平田縮著肩膀，好像很冷的樣子，看起來也像很累的樣子。

「你很想回去吧！」他小聲地說，「說的也是，你還是回去的好。」

孝史沒有回答。看樣子，平田好像已經有所決定，孝史什麼都不必再說了。但是，他的態度還是令人放心不下。既不是生氣，也不是嘲諷，只是意氣極度消沉，極度低落。

「你要帶我回去嗎？」

孝史像提議似地丟出這個問題，平田簡潔地回答：「是啊，就這麼辦。」

「現在？從這裡？」

平田點頭：「但是，你稍微在這裡等我一下。我是來拿柴火的。」

「起居室壁爐的？」

「不是，是大將的房間的。起居室的柴火還多得很。」

孝史笑了。「我也這麼想。剛才那個叫鞠惠的女人在說謊。她是這裡的夫人吧？」

「夫人」這兩個字，孝史故意特別強調。平田抬眼瞄了孝史一眼，又朝小門的方向望了望。

「她是繼室。」

「我就知道。我問你，剛才那個鞠惠夫人囉哩叭嗦地問你住哪個房間，你知道是爲什麼嗎？」

於是孝史說明了剛才鞠惠他們的對話，平田微微蹙眉。

「他們現在一定急著把東西拿去藏了。」

「隨便他們，反正他們也沒辦法私奔。」

「他們自己也說現在不會。」

「——什麼意思？」

平田問了這句之後，稍微察看了一下四周。「先進柴房再說吧！」

平田把手錶放回長褲的口袋，提起水桶，走進柴房。孝史也觀察一下四周，確定沒有別人看到之後，把棉襖睡衣的下擺儘量拉高，跟著走進去。

「把門關上。」

平田墊起腳尖，開始把上面的柴一捆捆拿下來。乾透了的木柴互相撞擊，發出喀喀的聲音。平田把木柴放進大大的水桶，動作看來非常自然、熟練。孝史一面看著他工作，一面把剛才聽到的話告訴他。

「鞠惠夫人的對象，好像是大將的弟弟。」

平田背對著他說：「他叫蒲生嘉隆。」

「他們兄弟年紀差很多吧？」

「大將是老大，嘉隆則是第六個兒子。在這個時代並不稀奇。嘉隆差不多才四十左右吧。」

「他也是軍人？」

「你聽他們的對話，覺得他像嗎？」

「不像啊！就算我對這個時代完全不了解，也感覺得出來。如果他也是軍人的話，就不會把自己當到大將的哥哥說成那樣了。」

「是嗎。」水桶裡裝滿木柴了。平田拍了拍雙手。「他是商人。」

「他做的買賣跟軍隊有關嗎？」

「沒有。我記得他是肥皂中盤商，不過並不是軍方的供應商。怎麼了？」

「他的口氣聽起來很鄙視軍人，可是對軍方的事好像又很清楚。」

「應該是平常就在收集情報吧，」平田平靜地說，「而且，在這個時代，軍人的人事問題是日常生活的話題之一。你爸爸也會談到政治家吧？跟那個是一樣的。當然，流到外面的情報都是經過挑選的。」

「像是相澤事件啊，貴之，貴之是這個家的兒子吧，出了醜什麼的，那是什麼意思啊？」

平田以冷靜的眼光看著孝史。「你知道貴之這個人？」

承認就等於招認自己已經在府裡探查過了。不過，孝史再也不必去在意了。

「是啊，」他只短短地應了一聲，「這又有什麼關係。」

「也對，」平田也表示同意，「不管他出了什麼醜，也沒有你的事，反正你馬上就要回去了。」

「啊，說的也是。」

平田提起水桶，準備出去。

「可是，平田先生，你為什麼會對這幢府邸這麼清楚？你在穿越時空之前，就事先調查過了？」

「算是吧。」平田一邊向外走，一邊轉過頭來回答：「這不算什麼壞事吧？」

「是沒錯啦。」孝史嘴上答得輕鬆，心裡卻感到不安。平田這麼爽快就答應要帶自己回去，到底有多少是認真的？孝史總覺得這裡頭一定有問題。

「我可以在這裡等你回來嗎？」

「當然可以。」

平田打開柴房的門。

「我的睡衣不用拿回來嗎？」

「沒關係。阿蕗看到的時候，表情也沒有顯得特別訝異吧？那一點東西，不會怎麼樣的。」

「從這裡回現代的話，我們要降落在什麼地方？」

平田頭也不回地說：「我會想的。」

然後就出去了。踏雪的腳步聲之後，傳來了小門開關的聲音。柴房裡只剩孝史一個人。

（那什麼態度啊！）

要是孝史以手銬威脅他，讓他感到不愉快，那幹嘛不發作出來啊！竟然表現出那種懶得跟你生氣的態度，太卑鄙了。那樣的話，簡直就像只有孝史一個人不好。說起來，本來就是平田把孝史牽連進來的，他應該要負全責！

孝史原本氣呼呼地一味地想遷怒平田，可是卻洩了氣，嘆起氣來。算了，隨便啦！反正這樣就可以回家了，孝史這樣告訴自己。

平河町第一飯店現在變成什麼樣子了呢？那是凌晨起火的，到現在已經過了多久？

說到這，現在幾點了？

再怎麼樣，火也應該滅了吧。現在，那些穿著銀色防火衣的消防隊員，很有可能就在燒成廢墟的火場搜證。一定有一大票看熱鬧的人和電視台的轉播車，還在飯店附近逗留吧。

如果突然在其中現身，事情就很麻煩了。更何況他身上還穿著簡便和服外面裹著棉襖睡衣。你之前到哪裡去了？你是怎麼逃出火場的？孝史勢必得面對這些詢問攻勢。

他搖搖頭，重新整理好差點就開始畏縮的心情。不管他什麼時候回到現代，都一定會有人起疑的。當然，如果照平田最初的提議，在這裡過了三、四天才回去，引起的騷動可能更厲害。因爲到那時候，可能所有人都認定孝史早就死了。

不，就算是現在，爸爸和媽媽一定也以爲我已經死了，他們一定不抱任何希望了——想到這裡，就莫名地感到落寞。

搞不好，他們還在吵架呢！孝史彷彿可以聽到母親斥責父親的聲音——都是你！硬要他去住那種飯店！當初根本就沒有必要勉強他去東京上大學的！孝史的母親平常對蠻橫獨裁的父親百依百順，順從到看在第三者眼裡都會光火的地步。但是，要是哪個環節出了錯，母親和父親爭辯的氣勢之兇猛，令人望之生畏。這一點，孝史非常清楚。

孝史的父親太平，在高崎市內經營一家小小的運輸公司。他原本出生於關東北部，因爲家境清寒，國中一畢業便到當地的罐頭工廠工作。但是他在那裡的工作並沒有持續多久，才兩年就辭掉了，之後便頻頻更換工作種類和地點。當時因爲年輕貪玩，而且薪水有一半要寄回家，所以哪裡的薪水高，他就往哪裡跑。

不過，年近三十的時候，他任職於市內的運輸公司，可能是因爲當司機符合他的個性吧，這次總算安定下來。這時候，在上司的推薦之下相親結婚，對象就是孝史的母親。一年之後，孝史出生了，過了兩年，又有了妹妹。後來，在妹妹上小學的那一年，太平離開服務的公司，憑一輛輕型卡車獨自創業。這就是「尾崎運輸」的開始。

現在，「尾崎運輸」好歹也是個有限公司，擁有一棟附車庫的兩層鋼筋水泥建築，三輛公司名下的卡車，三名員工，兩名約聘司機。太平本人雖是老闆，可是開車、卸貨樣樣來，凡事身先士卒。當然，這種小規模的公司，也不得不這麼做。即使如此，太平還是赤手空拳，以不到二十年的時間就創立了這樣一家公司，對孝史而言，父親的確相當了不起，雖然他口頭上從來沒有說過。

但是，尾崎運輸也曾經面臨巨大的破產危機。事情發生在孝史國三的時候。當時，太平所聘用、全心信任並且負責所有會計出納的一個員工，偷偷拿了公司的老本潛逃，從此消聲匿跡。緊急調查的結果發現，他除了捲款潛逃，還擅自拿尾崎運輸的公司章去借款，當時還在付貨款的卡車也被他簽下出售合約，整個公司完全任他宰割。

太平還沒來得及生氣，只先感到一陣錯愕。被一心信賴的員工出賣當然不在話下，更淒慘的是，那個員工所幹下的盜領和瀆職手法極其粗陋、幼稚，凡是稍有經營管理或財務概念的人，只消一眼便能立即看出破綻。前來調查的警察和臨時請來看帳的會計師等人指出這一點時，孝史到現在還記得清清楚楚，太平的臉色從鐵青變成慘白，以梗在喉嚨的聲音說：「我沒唸過什麼書，他就是看準我這一點，吃定我了。」

事實上，上述那個員工之所以能夠搏取太平的信任，被倚爲左右手，是因爲舉凡繁瑣的記帳、報稅、辦理貸款的申請、償還手續等等太平一竅不通的事，他都一手包辦，而且以員工的身分來做，不像稅務士或會計師需要支付額外的酬勞。

連週轉金都被洗劫一空，公司眼看著就處在倒閉邊緣。但是，可能因爲打擊過大，太平竟然說出「公司倒了也沒關係，我再去別的公司當司機」這種話，動不動就在大白天喝酒、睡大覺，完全沒有出面處理善後的意思。

於是，孝史的母親忍耐到了極限。

母親的叫罵聲，孝史是在一起長大的朋友家聽到的。朋友家就在尾崎運輸的旁邊。換句話說，母親的怒吼，連待在隔壁鄰居家裡都聽得一清二楚。

「這些全都要怪你！誰叫你捨不得花錢請稅務士，全都放手讓別人去搞！我不知道跟你講過多少次，叫你不要太相信那個人。結果你是怎麼說的？我又不像妳這種傻頭傻腦的二愣子，我可是見過世面的，不要跟我囉嗦！這種大話是誰說的？你要回頭去當領日薪的臨時司機是你的事，那員工怎麼辦？一個男子漢大丈夫，要在家裡自怨自艾到什麼時候？你要這樣，不如我去打臨時工，自己賺錢養活孩子！我這就走！」

孝史簡直不敢相信自己的耳朵。那是媽媽的聲音？的確，父親經常把母親當「二愣子」看待。母親是很溫順的人，很少表達自己的意見，經常拿不定主意，就連孝史有時候也會覺得「媽眞是不中用啊！」

而她，現在竟然在大吼。

對此，太平似乎也嚇了一跳。因爲太過驚訝，甚至沒有回嘴。

從那之後，太平就不在大白天喝酒，也開始認眞面對公司的危機。所幸，有客戶願意給予資金上的援助，所以最後尾崎運輸總算逃過了破產的厄運。

但是這次的騷動，從各方面來說，卻在公司和尾崎家留下禍根。之前一直沉睡在太平心底對於「我沒唸過什麼書」的心結——我想應該是吧，因爲這件事一口氣浮出檯面。仔細回想起來，太平對孝史的將來產生有點不切實際的期待，就是從這個事件開始的。

以前太平就經常把「沒唸書會吃苦」掛在嘴邊，但是自從發生捲款潛逃事件以來，在這句話之後，一定會加上：「知道嗎，你千萬不能讓人家瞧不起。一旦被人家瞧不起就完了。」

對於太平這種口頭禪，孝史也覺得聽來太過自虐，有一度曾回嘴——爸爸也沒被別人瞧不起啊！就算沒唸過多少書，一樣也開了公司，經營得好好的不是嗎！但是，太平卻頑固地扳起臉回答：

「沒錯，爸爸是經營得很好。這是費盡千辛萬苦才換來的。但是，爸爸還是被瞧不起。就因爲我沒唸過多少書，頭腦又不好，所以你千萬不能變成這樣。」

不知是幸還是不幸，孝史的成績絕對不算差，但是，也並不是特別優秀。所以太平才會一直叫他要努力。而且，爲了讓他有良好的讀書環境，無論花多少錢、付出多少心力都在所不惜。

這實在不是件令人開心的事。

父親當時的心境，孝史也曾想像過。對太平而言，捲款潛逃事件的確是個無法癒合的巨大創傷，所以太平在傷口上貼了一塊大大的ＯＫ繃。我過去是盡全力打拼過來的，現在也很努力，以後也會繼續努力下去。但是，就因爲我沒唸過多少書，這一跤才會摔得這麼慘。我會吃這麼多苦，都是因爲我沒唸過書。沒唸過書的人就算再努力，人生還是一樣坎坷——這就是他所貼的ＯＫ繃。

這是一塊品質不太好的ＯＫ繃。孝史感覺得到，在那塊ＯＫ繃之下，太平內心的創傷在化膿。就算沒有金援、沒有靠山、沒唸過多少書，我好歹也是靠自己的雙手闖出一片天——太平的這種自信，已經從捲款潛逃事件扯裂的巨大傷口流失，一滴也不剩。以怒吼來鞭策自己的妻子，向自己伸出援手的客戶，這些對太平而言應該是正面的激勵，但在盤踞於太平心頭那股巨大自卑感之前，實在起不了什麼作用。太平與生俱來的好勝，過去一直是他的支柱，這時候反而造成反效果。被傻頭傻腦的老婆劈頭痛罵，對客戶欠下人情，飽受憐憫，這些全都是因爲我沒唸過書。可惡！我明明都已經這麼努力了——太平心裡是這麼想的。就連對熱心幫忙處理善後的稅務士，太平都曾在酒醉之後大發牢騷：「那個稅務士一定在肚子裡暗笑，說天底下怎麼會有我這種呆子，隨便就被騙。」

這種心理，造就了比以前更愛擺架子、更不講理的太平，造就了一個愛慕虛榮的太平，事事都要刻意表現出自己絕對沒有被人瞧不起。

如果只是這樣，那還能忍受。要是實在忍無可忍，乾脆大吵一場離家出走也好。只不過，最讓孝史困擾的是，太平會像今天這樣，說出「別讓人瞧不起」的話，他這些思想、觀念的出發點都是爲人父母的苦心：「爸爸不希望你跟爸爸吃一樣的苦，不希望你受這種委曲」。難就是難在這一點。

只要這個想法不變，再怎麼勸太平都是白搭。孝史從不曾看不起父親，從不認爲照父親的方式度過人生是吃虧，也從不以沒有受過多少教育的父親爲恥。但是，就算他費盡唇舌向太平解釋，太平也不會聽吧。恐怕他只會千篇一律地回答：不對，你還不懂啦！你絕對不能像爸爸一樣吃這種苦。

到目前爲止，孝史對未來的期望和太平的信念還算一致。雖然結果必須重考，但是唸大學也是孝史所希望的。所以就現階段而言，孝史走的路算是符合太平的期望——至少孝史是這麼認爲的。至於大學畢業之後的事，現在顧不了那麼多，他也不敢保證。

正因爲這樣，孝史才更擔心父母現在的情況。他們應該認定孝史已經死了。爸爸絕望了嗎？媽媽會不會又以驚動左鄰右舍的聲音，痛罵要孝史去住平河町第一飯店的爸爸呢？還沒出事之前，媽媽本來就不太贊成孝史投宿那家飯店了。

這時候，我要回去告訴他們，我活得好好的！大家一定會很高興吧！不管我多想解釋，他們也一定會歡天喜地，直說沒關係沒關係，只要你活著回來就好了！一想到這裡，臉上不禁露出微笑。

那是一場會登上媒體版面的大火，所以如果他突然生還，可能還會引起騷動吧。不過，他還是有辦法搪塞過去。只要說火災那天晚上，他人不在飯店裡就行了。我和朋友出去玩，可是我是來這裡考補習班的，所以不知道怎麼跟家人交待，才拖了這麼久——這樣解釋就可以了吧，這個善變的社會一定很快就會把孝史的事拋在腦後的。

然後，我就可以回去當我的普通學生了，孝史心想。

不必去管歷史如何，只要唸要考的科目就好。就算能親眼見證二二六事件，對我來說也只是一種浪費。

短短三十分鐘前，他告訴阿蕗「日本打仗會打輸」的時候，她是怎麼反應的？別人好心告訴她以後會發生的事，她卻根本不相信。不但不相信，還含淚責怪孝史。這種時代我實在沒辦法應付，孝史想。

就這樣，孝史在柴房裡冷得發抖，活動著凍僵的手指、腳趾，忍不住苦笑。唉！穿越時空這種玩意兒，就算是歷史學家，也未必能應付所有狀況吧。

難道不是嗎？這種事根本沒有人會相信嘛！不管解釋得再詳細，列舉了再多的證據——報紙、書籍等，別人也一定會說那是偽造的，徹頭徹尾被全盤否定。就算有個現代史學家穿越時空來到這裡，抱著文獻潛入這時候被包圍的警視廳或首相官邸，告訴那些青年將校：你們的起事會以失敗收場，你們絕大多數都會被判死刑，而且這個事件將成爲軍部日後走向專擅之路的轉機，使日本陷入太平洋戰爭這個大泥沼。這些話，不管說得再誠懇、再眞摯，他們也不會聽的。那個史學家八成會被當成瘋子，搞不好還會沒命。

這時候，孝史突然抬起頭來，用力眨眼。

如果遇到那種狀況，那個現代史學家會怎麼樣？

當他回到過去被殺的那一刻，在現代的他將永遠消失。這麼一來，從這一刻起，到他未來本來應當殞命的那段期間，在現代已發表的研究成果會怎麼樣？他的子孫呢？假如他的子孫日後本應成爲領導日本的政治家的話，當他遭到殺害的那一瞬間，未來不就改變了嗎？

就這樣東想西想，孝史突然想到一件不得了的問題，這是他在這次穿越時空以來，首次感覺到全身汗毛豎立的恐怖，忍不住叫出聲來。

我會怎麼樣？

心臟在胸腔裡鼓譟，孝史緊緊抓住睡衣領口。

我——尾崎孝史，如果不認識會穿越時空的大叔，而他當時也沒有救我的話，本來應該是個死於平河町第一飯店二樓走廊的人。可是，我現在卻撿回一條命，暫時來到過去，然後準備回到現代，回到自己所生存的時代。

這是對的嗎？難道歷史的齒輪不會因爲孝史存活下來而大亂嗎？

（這可不是開玩笑的……）

胸口的悸動更加劇烈了，手心也開始冒汗。孝史一次次抓緊身上的衣服，拼命動腦整理思緒。

本來應該死掉的人有未來嗎？應該死的人沒死，歷史不會亂掉嗎？應該死的孝史還活著，那麼孝史所認爲的「現代」會不會已經變成另一個世界了？

如果是的話，那裡還有孝史的容身之處嗎？

柴房的門冷不防打開，孝史整個人彈了起來，嚇得探頭進來的平田倒退了幾步。

孝史想得太專心，以至於沒有聽到平田接近的腳步聲。孝史縮起身子，直盯著平田的臉看。平田還沒有開口，他就激動地問：「我還有家可歸嗎？」

對於這個唐突的問題，平田不解地眨著眼睛。這樣的反應讓孝史更著急了。

「我在問你啊！你說啊！我其實應該已經死了，不是嗎！我回去之後，還有容身之處嗎？」

他把剛才腦袋裡所想的事，一鼓腦兒告訴平田。而平田一面察看四周的情況，輕輕關上柴房的門，坐了下來之後，趁著孝史換氣的間隔，很乾脆地說：「不必擔心這一點。」

孝史喘著氣問：「眞的嗎？」

「眞的，」平田苦笑，「你當然有家可回。」

「可是，我改變了歷史啊？」

平田搖頭：「沒關係，不要緊的。」

「爲什麼你敢這麼篤定？」

對於窮追不捨的孝史，平田斬釘截鐵地回答：「因爲對歷史而言，你並不是什麼重要人物。」

孝史嘴張得大大的，一時之間說不出話來。我也沒有把自己當成這個世界上不可或缺的大人物啊！

「你說的沒錯，我這種人是不能對歷史產生多大的影響。可是，我現在說的不是這個意思，我活了下來，這件事已經改變了事實，不是嗎？事實是歷史的一部分……」

平田伸手制止氣急敗壞的孝史，笑著說：「我懂。你想說的我都知道，你不用急。」

看著孝史的臉，平田的笑意更濃了。

「如果我剛才的話讓你聽了不舒服，我很抱歉。還有，你剛才說到一件很重要的事，提到了問題的核心。」

「我？我說了什麼？」

「你改變了事實，而事實是歷史的一部分。」

孝史點頭：「對啊！這一點，就算我再怎麼笨也知道。」

「你一點都不笨，不要太看輕自己。這不是個好習慣，對你自己，對你身邊的人都沒有好處。是誰讓你養成這種壞習慣的？」

孝史的腦海裡，閃過父親太平的臉。反正我沒唸過多少書——甚至連父親說這句話的聲音都清晰可聞。

「不過，我們先不提這個，」平田繼續說，「就像你說的，事實是歷史的一部分，歷史是由事實構成的。除了天災那些自然現象之外，造成事實的是人類，所以從歷史的觀點來看，事實等於人類，人類是歷史的一部分。所以，是可以替換的。」

孝史睜大了眼睛：「你說什麼？」

「我是說，我們人類對歷史的洪流而言，只不過是小小的零件，是可以替換的。個別零件的生死，對歷史來說是無關緊要的。個別零件的境遇如何，沒有意義。歷史終會流向自己的目標。就是這樣。」

孝史簡直是無言以對，只覺得心頭火起。

「個別的生死沒有意義？你說這是什麼話！你自己個性這麼陰沉彆扭，沒有人愛你，才會想出這種歪理！因爲沒有人對你是有意義的、你心裡沒有重要的人，就胡說八道！」

平田平靜地凝視著激憤的孝史，說：「不是的。」

「哪裡不是了！」

「我也一樣，有些人對我是有意義的。就像現在，你對我來說，一樣是有意義的人。所以，我才會把你從飯店裡救出來。」

孝史本來想痛毆平田而握緊的拳頭，鬆開了。

「我心裡一樣也有重要的人啊，」平田低聲說，以小得幾乎聽不見的聲音加上一句，「所以才痛苦啊。」

「既然這樣……那是什麼意思？你到底想說什麼？」

「你冷靜下來想想看，我剛才並不是說對個別的人類而言，他們的生死對彼此沒有意義。而是說，對歷史而言，個別人類的生死沒有意義，主詞不一樣。」

「那還不都是你把歷史擬人化了，歷史是人類創造的不是嗎！」

平田再度露出了笑容。那是一個疲倦的、寂寞的笑容。

「先有歷史還是先有人，這是個永遠的命題。但是如果要我來說的話，結論已經很明顯了，先有的是歷史。歷史會走向自己所定的目標，然後爲了達到目標，讓所需要的人物出場，不再需要的人物就讓他們下台。所以，改變了個別人類或事實是沒有用的。歷史會自行修正，找出替代人選，小小的偏差或改變可以完全吞沒。歷史一直是這樣過來的。」

平田的口吻中，聽不出以高姿態看扁孝史，「那我就告訴你好了」之類的語調。有的只是交織著疲憊的無奈，就像公司裡的前輩苦勸因職場的不合理與不公平而義憤塡膺的後輩：這個世界就是這樣子，你就死心吧！

「你爲什麼會這麼想？」歷史有歷史自己的意志，朝著想去的方向前進——這種理論孝史從來沒聽說過。「你怎麼能這麼有把握，說得這麼肯定？」

平田微微聳肩。在他身旁仔細看，就會發現他穿在身上的那件難看的上衣整面都起了毛球。右手的袖口還有別的布料的補丁。

「因爲我之前經歷了無數次穿越時空，確認過事實的確如此。」

令孝史驚訝的是，平田的嘴角歪了，就像小孩子快哭出來的時候一樣。

孝史屏住氣，仔細看著這名自稱平田的男人醜陋的面孔。他凝視著這個前天才認識的男子，他有生以來從未如此專注、仔細地看著一個人。但是不管孝史以多麼認眞的眼神注視著他，他那張不起眼的面孔還是沒有任何改變，看得再多次也不會減少他周身釋放出的負面光芒，那種令人忍不住想轉頭不看的不愉快氣氛。只是看的人自己逐漸習慣了而已。

然而，爲什麼此刻在眼前，平田那張悲傷的面孔卻是如此地令人動容呢？

「你看到什麼？」

「太多了。大意外，大事件，好事，壞事。當然，我事先就知道會發生那些事了。當時即將發生的事情，都是人人皆知的事實。有些壞事我也親手暫時阻止了，但到頭來卻只是徒勞無功。就算我改變了歷史上的事實，歷史依舊不會改變。」

平田的聲音越來越低，孝史不靠近他就聽不到。

「暫時阻止？這是什麼意思？」

平田仰望著上方想了一會兒，像是在想該怎麼說。「拿你知道的事情來說好了……對了，昭和六十年（一九八五）八月發生的日航巨無霸客機空難，你知道嗎？」

「就是死了五百多人的那場空難吧。」

「對。讓那架飛機墜機的就是我。」

庭院裡的某處傳來積雪掉落地面的聲響，多半是從樹叢上掉下來的。

孝史瞇起眼睛。「什麼意思？」

「說起來有點複雜，」平田繼續說，「那是平成元年（一九八九）的事了。那一年，我為了阻止巨無霸空難的發生，穿越時空回到昭和六十年。那是我最後一次為了事先防止已發生的重大事故而穿越時空。反過來說，就是因為那次沒有成功，我才能夠死心歇手。」

好了嗎？仔細聽清楚了，平田再次強調。

「那時候，在平成元年那時候，我想阻止的空難，並不是發生在八月十二日，而是八月十日。」

「那天根本沒有出事……」

平田揮手，像在責備孝史的插嘴。「所以我叫你要仔細聽啊。聽好了，我在平成元年那時候所認知的大空難是發生在八月十日。出事的同樣是日航的巨無霸客機，但是目的地不同，機體編號也不同，是一架完全不同的飛機。順便告訴你，墜機地點是在南阿爾卑斯山區。不過，同樣都是大慘案，這一點並沒有改變。」

平田以雙手撫摸自己的臉，一臉心酸。

「假設那架飛機是〇〇一班次好了。我爲了防止〇〇一班次墜機，回到昭和六十年，想了很多方法，最後採取了一個非常簡單的辦法。我打了一通恐嚇電話給日航，說我在〇〇一班機上裝了定時炸彈，只要給我一億日幣，我就告訴他們炸彈在哪裡。結果當然造成了大騷動，不用說，警察出動了，徹底搜查〇〇一號班機，飛機於是停駛，所以也就沒有墜機，因爲根本沒有飛。」

「那你成功了啊！」

「暫時而已。」平田立刻回答。

「我剛才不是說過了嗎？結果是一樣的。」

「那架原本該飛〇〇一班次的巨無霸，後來八月十二日在飛往大阪途中墜毀了？」

平田搖頭。「不，不是的。八月十二日墜毀的是另一架巨無霸，機體編號不同。所以我才會說，讓飛機在群馬縣山區墜毀的是我。」

平田像是要鼓勵困惑的孝史般說道：「你懂嗎？我阻止了〇〇一班機墜毀，可是兩天之後，另一架飛機墜毀了。我所做的事，並沒有改變歷史。我只是把失事的飛機從〇〇一班次換成其他飛機而已。我在昭和六十年八月十二日以後還停留在那裡，所以在當時就知道這件事了。」

平田雙手抱住頭。

「我頓時感到失望透頂。不，那不叫失望，因爲，從此之後，我就對自己絕望了。我明白要改變歷史終究是不可能的。在那之前，我一而再、再而三地重複類似的事。我成功防止了一件過去發生的慘事，然後，就像在嘲笑我的努力一般，最後一定會再度發生類似的事件。當然，場所不同，相關的人物也不同。但是事件的性質一模一樣。要完全阻止會發生的事件，是不可能的。」

「可是，就算這樣，你還是救了一整架巨無霸客機的乘客啊！」孝史怯怯地說，「那還是改變了歷史啊！」

平田猛地抬頭，有如在咆哮：「我沒有救任何人！我沒有辦法改變任何事！」

平田的氣勢，讓孝史不由得畏縮了起來。

「顯然你還不懂。同樣的事要我說幾次？你把改變歷史上的事實當成改變歷史了。你說我改變這改變那的，指的是失事的巨無霸客機的機體編號、那時候的空服人員和乘客的姓名、失事地點吧？是沒錯，如果你是指這個的話，我的確改變了。因爲，我讓另一架飛機掉下來了。喜歡科幻小說的人，大概會把我的行爲解釋成製造了另一個平行的世界。在〇〇一班機墜毀的世界中，慰靈碑是蓋在南阿爾卑斯山區，而被我改變的世界，也就是你所熟悉的世界當中，有慰靈碑的卻是群馬縣的山區。的確有所不同，因爲我改變了歷史上的事實。」

平田握緊拳頭，用力捶了自己的膝蓋一拳。

「但是，有一架巨無霸墜毀，機上的五百多人全部罹難，這件事卻沒有改變。不管失事地點在哪裡，乘客是誰，空難還是發生了，這一點並沒有改變。我說『歷史無法改變』，就是這個意思。」

平田以沙啞的聲音問孝史懂了沒。

「歷史的洪流是不會改變的。昭和六十年那時候，就注定日本國內會發生因超載的人爲疏失所造成的空難。這個事件的發生對日本的社會帶來各種影響，從微不足道的小地方乃至大處都有。事實上，自從八月十二日失事以來，日航以國家當靠山的公務員心態就遭到糾舉，社會大眾對巨無霸客機的安全產生質疑，日航社長引咎辭職等等一連串的後續效應，你也都知道吧！不僅僅是日本國內，這麼大的空難一樣也在世界航空界造成衝擊。這些都是歷史早就決定好的，它要日本在昭和六十年發生一起這樣的事故。」

孝史膝行到平田身邊，把手放在他的手臂上，用力搖晃。

「別這樣！這種想法太傻了！歷史怎麼可能會自己決定事情要怎麼發展呢！歷史是人類造成的。」

平田閉上眼睛，做了一次深呼吸，張開眼睛，一直看著孝史放在自己手臂上的手。然後，彷彿在觸摸易碎物品般，小心翼翼地抓住孝史的手，從自己的手臂上拿開。

「的確，我不應該把歷史擬人化。那樣是太隨便了。所以，這麼說好了。歷史是人類累積而成的。層層累積的東西要垮的時候，再怎麼擋都是會垮的，會歪的時候，再怎麼扶還是會歪的。歷史的洪流是必然的，即使是一個通曉過去的人從未來穿越時空而來，提出種種忠告，要徹底改變歷史的流向是不可能的。」

我做過各種嘗試，是眞的，平田喃喃地說。

「如果照剛才提到的平行世界的說法，在沒有任何人發現的情況下，我不知道已經弄出多少個平行世界了。因爲我曾經爲了防止意外或事件的發生，不斷地回到過去，結果就只是改變了發生的時間和地點而已。」

爲了讓腦袋消化剛才所聽到的事，孝史的手不自覺地按住太陽穴。大腦可能正在排斥這些難以理解的事情。

「那照你的說法，就算具有穿越時空的能力，也沒有用啊？」

平田點頭同意孝史的話。「沒錯，一點幫助都沒有。但是，對這個世界來說，這樣才是最好的。只能說擁有這種能力的人倒楣吧。」

平田伸手擦了擦臉，繼續說。「一個具有穿越時空能力的人，說起來，算是一種僞神。」

「僞神？」

「沒錯。他們可以基於自己的喜好、爲了自己的成就感，在一些歷史不以爲意的拼圖中，移動一些個別的小碎片，改變演員的位置，左右這些人的命運。」

他們有這麼大的權利？一聽到孝史的這個問題，平田攤開雙手。

「我可以拯救一些死於非命的人。我也可以看一個人不順眼，就對他見死不救。或者，明知道某個地點會發生大災難，卻故意叫自己討厭的人去那裡，害他受傷、喪命，卻不必背負任何罪刑，既沒有任何人會發現，也不會被任何人怨恨。啊啊！多愜意、多痛快啊！」

平田的臉色卻和他的話背道而馳，顯得十分蒼白。

「但是，僞神終究是假的。」他吐出這句話，「如果光憑個人的好惡或好奇，眞的這麼做了，你就等著看吧！最後的報應一定會落在自己身上。歷史的洪流不會受到任何影響，而我卻必須承擔自己的所作所爲造成的後果。因爲，我是個僞神。眞正的神是沒有罪惡感，也沒有使命感的。我絞盡腦汁救了八月十日巨無霸上的乘客，殺了十二日的乘客。那又怎麼樣？這麼做對誰有好處？」

平田的雙肩無力地垂了下來。

「幾年前，發生過一起女童連續綁架撕票案，你記得嗎？」他低著頭問孝史。

「記得。犯人專找小女生下手，一共有四個人遇害。」

「事件發生的時候，我已經得到我剛才跟你講的那些結論了。假設，我穿越時空回到嫌犯剛出生的時候，殺了他。這麼一來，他就不會犯下那一連串的綁架撕票案了，不是嗎？遇害的四個小女生也會得救，對不對？但是，這麼做會有什麼結果呢？其實沒什麼，就是會出現另一個心理不正常的青年甲或青年乙，綁走不是這四個小女孩的其他女孩，殺了她們。到頭來，這樣的事件還是會發生。一旦歷史決定在那個時候，要讓這個國家這個社會出現那種類型的犯罪，無論如何發展到最後一定會產生這樣的結果。換句話說，我只是把犯人和受害者換成其他人而已。」

孝史沉默不語。

「明知道這樣，看到電視新聞的時候，我還是心軟了。看著那些父母親悲痛欲絕的模樣，看到那些小女孩天真無邪的照片，我忍不住會想，只要再一次，一次就好，穿越時空回到過去，試著別讓這件事發生吧。但是，每次我都會打消念頭。我自問：是啊是啊，你應該做得到。但是，之後在電視新聞上看到其他小女孩的照片、肝腸寸斷的母親的面孔，你受得了嗎？更何況，假使我去抹殺了那個犯人的存在，那麼，在我製造出來的平行世界裡所出現的另一個女童連續綁架撕票犯，也許殺了四個人還不能滿足，也許要殺六個、八個、十個人才會被捕。這麼危險的賭注，你擔當得起嗎？」

歷史是不會改變的，平田像唸咒似地低語。

「假使我乘著時光的大車輪回到過去，爲了修正歷史上的事實而採取行動，大東亞戰爭還是會發生，原子彈還是會掉下來，日本經濟還是會高度成長，氣喘和有機水銀中毒之類的公害還是會發生。也許不是發生在廣島，也許是四日市或川崎，也許水銀中毒不會在水俁。但是，一定會在某處發生，一定會有人受害。」

寒氣滲透全身，孝史在棉襖被裡縮成一團。

「你聽過東條英機這個名字嗎？」平田問。

「……」

「你不知道吧！那是日本在戰後最忌諱的名字，背負了全體國民的怨恨。」

「他是軍人嗎？」

「嗯，是陸軍大臣、首相，也是參謀總長——雖然只是短短的一段時間，但他曾是集最高權力於一身的人物。在遠東國際軍事法庭，也就是所謂的東京審判中，被判處死刑，最後以絞刑處決。他是日本太平洋戰爭的最高負責人，引領國民走向戰爭之路的就是他，是地位最高的戰犯。」

「……我都不知道。」

「但是呢，東條並不是一開始就位高權重。說起來，他在陸軍裡算是坐冷板凳的。而他之所以能夠逮到機會，找到進出軍隊中樞的門路，沒別的原因，就是發生了目前正在進行的二二六事件。因爲二二六事件之後，皇道派份子遭到剷除，人事發生了大變動。」

平田抬頭朝陸軍省的方向望去。

「但是，即使如此，我卻不敢說，如果二二六事件成功了，東條英機就不會出現，戰爭也不會發生。或者，如果東條英機在掌權之前就病死，太平洋戰爭的發展也會跟著改變，那麼犧牲就可以減少很多。這種事，我是不敢輕易下定論的。如果沒有東條英機，一定會有代替的人物出現，好讓他擔任歷史賦予東條英機的角色，讓他完成東條英機所完成的任務。」

平田回頭看孝史的時候，嘴角向上揚，臉上勉強浮現笑容。

「你說的對，我可以改變歷史上的事實，也因此可以製造平行世界。但是，大方向是不會變的。我也不認爲每一個平行世界的內容會相差太多。小說倒是常有這種說法，好比沒有希特勒的德國會怎麼樣什麼的。但是，讓我來說的話，就算暗殺了希特勒，製造了一個沒有他的平行世界，一定也會有代替他的人出場。或許因爲這樣，被殺的猶太人會少一點也說不一定，但是，那場戰爭發生的原因和經過，還有結果，應該沒有太大的變化。人類眼中的大變化，對歷史而言，只不過是一些細部的微小改變罷了。」

平田苦笑。

「只不過，也有些穿越時空的超能力者覺得改變這些細部很有趣，從左右個別人類的命運之中，感覺到這種能力的意義。」

平田的苦笑裡的「苦」味越來越濃，他整個臉都扭曲了。這是個稍嫌唐突的變化，跟一般人想到痛苦的回憶的時候很像。

孝史喃喃地說：「我想大部分的人要是和你有同樣的能力，應該都會那麼想吧……」

「是啊，以前我有段期間也是那樣。」

「還是會喔？」

「是啊。只是，一直做那種事，後來就覺得很空虛。要救誰、要棄誰於不顧，我已經厭倦做這種判斷了。救了一個人，就會有另一個人頂替他。這種事我也受夠了。現在的我，面對自己在歷史前的無力感，只有茫然而已。」

面對歷史，人是無能爲力的。孝史在心裡反覆咀嚼這句話。覺得這句話實在太悲觀了。

吐了一口氣，平田抬頭看孝史。「長篇大論地說了一堆。不過，我想講的就是，你是有家可回的。的確，你要回去的世界，可能和你在平河町第一飯店被燒死的世界不同，是另一個平行世界，但你不必在意這些。我所『拯救』的昭和六十年○○一班次的乘客都是這樣的。」

孝史突然問了一句：「你爲什麼要救我？」

如果沒有遇到平田，孝史必死無疑。「之前你說過，具有穿越時空能力的人，之所以天生扭曲，是爲了不讓他們和其他人產生關聯。聽了你剛才那些話，我現在已經了解其中的意義了。如果你遇到一個知道你有這種能力的人，要是他想利用你，要你製造出一個他想要的平行世界的話，就糟糕了。相反的，如果超能力者製造出自己想要的平行世界而加以統治，也會因爲他身邊的人都疏遠他，間接扼止了這種情況的發生。因爲，不管是什麼樣的統治者還是獨裁者，如果沒有人支持，是無法成立的。」

平田點點頭，一副事不關己的樣子。「大概吧。」

「最重要的是，你越是孤獨、越跟別人沒有交集，就不會在知道某個人未來將面臨慘事的時候，因爲對他有好感、想設法救他而內心天人交戰。過著離群索居的生活，對你而言其實是意義重大的。」

平田只是微笑，什麼都沒說。

「你真的扭曲得很嚴重。灰暗得像一個會吸走光的黑洞。」孝史毫不客氣地說，「我第一次看到你的時候，還忍不住向後退。你應該也知道我覺得你這個人很不舒服吧？所以我再問一次，你爲什麼沒有對我置之不理？你不是禁止自己和他人扯上關係嗎？」

平田把目光轉向孝史，嘴角的微笑更鮮明了。

「你認爲是爲什麼呢？」

「情勢使然？」

「情勢使然啊。可是，如果是情勢使然的話，那麼之前那些我可以像救你一樣救出來的一大票人，我都對他們見死不救囉！」

「那，你爲什麼只救了我？」

平田輕輕閉上了眼睛。心裡想的明明應該是前天才發生的事，他的表情卻像在回想遙遠的往事。

「可能是因爲，你一臉抱歉的樣子。」

「咦？」

「你剛才自己不也說了嗎？第一次看到我的時候，忍不步倒退了一步。那是在櫃台邊吧，不過那時候，你臉上的表情好像對自己以那種態度表現出厭惡的事感到非常抱歉。」

「是沒錯，可是……」

孝史正想說，誰都會那樣的時候，平田打斷他繼續說：

「除了你，我也遇見過幾個這樣的人，不過很少就是了。但是後來，你說你看到我從逃生梯上消失，拼命找我。在電梯碰到你的時候，你的表情都僵了，證明你並沒有說謊——你以爲我跳樓自殺，而不是基於好奇或看熱鬧的心態去找我的，我感覺得出來。所以，發生那場火災的時候，我很擔心你的安危。我在意萍水相逢卻曾爲我擔憂的人，這種人非常少。我心想，不知道你是不是平安逃生了，爲了確定這一點，才到二樓去的。」

「……然後，你就發現我快死了。」

「對。所以我就把你帶到這裡來了。」

「可是，你不是禁止自己這麼做嗎？我是在問你，爲什麼明明知道不可以，卻還是救了我。」

平田想了一下，然後回答：「可能是想當作對那個時代的紀念吧。覺得留下最後一筆也好。再說，那種大火的犧牲者，多一個少一個，歷史應該不會事後對帳，發現人數不對找人充數吧。因爲我並沒有防止火災發生。我當時是這樣想的。只不過，因爲找你而丟了行李，倒是讓我蠻心疼的。」

「你現在穿的是？」

「阿蕗和千惠借給我的。她們對我們編的謊話深信不疑。因爲這個時代，主人虐待傭人並不是什麼難以置信的事。」

平田露出笑容，抓住孝史的右手。「好了，話說完了。你準備好回現代了嗎？」

突然間，孝史畏縮了。

「等一下，再告訴我一件事。」

「你還想知道什麼？」

「在飯店裡你從逃生梯上不見的事。那時候，你也穿越時空了？」

平田有點像說謊被拆穿似地，默不作聲。

「你穿越時空了吧？我剛才想到這件事。所以才懷疑你說短時間內來回穿越時空很危險是騙我的。」

「對。」

平田呵呵笑出聲來。「哦，原來是這樣啊！所以你才想到要用手錶來威脅我嗎？」

蒲生邸那邊隱約傳來女孩子高亢的笑聲。把孝史原本封閉在柴房裡的世界的心，一下子拉回了目前所處的現實裡。聽聲音應該是珠子吧！但願她不是又拿阿蕗尋開心。

「我那個時候的確是穿越時空了。」平田說。

果然被我料中了。

「到這裡來？」

「嗯。算是在事前來觀察一下情況，看看有沒有遺漏了什麼，是不是能平安抵達這裡。萬一要是軍用卡車在我預定降落的地點故障，那就糟了。」

所以才會只消失了一下又立即回到平河町第一飯店。

「你從以前就一直在準備嗎？」

「是啊。來張羅在這個時代生活的一些必備事項。」

「我想也是……。只是，有件事我實在怎麼想也想不通，」孝史很老實地說。「現代的物質生活那麼富裕，生活也方便得多，爲什麼你要回以前的時代定居？爲什麼要特地選在即將介入戰爭的時候來這裡住？」

平田微微聳肩。「人各有所好。再說，這就眞的跟你無關了吧？」

「好了，我們走吧！」平田重新抓住孝史的手臂。「我在老爺房裡添柴火的時候想過了，從這裡穿越時空回去應該是最理想的。我們會回到平河町第一飯店垃圾場護牆的另一邊。你可能沒有發現，那個垃圾場護牆的後面，有個小小的後院，是隔壁大樓的。那裡堆了一些生鏽的腳踏車和舊冷氣的室外機。就算飯店整個燒光，總不至於連護牆都燒掉，所以要是飯店那邊有人，我們可以蹲下來躲在後面。」

孝史也想了想蒲生邸和飯店的相關位置。如果平田說的沒錯，這座蒲生邸的建築位置和平河町第一飯店幾乎是呈直角交叉。同時，飯店的佔地也超過蒲生邸，有些部分是位在現在蒲生邸前面的那條馬路上。

孝史嚥了一口唾沫。「可以了，我準備好了。」

連他自己都聽得出聲音在發抖。

「沒什麼好怕的，」平田笑著說，「不過，當初來到這裡的時候，我跟你說的話並沒有騙你。穿越時空會造成身體的負荷是眞的，即使是我自己一個人，在短時間內頂多也只能兩次。更何況還要帶著你，條件就更差了。我會盡我最大的努力，但是或許行不通也說不一定。我先跟你預告一下，不是沒有失敗的可能性。」

「如果失敗會怎麼樣？」

「我會帶你回來這裡。放心吧！不會飛出時間軸就一去不回的。」

平田用力抓住孝史的手臂。孝史另一隻沒被抓住的手，急忙抓住平田上衣的下襬。

平田瞪著天空。他眼睛的顏色一下子變淡了。孝史的視野也模糊了起來。

他感覺到身體的四周似乎有電荷之類的東西聚集。指尖刺刺的。從飯店來這裡的時候，可能是置身於火場的熱與煙當中，所以沒有發現。這種感覺顯然是某種外來的能源進入孝史體內，鑽進骨髓裡，不斷聚集、再聚集，直到臨界點來臨……

平田的額頭上開始冒汗，孝史注視著他灰白的眼睛，只見他額頭上的汗一滴又一滴地流下來。平田閉上眼睛，抓住孝史手的力道更強了。

此時蒲生邸方向又響起了人聲和女人的笑聲。聽起來比剛才遙遠得多。聲音好像透過凝膠牆傳過來似的。那是珠子吧！才這麼一想，內心突然湧起一股強烈的悔意——他沒有跟阿蕗道別，連聲謝謝也沒跟她說就走了。

身體越來越熱，腳也變暖、變輕，視野越來越模糊……

下一瞬間，隨著一陣衝擊，孝史躍進了那片黑暗之中。

身體浮在半空中，在飛。這是孝史在極短暫的意識中斷之後感覺到的。自己感覺正在往上飛，下一刻又直直往下掉，然後又往上。好像翅膀受了傷的小鳥奮力拍打雙翼勉強繼續飛行。能夠清楚確實地感覺到的，是平田抓住自己手臂的手心溫度，還有自己抓住平田上衣時感覺到的粗糙纖維觸感。風在耳邊低吼著。時間軸之外也有大氣存在嗎？或者這是孝史的身體以呻吟作爲抗議，在耳內深處作響？

不久，孝史的身體開始往下墜落。可以非常清楚地感覺到，往下、往下、往下。因爲眼睛張不開，所以不知道自己是在平田之前還是之後。深怕平田鬆手，所以更是緊抓住平田上衣不放。

墜落、墜落、不停地墜落。

突然間，孝史的屁股重重著地。痛得連叫都叫不出來。像被鐵棒貫穿身體，直透腦門。

但是，在衝擊之下猛然睜開眼睛看到的，並不是平田所說的護牆後的後院，沒有蒙上厚厚一層灰的冷氣室外機，也沒有輪輻折斷生鏽的破腳踏車。

孝史是在熊熊烈火之中。

他目瞪口呆，心裡吶喊著，飯店怎麼還在燒？都已經過了半天了，火勢還沒被撲滅？

但是，眼前正在燒的是柴堆，地板也變得焦黑。火焰從天花板覆蓋而下。採光窗外是一片火紅的夜空。

怎麼會這樣！我還在柴房裡！

平田就在旁邊。他俯身向前蹲，身體縮成一團，倒在地上，背上著了火。孝史尖叫著衝過去，在尖叫中撲打他背上的火苗。

「不對！平田，不是這裡！我們回來了！」

孝史嘶吼著抱起平田，把他拖出柴房。柴房的門已著火，當孝史他們衝出柴房的同時，柴房的門也拖著火焰脫離柴房，啪嗒一聲倒向庭院。

孝史睜大眼睛看四周。

明明是夜晚，天空卻是紅的。空氣很熱。蒲生邸形成聳立的黑影，屋頂附近冒出陣陣濃煙。那不是來自暖爐的煙囪。濃煙裡火星四迸，然後——

他聽到尖叫聲從府邸裡傳來。

回頭一看，府邸後面的樹林也著火了。道路另一邊的建築也一樣，不，在開闊的夜空之下，鮮紅的火苗四處竄起，越燒越大。

「危險。」平田呻吟著說，把孝史的身體往後拉。「趴下！」

聽到平田這句話的同時，傳來咻的破空之聲。孝史扭身朝平田拉的方向像跳進游泳池般撲向地面。當他身體懸空時，耳裡聽到有東西撞擊地面。

蒲生邸的後院結結實實地接住了孝史。他的臉在地面上擦破了皮。儘管孝史臉向地背朝天，但他還是知道上一刻的所在處瞬間燃起了新的火焰。

「快走！快走！」平田大喊，「是燃燒彈！被油濺到就會燒過來！」

孝史不顧一切地在地面上爬。以手指扒著土拚命爬動。在他前方一步之遙的平田伸手拉他，兩個人逃到樹叢下。一回頭，剛才落地的那顆燃燒彈的火焰，正像活生生的怪物般，攀爬著蒲生邸的磚牆。窗框著火了。

府邸裡傳出異常尖銳的叫聲。傭人出入的小門如爆破般向外打開。在令人昏厥的恐懼中忘了要眨眼的孝史，看到一個人形的火球衝了出來。

那個人雙手高舉，兩腳猛踏，爲了逃離纏身的火焰，發瘋似地來回跳動、尖叫，在地上不停翻滾。後院沒有孝史出發前所看到的雪，乾燥的地面沒有能力撲滅火焰，那個人慘叫著，一直滾到孝史跟前，伸出手臂。

孝史嚇得一動也不動，沒有伸手去拉那個人的手，但是，那時他看到了。頭髮燒焦、皮膚上起了無數水泡，伸出皮焦肉爛的手向孝史求救的那名女子的面孔。

是阿蕗。

8

孝史的腦袋裡也燃起了一團火。眼皮後一片鮮紅，瞬間什麼都看不到。理性短路了，黑暗的眼睛深處爆出了火花。

即使如此，他還是看得見阿蕗朝他伸過來的手，那景象已烙在他的視網膜上。他看到她手上的皮膚燒焦，沒有一塊是完好的。看到她在空氣中亂抓的手，指尖上沾滿了院子的泥土。

這時候，就在身邊某處發出了巨大的隆隆聲。有東西啪嗒啪嗒地倒下。隆隆聲從四面八方傳了過來，好像整片地面自己用力跺腳，想把地面上所有的東西，連同夜空一起震碎。

爆炸聲將孝史拉回現實——變成火球的阿蕗在地上翻滾的現實。孝史當下拋下所有的判斷能力和理性，想朝著阿蕗衝過去。但是，腳正要使力的時候，背後一股強大的力量抓住了他的後領，無情地把他拉了回來。

「住手！沒有用的！」

是平田的聲音。孝史被他拉住，腳踩了空，剎時間力氣盡失，頭無力地垂在地面上，但是他還是朝著繼續燒燃的阿蕗，像游泳般把雙手伸出去。

孝史嘶喊：「放手！放開我！」

「已經沒救了！」

平田也朝他吼。他用另一隻空著的手將孝史攔腰抱住，硬是把孝使從阿蕗旁邊拉走。阿蕗焦黑的手突然間無力地垂落在地面上，身體動也不動了。一看到這個景象，支撐著孝史的動力也頓時消失無蹤，任憑平田拖著，一路向後退。他踩到自己的下襬，棉襖睡衣從肩膀滑落。在平田的拉動之下，棉襖整個脫落，留在地面上。

「到前面馬路上去！這邊！快點！」

平田使勁大吼著，身子前傾，拉著孝史往前院方向走。孝史已然分不清前後左右，只感到膝蓋無力地顫抖著。背後傳來啪喳的聲音。回頭一看，柴房燒毀了。坍塌的同時，原本被封在柴房內部的火焰和熱氣也一併釋出。熱風向孝史和平田襲來，孝史感覺到自己的頭髮、眉毛、鼻毛都焦了。

阿蕗出來的那扇小門一直開著。在平田的拉扯之下，腳步蹣跚地經過時，孝史發現熱風從那裡吹出來。蒲生邸內部也起火了，磚造的府邸燒起來了。困惑與憤怒的吶喊從孝史從心底升起。

「這到底是怎麼回事！」

平田停下腳步，回頭看蒲生邸。一停下來，只見他整個身體晃來晃去，站都站不穩。在火光的照射之下，平田的臉一時火紅，一時又回復蒼白。只有一雙眼睛睜得大大的。孝史發現他嘴角有唾液流下。

「是、是空襲，」平田痛苦地說。

「是美軍的空襲。」

「空……」

嘴巴一張開想要說話，喉嚨就燙到了。孝史猛烈咳嗽，平田又拉住孝史，兩人緊緊抓住彼此，在蒲生邸的前院跌倒。

剛才在夜空下有如剛萌芽的火苗，現在已經長出又大又粗的火焰枝幹，並且到處肆虐。包圍住這個地區的森林和綠地，沉沒在黑夜之中，火焰的觸手四處蠢動。孝史的腦海裡，驀地浮現以前看過的夏威夷照片中，火山爆發岩漿流出的樣子。

突然間聽到破裂聲，玻璃碎片從天而降。孝史用手護住頭臉往上看，蒲生邸一樓轉角房間的窗戶玻璃碎裂，連帶將其中一片窗戶給撞開了。火焰從那邊噴出來。而旁邊的窗戶，還有二樓中央的窗戶，像是遭到無形的狙擊手的狙擊，一一碎裂，火舌猛然竄升。火焰朝著平田和孝史伸出魔手，彷彿要把他們抓進府邸裡一般。

才感覺熱風從前面吹來，卻立刻又從後面、右邊襲來，接著是左邊，彷彿盡情地在愚弄孝史。剛才才吼著要平田放手，現在卻牢牢抓住他的手，由他當前導，孝史只顧著跟隨他的腳印亦步亦趨。平田跌進樹叢裡，孝史把他扶起來，明知道蒲生邸前的馬路就在眼前，卻因爲濃煙和熱氣，連要睜開眼睛確認位置都沒辦法。好不容易，他們連走帶爬地來到馬路上的時候，從蒲生邸某扇破裂的窗戶中傳來一個男人的聲音，發狂似地喊著「鞠惠、鞠惠」，接著一聲尾音拖得長長的「鞠惠——！」成爲最後的絕響。

孝史以膝蓋著地倒在馬路上。平田像是受到他的拉扯，也跟著無力地倒下。孝史勉強還能跪著挺著上身，平田卻是雙手著地，肩膀大幅起落，不斷猛力喘氣。

孝史放眼望去，只見這條路遠遠的前方，沿著緩坡而下的盡頭，有著皇居森林黑黑的輪廓。輪廓的周圍和中間，紅色的火焰像嘲笑孝史似地，不時露出長長的火舌。孝史驚異得發不出一點聲音，盯著眼前這幅景象，這時才第一次看到幾架銀色的飛機，飛越封閉的夜空，身手敏捷狡猾得幾近邪惡。

黑夜起火了。孝史幾乎是看得呆了，喃喃說出這句話。那些人，竟然在半夜裡放火！

但是，「那些人」是誰？「那些人」是指哪裡？美軍？可是應該還沒開戰啊！

「皇居燒起來了……」

一說話，嘴裡就有灰燼和煤炭的味道。孝史聽到平田呻吟般的回答。

「我們沒回到現代。」

孝史直挺挺地跪著，雙手垂在身體兩側，愣愣地低頭看著平田的後腦勺。他還是四肢著地趴在地上，不知道爲什麼，身體看起來縮得好小。

「在短期間內、還是沒辦法、穿越時空、好幾次，而且、不是我、一個人、失敗了，我、跳不過去。」

平田趴在地上，斷斷續續地說，聲音聽起來好像從地面傳來的。

「可是，我不知道，爲什麼會掉在這裡……」

「這裡是什麼時候？」

「大概是、昭和二十年（一九四五）的、五月二十五日，」平田說話的聲音聽起來好像喉嚨被勒住了，「因爲那天，有大規模的空襲，連皇宮都燒掉了。」

正如平田所說的，火焰正在皇居森林內部狂舞。

「我從來沒聽過這種事!皇居竟然在空襲中燒毀……」

孝史恍惚地回了這句話，一邊想著平田說「我跳不過去」的意思。他是說，本來是要從昭和十一年回到平成六年，卻在昭和二十年的地方就失速墜落嗎?……

熱風撫弄著孝史的臉，只要一不注意張開嘴，喉嚨就會痛。蒲生邸所有窗戶的玻璃全破了。沒有噴出濃煙和火焰的窗戶，四四方方地透露出府邸內部的黑暗，空虛地看著孝史。

阿蕗死了。

死在那幢聳立在那裡、火旺得莫名其妙的府邸裡。明明是磚造的，卻燒起來了。阿蕗死了。

在無意識之中，他舉起手擦了臉。他在流淚。應該是濃煙和熱氣的關係。不然，還能有什麼原因?不管是那幢府邸裡的人也好，阿蕗也好，他都完全不熟，只是曾經和他們稍有接觸而已。

可是、可是……

「我們怎麼辦?」

孝史問，眼睛繼續盯著蒲生邸。平田痛苦地咳了一陣子之後，勉強發出了聲音。「我們、回十一年。」

孝史轉頭看平田，他搖搖晃晃地爬了起來，抬起頭。

孝史還以爲自己不可能受到更大的驚嚇了，但是看到他之後，卻不由得驚得倒抽了一口氣。平田的嘴角冒著泡沫，嘴唇邊緣因痙攣而顫抖。但是，更可怕的是他的眼睛充滿血色。尤其是左眼眼白，簡直像被痛毆過，呈現濃濁的深紅色。

「你……」

孝史伸手去摸平田的臉，卻被平田擋開了。

「如果是十一年的話，應該還可以跳回去。不，是非跳不可。待在這裡也不是辦法。」

他說得很快，好像是好不容易擠出來的，肩膀劇烈地起伏。

「這樣你會死的！」

孝史不禁脫口而出。但是，平田搖搖頭。

「待在這裡一樣會死。就算沒死在空襲裡，這可是昭和二十年，要怎麼活下去？你是不可能的，我也沒有做好準備。」

平田伸手過來。孝史接住他的手，想扶住他。但平田一抓住孝史的袖子，就低聲說：「抓緊我。」

這次在黑暗中飛行的旅程漫長得可怕。而且，對孝史而言也非常痛苦。在三次的飛行之中，第一次有這種感覺。有時覺得騰空的身體就快四分五裂，有時又覺得四周的黑暗要將自己壓扁。行進速度緩慢，有如烏龜走路，每動一下就難以呼吸，身體向上飄時頭暈目眩，下降時卻又腹痛如絞。

墜落的瞬間，孝史失去了意識。眞是如獲大赦。

——好冷。

孝史試著睜開眼睛。先是右眼，再來是左眼。

泥水和雪，還有車胎的痕跡。

抬起頭來，原來孝史和平田交錯倒在蒲生邸前的那條馬路上，正好就壓在今天早上傳出引擎聲的那輛車子所留下的輪胎痕上。

——我們回來了嗎？

蒲生邸以灰色冰凍的天空爲背景聳立著。窗口透出燈光，輕煙從煙囱裊裊升起，四周靜悄悄的沒有半點聲音。

平田臉朝下倒在地上。碰碰他，卻一動也不動。孝史急忙探他的脈搏。脈搏非常微弱，時有時無。孝史想起小時候養的小雞，小雞在臨死之前就是這樣的感覺。

這次換孝史抬起平田，拖著他走。他的身體像濕毛巾一樣沉重，怎麼碰都沒有反應。一定要在蒲生邸的人發現他們、攔住他們之前回到那個位在半地下的房間裡。

孝史自己也是困頓疲憊，手腳不聽使喚。他想扶著平田走，卻滾了一圈，倒在雪地裡。一陣掙扎後站起來改用抱的，這次卻朝反方向倒下去，孝史的臉埋在雪裡。眞想就此放手，什麼都不管。就在他這麼想的時候，蒲生邸那邊傳來門開關的聲音。

隨著踏雪的腳步聲、泥水飛濺聲逐漸靠近。孝史沒有睜開眼睛，就這樣等著，等著來人開口。

「孝史……」

聲音怯生生的，是阿蕗。孝史設法抬起頭來。

她不是單獨一人，那個叫作貴之的青年就跟在她身後；緊緊皺在一起的雙眉之間，還有頭髮理短而露出的太陽穴都顯得青青的。青年厚實的肩膀動了，他推開阿蕗走到前面來。

「到底發生了什麼事？」

孝史心中有無數的回答、無數的話語在飛舞。你眞的要問嗎？你眞的想知道我們是什麼人嗎？但是，從嘴裡說出來的，卻是經過過濾的謊言，在不到半天的時間裡，他就牢記在心上的謊言，他和平田所編造的「眞相」。

「我想逃，舅舅追過來，我們吵了起來，舅舅就昏倒了。」

孝史臂彎裡的平田沒有動彈，甚至感覺不到他的呼吸。

「可能會死。」

貴之迅速來到孝史身邊，屈起單膝蹲下，伸手碰觸平田的身體，輕輕搖晃一下。

「喂！振作一點！」

平田沒有任何反應。貴之把他的身體翻過來，出現了一張比雪還白的臉，眼睛緊閉著。

貴之把耳朵貼在平田胸前，然後抬起他的頭，伸出手指抵住他的人中。

他小聲地說：「還活著。」接著，驚愕地看著自己的手。孝史也看到了，上面有血。

「是鼻血。」

貴之抬頭看阿蕗。阿蕗雙手抱在胸前，眨著眼注視這一切。

「可能是腦溢血，快把他搬到房裡去。」

阿蕗用力點頭，幫忙貴之架起平田的身軀。貴之把平田的手搭在自己肩上，一面轉頭向孝史問道：「你走得動嗎？」

孝史反射性地點頭，雖然不知道自己走不走得動。

「那好，你跟在後面。動作要快，要是被爸爸或鞠惠發現就麻煩了。阿蕗，妳知道是哪個房間嗎？」

看到貴之手腳俐落地抱起平田，邁開腳步，阿蕗便回過頭來幫忙孝史。一碰到阿蕗溫暖的手，孝史結了霜的意識立刻像解凍了似地清醒過來。

「你眞是太亂來了，」阿蕗輕聲說，語尾發顫。「明明哪裡都去不了，護城河邊來了好多軍人……」

阿蕗的聲音哽住了。

「對不起，」孝史喃喃地說，「我再也不逃了。」

阿蕗不作聲，扶著孝史邁開步子，走得很急。他可以感覺到她的焦急。兩人不時抬眼朝蒲生邸望去，並且以最快的腳步通過前院。

孝史感覺得到阿蕗的體溫，聽得到她的鼻息。阿蕗是如此地溫暖、親切。身上散發出微微的藥水味，大概是從工作服上來的吧。她活著，在呼吸。她現在還活著。阿蕗活著，就在這裡。

「對不起。」

孝史又喃喃地說了一次，悶聲哭了起來。阿蕗詫異地看著孝史，然後像母親哄孩子似地摩娑孝史的身體，小聲地說：「別擔心，平田叔會好的。」

孝史低著頭，眼淚潸潸而下。孝史搖搖頭，倚著阿蕗柔軟的身體走回蒲生邸內。一步，又一步。

我是爲妳流淚，孝史在心中說。然後，暗自下定決心：我不回現代了，就算現在可以回去，我也不回去。

平田說過，憑一己好惡決定要救人或見死不救，那只不過僞神的作爲。但是，管它什麼眞僞虛實，我哪管得了那些道理。阿蕗，我要待在這裡，我不會一個人回去的。

除非，我把妳從那種死法中拯救出來——

9

平田睡著了。睡得很沉，連呼吸聲都聽不到，幾近昏睡。

孝史坐在他枕邊。現在就只有他們兩個人，單獨待在分配給平田的那個半地下的房間裡。孝史已經換上了阿蕗幫他找來的長褲和襯衫，看樣子是貴之不要的舊衣服。

把平田和孝史從蒲生邸前的馬路上帶回來之後，蒲生貴之立刻幹練地發出一連串指示，要阿蕗和孝史幫忙把平田安置在這個房間的被窩裡。孝史雖然止不住雙手嚴重的顫抖，還是竭力幫忙。

即使如此，一踏進房間，他還是注意到離開房間時拿來墊腳的旅行箱已經從榻榻米上消失了。鞠惠果然趕緊來拿回去了吧！

在照料平田的時候，貴之對平田的行動或孝史沒有一言半語的責備，儘管對他而言平田是傭人，而孝史根本不應該在這裡。這反而使孝史很不自在，結結巴巴地想向貴之解釋，他卻很乾脆地打斷孝史，說：「事情我大致聽阿蕗說了。現在先照顧病人要緊。」

然後，他說要打電話找醫生，便上樓去了。

「眞的可以請醫生嗎？」

不知不覺，孝史好像也成了眞正的傭人，向阿蕗提出這個問題。聽到他這麼問，她點頭說：

「既然貴之少爺這麼說，就不必擔心了。不過，這眞的是非常難能可貴的。要是在其他人家，尤其是在這種情況下，是不會這麼照顧我們下人的。」

「可是，醫生來得了嗎？」

二二六事件現下正在發生。這個地區應該已經被封鎖了，外頭的醫生進得來嗎？

阿蕗也很擔心。「這就不知道了……」

「找得到願意來的醫生嗎？」

「有位醫生常來幫老爺和夫人看病，以前住在這附近……去年搬到別的地方去了，不過還是一直幫府邸的人看診。我沒記錯的話，醫生現在是住在小日向那邊。」

當阿蕗把平田的濕衣服脫下來，換上乾淨的簡便和服的時候，孝史趁著她沒注意的空檔去翻平田長褲後面的口袋，想取出那隻手錶。但是，錶卻不在口袋裡。孝史猜想，大概是那次中途墜落，掉在昭和二十年五月二十五日的晚上了。這一次，手錶眞的不見了。

平田躺好之後，流了一陣子鼻血。量雖然不多，卻一直止不住。孝史拿濕毛巾拼命地擦掉流出來的鼻血。每次拿濕毛巾按住的時候，都會想，要停了嗎？這次應該停了吧？可是一放手，血又汩汩地流了出來。簡直就像在宣告平田的生命力正不停地流逝。

「平田叔倒下的時候，是不是撞到了？」望著平田的睡臉，阿蕗悄悄地問。

平田本來是要追趕想逃走的孝史，卻在積雪的路上昏倒了。既然說了謊，就必須說到底。孝史緩緩地搖了搖頭，看著阿蕗說：「我也不知道。我不知道他是因爲身體不舒服才倒下，還是滑倒之後撞到頭才變成這個樣子。」

阿蕗沒有說話，伸手摸了摸平田的臉頰，說：「好冰。」

「我覺得待在這裡很過意不去，所以才逃走的。」

沉默令人難熬，所以阿蕗明明沒問，孝史卻說了起來。阿蕗小聲回答，視線沒有離開平田：「那件事就不用再提了。只是，平田叔的情況眞叫人擔心。」

「府裡的人……」

阿蕗立刻接著說：「只有貴之少爺知道你的事。發現你們倒在雪地裡的也是貴之少爺。還好不是別人。」

「那麼，我藏在這裡的事，現在也是秘密？」

「是呀。我會向老爺和夫人稟告，說今天來上工的平田，在剷雪的時候滑倒摔傷了。」

阿蕗淡淡地微笑，像是要讓孝史放心似地朝他點頭。

「不用擔心，府裡的工作本來就不算太多。以前才我和千惠姨兩個人就可以勉強應付了。」

孝史想起在柴房前，鞠惠叫住平田的事。

「可是，以前有一個像平……像我舅舅一樣，有一個男的在這裡工作吧？可以說是男工嗎？好像是叫黑井。」

一聽到這個名字，阿蕗的表情就像從溫暖的室內走到呼氣都會凍結的室外，頓時僵了。

「你知道黑井這個人?」

孝史繼續撒謊。「我聽舅舅說的，說是之前的傭人。」

「原來這樣呀。」

看阿蕗鬆了一口氣的樣子，孝史反而更好奇。

「這個叫黑井的人，為什麼不做了?」

阿蕗的表情還是很僵硬，回答說:「因為年紀大了。」

「那個人之前是住這個房間嗎?應該還有一間空房吧。」

孝史並不是因為特別好奇才問這個問題，只是不說些什麼就會覺得不安才開口的，但是阿蕗的反應之大讓他非常意外。

「你為什麼想知道這些?」

「沒……沒什麼……」

「你知道還有一間空房，這麼說，孝史，你到處看過了?」

孝史垂下肩，不敢說話。

正好在這時候，走廊傳來腳步聲，貴之出現了。

「葛城醫生說他會過來。」這句話不是對孝史說，而是對阿蕗說的。

「太好了!」阿蕗雙手合十，「可是，醫生有辦法過來嗎?」

「醫生不是有自己的車嗎，他說他會開車過來，如果禁止車輛通行，他用走的也會過來。」

阿蕗還是顯得很擔心。「可是，聽說軍人把路都封住了。」

貴之笑了一下。「我本來也很擔心這一點，不過醫生說不必擔心，會開槍打趕著出急診的醫生的這種軍人國家才不需要，他會毫不客氣地修理他們。」

貴之這時候才轉過來看孝史。「你都聽到了，所以不必擔心。葛城醫生是爲我們家看病的醫生，年紀雖然大了些，醫術是一流的。」

「謝謝……」孝史低頭道謝，急忙加上：「您。」

「醫生說，他一有空馬上就出門，不過可能得等到晚上。」

晚上？孝史低頭看平田沒有表情的睡臉。能撐到那時候嗎？

「不能先送到哪家醫院嗎？」

貴之粗粗的眉毛動了動，似乎有點困擾。「這恐怕很難。我們沒有車，而且天氣這麼差。如果用推車推過去，恐怕對病人反而更不好。」

可是，如果平田眞的是腦溢血的話，還是盡早就醫比較好吧？

可能是察覺到孝史的焦躁，貴之繼續說：「照葛城醫生的說法，如果是撞到頭部，最好不要亂動，還是讓病人躺著比較好。」

這讓孝史再次體認到時代的不同。現在是昭和十一年，跟平成六年是不一樣的。這個時代的醫療技術沒有那麼進步，沒有分秒必爭搶救腦部病患或傷患的能力。醫生治療是早是晚，才差幾小時，救不活的人就是會死，救得活的人就能活下來。這個時代只能聽天由命。

既然這樣，讓平田安靜地躺著的確是比手忙腳亂地移動來得好。

疲倦像濕毛巾般沉重地裹住孝史。自從逃離平河町第一飯店以來，命運就一直和孝史作對。

貴之安慰地說：「我會和葛城醫生保持聯絡的。醫生一出門往這裡來，我會算好時間到半路接他。」

「讓我去！」

聽到孝史自告奮勇，貴之和阿蕗相視而笑。

「隨你。這個到時候再商量。聽阿蕗說，你也受傷了。」

「我已經沒事了。」

貴之對這句話沒有任何回應。準備離開房間時，他對阿蕗說：「阿蕗，今天要請葛城醫生住下來。還有，看那場騷動的情況，有可能要住上好幾天。麻煩妳準備一下。」

阿蕗低頭答應。貴之出去之後，她還是望著他剛才所在的地方。

「他做人還真好。」

儘管應該感謝他，儘管受到他的幫助，孝史還是忍不住咕噥了一句。他跟這個貴之似乎合不來。

阿蕗被這句話轉移了注意力，她從孝史完全停頓的手中取走濕毛巾，說：「貴之少爺對我們下人是很好的。」

接下來阿蕗彷彿鬆了一口氣似地說：「鼻血好像止住了。」

正如阿蕗說的，血似乎已經止住了。但是，平田的臉顯得更蒼白，眼皮完全沒有任何動靜，呼吸也很緩慢。看起來簡直跟死人沒兩樣。

「孝史，這次你可別逃走，要好好照顧你舅舅哦。」

不用說，孝史當然不會逃走。「嗯，我會的。」

「我到樓上去了。如果眞的有事，你知道的吧？到起居室的那條走廊途中，不是有一個小房間嗎？」

「有燙衣架那裡是不是？」

「對。你就到那裡看我在不在。我也會留意，不時過來看看情況的。你一定不可以在府裡到處亂跑哦！只有貴之少爺才會對我們那麼好，要是被其他人知道了，很有可能會被趕出去的。」

「我知道了。」

阿蕗站起來，離開房間。她身上像工作服的白衣看起來有點灰灰的。房間變暗了——下午也已經過了一大半了吧。

於是，孝史被孤伶伶地留下來，守候著平田。現在也沒有別的事可做。

平田會好嗎？孝史呆呆地想。

萬一他好不了，死了，孝史就得在這個時代活下去了。這個即將邁入戰爭的時代，這個被後世評爲亡國危機的時代。

但是，就算現在想到這些，孝史並沒有恐懼的感覺。這時候去擔心那些也沒有用。

現在，在他腦海中揮之不去的，是阿蕗全身焦黑被燒死的模樣；是那個空襲夜晚的情景——蒲生邸所有窗戶玻璃全部碎裂，夜空一片火紅。

（我要怎麼做才能救阿蕗？）

我一定要儘快在昭和二十年五月二十五日來臨之前，把她從這幢府邸帶走。只要人不在這裡，就不會被落在這裡的炸彈燒死了。如果平田的說法是眞的，救了在某個世界裡應該死亡的阿蕗，也不會對歷史發展造成影響，孝史可以不必有所顧慮，專心想該怎麼救她。

代替平田在這裡工作如何？把之前的情由，當然是他們編造的那些，一五一十向這幢府邸的主人解釋，說他要代替舅舅在這裡工作，或許行得通。

時間漠然地過去。孝史凝視著平田的睡臉，每當心思快要飄向空襲的場面時，就硬把那些念頭趕跑。

強烈的疲倦和無力感，讓他打起瞌睡，夢見自己在接受補習班的考試。每一道題他都順利解開，明年一定可以考上第一志願……

孝史突然驚醒。平田還是老樣子。爲什麼會做那種夢呢？來到這裡之後，根本沒想過現代的事啊！

（也難怪，根本沒有那種心情啊！）

孝史對靜靜地待在房裡感到膩了，站起來扭開頭頂上那顆燈泡的開關。四周靜下來之後，覺得遠遠地好像有人在說話。他凝神細聽。

那是一個人以平板的聲調在說話，不是對話。聽起來也不像眞人的聲音。

孝史悄悄地看了看平田，確定他的情況沒有變化之後，躡手躡腳地走出房間。來到走廊，聲音稍微清楚了一些。爬上台階，把通往有燙衣架房間的門打開一個小縫，聲音變得更清晰了。

是收音機。正在播報新聞。

那是種金屬般的聲音，雜音又多，很難聽清楚，不過確實是收音機播報員的聲音。孝史的手握著門把，就這樣專心聽起新聞。

「第一，本日下午三點，第一師團轄區下達戰時警備令。第二，依戰時警備令，重要物件應由軍方保護，並由軍方維持一般社會治安……」

播報聲是從起居室的方向傳過來的。是誰在聽呢？

「第三，目前治安維持良好，一般市民應各自從事分內工作。」

這應該是被貴之稱爲「那個騷動」的二二六事件的相關報導吧，但乍聽之下，實在不知道在講些什麼。只能勉強聽懂第三點是呼籲一般市民安心生活。

雙腿有點發抖。孝史心想，啊啊！眞的發生了。

孝史關上門，悄悄後退。現在還是乖乖聽阿蕗的話，別引起無謂的騷動。至少要等到醫生來。

就在轉身之際，孝史的頭上、蒲生邸的某處，突然傳來一聲轟然巨響，是槍聲！

第三章

事件

1

正確地說，那聲音其實還不到「巨響」的程度，差不多就像今年夏天孝史被迫關在家裡唸書時，從附近公園頻頻傳來的煙火爆炸聲。

但是不知道爲什麼，孝史就是知道那是槍聲。心臟慢了一拍才開始怦怦亂跳。這次究竟發生了什麼事？

但就在爲槍聲感到驚愕的下一瞬間，孝史突然想起來了——掛在平河町第一飯店牆上的蒲生憲之的經歷。

（——昭和十一年二月二十六日二二六事件爆發當天，蒲生大將留下長篇遺書自決。）

對了！原來如此！孝史恍然大悟。就是這件事。剛才的槍聲是蒲生大將自殺了。

「那是什麼？」

問話聲從起居室的方向傳來。是貴之的聲音。孝史再次打開原本準備關上的門，走到有燙衣架的房間中央。

貴之立刻就從孝史的左邊出現，看到孝史在那裡，顯得很驚訝。但是他還來不及責備就先問：

「你聽到剛才的聲音了嗎?」
「聽到了。我想是從樓上傳來的。」
貴之搶在孝史前面，快步向右邊跑，孝史也跟了上去。
穿過有燙衣架的小房間，又有一個小門，打開之後，裡面是地勢稍低的土地，原來是廚房。有兩口形狀像鋼盔的瓦斯爐，穩穩地安在磚造的牆邊。背對著瓦斯爐的是流理台，阿蕗和一個身形嬌小、背部微駝的老婆婆，穿著相同的日式圍裙站在一起洗碗盤。水從一個形狀像螺旋槳的復古式小水龍頭流出來。孝史心想，哦，已經有自來水了啊!接著又想，有也是應該的，又不是江戶時代，而且這裡又是這種獨門大院。
孝史一衝進去，阿蕗和老婆婆都吃驚地抬起頭來。阿蕗急忙用圍裙下襬擦手，那是女傭準備聽主人下令的動作。但是，她什麼都還沒說，貴之就急著問:「有沒有聽到剛才的聲音?」
「您是說——剛才的聲音?」
阿蕗以不確定的語氣重複貴之的問話，並且和老婆婆對看。
「不是廚房發出來的吧?」
面對貴之的再三追問，兩人的表情顯得更加困惑了。孝史急得簡直快跳腳。好想大聲告訴他:剛才是你爸爸自殺了啦!那是槍聲!眞是急死人了。他的嗓門也因此變大:「剛才就說過了，聲音是從樓上傳來的，不是這裡。」
聽到這幾句話，貴之突然像斷了線的人偶一樣失去了生氣。他以一種茫然的空洞眼神轉頭看孝史。

「哦，說的也是，」他喃喃地說，「果然。」

「您說的果然是指……？」阿蕗不安地問。但是貴之卻好像忘了身邊還有別人似的，只是呆呆地站在那裡。

「你沒有聽錯，我也聽到那個聲音了。是樓上，二樓。」

孝史一字一字慢慢地、用力地說，然後注視著貴之的臉，心想他對自己父親的自殺是不是早有預感？所以才會說「果然」這兩個字？

「不用到樓上去看看嗎？那是槍聲啊！」

貴之無神地眨了眨眼睛。這時候孝史才發現，站在一起的話，他的身高比貴之稍微高了點。

「發生了什麼事嗎？」

阿蕗表情凝重地問。貴之聽到這句話，恢復了正常。他輕輕地搖搖頭，吩咐道：「阿蕗和千惠都待在這裡。在我允許之前，不要離開。」

貴之往起居室的方向折回去，孝史還是跟著他。當他們兩人來到起居室時，房間對面的另一扇門正好打開，那個叫珠子的女孩也匆匆跑了進來。

「啊，哥哥，原來你在這裡？」

她立即停下腳步。她穿著和白天那身和服，袖子輕輕搖晃著。

「爸爸的房間發出了奇怪的聲響，不知是怎麼回事？」

「我也聽到了。妳確定是爸爸的房間嗎？」

「嗯，確定。」

「我去看看。」

貴之跑上樓。目送他上去之後，珠子的眼光才落在孝史身上。她歪著頭仔細打量。

「你是誰？」

明明是這麼緊急的時候，孝史卻突然覺得自己好像是在近看一幅畫。靜止的珠子美極了，和白天看到那個會說會笑會動的她判若兩人。現在孝史正在看的是一幅「珠子肖像」。

「你是哥哥的朋友？」

聽到她進一步追問，孝史這才想起自己的立場。剛才在衝動之下，忘了事情的輕重，竟跟著貴之跑到這裡來。

「呃，我……」

起居室裡的收音機仍低聲播放著。可能是那個聲音干擾了珠子，她向孝史靠近一步。

「什麼？你說什麼？」

「那個……還是先上樓比較好吧？」

孝史一時之間頭腦不靈光，只好用這句話搪塞。結果珠子的反應出乎意料。她一下子伸手握住孝史的手。

「我一個人會怕。你也一起來。」

說完，珠子便拉著孝史往樓梯走。孝史找不到留在起居室的理由，也編不出藉口，只好被拉著走。

樓梯相當寬敞，台階平緩，是光潤的栗子色，中間鋪著深紅色的地毯。珠子腳上穿著足袋

（註），孝史穿著襪子，兩個人都沒穿鞋，踏著地毯爬上階梯。樓梯以平緩的角度向右彎曲，爬到盡頭是一道木質走廊，是相同的栗子色，鋪上了同樣的地毯。沉重的木門沿著走廊一字排開，門與門之間掛著鑲金框的畫。

珠子牢牢握住孝史的手。那是一隻柔嫩細滑的手，沒有半點濕氣，非常乾爽。

「令尊的房間在哪裡？」

「那裡。」

珠子向走廊右邊走。孝史的手被她牽著，也跟著走。沒有半個人從任何一扇並排的門出來。沒有人在嗎？沒有人聽到剛才的聲響嗎？

珠子停下腳步，指著走廊盡頭的門。

「就是那扇門。」

她沒有放開孝史的手便直接向後退，空著的另一隻手抓住欄杆。

「不曉得哥哥是不是在裡面？你可以打開來看看嗎？」

孝史凝視著珠子的臉。她看著門，非常害怕。她也聽出剛才的聲響是槍聲嗎？

「喏，你出聲問問看嘛！」

珠子放開孝史的手，用那隻手在孝史背後推了一下。孝史走到門邊，握拳敲門。一次、兩次。沒有回應。沒辦法，只好握住門把試著開門。門把可能是黃銅的吧。暗金色的門

註：一般穿著和服及木屐時所穿的襪套。大拇指及其他四指分開的設計，有別於一般襪子。

把動了，孝史把門推開。

孝史的眼前出現了一個比想像中大得多的空間。同時感覺到一股暖氣撲面而來。一踏進去就知道爲什麼了。房裡的壁爐升了火。

孝史所看到的室內情景，若僅就裝潢而言，和樓下的起居室極爲相像。腳下鋪滿了地毯，正面是一整面的窗戶，掛著綢緞窗簾和蕾絲窗簾。窗戶關著，窗簾卻全都是拉開的。天花板很高，樑很粗，交叉的樑木之間懸掛著有刺繡的布。

房間正中央的位置，有一張約兩張榻榻米大小的大書桌。上面擺著一盞造型簡單的檯燈，此外沒有任何東西。如果一個趴在桌上的人不算在內的話。

即使那個人呈現那種姿勢，但是由整個氣氛和頭部、服裝給人的感覺，孝史還是看得出那個就是房間的主人蒲生憲之。

孝史感覺身旁有人，他霍然轉身，只見貴之站在向內打開的門之後，好像在躲著——當然他並沒有躲。

他的視線一直牢牢盯著伏在桌上的父親背上。雙手懸在身體兩側，張著嘴，雙肩下垂，那種姿勢簡直就像當場有一條看不見的繩子把他吊起來。

「大將死了？」孝史問。

貴之只是盯著父親，沒有回答。

孝史離開門邊，毅然走向書桌。腳下的地毯毛很短，觸感比走廊上鋪的實得多。

從門到書桌前走了六步才到。孝史站在和蒲生憲之的遺體隔桌對望的位置。壁爐就位在這張書桌後面，所以來到這裡感覺更暖和了。粗粗的柴火燒得正旺，並且不斷迸出火花。灰色的壁爐架是石砌的，白天看到蒲生憲之拄的枴杖就靠在旁邊。

血從蒲生憲之右邊的太陽穴流了出來。孝史鼓起勇氣仔細一看，上面開了一個小指頭粗細的圓孔。

他朝自己的腦袋開了槍。原來眞的有這種死法。這是孝史腦海裡瞬間浮現的第一個想法。出血量並不多，只流了一灘巴掌大的血。傷痕也只有一處，就在右邊太陽穴上。看來子彈並沒有貫穿腦部。

可以伸手去摸嗎？望著伏倒的蒲生憲之的後頭，孝史這麼想。後頭白髮叢生，使得這個部位顯得特別老。

「死了，」在他身後的貴之說。語調起伏很奇特，像在唸經似的。

孝史回頭看，貴之的身體維持相同的姿勢，眼睛盯著相同的地方。

「我確認過了，沒有脈搏。」

這麼說貴之也接近屍體查看過了嗎？但現在卻退到門後，硬梆梆地站在那裡。

孝史再一次觀察蒲生憲之的屍體。他的雙手攤在頭部兩側，正好就像高喊萬歲的姿勢。老人骨瘦嶙峋的手，像珍奇的裝飾品般並排在那張顯然價值不菲的書桌上。中央則是白髮叢生的頭……

「你把槍拿走了嗎？」

孝史轉頭問身後的貴之。蒲生憲之的手是空的，沒有任何東西。但是，既然是自殺，槍應該就在附近。

貴之沒有回答。孝史又重複了一次問題，他才總算轉移了視線說：「咦？」
「我說槍，怎麼沒看到槍？」
貴之呆呆地望著孝史，感覺像是好不容易聽懂了他的問題，然後開始環視室內。
「我剛才沒注意到。大概在那附近吧。」
孝史蹲下來巡視地面。但並沒有任何東西掉在地毯上。
「可能被身體壓住了。」
開槍的瞬間槍掉了下來，然後身體伏在上面，這是可能的。
「不能移動遺體嗎？」
「不能。」對於這個問題，貴之倒是回答得很快，「至少，現在不行。必須維持現在這個樣子。」
孝史也這麼認爲。「報警吧！」
「報警？」貴之重複了孝史的話。
「哥哥，爸爸死了？」
從走廊傳來珠子的詢問。她還待在那裡沒走。
「對，死了，」貴之簡潔地回答。這是一句機械性的回答，沒有體貼，沒有感情，什麼都沒有。「珠子，妳下樓去。」
「你還好吧？」孝史走近貴之問道。他總覺得貴之現在好像有點不正常。明明自己的父親才剛自殺，這對兄妹這是什麼反應？珠子竟然不看父親最後一眼？

還有，其他人呢？鞠惠呢？她可是蒲生憲之的妻子啊！她又在哪裡搞什麼？「你們到底知不知道現在發生了什麼事？」

孝史眞想抓住貴之，用力搖晃他。「你爸爸死了耶？你知道嗎？你到底懂不懂？」

「我當然懂。」

貴之回答，嘴角鬆動了。他不是在微笑，而是因爲不再緊張，嘴角下垂而已。孝史打了一個寒噤。這傢伙在想些什麼？他有毛病。

「你來的時候門是開著嗎？」

對於孝史的問題，貴之只是眨眼。接著好像稍微恢復了正常般張開眼睛。

「門，你是說這個房間的門嗎？不是，是關上的，不過沒有上鎖。我叫了幾聲沒人回答，就進來了。」

「那麼，你是第一個發現的人囉。」

「應該是……」貴之的視線轉向窗戶，「窗戶也是關上的。」

說著，走近窗戶，伸手去試窗框。打不開。

「窗戶是鎖著的。」

孝史也走到窗邊。扣式的鎖鎖得好好的。透過玻璃，戶外的雪看起來白茫茫的一片。

「先下樓再說吧！」貴之僵硬地改變身體的方向，準備離開房間。「葛城醫生很快就會來了。請他仔細調查之後，如果可以移動屍體的話，再妥善安置。我現在有很多事要做，有很多事要想。」

口氣像是自言自語。聽起來既不悲傷，不驚訝，也不憂慮。孝史實在無法接受他這樣的反應，不知道該說些什麼才好。

「不用告訴其他人嗎？」

兩人來到走廊上。貴之機械性地轉過頭來說：「把門關上。」然後接著說：「我會告訴大家的。你下樓去待在廚房好了。對了，幫我把事情告訴阿蕗和千惠。」

貴之開始沿走廊向前走。他的身體微微地前後晃動，好像隨時會跌倒。腳步也不穩，還絆到地毯，活像個醉漢。

即使如此，當孝史要跟上去扶他的時候，他卻像要趕人似地指著樓梯下方。

「你下去。我去跟鞠惠說。」

貴之繼續在走廊上前進，敲了敲左邊的第二道門。敲了三次才總算有人回答一聲「進來」，貴之便開了門消失在門後。

雖然掛念二樓的情況，但是孝史還是下樓來到起居室。珠子獨自一人坐在椅子上，托著腮幫子向著玻璃桌面的豪華餐桌。和服的袖子褪到手肘垂了下來，露出雪白的手臂。

她發覺有人接近，便回頭看。和孝史視線相遇之後，她微微一笑。和人照面便反射性地微笑可能是珠子的習慣。孝史發現她笑起來的時候，左邊臉頰會出現一個酒窩。

「妳不上去看妳爸爸嗎？」

孝史開口後，珠子便收起笑容，呆呆地移開視線。

「在哥哥說可以之前，我不會到那個房間去。」

「妳不擔心嗎？」

「可是，不是已經死了嗎？」珠子的口吻要說是無情，不如說是天眞無邪。「既然死了，現在去照顧他也無濟於事呀！」

這時，孝史驀地覺得珠子會開口問他：「你有菸嗎？」覺得她會說：「我好想抽根菸。」當然，這時代好人家的女兒不可能會抽菸，事實上，珠子不發一語，只是再度專注於托腮。但是孝史的腦海中，卻鮮明地浮出珠子以雪白美麗的指尖夾住香菸，微微噘起嘴唇吐煙的景象。

孝史想到原來那是他自己心目中所認知的「現代年輕女子」的形象。把這種形象套到珠子身上，完全不合時宜。不過，這時候形單影隻的珠子和香菸實在是絕配。

收音機已經關掉了，所以起居室裡非常安靜。壁爐裡爐火熊熊燃燒著，柴火爆開發出啪嘁啪嘁的聲音。

所有的窗戶都關著，窗簾也都是拉上的。起居室就不用說了，整個府邸內部變得莊嚴靜謐，宛如這幢府邸本身比任何人都嚴肅地接受了主人驟逝的事實，莊重以對。

孝史走近窗戶，掀開窗簾。玻璃起了霧，窗格子上積了一層薄薄的雪。模糊中可以看到白色的東西一片片從黑暗的夜空中盤旋飛舞而下。他突然想到，正處於被貴之稱爲「那個騷動」的軍事叛變中的將校和士兵們一定非常冷。

放下窗簾回頭一看，珠子仍維持著和剛才一模一樣的姿勢，拄著肘托著腮，眼淚像斷了線似地流下。她面朝前方，雙掌撐著兩頰，流著淚。一顆顆淚水從她無瑕的臉蛋滾落，就像雨滴從玻璃窗上滑落。

孝史不知道該說什麼，只是默默地站在那裡。珠子的視線既不朝孝史的方向望，也不和他說話。說起來，這是一種旁若無人的哭法，好似忘了孝史就在旁邊。

她沒有發出聲音，甚至連表情都未有絲毫改變。珠子的眼淚彷彿和汗一樣，是身體的一種調節機能，無關乎本人的意識，自行流下。只不過，孝史沒辦法想像珠子流汗是什麼樣子。

孝史一言不發地通過珠子旁邊，走向廚房。去看看阿蕗和剛才那位婆婆吧，她們兩個肯定會像正常人一樣擔憂、心痛。

敲敲通往廚房的門，立刻聽到阿蕗在裡面說「來了」，門便打開了。阿蕗一看到是孝史，便稍稍拉長身子望著孝史背後。應該是在找貴之。

「貴之少爺還在上面。」孝史一邊走進廚房，一邊說：「他說要去通知鞠惠。」

「發生什麼事了嗎？」阿蕗問，身體雖然朝著孝史，視線卻不時朝門那裡望。

那個老婆婆站在瓦斯爐旁邊。碗盤已經洗好了，廚房沒有火的氣息。這裡的天花板又高，濕氣又重，非常冷。

孝史剛才來的時候沒注意到，原來在盡頭的牆上有一扇門。大概就是孝史在院子裡看到的那個小門吧。

「妳就是千惠姨嗎？」

聽到孝史的話，老婆婆先是看阿蕗，眼神似乎在問她這個問題該不該回答。這位老婆婆的年紀大得顯然足以當阿蕗的祖母，一雙手瘦得皮包骨，有點駝背。在蒲生邸裡頭，他們竟然讓這樣的老人工作，卻讓珠子那樣的年輕人玩樂度日。

「是的，這是千惠姨，」阿蕗代替她回答，「千惠姨，這是平田叔的外甥孝史。」

「對不起，給妳添麻煩了。」

看到孝史行禮，千惠也跟著低頭回禮。接著問：「你這樣到處跑來跑去，不太好吧？」顯得極爲擔心。

「事情貴之少爺都知道了。」孝史回答，「所以，我想應該不用繼續躲下去了。我來代替舅舅工作，有什麼事請儘管吩咐。」

阿蕗眨著眼睛。千惠則是看著阿蕗，好像想和她商量。

「可是，不知道老爺會怎麼說？」

孝史用力抿了抿嘴唇，慢慢地回答：「關於這一點，就不用擔心了。老爺已經死了。」

並排站立的兩名女傭，幾乎是同時做了相同的動作——舉起雙手在胸前緊握。

「死了？」出聲問的是阿蕗。

「死了，就在樓上房間裡。好像是拿手槍朝頭部開槍的。剛才發出了很大的聲響。我和貴之不是跑到這裡來問妳們有沒有聽到什麼嗎？就是那時候。」

阿蕗的嘴唇微微張開，好幾次都露出欲言又止的模樣，最後卻只是緩緩地搖頭，沒有說任何話。

「我們在這裡什麼都沒聽見。」千惠說。

孝史看了看廚房高高的天花板和瓦斯爐四周堅固的磚牆。

「這裡離老爺的房間最遠，而且妳們剛才在用水吧？所以才會沒聽到。」

這時候阿蕗一下子蹲了下去。孝史還以爲她昏倒了，急忙伸手想扶她，卻看到她用一隻手扶著地板撐住身體。

「老爺死了……」

沙啞的聲音從喉嚨深處傳了出來。阿蕗臉色蒼白，眼瞼邊緣微微地抽搐著。她的樣子讓孝史覺得，阿蕗可能也已經料到大將會自殺了。貴之和阿蕗兩人都是因爲內心害怕的事情變成事實，所以才如此失常的嗎？

千惠走到阿蕗身邊，像抱住阿蕗似地蹲了下去。老婆婆是扶著流理台邊緣和牆壁走過去的，腳步絕對說不上平穩，顯然腰部、雙腿虛弱無力。這一點，又讓孝史心裡對這幢府邸，不，對這個時代的反感更加深了一層。

「反正我們到起居室去吧，大概所有人都會到那裡集合。」

孝史說著，打開門催促兩人。但是阿蕗和千惠並沒有要起身的樣子。

「有什麼不對嗎？」

「我們要待在這裡……」千惠說。

「爲什麼？因爲貴之少爺剛才叫妳們待在這裡直到他叫人爲止嗎？」

千惠一副萬分抱歉的模樣縮著脖子點頭，「因爲我們是下人。」

「這種事，都什麼時候了，不必管這些了吧！」

但是她們兩人還是不動。阿蕗處於失神狀態，似乎連孝史的聲音都沒聽見。

「那麼，我去徵求貴之少爺的許可。一直待在這種地方會感冒的。」

聽到這句話，千惠露出了有點不解的表情。孝史這才注意到她們兩個是不會感冒的。因爲每天在這種地方工作，住在沒有像樣的暖氣的半地下房間，這就是她們每天的生活。一年到頭耐著嚴寒酷熱，整天忙著清洗整理，這就是她們的人生。

「反正，我要到起居室去。」

說完這句話，孝史便離開了廚房。看著燙衣架上的熨斗粗粗的條紋電線，感覺心裡對這幢府邸的厭惡就像紙做的蛇一樣，一歪一扭地爬到喉頭來。那種又濕又暗的廚房，光是站在裡面就快生病了。簡直就像是爲了給傭人製造一個不健康的環境，才故意選府邸裡日照最差的地方當廚房。

想到這裡，他突然發現一件事。這幢府邸的廚房有個出入口，但卻沒有後門。孝史雖然沒有把整座屋子從裡到外仔細查過一遍，但至少就目前所見，除了穿過鋪草皮的前庭通到正面玄關的路徑之外，沒有路可以從外部進入這幢府邸內部。

這就表示阿蕗他們那些傭人要進出時，也必須穿越前庭靠近府邸，再從那裡轉到後面的小門才行。這樣，小門的存在並沒有意義。因爲小門的功用，就是爲了避免家裡工作的傭人在走動時，被前面的主人家或客人看見。照現在的狀況看來，若是有訪客，豈不是可能讓客人撞見尷尬的場面嗎？

或者，因爲這戶人家不會有客人，所以不需要操這種心？可是，今天早上就有人來過。爲時雖短，但的確應該是訪客。

眞是奇怪——這個家在各方面都很不尋常。

走在走廊上，可以聽到人們說話的聲音。孝史停下腳步，豎起耳朵專心聽。這一家人好像聚集在起居室裡了。

一共有幾個人呢？其中一個無疑是孝史只聞其聲不見其人，也就是鞠惠夫人的秘密情人——蒲生憲之的弟弟，蒲生嘉隆。他是個什麼樣的人？

在柴房聽到的對話，再度浮現在腦海裡。

（要是這場起事失敗，大哥絕對不會苟活。）

（這麼說，他會自裁囉？）

（沒錯。）

那兩個人或許早已正確地、準確得幾乎可說是殘酷地預見了蒲生憲之的下場。他們現在懷抱著什麼樣的心情，臉上又是什麼樣的表情呢？

想著想著，孝史不禁皺起眉頭。手指凍僵了，因爲走廊上沒有暖氣。

他提起腳步往起居室走，來到台階前面，突然想起他一直把平田丟在房間。心裡雖然在意起居室裡的情形，但是也擔心平田的狀況。趁現在趕快回去看看他吧，孝史急忙來到半地下的房間。

輕輕拉開拉門，探頭進去看。平田還躺在被窩裡，姿勢和孝史離開房間時一模一樣。火盆裡的炭火燒得通紅，但因爲採光窗開了一個縫，所以房間裡的空氣和外面一樣冰冷。

採光窗是阿蕗打開的。孝史抱怨這樣會冷，阿蕗卻指著火盆說，門窗關緊了很危險。孝史當時並沒有立刻意會到阿蕗指的是一氧化碳中毒。

走近被窩邊，俯視平田的睡臉。他雙眼還是緊閉著。孝史蹲下來伸出一隻手摸他的額頭。

突然，平田張開眼睛。孝史嚇得差點跳起來。

「你醒著？」

平田的雙眼因為充血而顯得非常紅。而且紅得很不正常。那顏色就像看到他的頭蓋骨內部，大腦正不停滲出血來。

平田緩緩地眨眼。

「別說話。」孝史說。「你必須躺著。」

對了，有一位姓葛城的醫生會來。

「他們已經請醫生了，」孝史點著頭說，「給醫生看了之後，一定會好起來的。」

明明不知道平田是哪裡不舒服，也不知道這個時代的醫生可靠到什麼程度，一開口卻是這些話。孝史覺得自己的這些話，或許是在鼓勵自己。

平田的嘴巴動了。他一張開嘴，唾液便牽動成絲，臉頰抽搐，筋浮了起來，像難看的皺紋。

「叫你別說話啦。」

可能是沒聽到孝史阻止他的這句話，平田頻頻眨眼，拼命想打開嘴巴。然後斷斷續續地說：

「只……只要一……個星期……」

孝史注視著平田，又覺得好想哭，可是孝史忍住了。

「就會……好。就……可以……回去了。」

孝史點了好幾次頭。「我知道。不過，你現在別去想那些。」

平田閉上眼睛，臉色又變得像死人一般。比太陽穴流著血的蒲生憲之更像死人。

孝史站起來深深吸了一口氣，挺起胸膛。平田不會死的，他一定會好的。然後，我就可以回現代了。但是，在那之前我還有事要做。

孝史離開房間，往起居室移動。

2

孝史一進起居室，剛才就坐在同一把椅子上的珠子立刻抬起頭來往這邊看。

「哎呀，原來是你。」她說。

起居室裡還有另外兩人。兩人都站在壁爐邊，和珠子有段距離。其中一個是鞠惠。她穿著和白天同一件和服，不過肩上披著一大片披肩似的東西。

另一個人孝史沒見過。他站在鞠惠身旁，緊挨著她。光憑這一點，孝史就知道他是誰了。這個男人想必是大將的弟弟蒲生嘉隆吧。

他四十來歲。鼠灰色的上衣配上深咖啡色的長褲，白襯衫之下穿著手織背心之類的衣服，感覺相當乾淨俐落。記得平田說過他是肥皀盤商，所以才顯得特別乾淨嗎？個子雖小，肩膀卻很寬，粗獷的輪廓與他哥哥極爲相像。

「喔，這是哪位？」

他挑了挑眉毛，問鞠惠。這個聲音，就是他們躲在雪地裡時，從頭頂窗戶傳來的聲音。在柴房裡預測大將會自殺而竊笑的，也是這個聲音。

「這是哪位？」鞠惠問珠子，口氣像在質問什麼。跟她在柴房前叫住平田的時候一模一樣。

「這個人是哥哥的朋友。」珠子說明。

鞠惠雙手抓攏胸前的披肩，向孝史走近了一、兩步。那是小心翼翼的步伐。似乎在說，這雙眼睛沒見過的人，全都是不如自己的下流人物，骯髒齷齪，千萬不能隨便靠近。

「你是貴之的朋友？」

鞠惠的視線猛掃射孝史，檢視他身上的行頭。越看，她的眼神就越不友善。也難怪，孝史穿著阿蕗給的舊衣服，看起來怎麼可能像和貴之平起平坐的朋友呢，就這一點而言，她的眼力是正確的。

「關於我的事，請各位待會兒問貴之少爺。」

孝史回答得很乾脆。如果是在不知情的情況下突然和她照面，孝史可能會被她的氣勢所懾。但是，現在孝史已經知道她在柴房裡討論私奔的事，也知道她曉得自己爲私奔所準備的行李藏匿的房間可能分配給平田之後，那種慌張的樣子。而且，連她在驚慌之際，跑去拿行李的模樣都想像得到。所以孝史一點都不怕她。

「你是說貴之知道？你是誰？」鞠惠的聲音尖銳起來，「爲什麼這個家來了客人，我卻不知道？」

珠子皺起眉頭，顯得不勝厭煩。「這種事不重要吧，鞠惠。」

鞠惠狠狠地瞪著珠子，「叫我媽！」

珠子沒有回答，只是露出「眞可笑」的表情，然後又托著腮幫子。這次連上臂無瑕的肌膚都一覽無遺。

「好啦，我來介紹。這一位是嘉隆叔叔，是我爸爸最小的弟弟。」

珠子指著鞠惠身旁的男人，對孝史說。

「叔叔，這一位是貴之哥哥的朋友，名叫……」

孝史想起自己未曾向她提起自己的姓名，便說，「我叫尾崎孝史。」

嘉隆叔叔沒有說話，只是輕輕點頭示意。他的臉蛋很光滑，在男子之中算是少見。不愧是賣皀的——孝史突然這麼想。這個想法有點好笑，孝史差點就笑出來。又因爲恰巧聽到他們商量私奔情事，所以孝史自覺抓住了這個男人的把柄。同時，大將果眞如他熱切期盼般死去，正中他的下懷，這一點也讓孝史感到忿忿不平。就算露出一、兩個冷笑，也不會遭天譴吧，孝史心想。

蒲生嘉隆當然不會知道孝史的心思。他像是在估價般不斷打量孝史全身。

「原來你叫孝史呀！」珠子微微一笑。

「眞是個好名字。跟哥哥有點像。我和哥哥的名字，都是去世的爺爺取的。你的名字是誰幫你取的呢？」

「珠子，這時候不要扯那些不打緊的事。」

鞠惠不由分說地打斷珠子的話。但珠子卻充耳不聞。「怎麼寫呢？孝史的孝，是哪一個孝？」

「珠子！」

聽到這一聲喊，珠子更是笑靨如花，繼續說：「對大字都不認識幾個的人來說，這個話題確實是無趣了點。」

她的視線並沒有望向鞠惠，而是看著孝史。但是，這些話很顯然是針對鞠惠說的。鞠惠原本攏著披肩的雙手現在抓得緊緊的，咬牙切齒地瞪著珠子。

但是，當她準備靠近珠子想發作的時候，嘉隆從後面伸手抱住她的肩加以制止。鞠惠向後瞄了嘉隆一眼，停頓了一下，哼了一聲。然後，可能是生氣的關係吧，以一種不太自然的腳步直接走到離珠子最遠的一把椅子，撢了撢和服的裙襬坐了下來。孝史內心暗自爲珠子喝采。

嘉隆一直在壁爐邊，沒有離開的意思。好像看到什麼好笑的事似地嘴角扭曲，斜眼看著珠子的側臉。看著看著，突然背向孝史，撥起沒有必要撥弄的火堆來。孝史發現他這麼做是想要忍住笑。也難怪了，他現在一定很想縱聲笑個痛快吧！

珠子那種強勢的姿態還能維持多久呢？大將死後，這幢府邸內的家族權力關係若是朝嘉隆和鞠惠所盤算的方向改變，並不是孝史所樂見的。他忽然間同情起珠子來。

「有沒有什麼需要幫忙的？」

孝史總算說了一句話。沒有人有任何反應。鞠惠和嘉隆的表情顯示他們認爲自己沒有回答的義務。珠子則是輪流看著他們兩人和孝史。

「請問，妳去看過妳先生了嗎？」孝史轉向鞠惠提出問題。

鞠惠的眼神顯得怒氣未消，不過她還是對孝史點點頭。

「貴之叫我去的。」

「應該有很多事必須處理吧，像是要通知其他人等等的。如果有什麼我能幫得上忙的地方……」

孝史還沒說完，鞠惠就冷笑著說：「要去通知誰啊！誰會管他是死是活呀！他根本是個隱士。」

「可是……」

孝史本來想說今天明明有人來拜訪，卻沒說出口。這件事最好先不要說，更何況，他也不知道今天早上開車前來的客人是什麼人物，是來找誰的。

「別管那些了。我想喝酒，去弄點吃的來。」

聽鞠惠這麼一說，孝史才想起來。「如果可以的話，我把阿蕗和千惠姨叫到這裡來好嗎？」

鞠惠皺起眉頭。她的眉毛又細又濃。「那兩個人在哪裡？」

「在廚房待命。」

「好，去叫來。」

孝史急忙離開起居室。關上門後，他鬆了一口氣。

阿蕗和千惠縮得小小地蹲在廚房的一角。聽到孝史叫她們，阿蕗先站起身來。

「夫人說要妳們備酒。」

「大家都在哪裡呢？」

「在起居室裡。夫人和珠子小姐，還有嘉隆先生。」

「貴之少爺呢？」

「還在樓上。」

說到貴之，他在幹什麼啊？

「我們馬上準備。」

阿蕗和千惠以俐落的身手開始工作，宛如一對感情深厚的母女。感覺就像是朋友家發生了不幸，前來幫忙張羅飲食的模樣。兩個人身上穿著同樣雪白的日式圍裙。

「我到樓上去看看。」

說完，孝史又趕回起居室。不經過這裡，就沒辦法上二樓。他迅速穿過起居室，以免有人叫住他。孝史總覺得只有他自己一個人在乾著急。

上了樓梯右轉，直接走向蒲生憲之的房間。門關著。孝史很快地用力敲了兩、三下門，不等人回答就開門進去。

一踏進房間，貴之像彈起來似的，從伏在書桌上的蒲生憲之身邊爬起來。一看之下，一大堆文件紙張在他腳邊散落一地。

孝史站在原地，貴之也維持他起身的姿勢，僵在那裡，右手還拿著以黑色繩索、黑色封面裝訂成冊的文件。

「你在做什麼?」

孝史自認聲量沒有很大，但是貴之顯然嚇了一大跳。孝史的腦海裡瞬間閃過鞠惠的話：「貴之是個膽小鬼」。

「不是說這裡最好要維持原狀的嗎?」

丈夫、父親才剛死，女人們就爲了全然無關的事情鬥嘴，做弟弟的則是對哥哥的死瞥住笑暗自竊喜。原本以爲還稍微比較懂事的兒子，竟然在屍體旁的抽屜東翻西找，他爸爸的屍身還沒變涼呢!

壁爐的火焰搖曳著。在火光的照射下，貴之的臉一陣紅一陣白。

「我在……找東西。」

「找你爸的遺書？」

話才出口，孝史就覺得不妙。他事先便知道大將留下了長篇遺書。正因爲知道，才脫口而出。但是一個沒受過教育的粗工竟然說出這種字眼，實在太不自然了。

貴之很驚訝。「遺書？」他以不屑的語氣故意強調了這兩個字，接著又說，「你知道這兩個字的意思嗎？」說完開始著手整理文件。

孝史環顧室內。說到遺書，大將的遺書在哪裡呢？剛才書桌上並沒有看到類似的東西。既然是長篇的，會不會是放在抽屜裡……

（對了。）

看著刻意藉收拾文件躲避他的視線的貴之，孝史想到一件事。關於大將的遺書，照片的說明寫著「發現當時因遺族的顧慮，未對外公開」嘛！既然是對軍部專擅提出諫言，並預測了戰爭悲慘的結果，想想當時（應該說是現在才對）蒲生家遺族的心情，會這麼做也就無可厚非了。

貴之剛才可能就在這裡看父親所留下的遺書，因爲內容至關重大頓時著了慌想藏起來，一定是這樣。

孝史對他的立場或多或少感到同情。然而在同時，卻也產生了一絲無可否認的厭惡。

即將赴死的人會寫遺書，是爲什麼呢？不就是爲了把自己的意念傳達給身後至親嗎？不過，蒲生大將所留下來的遺書，以性質而言並不屬於私人信件。因爲那裡面寫滿了對陸軍的批判。

不僅是批判，還有對未來的分析，以及因此油然而生的憂國憂民的情懷。裡面不是還預測了不久的將來，日本將對美國開戰這些最不利的狀況嗎？這樣的內容，不可能是「只」留給家人的。大將是軍人，憂心軍隊未來的遺書理應是留給陸軍中樞部的。大將的遺書形同一份以死明志的御狀。

這樣的遺書，卻因爲兒子貴之的一己之念而遭到棄置。

不過，這可能也是基於無奈吧！置身於這樣一個時代，弱者畢竟無法忤逆強權。儘管大將的遺書在戰後得到肯定，但是在這個時代卻是極度危險、極度惡質的文章。如果輕易把這樣的遺書公開，之後蒙受其害的是留下來的遺族。

再說，貴之是這個時代的人，他或許無法正確地理解父親所寫的內容。孝史之所以能夠了解到那是對現狀及未來的精闢分析，是因爲他是來自戰後的「未來」，但貴之是無法理解的。也許，他只會當作是父親不得志的牢騷。既然如此，他將遺書按下不表，雖是自作主張，但或許也是爲父親著想的一種表現。

孝史輕聲對他說：「我來幫忙吧？」

「這些事情你管不著！」

貴之的口氣突然變得盛氣凌人，可能是想起自己與孝史之間的身分差距。他站起身來，平穩地將文件放在書桌的一角。

「你來做什麼？」

「因爲你一直不下樓，我才上來看看。女人們在樓下不知如何是好。現在，你是這個家的家長吧？你要主持大局啊！」

「沒什麼好主持的。」貴之冷冷地丟下這句話。「只有等醫生來。」

「眞的不必通知警察或軍方嗎？」

貴之冷笑。在火光的映照下，臉上的笑容充滿邪氣。

「你從剛才就一直胡說八道。就算是個沒受過教育的粗工，也不會不知道東京現在發生了什麼事吧？警視廳已經被青年將校佔領了。陸軍大臣現在好像還沒被殺，不過那位膽小的仁兄能有什麼能耐！首相被殺了，內大臣也被殺了。在這種情況下，我父親自殺又怎麼樣？這種芝麻小事，有誰會理會？」

貴之越說越激動，孝史聽在耳裡，那既像是生氣又像是害怕。貴之是在這份恐懼的驅使之下，把父親所留下來的遺書隱藏起來，並且翻箱倒櫃地尋找可能會招致麻煩的文件嗎？

「不到三天，東京就會落入陸軍手中，日本會成爲軍人的天下。」

貴之武斷地說。聽他的口氣，就算孝史再搞不清楚狀況，也不會誤以爲他對「軍人的天下」表示歡迎。

片刻之間，無數片段的思考在孝史腦海中飛快地交錯來去。的確，軍事叛變三天左右就結束了，不過青年將校並沒有獲得勝利，但是軍人的天下的確會降臨。這些我都知道，因爲我來自未來。可是，我對歷史不太清楚，所以實際上到底發生了什麼事，我也跟你一樣摸不著頭緒。眞是急死人了！

各種思考的片段結果並沒有形成話語，孝史開口說的是：「醫生眞的會來嗎？」

可能是突然改變話題吧，貴之的肩膀一下子垮了下來，放鬆了。「醫生說要來。」

「好慢啊！」

「因爲道路已經被封鎖了。可能是半路被攔下來了。」

這時，孝史嘴裡脫口而出一句語氣輕鬆得連他自己都覺得驚訝的話。「我到路上去接醫生。」

貴之臉上露出一抹訝異的神色。「你要去？明知道路上可能有危險還要去？會有什麼危險呢？

「總要去過才知道。我該往哪裡走？」

「葛城醫生要來，也不可能從宮城那邊來。應該是從四谷穿過赤坂見附過來吧，如果那裡還能通行的話。」

「這麼說，我出了大門之後，只要向左走就行了吧？一路走下去就對了吧？」

「到赤坂見附的十字路口爲止，是這樣沒錯。」

「那我去接醫生。」

孝史轉身正要離開房間，突然想到，又加了一句：「女人都在起居室。珠子和鞠惠夫人，還有你那個叫嘉隆的叔叔也在。我也把阿蕗和千惠姨叫過去了，我想最好把大家集合起來。」

「知道了。你快走。」

這種趕人似的說法讓孝史很火大，所以他狠狠地瞪了貴之一眼。貴之也不服輸地瞪回來。孝史甩頭轉身離去。關門的時候，又看了貴之一眼，貴之還在瞪著他。如果光看這個場景，貴之站在父親遺體前的那副模樣，簡直就像在盛怒之下殺了父親的兒子，還理直氣壯的樣子。

孝史下樓回到起居室，除了剛才的那三人之外，阿蕗也進來伺候鞠惠與嘉隆喝酒。對他們倆而言，這是慶祝的美酒吧，孝史的喉嚨深處感到一陣苦澀。

「哎呀，」珠子的聲音開朗得不合時宜，「哥哥還沒好嗎？你要不要也喝點東西？」

珠子手裡端著紅茶的茶杯。她的臉色還是很蒼白，眼裡閃爍著奇異的光芒。珠子一定也受到不小的衝擊，並且還要把持自己不致失控吧。但是鞠惠和嘉隆就不同了。他們把野蠻人的面孔藏在低首皺眉的表情之下，正為大將的自殺歡欣雀躍。

光是看到他們，孝史就覺得厭惡到了極點。他很慶幸自己決定到外面去——為了自己著想，現在有必要呼吸一下外面的空氣。或許正是下意識察覺到這一點，剛才才會自告奮勇說要去迎接醫生的吧。

阿蕗把大大的托盤放在餐桌上，出聲叫住孝史：「貴之少爺會下來嗎？」

「這個再說。因為醫生一直不來，我想到路上去看看。」

阿蕗皺起眉頭說：「可是外面……」

「我已經得到貴之少爺的同意了。如果情況看起來有危險，我會馬上折回來。」

一聽到孝史這麼說，珠子臉上立刻出現光采，站了起來。「太棒了！你要出去？那也帶我一起去。」

鞠惠以鞭策的嚴厲口吻說話了。「不許胡說八道！到外面去太危險了。」

珠子照樣沒有聽話的樣子，淺淺地笑道：「我又不是叫妳去，是我要去。」

「我是擔心妳才叫妳別去。」

「那眞是太感謝您了，母親大人。」

珠子畢恭畢敬地低頭行禮。鞠惠凶巴巴地瞪著珠子。

眞是夠了。孝史穿過這二女一男的座位所構成的變形三角形，迅速走向廚房。從廚房的小門出去吧！

「阿蕗，請借我一雙鞋。」

孝史回頭向阿蕗說，她急忙跟過來。穿過有燙衣架的房間，她在廚房邊追上孝史。

「你眞的要出去嗎？」

「嗯。照明該怎麼辦呢？」

「我們都提燈籠。你……」

孝史打斷阿蕗的話，簡潔地說：「那麼，燈籠也借我一下。」

千惠站在廚房瓦斯爐前面，正在將小鍋子裡熱好的牛奶倒進一只白色的壺。

「孝史要去接葛城醫生。」

聽到阿蕗的話，千惠熄了瓦斯爐的火，說：「那就需要外套了。你等一下。」

她彎著腰，腳步蹣跚地離開了廚房。孝史看到今天早上平田剷雪時穿的那雙綁鞋帶的長鞋就擺在小門旁邊，他立刻拿來穿。雖然小了點，但勉強還可以穿。

「這是誰的？」

阿蕗停頓了一下，沒有馬上回答。

「是黑井叔之前穿的。說是軍方拿出來處分拍賣的。」然後小聲地說，我都忘了這是黑井叔的。「我說，孝史……」

孝史沒有看阿蕗，只是專心綁鞋帶。最近幾年流行這種樣式的靴子，所以孝史毫無困難地穿上了。

靴子的皮已經鬆垮變形，鞋底也不平，有一邊磨損了。整雙靴子只有鞋帶看起來還算新。可能是之前平田穿著剷雪的關係，鞋底濕濕冰冰的。不過，總比穿木屐來得好多了。

千惠回來了，手上拿著一件沉甸甸的灰色外套，眼見著就快拖地，孝史趕緊從千惠手上接過來。

「這也是黑井叔的。」阿蕗又低聲說。聽到她的話，千惠以令人意外的速度立刻責備她：「是府邸的。」但語氣是溫和的。

孝史穿上外套。外套很重又有防蟲劑的味道，孝史覺得自己好像被一頭年老的灰熊抱在懷裡。不過衣服相當乾淨。這類衣物和用品大概都是千惠在保養的吧。

瓦斯爐旁有一大盒火柴，阿蕗以火柴點亮了燈籠。那是圓型白底的燈籠。廚房的一角有一個毛巾架，千惠從那裡拿來一條乾毛巾圍在孝史頸上。

「這個應該比傘管用。你就圍著這個出門吧，趁現在雪還不算太大。」

「謝謝。」

穿上膠底的靴子，一站起來，腳底被遺忘的傷口便一陣刺痛。那是在飯店裡踩到玻璃受的傷，可是對現在的孝史而言，卻像千年前的往事。

「你真的要去嗎？」

阿蕗問。她手上提著點了蠟燭的燈籠，卻沒有要給孝史的意思。孝史從阿蕗手上取走燈籠，碰到她的手時，覺得她的指尖在顫抖。

孝史默默地對自己的腳邊凝視了片刻，然後抬起頭來，說：「這一家人，每個人都好奇怪。」兩個女傭各自注視著孝史，什麼都沒說。

「實在太奇怪了。我想到外面去冷靜一下。」

阿蕗眨眨眼睛，問道：「你說的奇怪，是指……夫人嗎？」

「那位夫人很奇怪，大將的弟弟、珠子、貴之都很奇怪。」

聽到這句話，千惠淡淡一笑，說：「這種事情不可以說出來。」她的眼神柔和地告訴他：不要追問。孝史差點就忍不住想問：千惠姨早就發現了吧？嘉隆和鞠惠在背後搞鬼。還有，那個鞠惠真的是大將的妻子嗎？雖說是繼室，但一個陸軍大將會把那種女人娶進門嗎？這個時代有這種事嗎？

但是，說出來麻煩就大了。孝史吞下這些話，勉強擠出一絲微笑。「那我走了。」

他正準備打開小門的時候，廚房的門砰地打開，珠子露臉了。「哎呀，你要走啦？不帶我去？」

孝史抬起頭說：「小姐請待在家裡。外面真的很危險。」

珠子笑容滿面，露出興奮的眼神。

「我問你，士兵會開槍打你嗎？」她突然問，口氣好像在和人分享愉快的秘密。

看到孝史說不出話來，她吃吃地笑著，接著說：「萬一被打到了，你也要活著回來哦！我會照顧你的。所以，你一定要回來哦！」

孝史把視線從珠子移到阿蕗臉上。她低著頭。又看千惠。老婆婆微笑著，跟剛才她說那句話時一模一樣——「這種事情不可以說出來」。

孝史從小門來到外面。關門時，越過阿蕗和千惠的肩膀，只見珠子依然笑容滿面。那是開朗無邪的笑容，就像小孩子向要出門的父親撒嬌要禮物一般。但是，她那身橘紅色的和服，在廚房昏暗的光線中，看起來像混濁的血色。一如自蒲生憲之的太陽穴所流出來的血的顏色。

終於到了外面了。

現在孝史從蒲生邸周圍的樹叢向外界踏出一步。

整片天空都被厚厚的雲層遮蔽。灰色的雲帶著一抹淡淡的紅暈，是下雪的日子特有的顏色。輕輕飄落的雪，和今天早上看到的大片大片的雪花不同，是細細的粉末般的雪。

北風颳著孝史的臉頰。厚重的外套下襬文風不動，耳垂卻痛得發麻。

孝史取道向左離開蒲生邸。貴之說的，一路走下去就對了。

在夜晚沒有路燈的街道上，唯一的照明就是燈籠的燭火。即使如此，在雪光映照下，地面並沒有那麼暗。論黑暗，孝史內心遠比這樣的夜晚更黑、更暗。

車輪的痕跡還在。結了冰，在腳下沙沙地碎裂。這種感覺很舒服，孝史踩在凍結得有如刨冰般的雪上前進。

四周的光景幾乎沒有變化。黑沉沉的綠地上不時出現一幢幢建築。沒有一幢是一般住家。有的是有拱型玄關的大宅，有的是灰色的大樓，頂著三角形屋頂的復古型尖塔。

才剛走出去，孝史就感到刺骨的寒氣。不是氣溫低的關係吧。孝史這才又想起自己的身體狀況離健康相當遙遠。事情接二連三地發生，而現在也沒有平田在一旁指點，雖然這讓孝史精神亢奮，頭腦靈活清醒，身體卻跟不上。

最好的證明就是，他已經氣喘如牛，人卻仍在一回頭就看得見蒲生邸的範圍。這條路雖是上坡，但坡度相當平緩，若身無病痛，孝史走起來甚至不會意識到那是條坡道。

孝史停下來，大口喘氣。以左手摩擦提著燈籠的右手取暖，再一張一握地活動左手。移動燈籠環顧四周，半個人都沒有。

雖然沒有人，卻可以看到遠近一扇扇窗戶透出燈光，有的高，有的低，在黑夜裡看不出是來自什麼樣的建築。也許有人正隔窗戶向外望，驚訝地發現在雪路上踽踽獨行的他。

孝史再度邁開腳步，沙沙地向前走，來到一個路口。兩條路斜斜地交差。

貴之所說的「一路走下去」，意思是沿路一直靠左走嗎？孝史決定先這麼做再說。路上依然不見人影。

又走了一陣子，這次路上出現了一條向右的叉路。孝史還是靠左繼續前進。轉角積了好大一堆雪，在燈籠的照明下，白得簡直不像人世間的東西。

孝史走來的這一路上，都有車胎的痕跡。和蒲生邸之前看到的一樣，頂多是兩、三輛車子留下來的，但是幾乎沒有看到行人留下的腳印。想必事件發生以來，即使有人徒步經過，人數也不多，腳印也很快就被雪掩蓋了吧。

粉末般的雪不停飄落，千惠幫孝史圍在頸項上的毛巾像圍巾一樣暖和，他一直沒有拿下來。

沿著道路轉彎走了一陣子，前面出現了一條橫向的大路，比現在正在走的寬得多。那條寬敞平坦的道路，說是主要幹道也不爲過。

（向左走會到赤坂見附，那麼這條路是……）

應該是連接三宅坂到赤坂見附路口之間的大馬路。雖然地區規畫不同，小路多少有些變動，但是像這種大馬路的位置應該不會有變動。孝史並不知道這條路的名字，不過他知道從平河町第一飯店的大門出來向北走的話，遇到的第一條大馬路就是這條路。前天他考完第一場考試之後，曾經從這條路走到三宅坂，然後還繞到半藏門那邊，穿過麴町走到四谷車站前，散了一次很長的步。

（我還在四谷車站附近吃了漢堡呢！）

明明是前天的事，現在想起來卻像發生在幾百年前。不過，實際上那家速食店至少要再經過五十年的歲月，才會出現在那個地點。

然後，突然他發現自己此刻身無分文。連一塊錢都沒有。儘管這並不會造成什麼影響，卻讓他莫名地感到心裡很不踏實。

孝史呼了一口長氣。身體暖和多了。他停下來，拍落肩上和頭髮上輕盈如細粉的積雪。距離這條路和主要幹道的交叉點還有五十公尺左右。或許從這裡就開始要提高警覺……

心裡正這麼想時，一輛車剛好從眼前的道路自左而右經過。那是一輛黑色的箱型車，車頭很長，還有一個很大的保險桿。之前的車子把路上的雪壓得亂七八糟，結成泥灰色的碎冰，所以車子經過時，發出沙沙聲，雪夾雜著碎冰四處飛濺。而且，這輛車之後緊接著一輛同樣車型的車，兩輛車的速度簡直比走路還慢。仔細一看便知道除了駕駛座之外，後面的座位也坐了人。

一看到人影，緊張的情緒陡然高漲，但另一方面卻也覺得既然車子能夠通行，那麼或許不需要太過擔心。

孝史沿著道路左邊向大馬路前進。到了大馬路上，便靠在一旁的建築物——磚造的——牆上，環視四周的情況。

這裡應該已經進入行政區內了吧。碩大的建築物在行道樹和綠地之間林立。孝史所知道的這條路，在平成時代有著美麗的行道樹，面向三宅坂，左右各只有最高法院和國會圖書館，是個寧靜的地方。現在看到的景象和印象中差不多，然而孝史卻覺得電線和電線桿分外突兀。說到這個，這裡也有路燈。

在大雪紛飛之中，馬路中央有東西反射著路燈的光，發出銀色的光芒。仔細一看，原來是鐵軌。

（是東京都電車……不對，是東京市電車。）

孝史開始走在大馬路上。從這裡到赤坂見附的路口，沒有任何遮蔽視線的東西。

接下來孝史透過下個不停的雪所織成的簾幕，望見遠遠地有路障架設在馬路上，而在路障之後士兵們整齊排列的黑色身影。

3

粉末般的雪黏在睫毛上，讓臉頰也凍僵了。孝史眨眨眼睛，凝神細看。

那裡的確有士兵在。人數頗多，不是看一眼就數得出來的。他們站在路障之後，有的朝向這邊，有的朝向後面。

孝史好想躲起來。那種情緒已經不是恐懼足以形容了。雙膝無力地搖晃，腳一動，就會滑倒向前栽去。

即使是遠遠地看，也知道那些士兵全副武裝。他們肩上扛的就是槍吧，孝史只在電影裡看過槍支的，頂端的部分裝配了刺刀，可以用來刺殺敵人。不知爲何，孝史覺得他們肩上的刺刀閃閃發亮，即使他明知在這種層雲密布的大雪天裡，那是不可能的。

（這四天像你這種一無所知的人在到外面亂晃，實在太危險了。）

孝史耳邊響起平田的聲音。在蒲生邸時，這句話只不過是馬耳東風，但現在卻眞實得不能再眞實。

二二六事件曾出現犧牲者嗎？

其中有一般民眾嗎？當時軍人曾射殺一般民眾嗎？事件的第一天、就在今天二十六日的晚上，情勢到底有多緊急？孝史不知道，也不懂。沒有人告訴過孝史這些事，長這麼大，他從來也不曾想去瞭解這些。

路障的高度並不高，大概只到士兵的腰部。有些部分是以木材組合起來的，但在路上阻斷交通的是一種有刺的鐵絲，捲成一圈圈地橫亙在馬路上。所以從孝史所在之處，甚至能清楚看見士兵們在雪地上來回巡視的身影。

現在還來得及，孝史想。他們還沒有注意到我。他們一定沒想到有人會這麼大膽在路障之後走來走去吧！回蒲生邸吧。轉身向右一直走就行了。就跟蒲生邸的人說，他沒見到醫生。或者乾脆老實承認自己走到一半就害怕跑回來了。總比送掉小命好。

你這是什麼德性啊！孝史內心也不是沒有這種想法。勇敢的孝史，不管再怎麼危險，與其待在那種家裡跟一群亂七八糟的人瞎耗，不如到外面來透透氣——你不是勇敢果決的尾崎孝史嗎！

但是，他的腳就是動不了，冷汗也涔涔而下。在我這個世代根本不知道什麼叫戰爭、暴動、恐怖分子，一旦遇到了真正的「武力」，立刻嚇得腿軟。即使只是看到白雪簾幕之後士兵們朦朧的影子如幽靈般無聲無息地來回走動。

不行了。實在沒辦法再往前走任何一步了。孝史硬逼自己把視線從士兵們身上移開，硬生生地改變了身體的方向。沿著來路退回去吧！躲進那幢建築物的陰暗角落裡吧。

但就在這時候，孝史以眼角的餘光窺伺視野的一角，卻看到在如霧般飄落的白雪之後，有一個士兵的臉轉向他。

士兵的肩膀抖動了一下，扛在肩上的槍動了，顯然很驚訝。而他身旁的士兵也立刻察覺，兩個人都往這邊看。三個、四個、五個人。站在距離路障稍遠的士兵也往這邊看。

這是關鍵時刻。孝史想拔腿就跑，現在還來得及，和他們之間還有一段距離。但是，長靴底下結成冰的雪滑不溜丟，一手提著燈籠無法保持平衡。這時孝史才赫然發現：啊！我提著燈籠！手上有光，別人大老遠就看得見了。

有一個士兵跨越路障往這邊跑過來，後面又跟著另一個。孝史嚇得下巴猛打顫，但還是試圖穿越馬路。

「什麼人！」洪亮的聲音從雪中傳了過來。「不許動！站住！」

在孝史十八年的人生中，從來沒有人對他大吼「站住」這兩個字，也從來沒有人命令他「不許動」，甚至不曾被警察盤問過。光是被別人這樣吼，心臟就縮得好緊，簡直快停了。但是，腳下很滑。孝史不由自主地向前傾，膝蓋彎曲，整個人站不直，但是身體還是本能地尋找逃生之路。

「我叫你站住！」

兩個士兵跑過來。黑影越來越大。一看之下，槍已經不是扛在肩上，而是拿在手上，槍口朝著自己。

「還不站住！」

聽到這句話，孝史死了心，轉身朝向跑過來的士兵，幾乎是反射性地把燈籠扔掉，雙手高舉過頂。被摔扁的燈籠在腳邊起火燃燒。

兩個士兵一路朝孝史跑過來，絲毫沒有受到積雪的影響。其中一個在另一個的身後停下，站穩腳步，架好槍對準孝史。另一個則是在孝史身前一公尺處停下，也以高度戒備的姿態舉起槍，一雙眼睛盯著孝史。

孝史像傻瓜似的雙手舉得高高的，全身劇烈發抖，旁人一看就看得出來。雪從舉高的手的袖口掉進來，也落在頭髮上、臉上。

「這裡禁止通行！」

在他前面的士兵大聲說。明明比一開始出聲叫孝史時近得多，他卻沒有減低音量。孝史不禁把眼睛閉得緊緊的。

「我、我、我是一般民眾。」

音調高得連自己都覺得自己沒出息。

「我、我是一般民眾。」

四周鴉雀無聲。孝史身體不敢稍有動彈，只張開眼睛。兩個士兵以相同的姿勢擋在孝史身前。只是，在前面的那一個向後面的使了一個眼色，表情似乎稍微放鬆了一些。

「身上有沒有可以證明身分的東西？」前面的士兵問。

孝史還是維持高呼萬歲的姿勢，猛搖頭。

「沒有？」前面的士兵說，聲音還是一樣大。何必在這麼近的距離大吼呢？

「我沒有帶在身上。放在家裡沒有帶出來。」孝史斷斷續續地說。嘴唇上沾了雪，一說話就好冷。

「我的名字叫尾崎孝史。我是工人，在鐵工廠工作。」孝史說，一邊拼命回想平田教給他的那些背景資料。

「工廠在——深川。今天我放假，所以來找親戚。」因爲想趕快說完，所以孝史說得很快。總覺得如果一直不停地說話，會比較安全。「然後我親戚生病，必須請醫生來看，所以我就……」

孝史急著往下說，前面的士兵卻打斷了他。

「慢著。你這樣一股腦兒說個不停，我聽不懂。」

兩個士兵又交換了一下視線。孝史覺得，後面那個士兵粗獷的臉上，似乎閃過一個有點類似苦笑的表情。

「維持這個姿勢，不要動。」

前面的士兵發出命令，然後把槍扛在肩上，走到孝史身邊。他雙手戴著厚厚的連指手套，由上往下把孝史的身體大致摸了一遍。

「向後轉。」

孝史依言行動。原來是搜身。還是一樣，由上往下摸過一遍。士兵縮手向後退了一步之後，孝史還是維持那樣的姿勢。於是他說話了：「好了，你可以把手放下來了。」

孝史轉過身來，明明沒有人命令他，他還是立正站好。

近看前面的士兵，才知道他是個二十出頭的年輕人，身上穿的是立領的外套，光看就覺得很厚重，腰部繫著很寬的腰帶，腰帶上掛著腰包。他頭上戴著帽子，帽子和前向突出來的帽簷上都積了細細的雪，外套長及膝蓋，小腿上用厚綳帶似的布一圈圈纏起來，穿著厚底堅固的鞋子。

「你是從親戚家來的是吧。」

問話聲多少小了一些。

「是的。」

「住址呢？」

孝史差點又陷入恐慌之中。要是他說不知道，會怎麼樣？

士兵從帽簷下用力瞪著孝史，問道：「你不知道？」

「是……我不知道。我想是在平河町。」

「那戶人家姓什麼？」

「蒲……蒲生。」孝史心驚膽顫地說，「主人叫作蒲生憲之，以前當過陸軍大將。」

一聽到這句話，兩個士兵對看了一眼。後面的士兵向前踏了一步。

「蒲生大人的宅邸的確是在平河町，」他對前面的士兵說，「在平河二丁目的電車站附近。聽說他退役之後，就一直住在那裡，很少出門。」

哦……前面的士兵一副恍然大悟的樣子，嘴巴微微張開。然後，以正經嚴肅的表情朝著孝史說：「那麼，你是蒲生大人的親戚了？」

孝史急忙搖頭。「不是，我不是。我舅舅在蒲生大將府裡工作。」

士兵臉上出現了掌握狀況的表情。「你說有人得急病，是蒲生大人的家人嗎？」

「不是的，是我舅舅。我舅舅昏倒，蒲生大將打電話請醫生過來。可是，醫生一直沒到，所以我才出來迎接的。」

「醫生叫什麼名字？」

「葛城醫生，住在小日向。」

「葛城……」前面的士兵歪著頭。回頭問他的伙伴：「對了，差不多三十分鐘前，是不是有醫生來過？」

後面的士兵點頭：「因爲不放行，吵了一陣子。他的態度很橫，所以伊藤應該是把他趕回去了。」

前面的士兵問孝史：「病人是什麼狀況？很嚴重嗎？」

「好像是腦溢血。」孝史簡單地回答。

一聽到這句話，後面的士兵說了：「既然是蒲生大人家的事，總不能不處理。我去看看。」

說完，便扛起槍向後轉，朝路障跑回去。和跑來的時候一樣，敏捷地跨越路障之後，穿過成群的士兵——似乎先交換了一兩句對話——在赤坂見附的路口左轉。

孝史和前面的士兵留在原地。兩個人在不停飄落的雪中面對面站著。士兵已經把槍收起來了，但是表情依然毫不鬆懈，嘴巴閉得緊緊的，實在很難親近。

孝史感覺寒冷一步步滲進體內，雪不斷落進領口。恐懼感雖已慢慢減退，但緊張仍在。他不敢轉頭，只能移動視線觀察四周。電線上、電線桿的頂端，都積著白雪。馬路兩旁比鄰而建的建築物都關上了窗，到處都看不到人影。

在他腳邊的燈籠已燒成了漆黑的殘骸，在皓皓白雪上，顯得非常骯髒。顆粒般的細雪落在上面，也許三十分鐘之後就會把殘骸完全掩蓋起來了。不知為何，這讓孝史鬆了一口氣。

「你幾歲？」

士兵唐突地開口問。孝史正在發呆，聽到他的問話急忙眨了好幾次眼。士兵以為孝史沒聽見他的問題，又把同樣的話重複了一次。

「十八歲。」孝史回答聲抖得幾近可笑。

士兵輕輕點頭，然後以生氣般的口吻加上一句：「如果你說的是實話，沒有必要怕成這樣。」

孝史羞得連耳朵都熱了。但是他心裡想，這個士兵講話眞是中規中矩。在電影裡看到的軍人清一色是髒話連篇，他一直以為軍人就該是那樣。這個人是將校嗎？可是，如果是官拜將校的話，應該不會在雪地裡站崗吧！如果是一般士兵的話，那麼他眞是受到良好的教育——不，應該說是教養比較中肯。

「收、收音機也這麼說。」孝史想跟他說說話，便起了個頭。「叫我們要照平常行事。」

「你是說傍晚的廣播嗎？」

「是的，我在蒲生大將府裡聽到的。」

士兵又點了點頭。也不爲什麼，他提起肩上的槍重新扛好。即使是這樣的小動作，只要動到槍，孝史就一陣緊張。腳抖動了一下。

「天氣眞冷。」孝史說了一句。沒有反應。孝史視線落到腳上邊。士兵的皮鞋被融化的雪浸濕變了色。鞋尖的雪結成了冰，顯示他已經在那個路障站崗站了相當長的一段時間。

孝史低著頭，只把視線往上抬，偷看士兵的臉。對方有一張圓臉，眉毛很粗。長相是屬於可愛的那一種。雪花黏在他的眉毛、睫毛還有鼻子下面。一定是今天早上刮過鬍子就再也沒有碰過，下巴的地方已經開始出現黑黑綠綠的影子。帽子底下剃了一顆大光頭，外套的領子雖然是豎起來的，還是覺得他的脖子部分很冷。

他的外套肩膀上縫了紅色的肩章，上面有兩顆星。孝史並沒有識別軍階的知識，不過依照單純的推理，這個記號也許代表了他是一等兵。

孝史和士兵就在沉默之中任雪花落在彼此身上。街道上沒有半點聲響。這時，遠遠的路障那邊有了動靜，應該是剛才的士兵回到這邊來了。他正跑步過來。

「的確來了一個姓葛城的醫生。」

一靠近，他就說話了。不過不是對孝史說的，是對另一個士兵說的。

「那個醫生無論如何都不肯讓步，就是要經過這裡。堅持要直接找中隊長談判要求讓他進入幸樂，現在賴在路邊不肯走。」

孝史感覺到身體一吋吋放鬆了。他打從心底感謝未曾謀面的葛城醫生。醫生已經來了，太好了。

「沒辦法。我們過去看看吧！」旁邊的士兵說完，轉頭看孝史。

「跟我們走。」

士兵一前一後把孝史夾在中間，朝路障走去。

4

令人驚訝的是，在赤坂見附路口的另一側，雖然是半夜，卻有一大群普通人——看起來像一般民眾。他們背對著一些宅邸、政府機關類的建築物，在人行道上一字排開，各自將手插在外套口袋裡，一派輕鬆的觀賞著士兵。一眼望過去，至少有二十人左右。

全都是男的，看起來也沒什麼年輕人，幾乎都是中、壯年，每個人不約而同地戴著帽子。那種帽子好像叫作軟呢帽，孝史想起家庭相簿裡貼的祖父的照片，其中有幾張就是戴著類似的帽子。

赤坂見附的路口並沒有設路障，但是配了刺槍的士兵分散在各處。他們的視線並不在市民身上，而是全朝向十字路口以西的方向。

孝史在兩個士兵前後包圍之下，才剛來到十字路口，看熱鬧的人立刻往這邊看。那種視線好像是在說：這小子不知道做了什麼好事，被士兵逮到了。孝史不由得垂下眼睛。

三個人形成一列縱隊，在十字路口左轉。轉角處有一座很大的建築物，不知道是豪宅還是政府機關，外面築了一圈圍牆。走在前面的士兵步伐很大，以打拍子般精準的節奏行進。孝史也配合著他的腳步。孝史感覺得到，隨著三個人的移動，看熱鬧的人的視線也跟著移動。

剛才他們說葛城醫生在一個叫作「幸樂」的地方，所以應該是要去那裡吧。「幸樂」是指哪裡呢？是建築物的名字嗎？

孝史沒事做，便開始偷看四周。在夜晚的寒氣中，看熱鬧的民眾呼出來的白色氣息不斷冒出。頭頂上，電線構成了一大片網目很大的網，大概是市電車的電線吧。上面到處掛著像插座似的白色東西在微風中搖晃。

白色的雪落在電線上、木製的電線桿頂端，並且不斷堆積。非常安靜。雖然現場有不少人，卻連說話聲都聽不到。道路的兩旁是密密麻麻的建築物，多半是木造或僅有正面是二層樓的水泥建築，看來是店鋪或商家。

右手邊經過的是「赤坂見附」電車站。士兵的腳步絲毫不緩，不斷向前。寒冷的天氣使得耳垂逐漸失去知覺，孝史好想上廁所。

大概走了五、六分鐘，前面的士兵停了下來。「你在這裡等。」

聽到他的吩咐，孝史抬起頭來。左手邊圍著一道木頭柵欄，前面是那道柵欄的缺口，種著幾棵樹，在雪白的積雪下露出樹木的深綠色。

往上一看，大大的三角形瓦片屋頂映入眼簾。似乎是幢三層樓的建築。三角形屋頂的下方，掛著一個醒目的白色招牌，上面寫著「幸樂」。字自然也是由右到左排列，而非孝史所熟悉的自左而右。

叫孝史停下來的士兵小跑步進入「幸樂」。依照這幢建築物給人的感覺，這裡不是旅館就是高級餐廳。因爲離路口有一段距離，四周已經不見看熱鬧的人群。但是，孝史將視線拉遠一點，立刻又感到一陣緊張。在雪幕的背後、離此不遠的地方，又設了另一處哨站，士兵各自散開站崗。

孝史拼命在腦海裡重現東京地圖。雖然他不太有把握，不過這條應該是穿過溜池通往虎之門的路。或者是往青山那邊呢？如果是青山的話，到底那裡有什麼必須這樣設哨管制的機構呢？

在等待的這段期間，雪依舊不停地下。孝史伸手拍掉肩膀和袖子上的雪，而剛才跟在他身後的士兵——現在和他並肩站在一起——卻動也不動，默默地任由雪花飄落在他身上。

過了一會兒，從「幸樂」裡出現了兩個人影。其中一個是剛才的士兵，另一個則是一般民眾打扮的小個子男子。他身穿黑色外套，領子豎起，頭上戴著一頂同樣是黑色的軟呢帽，走路的樣子很急躁，走出門的時候，腳向旁邊滑了好大一步。他單手提著一只皮包，活力十足地來回揮舞。

心裡才在想，下一秒鐘就和這位走起路來雪花四濺、朝這邊來的人物對眼相望。對方突然大聲說：「喔喔！你就是來接我的嗎？辛苦辛苦！」

（那就是葛城醫生嗎？）

孝史睜大眼睛眨了眨眼。醫生看見他就跑了過來，來到孝史伸手可及之處時，又滑了一下。孝史急忙向前想抱住他，反而被他的拉扯一起倒在雪地裡。

「我的老天爺，這什麼天氣啊！」穿著黑外套的男子一邊按著孝史站起身來，一邊生氣地說。

「你沒事吧？」

孝史設法自己爬起來。

「沒錯。」醫師用力點頭。鼻子底下蓄著一大把鬍子，濃密得和他的小臉一點都不相稱，一說話鬍子就上下晃動。「沒事……請問，你是葛城醫生嗎？」

「我很早就到了。可是卻在平河町的路障被趕回來，所以才到這裡避難。我打了好幾次電話都沒人接。蒲生先生府上把電話拆了嗎？」

「醫生打過電話？」

「是啊！至少打了兩、三次。」

電話爲什麼不通呢？至少，貴之請這位醫生出診的時候，電話是正常的。

領醫生過來的士兵看準了講話很快的醫生換氣的空檔，搶先說話：「剛才已經向您解釋過，沒有中隊長的許可，無法讓您通過。」

醫生不悅地反駁：「那你要我怎麼做？」

「看您要與我們同行，或者是待在這裡等到取得許可。」

醫生哼哼冷笑兩聲，對孝史說：「剛才我自己一個人的時候，沒跟他們提起蒲生大將的名號，他們就給我吃閉門羹。一知道是要到大人家去，便改口說什麼有許可就可以。」

孝史不知道該作何反應，所以只是含混應了幾聲就沒說話了。看來，這位醫生很討厭軍人。

「我可不能在這裡浪費時間，病人在等。我跟你們一起去徵求許可。你們中隊長在哪裡？」

「在三宅坂的營地。」

葛城醫生轉了轉眼珠子，說：「又要從這裡到三宅坂啊？」

聽他這麼說，一直和孝史待在一起的士兵插了進來，說：「請您在平河町的哨站等，應該花不了多少時間的。」

「唉！」醫生大聲說：「沒辦法。小夥子，走吧！」

這次是四個人一起上路。依然由士兵前後包夾，孝史和葛城醫生走在中間。這位個頭矮小、精力充沛的醫生，性子雖急，腳步卻不怎麼穩健，走起路來經常滑來滑去，東倒西歪。每次都是孝史伸手扶住他。回到赤坂見附路口時，醫師已經是挽著孝史的手走，皮包也在孝史手上。

他們再度被看熱鬧的視線籠罩。當包夾孝史的士兵敬禮時，在路上站崗的士兵們以同樣的動作回禮，但之後又像假人似地佇立在雪中，沒有私下交談，甚至連搓手取暖的動作都沒有。

「眞是危險啊！你說是不是？」葛城醫生一邊抓緊孝史的手一邊說：「你幾歲？」

「十八。」

「這麼說，再過兩年你也要加入他們的行列了。可憐哪！」

孝史捏了一把冷汗。他們身前身後都是士兵，可是這位醫生大人卻大剌剌地說這種話。更何況現在正値軍事叛變期間，而且他們正準備通過一般人禁止通行的區域，難道他不怕嗎？

一行人回到平河町的哨站。和來時不同，孝史已經比較習慣，而且一路上看著士兵們的行動，也明白不需要沒來由地害怕，所以這次雖然看到路障後的哨兵和他們的槍，也沒有嚇得心臟狂跳。

從孝史手中掉落起火的燈籠殘骸，幾乎已被雪掩蓋。尙可辨認的殘骸，彷彿代表著孝史的膽怯的餘燼。

「把這個拿去。」

葛城醫生在外套內側摸索了一番，取出鈔票夾。從裡面拿出一張名片遞給士兵。

「這是我的名片，拿給中隊長看。如果他看了這個還不相信，那沒辦法，只好直接去見他了。」

士兵接過名片，把孝史和醫生留在路障外面，直直朝著三宅坂的方向跑去。看著他的背影，葛城醫生問孝史：「病人情況怎麼樣？」

「一直在睡。他在雪地上昏倒，之後流了一陣子鼻血。」

「撞到頭了？」

「不，我想應該沒有。」

「恢復意識了嗎？」

「只有一次而已。說了幾句話，不過，沒辦法說得很流暢。」

「我聽貴之說他是傭人？」

「是的，是我舅舅。」

「多大年紀？」

平田幾歲啊？這一點倒是沒聽他說過。

「四十出頭。詳細的年齡……我也不清楚。」

醫師嗯嗯地點了點頭，拂拂鬍鬚。

「這就麻煩了。天氣這麼冷，可能是腦溢血。」

好像是因爲短期內頻繁地穿越時空，傷到腦部了。如果自己這麼說，這個思緒駁雜的醫生會有什麼反應呢？不，先別說那些，如果告訴他剛才在談話中出現好幾次的蒲生憲之大將已經死了，請他到蒲生邸同時也是爲了幫大將驗屍的話，他會露出什麼表情呢？

一搬出大將的名字，士兵就說「不能不處理」。原先葛城醫生也被趕回去了，後來又改口說有許可便能放行。蒲生憲之這個名字，對這些士兵而言究竟有什麼意義，又有多少份量呢？孝史思考著。

不久，剛才的士兵跑回來了。這些人的腳程眞快。

「您可以過去了。」士兵對醫生說，呼吸有點急促。「讓我們護送您。」

「我想告訴你們沒這個必要，不過，你們如果不親眼看到我走進蒲生大人的府邸也放心不下吧！」

葛城醫生又以諷刺的口吻說道。孝史覺得萬一不小心跟這位醫生走得太近，八成會有麻煩上身。

果不其然，一開始就和孝史同行的其中一個士兵，嘴就扁起來了。看他的表情好像有話要說，但是跑回來的那位同袍使眼色制止了他，所以只好閉上嘴巴。

他們開始前進。離開有市電車通行的馬路，沿著孝史獨自走來的那條路，四人一起踏上回程。士兵們可能會要求進入蒲生邸，可能會要求會見蒲生憲之。那怎麼辦？絕對不能讓他們知道……

孝史默默地走著。照明由士兵拿在手上，所以比去程輕鬆多了。可能因爲是這樣，所以覺得很快就到了。才一回神，就已經望見了蒲生邸的屋頂。

葛城醫生朝著正面玄關飛奔而去。士兵也沒有阻止他。孝史提著大皮包設法保持平衡，緊跟在醫生身後。

「有人在嗎！」醫生邊以拳頭敲門邊大聲喊。孝史追上醫生。

裡面有人開門。出現的是阿蕗的臉。

「葛城醫生！」她的表情頓時開朗起來。「眞是太好了！您平安抵達了！」

「根本沒有什麼危險啊！」醫生大聲說，「病人在哪裡？」

醫生一路往屋裡去，把孝史留在玄關，這時候，兩個士兵也過來了。

「這裡是前陸軍大將蒲生憲之大人的住處嗎？」兩人行了漂亮的軍禮，其中一人這麼說。聲音跟最先在平河町質問孝史時一樣洪亮，簡直像在咆哮。

「是的。」阿蕗鄭重回答，低頭還禮。

「在下是步兵第三連隊坂井小隊一等兵，山田秋吉。」其中一人說。和他並排的另一個人，就是一直跟著孝史的那個士兵也舉起右手行禮，手指筆直得簡直不像一般人。

「同隊一等兵佐佐木二郎。奉中隊長安藤輝三大尉之令，陪同醫師葛城悟郎至此！」

阿蕗又回了一禮，說：「兩位辛苦了。」

士兵們向後轉，離開蒲生邸踏雪而去。阿蕗目不轉睛地目送他們。

當他們的身影從視野中消失，阿蕗才轉過來看孝史說：「很冷吧！」

「我把燈籠弄掉在地上了。」孝史說著，拍落肩上的雪。因爲如果不藉這個動作來掩飾，恐怕眼角的淚水會被阿蕗看見。孝史一看到她，情緒一鬆懈，眼眶就紅了。

孝史一脫下外套，阿蕗便接過來掛在手臂上。「平田叔一直在睡，」阿蕗說，「剛才我去看他的時候，眼皮稍微動了一下。」

才一會兒沒見，阿蕗的眼神看起來顯得疲憊不堪。

「葛城醫生雖然那麼說，不過，眞的沒有遇到危險嗎？」

「遇到士兵的時候，我是有點嚇到。」

「我想也是。那兩位士兵一直跟你們在一起嗎？」

「我是走到大馬路，有市電車的那條大馬路那邊被叫住的。他們一知道我是蒲生大將的傭人，就對我很好。不愧是大將。」

「是嗎。」阿蕗並沒有露出什麼感動的樣子，讓孝史覺得拍這個馬屁眞是自討沒趣。

「靠老爺的名號……」阿蕗小聲說。

起居室的門打開，葛城醫生和貴之一道出來。本來大聲跟貴之說話的醫生，一看到孝史就喊：

「小夥子，皮包、皮包！」

醫生的皮包確實還在孝史手上。孝史急忙把皮包遞過去，醫生便要阿蕗帶路，以匆促的腳步折回起居室。爲什麼要往起居室走？平田明明在半地下室的房間啊！對了！孝史想起一旦進入府邸要到傭人房便必須通過起居室。否則，就得離開室內到前庭，繞過府邸再從小門進來。

這一點，和沒有後門是這幢建築的兩大疑點。不但隔間不自然，動線非常不流暢。那幾間半地下室的房間，多半是一開始就規劃爲傭人房的，既然這樣，同時規劃一條走廊或通道不就好了嗎？這樣外人就不必每次都得通過家人的私人空間了。

「辛苦你了。路上有沒有遇到危險？」

貴之看著他。孝史看了看正面玄關的小廳堂，沒有其他人。精巧的拼木地板磨得光亮，上面除了映照出孝史和貴之以外，沒有第三個人影。確認這一點之後，孝史才說：「蒲生大將過世的事，我還沒有跟醫生說。」

貴之無言地點頭。

「電話好像不通。」

這次貴之倒是馬上點頭了。「我想也是。因爲我把線剪掉了。」

「爲什麼？」

「你先告訴我，你是怎麼知道的？」

「葛城醫生在平河町的哨站被士兵攔下來，退回赤坂見附時，從那裡打過電話，可是接不通。」

「原來如此。」可能是孝史心理作用，他覺得貴之好像鬆了一口氣。「眞是對醫生過意不去。」

「爲什麼要剪斷電話線？」

貴之有點遲疑，眼睛快速地眨了兩、三下，彷彿問題的答案寫在眼皮後面，而他正往裡頭找。

「因爲我認爲如果有人打電話來，可能引來不少麻煩。」

「會有什麼麻煩？」

這次貴之則是抬起視線，直視孝史的眼睛，隨即以高高在上的口氣說：「這一點你沒有必要知道。你還不快去平田房間看他的情況！」

這種說法實在很不客氣。孝史一邊走向起居室，一邊倔強地盯著孝史，好像要反抗以視線趕走他的貴之似的，故意以挑釁的姿態瞪著通往二樓的樓梯。

「不要拖拖拉拉的。」

貴之又來一句。孝史不再看他，打開起居室的門，心裡想著，我果然是現代人，所以每次貴之用那種態度對待我，都會讓我覺得很不舒服。

起居室裡只有珠子一個人。她又獨自呆坐望著壁爐的火焰。鞠惠他們呢？才想到，腦海裡便立刻出現那兩個人歡天喜地的情景。孝史邊想邊跑過起居室。

「有很多士兵嗎？喂？」珠子出聲叫住他。那種輕鬆愉快的樣子，跟孝史出門前叫住他時一樣。

「嗯，有啊。」

孝史丟下這句話，穿過起居室。來到走廊反手關上門，正鬆了一口氣，背後卻聽到珠子說：

「沒有人受傷啊！眞沒意思。」

外面雖冷，通往半地下的房間的走廊更是冷颼颼的。周圍都是專吸寒氣的磚牆，而且又沒有貼半張壁紙，也難怪會冷。還沒進平田的房間，孝史就打了三個噴嚏。

葛城醫生坐在平田的被窩旁，拿著舊式手動打氣的血壓器，正在幫平田量血壓。阿蕗站在醫生身邊充當臨時護士。孝史悄悄地靠近被窩，跪坐在平田腳邊。

血壓器的幫浦發出咻的一聲，裡面的空氣放了出來。葛城醫生的鼻子上架著無框眼鏡，透過那小小的橢圓形鏡片，抬眼看著血壓計上的刻度。

「好，可以拿下來了。」

阿蕗解開平田手臂上的黑色帶子。

「目前血壓很正常。」葛城醫生看著孝史說，「你舅舅平常就有血壓高的現象嗎？」

「沒有，平常不會。」回答了之後，自己在心裡加上「我想」兩個字。

「是嗎……」醫生伸手在出診皮包裡頭翻找，拿出聽診器。「脈搏很穩定，血壓也很正常。我來聽聽心音。」

阿蕗幫忙翻開平田的棉被，鬆開睡衣的前襟。孝史覺得要直視這樣的場面很痛苦，便轉移了視線。這時他才發現，之前本來只有一個火盆，現在變成兩個了。兩個都放了炭火。大概是阿蕗或千惠為了盡可能讓這個寒冷的房間暖和一點，搬進來的吧。

（其實，應該要讓他躺在有壁爐的房間裡的……）

孝史想，不過畢竟那是不可能的吧。

醫生把聽診器按在平田胸口。赤裸的胸膛露出骨頭，比穿著衣服時想像得還要瘦得多。

葛城醫生接著做了不少事，像是翻平田的眼皮，對脖子和腋下進行觸診等等。等這一切告一段落後，他稍稍歪著頭看孝史。

「你之前說，他昏倒的時候流了鼻血？」

「是的，一直流個不停。」

阿蕗也以不安的表情點頭。醫生看著阿蕗說：「妳也看到了啊？」

「是的。不管怎麼按，都還是一直滲出來。」

「哦，一直滲出來啊。」

葛城醫生一邊點頭，一邊以右手的中指和食指輕敲他那一大把鬍鬚。這種動作很像在演戲，不過，他似乎是在思考些什麼。「昏倒的時候，你舅舅，呃，他叫什麼名字？」

「平田。」

「全名是？」

孝史一時語塞。平田的全名叫什麼？之前曾經提起過嗎？他們說好彼此的關係是舅舅和外甥，可是名字倒是個意外的盲點，好像沒問過——

阿蕗開口了：「叫作平田次郎。次男的次。」

「哦，這樣啊。」

葛城醫生把出診皮包拉過來，從裡面拿出一大本像帳簿的黑冊子，從裡面抽出一張白紙。是病歷表。接著，從胸口的內袋裡取出一隻幾乎跟熱狗一樣大的鋼筆。

「平、田、次、郎。」

醫生像小學一年級的學生一樣，一邊唸一邊寫。

「年齡，你不知道喔。」說著，透過眼鏡看孝史。阿蕗驚訝地眨眼。

「孝史，你不知道嗎？」

「我只知道大概……」眞是丟臉。「我之前沒有跟舅舅住在一起。」

「看起來，應該是四十幾歲吧，」葛城醫生看著平田的睡臉說。「不過，他有心律不整的毛病哦。」

「心律不整？」

「嗯，有時候該跳不跳。你舅舅平常有沒有說過他胸口不舒服？」

「沒有，沒怎麼聽他提過。」

孝史含糊地回答，阿蕗這次看孝史的眼神就多少有點責備的意味了。

「他這個心律不整的毛病，跟昏倒有沒有關聯，不問清楚他平常的情況是很難判斷的。因爲健康的人有時候也會這樣。」

「那麼，就不算特別異常了？」

「嗯，可以這麼說……但也不能斷言完全不需要擔心。看情況，有時候可能是心臟有問題。」

孝史突然想到一件事，感到全身戰慄。降落在前庭的時候，平田對吵著要馬上回現代的孝史說，如果這麼做的話，心臟會停掉。也說過能夠穿越時光的人都會早死。

「就算沒辦法要到以前的病歷，至少也要知道他正確的出生年月日、出生地，還有，可以的話，最好也知道以前從事的職業。」

孝史眞想躲起來。阿蕗輕輕拍了一下手。

「啊，這個的話倒有。」她說，「因爲我們下人每個人都要寫履歷。府裡應該有才對。」

「在哪裡呀？」

「我去問貴之少爺。」

話還沒說完，阿蕗已站起身來準備離開房間。葛城醫生朝她背影說，「順便再拿一張毛毯來，這裡實在冷得不像話。」

阿蕗回答知道了，一邊上樓去了。

「昏倒的時候，你舅舅是不是情緒很激動？」

「是的，」因爲是難以開口的事，孝史的聲音自然變小了。「其實……是和我吵起來。」

「哈哈！原來如此。你那時候，該不會出手打了你舅舅吧？」

「怎麼可能！我沒有。」

可能是覺得孝史慌張的樣子很好笑，葛城醫生微微一笑，牽動了那一大把鬍子。

「原來如此。你說他不是跌倒撞到頭？」

「不是。」

「這樣的話，可能不需要太擔心。」

「您是說？」

「剛才我也說過，你舅舅現在血壓很正常，雖然心律不整，但是心臟並沒有跳動得特別厲害。瞳孔，就是眼珠子裡面裡黑黑的那一圈，也對光有反應，也還有痛覺，也就是會感覺到痛。聽那位姑娘說，剛才兩眼的眼皮都動了一下，也出現了類似翻身的動作。你也說他跟你說過話吧？」

「不過是斷斷續續的。」

「有沒有舌頭不靈活說話不清楚的樣子？」

「那倒是沒有。」

「既然這樣，就更好了。」醫生砰的雙手拍了一下膝蓋。「你也看到了，他臉色很差，不過，那並不是內出血引起的，應該是貧血。就是血不夠，懂嗎？」

葛城醫生可能是把孝史當成沒受過教育的少年，講話的語氣很和氣，解釋得也很詳細。

「是，我懂。」
「所以說囉，你舅舅和你吵起來，那時候，就是我們平常說的，一下子腦充血了。你舅舅和你吵的時候，臉是不是很紅？」
「這個嘛……眼睛很紅。」
在那場空襲當中準備回來這裡的時候，平田的眼睛已經充血了。簡直像在拳擊場上正面挨了對手一記拳頭，整個眼睛都是紅的。
「可不是嘛。然後，你舅舅是不是腳步就開始站不穩了？很多婦女有這種毛病，就是氣血不足昏倒了。」
「昏倒……」孝史實在不認爲只是這麼輕微的症狀。「可是，鼻血呢？」
「唔，這就有點令人猜想不透了。我想了解病歷就是因爲這一點。男人流鼻血的症狀雖然不能輕忽，不過，有些人的確是比較容易流鼻血。因爲鼻子裡細小的血管容易破裂。」
醫生把聽診器從脖子上拿下來，收進皮包裡。
「不管怎麼樣，不等他恢復意識是沒辦法問他的，而且照我診斷的結果，應該不至於需要緊急送醫院急救。我倒是認爲有必要觀察你舅舅接下來的情況，等他醒了再做一次診斷。不必擔心，我想他很快就會醒了。現在已經沒有什麼大問題了。」
醫生的語氣像是在安慰孝史，也像是要讓他安心。雖然孝史不會評估這個時代的醫術，但是至少，葛城醫生是個體貼的醫生，這一點是不會錯的。
情緒激動之下，一時之間血液集中在頭部，對心臟造成負荷，血壓上升，然後昏倒——這也是很有可能的。在穿越時空的時候，孝史自己也感覺到體內越來越熱，好像能量全都集中起來，然後瞬間爆發。

孝史並不知道穿越時空這種超現實的能力，存在於平田大腦的哪個部位。但是，腦既然是人類身體的一部分，要動腦，血液就必須往那裡流。過度驅動穿越時空的超能力，使太多血液集中在腦部，那種情況就像是引擎過熱的狀態，所以平田昏倒了。而現在引擎已經冷卻，所以平田也逐漸恢復正常。說到這個，電視節目之中出現的超能力者或是通靈人士——雖然不知道是眞是假——也說不能持續進行各項實驗或通靈，否則會太累。

平田所說的，短期間內穿越時空太多次會很危險，指的就是若硬要驅動過熱的引擎，就會發生故障的意思嗎？

「等到他恢復意識之後，如果身體發麻、無法動彈或是有類似的狀況，就必須重新考慮其他的可能性了。不過，我認爲不太需要擔心。」葛城醫生說。

安心之餘，孝史的表情不由得放鬆了。這時候，阿蕗回來了。手上拿著一張白紙，爲了怕折到，她用手指頭捏著。

「葛城醫生，貴之少爺說，等您看完平田叔，想跟您談談。」

「好的好的，沒問題。」

葛城醫師從阿蕗手上接過那張白紙，隨和地點頭。

「我也很久沒來府上拜訪了。很想見見大將大人。」

但是，那位蒲生憲之已經死了。阿蕗垂下了眼睛。醫生似乎沒有注意到，推了推眼鏡，仔細看手上的那張紙。

「哦，好漂亮的字，寫得眞好。」他抬頭看阿蕗問道：「這是貴之的字嗎？」

「不是的，我想是平田叔自己寫的。」

「哦……」葛城醫師這次像是看到什麼稀奇的東西一般，看著平田昏睡的臉。

「眞了不起。」醫生低聲說。

醫生把病歷和履歷並排在一起，用那枝粗粗的鋼筆寫了起來。儘管孝史很期待知道履歷表上的內容，但是這次醫生並沒有像剛才那樣邊寫邊說，所以他還是不知道平田次郎的履歷上寫了些什麼。

阿蕗進出房間，拿來醫生交代的毛毯。孝史幫她把毛毯蓋在平田身上。寒冷的狀況並沒有立刻改善。

在做這些事的時候，孝史也想偷看平田的履歷，不時斜眼偷看，或是墊起腳尖。但是，阿蕗眼尖地發現他在搞鬼，便瞪了他一眼。

寫完病歷後，醫生把履歷還給阿蕗，她立刻把履歷翻了過來。

「我去拿洗臉水。」

阿蕗離開房間。葛城醫生把病歷和鋼筆收好，便把火盆拉到身邊，伸手在上面烤火。

「這裡很冷吧。」孝史問。

「我是反對住洋房的。」

「這房子是很氣派……」

「但是，不合我國的風土。」醫生以憂鬱的眼神環視昏暗的室內。

「你看看這個地下室，濕氣又重，又陰冷。任誰住在這裡，遲早都會生病的。這種環境是風濕痛、神經痛的溫床。尤其這裡還有千惠這樣的老人家，不能稍微改善一下嗎？」

孝史想起千惠行動不便的腳步還有彎曲的腰。嗯……很有可能。

「可是，這裡是傭人房啊。」

「不是這個問題。」醫生斬釘截鐵地說，「大人也就算了，貴之不能想想辦法嗎？既然他自詡支持民眾的話。」

那個貴之嗎？就因爲這樣阿蕗才凡事都依靠他的嗎？

「貴之，是學生嗎？」

阿蕗說貴之「從東京帝國大學畢業」，但是，現在在做些什麼呢？從事哪一方面的工作？孝史對貴之完全不了解。因爲一直忙著應付接二連三的事情，根本沒有時間去思考或懷疑這類基本的事情。

「不是啊。」

「我聽說他是帝大畢業的。」

「沒錯，他之前應該是在法學部研究憲法理論。應該是前年畢業的吧。」

憲法。這個時代，指的當然是明治憲法吧。

「所以，去年美濃部博士就天皇機關論（註）的問題在上議院演講的時候，我還以爲貴之會很興奮，結果卻也不見得。」

醫師半是自言自語地說：「說到美濃部博士，他好像沒有遭到攻擊。皇道派的青年將校起事，我還以爲博士無法倖免，啊，眞是太好了。」

孝史對於醫生所說的內容完全一無所知，只好裝作聽懂的樣子任醫生說下去。

「那麼，現在貴之少爺是準備當學者了？」

「這我就不知道了。」醫生歪著頭說。似乎是眞的不太清楚。「他大學畢業之後，說暫時要幫父親寫書，實際上應該也是這樣吧？他並沒有到外面去工作。」

平河町第一飯店牆上展示的大將經歷之中，寫著大將的「著作」和「研究」是關於軍務和軍略方面的。從事這類著作卻要學法律的貴之幫忙？領域又不同……？他幫得上忙嗎？對了，大將中風病倒之後，身體好像沒辦法自由活動，所以比較長的文章由貴之代筆，這倒是有可能。

孝史想起剛才看到貴之翻他父親抽屜的模樣。那時候，他以爲貴之是當場看了大將的遺書，因爲內容太過偏激，嚇得把遺書藏起來，然後東翻西找看是不是還有其他內容不妥的文件。看來是猜錯了。

既然他幫忙大將從事研究與著作，大將以什麼樣的觀點撰述，以及著作的內容，這些他應該早就知道了。至於最關鍵的遺書，他也應該有機會事先得知內容。搞不好大將還叫他幫忙寫——只不

註：美濃部達吉（1873~1948）是日本憲法學的泰斗，他在《憲法撮要》中首先提出了「天皇機關說」，認為統治權屬於作為法人的國家，天皇只是作為國家最高機關行使統治權，天皇權力應限定在憲法約束的範圍內。這樣的主張否定了「天皇主權說」。

過貴之可能不知道那篇長長的文章就是「遺書」。

先不管貴之是不是曾經直接問過大將內心最深處的想法，但他應該察覺得到。正因爲這樣，他才會在知道大將自殺的時候，說出「啊，果然」這樣的話吧。因爲他早已有預感大將會自殺。但是，這樣在另一方面又說不通了。既然早就知道大將的想法和著作的內容，那麼大將自殺之後，貴之在慌些什麼？他根本不必那麼驚慌失措的，因爲那是意料中的事。

孝史開口問：「醫生，蒲生大將寫的東西，過去曾經公開過嗎？」

「你說的公開，是指出版嗎？」

「是的，或者是在雜誌或報紙上發表。」

醫生拂著鬍鬚想了一會兒，搖搖頭。「就我的記憶所及，應該是沒有。大人退役才兩年多，也不是在病倒之後就馬上執筆的。我想，應還沒有累積到足以出版的量吧。」

孝史緩緩點頭。既然如此，大將的遺書便具有另一層意義——是大將唯一的著作，想必是他嘔心瀝血之作。

正因如此，一旦大將身亡，即使是事前就知道其中內容的貴之，在確認遺書的所在並安全地藏起來之前，也不得不慌張了。這就是他倉惶失措的原因嗎？雖然孝史無法釋懷，但是那也可以解釋成貴之對軍部就是如此戒愼恐懼吧。

——可是，他自己明明就是軍人的兒子啊！眞是個討人厭的傢伙。

葛城醫生以不可思議的眼神望著孝史。

「你是怎麼了？」醫生問。

「醫生，貴之是偏軍部的人嗎？」

「啊？」醫生睜圓了他小小的眼睛，「偏軍部是什麼意思？」

孝史急忙搖頭。剛才貴之不是才以唾棄的口吻說，今後將會是軍人的天下嗎！這樣的人不可能會支持軍部的。不是的，應該要這樣說才對——

「對不起，我是想說，他是不是很怕軍部，明明對他們持反對意見，可是表面上又不敢對軍部的作爲有什麼怨言？」

葛城醫生一時之間張口結舌，打量著孝史。

「這種說法很難聽哦。」

「可是，是這樣沒錯吧？」

醫生沒有回答。孝史把這陣沉默當作默認。對於貴之的膽小窩囊，越來越厭惡。

突然間，孝史想起自己剛才走在路上時那種沒出息的樣子。看到扛著槍的士兵，就嚇得渾身發抖，一回到蒲生邸便紅了眼眶的尾崎孝史。

——可是，我對這個時代並不熟悉。我不熟悉這個日本有軍隊、軍人手持武器在路上昂首闊步的時代。這怎麼能怪我呢！這一點，我跟貴之是不一樣的。

心裡雖然這麼想，畢竟有點心虛。然後他又想，反過來說，貴之雖然採取那種做法，暫時把遺書藏起來了，但好歹也還留到戰後。如果沒有留下來的話，蒲生大將以性命換來的諫言，也就完全葬送在黑暗中了。雖然沒有公開，卻沒有丟掉，也沒有燒掉。這一點，或許可以給貴之加點分數。

只不過，在眼下這一刻，大將的遺書到底在哪裡呢？貴之藏在哪裡？孝史有點想看。雖然應該寫得很難，看了可能也是不懂。

「害怕軍部而不敢說話的，並不是只有貴之而已，幾乎所有人都一樣。」葛城醫生低聲說。孝史抬起頭來。醫生緊盯著孝史，繼續說。「每個人心裡都在想，會不會有人肯先出頭大聲說，有問題的事就是有問題，就算是軍人做的事也一樣。但有沒有人肯先出頭呢？幾年前發生『紅綠燈事件』時也是這樣……」

「那是什麼？」

聽到孝史這麼問，葛城醫生好像脫臼似地下巴掉了下來。

「你不知道？」

那是有名的事件嗎？孝史心裡一涼，可是既然問了，也只好硬著頭皮問到底。

「嗯，我不知道。」

「在大阪市的一個十字路口，大阪師團的士兵不遵守交通規則硬闖紅燈，被警察攔住加以警告。他們卻說警察這樣的行爲有傷皇軍威信，所以造成糾紛。」

「眞是豈有此理。這跟威信有什麼關係？當然是闖紅燈的人不對啊！」

然而事情卻演變成糾紛。原來，軍人是如此囂張。

「結果怎麼樣了？」

「軍人和警察和解了，也沒有向外界說明。本來，這類事情是不能『和解』的。」葛城醫生蹙起眉頭。「世道便是如此啊！」

而這樣的世道發展下去，最後便是漫長悲慘的太平洋戰爭。孝史突然對自己待在這裡感到無比的厭惡。好想學小孩子撒嬌耍賴，吵著快點回現代。但是，現在是不可能的，因爲平田已經癱了。再說，他還得救阿蕗。這一點可不能忘記。

「貴之本來也是很有骨氣的青年啊！」葛城醫生說，「可能對父親多少有些反彈吧，學生時代也有段時期很激動地說，讓軍部這樣霸道下去，這個國家會完蛋。他會變成現在這個樣子……畢竟是發生了那件事吧！」

「那件事？」

葛城醫生一臉陷入沉思的模樣，聽到孝史這個直接的問題，才突然從忘我之中回過神來。然後，好像忽然想起自己是在和誰說話。孝史的立場畢竟是大將家裡的下人。

「這就跟你沒有關係了。」醫生用這句話來打發孝史。

然而，孝史卻沒有就此打住的意思。他還有事情想問。孝史跪坐著向醫生靠近了一點。

「醫生，剛才你在赤坂見附的路口說過，一開始你並沒有跟那些士兵說你是要到蒲生大將的府邸去，對不對？」

「嗯，是啊。」

「爲什麼呢？如果一開始就這麼說，馬上就會放行吧？」

的確，送他們回來的士兵在聽到蒲生大將的名字之後，立刻變得有禮起來。而當孝史向阿蕗提起這件事的時候，她的反應卻出乎預料。（靠老爺的名號……）這句低語似乎有言外之意。

簡單地說，孝史想問的是，蒲生憲之到底偉不偉大，而對現在的陸軍軍人來說，他的名字究竟有什麼樣的意義。抵達這裡的時候，平田曾說蒲生邸的主人和起事的青年將校走得很近，所以這裡很安全，這句話到底有幾分是眞的呢？

他是會將諫言留在遺書裡的人。生前或許也對陸軍中樞部說過一些不中聽的言語。如果是的話，可能曾引起部分人士的不快。

葛城醫生撫摸著小臉上的大鬍子，微微一笑：「因爲我愛惜生命啊。」

「這是什麼意思呢？」

醫生看了看房間的出入口，壓低聲音說：「剛才是運氣好。但是，小夥子，抬出蒲生大人的名號會有什麼反應，這可是一種賭注啊！」

「賭注？」

「嗯。」醫生點點頭，眨眨眼睛，又看著孝史。「哦，你到這裡來工作，想必還沒多久吧？」

「是的。我是今天早上才來的。」

「那就難怪你不知道了。現在這一帶發生的騷動最最根本的原因，你知道是什麼嗎？不知道吧！」

完全不知道。但是，這並不是因爲孝史眞的像葛城醫生心裡所想的，是個昭和十一年沒受過教育的青年，而是因爲他是個九〇年代的歷史白痴。

「我什麼都不知道。」孝史老實承認。

「那個啊，是陸軍內部的內鬥。」醫生說。「自相澤事件以來，皇道派和反皇道派的衝突就浮出檯面。現在，以這種形式起事的隊附將校們，他們不滿現行的幕僚體制，大概是爲了顚覆這樣的體制才採取這種行動的吧。但是，我倒不認爲皇道派如願取得天下之後，我國的情況會有所改善。」

隊附將校？孝史猛眨眼。

皇道派和相澤事件好像在哪裡聽過。對了……在柴房裡，鞠惠和嘉隆商量私奔情事的時候，似乎提過這些名詞。

「相澤事件是什麼？」

「軍務局長永田鐵三被一名叫作相澤三郎的中佐殺死的事件。現在還在打官司。你什麼都不知道？」

「我……」

孝史本來想說我是在報紙上看到的，可是又想，這件事報紙報導過嗎？這個時代的報紙，應該不是什麼事情都能加以報導的吧。如果被政府壓下來了，那葛城醫生也應該不知道才對。

「你眞的什麼都不知道啊！」葛城醫生說，眼神彷彿望著遠方。「原來如此，這或許反倒是好事。」

「啊？」

「沒什麼。總之，曾經發生過這樣的事件。詳細情形陸軍曾公開發表過，我也從大將那裡讀過事件發生後皇道派不斷發放的怪異文章。該怎麼說呢？實在是很丟臉的一件事。在陸軍這個組織當中，而且是身居軍務局長這個重要職司，竟然在大白天的軍方建築裡以那種方式被殺害，事後卻不了了之。大家只知道這也不是那也不是地互相指責。現在不知道是誰在背地裡操縱那些隊附將校，但是等到騷動結束，大概是由其中一邊取得天下吧！反正，不管怎麼樣，接下來都不會有什麼好事。」

葛城醫生好像忘了孝史的問題，自己不斷叨叨絮絮地嘆息。

「那麼，請問，醫生沒有提起蒲生大將的名字是因爲……？」

「啊？哦，對喔。」醫生笑了。

「這裡的主人，在因爲健康不佳退出陸軍之前，與青年將校走得非常近，和荒木、眞崎並列爲皇道派的希望之星。但是，後來發生了一些摩擦。」

「摩擦？」

葛城醫生突然有點難以啓齒，「或多或少啦。」

孝史心想，我就是想知道這個啊！何必刻意迴避呢？然後，他大膽地說：「蒲生大將是不是說了一些讓這些皇道派的人覺得很刺耳的話？」

醫生縮起下巴看著孝史：「原來你知道嘛！」

是嗎，原來如此。孝史點點頭。

「就是這樣，」葛城醫生推推眼鏡，「而且，那個時候正好遇上光說不練的荒木大將等人在青年將校之間的風評越來越差的時期，有部分人士甚至稱他們是『墮落幹部』，連帶地蒲生大將也被說得很難聽。甚至還曾經有過謠言，說大將其實是個投靠反對派的叛徒。」

「哦……」

「就像我剛才說的，大人因爲身體不好離開了軍隊，也沒有再回軍隊中樞的意思。就這一點來看，已經形同地方人士了。但是，直到此刻，皇道派內部，或是那些青年將校之間對大人的風評仍然有所分歧。也因此，要是不小心提起大人的名字，實在不知道對方會有什麼反應。如果是遇到敬仰大人，視大人爲過去皇道派之星的將校就罷了，如果遇到不是這樣的，現在可是他們拿起武器起事的緊要關頭，一不小心會有什麼後果，就很難預料了。」

「可是，那個……醫生和我遇到的是士兵，不是將校啊！」

士兵滿身是雪的外套上，縫著兩顆星的肩章。

「是啊！但是，士兵是依將校的命令行動的，他們不會擅自開槍、捉人。剛才他們不也是去向中隊長請求許可嗎？」

說的也是。

「所以，在那裡設路障的隊伍，他們的將校是什麼人物，對蒲生憲之抱著什麼看法才是關鍵所在，懂了嗎？」

在醫生的注視下，孝史覺得很丟臉。「是，懂了。」

「不過，我和你都不是大將本人，所以眞正遇到危險的可能性不大，倒是很有可能一直被擋在那裡。當我聽說你提起蒲生大將的名字時，老實說，我心裡一直七上八下的，不知道結果會倒向哪一邊。」

孝史也在腦袋裡復習著醫生剛才告訴他的一切，直到這一刻才又冒出冷汗。

皇道派與其反對派，兩個派系正面衝突，這就是二二六事件嗎？

「皇道派的字怎麼寫呀？」

葛城醫生一臉驚訝，不過還是用手指在榻榻米上寫給孝史看。皇道派。光是看字面，大致就可以明白他們的意圖所在。

「不過那些青年將校好像稱自己爲『勤王派』。」醫生加了一句。是，孝史點頭應道。

「所以現在陸軍中央裡頭，有一個和他們敵對的派系囉？」

葛城醫生點頭，這次不等孝史要求，便在榻榻米上把字寫出來——統制派。

「他們這些人倒是沒有說自己是什麼派，只不過他們這派人馬主張統制經濟，所以有人把他們叫作統制派。」

「荒木、眞崎是什麼人呀？」

葛生醫生苦笑。「是荒木大將大人、眞崎大將大人。不可以直呼大人的名字。還有，小夥子，剛才你就滿口蒲生大將蒲生大將的，依你的立場，應該尊稱大將大人才對，不然就要叫老爺。」

這時候，背後有人說話。「您在說些什麼呢？」

貴之來了。他背脊挺得筆直，以立正的姿勢站在門口。

葛城醫生露出笑容。「哦，我正好看完診呢！」

貴之以可怕的表情瞪了孝史一眼，才把視線轉向葛城醫生。

「病人情況如何？」

「我想，應該不太需要擔心。」

「是嗎，那眞是太好了。」

貴之睜著乾澀的眼睛，說了這句話之後，便就地屈膝坐好。「如果病人沒事的話，醫生，其實，我有另一件事想和您商量。」

坐得端端正正的貴之，表情可能讓葛城醫生有些驚訝，所以醫生瞄了孝史一眼，要他說明。孝史低下頭。

「本來，您一到就應該向您稟明的……」

「什麼事呢？」

「其實，不久前，家父自決了。」

當場陷入了短暫的沉默。貴之閉緊的嘴巴兩邊嘴角下垂，葛城醫生的嘴微微張開，從嘴唇的縫隙緩緩地吸氣，然後靜靜地吐氣，醫生問道：「這是眞的嗎？」

他的聲音平靜低沉，問道：「是什麼時候的事？在樓上的房間裡發生的嗎？」

「是的。我想應該是剛過七點的時候。當我聽到槍聲，跑進房間時，家父已經趴在書桌上了。太陽穴上中了一槍。」

貴之的語尾微微顫抖。

「是嗎……果然。」葛城醫生低語。「可是，爲什麼偏偏在這個時候……」

又是「果然」。連葛城醫生對蒲生大將的自殺都不感到意外。每個人心中都已預感到大將的死期不遠。對於這個只看過幾眼的蒲生憲之大將，孝史突然爲他感到悲哀。

「該不會跟那些青年將校的起事有所關聯吧？」

「我想應該是的。」貴之低聲回答。「家父在書桌裡留下長篇遺書。因爲篇幅相當長，所以我還沒有仔細看，但的確是家父的筆跡沒錯。」

遺書果然是在貴之手上。

「我想拜見一下大人的遺體，」葛城醫生說，「雖然大人去世了，我也幫不上什麼忙了……。但是，我還是想見大人一面。」

「當然，」貴之點頭。「但是，醫生，我想求您一件事。」

「什麼事？」

「在這次騷動結束之前，希望您不要將家父的死訊公諸於世。」

葛城醫生沉默了一會兒，然後又說：「說的也是，即使公開了，目前的東京帝都連中央政府的機能也無法充分運作。老實說，即使現在發出令尊的訃聞，陸軍省和後備軍人會恐怕也無法應對，實在也是有心無力。不過，完全不通知恐怕不太妥當吧？我想，至少應該通知和令尊素有往來的知交好友。」

「即使通知他們，只怕他們也無能爲力。現在也不可能前來弔唁。」

「話是沒錯……」醫生的語氣顯得有點疑惑。他凝視著貴之的臉，像是在觀察他。

「我想請醫生確認家父的遺體，麻煩您爲家父塡寫文件。」

「當然，這件事就由我來處理。現在，可以先讓我見大人一面嗎？」

他們兩人站起身來。孝史也想一起跟過去，貴之卻對他投以嚴厲的眼光。

「你有份內的工作吧？還有，你暫時先陪病人一下。」

孝史只好留下來。他呆呆地望著平田的睡臉，但還是在意樓上的情況，最後終究忍不住，便悄悄離開了平田身邊。

珠子在起居室裡。她坐在桌旁，桌上攤開了一本古老的相簿——布面鑲金邊。孝史心想，那一定是家人的照片。孝史認為這代表珠子的內心，有點鬆了一口氣的感覺。這女孩也以她的方式哀悼父親之死。得知大將死後流的那些淚，應該可以當作是人之常情的悲傷之淚吧。

「我可以上樓嗎？」孝史問。「也許有我可以幫忙的地方。」

「應該沒關係吧，」珠子的眼睛依舊看著相簿，「阿蕗都上樓去了，說要讓爸爸躺好。」

這麼說，他們已經移動遺體了？在給醫生查看之前？剛才——在孝史去接醫生之前，明明說要等醫生許可之後才清理遺體的。

孝史急忙離開起居室。他上了樓，走廊上沒有半個人，便立刻往蒲生憲之的書房走。門半開著，他悄悄向裡面張望，看到地板上放著一個白鐵水桶，千惠正拿著抹布擦拭書桌。她是在擦拭血跡。

一看到孝史，千惠露出驚訝的表情。她伸直彎曲的腰看了看孝史身後，「你在這裡做什麼？」小聲詢問，「請你待在平田身邊照顧他。」

「千惠姨，那個……」孝史伸手指著書桌，「是貴之少爺吩咐的嗎？」

「是的。」千惠點頭，「少爺交待要把房間打掃乾淨，越快越好。」

原來如此。書桌上顯然非常乾淨。貴之翻得散落一地的東西，可能都已物歸原位，放回抽屜裡了吧，地板上一塵不染。

果然有問題。有什麼理由必須急著抹滅自殺的痕跡呢？貴之提出不要將死訊公開的要求，也和這一點有關嗎？

對於習慣以現代方式思考的孝史而言，這是破壞事件現場，萬一沒處理好，還可能會損毀證據。即使對這方面沒有特別豐富的知識，出現自殺者之類非自然死亡的屍體時，在相關單位許可之前，能夠不碰現場就儘量不要碰，這一點常識孝史還有。或許大將眞的是自殺，但就算是這樣，貴之也太急於處置了吧？再加上他那種不自然的態度，慌張的模樣，這時，驟然間一個不尋常的想法從孝史腦海中閃過，使他不由得張大了眼睛。

——蒲生大將眞的是自殺的嗎？

沒有人看過現場。貴之所說的「遺書」，除了貴之以外，沒有人確認過。沒有任何證據可以證明大將的確是自殺的。

——難道大將是被殺的？

不，等一下，不可能的。掛在平河町第一飯店牆上的大將經歷，清清楚楚地寫著「自決」。那是歷史上的事實——是事實沒錯——可是……

那些所謂的事實，也是由當事人與其相關人士在確認後認爲是事實而傳下來的。如果在那個時候就有人說謊了呢？如果大將其實是遭到殺害，卻被說成是自決的話呢？

但是，誰會去僞造這種事實？爲什麼有必要這麼做？

這幢府邸目前是與外界隔離的。

到這時候，孝史才確認了這件理所當然的事。所以，如果這裡發生了殺人事件，那麼兇手就在這幢府邸裡。

是家人。孝史開始懷疑，這一家人當中有人對大將下手。正因如此，貴之才會急著清除現場。他是不是爲了包庇某人，才要掩飾大將是死於他殺一事？

如果是這樣的話——

「我說，孝史啊，」千惠彎著腰喊孝史，「我不會害你的，請你回房間吧！」

孝史牛頭不對馬嘴地說：「大將現在在哪裡？」

「孝史……」

「我或許可以代替舅舅幫上忙。是在這一層樓嗎？」

千惠拿著抹布，表情有點爲難。「已經移到隔壁的寢室去了。」

孝史立刻轉身走向隔壁的門。門卻突然打開，阿蕗從裡面走出來。線香的味道跟著她一起飄出來。

「孝史，」阿蕗的臉色比千惠嚴厲得多。「你不是答應我，不會在府邸裡亂跑嗎？」

「蒲生大將在這裡嗎？」

即使他開口問了，阿蕗也只是一味瞪著孝史。但是，她的臉蛋實在太可愛了，完全沒有脅迫性。而且，孝史正爲別的事情激動不已。

「已經點了線香了啊。這也是貴之少爺吩咐的嗎？」

「不行嗎？」阿蕗輕輕嘆了一口氣，說：「讓老爺安息……」

「我進去一下。」

孝史推開阿蕗，把門打開。因爲一下子開得很大，裡面的兩個人驚訝地回頭往這邊看。是葛城醫生和貴之。兩個人面對面，中間隔著大大的床，蒲生憲之就躺在上面。貴之坐在椅子上，葛城醫生則站在靠近蒲生憲之頭部的地方，手上拿著白色手帕之類的布。看來他剛掀起蓋在蒲生憲之臉上的布，在瞻仰遺體。

床邊的獸足桌上點著線香。線香已經燒了一半以上。一道輕煙冉冉升起。蒲生憲之的雙手交疊放在薄被上，像蠟一樣白。

「你來做什麼！」貴之氣得變了臉色，站起來，「太沒禮貌了！」

「我事先請示過小姐了。」孝史頂回去。「你已經叫人收拾書房了？」

貴之別過臉，坐回椅子上。「這與你無關。」

「是和我無關啊！但是，我覺得這樣是不妥當的。或許今非昔比，但蒲生大將——大將大人曾經是陸軍的重要人物吧？這樣的人自殺了，就算情況再怎麼緊急，這樣草率處理真的好嗎？要是事後遭到調查，你打算怎麼辦？」

貴之又想站起來反駁，卻被葛城醫生制止了。

「你先冷靜一點。這是怎麼回事啊，貴之？」

「醫生——」

醫生將拿在手中的白布輕輕地蓋回蒲生憲之臉上，雙手合十行禮，然後面向貴之。「的確，這位年輕人的態度多少有點無禮。但他剛才所說的話卻沒有錯。大人往生的那個房間，如果可以的話，我本來是希望你可以讓我看到原貌的。」

「就是因為不能讓您看見啊！醫生。」孝史以不容反駁的語氣指責，下意識地喘氣。葛城醫生似乎嚇了一跳，抬頭看孝史，貴之的臉都僵了。

「就是因為不能讓您看見，」孝史重複一遍，「如果看到現場，您會發現，就自殺而言，現場有一個關鍵性的問題。我沒說錯吧，貴之少爺。」

貴之以拒絕回答的態度，強硬地轉移視線，不看醫生也不看孝史。

「是這樣嗎？貴之？大將大人的自殺有可疑之處嗎？」

「有的。貴之少爺，槍在哪裡？」

貴之的肩膀抖動了一下，好像正在挑一個眼睛看不見的重擔，頸部的青筋都浮現了。

「聽到槍聲，我們跑到大將房間的時候，現場不見槍的蹤影了。當時，我以爲槍可能被壓在大將身體之下。但是，事實卻不是這樣。移動了大將的遺體之後，還是沒找到槍。對不對？貴之少爺？」

所以貴之才會慌張地翻動大將書桌的抽屜。孝史滿腦子都是貴之藏起了遺書這個歷史上的事實，所以一直以爲貴之所找的如果不是遺書，就是類似的文件。然而，事實並非如此。貴之找的是槍。槍不在現場意味著什麼？這樣的想法令貴之非常害怕，幾乎半瘋狂地拼命尋找。他心裡必然想著：沒有、沒有！在哪裡？是不是在什麼巧合之下掉到哪裡去了？絕對有的，不可能沒有的。

貴之握緊雙手，頭頸的青筋更加明顯。他閉上眼睛，然後肩膀突然無力地垂落，整個人都垮了下來。青筋消失，他變得好虛弱。

「一點也沒錯。」貴之以沙啞的聲音回答。

葛城醫生茫然地望著貴之。過了一會兒才舉起手來，撫摸著臉頰，像是要尋求解答一樣，看著蓋著白布的大將。當然，蒲生大將並沒有給他任何回答。

「蒲生大將是遭人殺害的。」孝史大聲地說。爲了讓自己面對這個難解的事實，有必要大聲宣言。

「這是殺人事件。」

5

在葛城醫生的提議下，蒲生邸內的所有人都集合在起居室。

孝史就不用說了，這次連阿蕗和千惠也沒有被排除在外，沒有到場的就只有平田一個。這也是遵照葛城醫生的意見。根據這位活力十足的醫生的主張，大家都應該面對面來談談。

自從孝史把事情說出來之後，貴之就像失了魂一樣，整個人無精打采的，把指揮權交給葛城醫生。現在他也只是呆呆地坐在那裡，低著頭，側臉看起來十分疲憊，卻也顯得稍稍鬆了口氣。孝史心想，最感謝葛城醫生待在這裡的人，或許是貴之。

鞠惠和嘉隆以為是晚餐準備好了才被叫下來的。一進起居室，鞠惠便不滿地噘起嘴巴：「什麼嘛！根本什麼都沒弄好。」然後，氣呼呼地對著站在通往廚房的門前，互相保護般靠在一起的阿蕗和千惠高聲叫罵。

「妳們到底在幹什麼？偷什麼懶！剛才我吩咐要妳們端茶上來，過了半天連個影子也沒有。妳們以為是託誰的福，才能待在這裡的！」

珠子早來一步，坐在貴之身邊。她看也不看鞠惠便說：「不管是託誰的福，反正絕對不會是妳，鞠惠。」

連待在阿蕗她們身旁的孝史，幾乎都可以聽到鞠惠氣得咬牙的聲音。

「叫我媽！要說幾次妳才懂！」

珠子故作輕佻地聳了聳肩，然後朝著她哥哥微笑，但是貴之低著頭沒有反應，於是她便捕捉到孝史的視線，對著孝史笑。

那並不是一個開朗的微笑。珠子似乎感覺到某種凶兆。她並不是鞠惠所以爲的那種「蠢女孩」。

「好了好了，坐嘛。」

蒲生嘉隆打圓場，輕輕拍了拍鞠惠的肩頭，兩人並排坐在壁爐邊有扶手的椅子上。

孝史有點驚訝，因爲嘉隆身上竟然穿著類似工作服的上衣，長褲和剛才所看到的顏色相同，所以應該不是換了衣服，而是罩在原來的衣服上，但看起來還是相當古怪。

這時候，葛城醫生對嘉隆說：「你又在畫畫了啊？」

哦，原來如此，是畫畫時穿的工作服。孝史這才注意到他的袖口沾著顏料。

嘉隆露出笑臉：「是啊！我又有了新構想。」

「再新，還不是鞠惠的畫像。」珠子說。

「是啊！不管畫了多少張，還是會想換個角度再畫。」嘉隆若無其事地回答。

「那麼，你是中途停筆下來的？」

「嗯，是啊。」

「那顏料可能會乾掉。因爲接下來要談的事有點麻煩。」

嘉隆揚起了眉毛：「怎麼回事？」

葛城醫生嘆了一口長氣，吹動了漂亮的鬍子。「關於你大哥的死亡，現在產生了疑點。」

醫生看了看貴之，他卻像把一切都交給醫生般，閉著眼無力地坐著。葛城醫生抬起頭來，輪流看著嘉隆、鞠惠和珠子，開始說明找不到槍，以及孝史所發現的情況。

孝史的視線迅速掃視那幾個人的臉，仔細觀察他們。他認爲有必要好好地確認他們臉上出現的反應。

嘉隆的眼睛隨著醫生的說明越張越大，張到極限的時候，眨了好幾次眼，然後，嘴角微微地鬆動了。在孝史看來，那像是笑了。那個表情瞬間消失，但卻留在孝史眼裡。

鞠惠的表情沒有變化。她平常就一臉生氣的樣子，所以也一直以生氣的表情聽著醫生的話。放在膝蓋上的手指稍微動了動，那動作好像要抓住空氣裡一些無形的東西，不過，她的動作也只有這樣而已。

在低著頭宛如閉目沉思的貴之身邊，珠子端正地把雙手放在膝蓋上，正面凝視醫生聽他說話。而孝史則凝視著她的臉。孝史這才發現，珠子的五官輪廓工整得幾乎可以說是完全左右對稱。孝史心想，珠子明明美極了，卻有種非我族類的感覺，可能就是基於這個原因吧。

珠子默默地坐著，不哭、不笑、不生氣，甚至連頭也沒點一下。只是，當醫生說到貴之發現槍不見了，急忙在房裡到處尋找時，她輕輕地把手放在哥哥的手上，緊緊握住他的手指。

貴之沒有任何反應，只是把眼睛閉得更緊。

阿蕗看來像是目瞪口呆。只有她們倆沒有坐下，也沒有倚著門，就站在那裡聽著醫生的話。阿蕗扶著千惠的手肘，像是安慰她，也像是尋求安慰，兩人靠得更近了。

然後千惠——哭了起來。

一開始，並沒有人知道老婆婆在哭。因爲眼淚只是濕了眼角，並沒有流下來，而且千惠也沒有哭出聲來。後來千惠撈起日式圍裙的下襬，按住鼻尖，眾人才知道她在哭。

令人意外的是，珠子竟然回過頭對千惠說：「千惠，妳還好吧？」

千惠默默地彎下腰，低下頭，就這樣用圍裙蓋住臉。阿蕗伸手從千惠背後抱住她，她自己也一副快哭的樣子。

葛城醫生淡淡地說完了。「事情就是這樣。」

以這句作爲結語之後，他便閉上嘴巴。沒有任何人發言。

過了片刻，嘉隆開口了。「然後呢？要我們怎麼樣？」

醫生看看嘉隆。可能是心理作用吧，孝史覺得醫生的樣子好像是在確認——哦，最先問這句話的人是你啊。

「並沒有要怎麼樣。首先，是要告訴大家這件事，然後問問各位，有沒有哪位把槍拿走了，或是知道槍的下落，這才是道理吧！」

嘉隆笑了——應該是說，他故意發出笑聲。

「我不知道什麼槍的下落，鞠惠也不知道。我們連大哥有槍、有什麼槍都不知道。吶，妳不知道吧？」

「嗯，就是啊！」鞠惠回答。她還是一臉生氣的樣子。

「點二五……」貴之說話了。他還是低著頭，但是眼睛張開了。因爲突然開口，聲音又乾又啞。

他咳了幾聲，重新說道：「點二五口徑的白朗寧自動手槍。是一把很小的槍，單手就可以藏起來。」

「原來大哥有那種東西啊。」

貴之抬起頭看他叔叔。「有的。在偕行社買的。是在病倒之前，詳細時間我不清楚。因爲當時軍中流行外國製的手槍。」

「病倒之前，那麼，就不是爲了自殺而特地買的了。」嘉隆喃喃地說。「原來大哥也會跟流行買東西啊。」

「我沒看過。」鞠惠很乾脆地說。

「是什麼樣的槍？」孝史問。「小型的……槍身是什麼顏色？」

「藍色。深藍色。」

「自動手槍，這麼說，不是轉輪手槍囉？」

「嗯……」

「子彈不是一顆一顆塡進去，而是有個彈藥筒，就是裝在一個筒狀物裡，套進去的那種？」

「這個……」貴之有點困惑，「我也不是很清楚。爸爸只是讓我看過一下而已，我對槍也不熟。」

這時，翹著腿坐在椅子上的鞠惠突然挺起上身向前傾。「喂，你對槍倒是挺熟的嘛！」

孝史有點慌。他對槍的知識，也僅限於在電影上看到的而已。「沒有這回事。」

「分明就有。你說你是工人，天曉得到底是不是真的。該不會是赤色分子吧！搞革命的喲，好危險呀！」

嘴裡說著危險，鞠惠卻吃吃笑著，眼神不懷好意。孝史看著葛城醫生，想向他求救，結果鞠惠也把矛頭指向醫生。

「醫生，你不認為嗎？說起來，這個人身上的疑點實在太多了。出身不清不楚的，而且，他一跑進我們家，我先生就死了。說是巧合，也未免太巧了吧？」

「有道理。」嘉隆也跟著附和。但是他並沒有像鞠惠那樣露出嘲笑的神色。他是認真的。

「是外人幹的可能性也相當高吧？對了，大哥從醫院回來的時候，我記得是，才半年前吧，就有人假裝來探病，差點就對大哥開槍不是嗎？貴之，你還記得吧？」

貴之還沒說話，鞠惠就說了：「怎麼可能忘得了呢！我差點沒被嚇個半死。」

「爸爸說那是莽撞的皇道派分子的作為。」貴之說：「那個人不是軍人，對皇道派的思想也是一知半解。爸爸並沒有放在心上，也叫我不必理會。」

「可是，差點就被槍殺了吧！」

對孝史而言，這件事是第一次聽到。從與葛城醫生的談話中，他知道大將病倒之後，說了一些讓皇道派的人覺得很不順耳的話，受到部分人士的敵視和反彈。原來，已經嚴重到有生命危險的地步了嗎？

「這次的事會不會也是那樣？像那種危險分子潛進府裡，開槍打死我先生以後逃走。」

一直保持沉默的阿蕗，這時候突然開口了。「那時候，那個人並不是眞的要開槍打老爺。」

鞠惠眼睛瞪得好大，簡直就像看到壁畫突然說起話來一樣。

「妳給我閉嘴。」

阿蕗有點畏縮，卻沒有閉嘴。

「那時候，我正好要送餐去給老爺，一進房間，那個人就已經拿著槍指著老爺了。我大聲喊叫，他便匆忙逃走了。他從窗戶跳下去，接著就聽到車子開走的聲音。因爲老爺沒事，所以就吩咐說，不必去追那種人，也不必報警。」

「原來如此……。如果是眞的想殺人的話，不會因爲被阿蕗發現就倉皇逃逸。應該只是威脅吧！」葛城醫生點頭說道。

「但是，今天的不是威脅吧？」鞠惠還不死心，「這可不是裝裝樣子而已，是眞的殺了我先生。」

珠子以尖銳的聲音說：「妳連爸爸的想法都不知道，虧妳還謅得出這些鬼話。」

鞠惠站起來：「妳說什麼！」

「我說，妳什麼都不知道。」

眼看著鞠惠就要往珠子衝過去，嘉隆硬是把她按回椅子上。「妳冷靜一點，何必跟小孩子一般見識。」

鞠惠氣得臉色都發青了。孝史在內心爲珠子喝采。

「貴之，」嘉隆說，「大哥這陣子在思想上的立場，我也不太瞭解。就算是威脅好了，既然曾經發生過那一類的施壓，是不是表示大哥已經和所有皇道派的軍人爲敵了？」

貴之斬釘截鐵地搖頭。「沒這回事。父親的立場變得很微妙是事實，而皇道派之中，也的確出現了敵視父親言行舉止的一派，但是，還是有人對他依然非常尊敬。其實……」

貴之看著葛城醫生說：「今天早上發生那場騷動的時候，就有人來通知家父隊附將校起事了。雖然是地方人，但畢竟是與皇道派思想共鳴的人。所以，家父在聽到收音機的報導之前，就已經知道狀況了。」

孝史想起今天早上在柴房裡聽到有人來訪的聲音，以及來訪者留下的車痕。「有人在家嗎？」說這句話的語氣很急促，而且事情一處理完便匆忙離去。

「是誰領他進來的？」鞠惠問。

「是我。」阿蕗回答。

「那個人是第一次來嗎？」

對於葛城醫生這個問題，阿蕗搖搖頭。

「不是的。來過好幾次，是位年輕的長官。」

「妳記得他的名字嗎？」

「我記得……老爺好像是叫他田川君。」

「你知道這個人嗎？」醫生問貴之。貴之點點頭。

「是家父以前的手下，可以說是幫忙聯絡的青年。經常爲家父送信。」

「大將是和誰聯絡呢？」

「家父說，牽扯太深會很麻煩，所以不肯告訴我。只是……」

「只是？」

貴之以愼重的口吻說：「我猜想，可能是隊附將校當中反對倉促起事的人物。因爲家父的見解也是如此。既然經常有書信往來，想必是看法相同的人物。」

「原來大哥就是因爲這樣，才被想儘早起事的人視爲眼中釘啊！」嘉隆露出理解的表情，「皇道派也分裂了。」

「但結果還是起事了……」貴之喃喃地說。

「大哥的想法改變了很多。」嘉隆的口氣像是在說風涼話。「在病倒之前，大哥應該也是主張儘早起事吧？與財閥掛勾、中飽私囊的軍閥是一切的元兇，必須儘快將軍閥解體，從根本改革中樞部，否則皇軍沒有未來，他之前不是還發表過這種演說嗎？大哥眞的變了很多，生病前後，簡直是判若兩人。」

貴之瞄了叔叔一眼，眼裡帶著憤怒的神色。但是，他卻閉上嘴巴不作聲，低下了眼睛。葛城醫生撚著鬍鬚。珠子呆呆望著暖爐。鞠惠含笑望著嘉隆的側臉。

「那時候我就覺得奇怪……」嘉隆繼續說，瞇起眼睛，好像在回想遙遠的往事。「相澤事件那時候，大哥怎麼會想到寫信給永田軍務局長呢？他可是敵方的老大啊！」

在一片沉默之中，嘉隆不懷好意地笑了起來。

「再說，既然有剛才提到的田川這個人負責聯絡，爲什麼偏偏在那個時候，要特地叫貴之去送信呢？叫田川去不就得了嗎？嗯？」

貴之低下頭，身體縮了起來，額頭上出現汗水。孝史想起嘉隆和鞠惠的對話——

（貴之出了好大的醜。）

（他是個膽小鬼。）

以及葛城醫生的話。貴之本來是很有骨氣的青年，「從那件事之後就變了」，可是當孝史問起「那件事」，醫生卻含糊帶過，提到「相澤事件」的時候，也沒有正面回答。

貴之很不自然地說：「那時候，父親說那是非常重要的文件，所以要我帶去。還說，本來應該由他親自出馬，當面交給永田先生的。」

「喔，是嗎。」嘉隆還在笑。

「結果，卻害你遇到那麼倒楣的事。」

「就是說呀！」鞠惠也笑了。她那種侮蔑性的笑法，即使是對事情仍是一頭霧水的孝史，在這時也不由得想幫貴之一把。所以，孝史大聲說：「我們好像離題了。請問兩位是故意想叉開話題嗎？」

一聽到這句話，鞠惠臉上的笑容立刻消失了。看到她生氣的臉，孝史覺得好痛快。

「你到底想說什麼！」

「沒有啊。」

「別吵了。」葛城醫生不耐煩地插進來，「尾崎君說的對，是離題了。」

「哪裡離題了！當然啦，軍隊裡的事跟我們是沒有關係，問題是，可能有人想要那個人的命呀！」說完這些，鞠惠歪著臉說：「這是事實吧？只要知道這一點就夠了。所以，那個人是被那群人給殺掉的。」

唉呀呀，這女人連在形式上稱呼蒲生大將爲「先生」的事都忘了。不過就算忘了這點，唯有遺產她是永遠擺在心上的。

「不管是誰，都不可能從外部進來，殺死父親後逃之夭夭的。」貴之平靜地說。

「爲什麼？」

「傳出槍聲的時候，隊附將校早已經開始起事了，道路遭到封鎖，想從外部進入家裡談何容易。」

「或許是從封鎖區內部來的。」嘉隆說。「剛才你自己說的，皇道派之中也有人敵視大哥。也許是其中某個人幹的。」

「怎麼可能！」孝史忍不住笑了出來。「你會說這種話，是因爲你沒到街上去。順便告訴你，軍隊的事你根本就不懂。」

這下不由得嘉隆不變臉了：「你說什麼？」

葛城醫生以錯愕的表情看著孝史，而且臉色有些漲紅。孝史自己也一樣，「軍隊的事你根本就不懂」。

但眼前必須以強勢的態度把場面撐起來。

「起事軍隊的情況，我也看到了。那種氣氛，要說有一、兩個將校或士兵脫隊來暗殺蒲生大將，實在是萬萬不可能。再說，如果要殺大將，他們一定是整隊光明正大地來。他們現在就是以這種做法，在暗殺重臣後佔據了首都的中心。這些人何必只有在殺蒲生大將的時候，要偷雞摸狗的？」

「這個……」嘉隆語塞了。

鞠惠卻不認輸。她噘起嘴吧，口沫橫飛地說：「不然就是鄰居！」

「鄰居？」

「沒錯，他們也是在封鎖區域內不是嗎！」

「妳有什麼證據……」

孝史想要反駁，卻被珠子的聲音打斷了。

「我爸爸跟鄰居處不好。」

「只是處不好就要殺人？」

「有可能。因爲他們思想對立。」珠子凝視著孝史的眼睛慢慢地說。「我們家四周住的多半是軍人，不然就是和軍隊有往來的商人或是公家機關的官員。這些人幾乎沒有一個不和爸爸對立的。後來情況嚴重到後門都封起來的地步。」

孝史嚇了一跳。這幢府邸的確沒有後門，也因此產生許多不自然和不便。原來原因是出在這裡？

「要從我們家的後門進出，就必須通過緊鄰著我們後面那戶人家的私人道路。可是，爸爸卻和後面那戶人家吵了起來，一個說有本事就不要再走，一個說不走就不走……」珠子微微一笑，「跟小孩子吵架沒兩樣吧！可是，他們卻罵爸爸『叛國賊』。」

「吵架的原因是什麼呢？」

葛城醫生代替珠子回答。「是『中國一擊論』。」

「啊？」

「你可能不懂，不過簡單地說，就是認爲其實中國不堪一擊，眞正的敵人是北方的蘇聯。蒲生大將大人在病倒之前，也是這個論點的支持者，但是，他病倒之後，似乎改變了心意。然而後面的屋主，我記得是陸軍士官學校的教官，卻認定改變論點的大人變了節。」葛城醫生困惑地撚了撚鬍鬚。「後門就是這樣封掉的，其中的經過我曾聽大人提過。大人是笑著說的……但也露出了相當懊惱的樣子。」

孝史覺得簡直是難以想像，把雙手交叉抱在胸前。

剛才嘉隆也說過，病倒前後的蒲生大將宛如變了一個人，這是怎麼回事呢？生病有這麼強烈的威力，能夠徹底改變一個人的思想嗎？而這次的殺人事件，也和大將的思想變化有關嗎？

這時候，他聽到貴之低沉的聲音。「無論如何，外部的人要潛進來殺爸爸是不可能的。」

孝史好像被一把拉回現實之中，看著他的臉。貴之已經從剛才的屈辱中重新站起來，也回復冷靜的表情。

「你這個人腦筋眞死，」鞠惠惡言相向，「你憑什麼斷定？」

貴之很乾脆地回答：「因爲窗戶上了鎖。」

一瞬間，眞空般的沉默籠罩了整個起居室。

「鎖……？」珠子看著她哥哥。

「對，上了鎖。」貴之點頭。「門是開著的，但是窗戶的窗扣卻鎖得好好的，全部都是從內側鎖上的。這件事，不止我，這位尾崎君也確認過了。沒錯吧？」

孝史點頭，眼睛瞪得大大的，嘴巴也半開著。沒錯，的確是這樣！他沒說我都忘了……

窗戶的鎖是鎖上的，沒錯。

「是啊，就跟貴之說的一樣。」

聽到孝史的佐證，鞠惠傻傻地張大了嘴。這次連她也無話可說了。

「什麼嘛……那……」

貴之直直地盯著鞠惠的臉。

「對，殺死父親的兇手，就在這個家裡。」

6

嘉隆站起來，勢頭猛得椅子都倒了。「開什麼玩笑！你憑什麼懷疑我們！」

「沒有人說是你。」貴之說，「我只是說，兇手就在我們之間。」

嘉隆氣得臉色大變。「難不成你是說，大哥的遺書裡寫了類似的事情？」

孝史也覺得這並不是不可能的事，便轉頭看著貴之。

但是貴之很冷靜。「遺書裡沒有提到這些事，爸爸也不是那種人。我只是說，從目前的狀況來看，只能判斷兇手一定是在這個家裡。」

「那還不是一樣！」連鞠惠也懂得這一點。她站起身來，像是要逼問貴之似地向餐桌靠近。

「聽到槍聲的時候，我們——我和嘉隆一起在房間裡。嘉隆在畫畫，我當模特兒。貴之來通知之後，我們才知道發生了什麼事。」

「這麼說，你們聽到槍聲了？」孝史反問。「明明聽到，卻不覺得奇怪？沒有感覺到有什麼事發生了嗎？」

那時聽到類似槍響的聲音之後，貴之馬上就跑來問有沒有聽到什麼，所以才會在通往起居室走廊之前，那個有燙衣架的房間裡和孝史照面。然後兩人到廚房去，詢問阿蕗和千惠，確認聲音不是來自廚房之後來到起居室。這時候，珠子從玄關大廳那邊跑進來，說「爸爸房間裡有奇怪的聲音」，於是，三個人趕往大將的房間。

孝史將當時的行動說明了一遍。貴之像是確認般一一點頭。

「但是，那時候你們兩位並不在場。」孝史說，「確認大將身亡之後，貴之去通知你們是事實，可是在那之前，你們在做些什麼？既然聽到槍聲，爲什麼沒有從房間出來？」

鞠惠縮起下巴，有點氣怯地眨了眨眼，回頭看嘉隆。

嘉隆走近餐桌，俯視著孝史。「我是聽到槍聲了。但是，我以爲是外面傳來的。」

「外面？」

「沒錯，外面。現在正在發生那種騷動，我想，聽到一、兩聲槍聲也沒什麼好大驚小怪的吧。」

「封鎖線很遠。不可能在這麼近的地方發生槍戰的。」

「這我怎麼知道！」嘉隆這句話好像從齒縫裡擠出來的，「開槍的當然是軍人。所以我以爲是外面，沒有放在心上。就是這樣。」

鞠惠也恢復了她的氣勢。「對呀，就是這樣！倒是珠子呢？妳那時候在哪裡？」

突然之間被點名，珠子像被潑了盆水般眨了眨眼睛。「我？」

「沒錯，就是妳。」鞠惠的眼神閃閃發光，彷彿穩操勝券，「妳在聽到奇怪的聲音，跑到起居室之前，人在哪裡？妳自己一個人待在哪裡？」

大家的目光都放在珠子身上。珠子的表情幾乎沒有變化，她環視了每一個人，開口說：「我在玄關。」

「玄關？妳在那裡做什麼？」貴之問。

「看外面。」珠子有點害羞，眼睛向下看，「我在想，不知道能不能看見什麼……。因爲路不好走，所以我沒有到前庭去，可是我想在玄關或許可以聽見士兵的聲音。」然後，加了一句詩情畫意的話。「而且，我最愛雪景了。」

「眞是奇怪。」鞠惠說。

「妳想看外面，從二樓的窗戶看不就好了？可以看得更遠。」

「從我房間看不到宮城那邊。」

「可以到別的房間去看呀！」

「鞠惠，請妳先安靜一點。」貴之阻止她，對珠子提出問題，「妳在玄關待了多久？」

珠子歪著頭說：「我也不知道……三十分鐘左右吧！或許更久也不一定。」

「眞是不怕冷啊。」

葛城醫生低聲說了一句，結果每個人都轉頭看著他。或許是發覺自己的感想不合時宜，醫生露出不好意思的表情，說道：「啊，抱歉。」

這時候，孝史的心突然猛地一跳，腦海裡閃過一件事，背部一陣涼意，冒出了冷汗。

葛城醫師說到重點了，一點都不會不合時宜。

孝史不由得吞了一口唾沫，開口問道：「珠子小姐，妳真的不冷嗎？」

珠子輕聲笑了。「不冷呀！」

「妳的和服上面，披了什麼外套嗎？」

「沒有。」

「手腳一定很冷吧！」

「是呀，都凍僵了。」

貴之不耐煩地打斷他們：「你在胡說什麼！」

「這很重要。」孝史直視著珠子，「那時候，貴之少爺到大將的房間，我們兩人跟在他後面，那時候，珠子小姐，還記得嗎？妳是這樣跟我說的。」

——我一個人好怕，你也一起來。

「嗯，記得呀。」

「然後，妳牽了我的手。是妳抓住我的手的，妳還記得吧？」

珠子豐潤的雙頰微微地抽動了一下。這女孩果然一點都不傻。每個人都愣在一旁，只有珠子明白孝史的意圖。

「這個嘛，我不記得了。」她說。「我牽了你的手嗎？」

「是的。」孝史回答。

在當事人面前當場揭穿謊言，孝史也是頭一次有這種經驗。他緊張得耳垂都發燙了。

「妳的手很溫暖。」孝史說。

貴之的表情變了。他也明白了。

「我記得很清楚，因爲妳抓住我的手，嚇了我一跳。妳的手很溫暖。實在不像是一個打開了玄關的門，朝外面看了三十分鐘的人的手。」

珠子把視線從孝史臉上移開。孝史還以爲她會向貴之求救，但她卻沒有這麼做，反而目光落在餐桌上。

「珠子……」貴之低聲說，「實際上到底是怎麼樣？」

珠子吞吞吐吐地、小聲地說，「我沒有殺爸爸。」

「這可就難說了。」鞠惠說了這一句，但沒有人理會她。大家的目光都集中在珠子身上。

「我爲什麼要殺爸爸？我希望他長命百歲，希望他送我出嫁呀！」

「那件親事。」嘉隆開口說道，「聽說是大哥擅自決定的。珠子，妳是不是對那件親事有所不滿？」

他的口吻是溫柔而僞善的。孝史越聽越光火，很想好好揍他一頓。

「大哥留下了遺書吧？他早就準備要自殺了。大哥都已經準備好要自殺，兇手卻殺了他，可見兇手一定非常生氣。珠子，妳對這件親事深惡痛絕，所以滿腔憤怒，是不是？」

孝史插了進來。「請等一下。大將留下遺書這件事，在他身亡前沒有人知道。」

至少，除了來自未來的孝史和平田之外，沒有人知道。

「珠子對親事也沒有任何不滿。」貴之說。「對方求之不得，珠子也應該很滿意。」

「但是，她的對象可是計程車公司的兒子哦？」鞠惠以鄙夷的語氣越說越起勁，「這麼高貴的千金大小姐，怎麼可能心甘情願地嫁給開車的！」

「那是爸爸決定的。」貴之反駁。

「爸爸說，那是爲了珠子的將來，珠子也很高興。是妳自己不知道吧！妳根本就不關心珠子的親事。」

「哎喲！我當然關心啦，我可是她母親呢！」

「妳是哪門子的母親！」

貴之的怒吼震動了玻璃窗，就連鞠惠也嚇得縮了回去。

在沉默的瞬間，珠子微弱的聲音冒了出來。

「——我在偷聽。」

「啊？」孝史把耳朵靠近珠子，「妳說什麼？」

「我在偷聽。」珠子重複之前的話，仍舊低著頭，繼續說，「我站在嘉隆叔叔房門外，偷聽他們兩人的談話。然後就聽到爸爸的房間傳來很大的聲響——可是，我自己一個人很害怕，不敢去看，我知道哥哥在起居室，所以就下去了。」

珠子眨眨眼睛，又低下頭。

「所以，我說我在玄關是騙人的。尾崎說的沒錯。」

「偷聽……」鞠惠的眼睛睜得斗大。

「眞沒教養！」

「也不曉得她說的是不是眞話。」嘉隆聳聳肩，「又沒有證人。」

珠子突然抬起頭來，就像睡著的蛇猛然昂起頭般迅速。然後她看著叔叔的眼睛。

「那時候，叔叔在房裡跟鞠惠說，如果青年將校起事失敗的話，爸爸一定會自殺，是不是？」

嘉隆的表情僵住了。鞠惠鮮紅的嘴唇張得大大的。

「所以，私奔的事最好再緩一緩，叔叔是這樣說的。我還知道鞠惠準備私奔的行李就藏在半地下的空房裡。」

珠子燦然一笑，望著鞠惠說：「妳眞傻。每次叔叔藉口說要以妳爲模特兒畫畫來家裡住時，我就會偷聽你們講話。私奔的事大約是半年之前提起的。是妳提出來的吧？連偷聽的我都知道叔叔其實根本不想私奔，他只是口頭上應付妳，說什麼等機會一到就私奔。我清楚得很。但妳卻一點也沒發現。大傻瓜，眞遲鈍。」

「珠子！」嘉隆的手和怒吼聲同時從旁邊飛過來，打在珠子的臉頰上，力道大得珠子連人帶椅倒下。

「你幹什麼！」貴之向嘉隆衝過去，葛城醫生擋在兩人之間。孝史扶起珠子，阿蕗也從旁協助。

「謝謝。」珠子爬起身來，裝出笑容。左臉上清清楚楚地留下紅色的手印。即使如此，珠子還是一樣堅強。沒有挨打的那一面臉頰，因爲激動而白裡透紅，雙眼炯炯有神。好美。

「現在說這些也沒有用。」葛城醫生抱住臉色發青、氣喘吁吁的嘉隆說。「已經很晚了，大家休息吧。對了，大家都還沒有用晚餐吧？總之，我們就先到此為止。」

沒有人有異議。千惠再度拭著淚，回到廚房。

孝史和貴之與葛城醫生三個人在起居室用晚餐。鞠惠和嘉隆窩在嘉隆的房間裡，珠子則是說想睡不想吃飯，回房去了。孝史本來想待在平田身邊的，但葛城醫生和貴之都要他留下來。

「我想就我們幾個，稍微把事情整理一下。」醫生說。

「可是，眞的可以嗎？我是下人啊！」

「都什麼時候了，還說這些。再說，現在是非常時期。」

平田那邊由阿蕗代為照顧。阿蕗說要煮米湯給平田喝。孝史道了謝，開始吃飯。有滷菜、烤魚、涼拌等等好幾道菜，擺飾得很漂亮，味道應該非常好，但孝史卻食不知味。

貴之只是拿起筷子碰碰菜而已，和他比起來，葛城醫生顯得胃口不錯。當然，就立場而言，他是個局外人，心情想必比較輕鬆，但孝史卻從他身上看到醫生特有的堅強。越是有危險的時候，越是應該補充能量，好好撐下去。

孝史向醫生看齊，把飯菜往嘴裡塞。環境一穩定下來，身體就想起了自己的傷，到處痛了起來，幸好還不至於痛得無法忍受。和今天早上比起來，情況好得多了。孝史的精神一直很亢奮，可能是因此而產生了良好的效果。

「這下事情麻煩了。」

放下筷子，慢慢啜了一口千惠泡的茶，葛城醫生開口了。

貴之的視線從幾乎沒有碰的晚餐上抬起來，孝史也看著醫生。

「我雖然不看推理小說，不過，這情況簡直就像小說一樣啊。」

一點也沒錯。孝史也這麼想。

「怎麼說來著，不在場證明嗎？就是殺人案發生的當時，人不在現場的那個。」

「是的。」貴之點頭。

「貴之和尾崎，還有阿蕗和千惠，四個人的不在場證明是很確鑿了。」葛城醫生說，「至於珠子和鞠惠、嘉隆，就有點問題了……。如果珠子的話是眞的，那麼他們三個也擁有不在場證明。」

「我認爲珠子沒有說謊。」貴之說。他推開盤子，望著壁爐。「對她來說，如果不是在那種情況之下，她是打死都不會承認自己在偷聽的。我不認爲她在說謊。」

醫生沒說話，孝史開口了。「而且，他們三個都沒有動機。」

「動機？」

「是啊。關於珠子，對於她的親事我不太清楚，所以不敢有什麼意見。可是，到目前爲止，就我親眼所見，實在是不認爲她殺了大將大人。」

孝史思考著珠子在大將死後流下的眼淚。那種旁若無人的哭法，至少，那些眼淚是眞實的。還有，後來她在起居室看家族照片看得出神時的表情，就更不可能是她了。

「不是珠子殺的……」

「那當然。」貴之不客氣地說。

孝史瞄了貴之一臉。然後，把嘴邊的話給吞下去。

——可是，你發現大將頭部中槍死亡，遺體旁邊卻沒有槍的時候，非常慌張吧？你在慌些什麼？

貴之是不是當下就想到某個可能會做出這種事的人，所以才會那麼慌張？而他之所以沒有立刻提起找不到槍的事，也可能是因爲想保護他想到的「某人」。

那個「某人」是誰呢？除了珠子之外，孝史想不出第二個人了。照目前爲止的發展，很顯然貴之是不可能會保護嘉隆和鞠惠的。會讓他挺身保護的，唯有珠子一人。

孝史實在不認爲珠子有什麼非殺死父親不可的動機。事實上，人或許不是珠子殺的。但是，無論事實爲何，貴之或許有足夠的理由去懷疑「爸爸是不是珠子殺的？」

雖然孝史不知道是什麼理由。

「鞠惠和嘉隆呢？」醫生愁眉不展地說，「那兩個人，該怎麼說才好呢？暗地裡私通的事，我也很清楚。事實上，大將大人也已經發現了。」

孝史驚異不已，貴之的表情卻顯得毫不在乎。

「是的，家父知道。這件事家父是故意不去理會的。」

「但是，那是大人的夫人吧？雖然是繼室，一樣是夫人啊。」

「她算什麼繼室。」貴之從鼻子裡發出冷笑。

「又沒有入籍，那女人是自己跑來賴著不走而已。勉強算是妾吧！」

由於太過驚訝，孝史一時之間無法出聲。

「她是什麼時候來到府上的？應該是大人退役之後吧！」醫生喃喃地說，「大人病倒是在昭和九年（一九三四）的初春吧！記得是三月的時候。那年年底，鞠惠好像就已經在這裡了。」

「她跑到我家來，是九月的事。」貴之以緩慢的口吻說，好像在記憶中追尋，「因為事出突然，我非常驚訝。對了，剛才也提到過，家父差點遭到恐怖分子的攻擊，她應該是在那個事件發生前不久來的。」

偽裝成探病訪客的男子以手槍威脅大將，被阿蕗發現，從二樓跳窗逃逸。鞠惠說「差點嚇死」的那個事件。

「那時候大人的身體已經大致復原，也開始著手著作了吧？雖然還無法進行劇烈運動，但是頭腦已經完全清醒了。為什麼任憑鞠惠賴在府上呢？只要狠狠罵她幾句，趕出去就好了啊。」

貴之皺著眉頭。「關於這一點，我也不太清楚。家父對我說抱歉，要我忍著點。」

「要你忍……」

「她原本是家父常去的一家高級日本料理餐廳的女侍。事實上，和家父之間並非完全沒有關係。」

葛城醫生苦笑：「畢竟大將是男人啊！而且在夫人去世後的十五年來，一直都是孤家寡人。」

原來蒲生夫人那麼早就過世了啊。

「站在家父的立場，心境可能也很複雜吧，只是，她會來我們家賴著不走，一定是有人在背後指點，教唆她這麼做。這種事光憑鞠惠自己的腦袋是想不出來的。一定有人在操縱她，而那個人，就是家叔。」

孝史再度感到驚異萬分，連筷子都掉了。

「你的意思是……」

「我不知道嘉隆叔叔有什麼企圖，不過，事情就是這樣。」

「可是，他一直以爲鞠惠是大將的繼室啊！」

其實，我也偷聽到他們的談話了──孝史向貴之和醫生坦白，並且把他們兩人在柴房裡的對話說出來：嘉隆向鞠惠解釋，大將自殺身亡之後，財產就全數歸「妻子」鞠惠所有。

醫生和貴之面色憂戚地對望。

「唉，那兩個人的話題竟然圍繞著大人的自殺打轉。」醫生說著，頭歪向一邊。「但是，嘉隆眞的是這樣想的嗎？眞是奇怪了。」

「哪裡奇怪呢？」孝史問道。

「當然奇怪啦！就是大人死後，財產歸鞠惠所有這一點啊！那分明是不可能的。」

「因爲她不是正式的夫人嗎？所以我才說，嘉隆以爲鞠惠是正式的夫人啊！」

「不是不是，」醫生性急地揮手，「就算她是正式妻子，大人的遺產也不可能是鞠惠的。妻子沒有權利繼承遺產，所有的遺產都由長男貴之一個人繼承的。」

孝史先是愣住了，然後腦袋有如被敲了一下，恍然大悟。

原來如此！戰前與戰後在遺產繼承的觀念上是完全不同的。妻子爲遺產的第一繼承人，有權利獲得遺產，這個觀念是源於戰後男女平等的思想。孝史目前置身於昭和十一年，父系制度儼然存在，女性的權利不但不爲一般人認同，甚至根本沒有意識到女性有所謂的權利。

「那麼，嘉隆是誤會了……」

「再不然就是說謊。」貴之說，「鞠惠不可能有這方面的知識，她對家叔所說的話唯命是從。家父對於她的愚蠢無知倒是覺得可憐可愛。」

「但是，嘉隆爲什麼要說這種謊？」

「我哪知道。」貴之的語氣很衝。「不如你去問問他本人啊？」

「好了好了。」醫生插進來，「有一種可能性就是，大人特地寫下來，說明自己死後，鞠惠可以分得某部分的財產，這是可行的做法。但是，如果眞是這樣，大人當然會事先交代貴之才對。」

「我什麼都沒有聽說。」貴之說，「家父從來沒有跟我提過遺產的事。」

「那麼，這究竟是怎麼回事呢？眞叫人想不透。」醫師撐著額頭，呻吟幾聲，「不過，不管怎麼樣，既然嘉隆認爲財產是鞠惠的，那不就有行凶的動機了嗎？」

停了一下，貴之點點頭。「的確。」

「等一下！這不太對。」孝史急著說，「他們兩人的目標的確是蒲生家的財產。但是前提是，他們說的是大將一定會自殺。請不要忘了這一點。」

「他們就是認定家父一定會自殺，所以才覺得就算動手殺人也不會有人懷疑，不是嗎？」

孝史差點笑出來。這樣一點都不像貴之，想法竟然如此簡單而粗略。

「他們不可能這麼傻的。事實上，嘉隆是這樣說的：『這次起事失敗的話，大哥絕不會活著』。他說的，完全是以『起事失敗』爲先決條件。」

萬一起事失敗，蒲生大將卻沒有自殺，使他們的期待落空，那才有可能考慮到這是個動手殺人再佈置成自殺的好機會。但是，今天早上才開始起事，結果如何還沒有人知道。

——至少，這幢府邸裡的人對未來一無所知，他們不知道二二六事件會如何落幕。

「既然他們抱持著這樣的想法，那麼在起事結果塵埃落定之前，應該不會貿然行動。嘉隆和鞠惠並沒有非挑今天殺死大將不可的理由。現階段，他們只要等待就行了。」

葛城醫生嘆了一口氣。「這麼一來，就沒有任何人了。」然後像自嘲般笑了笑。「會有什麼人像煙一般出現，殺了大人，再像煙一般消失，根本不可能有這種人啊！」

但是，卻有什麼人做到了。眼前就有人把大將的死佈置成自殺，只是現場少了那把槍。

「發現大將大人自殺的人，偷偷將手槍取走……」醫生喃喃自語，說完又苦笑起來，「這更加不可能，因爲沒有這個必要。」

「從玄關進來，上了樓梯射死大將，然後再下樓到外面……」孝史也覺得很蠢，越說越小聲。

「難道眞的是外來的人？」

「是誰？又要怎麼進來？」

「這是不可能的。」

「不可能。」醫生不留情面地回答。「剛才，你自己不也說了嗎，如果外來的人因爲思想上的理由，企圖殺害大將大人的話，絕對不會採取這種偷雞摸狗的方式。他們一定會大大方方地報上名號。因爲對他們而言，這是『替天行道』。」

「如果動機不是在於思想上呢？」

葛城醫生轉了轉眼珠，望著天花板。「那種情況就不是我們能應付的了。但是，不具有思想上的動機的外來者，爲什麼要選在今天、這種時候，帝都如此動盪不安，無法自由行動的日子來刺殺大將大人呢？」

貴之突然非常唐突地高聲說：「剛才說有人把槍拿走，或許有這個可能。」

孝史和葛城醫生異口同聲地說：「目的何在？」

「拿那把槍再去殺其他人。」

這次，換醫生和孝史對望了。

「什麼時候？」醫生反問，「什麼時候會再度犯下殺人案？」

「這個……」

「應該不會馬上有所行動吧，在這種封閉狀態下再次殺人，不必去查就知道誰是兇手了。因爲，在這裡的人數太有限了。」

「但如果沒有要馬上再殺人的話，就沒有必要現在就偷走大將的手槍了。」孝史也說，「或者，把槍偷走加以保管？爲下次行凶做準備？」

貴之不耐煩地揮揮手。「我知道了，不用再說了。」

但是，在貴之的話催化之下，孝史還是繼續往那個方向想。對啊，問題就出在這裡。殺死大將的兇手，爲什麼要把手槍拿走呢？

這不是很奇怪嗎？如果手槍在現場的話，事情便以「自殺」結束，一點問題都沒有。現在正是因爲手槍不見了才會引起騷動。這麼簡單的道理，兇手不可能想像不到。然而，他有什麼必要非把手槍從現場拿走不可呢？

是指紋嗎？這個時代已經有調查指紋和那個，那個叫什麼來著？開槍後會在手掌上留下證據的，對對對，火藥殘留反應，已經有調查這些的技術了嗎？兇手認知到若遭到調查便會被鎖定的事實嗎？

但是，即使有，指紋只要擦拭便可去除。再說，之前也再三強調過了，現在東京正處於非常狀態，警方也被起事的軍隊占領，動彈不得。就算想針對指紋和火藥殘留反應進行調查，就算眞的能夠進行調查，也只有等警察到場蒐證，在那之前誰也無可奈何。因此，以兇手的立場而言，只要將行兇的手槍直接丟在大將身邊，其實根本不會產生任何風險。

可是，他爲什麼特地把槍拿走？

「話說回來……」

聽到葛城醫生沉思般的聲音，孝史才回過神來。

「我雖然知道大將大人和嘉隆之間的感情不睦，卻沒想到已經到了這個地步。」貴之露出諷刺的笑容。「您是指，利用女人把這個家搞得天翻地覆嗎？」

「唔，是啊。」

「剛才我也向您說明過，家父並沒有理會鞠惠。」貴之非常肯定地說，「家父說，如果把她趕走，嘉隆又會想一些餿主意來作怪，那樣也很麻煩，不如讓他們去搞。等時候一到，那女人便會自行離去了。」

「話是這麼說，不過會不請自來賴著不走，眞是離譜。」孝史很直接地說出感想。

葛城醫生苦笑。「她來的那一天，我還記得很清楚。她是搭計程車來的，連行李也一道搬來了。說什麼想照顧大人，從今天起要住在這裡。」

——是呀，我身受大人的恩惠，曾經答應過大人，萬一大人生病，我一定第一個陪在身邊照顧他。大人也說：「鞠惠，到時候就麻煩妳了。」

葛城醫生模仿鞠惠嗲聲嗲氣的語氣，貴之笑了，醫生學到一半也笑場了。

「不久，嘉隆叔叔就來了，開始幫鞠惠撐腰。說什麼如果大哥沒病倒的話，早就將這一位娶進門了，諸如此類的。」

鞠惠就這麼賴著不走了。而她和她的軍師嘉隆，自以為鞠惠已經成為蒲生憲之的正室。但是，貴之說實情並非如此。這個誤會是從哪裡產生的呢？

「大將和嘉隆從以前就感情不好嗎？」

「要說大將大人才對。」醫生糾正孝史後接著說：「這個嘛，年紀相差很多啊，合不來也是難免的。」

「那也不應該……」

「嘉隆也服過兵役，那是國民的義務。但是，他和大將大人的位階差太多了。蒲生大人那個年代高居大將之位的，大概也只有十人左右吧！換句話說，大將是英雄，嘉隆卻只是個地方人。」

從剛才這個「地方人」便不時出現在談話中。

「地方人是什麼意思？」

「哦，指的就是一般民眾，也就是軍人以外的人。」

這種說法多少有輕視的意味。讓人有種軍人很偉大，其他人則連提都不必提。大將以這種感覺和嘉隆相處，而嘉隆對英雄大哥則抱著一種扭曲複雜的憎恨——

「有段時間，嘉隆的地位權勢反而勝過大將。日俄戰爭後，裁軍論盛行，是我們現在難以想像的。那個時候軍人走在路上都不敢聲張。當時，嘉隆可是得意得不得了。大概正好是現在的公司上軌道的時期吧！然而好景不常，世界情勢發生變化，日本必須發憤圖強以對抗來自各國的壓力，於是軍人的勢力再度抬頭，大人和嘉隆的立場也再一次對調。正因爲嚐過揚眉吐氣的滋味，這次的改變讓嘉隆更加掃興。所以，當大人一病倒，他當然不肯放過任何惡整他大哥的機會。更何況，如果運氣好的話，連財產也可以一併到手。」

貴之微微一笑。「醫生眞是什麼都知道。」

「因爲承蒙大人不棄，多年交好。」醫生鄭重地說，「事實上……到現在我才敢說，大將曾經向我詢問自殺的方法。」那是約一個月前的事，醫生說，「大人問道，若是使用手槍，要往哪個部位開槍才能夠死得確實，死得體面。我並不想回答這樣的問題，所以不作聲，結果大人他……」

——我不希望成爲半死不活的廢人。因爲是醫生你，我才問的。

「大人說，他希望以不辱軍人身分的死法死去。我在懇請大人答應我千萬不要輕生後做出回答。」

「您是怎麼說的？」

醫生痛苦地垂下眼睛。「朝頭部開槍應該最爲確實。」

貴之點點頭，把眼光從醫生臉上移開。

「所以，一聽到大人自殺時，我並沒有感到任何疑問。只是沒想到事情竟會演變成這樣……」

實際上是有遺書的。若不是少了手槍，這顯然是一樁完整的自殺事件，沒有任何疑問。

這裡到底發生了什麼事？

貴之回到自己的房間。儘管阿蕗不斷推卻，孝史仍幫忙收拾晚餐餐桌。葛城醫生則留在起居室，聽聽收音機，抽抽菸。

洗完碗盤，孝史回到起居室時，葛城醫生正在壁爐邊，望著燃燒的火焰。火勢已經變小許多了。

「這裡的火差不多也該熄了。」

「醫生的房間，現在千惠姨正在準備。」

「是嗎。謝謝。睡前我再去看一下你舅舅的情況吧。」

阿蕗也跟著過來。三人一起來到半地下的房間。

「收音機有沒有什麼新消息？」

「不太清楚。似乎可能會發布戒嚴令。」

戒嚴令是什麼？

半地下的走廊，冰冷到了極點，令人不由得打起寒顫。看來入夜之後，溫度降得更低了。這種寒氣對平田的身體不好。孝史在相隔許久之後，再次對自己的未來感到不安。平田眞的會好起來嗎？不會變成嚴重的殘障嗎？

平田原本還在睡，但孝史他們進來後便醒了。臉色還是一樣蒼白，嘴唇乾透了。

葛城醫生一邊和平田說話，對他斷斷續續的回答隨聲附和，一邊詢問阿蕗用晚餐時的情況等，很有效率地完成了診察。

在阿蕗勤快地為火盆加炭，幫平田重新蓋好被子時，醫生對孝史招手。他們倆來到房間的角落，光線照不到的地方，接著醫生說話了，聽起來聲音很沉重。「感覺似乎有點不太對。」

「情況不好嗎？」

「不，他的意識逐漸清醒，而且能夠正確理解我的問題，並且明確地回答。也沒有大舌頭的現象。」

「之前和我說話的時候，還斷斷續續的。」

「是嗎……那麼這部分應該是好轉了。」

「是哪裡不太對呢？」

醫生把聲音壓得更低：「似乎有麻痺的症狀。」

「……」

「左半邊的一部分。手指活動困難，腳也抬不起來，眼睛四周的表情僵硬。」

左半邊。這麼說，受損的是右腦嗎？絕大部分的功能尚未解開的右腦。一般推測第六感與超能力等只有極少人能發揮的多樣且神奇的能力，便是由右腦所掌管的。

「應該不是中風。」醫生皺起眉頭，「血壓穩定，非常正常。我實在不明白。」

那是當然的啊！即使是六十年後的醫生，對於過度使用穿越時光能力造成腦部的負擔與後遺症，也沒有辦法正確診斷出來吧——孝史在心中低語。同時對醫生感到非常過意不去。

「我看，明天還是把你舅舅送到醫院去吧！」

「有辦法嗎？」

「沒問題。去找個地方借電話，安排車子。醫院那邊，我會設法安排的。像今天這樣，把事情說清楚，士兵應該也不會刁難。所幸，占領那一帶的中隊長似乎是個很明理的人。」

你也要好好休息，醫生拍拍孝史的肩膀說。「發生了這麼多事，你一定也累了，心神也很激動吧！如果覺得睡不著，我帶了安眠藥過來，可以給你一點。」

「我不要緊。」

那麼，好好休息吧！說著，醫生便上樓了。

阿蕗正在鋪孝史的被窩，孝史趕緊過去幫忙。

「你要好好看著平田叔哦！」

平田醒著，躺在枕上對孝史微笑。他臉上左眼部分，的確像死了一般一動也不動。

「嗯，我會多注意的。」

「要是有什麼事，我就在隔壁。」

「我知道……。阿蕗！」

正準備出房門的阿蕗，驚訝地回頭。「什麼事？」

「妳不怕嗎？」

阿蕗微微歪著頭望著孝史，令他不由得臉紅起來。

「沒什麼。今天發生了好多事。妳也一樣，如果有什麼事請叫我，不要客氣。」

「好。」阿菈露出了一絲微笑。

「晚安。」

「晚安。」

孝史看著關上的拉門好一陣子，大大地嘆了一口氣。走到被窩邊，在薄薄的棉被上坐下來。

「讓你……擔心了。」平田看著他。「抱歉、了。」

「沒關係。」

和剛發現大將遺體後下來這裡時比起來，平田果然說話是流利多了。眼睛雖然還是充血，不過左眼部分的血絲大致已經退了，看起來和在消毒氯氣太濃的游泳池裡游了五分鐘差不多。臉部的痙攣也停止了。

只要一個星期就會復原，平田是這麼說的。孝史鼓勵自己，只有相信他了。

「那位醫生說，明天要帶你到醫院去。」

平田緩緩地眨眼。

「我也認為那樣比較好。就算進醫院檢查，也查不出你是時光旅人吧？離開這個寒冷昏暗的地方到別處去，對身體復原應該很有幫助。」

「你……怎麼、辦？」

「我要留在這裡。」孝史立刻如此答道。如果經過深思熟慮，可能會說出更妥貼的回答，例如我也會到醫院去陪你之類的，但是孝史不假思索地說出這句話來。

「我在醫院裡陪你也幫不上忙。你不在的這段期間，我會在這裡代替你工作。」

平田的眼皮，再度緩緩地動了。左邊的動作很慢，明顯比右眼慢很多。

「蒲生大將……自決、了嗎？」

聽到這個問題，孝史注視著平田的臉。

孝史是看過掛在平河町第一飯店牆上的大將經歷，知道了發生在今天的「自決」事實。而平田應該也早就知道蒲生憲之於昭和十一年二月二十六日，二二六事件爆發當天舉槍自盡的「歷史上的事實」。正因如此，他現在也詢問孝史以確認這個事實。

該怎麼回答，讓孝史很猶豫。要說明現在的狀況嗎？可是，告訴連話都說不清楚的平田這些事，又沒有什麼好處……

結果，孝史決定簡潔地點頭。「嗯，自決了。現在為了收拾善後，大家鬧得不可開交。所以我也得幫忙才行。」

平田點點頭，閉上眼睛。

孝史也換好衣服躺下來。在薄薄的棉被底下，冷得縮起手腳，看著頭上漆黑的天花板與反射戶外雪光而發白的採光窗。

明明已累得筋疲力盡，睡意卻遲遲不來。腦海裡宛如小時候畫水彩畫時，當作洗筆的水筒裡頭有種名為思考的水；各種顏色混在一起，水流形成花樣沉澱，有些顏色鮮明，有些顏色與其他顏色混在一起形成灰色，有些顏色往下沉，有些顏色往上浮——

（自決啊……）

那是「歷史上的事實」。但是，傳到後世的「歷史上的事實」當中，並沒有將確認事件為事實之前所引起的紛爭也一併正確地包含在內。後世流傳大將是「自決」的，但是，他的「自決」是否爲眞正的「自決」？這樣的疑惑以及相關發展經過，並沒有傳到後來的時代。

這件事是如此地錯縱複雜。然而，流傳下來的「歷史上的事實」是「自決」，是不是表示在一切的紛紛擾擾之後，最終是以「自決」收場呢？或者是……

或者是？

孝史睜大了眼睛。

孝史所認知的「蒲生大將自決」這個「歷史上的事實」，與現在他親眼所見「大將的死」之間，有一個很大的不同點。雖然只有一處，卻是關鍵性的不同點。

那就是，孝史現在在這裡。不，更正確的說法是，「孝史也在」才對。

平田在這裡。時光旅人平田在這裡。

他的存在會不會使「蒲生大將自決」這個歷史上的事實發生變化？孝史不由得發出「啊」的一聲。

這不是因穿越時空而發生的矛盾，而是更現實的——這種形容雖然很奇怪，但是對時光旅人而言，是簡單而實際的。

（像煙一般出現殺了大人，又像煙一般消失。）

葛城醫生說這句話的時候，是用來表示這樣的人物不可能存在，但是，孝史卻知道這個世界上存在著唯一一個這樣的人物。

而且，現在，就在這裡。

瞬間出現，瞬間消失。於是孝史想起來了。感覺上似乎像一百年前的事，然而那卻發生在昨天晚上。從平河町第一飯店的逃生出口的樓梯上，平田的身影有如被風吹散的霧般消失了。那時候的光景。後來，不到五分鐘之後，他又回到二樓電梯前。

問平田那時候到哪裡去，他的回答是到這個時代來。爲了做最後確認——「萬一要是軍用卡車在我預定降落的地點故障，那就糟了。」

孝史嘖了一聲。那是騙人的。平田用來敷衍孝史的。因爲，那時候平田是從飯店逃生梯的二樓處消失的。穿越時空並不會發生空間上的移動。所以平田到達之處，一定也是同樣位在二樓高度的某個場所。他怎麼沒有早點發現這一點呢？

大將的房間，也是在這幢府邸的二樓。

孝史翻開棉被爬起來，透過從採光窗流洩的雪光，注視著平田的臉。像黏土般的膚色。他發出輕微的鼾聲，正在熟睡著。就像陷入昏睡般。

——是你殺了蒲生大將嗎？

在泛出白色底光的黑暗之中，孝史提出了無聲的疑問。

沒有回答。今晚，一如在雪夜中宿營的士兵無法入眠，孝史也沒有得到眞正的休息。

第四章
戒嚴令

1

好冷。

孝史醒來的時候，最初感覺到的就是這件事。腳尖完全是冰冷的。腦袋清醒無比。本以爲絕對睡不著的，但看樣子，自己似乎睡了一會兒。孝史翻身仰躺，換成把手伸向平田的的姿勢。八成是因爲墊被太薄，背好痛，脖子也僵掉了。

他一面起身，一面吐氣，吐出來的呼吸凍成了白色。抬頭一看，採光窗的顏色彷彿是結了一層薄冰又罩著一片朦朧霧氣。

自己睡了多久呢？腦袋有點模糊不清。

睡了一個晚上，這一切沒有變成夢境。這裡是蒲生憲之的府邸，「現在」是昭和十一年二月的——已經過了一天，所以是二十七日。

孝史從床裡滑出來。一起床，寒意更是襲上全身。他用手掌摩擦手臂和大腿，在四周踱步了一會兒。平田完全沒有被吵醒的樣子，靜靜地睡著。

火盆裡的火已經熄滅，完全冷掉了。白色的灰燼讓人看了更加寒冷。得去要火才行——這裡可不是一按開關，暖氣就會啓動的。

他俯視著頭端正地擺在枕頭上，無力地躺在棉被底下的平田。不曉得是不是孝史多心，平田比身體好的時候，看起來小了一圈。就像昨天孝史那樣，他身上穿著代替睡衣的浴衣。

孝史就這樣出了房間。感覺好冷。他往廁所走去，半地下的走廊盡頭，有個應該是下人用的、和牆壁同樣是灰色的洗臉台。他在那裡洗了臉。兩根牙刷豎在圓罐子裡頭。是阿蕗跟千惠的吧。罐子旁邊有個裝著白色粉末的有蓋罐子，散發出「去污粉」的味道。是潔牙粉。孝史用指腹沾取那些粉，做做刷牙的樣子將就將就。洗臉沒有熱水，冰得臼齒都痛了起來。雙手都凍紅了。

牆上的毛巾掛勾上，掛著布手巾。他借用了。手巾很薄，凍結了似地硬梆梆的。

正面的牆壁上，釘著一個沒有框架、露出鏡邊的鏡子。往裡面一看，自己蒼白的臉就在那裡。他摸摸下巴。刺刺的。不過幸虧鬍鬚量少是尾崎家的遺傳，暫時丟著不管也不打緊。

鏡子很明亮。因爲沒有半點熱氣，這是理所當然的。唉，連平河町第一飯店都有熱水哩。

可是這段期間，在這裡沒熱水才是常態。拜冷得快要結冰的水之賜，頭腦好像清醒了。

在理所當然的日常中進行的早晨習慣。不管置身於什麼狀況，人還是會做這些動作……想著想著，孝史覺得有點好笑。總覺得好像喪禮的早晨。說到孝史知道的喪禮，只有五年前祖父過世的時候，他覺得那時候的感覺，與現在非常相像。

對了，同一個屋簷下放著亡骸這一點也很相似。這個地方，躺著蒲生憲之的遺骸——

這麼一想，昨天整天發生的事，突然一口氣帶著活生生的現實感甦醒過來。昨晚睡覺的時候，有人拔掉孝史內心的栓子，抽走裡頭所有的東西。孝史醒來後，那些被抽走的東西，又沿著看不見的管子灌注進來——就是這種感覺。彷彿熱水越來越滿的浴缸，孝史的角色也越來越明確。

是誰殺了蒲生憲之大將，從現場拿走手槍？而且是無聲無息地出現，無聲無息地消失。

進入夢鄉的前一秒，他想到這種事只有一個人辦得到，那就是平田。從現代穿越時空，射殺大將之後，再帶著手槍穿越時空回到現代。對他而言，這是易如反掌的事。

如今，經過一晚重新思考後——

如果是平田的話，那動機是什麼？他有什麼目的，爲什麼要做這樣的事？

像鬼魂一樣消失、又出現，只有平田才辦得到。如果推定他就是犯人，這部分的疑問就解決了。但是，平田知道蒲生大將會在二月二十六日自決。這個歷史上的事實，是他理解的知識。所以，如果他憎恨大將且圖謀殺害大將，就應該明白沒有必要非得選在二月二十六日當天，特地鋌而走險下手才對。因爲就算放著不管，大將也會自決。他明明知道的。

沒有人會笨到去殺害一個明知道會自殺的人。

孝史對著自己鏡中的臉嗤笑。果然，只靠一時的想法，是解決不了問題的——

笑著笑著，卻突然收起了笑容。

沒有人會笨到去殺害一個即將自殺的人——不對，眞的沒有嗎？眞的完全沒有這種可能性嗎？

在孝史生活的「現代」，確實是難以想像。非常難以想像。若問爲什麼，因爲「現代」已經沒有「自決」這個概念了。

就算有「自殺」，也沒有「自決」。

但是，蒲生大將並非「自殺」，而是進行了「自決」。因爲他是昭和時代的軍人。

大將憂慮軍方的現狀，擔心國家的未來，但是他連自己的身體都無法隨心所欲地使喚，完全使不上力。他向周圍陳述意見，不僅得不到理解，反而招致反感，甚至遭受近似恐怖行動的魯莽攻擊。悲憤塡膺的蒲生大將欲以自身的死向陸軍中樞死諫。爲此，他寫下了長篇遺書。

但是，就在他即將赴死的前一刻，對他懷有某些宿怨的人出現，說：我不允許你用「自決」這種名譽的方式死去，我要把你的死，變成單純的殺人事件，留在世人的記憶中，我要製造出你是被殺害的歷史事實——

如果那個人是這麼宣誓？然後付諸實行的話呢？

孝史雙手撐在洗臉台的邊緣，整個身體都僵硬了。

有可能。就算沒有人會笨到去殺害即將「自殺」的人，但搶先一步殺害即將「自決」的人，在某種情況下這麼做也絕不奇怪。而「蒲生大將遇害」事件正是發生在這種情況下。

平田從平河町第一飯店的逃生梯穿越時空的時候，殺害了蒲生大將。他殺了大將，然後帶走手槍，讓眾人明瞭這並非「自決」。這次他以下人的身分再次來到昭和十一年二月二十六日早晨的蒲生邸——是爲了置身於蒲生邸內，仔細目擊自己設計的蒲生大將殺人事件發生，以及它被當做歷史上的事實記錄下來的過程。

若站在這個假設之上，身爲「現代人」的平田爲何要特地來到戰前的這個時代的謎團也隨之解開。昨天，他只覺得平田竟然會特地選擇來到這個時代，眞是瘋狂，但或許這已經不是瘋狂不瘋狂的問題了。

孝史發起抖來，摩擦自己的手臂。他開始害怕起自己所想的事。

如果這就是眞相，那麼平田這個人對於蒲生憲之大將，必定懷抱著相當深刻且狠毒的惡意。阻止他「自決」，再刻意以讓人發覺這是殺人事件的形式加以殺害，這等於殺了大將兩次。因爲在殺害大將肉體的同時，也抹殺了他的遺志。

是這樣的嗎？是平田嗎？是他幹的嗎？如果是他，如此對待蒲生大將的理由何在？

對著鏡子自問自答，鏡中的孝史也只是一臉疑惑地望著自己。簡直就像對著影子說話的孤單小孩。

孝史搖了一下頭，離開鏡子前。就算沒完沒了地想這些也沒用。等一下再直接當面問平田吧。如果他恢復到能夠深談的狀態，應該也會回答孝史的疑惑吧。非要他回答不可！

而且，用不著焦急。時間多得是。在平田復原之前，孝史無法離開這裡。不，倒不如說在確定眼前發生的種種令人無法接受的事實眞相，並找到方法將阿蕗從未來的悲慘死狀中拯救出來前，他絲毫都沒有離開的意思。

他折回走廊，分別對阿蕗和千惠的房間小聲招呼後，打開門來，果然沒猜錯，兩個人都不在。可能已經起床到樓上工作了吧。這麼說來，現在幾點了？

孝史爬上樓梯，來到放燙衣架的房間——也算是通路。右手邊的廚房傳來話聲。是阿蕗的聲音。

孝史原本要往那邊走，卻停下腳步，豎起耳朵。起居室那裡沒有任何聲響與氣息。蒲生家的人都還在睡吧。

在府邸內走一走吧——孝史靈機一動。昨天一整天都被牽著鼻子走。也沒有機會知道府邸內部的情形，完全就是摸索的狀態。在今天一天開始前，要是能先掌握這家裡的情形，心裡也會踏實一些吧。

他走上起居間。沒有人在。大桌子上收拾得很乾淨，只有一個玻璃製的菸灰缸孤伶伶地擺在上頭。

窗邊的雜物櫃上有一個箱型的收音機、擺飾櫃、正面的壁爐、壁爐台上有幾張框起來的相片。孝史走近壁爐台。照片全都是黑白的，共有三張。每張褪成了不同色調的暗褐色。

其中一張似乎是年輕時候的蒲生憲之夫婦。身穿軍服的蒲生憲之——沒錯，是憲之。相貌雖然酷似貴之，但是眼睛部分不一樣。身高似乎也是貴之比較高。

蒲生夫人穿著和服，結著髮髻。那張臉簡直和珠子是同一個模子刻出來的，孝史忍不住仔細端詳起來。經常聽人說男孩子像母親，女孩子像父親。在蒲生家似乎是相反的。

蒲生夫人坐在古典的靠背椅上，蒲生憲之站在旁邊。從兩個人的年齡來看，應該是結婚紀念照吧。

鞠惠對於這個地方擺飾著這種照片，不知作何感想？孝史心想。她在這個屋子裡的立場岌岌可危，她似乎隱瞞著什麼，也有許多令人不解的地方。唯一清楚的，是蒲生嘉隆是她幕後的黑手，而鞠惠被他巧言哄騙、利用的可能性很高。

蒲生大將應該十分瞭解她和她背後的嘉隆正圖謀不軌。但是他卻只對貴之說「暫時忍耐吧」「那個女的不久就會離開了」，完全沒有採取其他任何對策。這不是件非常奇怪的事嗎？

——難道，大將被嘉隆抓住了什麼把柄？

因此儘管無可奈何，也只能任他們擺佈？那樣的話，嘉隆殺害大將的嫌疑就更加薄弱了。因爲被抓住把柄的人可能殺害抓住把柄的一方，但相反的可能性卻非常渺小。

——果然還是平田殺了大將嗎？

思路又回到了這裡。

夫婦照片的旁邊，擺飾著兩個約明信片大小的相框，裡面分別是盛裝打扮的男孩與女孩的照片。是貴之和珠子吧。好像是節慶時候的相片。是七五三（註）嗎……？年幼的珠子看起來就像日本娃娃。

起居室的壁爐還沒有生火。所謂的取暖道具，要是沒有生火或打開電源，反倒會讓人感覺格外寒冷。壁爐也是如此。孝史拿起立在一旁沉甸甸的撥火棒，寒意直竄上背脊。

孝史走出起居室。正面玄關的廳堂寂靜無聲。彷彿凍結的戶外光線，從門扉兩旁的採光裝飾窗射進來，冷冷地照亮地板。

孝史張望了一圈。他發現昨天慌慌張張地跑上跑下的樓梯底下，有個電話間。那是個大小就像公共電話亭一樣的空間。不過高度有些不足。漫不經心地走進裡面的話，頭一定會撞到門框吧。

電話機放在正面牆壁的架子上。相當於使用電話卡的公共電話大小，機身是黑色的。右側附了一個像把手的東西，而喇叭狀的——應該是話筒吧——器具則擺在電話機上方。那個器具以黑色的電線和本體相連。

註：日本小孩在三歲、五歲、及七歲的時候，在該年的十一月十五日，有盛裝打扮，參拜神社的習俗。

即使回到過去時代，電話還是電話。就算是孝史，也不會以爲這是洗衣機。不過乍看之下，他無法分辨這個電話還能不能用。昨天貴之說「我把線剪掉了」，是眞的嗎？

孝史拿起話筒放到耳邊。沒有任何聲音。不過，或許本來就需要另外再做些什麼動作，才會發出那種「嘟……」的聲響，因此他無法判斷。

孝史在狹窄的電話間裡彎下身子尋找貴之「剪斷」的電話線。他也想，或許自己能夠修好它。一會兒之後，他終於明白了。斷掉的是位於電話機本體裏側的最主要的線。一條以布包裹的粗線。

（這沒辦法吧……）

如果有備用的電線，或許還能夠設法，但怎麼可能會這麼剛好。電線本身也不是用插頭和本體連接在一起，而是延伸到被機殼覆蓋的本體裡面。孝史心有餘而力不足。

不過這樣一來，就知道電話是眞的斷了。在盡是曖昧不明的狀況下，就算只有這麼一項，能夠確認有人說的是事實的話，心情就感到舒爽了一些。

離開狹窄的電話間，回到玄關廳堂。還沒有任何人下來。門廳裡面的右手邊，還有一道門。孝史快步往那裡走去。

這扇門的後面也沒有任何謎團。裡頭是豪華的化妝室。銀框的大鏡子、洗臉台上形狀獨特的銀製水龍頭，更裡面是廁所。

令人驚訝的是，這個廁所是沖水式的。

不過這本來就是棟洋房，對於有沖水式廁所感到驚訝，或許反倒是大驚小怪了。但是，想想它與半地下的傭人房間之間的差距，孝史還是忍不住啞然失聲。本來就差這麼多嗎？

然後，他突然想起昨天珠子告訴他，蒲生大將封住後門的事。

就算是孝史，也知道「茅坑」式的是什麼樣的廁所。必須請人來撈糞才行，而且絕對需要。

他不曉得這個時代是水肥車還是手拉車，不過那一類的設備，要是沒有後門的話，到底要從哪裡進來？

從正門進來，通過庭院，穿過建築物旁邊，繞到廚房的小門。在如此高級的宅邸看到如此光景，是多麼古怪好笑啊。大將因為與鄰家的糾紛而封住後門時，難道沒有考慮到這一層嗎？珠子雖然說是「思想上的對立」，但乍見高尚的對立，卻影響到了日常的瑣碎小事。

孝史忍不住笑了出來。

「你在做什麼？」

聽到聲音，孝史吃驚地回頭。珠子站在背後。

今早的珠子穿著洋裝。她穿著接近黑色的深灰色套裝，布料的毛看起來又長又溫暖。底下是長裙，上衣是短的。整體的剪裁頗為寬鬆，對她而言或許是家居服，但應該不是什麼便宜貨。

孝史想起妹妹在今年初的大拍賣買的衣服。人家說流行是會循環的，果眞沒錯！同時，他也覺得這身套裝的色調很能夠襯托出珠子白皙的臉。昨天雖然他也有這種感覺，但那時突然停下動作，靜止下來的珠子更是美麗極了。

「早、早安。」孝史說。

珠子默默地，目不轉睛地看看孝史。孝史覺得尷尬，接著說出突然浮現腦海的想法。

「今天不是穿和服呢。很適合妳。」

「黑的我只有這一件。」珠子杵在原地，低聲地說。

原來她打算以那身穿著做為喪服的打扮。我也眞是糊塗——孝史想。

「聽說你不是哥哥的朋友？」

珠子納悶地說。語調並不冷淡，只是率直地表現吃驚。孝史點點頭。

「嗯，是的。昨天沒有機會說明這些……」

「聽說你是平田的外甥？躲在我們家。」

「是的。妳是聽少爺說的嗎？」

珠子一臉恍惚，點了點頭。睡意似乎還沒有完全清醒。

「哥哥和很多朋友來往，所以我覺得有你這樣的朋友也不奇怪，結果不是呢。」

昨天葛城醫生說的話忽地掠過孝史的腦海。

（因爲貴之自詡是民眾的支持者。）

「和我這種勞工階級的人？」

珠子沒有回答。但也不是一副說溜了嘴的表情。她轉動睡眼惺忪的眼睛，說：「請你讓開，我想洗臉。還有，去把起居室壁爐的火給生了。爸爸房間的也是。而且你也得去鏟雪才行不是嗎？」

突然間，她變成一副指使下人的態度。說她現實的確是現實。孝史退到一旁，讓珠子進去。她來到洗臉台前，打開一旁的櫃子，從裡頭取出淡粉紅色的漂亮肥皂。應該是洗臉用的吧。她用冷水搓出泡沫，香料的氣味飄到孝史所在的地方。

珠子好像已經不想理睬他了。孝史離開洗手間。回到廳堂時，正好碰到貴之走下樓來。

「你在這裡做什麼？」

貴之劈頭就這麼問。經過一晚，他疲累的神色看起來減少了幾分。然而眼神卻變得比昨天更陰沉。應該是沒做什麼好夢吧。

「我在看電話能不能修好。」孝史情急之下說了謊。「接下來要去幫起居室跟老爺房間的壁爐生火。」

貴之綳著一張臉，往孝史剛讓出來的洗手間走去。

「小姐正在使用。」孝史說完，朝起居室的門走去。

什麼老爺、小姐，這種話從嘴裡說出來連自己都覺得好笑。但是，暫時就算只有形式上也好，似乎也只能僅守下人的分際了。

穿過起居室，進入廚房，阿蕗跟千惠正爲了準備早餐忙得不可開交。一個瓦斯爐上正煮著一大壺的開水，旁邊的瓦斯爐則擺著鐵鍋，千惠正用木杓子攪拌著。看起來像粥。香味誘人食欲。

兩名女傭以節制的聲音向孝史道早安。阿蕗從綁起來的和服袖子裡露出白皙的手臂。鼻頭浮出一層薄薄的汗水。昨天和今天阿蕗和千惠都給人同樣的印象。

孝史也回應招呼。又感覺（好像喪禮的早上）。即使死了一個人，活著的人還是要吃早餐。也得有人準備早餐。

「小姐吩咐我去生壁爐的火。我去拿柴薪。」

聽到孝史這麼說，正把燙過調味過的青菜盛到小缽中的阿蕗擔心地問：「你可以嗎？」

「只是生火而已，總有辦法的。我去拿柴薪。」

「一開始先燒放在那邊的舊報紙。跟火柴放在一起。」

阿蕗指著廚房角落的架子說。

「柴薪可能會受潮，燒不太起來。一開始要先用細小的引柴燒唷！」

「瞭解。」

孝史穿上放在後門的綁帶長統鞋，提著昨天平田用的水桶走出庭院。現在雪已經停了，但是整片天空都被雲層覆蓋，地面一片雪白。昨晚可能又下了相當多的雪。到處形成了巨大的雪堆，半地下的窗子都被雪埋沒了。四周鴉雀無聲，完全感覺不到人的氣息。

孝史沿著圍牆和籬笆走著，仔細檢查附近。他想，若是過去真有後門的話，現在應該也一看就知道；然而在被雪覆蓋、四處凍結的狀態下，實在看不出什麼來。他在柴房裝滿一整桶木柴後，吐著白色的呼吸回到廚房。

「有什麼事就吩咐我，不要客氣。」

他一面走向起居室，一面對阿蕗說。

「在舅舅痊癒前，我會在這裡代替他工作的。至少這是我應該做的。」

這不是學鞠惠，不過這麼一來倒是有了在這個屋子落腳並行動的名目了。

「孝史……」

「等一下我也會去鏟雪。不過葛城醫生說還是讓舅舅住院比較好。所以，我想我可能會陪醫生一起到醫院去。」

「又要外出了嗎？」

「對。不要緊的。昨天也平安無事啊。」

千惠說了：「你有住院的錢嗎？」

呃——孝史愣了一下。他完全沒有考慮到這件事。千惠有相當務實的一面。所以說，不可以輕視老年人。

「我會跟醫生商量看看。」

「與其跟醫生商量，拜託貴之少爺或許比較好。」阿蕗說。

她不管什麼事都依賴貴之。這讓孝史覺得有些不是滋味。

「總會有辦法的。請不用擔心。」

阿蕗在配膳台上，開始將小缽和飯碗、筷子排放到幾個托盤上。

「那是早餐吧？」

「是的。」

有兩人份的膳食特別分開放到別的托盤上。

「那邊分出來的是誰的份？」

「是太太和嘉隆先生的份。」

「他們在自己的房間吃飯嗎？個別吃？」

「貴之少爺說，這樣應該比較妥當。」

「這樣啊。那我拿到樓上去好了。」

好機會。去探探鞠惠和嘉隆的情況。今早的他們會是什麼樣的表情呢？

「阿蕗妳們都叫鞠惠『太太』吧。」

阿蕗默默地瞄了千惠一眼。

「是啊。」千惠答道。

「我也得這麼稱呼嗎？聽貴之少爺說，她不是太太，什麼也不是。只是莫名其妙亂擺架子的女人罷了。就算她命令妳們叫她太太，也不必聽從啊。」

「不能這樣。」千惠截釘截鐵地說。「不能引起無謂的風波。」

「囉嗦的是那個叫嘉隆的人吧？蒲生大將什麼都沒說嗎？鞠惠究竟是什麼樣的立場呢？」

「我什麼都不知道。這是和我們無關的事。」

千惠斷然說道。老婆婆的臉上浮現出勸我「最好不要多管閒事」的表情。

「這裡的每一位，對我們來說都是好主人。你如果打算代替平田工作的話，就記住這點。」

沒辦法。孝史乖乖地回答：「我知道了。」阿蕗已經懶得看他。她提著水桶走出廚房。

進入無人的起居室後，孝史筆直地走向壁爐。完全冰冷的灰燼上頭，躺著燒剩、變得漆黑的柴薪。他把圍在壁爐前像柵欄的東西拿開，蹲下去揉起報紙。

透過煙囪，雖然非常微弱，孝史感覺到外面的空氣吹了進來。接著這個感覺讓他忽然想到某件事。

（這個壁爐——？）

他想起來了。平田時空跳躍失敗，掉到昭和二十年五月的空襲當中的事。

那個時候，蒲生邸正熊熊燃燒。紅磚瓦蓋的洋房，從內側冒出火焰。而阿蕗就這樣被燒死了。他忘不了。忘不了她燒得焦黑的手，伸向孝史的那一幕。

孝史打了個哆嗦。他止住顫抖，開始思索；那個時候，蒲生邸爲何會燒起來？那不是從其他地方延燒過來的燒法。看起來像是屋子裡面有起火物，而它引發了大火。

（煙囪嗎？）

突然靈光乍現。

對了，會不會是空襲的炸彈，掉進這個煙囪裡面了？記得平田說是燃燒彈。這種炸彈裡面裝了油，與其說是爆炸，更類似引發火災。會不會是從煙囪掉進了起居室？

孝史把裝了柴薪的桶子挪到一邊，把頭伸進壁爐裡面。他扭著脖子往上望。後頸和背部痛了起來。即使如此，他還是爬也似地把身體塞進壁爐裡，使勁扭曲上半身，抬頭看見了煙囪內壁。接著一個不穩，孝史趕緊用單手撐住身體。當他更努力地伸長脖子的時候，頭頂碰到了東西。

孝史吃了一驚，先縮了下去。煙囪裡有間壁？

再一次。這次從一開始就擺出接近仰望的姿勢，屁股一邊向後退，再鑽進去。身體比剛才更輕鬆地進入了壁爐裡。

他仰望頭上。

唉呀，眞是大驚小怪。上面張著一片鐵絲網。凝目細看，隱約可以看見沾滿了煤灰的網目。在更高的地方，四方形的煙囪口是打開的。灰色的天空被切成了一小塊，看起來孤伶伶的。孝史把手往上伸。手指一下子就碰到鐵絲網。網目很細，摸起來感覺相當堅固。但是——咦，奇怪，破掉了嗎？

「好痛！」

孝史慌忙縮回手來。右手的食指指腹滲出紅色的血珠。

他咂了咂嘴，再一次謹愼地伸出手去。他慢慢地沿著鐵絲網摸去。果然沒錯。近處開了一個大洞。雖然很黑，眼睛看不清楚，不過那個洞應該直徑約有二十公分。破掉的鐵絲網尖刺朝底下——也就是朝著壁爐這裡——突出，照這樣來看，應該是有什麼東西從上面掉落，撞破了鐵絲網。

這個鐵絲網本來應該就是爲了這個目的而裝設的吧。有什麼東西——人嗎？鳥嗎？——掉進煙囪的話，可以在這裡被攔截住。

原來如此，就是這個啊。孝史一邊繼續摸索，點了點頭。雖然是小地方，但一股強烈的勝利感湧上心頭。好，我來修理它。只要修好它，至少阿蕗就不會死在昭和二十年的空襲裡了。一定是這樣的。能夠這麼快就找到，太好了。

此時孝史觸摸鐵絲網的手，感覺到小小的重量。有種堅硬的觸感。好像有什麼東西卡在鐵絲網上。

孝史費勁地變換姿勢，嘗試想更清楚地看到鐵絲網。狹窄的壁爐裡無法自由行動，而且只要稍微一動，煤灰便四散下來，飛進眼睛裡。

他的手胡亂動著，結果手腕前面部分套進了鐵絲網的洞裡。不曉得哪裡被勾到了，一陣尖銳的刺痛劃過。指尖碰到了剛才摸到的堅硬物體。孝史抓住了它。

有種金屬的觸感。孝史一驚，停下動作。

——不會吧？

他慢慢放下右手，捧到眼前。他握緊手中抓住的東西，感覺心臟怦怦跳個不停。這難道是——

不，可是形狀——不過聽說很小——

孝史望向手中的東西。好像是金屬製的，四四方方、像扁平盒子般的東西。上頭沾滿了煤灰，黑漆漆的，壁爐的熱氣使盒子邊緣扭曲變形。

孝史呼地一聲，吁了口氣。

不是手槍。剛才摸到的時候，還以爲就是手槍，結果並不是。但這是什麼東西呢？

他用手摩擦平坦的部分，煤灰一點一點地被抹掉了。上面似乎雕刻著花紋。盒子的邊緣有金屬扣子，用指甲一扳，盒子便「啪」地打開了。

漆黑的灰燼有一些跑了進去。越來越搞不懂了。這是用來幹嘛的？

孝史闔上盒子，暫時把它塞進褲袋裡。他費了一番工夫生起壁爐的火，此時阿蕗捧著托盤來到起居室，一看到孝史的臉就笑了出來。

「哎呀，簡直就像清煙囪的工人。」

孝史慌忙用手擦臉。阿蕗笑得更厲害了。他望向雙手，全黑的。

「那樣不行啦，變得更黑了。」

「不要那樣笑啦。」

孝史回嘴，自己也笑了出來。他很高興看到阿蕗的笑臉。

「去洗把臉吧。老爺房間的壁爐我去生火就是了。」

「這樣做好像比較好——啊，對了。」

孝史站起來，從褲袋裡取出剛才找到的扁平盒子，走近阿蕗。阿蕗在桌子上擺放早餐的盤子和小缽，看到孝史手裡的東西，停下動作。

「我在壁爐裡面找到這個。妳知道這是什麼嗎？」

孝史說明發現它的經過，遞出小盒子。

「小心，拿角落的地方比較好。手會弄髒的。」

阿蕗用指尖抵著接下那個東西。她看看正面，又看看反面，想要打開蓋子，被孝史阻止了。

「裡面只有黑鴉鴉的灰而已。」

阿蕗目不轉睛地盯著刻在小盒子表面的花紋。

「這是什麼東西？」

「香菸盒。是裝紙菸的盒子。」阿蕗回答。「你不知道嗎？」

「香菸盒？」

他重複道，「哦，原來如此」地想通了。是香菸盒。在孝史的時代，會特地把香菸從包裝裡取出，換裝到香菸盒裡帶著走的，只有相當講究的人，或是怪人而已。不然就是爲了控制菸量，限定自己一天只能抽幾根的人吧。

「你不覺得掉在那裡很奇怪嗎？是誰的呢？」

阿蕗沉默了。從她緘默不語的樣子來看，孝史感覺事有蹊蹺。

「妳知道這是誰的吧？阿蕗。」

阿蕗用手指撫摸香菸盒表面的花紋。結果，她的手也變黑了。

「是誰的？」孝史追問。

阿蕗輕聲嘆了一口氣。

「這也不是什麼非隱瞞不可的事。」

「嗯，那樣的話就告訴我呀。有什麼關係？」

阿蕗生氣地瞥了一眼孝史。「你就愛到處追究這屋子裡頭的事。」

「我沒有啊。」

「不，明明就有。」

「那，我不會再追究了，告訴我嘛。」

阿蕗望向孝史。孝史一臉正經。

「——是黑井的。」阿蕗小聲說。

「黑井？在平田——不，在舅舅之前，在這裡工作的男工？那種人會帶著雪茄盒嗎？」

「她不是男工。是女的。」

孝史一愣。「眞的？」

這麼說來，關於黑井這個人，孝史並沒有掌握到十分正確的訊息。只是根據鞠惠對平田說「你是來接替黑井的嗎？」這句話來推測的而已。

「那，她和妳一樣是女傭嗎？她叫黑井什麼？那個人爲了什麼原因離開這裡？從昨天開始，我一問這個人的事，妳就一副難以啓齒的樣子，對吧？」

孝史連珠炮似地發問。沒錯，一提到「黑井」這個名字，阿蕗就露出一種複雜的——像想起討人厭的回憶般的表情。這讓孝史感到不可思議。現在阿蕗只有一個人，沒有千惠這個老練的援軍，所以她可能會說出內情。孝史想趁現在問出來。

阿蕗像死了心似地，稍微垂下肩膀說：「不，她跟我和千惠姨不同。她是爲了照顧老爺，有一段時間住在這裡的人。」

「那，是大將生病之後囉？」

「是的。原本她是在老爺住院時擔任看護的人。因爲照顧得很用心，所以老爺出院的時候，雇用了她一起帶回來。」

這個家裡都已經有千惠和阿蕗這兩個勤奮的女傭了，卻還特地把黑田帶回來，想必大將一定相當中意她吧。

「那個人在這裡待了多久？」

「不清楚，大概一年左右吧。」

「那個人的香菸盒，又怎麼會掉在壁爐裡呢？」

阿蕗苦笑了一下，「你眞是問個沒完呢。」

「沒錯。」

「我也記得香菸盒不見之後，黑井找了好一陣子。」阿蕗說。「那個時候，我曾經想過搞不好是掉在壁爐裡了，沒想到眞的是。」

「什麼意思？」

阿蕗把變得漆黑的香菸盒放到手掌上。「這是老爺送給黑井的東西。外面是貼金箔的，我想應該很昂貴。所以可能是有人看了眼紅吧。或偷偷把它拿走之後，給藏起來了。」

「可是，藏進壁爐裡面有可能嗎？」

「嗯。你說裡面的鐵絲網破了對吧？」

「嗯，開了個洞。」

「鐵絲網不斷被火灼燒，已經變得脆弱，前年年底，好像掃煙囪的人又把道具從上面掉了下來，結果就破掉了。大家都知道這件事，雖然一直說要修理，但並不是立刻就會造成困擾的事，於是放著放著，結果就這麼忘了。」

阿蕗說壁爐的鐵絲網的破洞不會造成困擾。不，會的。這可是關係到妳的性命的大事。孝史在內心嘀咕。

「那個洞，等會兒我會修理。」他斬釘截鐵地說。「丟進壁爐裡的話，不用擔心會有人去找，也可以趁著沒有火的時候輕易地藏進去。再加上藏在那種地方，香菸盒會被煤灰弄髒，被火灼燒，就這麼被糟蹋。實在是很惡劣的手段呢。」

「是啊……」

「是鞠惠藏的吧？」

「不曉得，這我不能隨便亂說。」

「是嗎？妳的臉上寫著『我也這麼想』喔。」

阿蕗笑了。「我不知道。」

「是嗎?會做出這種幼稚的惡作劇，好像也只有那個人了。難道，那個叫黑井的會離開這裡，也是鞠惠搞的鬼嗎?是不是她把黑井趕出去的?」

阿蕗又露出爲難的表情。看樣子，似乎有難以告人的隱情。

「千惠交代妳，不可以到處亂說屋子裡頭的事，對吧?」孝史說。

「沒有……」

雖然對爲難的阿蕗過意不去，但是孝史決定強詞奪理。

「可是啊，昨天的事……大將那樣死去，原因完全不明不是嗎?所以我覺得府邸裡的事，不管再怎麼瑣碎的事，還是弄個明白比較好吧。」

阿蕗抬起頭來。「我覺得黑井跟昨天的事沒有關係。」

「爲什麼?」

「她離開這裡是去年夏天左右的事。都已經過了半年以上了。而且黑井不是被誰趕出去，而是主動離開的。」

「大將不是很中意她嗎?」

「老爺也答應讓黑井辭職離開的。」

「那，爲什麼妳每次一提到黑井的事，就那樣支支吾吾的?」

「那是——」

「如果黑井說：『謝謝大家照顧，我去找新的工作了』，收拾行李離開的話，不是應該沒有什麼難以啓齒的嗎?可是好奇怪。妳就像在隱瞞什麼一樣。」

變得有點像在找碴，孝史覺得有些不妙，但是衝動之下說出去的話，也收不回來了。

阿蕗圓潤的臉頰緊繃起來，神情有些固執。

「我才沒有隱瞞什麼。」

「對不起，我不是在責備妳，只是——」

「你有點太不節制了。」阿蕗斥責似地說。好像突然想起現在的孝史是平田的代理人，是這個家的傭人，是和自己立場相同的人似的。「不要隨便插手管屋子裡的事。喏，快點去洗手，把早餐送去嘉隆先生跟鞠惠太太的房間。」

然後，爲了保險起見她又加了一句：「不可以多嘴，知道嗎？」

看樣子，沒辦法再問下去了。

「知道了啦。對不起。」

孝史罷休了。但是他絲毫不大意，沒有忘了把香菸盒從阿蕗手裡拿回來。

「這個我拿去交給貴之少爺。」

黑井這個人的存在，似乎謎霧重重。孝史想要趁著亮出她的香菸盒的機會，試試眾人會有什麼反應。

「孝史眞是的！」

孝史折回廚房的時候，傳來阿蕗有些生氣的聲音。雖然不想跟她吵架，但是她生氣的表情也好可愛。

鞠惠和嘉隆已經醒了。嘉隆連衣服都換好了，但是鞠惠還躺在床上，手肘頂在枕頭上，只撐起頭來。孝史端著早餐的托盤進來的時候，她也只是瞄了一眼，嘔氣似地什麼也沒說。

這個房間的大小跟大將的寢室差不多。豪華的裝飾也一樣。裡面並排著兩張單人床大小的床鋪，窗邊擺著有扶手的椅子和圓型小桌。這裡應該是客房吧。

淡淡地，有一股油臭味。孝史想起嘉隆畫圖的事。是油畫顏料的味道吧。

這個房間裡也有個箱形的收音機，嘉隆坐在椅子上，朝收音機探出身子。不曉得是否調頻沒對準，廣播雜音很多，但是嘉隆似乎聽得入神。

「情勢有什麼變化嗎？」

這個時代的廣播員雖然很專業，但是用詞艱澀，孝史有點聽不太懂。

嘉隆盯著收音機，點了點頭。就算沒有影像，聽收音機的時候，還是會注視著收音機。尤其是發布重大新聞的時候。原來這種習慣從以前就有了。

「聽說已經發布戒嚴令了。還有，交通已經恢復了。或許會就這樣平息下來。」

結果，原本蠻不在乎地賴在床上的鞠惠，突然爬了起來。

「可以出去了嗎？」

「嗯，電車也恢復行駛了。」

「太好了。一直關在裡面，真受不了。你要去公司對吧？我也一起去。」

鞠惠可能是急著要換衣服，滑下了床鋪。她穿著睡衣。令孝史不曉得該往哪裡看才好，鞠惠瞄了一眼發窘的他，露出嘲笑般的表情，這讓孝史火大。真是個討人厭的女人。

「就算出門，晚上還是要回來這裡啊。」

聽到嘉隆的話，鞠惠露骨地發出厭煩的聲音：「為什麼啊？這種死氣沉沉的地方，人家一天都不想待啦。」

「不待在這裡不行啊。」嘉隆露出在意孝史的態度。「而且，妳想去哪裡？除了這裡之外，妳沒有別的家了啊。」

「我——」

「妳想來公司的話就跟來吧。可是，黃昏的時候要回來這裡。我跟貴之有話要談。」

孝史默默地擺好早餐，內心卻火冒三丈。你們根本沒搞清楚自己是什麼立場吧？這話差點說出口，但是他不想在這裡多管閒事，免得又惹阿蕗討厭，硬是忍耐下來。

孝史急忙離開他們的房間。大將的寢室飄來線香的味道。那裡有屍骸。孝史再次確認，之後回到起居室。

貴之和珠子，還有葛城醫生齊聚一堂。醫生看起來有點睏，珠子看起來很冷的樣子。桌上擺著早餐，但還沒有人開動。

「早。」葛城醫生開口。「我才剛去看過你舅舅了，好像沒什麼變化呢。」

孝史的內心還拖著憤怒的餘波，沒辦法一下子就切換到平田的事上面去。

「啊，謝謝。」他草率地說。

「我剛才也跟貴之談過了，貴之說住院需要的費用，暫時由他代墊。這樣就太好了。快跟貴之道謝吧。」

「那眞是謝了。那個——」

葛城醫生板起面孔。「什麼謝了，哪有這麼說話的。」

「不、那個……」孝史焦急地拉大了嗓門。「貴之少爺，嘉隆跟鞠惠說要出門耶。」

「出門——？」

「嘉隆說，廣播說交通封鎖已經解除了。所以要去公司。」

貴之拉開椅子，站了起來。「我去說說他們。」

孝史也想一起上樓。貴之迅速轉頭丟下一句「你留在這裡」，快步開門出去了。

孝史憮然。葛城醫生一臉有趣地動著鬍子。

「出門有什麼不妥嗎？」

「很不妥吧？還不知道犯人是誰啊。」

「又不是關在這裡就會知道的事。而且我也要出門了。我得安排醫院和車子才行。電話不能用了不是嗎？」

醫生說的有道理，孝史也很明白，但是他實在不願意在這個階段就讓嘉隆跟鞠惠自由行動。這是他個人喜惡問題。

「那些人或許會逃走，把可能成爲證據的東西處分掉耶？」

醫生笑了出來。「要是他們逃走的話，就等於宣告是他們幹的。而且要處分掉能夠成爲證據的東西，在這個家裡也一樣能做吧？別這麼激動。」

孝史看了看冷靜的醫生，以及一副無所謂只是默默用餐的珠子，他放棄了。看樣子，似乎只有自己在一頭熱。

「話說回來，你也快點吃飯吧。要出門了。」

「咦？我也要去嗎？」

「我希望你來。」

「是去打電話吧？不能拜託醫生您嗎？」

現在他希望盡可能不要離開現場。但是醫生露出有點不悅的表情，說了：「這是你舅舅的事。而且……」

「什麼？」

「要是我一個人去，跌倒在地無法動彈的話怎麼辦？豈不是很危險嗎？」

葛城醫生是個急性子，昨天到這裡的途中，也是好幾次在雪地裡差點整個人滑倒。可是那點小事，只要小心點走路就行了嘛。孝史這麼想，默不作聲。醫生不服地重複：「這可是你舅舅的事喔。」

看樣子只能說「我知道了」。敵不過這個活力十足的醫生。孝史答應了。然後，他想起了口袋裡的東西。

「醫生、珠子——小姐。」

他取出香菸盒給兩個人看。

「這是今天早上在壁爐裡面找到的。好像是香菸盒。」

「從壁爐裡找出來的？」葛城醫生好像吃了一驚，但是珠子的反應不同。她探出身子，想要接過香菸盒。

「手會弄髒唷。」

孝史這麼提醒，珠子便說：「把它轉過來，讓我看仔細點。」

是、是，遵命。孝史照著做，珠子仔細觀察，然後冷淡地說：「是黑井的。」

和阿蕗相同的答案。但是珠子一臉平靜，好像沒什麼興趣的樣子。

「聽說是大將送給黑井的東西。」

「是啊。是我去買的。」

「妳買的？」

「嗯。特別向銀座的白鳳堂訂做的。黑井很高興，所以弄丟的時候，非常沮喪。原來是掉在壁爐裡啊。」

孝史說明原委，珠子點了點頭，望著壁爐裡燃燒的柴薪，只說了一句：「是鞠惠幹的吧。」

這個回答也跟阿蕗一樣。鞠惠的小手段還眞是容易看穿。

「你們說的黑井是……？」葛城醫生訝異地問。

「爸爸的看護。」珠子回答。「她不是曾經有一段期間住在我家嗎？醫生沒有見過她嗎？」

「不，應該是有見過。是不是大個子的女人？」

「嗯，對。體格很壯，很有力量。所以很適合當看護。因爲爸爸剛出院的時候，一個人根本沒法起床。」

「是啊……」醫生點頭。「雖然恢復緩慢，但能夠從那樣的狀態，恢復到可以行走，甚至能夠寫作的地步，大將大人的堅強意志，實在太令人欽佩了。」

「這些全都是託黑井的福。」

雖然口氣冷淡，但是對珠子來說，這似乎是最高等級的讚賞了。孝史覺得挺稀奇的。

「這麼說來，大將和黑井相處得很好囉？」

「嗯，是啊。爸爸因爲黑井的照顧，體力恢復了大半。」珠子稍微鼓起腮幫子。

「因爲爸爸對黑井太好，都只聽黑井一個人說的話，害得我都要吃醋了。」

葛城醫生微笑。「大將大人最愛的是珠子啊。」

「嗯，我知道。」珠子也回笑。「這一點其實我很清楚。」

酷似亡妻的獨生女。大將怎麼可能不疼愛珠子。即使這個女兒有些古怪的地方。

話說回來，從珠子的口氣對「黑井」的印象，和從阿蕗那裡聽到的差得眞多。阿蕗對黑井有過什麼樣不好的體驗嗎？

「黑井是什麼樣的人呢？」孝史試著打探。「年紀大概幾歲？」

「不曉得……大概比爸爸年輕一點。五十五、六歲吧。」

「她住在這裡對吧？是使用半地下的房間嗎？」

「嗯，是啊。沒有照顧爸爸的時候，她幾乎都關在自己的房間裡。」

珠子微微皺眉。

「我不太喜歡那個人。」

葛城醫生又在苦笑，珠子急忙接下去：「不是的，醫生，我不是因爲吃醋才這麼說的。我很感謝黑井。可是，那個女的有點陰森。醫生，你不這麼覺得嗎？」
「是嗎，我也沒見過她幾次，就算見面，也只是很短暫的時間。」
「不管爸爸對她多好，她對我跟哥哥說話的時候總是很恭敬，和阿蕗還有千惠好像也處得不錯，人也不壞……。和哪裡來的某人一點都不像呀。」
只有最後的部分，口氣變得尖酸。
「可是妳卻覺得她有點陰森嗎？」
「嗯，是啊。」珠子稍微聳了聳纖細的肩膀。「總覺得，那個女的有點像鼴鼠。老是待在黑暗的房間裡。白天也幾乎不出門。這麼說來——」
珠子眼睛一睜，裝模作樣地把手按在胸前，朝葛城醫生探出身體。
「喏，醫生。您有沒有看過鬼魂？」
醫生嚇了一跳。「呃，不曉得是幸還是不幸，我沒有看過。」
「我也沒有看過能確定那就是鬼魂的東西。可是，我覺得黑井就像鬼魂一樣。」
「什麼意思？」孝史問。
他的聲音和語調，比自己想像中還要加緊張，充滿了認真。珠子和醫生兩人似乎都嚇了一跳地望著孝史。
「你怎麼了？」
孝史覺得喉嚨乾渴，沒辦法順利張開嘴巴。不知不覺，他的雙手在身體兩側握緊了拳頭。雖然覺得怎麼可能，但是他無法壓抑這個疑惑。

「啊，沒事。」他勉強擠出聲音。
「那麼，那個……妳為什麼會覺得黑井這個人像鬼魂？」
珠子還觀望似地盯著孝史的臉，但孝史卻正面直視她。珠子眨了眨眼，爽快地回答了：「就是覺得她有點陰森，老是待在陰暗的地方啊。臉色也不是很好……。對了，她只在這個家待了一年，可是這段期間，我發現她的臉色日漸蒼白。」
「是低血壓吧。」葛城醫生說。「或者是貧血。出身貧苦的人常會這樣。是慢性的營養失調。」
珠子無視於醫生的診斷。似乎回想起了什麼，她微微蹙眉。
「我啊，曾經看到過一次。黑井就這樣……從陰暗的地方忽地冒了出來。」
這次葛城醫生笑了出來。「哎呀哎呀，那是珠子妳——」
「不，是眞的，醫生。我走上樓梯想到爸爸的房間去，結果黑井就幽幽地站在走廊角落的黑影當中。那裡原本一開始都沒有人在的。我眞的以為自己看到鬼魂了。」
「只是妳沒注意到而已吧。這是常有的事。」
「是這樣嗎？」珠子用手按住臉頰邊嘀咕。「因為覺得她很陰森，才會有這種觀感嗎？」
「就是這樣。」
「醫生既然這麼說，應該就是這樣吧。」珠子點點頭。「可是黑井辭職的時候，我有點鬆了一口氣。」
「她是怎麼辭職的？」孝史問。他拚命不讓自己的聲音變得沙啞。確信充滿了整顆腦袋，讓他就要莫名激動起來，心臟怦怦跳個不停。

「不清楚，我不知道。」珠子回答，但是她對孝史不對勁的模樣似乎起了疑心。「有一天她突然不見，我問爸爸，他只說黑井辭職了──你在流汗耶，怎麼了嗎？」

當孝史回答，沒有，我沒事時，貴之開門回來了。醫生朝他出聲：「嘉隆他們怎麼了？」

「他們說還是要出門一趟。」貴之馬上回答。「他們說黃昏就會回來。沒辦法，雖然關於喪禮的安排什麼的，還有很多事要跟叔叔商量，但是也不能要他把公司丟著不管。」

「尾崎擔心他們會不會就這樣逃走了。」葛城醫生調侃似地說。貴之以冰冷的眼神望向孝史。

「要逃，給我逃得越遠越好。」

貴之說完之後，似乎發現孝史一臉激動，臉上滿是汗水。他問：「發生了什麼事嗎？」

「不，沒什麼。」醫生回答。

「他在壁爐裡發現了黑井的香菸盒。」珠子指著被燻得漆黑的東西。「所以，我們剛才在講黑井的事。」

貴之看了一眼香菸盒，再一次回望孝史。孝史急忙離開那裡。「恕我告退，我去看看舅舅的狀況。」

他拚命壓抑自己，不要跑了起來。但是離開起居室的瞬間，他開始小跑步起來。剛才關門的時候，他感覺貴之疑惑的視線追了上來，卻硬是把它甩開了。

黑井──大將的看護。五十五歲左右，感覺陰沉的女人。像鼴鼠一樣喜好黑暗，像鬼魂般突然出現。但是蒲生大將很中意她，順從地聽從她說的話。對大將而言黑井是個特別的存在，甚至到了讓珠子感到嫉妒的地步──

孝史邊跑下通往半地下的樓梯，邊回想起火災之前，在平河町第一飯店和櫃台人員的對話。當時他目擊到從逃生梯消失又出現的平田，大吃一驚而陷入混亂。

——我還以爲他不會再出來了呢！原來又跑出來了啊。

——什麼東西跑出來了？

——這還用說嗎？當然是鬼魂啊。

蒲生大將的鬼魂啊。

不對。那不是什麼鬼魂。現在的孝史非常篤定，櫃台人員看到的是活生生的蒲生憲之大將。活著的蒲生大將出現在平河町第一飯店，四處遊蕩。

沒錯，他從過去來到了現代。

孝史打開平田房間的拉門，衝了進去。平田已經醒來，躺著從枕頭上抬起頭來，望向孝史。他的眼神看起來充滿驚嚇。

孝史大步走近被窩，站著俯視平田。蒼白的臉和充血的眼睛沒有太大的變化，也無法好好進食，使得他一副病人模樣的憔悴感更加濃厚了。

但是孝史不同情他。因爲現在的他，掌握眞相的興奮遠勝於同情。

「你的阿姨來過這裡對吧？」孝史問。

平田無言地望著孝史。他似乎沒有開口的打算，只是用平靜的眼神看著。

「她以黑井這個名字住在這裡，照顧大將，對吧？」

陰沉的氣氛。像鼴鼠般的女人。從黑暗中幽然現身的女人。

這種人，就孝史所知，這個世上只存在著兩個。一個是這個平田，另一個就是他的阿姨。

「你阿姨來過這裡。然後在你阿姨的安排下，蒲生大將穿越時空到未來——到戰後。是不是這樣？蒲生大將看到了未來，對吧？」

正因爲如此，他在生病前後，思想才會驟然丕變。嘉隆不是用感嘆的語氣說了嗎？哥哥的想法改變得還眞多。沒錯。是變了。也因此他才會說出讓身在陸軍要職、以及過去景仰自己的皇道派將校們聽了刺耳的發言，甚至還被恐怖分子盯上。因爲他知道了未來、知道即將發生的戰爭的下場、知道這場戰爭的歸結、以及它將會使日本變得如何、軍部會變得如何；因爲知道了一切，所以大將才會整個思想和人都變了。

平田凝視著孝史。不久後，他垂下眼皮，下巴跟著移動。平田平躺望著孝史，在這個姿勢允許的範圍內，他盡可能深深地、明確地、讓孝史能夠瞭解地，點頭。

2

孝史渾身虛脫，當場癱坐下去。汗水逐漸退去。

平田睜開眼皮望著孝史的臉。在孝史看來，那雙眼睛和乾燥的嘴唇像是帶著一絲笑意。彷彿在佩服「你竟然想得到」。

這個男的到底在想些什麼？孝史原本以爲說出事實，平田多少會露出驚慌失措的樣子，卻完全落空了。

「爲什麼我會知道這些，你不覺得不可思議嗎？」

平田點頭。

「可以稍微說些話了嗎？」

平田費勁地開口。嘴唇黏在一起，喉間發出乾啞的聲音。

「不太……」他生硬地發音。「不行——啊。」

孝史用雙手抹了一把臉，大大地吐了一口氣。「那你可以暫時聽我說嗎？我來說明從昨天發生的事。」

從大將的房間傳來槍聲之後，發生了什麼樣的事，誰說了什麼、怎麼行動，而孝史對這些有何感想——他都一一說明。而平田則在一旁靜靜地傾聽。

「昨晚入睡的時候，我突然想到，出現在大將的房間，殺害大將，然後不被任何人看見，像煙霧、鬼魂般地消失。能做得到這種事的，只有你一個人。事實上，你在和我一起來到這裡之前，就從平河町第一飯店的二樓逃生梯穿越時空到這裡過一次。我一問，你就說你是來進行最後的確認的，不過那是騙人的吧？你是從二樓穿越的，不是應該降落到與二樓等高的地方嗎？你到底落到這個宅邸的哪裡了？」

「啊啊」平田擠出沙啞的聲音。眼睛又浮現愉快的表情。

「那是，騙、你的。」

「果然。」

我就在想，誰會殺害一個明知道會自決的大將呢？但如果是你，或許就有殺害的理由——孝史說明這件事。

「只是，我不懂的是，你爲什麼要殺害大將，奪走他自決的名譽？也就是這個動機到底是什麼？如果你對大將沒有個人的憎恨，就不應該會殺他的。」

「是嗎？」平田說。

「是啊。除此之外還有其他的理由嗎？」孝史攤開雙手。「例如思想上的理由？或者是適合時光旅行者的理由？比方說大將會在接下來的歷史重要場合犯下過錯，有許多人會因而死亡——你爲了防範於未然，而搶先殺害大將？不過你自己也說過很多次，這只是白費力氣吧？就算不斷地修正這些小細節，想要救人，結果也只會徒增悲傷。或者那也是騙我的？」

平田露出近似笑容的表情。平田左半邊麻痺的臉，沒辦法跟上他的感情活動。

「不，是眞的。」平田拚命地舔濕乾燥的嘴唇，加了這一句。「那是、我的——眞心話。」

「所以啊，」孝史放大音量。「就只有個人的動機這個理由了。可是到底是什麼？」

「可以、給我水嗎？」平田說。孝史拿起枕邊的長嘴水杯。裡面裝著涼開水，還有一點微溫。應該是阿蕗貼心準備的吧。

待平田喝完水，表情變得舒坦一些後，孝史開口了。

「你阿姨讓蒲生大將看見了未來。」

「嗯。」平田說。

「大將因爲這樣，想法改變了許多，又因爲恢復體力而開始活動，想要多少改變日本的未來。他和生病之前意見對立的貴之和解，也拜託他幫忙。」

平田沉默。

「為了這樣的大將，你阿姨在短期間內不斷來回穿梭時空——我想應該是這樣的。一切都是大將住院與你阿姨邂逅，在你阿姨離開這個府邸前，這一年來所發生的事。」

珠子說，黑井的臉色愈來愈差。

「你阿姨是不是因此搞壞了身體，變得奄奄一息？然後她死掉了。搞不好就死在這個府邸裡。」

珠子說，黑井有一天突然不見了。問阿蕗黑井怎麼辭職的，她也支吾其詞，一副難以啓齒、不願意回想出來的表情。就是從這些地方導出來的臆測。

「你對於阿姨這種……說起來，等於是被大將一個人利用之後丟棄的死法，感到憤怒。你們有時候會見面吧？所以你應該知道你阿姨的狀況。」

「嗯。」平田點頭。「阿姨……過世、之前……有、來、看我……」

「看吧？」

孝史嘆息。確定自己的推理正確，令人爽快。但這些話本身，絕不是什麼愉快的話題。

「所以，你憎恨大將。而大將即將自決——大將認識到就算看到未來，但光憑一己之力，還是無法改變這個國家前進的方向，所以死了心，決定以遺書的形式留下諫言——你得知此事，想到要復仇。你至少要從他的死裡奪去他的名譽……是不是這樣？」

平田仰望天花板片刻。他的臉上露出一種難以形容的、像是高興又像欣喜，卻又有點傷腦筋——說穿了，就是一副難為情的表情。說不出話、做不出什麼表情，平田一定也很難受吧。不過對於一臉認真地想要從他的臉上讀出些什麼的孝史來說，也相當勞累。

雖然一直質問平田，但孝史忽然也覺得，就算自己的想像全部正確，他也無法責備平田的所做所爲。這是一種憐憫，是一種認眞分析也絕非什麼高貴的感情，不過孝史自己並沒有注意到這件事。

孝史在想，兩名被黑暗扭曲的「光芒」所包圍，只能過著隱遁般生活的時光旅行者。黑井與平田、阿姨與外甥。彼此是唯一瞭解彼此的人。正因爲如此，平田對阿姨的死感到憤怒與悲傷——

「全讓我說中了吧？」

孝史再一次問，平田搖了搖頭。不是點頭，而是往否定的方向轉動。

「你是說不對？什麼東西不對？哪裡不對？」

這次很明顯地，平田笑了。不是在嘲笑孝史，而是愉快地笑了。

「你、很聰明、呢。」

「你是在耍我嗎？」

平田笑著搖頭。不是的——

「我、沒有、殺、蒲生大將。」

平田盡可能清楚地傳達，一字一句，像羅列單字般地說。

「我沒有、殺。也、不恨、大將。」

孝史感到困惑。正因爲他滿懷自信、充滿興奮、也非常確信自己的推測，而且就要同情起平田了，所以反而有點氣惱。

「哦，這樣啊。」他忿忿地說。「對啦，犯人不會這麼簡單就承認自己犯下的罪行嘛。」

孝史瞪著平田。但是，愉快的神色並沒有自平田的臉上消失。

「如果說我的想法錯了，那你倒給我解釋清楚啊。你幹嘛特地跑來這個時代？這個時代不比現代方便，而且明知道接下來會危險萬分，不是嗎？你到底這裡來幹嘛？而且，你從旅館逃生梯的地方穿越時空，到底是去了哪個時候的哪個地方？告訴我啊，喂！」

這是遷怒。孝史很明白，以平田的狀況根本不能夠流利地回答他的問題。他只是想嘗嘗說個不停，發洩個痛快的感覺罷了。

平田想了一下之後，望著孝史。

「你，看過——街上的樣子、了嗎？」

「街上？有啊，雖然只有一點。」

「你看過、這個時代、了啊。」

「只有一點點啦。」孝史聳了聳肩。「碰到軍人的時候，恐怖得要命，把我嚇死了，實在是個危險的時代哪。眞想快點回去。不過在回去之前——」

當著平田的面，實在難以啓齒。

「阿蕗——我擔心阿蕗，我想設法救她。」

平田的眼睛又泛起微笑。

「不知道、說了、你、能不能……理解？」平田說。

「理解什麼？」

「回答、剛才的、問題。你的話、或許、會明白。」

孝史默不作聲，注視平田。

「再過、幾天，」平田說。「我一定、會告訴你。我向你、保證。」

「現在不行嗎？」

明知道是強人所難，孝史還是忍不住嘟起嘴巴。平田點頭。

「現在、不行……再晚一點。等你在這裡、再待久一點、之後。」

孝史又露出賭氣的表情，這個時候，走廊傳來阿蕗呼喚的聲音。他吃了一驚。

「是阿蕗。」

他起身走向拉門，回答「我在這裡」，接著門被打開，阿蕗的臉露了出來。她擔心地看著孝史。

「平田叔的情況怎麼樣？」

「哦，不要緊。我只是和他聊了一下而已。有什麼事嗎？」

「葛城醫生說要出門了。」

說是在等孝史。

「我知道了。我馬上去。」

阿蕗稍微留意平田的狀況後，便回到樓上了。孝史回到平田身邊。

「我去安排醫院。」

沒錯。平田是病人。找出眞相固然不錯，但是也得考慮現實的狀況才行。不能勉強平田，因爲他的存在，是孝史返回現代的關鍵。

「快點好起來啊。拜託！」

平田點頭。孝史一轉過身，隨後聽到他的聲音。

「手槍——」

孝史回頭。「咦？」

「小心、手槍。」平田說。

「槍在、某人手上。小心。」

臉上已沒有笑容。他是認真的。

3

明明叫來孝史，葛城醫生卻遲遲不肯出門。就在他不知道在磨蹭些什麼的時候，嘉隆和鞠惠已經搶先一步出去了。嘉隆穿著駱駝色、看起來很昂貴的大衣，鞠惠身上圍著一條色彩亮眼的毛線披肩，並且搭著他的手臂。

在玄關處，貴之叮嚀嘉隆：「請務必遵守時間。」

嘉隆嫌煩地點頭。「知道了啦。」

「不能叫計程車嗎？」鞠惠發牢騷。「人家討厭走遠路。」

他們一邊嘟噥著一邊出門，約過十分鐘，孝史和葛城醫生也總算出門了。孝史的打扮和昨天相同，踩著昨晚沉積的新雪，和葛城醫生一同離開了蒲生邸。走出前庭，來到馬路之後，孝史回頭看。玄關沒有人目送他們，窗子也關得緊緊的。

昨天看到的車輪痕跡和腳印，已經被雪埋沒消失了。現在雪也完全停了，吐出凍結的氣息仰頭望，一片陰沉沉的天空。抬起頭來，低垂的雲朵底部彷彿就要觸碰到鼻頭。就算只有一點也好，如果能露出一點藍天就好了——孝史心想。

葛城醫生朝赤坂見附的方向走去。等於是逆著昨天來的路前進。孝史跟在後面。醫生沒有穿昨天的皮鞋，取而代之的是黑色橡皮長統靴，應該是從府邸裡借來的吧。儘管如此，他走起路來還是很危險。

令人吃驚的是，離開府邸後不久，就在同一條路上與前往反方向的三宅坂的人錯身而過。那是一個穿著厚重大衣，戴著帽子的男性。手裡抱著一個大包袱，腳步很吃力。

葛城醫生朝他打招呼。「早安。請問是從市電大道那裡過來的嗎？」

對方停下腳步，一邊稍微喘氣，一邊回應。「欸，是啊。」

「市電車恢復行駛了嗎？」

「有的。人很多唷。我是從池袋來的，大客滿，根本坐不上去呢。」

「有軍人嗎？」

「起事部隊好像已經移動了。是戒嚴令的關係吧。聽說他們在聚集在議事堂跟赤坂方面的飯店附近。」

孝史插口：「警視廳那裡怎麼樣了？」

「聽說起事部隊已經從那裡撤離了。現在啊，櫻田門那一帶擠滿了看熱鬧的民眾。我也是剛才在電車站聽到的，聽說今天早上，身上綁著白布條的軍隊排成一列，踩著步伐撤退離開，景象非常壯觀呢。」

「這樣啊，多謝了。」

醫生輕輕舉手致謝，又邁開了腳步。孝史也點頭致意，與陌生的情報提供者擦身而過。他懷裡的包袱裝的似乎是日用品。或許他是去探望和蒲生家一樣，昨天一整天被封鎖在內部的某處人家的朋友或親戚。

確定剛才的路人已經遠離到聽不見對話聲的距離後，孝史說了：「聽到了嗎？占據警視廳的部隊已經撤退了。」

醫生冷淡地背對著他說：「那又怎麼樣？」

「應該去報案吧？蒲生家的事件。」

「順便把憲兵隊也叫來是嗎？嗯？」醫生的口氣聽起來像在生氣。「要去通報蒲生大將大人被某人給暗殺了嗎？」

這人在發什麼火啊？孝史納悶。該生氣的人是我才對吧。又不是小孩子了，說什雪地很難走，任性地叫別人一起來的可是葛城醫生你耶。不僅如此，出門又拖拖拉拉的，讓孝史自始自終煩躁極了。

事實上，他根本就不想出門。他由衷希望留在府邸裡。與平田的談話，還有最後那句帶著緊張語氣的「小心」還言猶在耳。孝史認爲，現在自己當前的任務就是，將注意力集中在府邸裡發生的事。

「你沒有唸過書。」
路上有些地方結冰、有些地方一踏就崩塌，葛城醫生一邊與雪道搏鬥，一邊說。
「您說什麼？」
「雖然沒唸過書，頭腦倒是不錯，偏偏感覺又超遲鈍。眞是傷腦筋。」
「那還眞是對不住啊。」
孝史一火，停下腳步。正好就在這個時候，醫生的腳陷入了雪堆裡。他慌亂地揮舞雙手想要取得平衡，卻還是白費力氣，一屁股跌坐到地上了。
「這路實在糟透了。」
從頭到腳沾滿了雪，連鬍尖都變白了，醫生抱怨道。「喂，不要杵在那裡，過來幫忙啊。」
「都是因爲醫生淨選難走的地方走啊。」孝史雙手叉腰，一動也不動地俯視著醫生。「您的走法太笨了啦。」
「謝謝你的評論。」醫生掙扎著想要站起來，一邊瞪視孝史。「拉我的手。」
孝史粗魯地拉他的手，醫生這次差點往前撲倒。不過，他還是抓住孝史，勉強站了起來，「哼」地用鼻子吹掉沾在鬍鬚上的雪。
「你完全不明白我爲什麼把你帶出來嗎？」
「不是因爲醫生很容易摔跤的關係嗎？」
「唉，沒受過教育的人就是這樣，眞傷腦筋。連推敲都不會。」
要推敲，昨晚和今天都已經反覆推敲到幾乎可以成堆送去賣啦。葛城醫生要是知道孝史所想的事、所想的內容，一定會引發比平田更嚴重的腦貧血吧。欸，是啊，醫生，我來自你們時代以後的世界，大學考試落榜，是個加入重考行列的高中生，所以眞的沒有唸書。

儘管如此，醫生生氣的模樣和那渾身是雪的可憐姿態，兩者的落差教人好笑，雖然不情願，孝史還是忍不住笑了出來。

「你笑什麼？」

「我不是在笑醫生您唷。」

「胡說。」

葛城醫生拍掉大衣上的雪，就像保險似地，緊緊抓住孝史的手臂，又開始往前走。

「我特地把你帶出來，是想要在沒有他人耳目的地方，和你好好談談。」

「和我？」

「對，沒錯，和你。遺憾的是，我找不到其他看起來可靠的人。」

前方又有人走過來了。這次是兩名女子。她們身穿和服，腳底踩著罩著像是塑膠套子的木屐。她們經過孝史和醫生身邊，很快地就進入右手邊一棟門面堂皇的木造建築物裡。其中一名女子手中拿著報紙。

她們消失之後，醫生繼續說。

「今早，我跟貴之商量帶你舅舅到醫院的事，貴之要我也一起跟去，然後就這樣回家。」

「回家指的是，回您的自宅？」

「對。貴之說：醫生的家人一定也很擔心，家父的喪禮，也得等到陸軍的這場騷動結束之後才能夠舉行，沒有必要再繼續把醫生留在這裡。」

醫生露出焦躁的表情。

「我回答貴之說：豈有此理。大將大人的死亡仍有諸多疑點，我不能就這麼撇下回去。結果，貴之說了。」

——昨晚我想了很久，覺得家父的死，應該還是自決沒錯。

孝史突然停下踏出去的腳步。醫生差點跟著跌倒。

「什麼意思？說那是殺人的可是貴之少爺啊！」

醫生嘟起嘴巴。「不，不對。正確來說，說那是殺人的人是你。貴之只是發現手槍不見，一時慌了手腳。」

「這不是一樣的嗎？而且窗子鎖著，說犯人還在屋子裡的，明明就是貴之。」

「欸，是這樣沒錯……。這就是問題所在。」

葛城醫生拉著孝史的手臂，慢慢地走了起來。

「的確，發現大將大人的遺骸身邊沒有手槍的時候，貴之說他一時之間也以爲是他殺。後來聚集在起居室的時候，他仍這麼想。貴之向我坦白，他根本上懷疑是嘉隆幹的。」

孝史從貴之當時慌亂的模樣，以爲他是在懷疑珠子，原來不是啊！

「其實，貴之好像從以前就有預感，覺得大將大人將會自決。所以，他對於找不到手槍這件事感到極爲困惑。」

知道槍聲是從大將的房間傳出的時候，貴之低喃了一聲「果然」。

「然後，當他想到大將大人可能有他殺之嫌時，瞬間浮現在他腦海裡的，是嘉隆的臉。因爲大將大人與嘉隆兩人之間，有著長年的糾葛。雖然他不是恐怖分子，但老實說，除了嘉隆之外，可以說沒有其他可疑的人物了。但是如此一來，從貴之的立場來看，等於是叔叔殺害了父親。這不是可以隨便說出口的懷疑。」

「的確……」

「我們聚集在起居室談話的時候，貴之似乎也相當難受。但是，此時出現了珠子和你偷聽到嘉隆和鞠惠秘密談話的新情報。而且根據這個情報，嘉隆他們似乎很期待大將大人自決，並且正等待著它的發生。」

醫生滿臉不愉快的表情。

「所以，貴之開始重新思考。是嘉隆和鞠惠下手的可能性變小了——那，誰最可疑？」

「不是我。」孝史說。他故意以輕浮的語氣說，醫生卻一本正經地回答。

「也不是我。」

「嗯，當時醫生不在現場嘛。」

「沒錯。貴之說他也想了很多，最後得出一個結論。也就是，大將大人是自決的。然後，有人從現場把手槍拿走了。」

孝史邊走邊聳肩。「這件事他昨晚也說過了。我覺得那簡直就是可笑到家的說法。」

「爲什麼可笑？」

「因爲，把手槍拿走要幹什麼？要射殺誰嗎？」

葛城醫生嚴肅地點頭。「沒錯。就是爲了這個目的拿走的。」

孝史笑了。「在那幢府邸裡嗎？那馬上就會被逮捕的。待在那裡的人數有限啊。」

「要是那個人覺得就是要射殺某人，即使被捕也無所謂的話呢？」

孝史又停下腳步了。這次他望向醫生的臉。

「您說什麼？」

「你仔細聽好。大將大人自決了。這次手槍消失，是發生在這場衝擊之後的事。自決時使用的手槍掉落在屍體旁邊。可以殺人的武器就在眼前。某人發現這件事之後，內心暗下決定；爲了達成自己的目的，將手槍從現場帶走了——這樣的話，不是有可能嗎？」

孝史和醫生彼此相視，眨了眨眼。

「您是說，要用那把槍射殺誰嗎？」

醫生沒有回答，別開視線又開始往前走。

「貴之說知道大將大人擁有手槍的，在那個府邸裡只有他一個人。但是就連知道這件事的貴之，也不曉得大將大人把手槍放在什麼地方。換句話說，雖然不曉得是誰拿走了手槍，但對那個人而言，大將大人自決的現場掉了一把槍，等於是他可以得到武器的千載難逢的機會。而且，那是大人用來自決的手槍，是別具意義的物品。」

醫生加重了最一句的語氣，也讓孝史知道貴之假設「從現場拿走手槍的人」是誰了。

「貴之認爲是珠子拿走手槍的對嗎？」

醫生稍微停頓了一下後回答：「沒錯。今早他告訴我了。貴之昨晚好像也幾乎沒睡，一直在想這件事。」

用父親拿來自決的手槍，射殺生前與父親敵對，動輒讓父親苦惱的舅舅與他的情婦——這像珠子很有可能做的事，卻也最不像是她會做的事，孝史心想。

「有機會能夠從大人自決的現場拿走手槍的，只有四個人。」醫生繼續說。「貴之、珠子、鞠惠和嘉隆。大家聚集在起居室之前，這些人都有到現場的機會。」

「我也有機會。」

「有吧。那麼，是你嗎？」

「不是。而且我根本不知道該怎麼開槍。」

「我也覺得不是你。」

「太感激了。可是爲什麼呢？如果去除掉動機、或企圖殺掉誰的這個部分來說的話，我也應該很可疑。」孝史說著，笑了出來。「例如，我是從以前就企圖襲擊大將的恐怖分子，想要拿到手槍，準備之後用來暗殺首相。」

醫生板著臉說：「岡田首相已經被殺了。」

「那、殺下一個首相。」

「你是說，志願成爲暗殺者的工人青年，偶然碰上蒲生大將自決的現場，然後偶然發現手槍，就順道拿走了？」

「以可能性來說，是有的。」

「是啊，以可能性來說的話。但光說可能性，那什麼事都有可能發生了。」

醫生瞪著積雪的道路，放低聲音。

「其實，這也是我想和你當面確認的事之一。你到底是什麼人？」

孝史語塞了。

「什麼人？就像您剛才說的，是個工人啊。」

「什麼工人？做什麼的？出生地在哪裡？那個叫平田的，眞的是你舅舅嗎？你怎麼說？我想知道這些事。」

孝史明白葛城醫生是認眞的。醫生仍維持原步調向前，不看孝史而淨盯著腳邊走，但是他抓著孝史手臂的力道加重了，甚至讓孝史感覺疼痛。只是甩手，葛城醫生是不會放開他的。

「我——」

平田告訴他的假造經歷浮現腦海。大正七年，出生在深川區的扇橋。是平田妹妹的兒子，職業是工人，因爲被工頭虐待而逃離了工地——

但是他說不出來。對於眼睛閃爍、體重壓在孝史身上的葛城醫生的質問，這種謊言是無法瞞騙過去的。而且說謊這件事本身，也讓孝史有種難以言喩的挫敗感。

「我、我——」

我來自未來。或許您不會相信，但是我是太平洋戰爭結束五十年後的這個國家的國民。我是回溯時光來到這裡的。那個叫平田的人，擁有時光旅行的能力——

說出來吧。把這些說出來吧。不管醫生相不相信，現在能夠回應他的詰問、與他對等交鋒的，就只有這個了。

孝史的嘴唇形成了發出未來的「未」字的嘴形。就在瞬間，葛城醫生停下腳步，抬頭看孝史說了。

「你是不是輝樹？」

4

葛城醫生的嘴形凍結在「樹？」的疑問句尾。孝史的嘴巴也凝結在就要發出「未」音的瞬間。兩人彼此正面凝視，就這樣呆站了數秒鐘。從恢復已往喧鬧的市電大道上，隱約傳來喧嚷聲。白色的呼氣頃刻流過兩人之間，消失了。

慢慢地、像要解開僵掉的東西似地，孝史的「未」嘴形，轉換成「輝」的形狀，問了。腳底的雪地寒意，現在更滲透了孝史全身。

「輝樹是誰？」

同時，葛城醫生不只是嘴巴，而是整張臉都動了。那張臉無力地鬆垮下來，嘴唇垂了下去。

「不是啊。」他發出感嘆、安心、落空一般的聲音。「不是吧。我搞錯啦。這樣啊，不是啊。」

他笑了出來。

「是我想太多了啊。看你那張表情——原來是這麼回事啊。」

「等、等一下。不要一個人在那裡自問自答啦。輝樹是誰？您在說些什麼啊？」

葛城醫生放開孝史的手，朝氣十足地邁向前去。突然間，他又變得生龍活虎了。

「那樣走的話，又會跌——」

孝史還沒說完，醫生便一副「你看著吧」的樣子跌倒了。即使如此，他還是笑咪咪地爬了起來。

孝史一面扶起他，一面發問。「輝樹是誰？」

醫生拍掉雪花，走了出去。「千惠知道是誰。去問她吧。」

「那個婆婆問什麼都不會告訴我的。她叫我不要管府邸裡的閒事。」

「那，就這樣囉。」

「這不是太自私了嗎！」

孝史出聲吼道，醫生笑著揮了揮手。

「哎呀，生氣啦？」

「當然了。這樣誰受得了啊！」

孝史一轉身，就要折回府邸，葛城醫生伸出手來，一把抓住了他的肩膀。不抓還好，這一抓連醫生也被自己抓人的力道弄得失去了平衡。結果這次摔跤把孝史也給拖下水了。

「——眞是的。」

正面撲倒在雪堆裡，孝史連呼吸都快停了。他用手肘撐地，一邊爬起來一邊說：

「再這樣下去，醫生，過一百年也到不了有電話的地方的。」

「噯，抱歉。」

葛城醫生依然神情愉快。他一臉雪白地爬起身來，幫忙孝史拍掉肩膀上的雪。然後他說了。

「輝樹是大將大人的孩子。」

孝史睜大了眼睛。「孩子？兒子嗎？」

「沒錯。年齡比貴之和珠子更小。大概是你這個年紀。可是他不是嫡子。是大人年輕的時候，和夫人以外的女人生下的孩子。嗳，直截了當地說，是藝妓的孩子。」

蒲生憲之爲那孩子取名叫輝樹。但是，並沒有正式認他是自己的孩子。據說是那名女子刻意迴避、退出的。

「大將大人考慮到那名女子今後的生活，決定要收孩子爲養子。但是，女子不願意放棄孩子。所以她從大人面前消失了。好像是到滿州去了。」

「你認爲那個叫輝樹的孩子是我……？」

「我忍不住想會不會是這樣。昨晚我也是苦思良久啊。」

「爲什麼？那個叫輝樹的人怨恨大將不認他爲兒子，而有可能出現在大將的面前嗎？」

「不能說完全沒有可能吧？大將大人偶爾也掛念著輝樹現在過得如何。尤其是生病倒下之後。」

這就是所謂父母心嗎？

「知道這件事的，只有醫生跟千惠姨嗎？」

「夫人也知曉的。我想現在貴之和珠子應該也知道自己有個同父異母的弟弟吧。」

「可是那時候竟然沒有發生爭執呢。」

「當然吵翻天了。這還用說嗎？只是事情沒有鬧開來。至少關於這件事，夫人就連對我也沒有說出任何責備大人的話來。我從閣下那裡聽到一些關於此事的風風雨雨。不過也只是很概略的而已。」

如果是在孝史生活的「現代」，一定是大事一樁吧。

「就在輝樹出生後不久，大將大人做爲德國大使館的駐派武官，前往當地赴任。當然夫人與孩子也一道同行。一家人親密無間，也和日本的那名女子有了距離。算是分開的好機會吧。」

「嗯……」

「大將大人對於當時讓夫人如此心痛感到非常後悔。不過那也是大人病倒後的事了。他常常提起與夫人之間的回憶。」

「我看到照片了。」孝史說。「夫人長得很美呢。珠子小姐實在長得非常像她。」

「你看吧？所以夫人過世之後，對大將大人而言，他對珠子更是加倍呵護。」

醫生露出突然回到現實般的陰沉表情。

「珠子也很愛慕父親。在她的心目中，父親和兄長就是她的一切吧。正因爲如此，才會有剛才我告訴你的那種憂慮。貴之也擔心得臉都白了。」

確實，珠子有機會拿走手槍。她聽到槍聲，但是不敢一個人去探視情況，所以先下來起居室——如果這些話是珠子說謊的呢？如果她是一聽到槍聲，就立刻趕到大將的書房，在那裡看見了父親的屍骸和掉在一旁的手槍的話呢？

「請你留意珠子的情況。」

葛城醫生仰望孝史。

「如果手槍在她手裡，我不希望她做出危險的事來。剛才我會拖拖拉拉的，也是不想在嘉隆他們出門之前，放鬆對她的注意。我也叮嚀貴之留心，但兩個人總比一個人監視更來得確實。我就是想拜託你這件事。」

「我明白了。這樣的話，我會遵照醫生指示。但是不是也告訴千惠姨跟阿蕗一聲比較好？」

醫生搖了搖頭。「如果拜託女傭注意珠子，不曉得她們會表現出什麼態度。搞不好現在……像千惠，或許她已經發現到珠子手中有槍了。」

勸諫孝史不要插手府邸的事的那種口氣。的確，如果是千惠，或許會以這種方式來表現她的忠義。因爲那個資深老女傭，也不可能會對鞠惠或嘉隆抱持著好感。

「我會小心看好珠子小姐的。」

孝史嘴裡這麼保證，但是另一方面，他頗爲冷靜的腦袋，卻也朝另一個方向思考。他想，或許貴之也很危險。

他也有機會拿走手槍。和孝史兩個人在大將的書房裡發現屍骸的時候，手槍被壓在遺體底下。孝史先出了房間，之後，貴之拿走手槍藏了起來。當然，他的目標是叔叔和鞠惠。會對葛城醫生說出他對珠子的疑念，不也有可能是爲了轉移注意力嗎？事實上，煞有其事地提出理由，要第三者的葛城醫生回家的也是貴之。

——小心手槍。槍在某人手上。

平田的話在腦海復甦。

「明明是親兄弟，明明是叔叔和姪子、姪女，這眞是教人難受啊。」葛城醫生呻吟。「怎麼會搞成這樣，爲什麼非得讓人擔心起這種事不可呢？」

確實，兩人的爭執已經超過兄弟吵架的程度。

「這也是想法不同的軍人與實業家之間的紛爭吧。」醫生說。「軍人瞧不起實業家。大將大人每次一提到嘉隆，就老批評他是『小商人』。嘉隆也眞是的，他總是唾罵軍人全是些只會揮舞拳頭、夜郎自大的渾帳東西。對於日本與國際聯盟之間爲了滿州而發生的衝突，他曾一副唾棄的模樣說都是因爲外交無能、不瞭解經濟力學的軍人獨斷獨行，才會變成這個樣子的。」

但孝史所知道的戰後日本，其實等於是靠那些實業家立國一樣的國家。不曉得蒲生大將見到未來「小商人的國家‧日本」，究竟作何感想？

然後，忽然他想起珠子的婚事。根據鞠惠的譏諷，對方好像是「計程車公司社長的兒子」。是小商人。

「醫生，珠子小姐預定要結婚對吧？」

說完該說的話，邊走邊陷入思考的醫生「啊？」的一聲。「你說婚事嗎？」

「嗯，那件事是什麼時候決定的？」

「不曉得，詳情我也不清楚。不過應該是最近的事吧。」

應該也是吧。孝史點頭。若不是生病、看到未來之後，蒲生大將不可能會想要把珠子嫁給實業家當妻子的。

「您不覺得奇怪嗎？珠子小姐的對象可是大將所說的『小商人』呢！」孝史試探性詢問。

醫生也感到納悶。「說的也是。但是，當軍人的妻子很辛苦。大將也很明白這點。更何況接下來……」

「就要發生戰爭了?」

「很有可能。」醫生點頭。「而且,聽說珠子的對象是貴之大學的學弟。我在想這點才是最重要的因素吧。」

「說的也是。」孝史暫且點頭同意。「對了,醫生,話說貴之也不是軍人吧。」

「這件事昨天不是說過了嗎?」

「嗯。可是,就算不是職業軍人,也會被徵兵吧?貴之沒有去當兵嗎?」

嘉隆跟鞠惠說貴之很膽小云云,讓孝史很掛意。

「因爲他進了大學啊。」

「大學生就可以免除徵兵義務嗎?」

「沒那種事——」醫生瞪了孝史一眼。「怎麼,你也是來打探逃避兵役的方法的嗎?那樣的話,問我也沒用的。你還是努力祈禱抽到白籤(註)吧!」

「我又不是這個打算。」

葛城醫生板著臉沉默不語,一快要滑倒就抓住孝史的手臂,大步地往前邁進。

註:日本戰前,在徵兵檢查時甲種合格的人,根據抽到的籤,可以免除入伍。

5

市電大道呈現熱鬧的景象。

和昨天截然不同。道路兩側的店鋪，以時間來看，感覺也像是才剛開始營業，各處的窗戶和門口都有人探頭出來窺看外面的情況。穿著厚重棉襖的中年男性、和服上穿著白色圍裙的女性，應該是住在這一帶，或是在這裡做生意的人吧。每張臉都沒有什麼緊張感，反倒有種開朗的感覺。

行人也很多。男人穿著大衣和軟呢帽。市電車發出噪音行駛著。雪的深度一直堆到接近鐵軌的地方，彷彿沒有軌道也能夠行駛。果然，車上擠得水洩不通，大客滿。電車來到平河町的電車站，停車，發出「叮鈴、叮鈴」的鈴聲。從車子裡被吐出來衣著厚重的乘客，朝三宅坂或赤坂見附的方向走去。

孝史望向大馬路前方。昨天過來盤問的士兵，他們的步哨線已經不見了。捲著刺鐵絲的路障、用來生火的汽油桶也消失了。孝史想起剛才錯身而過的人說，軍隊已經移動到議事堂去了。

「議事堂是在哪個方向？」

「更南邊的地方。比蒲生家更往南的方向。」

葛城醫生一面回答，一面東張西望。他突然舉起手，指向道路的反方向。

「那家店開著呢。門開著一半。喏，那個紅色招牌的麵包店。」

老舊的招牌上，已經模糊不清的油漆寫著「宮本麵包」幾個字。一如往例，從右到左的橫書讓孝史感覺很奇妙。

「麵包店通常愛趕時髦，或許會有電話也說不定。」

葛城醫生一說完，便踩著驚險的步伐走了出去。穿越馬路時，有兩度又差點摔倒，每次負責撐住他的孝史，手也有些痛了起來。

醫生抵達半開的麵包店門口時，孝史發現腳邊掉著報紙。抬頭一看，麵包店隔壁是西餐廳。上面掛著「法蘭西亭」的招牌，門口緊閉，玻璃的另一邊垂著條紋型的窗簾。入口的階梯處，有積雪被踏平的痕跡。孝史撿起報紙，才發現已經完全濕掉，而且冰冷。

「打擾了，請問有人在嗎？」

葛城醫生走進麵包店。孝史也跨過門檻，走進約一坪左右的店內。

正面並排著兩個玻璃櫃。裡面是空的。只有寫著商品名的小牌子，重疊倒放在角落。門口是老舊的木板門，但是裡頭的裝潢漂亮雅致得多，牆壁上貼著花朵模樣的壁紙。玻璃櫃後面，鎮坐著一個難以形容，像是一隻蜷縮起來的蟾蜍般的暗綠色機械。孝史愣了一下，定睛一看，上頭排列著數字按鈕。好像是叫做金錢登錄機（註）的東西。

店裡面垂著一片薄薄的簾子，另一頭點著燈光。葛城醫生第二次出聲後，從燈光的那一側便傳來「是」與「素」之間的應答。不一會兒，傳來走下樓梯的腳步聲，一個微胖的男人掀開簾子探出頭來。他穿著灰色的長褲，還有一件棉襖坎肩般的衣服。

註：相當於現代的收銀機，可以記錄金錢出納的機器。

「對不起啊，今天還沒有開始賣麵包。」

男人垂下圓臉上的一雙眉毛，看起來一臉親切。胖嘟嘟的右臉頰醒目處有一顆黑痣。

「抱歉的是我們。我們不是客人。如果府上有電話的話，想要拜借一下，不知道方不方便？」

葛城醫生用有些拘謹的口氣說完，便從外套內袋的紙夾裡取出名片。

「我是個醫生，敝姓葛城。是這樣的，不遠處的蒲生前陸軍大將大人的家裡出了病人，必須趕快打電話才行，但是大人公館的電話卻不通了。」

麵包店老闆用雙手接過名片，仔細地端詳。然後他望向孝史。

孝史急忙說：「我是府邸的下人。」

「喔喔。」麵包店老闆點頭。「那樣的話，請用。有電話的。不過在樓上。」

他轉過圓滾滾的身子，把臉伸進簾子另一頭，「喂，勝子、勝子！」。「我叫老婆帶你們去。」

被稱爲勝子的老婆，比老公更加聲勢壯大地咚咚咚地走下樓來。她也是個微胖的女人，聽完原委，便立刻咚咚咚地爲醫生帶路。

「樓梯很陡，不好意思啊。」

「電話現在忙線，可能很難接通唷。」麵包店老闆仰望著樓梯說。

「是嗎？昨天還不會啊。」

「那是運氣好。就算跟接線生說了號碼，也得等上好久。」

「我要打到幾個地方，可以嗎？當然，費用我會支付的。」

「沒關係，請用請用。電話線這種東西，怎麼用了也不會少的。」

葛城醫生走上樓去，孝史和麵包店老闆留在店裡。隨從真是個閒得無聊的差事。

「很冷吧，過來暖爐邊取取暖吧。」

老闆說，向孝史招手。接著，他注意到孝史手中的報紙。

「那個是報紙吧？」

「啊，我在外面撿到的。」

「可以讓我看看嗎？」老闆的眼神發亮且充滿興致。「那一定是號外吧。我們家只有今天早上的早報而已。」

孝史繞到玻璃櫃的旁邊，走進簾子的另一頭。那裡同樣只有約一坪大的廚房。有巨大的瓦斯爐、爐灶以及流理台。擦拭乾淨的流理台上，立著一根用舊而變白的棒子。道具都清洗得很乾淨，並且收拾得一塵不染地。

進去後的右手邊，是葛城醫生走上去的樓梯。流理台旁邊放著一台用玻璃筒包覆著圓形火口的石油暖爐，正燒得火紅。一靠過去，感覺臉頰彷彿被熱氣給烤鬆了一般。

「取取暖吧。」老闆說，拿出長腳椅要孝史坐下。

「謝謝。」

孝史道謝，坐上椅子，攤開報紙。

「啊，眞的，是號外呢。」

全是漢字的文章，讓孝史吃了一驚。舊體字的「號外」兩個字看起來森嚴無比。

「我看看。」

老闆也來到暖爐邊，湊近報紙。是二月二十六日的東京日日新聞的號外。上面寫著「以擁護國體爲目的　青年將校等襲擊重臣」。

「岡田首相（註一）、齋藤內府（註二）、渡邊教育總監（註三）遭到射殺……」老闆讀出聲來，用手指搔了搔黑痣。

「不得了呢，眞的。」

「可是，昨天和今天這一帶的狀況完全不同。現在的氣氛感覺很像騷動很快就會平息下來哩。」

歷史上的二二六事件從發生到結束，大約進行了多少天、有著什麼樣的經過，孝史幾乎完全不知道。雖然不覺得是一兩天就會平息下來的事，但是看著人潮洶湧、市電車熱鬧開動的景象，令他覺得好像不是什麼大不了的事。

「你昨天在哪裡？」

「蒲生大將的府邸裡。」

「大將大人的住處是在和這裡隔了兩條街的南邊吧？那一帶很平靜，可能不知道發生了什麼事吧。」

「是啊。不過，上面吩咐我們不可到外頭走動。」

「道路解除封鎖是在今天早上的六點或六點半左右吧。在那之前啊，」老闆轉動著眼珠子。「原本在警視廳跟三宅坂那裡的部隊全都撤離了，景象非常壯觀唷！一大群士兵踩著雪地，舉著『尊皇義軍』的旗子，全都扛著帶刺刀的槍，裡面應該上了實彈吧，嚇死人了。」

「聽說現在是在議事堂那裡。」

「好像都聚集到那裡了。應該是在跟上頭的大人物交涉吧。再怎麼說，他們都很不得了呢。」

這次的「不得了」不是「事態嚴重」的不得了，好像是「了不起」的意思。孝史想，這個老闆好像是站在青年將校這一邊的。

「今早的早報，可以讓我看看嗎？」

「可以啊。對喔，大將大人的府邸附近，報社也沒有去送報吧。我們家的也來得很慢。對了，我聽說朝日新聞社被襲擊，鉛字箱被整個翻倒了呢。」

老闆從廚房角落的架子上拿來報紙。接著孝史也注意到同一個架子上，擺著一個老舊的箱型收音機。

早報第一版的標題是橫書，一樣寫著「青年將校等襲擊重臣」。然後孝史的眼睛被下段的報導吸引了。

註一：岡田啟介（一八六八～一九五二），軍人及政治家、海軍大將。第一次世界大戰時即歷任海軍要職，一九三四年繼齋藤實內閣之後擔任首相組閣，卻無力遏止軍部勢力擴大。在二二六事件中倖免於難，其後以重臣身分參與國政，日美開戰後致力於打倒東條英機內閣。

註二：齋藤實（一八五八～一九三六），軍人及政治家，海軍大將。歷任海軍大臣、朝鮮總督、首相及內大臣。二二六事件時，由於擔任天皇輔佐官之內大臣（內府為其別稱）之職，而遭到暗殺。

註三：渡邊錠太郎（一八七四～一九三六），陸軍大將，由於其承認天皇機關說的言行舉止，以及取代皇道派中心人物真崎甚三郎成為教育總監，於二二六事件遭到暗殺。

「今早二時三十分過後　帝都發布戒嚴令
司令官爲香椎浩平（註一）中將」
今早嘉隆在聽收音機的時候，也報導了和這個標題同樣的事。
——戒嚴令啊。
這個詞彙孝史只在電影裡頭看過。記得發布戒嚴令，意指該都市將暫時成爲軍政地帶——變成由軍人來維持治安的都市。可是，儘管如此，現在市街的氣氛感覺上意外地明朗，甚至可以說是樂觀。
「雖然說發布了戒嚴令，好像也沒那麼恐怖。人潮很多，很熱鬧。市電車也大客滿。」老闆邊笑邊搔了搔黑痣。「那些全都是看熱鬧的。」
允許一般市民看熱鬧的戒嚴令嗎？
「你有聽廣播嗎？」
「嗯。可是，從早上開始就沒報什麼大事。幾乎都跟報紙一樣，只是在重複一樣的話而已。」
「那昨天呢？」
「昨天的話，白天還在廣播一般的節目唷。我昨天還在聽浪曲（註二）呢。所以，看到那些士兵在動作——」老闆大約指向三宅坂的方向，「一開始還以爲是大規模的演習呢。」
「可是，有大臣被殺了吧？」
「那些事，當時也不是馬上就知道啊。」
原來如此——孝史想。襲擊重臣是昨天凌晨的事件。但收音機卻到中午爲止，都還在播放浪曲

——孝史終於發現到，原來這個時代還沒有報導的自由。政府——不，這個情況恐怕是軍部，能夠過濾公開給一般大眾的資訊。

「廣播的內容是從昨天黃昏開始變得不一樣的。」老闆說。

「七點左右嗎？啊啊，那個我也有聽到。可是太難了，聽不太懂。」

老闆朝孝史手中的早報揚一揚圓圓的下巴。

「那上面也有報導昨天傍晚發布的消息唷。」

然後老闆將水壺裝滿水，放到火爐上。他開始從流理台底下的櫃子取出茶壺和圓形的茶杯等物。孝史再次望向早報。他讀著報導，雖然不甚明瞭，但還是努力去整理和理解。

如同麵包店老闆所說，第一版的下方，有個部分寫著「本日午後三點第一師管受令進入戰時警備　戰時警備之目的爲藉由兵力——」，是昨晚在收音機裡聽到的一節。換句話說，昨天下午三點，發布了一個叫戰時警備令的命令，而第一師管這個單位，被命令擔任帝都的警備——大概是這個意思吧。

這個時候的警備司令部的司令官是香椎浩平中將。然後昨晚凌晨兩點半，更進一步發布了「戒

註一：香椎浩平（一八八一～一九五四）為大正及昭和時代的陸軍軍人，二二六事件當時擔任東京警備司令官，雖被任命為戒嚴司令官，鎮壓叛亂，但其本身為皇道派人物，對反叛軍持同情態度。

註二：日本大眾藝能的一種，以三弦琴伴奏的民間說唱。類似中國的鼓詞。

嚴令」。因此，香椎中將這次成了戒嚴司令官。

報導上面刊登著身穿軍服的香椎中將戴著眼鏡、一臉耿直的照片。軍人的臉看起來都一樣，是因爲制服的關係嗎？算了，這不是重點。這個人是頭頭，負責鎭壓暗殺重臣、目前占據東京市中心的起事部隊的青年將校。孝史「嗯、嗯」地點頭。

然而，麵包店老闆卻說出了莫名奇妙的話：「聽說那些士兵也歸入了那個什麼司令部的底下。所以交通封鎖才會解除的。」

孝史吃了一驚。

「那些士兵？你說引起騷動的部隊士兵嗎？」

「對。」

「他們也歸入戒嚴司令部底下了？」

「應該是吧。」老闆面對孝史驚訝的臉點點頭。「昨晚啊，來了兩三個士兵，把我們店裡所有的麵包都買走了。是那個時候他們說的。他們說『我們也加入了警備部隊』。也就是說，他們也應該就這樣編入今早成立的戒嚴司令部底下了吧？」

「就形式來說，或許是這樣，可是……」

「昨晚的士兵說只要加入警備部隊，就可以從連隊那裡支給到糧食什麼的，不過又好像遲遲不下來。不過在這附近也有幫士兵做飯、或者是讓他們住宿的人家。因爲天氣實在太冷了。」

孝史陷入啞然。怎麼會有這麼奇怪的事？香椎中將率領的戒嚴司令部，和青年將校們率領的起事部隊，應該是彼此對立，目的也一百八十度的不同。而那樣的他們竟然混在一起？

「那樣的話，兩邊聯手到底在『警備』什麼？」

老闆回答得很模糊。「赤色分子吧。紅軍。」

「赤色分子在哪裡？」

「那附近吧。」

「那附近。」

「嗯。噯，不管怎樣，陸軍的大人物們應該也接受了起事將校們的說法，認爲他們說的有道理吧？這樣一來，或許會有些轉機吧。」

水煮開了。老闆泡起茶來。

「電話果然還是接不上嗎？」他瞄了一眼樓上，然後把茶杯放到托盤上，站了起來。他一面走上樓梯，一面對孝史說：「你可以打開收音機聽聽。調頻已經轉好了。」

「謝謝。」

孝史走近架子上的收音機。說是收音機，卻比他在高崎家中房間的迷你音響組合的音箱還要大。上面有三個旋鈕，左邊的是開關。

一轉開，立刻傳來播報員的聲音。那個語調讓人一聽就知道「哦，是ＮＨＫ」。聲音平穩清晰、而且制式化。似乎只有這個部分，即使時代變遷也不會隨之改變。

廣播不帶一絲情感地播報著，昨晚東京市發布了戒嚴令。戒嚴區域爲東京市內的臨戰區域：永田町台一帶、赤坂、虎之門、櫻田門周邊等。聽到戒嚴司令部設置在九段軍人會館時，孝史心裡想，九段軍人會館——指的是九段會館嗎？那不是去年堂姊舉行婚禮的地方嗎？受邀參加婚禮的爸爸太平，回到家後，不是說什麼九段會館還保存著機關槍的槍座之類的嗎？

——老爸。

突然，家裡的事還有家人的事浮上心頭。大家怎麼了呢？從平河町第一飯店發生火災後，今天是第二天了。媽媽或許上東京來了。她一定看著火災現場的搜救行動，承受著孝史生死不明的不安吧。愛哭鬼的妹妹是不是哭哭啼啼的，被爸爸臭罵呢？

都是廣播害的。雖然音質和用詞還有播放的內容都不一樣，但ＮＨＫ的收音機廣播所營造的氣氛，過去與現在幾乎沒變。害他想起了家。

清洗卡車，維修引擎的時候，父親太平總是會打開收音機。一定是聽ＮＨＫ。孝史有時候也會被叫去幫忙，如果他想聽更熱鬧的民營廣播台節目而擅自轉換頻道的話，絕對會被罵個臭頭。所以對孝史來說，ＮＨＫ的廣播聲，等於是家庭的聲音。

播報員在戒嚴令的新聞後，開始播報一般交通解除的消息。市電車還有公共汽車已經恢復通車，但是由於積雪，造成班次紊亂——此時，麵包店老闆從樓上下來了。

「電話果然忙線中呢。」他對孝史說。「聽說你們打算跟軍方借卡車？」

「嗯。想說如果亮出蒲生大將的名號，或許會有辦法。不過，既然交通已經可以通行，就沒有那個必要了吧。」

「不過道路都積雪了，可能還有需要吧。」

「是啊。請問，我可以去看一下外面的情況嗎？」

「哦，請便。好像還有得耗呢。」

孝史穿過半開的門，走到外頭。行人似乎變得更多，因此人行道也變得好走多了。稍微想了一下後，孝史往三宅坂的方向走去。

孝史知道的那條連接三宅坂三叉路口和赤坂見附之間的道路，與現在走的這條路，只有時代的差距，其實是同一條道路。雖然這條路行道樹優美，有許多車子通過，但徒步行走的人很少，讓人感覺東京不只是大都會，而是「首都」；也讓人有種無言的壓迫感。同一條道路在六十年前原來是這樣子的啊。沿路有許多出色的紅磚大樓，但更引人注目的是電線桿。因爲它不是混凝土，而是木頭做的。上面沒有變壓器，看起來十分通風，感覺有點像曬衣桿。

頭上像電線還是線路般的東西，如棋盤般交叉密佈，有點礙眼。大樓之間有零星的小店。金屬製的香菸店招牌、理髮店前白、藍、紅相間的渦狀旋轉招牌，令人十分懷念。嘿，原來這個從以前就是這樣啊。旁邊還豎立著一面招牌，寫著「描繪出柔順長髮的妙技」，讓孝史笑了出來。

朝大樓之間的細小巷道望去，看到某餐廳的窗戶貼著像西班牙佛朗明哥舞女般的海報，還有貼著「募集女店員」的事務所。寫著「代書田中」的大招牌上頂著雪堆，底下一個老人正氣喘呼呼地鏟雪。這是幹什麼的店？

走著走著，孝史開始覺得，並非所有的一切，都與自己生活的「現代」截然不同。即使衣服不同、鞋子不同、大樓的高度不同、文章的橫書方向不同、漢字很難，但是人並非完全不同。

人的部分唯一不同的是，這裡有許多沒辦法只按下開關就做好的事，全都要依靠人力去完成。大概就只有這點不同吧？想想千惠和阿蕗在蒲生邸內工作的情形，不也是這樣嗎？沒有吸塵器、沒有洗衣機，就算要去買東西，也沒有家用汽車，所以才需要女傭。

這應該是個工作機會很多的時代吧——孝史想。當然，因爲沒辦法挑剔工作，可能會很辛苦，即使如此，比起孝史身處的「現代」，工作的意義應該是更加更加單純而明瞭吧。在這個買包香菸，也必須透過人手來買賣的時代，販賣一包香菸，收取零錢這些小事，也存在著它相對的意義。

孝史覺得有點羨慕。我，又是如何呢？回到現代，補習一年，然後再參加考試，上大學，隨便玩個四年，之後就職。做什麼工作呢？選什麼職業呢？只需要按個鈕就足夠的時代裡，不靠「人」就辦不到的事極爲有限。要找到需要孝史這個「人」才能做的工作、甚至進一步找到只屬於孝史的人生，都困難重重。

孝史心想，如果自己不曉得之後的戰爭、思想統治、空襲、糧食不足、占領等這些歷史，或許會更引吸他想生活在這個時代。其實挺好的。只要不去想接下來的事，眞的還挺好的。這是個重視人力的時代，人與人之間的關係也充滿溫情。像那個麵包店老闆不也相當親切嗎？活在這個時代的感覺絕對不差，不是嗎？

然後，孝史突然想起平田爲何要來這個時代的疑問。平田說，如果他康復的話，一定會回答孝史。他也曾說過：「你的話或許會瞭解」——在他問過孝史「你看過這個時代了嗎」之後。

難道說，平田也只是想追求祥和的生活而造訪這個時代的嗎——？

姑且不談平田，他的阿姨又如何呢？據說她來到蒲生邸之前，在醫院擔任看護。珠子說她的年紀大約五十五、六歲，如果是平田的阿姨，這個推測應該妥當。如此一來，黑田正好就是出生在現在，也就昭和十一、二年左右。那樣的她特意捨棄平成之世，回到剛出生的時代生活的理由是什麼？因爲容易生活，容易找到工作？是這樣嗎？

珠子曾經目睹平田的阿姨——黑井自虛無黑暗中突然現身，感到詭異極了。但是，她卻沒有提到孝史在平河町第一飯店的大廳，初次見到平田時所感覺到的那種吸走光線般的陰暗。那是擁有時光旅行能力的人獨特的「光芒」，所以黑井也應該和平田一樣才對。

孝史發覺到，是珠子沒有發現。不只是珠子，蒲生家的人們可能都沒有具體地意識到黑井擁有的那種莫名陰森的氣氛。原因之一是她所處的四周環境是昏暗的。爲什麼呢？因爲這個時代光源遠比平成時代要少得多了。

據說用地球資源衛星觀測地球，可以發現日本的東京地區，是徹夜發出光輝的。可是，那是「現代」的情況，這個時代還沒有多到氾濫的人工亮光。事實上，蒲生邸內部也是如此。從黃昏到黎明，很少有被燈泡或電燈的光所照亮的空間。因此對黑井來說，她只要小心避開白天的陽光就行了，而實際上她也是這麼做的。所以珠子才會說「黑井就算在白天，也幾乎不會外出」。

漫不經心地邊走邊想，雪塊從天而降，打到了臉頰。是從電線桿還是電線上掉下來的吧。孝史愣愣地眨著眼，走在稍前的年輕女子，手掩上嘴邊笑了出來。

來到三宅坂，面向護城河的三叉路人行道上，聚集著許多人。路邊擺了一個賣報紙的台子，那裡也有人圍攏著。有人向左邊彎，往半藏門方向走去，也有人往右轉，朝櫻田門的警視廳去。也有人站在護城河邊熱烈地談論著。政府高層剛被暗殺，一國首都的市民這樣的表現是正常的嗎？對於只看過政治家被逮捕，不曉得暗殺這檔事的孝史而言，眼前的氣氛實在是過於欠缺悲壯感；然而另一方面，他卻也覺得，或許就只是這種程度的反應吧。

道路的積雪上，還殘留著士兵的腳印和卡車的輪胎痕跡。麵包店老闆說的果然沒錯。孝史有點想看看早上他們移動的情景，一定很壯觀吧。

孝史站在警視廳側的人行道，雙手插在大衣口袋裡，四處張望了一會兒。被雪覆蓋的皇居森林寂靜而美麗。人們吐出來的氣息化成白霧，眼前的情景有如水墨畫一般。

就在一旁，兩個年紀與葛城醫生相仿的男性正熱烈地交談著。其中一方不停地說，另一方則點頭應和。說話的一方，頭上戴著灰色的軟呢帽，同伴則戴著褐色的帽子，豎起褐色的大衣衣領，圍巾一直圍到下巴處。

灰色軟呢帽的人口中，頻頻出現「大御心」這個詞。孝史一知半解地聽了他們的對話一會兒，找了個時機委婉地插嘴。

「請問……」

兩名男子不約而同地迅速轉向孝史。他們的表情充滿幹勁。

「什麼事？」灰色軟呢帽說。

「不好意思打擾你們。請問現在是什麼狀況呢？」

不曉得是否打算答覆，灰色軟呢帽挪動腳步，半個身子轉向孝史。他也穿著和孝史很像的綁帶長筒靴。

「現在的情勢如何？我聽說昨天據守在這裡的士兵，聚集到議事堂的庭院去了。」

「哦，沒錯。」灰色軟呢帽強而有力地點頭。「昨晚開始就一直下大雪。考慮到士兵的疲勞，應該是暫時休息，重整態勢，然後繼續與上層交涉吧。」

「那麼，進行得順利嗎？」

灰色軟呢帽對孝史曖昧的問法一點也不介意的樣子，露出充滿朝氣的笑容。

「當然了。青年將校們的起事，撼動了閉塞的陸軍上層。臨時內閣很快就會成立，他們期望的政權即將誕生。」

褐色大衣插嘴：「首相應該會是眞崎大將（註一）吧。」

灰色軟呢帽一臉愉快，「應該是吧。不過，好像也有人提案請柳川次官（註二）從台灣回來。」

「那樣會花上不少時間哪。」

灰色軟呢帽閃爍著眼睛。「而且聽說秩父宮（註三）也會上來東京呢。只知追求私利私欲的重

註一：指真崎甚三郎（一八七六～一九五六）。陸軍大將，為皇道派的領袖。一九三四年就任教育總監，但受到對立的統制派勢力影響，被逐下教育總監之位，其支持者的皇道派相澤三郎陸軍中佐因此發動了相澤事件，成為二二六事件的原因之一。二二六事件後，真崎做為關係者遭到起訴，獲判無罪，但於事件後的肅軍行動中被編入預備役。

註二：指柳川平助（一八七九～一九四五），陸軍次官，皇道派的中心人物。二二六事件時擔任台灣司令官，為支援政變的將領之一。

註三：指大正天皇的第二皇子雍仁親王（一九〇二～一九五三），為昭和天皇之弟，陸軍少將。於一九二二年創設宮家（親王等皇族的家系）秩父宮。傳聞二‧二六事件時，反叛軍計畫擁立雍仁親王；亦有雍仁親王即為二‧二六事件幕後黑手之說。性格外向活潑，以運動愛好家聞名，致力於提倡運動。一九九五年過世時，由於膝下無子，秩父宮家就此斷絕。

臣們都被斬除了，只要能夠將腐敗的陸軍上層一掃而空，我們的國家也會改變了。」

從剛才和麵包店老闆談話中，孝史就感覺到，市民當中也有支援青年將校的聲音，不過孝史覺得這兩個人興奮交談的態度有些過於樂觀。或許這是因爲孝史在平河町第一飯店看過深夜電視節目，知道二二六事件的收場——雖然只看到收場而已。

「陸軍的大人物們會這麼容易就屈服，接受他們的要求嗎？」

結果灰色軟呢帽激動起來：「當然會了。怎麼可能不聽從呢？青年將校們的行動與眞意，正反映了大御心啊！一定會演變成大詔渙發的。」

孝史一臉「原來如此」地點著頭，一邊在內心思考著。所謂「大御心」，指的應該是現在這個國家最偉大的人——不，是有如「神明」存在的天皇的想法吧。所謂「大詔渙發」，意思應該是天皇發布的命令吧。換句話說，天皇一定會認可並接受青年將校們的這場行動，並發布命令，組成他們所期望的政治體制。這個灰色軟呢帽的男人說的就是這個意思。

但是，歷史上的事實又如何？孝史意識並回想起在旅館看到的深夜節目的旁白內容。當時他就快要進入夢鄉，記得不是很清楚，不過他隱約好像聽到昭和天皇非但沒有認可青年將校們的行動，反而認爲「應斷然討伐」。最後，起事部隊的青年將校們在二十九日遭到逮捕，送上軍法會議審判了。

就在孝史尋思當中，灰色軟呢帽和朋友又開始熱中於兩個人的對話了。孝史離開他們，越過馬路到護城河那裡。在那裡，他發現一對和灰色軟呢帽等人相對照，面露不安的男女。

「變成一場大騷動了呢。」孝史向他們搭訕道。男女面面相覷，男人仰望皇居，女人覺得冷似的。」

地縮起脖子：「聽說陸戰隊登陸芝浦了。」女人說。「因爲被殺害的大臣，有許多是海軍出身

「海軍那些人一定正大發雷霆吧。」男人說。「聯合艦隊一定也正往這邊過來吧。弄個不好，會演變成內戰呢。」

反應還差得眞多。這兩個人不像軟呢帽男人們那麼饒舌，很快地就穿過馬路了。孝史茫然地眺望著護城河，水呈現凍結般的顏色。

軟呢帽男人們說的是錯的，說會發生內戰的男人的預測也不對。孝史是知道的，只是，不管對哪一方說「你說錯了」，也不會有人相信吧。不只是他們。就算去找聚集在議事堂的青年將校們，告訴他們「昭和天皇的意見和你們不同，等在你們的未來的，只有軍法審判，還是趕快解放士兵，投降吧」，他們也一樣不會相信吧。

歷史的潮流無法改變——能夠做到的，只有細部的修正。

沒錯，孝史能夠做的，頂多是蠻不在乎地去到議事堂，在殺氣騰騰的起事部隊面前演說，最後遭到射殺，在昭和史的二二六事件裡，添上一行「此外，事件當中，平民中僅出現了一名死者」的文字而已。時光旅行這種東西，還眞是頂有意思的。

市電車來了。快活而忙碌地響著鈴聲。來到三叉路之後，電車停在三宅坂的電車站，等待乘客上下車。此時車掌從窗戶探出身子，挪動電車頭上像是導電弓架的東西，把它換架到往櫻田門方向延伸的電線上。眞是悠閒的軌道修正。

孝史望著這一幕，想起深夜節目的旁白最後一節。以二二六事件爲契機，擁有強大武力的軍部

對國政的發言力愈見增長，不久後，日本便進入了軍部獨斷獨行，最後甚至引發的戰爭的時代。

孝史想，沒錯，自己現在正站在時代的轉捩點。就像市電車更換導電弓架一樣，昭和的歷史也已決定了它前進的方向，現在正在扳動轉轍器。無論氣氛多麼開朗、民眾多麼支持青年將校、或者將希望寄託在這場政變上，歷史也照樣什麼都視而不見，充耳不聞。

寒意滲入全身。

6

回到麵包店，葛城醫生下樓來了。他說總算把事情辦好了，兩人離開店裡。老闆親切地笑著送他們出門。

「醫院那邊怎麼樣了？」

「我在駒込醫院有朋友，原本打算請他幫忙，可是那邊似乎沒辦法挪出病房來。不過不要緊，我找到了一個好地方。在芝浦。」

「芝浦？」

那不是剛才在護城河聽到的話題，說陸戰隊已經登陸的地方嗎？孝史說出這件事，葛城醫生「哦」了一聲，點了點頭。

「那是爲了海軍省的警備而派遣過來軍隊吧。現在橫須賀鎭守府的長官是誰來著？米內大將（註）嗎？」

「我也聽說聯合艦隊朝這裡過來了……」

「就算艦隊過來，也不會那麼輕率就開砲的。而且，就算真的變成那樣，砲彈飛過來，最危險的反倒是這一帶吧？」

醫生說著不曉得是大膽還是悠哉的話。

「芝浦要怎麼去呢？」

「我叫了計程車。一個小時左右應該就會到府邸那裡去了吧。要一個身子無法動彈的病人坐上擁擠的市電，實在不可能。」

「這條路車子開得動嗎？」

「司機會想辦法吧。」醫生說著又大大地摔了一跤。「我得跟著一起去才行。你留在府裡。不要忘了剛才的話。」

「我知道。」

「噯，等一下葬儀社的人也會來，馬上就沒時間去煩惱這些事了。」

孝史吃了一驚。「葬儀社的人會來嗎？」

「剛才我打電話了，應該會來吧。這不是理所當然的嗎？」

註：米內光政（一八八〇～一九四八），海軍大將。多次擔任海軍大臣，為當時的軍人中少見的良識派，直到最後都反對日德義三國同盟與對美開戰，並致力於顛覆東條內閣、終結二次大戰，是戰後依然維持名聲的少數軍人之一。

「可是……」

孝史沒有自信判斷這種狀況下，讓外人進入是否妥當。

「總不能把大將大人的遺體就這麼擱著吧。貴之說，在查明手槍的去向之前，不會請弔唁客來，不過就算只有形式，也得做好家屬守靈的樣子才行。」葛城醫生露出有些不悅的表情。「聽說永田町台和赤坂一帶的葬儀社忙翻天了。」

原本想問「爲什麼」，但孝史也想到答案了。還用說嗎？一堆重臣才剛遭到暗殺啊。望著醫生一臉憂鬱的臉，孝史忍不住想問了。「醫生？」

醫生正與雪道奮戰中。「什麼？」

「您與蒲生大將深交多年對吧？那樣的話，您也和生病前的大將一樣，是支持青年將校的皇道派嗎？」

醫生爲了防止跌倒，正專心看著腳邊，沒有立刻回答。他嘿咻嘿咻地想辦法避開積雪，來到稍微平坦的地方後，說了：「這眞是個難以回答的問題啊。」

孝史笑了。「我不是間諜，也不是政治活動家，不要緊的。」

「什麼話，我不是害怕秋後算帳才說難以回答的。」醫生用認眞的口吻繼續說。「只是，不管是皇道派還是反皇道派，同樣是軍人這一點是不變的。我覺得這就是問題的徵結所在。不管站在哪一邊，結果都差不了多少。這次的騷動說穿了也不過是爭奪主導權的內訌罷了。之前我也說過吧？」

「嗯，是啊。」

「軍人的任務是爲了保衛國家而戰。而現在，我國爲了不屈於來自各國的壓力必須戰鬥。所以軍人想要作戰是理所當然的，國民也希望他們努力作戰。因爲如果就這樣放任不管，今後將無法獲得石油、鐵礦，經濟會愈來愈蕭條。」

「哦……」

「歐州和美國過去明明進行過那麼多帝國主義的侵略行爲，卻多管閒事地擺出一副正義使者的模樣，插口亞細亞的問題。滿蒙問題也是。那份叫李頓報告書（註）的玩意兒，幾乎沒有採信我方的說詞不是嗎？根本用不著視察，結論一開始就決定好了。我覺得現在的日本和德意志根本就是一手承擔了全世界的霉運一樣。」

雖然不太明白什麼跟什麼，孝史還是應和著傾聽。

「所以，戰爭也是迫不得已的。總不能不作戰，默默坐視亡國的危機吧。」

葛城醫生說道，卻又板起了面孔。

「不過，戰爭的目的，應該不是戰爭本身，而是一種外交手段吧。有了確定的目的和估算，戰爭也才有意義。但是最近的軍人好像搞不太清楚這些道理。所以嘉隆說，不能盡是胡亂揮拳頭的意見，我覺得非常有道理。」醫生苦笑。「姑且不論那個人的人品。」

「眞的是呢。」

「就像你說的，正因爲我和大將大人深交多年，所以更不能隨意亂說。我可是謹守主治醫生的

註：國際聯盟派遣李頓爵士所率領的調查團，前往調查滿州事變的報告書。

分際，非常謹言愼行的。」

「在大將生病倒下後，到底改變了什麼想法呢？」

「唔……大將大人的想法怎麼樣地改變，具體來說我並不清楚。」他想了一下，「不過，只要讀了遺書，應該可以瞭解許多事吧。」

可是那份遺書，直到戰後都不會公開耶——

「不管怎麼樣，現在都不是鬧內訌的時候。」葛城醫生說。「江戶幕府瓦解時，全靠勝海舟（註一）和平開啓了江戶城，也因此才沒有發生多餘的內戰，團結了整個國家，讓我國免於淪爲殖民地的命運。應該要學習前人才是。還有，文官也得更振作一些。」

「你說的文官，是指政治家跟官僚嗎？」

「嗯。如果淨是些被氣勢凌人的軍人給騎在頭上的傢伙，實在不牢靠。得更站穩基盤好好地做事才行。不過那樣一來，搞不好又會變得跟高橋大藏大臣（註二）一樣吧。」

葛城醫生露出未曾有過的嚴肅表情。

「這場起事之後，又會增加更多看軍人臉色的文官了吧。大家都愛惜自己的性命啊。」

孝史默默地走著，那些旁白又在腦海裡不斷地重複。擁有強大武力的軍部對國政的發言力愈見增長——沒錯，就像醫生說的一樣。

他忍不住嘀咕：「要是大家的想法都跟您一樣就好了。」

「啊嗯？」醫生笑了。「你說話眞有意思。眞是完全搞不懂你到底是腦筋好還是不好了。說眞的，到底是好還不好？」

回到屋子，葛城醫生立刻和貴之商量起事情。珠子說她不太舒服，好像在自己的房間休息。雖然被吩咐留意珠子的情形，意思也不是要他守在珠子的房門前站崗吧。鞠惠他們也還沒有回來，這樣看來，似乎還不用警戒也無妨。比起這些，孝史有必須先完成的事。那就是鏟雪。孝史拿出鏟子，開始動手。必須把雪清除，好讓車子能夠順利地進到玄關才行。

孝史生長在北關東，冬季的乾燥寒風雖然冰冷地快要凍結，卻不會下起驟雪。鏟雪這個工作，在抓到訣竅之前非常辛苦。不過很久沒有像這樣把腦袋放空，活動身體了。這讓孝史舒服極了。特別是過去一天半來，腦袋又是空轉又是逆轉，更覺得許久未曾如此輕鬆。身體各處的燒傷和跌打損傷雖然還會痛，但比起呆坐著思考要好得多。孝史勤快地工作。

開始鏟雪後，約過了三十分鐘，葬儀社的人來了。有兩組人馬把道具堆在兩輪車上載來。若不

註一：勝海舟（一八二三～一八九九），江戶幕末、明治維新時期的政治家。他為了修習海軍事務，前往長崎，進入海軍傳習所，並做為使節渡美見聞。回國後設立海軍操練所，擔任軍艦奉行。在戊辰戰爭（新政府與舊幕府之戰爭）中代表幕府，與西鄉隆盛交涉，完成和平交出江戶城的任務。

註二：高橋是清（一八五四～一九三六）。財政家、政治家。於日俄戰爭募集外債時嶄露頭角，歷任日本銀總裁、大藏大臣（財政部長）等。在一九二一年首相原敬遭到暗殺後，擔任首相、政友會總裁。後來雖一時引退，又以大藏大臣身份歸還，處理金融恐慌、昭和恐慌。因其欲削減陸軍省預算，而成為二二六事件的暗殺目標。

是他們恭敬的態度和身上的黑紗，孝史根本看不出他們是葬儀社的人。葬儀社的人說，短距離的話，兩輪車比汽車更適合走雪路，所以去跟馬車行借來了兩輪車。

把雪大致鏟完之後，全身也冒了汗。孝史回到屋子裡，千惠跟阿蕗正跑上跑下的，看起來很忙碌。

「辛苦了。」阿蕗慰勞他。她的雙手捧著像小行囊的東西。

「外頭很冷吧？」

「一點都不冷，反倒覺得熱呢。醫生跟貴之少爺呢？」

「兩人都在二樓。」

「有沒有什麼要幫忙的？」

「現在沒有。你可以休息一下。對了，孝史，你肚子好了嗎？」

孝史昨天受寒，拉了肚子，服了征露丸。

「好像已經沒事了。」

「那就好。你出去之後，我就跟千惠姨說，應該借你纏腰布的。」

阿蕗笑著說，但臉色又馬上暗了下來，「剛才，平田叔又流了一點鼻血。」

「眞的？很嚴重嗎？」

「不，只有一點點而已。現在好像又睡了。你要不要去看看情況？」

「嗯……」

平田的腦袋裡，現在是什麼樣的狀態呢？就像熟過頭的西瓜流出汁液一樣，不斷地滲出血來嗎？

「對了，阿蕗，」孝史叫住正要上樓的阿蕗。「剛才出門前，我從珠子小姐那裡聽說了黑井的事。」

阿蕗眨著眼睛，「又是那件事」的神色，稍稍掠過了那雙美麗的瞳孔。

「珠子說，她是個有點陰森的人。所以，妳才會不喜歡談黑井的事吧。聽說黑井的臉色很差，就像鬼魂一樣對吧？」

孝史在想，爲了蒲生大將而不斷穿梭時空的黑井，沒有變成像平田那樣嗎？她不會流鼻血、昏倒，或者身體痲痺嗎？

「她是個好人。」阿蕗說。「我並不是討厭黑井還是怎麼樣。那個香菸盒，果然還是黑井的東西吧？」

「嗯。珠子也這麼說。」

「不是珠子，要叫小姐。」

「是、是。」

阿蕗走上樓梯，而孝史走下半地下的房間。就像阿蕗說的，平田正在睡覺。鼻子底下留著淡淡的血痕。望著那痕跡，孝史覺得自己心裡，一股名叫不安的鼻血也正逐漸地滲流出來。

孝史就這樣在平田枕邊坐了一會兒，多想無益的事也想得累了，差點打起瞌睡來。他心想這樣不行，站起身來。去找點事做吧。活動身體是最好的。

汗水蒸發之後，喉嚨開始渴了。孝史決定上樓，順便繞到廚房去喝水。廚房整理得一絲不苟，早餐使用的餐具也已經收拾好，因此孝史也不好意思拿出來用。他四處張望，看到流理台邊有一個小小的——大約是小桶生啤酒大小的——瓶子，旁邊倒放著一根長柄勺，孝史用它取了水來喝。

為什麼會有這種長柄勺？是用來汲取這裡面的東西的嗎？孝史打開蓋子一看，瓶子裡裝了約一半的水。怎麼看都還是水。明明有自來水，為什麼還要特地儲水？是有其他用途嗎？

走到起居室一看，葛城醫生面對桌子坐著，千惠拘謹地站在一旁。千惠一看到孝史，臉上浮現些許——接近若有似無的——生氣神色。

醫生對孝史說了：「千惠會陪著到醫院去。」

「咦？為了舅舅嗎？」

「沒錯。你的話，沒辦法照顧病人吧。還是需要女人家幫忙才行。貴之也允許了。要好好謝謝人家啊。」

「謝謝妳。」

看到孝史對千惠低頭道謝，醫生笑了。

「道謝的話，去跟貴之說。」

千惠一副無視於孝史道謝的樣子，語氣充滿不情願地說了：「換穿的衣物還有手巾，就先借用這裡有的。平田可以一個人如廁嗎？」

「如廁？」

「可以一個人上廁所嗎？」

「哦，我想應該沒問題。」

「那，就不用白布了。迎接的車子就快來了吧？醫生，那我先去準備了。」

「嗯，拜託了。」

老婦人僵硬地離開起居室。細小彎曲的身子彷彿漲滿怒意，腳步急促。

「醫生，」孝史說。「你們巧妙地把千惠姨跟珠子分開了呢。對吧？」

「嗳，是啊。」醫生撫摸鬍子。「千惠是個令人欽佩的女傭，不過就算是忠心護主，也得看情況。搶先一步下手比較好。」

「不過，我覺得醫生有點多慮了。」

「是嗎？」

「嗯。就算千惠姨知道珠子小姐把手槍藏起來，準備要做危險的事，我想比起包庇她或幫忙她，應該更會拚命地阻止才對。千惠姨不可能讓她疼愛的小姐去殺人的。」

「或許她會讓珠子去做她想做的事，然後自己把罪名承擔下來。」醫生以平緩的語氣說。「千惠就是這樣的一個女傭。再怎麼說，她都是過世的夫人嫁到蒲生家時一起過來，之後就一直待在這裡工作的人。貴之和珠子對千惠而言，是比她自己性命還要重要的人。」

「那阿蕗呢？」

醫生揚起眉毛。「那女孩怎麼樣我不曉得。她來到這裡——嗯，大概四、五年了吧？不能拿來和千惠相比。」

可是，阿蕗看起來對貴之抱有好感——如果想要做什麼危險的事的人是貴之的話，阿蕗或許會幫忙或包庇他。

「不管怎麼樣，貴之的意思似乎是要把主要關係者之外的所有人都趕出這個府邸。」

「什麼意思？」

「貴之叮囑我說，叫我先回家，等到正式的喪禮準備完成後，一定會通知我。不過，我是打算到醫院去之後回家一趟，看看家人的情況，然後一定要再回來這裡的。」

「我也會被趕出去嗎？」

「應該吧。我原本想說照顧病人的事，要麻煩千惠，然後要你代替千惠留在這裡工作，貴之卻說不用在意，叫我把你也帶去醫院。他說你一定很擔心平田的情況。貴之說的也有道理，我也不好再反對。」

「我絕對不會離開這裡的。」

「嗯，拜託你了。」葛城醫生一臉認真。「貴之的樣子也讓我很掛意。他好像在鑽什麼牛角尖，或是策畫些什麼……」

醫生可能誤會了，孝史想要堅守在屋子裡，並不是爲了珠子或貴之。因爲平田說過槍在某人手中，小心。所以他想要確保阿蕗不會陷入危險之中。而且他也強烈希望，無論會發生什麼事都想看到最後。

「車子眞慢。」葛城醫生說。他取出懷錶，確認時間之後，皺起眉頭。「不是都快十一點了嗎？到底在做什麼啊？」

葬儀社的人上午就回去了。貴之叮囑他們在武裝叛變結束之前，不可以把這件事宣揚出去，並且包了些錢給他們。葬儀社應該是拍胸脯保證，只見他們不斷地向貴之哈腰行禮。

上樓偷偷看了一下，蒲生大將的寢室已經完全佈置成家屬守靈的會場了。裡頭圍起了淡藍色和白色的幃幕，房間感覺爲之一變。橫躺的大將雙手交叉，上頭擺著除魔用的小刀，臉色平靜而安祥。他的表情比屋子裡的任何一個人都要靜謐。孝史試著想像，當這個人看到未來日本的時候，受到多大的衝擊、想了些什麼、又焦躁些什麼呢？就算到處寫信、會見別人，也無法改變現狀；明知道等在未來的戰爭是如何地悲慘，卻無法傳達給任何人。孝史想像，被這樣的焦急所籠罩的時候，這個人是否會像自己一樣，認爲時光旅行根本沒有任何用處？

「可是，日本之後也沒變成多糟的國家吧？」

孝史在大將枕邊悄聲低語。

「這讓你稍微放心一點了吧？」

當然，大將不可能回答，房間裡寂靜無聲。孝史第一次對蒲生大將感覺到一絲親近，滿足地走出了房間。

用完午餐，珠子起床出來了。她說昨晚沒有睡好，所以小睡了一下。千惠擔心地照料她，但是珠子什麼也不吃，只是一副畏寒地縮著肩膀，沉默不語。她一聽到葬儀社已經來做好家屬守靈的安排後，便一個人上去大將的寢室了。

一點左右，迎接的車子總算來了。那是一輛車燈形狀圓滾滾的黑色大汽車。等得不耐煩的葛城醫生劈頭就斥責司機。對方拚命道歉，說是輪胎陷進雪裡，好幾次都動彈不得。

「而且，今天客人很多……」

「我們這裡可是要運送病人的。不第一優先怎麼行呢？」

司機在車子的行李箱裡裝了一堆木材。問他要拿來做什麼用，他說要排在容易打滑的地方，好讓車子過去。

在瞭解的同時，也覺得這趟路程堪慮。

「日落之前，到得了芝蒲嗎？」

司機仰望陰天。「勉強可以吧。不過從早開始就一直陰沉沉的。」

葛城醫生和孝史兩人一起把平田從半地下的房間裡抬出來。平田的左腳幾乎舉不起來，也無法支撐身體。醫生鼓勵他，把他扶到玄關的這段期間，孝史可是擔心得不得了。不要動他是不是反而比較好？

即使如此，總算還是讓平田上了車，葛城醫生拿了提包，坐上鄰座。千惠抱著一個大包袱，跟了上來。

「那麼，開車吧。」

葛城醫生對司機說，車子緩慢地開過孝史辛苦鏟雪的前庭。孝史望進車窗內的眼睛，與葛城醫生的視線對上了。醫生微微點了點頭。一旁的平田也望向孝史，但是那雙赤紅未褪的眼裡，有的盡是無比的疲累，這讓孝史感到難過。

——小心，槍在某人手裡。

車子笨重的尾部上下搖晃開過雪道。目送著車子，站在孝史後頭的珠子低聲說：「平田會死嗎？」

孝史回頭。「他不會死的。」

「是嗎？」一張臉比雪更加白皙的她，面無表情。「是這間府邸不好。待在這裡，大家都會死。」

貴之站在旁邊。在他開口說話前，珠子便轉身進到屋子裡去了。

「我去陪爸爸。」

漫長的午後，孝史在幫忙阿蕗工作的時光中度過。打掃、洗衣等，家中大大小小的雜事阿蕗拚命地逐一完成。孝史只是照著吩咐做事，卻也忙得頭昏眼花。

因為要更換床單、添加毯子，孝史又有了一次進入嘉隆與鞠惠房間的機會。脫掉的衣服扔了滿地，菸蒂掉在地毯上面。孝史覺得這的確像是鞠惠的作風，露出苦笑。

機會難得，於是他把整個房間搜了一遍。嘉隆和鞠惠拿走手槍並藏起來，也是值得考慮的可能性。不過就算如此，手槍也不可能會放在孝史找得到的地方。

不過，孝史有了一個發現。固定式的大衣櫃裡，藏著昨天在平田的房間裡看到的大旅行箱。想像鞠惠驚慌失措地把它搬到這裡來的樣子，實在令人愉快。孝史一邊笑著，一邊更換床鋪的被單，拍了拍枕頭。

另外，今早送早餐來的時候並沒有注意到，位於房間角落的化妝台旁邊，有幾張蓋著防塵白布的畫布和摺疊收好的畫架。也有顏料箱。雖說嘉隆假藉繪畫的名義頻頻造訪府邸，但實際上好像也不是沒有在畫圖。在孝史看來，這些作品超越了業餘的水準，雖然不願承認，但他還是感到佩服。

蒲生家的血液裡似乎隱藏著繪畫才能。

全部都是鞠惠的肖像畫。有穿和服的，也有洋裝的，有束著頭髮的，也有垂下頭髮，只披著浴袍之類的模樣。好笑的是，畫裡的鞠惠感覺上比眞實的她更加優雅而溫順；不過素描非常精準，遠近感適中，緻密塗抹顏料的筆法也很有個性。有一張只用炭筆打了草稿的畫布，從模特兒鞠惠的服裝來推測，好像是昨天畫的。

貴之和珠子的房間是阿蕗負責的，不過孝史瞞著她偷偷潛進去。貴之的房間裡只有一大堆書，而珠子的房間則是塞滿了洋裝和和服。沒有閒工夫慢慢找手槍，孝史只能拍拍枕頭，窺看床鋪底下，或打開櫃子看看；但這種程度連「我找過囉」的自我滿足都稱不上。

說起來，就算槍在某人手裡，也不一定會藏在自己的房間。可恨的是，這府邸實在太大了。孝史一邊打掃，一邊窺看或用手摸索所有看得見的地方，卻連手槍的「手」字都找不著。

工作告一段落後，孝史和阿蕗在廚房會合。她說要出門買東西。

「貴之少爺說，今天交通雖然暢通了，但是不曉得會不會又發生什麼事。得趁現在把能夠屯積的物品買一些回來才行。」

「雖然我很想跟妳一起去……」

孝史左右為難。的確，看今天的街道上的情況，就算外出行走也沒有什麼好怕的。即使如此，他還是擔心讓阿蕗一個人外出。可是，鞠惠她們是不是差不多要回來了？因為嘉隆說他們「黃昏會回來」。

「不要緊的。」阿蕗微笑。「我也不是去買多重的東西。就麻煩你留著看家，要是有什麼吩咐，就立刻去辦。」

「嗯，我知道了。」孝史點點頭說。「阿蕗，妳不害怕嗎？」

「不會啊。你好像以爲我非常膽小呢。」

「不是這樣的。今天打掃的時候，妳有沒有試著找過手槍？」

「……」

「我找過了。可是沒有發現。噯，也不可能藏在一下子就被發現的地方吧。」

阿蕗沒有回答。

「孝史，你不跟平田叔去醫院，眞的沒關係嗎？」

「嗯。我要代替舅舅工作。」

阿蕗一臉想要發問似地，困惑地望著孝史。但孝史還是不知道她想問什麼。結果阿蕗說：「你去幫老爺書房的壁爐添點柴火。貴之少爺一直在那裡。」

貴之面對蒲生大將的書桌，坐在大將的椅子上。桌子上堆滿了書籍和成冊的文件等。他的手裡拿著粗鋼筆似乎在寫些什麼。

孝史一走進房間，他便露出極爲警戒的眼神。

「柴薪夠嗎？」孝史出聲。

「啊？哦，壁爐嗎？」

火變得相當小了。孝史一邊添柴，讓火燒旺，一邊頻頻地窺看背後的貴之的動靜。他伏著臉，動著鋼筆。

「貴之少爺。」

孝史出聲，貴之的動作倏地停下。好像在等待孝史要說些什麼。

「我聽葛城醫生說了。聽說你在懷疑珠子小姐。」

貴之繃著肩膀，沉默了一會兒。不久後，他「呼」地吐了一口氣。

「醫生也眞多嘴。」

孝史繞到桌子前面，正面看著貴之的臉。感覺他那全神貫注於寫作時特有的眼神正近看著自己，但是整體來說，貴之很冷靜。

「爲什麼他連這種事都對你說了？」

「醫生很擔心。因爲你想要把醫生趕回去。」

「你也去醫院就好了。」

「就算我去了，也不會照顧病人。」

貴之放下鋼筆，闔上文件冊子。看來像是在避免被孝史看到。

「你這傢伙不是逃亡之身嗎？難得現在交通也自由了，趁機會遠走高飛不是很好嗎？」

「我在這裡的事，只有舅舅知道。不會有人追來的。而且讓阿蕗一個人做全部的家事，太可憐了。」

貴之嗤鼻一笑。

「大將自決了——」孝史說。貴之抬起視線。「這是你得到的結論吧。」

貴之點頭。「沒錯。原本就有遺書，不可能不是自決。因為沒有手槍，害我莫名地慌張了一下。」

「大將的遺書在哪裡？」

孝史還沒有看到實物。

「我代為保管了。用不著你擔心。」

「那就好了。」孝史聳了聳肩。「我突然想起一件事。想要跟你說一聲。」

正當孝史在為壁爐添柴的時候，突然腦海裡想起一些事。

「昨天，當我還隱身在府邸裡的時候，在起居室看到了大將。」

貴之好像吃了一驚。

「看到父親？在樓下的起居室嗎？」

「對。聽說難得見他下樓。」

「嗯……自從行走不便之後，他就幾乎不會下去一樓了。」

「他在起居室的壁爐裡燒東西。」

「父親他？自己嗎？」

「對，沒錯。是他本人。很奇怪吧？壁爐的話這裡也有。如果要燒廢紙之類什麼，在這裡燒不就行了？可是他卻特地下去起居室。」

貴之彷彿在尋找答案似地，在椅子上轉動身體，回望壁爐。

「可能那時候，這個房間裡有誰和他在一起。」孝史說。「雖然不曉得是什麼人，但是大將可能是不想讓那個人看見自己寫了什麼東西。或許也不想讓那個人知道那些東西要作廢，必須燒掉處分吧。所以他才特地走出房間，到樓下燒掉。」

貴之保持沉默。

「那時候有誰在這裡呢？讓大將警戒到這種地步的人，會是誰呢？」

孝史想起嘉隆的臉。他想要告訴貴之，說嘉隆掌握著大將的把柄，會不會是嘉隆拿它來對大將提出一些無理的要求？你覺得如何？

貴之露出笑容。意外可愛的笑容。這是孝史第一次看見他笑。他吃了一驚，忍不住盯著貴之的臉看。

「我來正式雇用你這傢伙好了。」

「你中意我嗎？」

「正式雇用你的話，就可以把你開除，趕出家門去了。」

貴之做出趕開孝史的動作。

「滾開。我已經受夠你那自以爲聰明的揣測了。別來煩我。」

孝史靜靜地退開了。貴之臉上的笑容消失，朝著虛空皺起眉頭。

約莫一個小時後，阿蕗回來了，只見她的耳朵凍得通紅。孝史和她一起整理買來的東西，此時起居室傳來鞠惠叫喚阿蕗的聲音。

「您回來了啊。」

阿蕗急忙趕到起居室。孝史也跟了過去。

嘉隆和鞠惠把手伸在壁爐前。珠子從剛才就在起居室，熱中於複雜的西洋刺繡之類的東西，現在手裡也拿著針，對於回來的那兩人，完全無視於他們的存在。

鞠惠很高興。她接二連三交代阿蕗，說她剛去買東西，等一下會有三越的人送東西來，還有她已經吃過晚餐，所以不用準備等等。

「把茶端到我房間來。還有，毯子幫我添了嗎？房間烘暖了嗎？」

竟然在戒嚴的時候去購物，眞服了她。孝史一陣目瞪口呆的時候，貴之跑進起居室來了。

「怎麼這麼慢？」他責備地對嘉隆說。

嘉隆揶揄地望向貴之。「我不是說要黃昏才會回來嗎？而且距離約定好的時間，不是還有三十分鐘嗎？」

孝史望向起居室巨大的鐘擺時鐘。快要五點半了。記得嘉隆跟鞠惠出門的時候，貴之對他說「請務必遵守時間」。所謂「約定」，是什麼的約定？

「茶的話，到樓上再喝就行了。」貴之說。「我有很多話要跟你說。葬儀社的人來過了。請快點上來。」

「知道啦。眞是個急性子的傢伙。」嘉隆苦笑。「喪禮什麼的都無所謂啦，青年將校的那場政變，搞得股價下跌，把我給害慘了。可惜經濟白痴的軍人的家人，是不會瞭解的吧。」

貴之沒有回嘴。「總之，請你們到書房來。」他撇下這句話，離開起居室了。

孝史也對他異常著急的模樣感到不對勁。雖然也在意他要和嘉隆與鞠惠談些什麼，不過，有必要急成那樣嗎？

嘉隆和鞠惠離開起居室後，阿蕗抱著他們濕掉的大衣，想要跟上前去，卻被默默刺繡的珠子給叫住了。

「我也想喝茶。」

像發呆、缺乏抑揚頓挫的口氣。她的眼睛望著毫不相干的方向。

「我馬上準備。」阿蕗應道。

「我來弄。」

孝史說，想要走去廚房，珠子卻突然站了起來。「你不會弄吧？」

「不，茶的話，我也會泡。」

「我來準備。不管這個，你——對了，你去多拿一點柴薪進來。要不然夜裡還要走出去柴薪小屋的話，你也覺得很辛苦吧？」

實在可疑。貴爲小姐的珠子爲什麼偏在這種時候說要親自泡茶？而且，這種眼神恍惚，彷彿夢囈一般的口氣——

搞不好她等一下會說要把茶送到樓上去，然後趁那時候，偷偷把槍帶過去？

「我會準備的。」阿蕗說。但珠子毫不停步，往廚房走下去。孝史感覺不妙，也跟了上去。

但是就算到了廚房，珠子似乎也不曉得該如何是好。

她說「得煮開水才行」，在瓦斯爐邊晃來晃去。孝史覺得她簡直就像患了夢遊病。

此時，阿蕗小跑步回來了。她可能也覺得珠子的樣子不對勁，立刻就輕輕抓住她的手，柔聲地說：「這裡很冷，請您待在起居室。我馬上就端茶過去。」

珠子微笑。「不好意思，阿蕗。」

「哪裡的話。」

「今天你們也累壞了吧。」珠子輪流望著孝史和阿蕗說。「接下來要準備晚餐吧？在那之前，一起喝杯茶吧。把點心也拿出來。」

「好的，謝謝小姐。」

阿蕗用眼神向孝史示意。孝史點頭，跟著珠子回到起居室。心臟怦怦跳個不停。要不要直接對本人說呢？——振作一點，要是妳藏著手槍的話，不要做危險的事，把槍交給我。

可是，回到起居室後的珠子，坐回原來的椅子，開始把玩起刺繡道具來了。她的腳邊放著裝了五顏六色絲線的籠子，她從裡面取出一綑美麗的鮮紅線捲，開始把線解開。

孝史從起居室來到玄關廳堂。他也在意樓上的情況。如果貴之手裡有槍的話，和嘉隆他們面對面談話的機會，也正是絕佳的狙擊時機。他是不是就是在等待這個時候？貴之還是珠子？到底是哪一個？不逮到現場就束手無策，這實在令人焦急萬分。

孝史躡手躡腳地爬上樓梯，來到書房前。門是關著的。門板很厚，聽不見裡面的說話聲。爲了預防珠子離開起居室，還是待在這裡警戒好了。

不一會兒，阿蕗捧著托盤來到玄關廳堂。孝史跑到樓梯中間處攔住她，接下托盤。

「我拿過去。妳不要離開珠子小姐身邊。」

阿蕗似乎很不安。「孝史，你在想些什麼？」

「我什麼都沒想。只是，不要讓珠子小姐一個人落單比較好」

進入書房，貴之坐在大將的書桌前，鞠惠和嘉隆則坐在對面的扶手椅上。鞠惠正在打哈欠。

「哎呀，這女傭怎麼是男的？」嘉隆對孝史說。「一點兒都不養眼呢。」

比起眉頭深鎖、悶不吭聲的貴之，嘉隆看起來游刃有餘，甚至可以說是興高采烈。

「千惠怎麼了？」鞠惠問。孝史一邊奉茶，一邊說明原委後，她紅色的嘴唇便張得圓圓的。

「哎呀，不過是個下人，而且來到這裡之後根本就還沒做過什麼事，平田這個人還眞是得寵呢。貴之，你對下人太放縱了。」

孝史第一次聽到鞠惠直呼貴之的名字。他忍不住去看貴之的臉。貴之繃著一張臉，把紅茶杯子端到嘴邊，只說了句：「不能丟下病人不管。」

「哎呀，是這樣嗎？人家說不工作者不得食呀。」

鞠惠說完便狼吞虎嚥地吃起點心。孝史心想：妳才是。

雖然孝史故意把動作放慢了許多，但是奉茶也花不了多少時間。他在書桌旁磨蹭著不走，被貴之斥責了：

「你這傢伙在幹什麼？已經夠了，出去。」

雖然被貴之以嚴厲的眼神斥喝，但是孝史覺得他又在注意時間了。大將的書桌旁邊的邊桌上，放著一個小時鐘。貴之頻頻瞄那個鐘。

還有五分就六點了。貴之在掛意些什麼？時間代表什麼意義？「貴之說有複雜的事要談。」嘉隆啜飲著紅茶，抬頭看看孝史。「不是一介下人可以聽的。」

嘉隆朝鞠惠一笑，「喏，對吧？」

「是啊。」鞠惠「哼」地笑道。「雖然也不是什麼得急著說的事，不過還是快點說完吧。」

「是關於這府邸今後的處置嗎？」孝史問。

鞠惠爽快地回答：「嗯，是啊。」幾乎就在同時，貴之怒吼：「囉嗦！」

鞠惠嚇得跳了起來，對於驚嚇一事，她毫不客氣地表現自己的怒氣。「幹嘛啊貴之，用不著吼人吧！」

「妳也別嚷嚷。」嘉隆插進來。「冷靜地談吧。你叫尾崎是吧？總之，這事和你無關。用不著擔心我們會在裡面打起來，出去吧。有事的話會叫你的。這是命令。」

被斬釘截鐵地這麼宣告，孝史只好無奈地離開房間。他一面向後退，一面注視貴之的臉。貴之撇過臉去。

來到走廊後，孝史發現自己的心跳劇烈。一方面覺得自己的角色可笑，卻也疑惑自己還能夠再做什麼？開始有點自暴自棄了。說起來，就算貴之想要射殺嘉隆跟鞠惠，或是珠子掏出手槍來，那又如何？跟我毫無關係吧。我和葛城醫生不一樣。對孝史而言，最重要的只有阿蕗的人身安全而已。

不，可是——還是會在意。有人拿著手槍。有人想要做什麼。平田不是叫我要小心嗎？

接下來一定會出事。

孝史在走廊上屏息以待。他把全身都當成了耳朵似地貼在門上，期待多少能聽到一些對話。他也在意起居室的情況，不過如果珠子上樓，他馬上就會知道。況且還有阿蕗幫忙看著。

就這樣不知等了多久？三分鐘？五分鐘？不，更久嗎？門的另一邊是無盡的沉默，當然也沒有傳出槍聲。或許根本不需要擔心。孝史有點倦了，吁了一口氣。就在這個時候，他發現珠子爬上樓來了。

珠子並不匆忙，而是徐徐地爬著樓梯。她一隻手擱在扶手上，另一隻手按著裙擺，很優雅的走法。孝史擋在門前。珠子微笑走近。

「你也在意嗎？」珠子溫柔地說。「我也很擔心。哥哥和叔叔他們，事到如今還有什麼好談的呢？」

「珠子小姐……」

珠子把手指按在嘴唇上。「安靜。喏，我們進去看看吧？把門打開，嚇他們一跳吧。」

「最好不要這樣。」孝史委婉地把她推回去。「我來出聲問問裡面，看看有沒有事好了。」

「可以麻煩你嗎？」

孝史對珠子點頭，確認她離開門邊後，瞬間——眞的是短短的瞬間——孝史轉身背對她。他的注意力轉移到門把上。

此時，他感覺背後有股異樣的氣息。全身探知到危險。孝史想要回頭。太遲了。有東西猛地撞上頭部。眼睛冒出火花來，腦袋側邊痛得快要裂開。

被射中了？我被射中了嗎？

孝史踉蹌，一屁股坐下去。他用手撐地，勉強抬起頭來，看到珠子站在前面。她的手中——剛才都還藏在裙子褶襬裡面的手，現在握著壁爐的撥火棒。

「對不起唷。」她俯視孝史說。「我不想要被打擾。都是你不喝紅茶，我只能這麼做了。」

珠子把撥火棒立在牆邊，滑動雙腳，穿過孝史身邊，打開書房的門。看得見她的行動。看得見，可是視線一下子清楚一下子模糊。整顆腦袋轟轟作響。使不出力，怎麼樣都站不起來。

門打開了。珠子踏進書房裡。孝史爬著追上地。他的身體擠進書房的門隙縫，看見裡面的狀況。

珠子背對孝史站著。她移動手，從上衣內側取出手槍。一把暗青色，可以藏在掌心裡的小手槍。

果然是在她手上——

即使珠子取出手槍，書房裡的三個人既不驚訝，也沒有發出叫聲。三個人都倒了。貴之趴在桌上，嘉隆埋在扶手椅裡，鞠惠的上半身掉出椅子扶手，無力垂下的手觸碰到地面。

——死掉了？不，是睡著了。

是那些紅茶嗎？是在茶裡下了藥嗎？是珠子幹的嗎？可是，怎麼辦到的？

視野開始旋轉，漸漸無法抬起頭來了。珠子舉起拿著槍的手，槍口對準嘉隆。住手！孝史試著叫出聲，卻無法出聲。像水一樣的東西流進左眼，他看不見了。血從頭上流下來了。疼痛劇烈，他的面目變得猙獰。

「再見了。」珠子呢喃。槍口對準嘉隆的頭。

就在此刻，微弱的鐘聲響起，彷彿在回應珠子的呢喃。孝史拚命撐住快要朦朧的意識，探看四周。這是什麼聲音？時鐘？對了，是那個放在邊桌上的時鐘在響。六點了。

鐘響完時，某處傳來了聲音。

「小姐？」

聲音從壁爐那裡傳來。明明剛才都沒有人的地方——壁爐的前面，現在卻站著一個穿著深藍色的老舊和服，綁個髮髻的大個子女人。

女人很吃驚。碩大的臉上點綴著兩顆小而圓的眼睛。女人的那雙眼睛睜得老大，呆立在原地。臉和身體都很碩大，但是乍見之下，女人卻像個病人。她的臉色蒼白黯沉，呼吸痛苦急促，像是忍耐著痛楚，蜷著背往前屈。

「黑井？」珠子說。「妳是黑井嗎？」

黑井——平田的阿姨！

珠子拿著槍的手無力地垂下。她吃驚得連聲音都變沙啞，節節往後退去。

「妳怎麼會在這裡？妳從哪裡進來的？妳眞的是黑井嗎？」

被稱做黑井的大個子女人好像也非常吃驚，而且不亞於珠子。

「這究竟是怎麼一回事？」

黑井掃視倒下來的三個人，嘴唇顫抖。她抓住貴之的肩膀察看。「少爺——少爺！」

珠子搖著頭，緊咬不放似地盯著黑井。

「妳做了什麼，小姐！」黑井說，搖搖晃晃地想要走近珠子。她的臉色蒼白，呼吸急促。「爲什麼做出這種事？」

「只是睡著了——睡著了——」

黑井把臉湊近確定貴之的有無呼吸。然後鬆了一口氣似地，眼角下垂。

「真的，是睡著了。」

「不知道，我不知道——」珠子夢囈似地呢喃。「走開，不要靠近我！這到底是怎麼回事？爲什麼妳會出現在這裡？」

黑井的臉上浮現出近乎痛苦的悲傷表情。她伸出大大的手，想要觸摸珠子，卻看見珠子嚇得縮成一團，於是又把手放下了。

黑井再一次掃視室內。悲傷的視線捕捉到孝史的臉，她充滿疑心地打量他。她望向珠子一副想詢問的表情，但又可能改變了想法，搖了搖頭，拖著沉重的身體走近鞠惠和嘉隆。

她抓住兩人的手。左手抓著鞠惠的右腕，右手抓著嘉隆的左腕。

刹那間，孝史醒悟到黑井想要做什麼了。

黑井望著珠子開口了：「少爺明白全部的事情。少爺醒來後，應該會向小姐說明吧。說實在的，我原本什麼都不想讓小姐知道的。結果事與願違，實在是太遺憾了。」

珠子踉蹌著倚著牆壁。她的腳踏到了勉強保持意識的孝史的右手。孝史的視野被鮮血遮蔽，連黑井的話聽起來都又遠又模糊。

「不用擔心這兩人。」黑井繼續說。「請轉告少爺，說黑井完成了約定。好嗎？請您務必轉告。」

黑井的眼睛濕了。只見她的嘴唇顫抖，接著就聽見她沙啞的聲音。

「怎麼……怎麼會變成這樣……到底是哪裡出了差錯？」

差錯——約定——貴之知道——

「這麼重大的任務，我也是第一次。」黑井說。「如果可以的話，我希望能夠再回來一次，不過我也不曉得能不能再回來。」

孝史的頭碰到地面。黑井的聲音從高處落下——

「請轉告少爺。說黑井照約定前來，把一切都處理妥當了。」

黑井用力抓住鞠惠和嘉隆的手。她大口喘著氣，眼睛就像個勇敢的孩子綻放著光輝，揚起頭來，拚命鬆動失去光澤的臉頰，努力對珠子擠出笑容。

「小姐，祝您幸福。」

然後她消失了。轉瞬之間，猶如煙霧。鞠惠和嘉隆也一起消失了。

手槍從珠子的手中掉落。孝史拚命伸手抓住手槍。頃刻間，珠子身體一垮，倒向孝史身上。

隨著「咚」的一陣衝擊，珠子身上的香水瞬間掠過孝史的鼻腔。孝史暈過去了。

第五章

通告士兵

1

雪花紛飛。

飄落在孝史的眼裡。像暴風雪般下了一陣子之後，原以爲形成了白色的煙幕，但見那片白壁又像雲霞般虛渺淡去，四周漸漸清楚可見。然而，經過了一會兒，雪花描繪的白色斜線埋沒了整片視野，孝史被孤立在白色的黑暗中。

聽不見任何人的聲音，看不見任何人的身影。寒冷無比，手腳冰冷。儘管如此，卻又感覺不到飄落臉上的雪花溫度。無法舉起手來承接雪花，也無法移動腳步在雪地上留下足跡。

下雪。不停地下雪。暴風雪來來去去。孝史只能愕然地委身在這無止境的反覆中。

然而，在這時間彷彿停止的當中，暴風雪的間隔也開始逐漸拉長。漫長的寂靜來臨。然後就在某一刻，視野忽地豁然開朗了。感覺好刺眼。

這個時候，他聽見了聲音。「孝史？」

是阿蕗的聲音。孝史想要回答。嘴唇動不了。他想把頭轉向傳來阿蕗聲音的方向，卻也辨不到。

「眼睛在動。」另一道說話聲。是貴之的聲音。「命是保住了吧。」

連逃走的力氣也沒有，孝史再度屈服於白色的黑暗中。他被拉回了再怎麼張望還是一片雪白、漫無邊際的孤獨當中。

不知道後來又經過了多久，阿蕗的聲音再度傳來。

「孝史，聽得見嗎？」

——聽得見。

孝史想要回答。此時，他感覺到阿蕗冰涼的手撫上臉頰。同時，也感覺到頭上好像纏上了什麼東西。爲什麼？是什麼東西纏在我頭上？

白色的黑暗逐漸消失，孝史身處在薄暮般的光景中。再一步，只差一步，只要再一陣風推上的我的背，我就可以脫離這裡，去到看得見阿蕗的地方了——

孝史又睡著了。一邊想著「啊啊，我又要睡了」，從腳尖開始被拖入泥濘當中似地睡著了。要睡著了——睡著——不過，睡著了還是會醒來——等下一次——下一次一定——

醒來時，孝史身處的地方並不是半地下的房間。

掛著布的天花板，以及像棋盤目的漆色橫樑，他有印象。是二樓的某一個房間。

他移動在枕頭上的頭部，看見旁邊放著另一張床。哦，這是嘉隆跟鞠惠使用的寢室。也看得到扶手椅和桌上的收音機。

腳底很溫暖。孝史在棉被和毯子底下輕輕挪動雙腳，感覺到有一個暖暖的東西被厚布包裹著，形狀是圓的。雖然不曉得那是什麼，但是很舒服。

孝史嘗試坐起來。瞬間，後腦勺感到一陣鈍痛。繃帶密密麻麻地裹到眼睛上方。

他想起來了，自己被珠子打到了。同時，記憶像雪崩似地排山倒海而來。

——黑井。

與六點的鐘聲同時出現的黑井。抓住陷坐在椅子裡的嘉隆，和前傾垂下手來的鞠惠，在瞬間消失。雖然她個大壯碩，且做爲一個女人毫無魅力，但她卻是孝史所知道除了平田之外的另一個時光旅行者；擁有驚奇能力的人物。

——請轉告少爺。說黑井照著約定前來，把一切都處理妥當了。

原來是這麼回事。她原本就預定會出現是嗎？所以貴之才會在意時間。爲了能夠在「約定」的時間讓黑井把兩人帶走，所以有必要讓嘉隆和鞠惠待在大將的書房裡。

開門聲響起。孝史朝門口望去。阿蕗白皙的臉龐映入眼簾。孝史眨著眼睛。

「孝史！」阿蕗急忙走近床邊。「你醒了！啊啊，太好了。」

孝史總算能夠開口了。

「阿蕗……」

感覺阿蕗變得相當憔悴。是珠子下的藥的影響嗎？阿蕗沒有不舒服嗎？

「阿蕗……要不要緊？」

只能發出微弱的聲音。可是一聽到孝史勉強說出這句話，阿蕗便露出半哭半笑的表情。

「我不要緊的。不用擔心我。」

阿蕗的語氣不再那麼拘謹了。這讓孝史感到高興，而且又能看到她的臉也教他高興，孝史努力露出笑容。

「覺得怎麼樣？會不會冷？頭會不會痛？」

頭上的傷很痛，又冷，也不太舒服，可是不要緊的……

「阿蕗，現在幾點？」

「才剛七點。早上的。」

「早上？」

「嗯，今天是二十八日了。你一直在睡。」

這樣啊……

「葛城醫生回來了嗎？」孝史問。「他說把舅舅安置在醫院後，會折回來。」

阿蕗吃驚地眨著眼睛。「是這樣的嗎？我聽說醫生會回家。」

「他很擔心，說他絕對會回來這裡。」

喉嚨乾透，聲音沙啞。

「你還不可以說那麼多話。我去拿涼開水，要不要喝一些？」

阿蕗就要離開床邊。孝史想要留住她，拚命地說：「葛城醫生一直在擔心會不會發生那樣的事。所以拜託我多加留意才離開的。可是，我卻一點都派不上用場。對不起。」

阿蕗的手放在門把上，用泫然欲泣的眼神望著孝史。

「不是你的錯的。」她輕聲說。

「珠子怎麼了？嘉隆跟鞠惠怎麼了？」

不，應該這麼問——貴之怎麼跟妳說明嘉隆跟鞠惠怎麼了？珠子遇到那樣的事，變得怎麼樣了？

阿蕗猶豫地看著地毯，說：「關於這件事，我想等一下貴之少爺有話跟你說。所以，現在先安靜地休息吧。好嗎？」

貴之遲遲不到孝史的床邊。而孝史一直躺在床上。

阿蕗幫他打開窗簾，外頭的光線照射到裡面來，雖然雪已經停了，今天依然是個陰天，光從積雪的白反射出的光線，難以估計時間的經過。

阿蕗不時前往孝史的房間，爲他消毒傷口、更換繃帶，還頻頻爲他擦汗、更衣，然後替換腳底的熱水袋——聽說這個溫暖的東西，就叫做熱水袋。剛恢復意識的時候，孝史還會覺得有點噁心反胃，幾乎無法進食。阿蕗送來熱呼呼的砂糖水守在一邊，仔細看著孝史能不能把它完全喝掉。下午過了大半，噁心的感覺也逐漸消失，高興的阿蕗送來熬得很爛的稀飯給他吃。

「其實，本來想送你到醫院的。」阿蕗難過地說。「可是從昨晚深夜開始，外頭又變得不安寧了。雖然不是不能出去走動，但是貴之少爺說，要是有了什麼閃失就不好了，所以還是不要出門比較好。」

孝史望著阿蕗的臉，心想貴之不想送自己去醫院，應該是有別的理由吧。

貴之在孝史昏睡期間，對於他看到了什麼、知道了哪些事，應該感到不安和疑惑。而且照這種情形看來，孝史死掉或許對貴之比較有利。

——這傢伙得救了。

望著孝史的睡臉唸唸有辭的時候，貴之的內心或許隱藏著深深的失望。

「在赤坂到處都有將校在進行街頭演說。許多人聚集在一起，好像在聲援起事部隊……。街上的景況和昨天完全不同了。」

阿蕗離開房間之後，孝史有好一陣子都處在半睡半醒的狀態。他覺得好像聽見了飛機的引擎聲，突然醒了過來。

外頭傳來歌聲之類的聲音。雖然孝史沒有自信可以走動，但還是想看看情況。他慢慢地撐起身子。

只要不做激烈的動作，頭上的傷口就不會痛。不過他的腳步蹣跚不穩，扶著家具的腳和牆壁，好不容易才來到窗邊。必須往上推開的木框窗戶，對現在的孝史而言實在是過於沉重，但是試了幾次之後，也終於打開了約十公分左右的開口。

視野很狹窄，只看得見被雪埋沒的前庭寂靜的景色。但是，歌聲非常嘹亮。是乘著北風傳來的。是軍歌。裡頭也摻雜了許多「萬歲、萬歲」的叫聲。那是一種帶著悲壯色彩的、怒號般的聲響。

又聽見飛機的引擎聲了。從右到左，飛越孝史所在的這幢府邸上頭。他找到室內的時鐘看了看時間，是下午兩點。

「你可以走動了嗎？」

回頭一看，貴之站在門邊。

「我聽見歌聲。」孝史說。「飛機在飛呢。」

「是起事部隊開始移動了吧。他們也有決戰的覺悟了。」

貴之說，走近孝史，並肩站在窗邊。

「戒嚴司令部終於要開始進行鎮壓了。大概今晚就會行動。」

孝史默默地聽著斷斷續續傳來的軍歌，一面想著貴之對於這場起事的結果，究竟知道多少。貴之幫忙黑井的計畫。恐怕在大將生前，他就已經知道黑井的能力，以及大將使用這個能力進行時光旅行的事。若非如此，貴之怎會輕易聽從他人計畫行事。從蒲生大將的角度來看，支持、協助他病後活動的貴之也是不可或缺的存在，應該會向他坦白實情。

但是現在，貴之打算向孝史說明什麼？說明到什麼程度？又怎麼說明呢？到底他認爲孝史目擊到什麼？目擊到什麼程度？又怎麼目擊到呢？他會坦承發生的事，以及隱藏在它背後的一切嗎？或者是準備了其他的藉口呢？

孝史打定主意，不隨便發言，只能等待。

「這場起事會失敗。」貴之環抱雙臂，靜靜地說。「青年將校們在幾個重要的場面都誤判情勢。沒有控制電台和報社也是個重大的失誤。」

突然變冷了，孝史又扶著牆壁回到床上。貴之默默地望著孝史蹣跚的動作，等到孝史爬上床鋪，坐好之後，他便關上了窗戶。

兩人陷入沉默。孝史和貴之爲了摸索各自接下來該說的話而沉默，遠方隱約傳來的軍歌正好成爲此刻的伴奏。兩個人都非常明白，只要說出半點不對的台詞，局面便會完全不同，他們都害怕著這一點。

孝史覺得自己能夠選擇的話不多。他覺得貴之才是掌握選擇權的人。他覺得陳述舞台開場白的明星是貴之，自己只是接著演下去的小角色。

然後這場戲，最糟糕的狀況會攸關到小角色的性命。沒錯，對於「或許」目擊了兩個人莫名消失的孝史，貴之可能認爲最好的方法就是讓他閉嘴。

慢慢地，像要親自確定每個動作似地，貴之慢慢地移動雙腳，挪動椅子，身體前屈，坐上扶手椅。然後他沒有看著孝史就開口了。

「珠子冷靜下來了。」

呢喃般的口吻，看起來不像是對著孝史，而是對著扶手椅的扶手說話。

「之後她一直都非常冷靜。當然，手槍我拿走了。」

孝史想說「那太好了」，卻沒有開口。喉嚨乾極了。

貴之抬頭直視孝史的眼睛。視線讓孝史感到壓力，他低垂著頭。

「謝謝你阻止她。」貴之說。

孝史總算抬起頭來。

「要是你沒有阻止，珠子一定已經射殺了叔叔跟鞠惠。她能夠不用殺人，都是託你的福。」

孝史搖頭。爲了不弄痛傷口，他只輕輕地搖動下巴。

「不是我的功勞。我是受葛城醫生所託的。」

孝史說明原委，貴之點了點頭。

「醫生沒有回來。他說他會先回家，可能是被擔心的家人給留住了吧。再怎麼說，這裡都是占領區的正中央。」

電話仍舊不通，醫生內心一定忐忑不安吧。孝史懷念起他那張出色的鬍鬚臉。

「聽說珠子從父親的自決現場帶走手槍之後，一直在窺伺機會。她無論如何都無法原諒叔叔跟鞠惠那個女人吧。」

貴之第一次這樣稱呼那兩個人。

「珠子也察覺到父親打算自決了。她說，雖然不是很明確，事實上父親曾經囑咐過她，就算自己死了，也不可以沮喪，因爲爸爸會死得有意義，妳要堅強地活下去。然而，站在珠子的立場，要是父親自決而死，她也不用擔心會讓父親擔憂、給他添麻煩。所以，她下定決心，一旦父親過世，她就一定要行動。」

貴之深深嘆了一口氣。

「一個女人要收拾掉兩個人是件難事。珠子說，她打從一開始就想設法拿到父親的手槍，用它來下手。她覺得只要有手槍，一切就好辦了。但沒想到她把手槍藏起來的事卻引發了騷動，招來了我們處處警戒。於是她使用了安眠藥。據說那是從葛城醫生的提包裡偷來的。」

孝史想起二十六日的夜晚，葛城醫生對他說，如果睡著不覺的話，可以給他安眠藥的事。

「加進紅茶裡了嗎？怎麼辦到的？」

那些紅茶不是珠子泡的，而是阿蕗準備的。

「很簡單。混進水裡就行了。」

「自來水裡？」

「不是。」貴之說，笑了一下。「對了，你不知道我們家的習慣。」

貴之說，在蒲生家泡綠茶和紅茶的時候，不會直接使用自來水。

「直接用的話，會有鐵銹味。所以都使用舀到水瓶裡，放置了數小時之後的水。」

在廚房看到的水瓶和長柄勺——原來是這樣的使用目的啊。

「珠子把安眠藥摻進水瓶裡面了。她是門外漢，根本不曉得該放入多少量。她把偷來的藥全部倒進去攪拌，把我們都給害慘了。我到現在頭都還昏昏沉沉的。」

孝史回想起睡死的貴之和嘉隆、鞠惠。

「可是，我沒有喝紅茶。」孝史說。「所以才會被珠子小姐打昏。」

「好像是。沒想到珠子能夠狠下心來做這種事。我好像太小看自己的妹妹了。」

貴之微微聳肩。然後，他以前所未見的銳利眼神看著孝史。

「但你沒有立刻就昏倒吧？你追著珠子進入書房，從她的手中拿走了手槍。」

這是第一個緊要關頭。如果不好好回答，或許會被逼到懸崖。孝史慎重地選擇措詞。

「我看見珠子小姐把撥火棒放在走廊，進入書房。她的手裡拿著手槍。所以，我爬著追了上去。我已經頭昏眼花了，但是珠子小姐也一直冷靜不下來。她的全身抖個不停，我整個人飛撲上去——奪走她的槍——後來的事我就不知道了。我倒在地上，眼前真的是變得一片黑暗。」

孝史一口氣說完這些，垂下視線。他感覺心臟彷彿膽怯的小動物般，在胸口內側顫抖著。

「我醒來的時候，珠子也昏倒了。而且疊在你身上。」

「這樣啊……」

「你的頭流著血，珠子陷入貧血狀態，面無血色。我什麼都搞不清楚，茫然若失。唯一知道的，就只有手槍就在那裡。」

孝史依然低著頭。終於非問不可了嗎？由孝史問嗎？要他盤問嗎？

——那個時候，嘉隆和鞠惠怎麼了？

貴之望著孝史。孝史前額的部分感覺到他的視線，近乎灼熱。

一陣漫長得要命的沉默之後，貴之開口了。

「我扶起珠子，她睜開眼睛醒來後，哭了出來。她主動招出她想殺掉叔叔和鞠惠的事。聽到她的話，我也總算瞭解情形了。」

不，不應該只有這樣。珠子醒來之後放聲大哭，還有表白她想殺了嘉隆等人的事應該是事實，可是，應該還有後續才對。哥哥，我看見黑井了，黑井把那兩個人帶走了，她叫我轉告哥哥，說她完成約定了，這到底是怎麼回事？珠子應該近乎狂亂地質問哥哥才對。

可是，貴之若無其事地繼續說：「我下樓之後，叫醒吃到安眠藥而昏睡的阿蕗，三個人一起把你搬到這個房間了。」

你明明不想這麼做吧。孝史忍不住抬起頭看著貴之的臉。

這次，換貴之把視線從孝史身上別開了。就像唸著背好的台詞，他的語氣變得平板：「那個時候——叔叔跟鞠惠也醒了，我向他們說明原委。」

孝史的心臟膨脹到喉邊，心跳聲充塞了整顆腦袋。

「他們兩個人嚇得渾身發抖……」貴之小聲地說。「他們可能瞭解到珠子是認真的了吧。」

孝史發出完全不像是自己的聲音問了：「那，他們兩個人怎麼了？」

貴之把臉轉向孝史。就像前天發現蒲生大將射穿自己的頭部死亡的時候一樣，垂下嘴角，眼神空洞，露出毫無緊張感的表情。人在說謊的時候，都會露出這種表情嗎？或者，事情朝意想不到的方向發展時，就會露出這樣的表情？

貴之聽到父親自決的決心、自決的預定，以及之後的步驟，被告知自己接下來必須完成的角色；然而當時現場卻找不到手槍，這個事實對他而言是多麼大的衝擊？爲什麼？爲什麼沒有？發生了什麼預定之外的事嗎？這不是自決嗎？父親在自決之前被殺了嗎？接下來的步驟也必須改變才行嗎？

也難怪當時他會慌張成那個樣子。

可是，他馬上讓自己冷靜下來，並且推測手槍恐怕是珠子拿走的。他一方面留意她的一舉一動，一方面準備採取預定的行動——在黑井將要過來帶走嘉隆和鞠惠的二十七日下午六點之前，把兩個人叫到大將的書房，把他們絆在那裡。黑井會在瞬間到來，也會在瞬間離去。只要在這段時間裡，讓他們遠離不曉得內情的珠子等人的視線，應該不是件難事——

然而，事與願違。安眠藥是大失算的開始。

孝史再一次問了：「嘉隆跟鞠惠現在怎麼了？」

就像孝史有詢問的勇氣，貴之也有回答的勇氣嗎？

貴之輕輕眨了一下眼睛，說：「他們兩個人逃走了。逃離從這幢屋子。從我們面前。」

「逃走了——？」

「嗯。鞠惠拿著以前就收拾好的行李離開了。她從以前就計畫著要和叔叔一起私奔。這下可如了他們的願了。」

些許笑容浮現在貴之的嘴角。雞皮疙瘩爬上孝史的手臂，他覺得體溫下降了。

「他們兩個人的行爲，從旁人來看，實在令人難以理解吧？」貴之問。他注視著孝史的眼睛，口氣沉著。「明明沒有那個資格，卻擅闖這個家、虛張聲勢的下流餐廳女服務生，和煽動那個女人的男人，也就是一家之主的弟弟。不管父親和叔叔的感情再怎麼差，做到這種地步或教唆別人這麼做，還有竟然做出這種事，實在太不尋常了。」

「這件事的確讓我覺得很不可思議。」孝史說。「不過感覺上，鞠惠被嘉隆的花言巧言給騙了。」

「你說的沒錯。」貴之說，雙手拍了一下椅子扶手，站了起來。他又走近窗邊了。不知不覺中，已經聽不見軍歌和萬歲聲了。

「最早的開端，是父親寫給叔叔的信。」

貴之望著窗外說。

「一封很短的信。那是父親生病後大約過了半年寫的，但是當時父親的手已經不太靈活了。親筆寫信的話，頂多只能勉強寫滿一張信紙。」

「那封信有什麼問題嗎？」

難道蒲生大將被嘉隆抓住了什麼把柄，所以只能夠任由嘉隆爲所欲爲嗎？——孝史的推測似乎是正確的。

「父親向叔叔謝罪了。」貴之繼續說。「父親過去一直非常輕視實業家的叔叔，動輒對他表現出輕蔑的態度。他爲這件事道歉並且想要得到叔叔的原諒。父親說他錯了。然後在信裡頭——寫了一段文章。」

貴之閉上眼睛，背了出來。

「軍人與實業家不應彼此猜忌、彼此利用，應當共同攜手建造這個國家才是。今後，不是軍人，而是像你這樣的實業家才是建設國家最重要的原動力，我相信這樣的時代一定會來臨——」

這是看見未來、看到戰後日本的蒲生大將才寫得出來的文章。在某種意義來說，這或許是前陸軍大將的敗北宣言，孝史想。

貴之繼續說：「——在那個時代，陛下也將步下現人神（註）之座，來到更接近國民的地方；獨立統帥權所造成的軍人天下亦將遠去，萬民平等的眞正意義將得以實現。」

貴之說完了，但孝史陷入呆然，他盡可能掩飾自己的茫然而睜大眼睛看著貴之，並且拚命地思考，剛才的文章哪裡不對嗎？有什麼地方會變成蒲生大將的把柄嗎？

「父親竟然寫出這樣不得了的東西。」貴之說。「弄個不好，就重蹈美濃部博士的覆轍了。」

美濃部博士？好像有聽過這個名字……是在哪裡聽到的？葛城醫生那裡嗎？記得是說什麼在貴族院的演講……天皇機關說問題什麼的——

想到這裡，孝史赫然醒悟了。「陛下也將步下現人神之座」。就是這裡不對。

孝史忍不住提高了聲音：「是不敬罪對吧？」

貴之慢慢地點頭，用手掌擦拭窗戶。玻璃只有那一部分變得透明。貴之瞇起眼睛窺視外面，並且繼續說下去。

「父親打算和解而寫了那封信，然而叔叔卻像是逮到了機會似地，喜出望外。的確，父親雖然已經退役，但是對原本是皇軍大將的他而言，被問以不敬罪，等於是宣判他死刑般的不名譽。叔叔一定高興極了。然後，他開始拿那封信威脅父親。蒲生家除了這幢宅邸外，多少還有些財產。不過與其說是父親積蓄的財富，大半都是母親遺留下來的東西。因為母親的娘家是銀行家、大財主。叔叔要求把那些財產交出來。不過，站在叔叔的立場，比起實際上拿到錢財，威脅父親、奪走父親所愛的我和珠子未來的糧食，更令他感到痛快吧。」

孝史想起大將剛死的時候，眾人聚集在起居室時，嘉隆用一種異常悠哉的口氣說「哥哥的想法也變得眞多」。現在想想，那眞是句不說也罷的諷刺台詞。莫怪那個時候貴之會露出憤怒的神色。

「所以，他才把鞠惠送進來嗎？」

「沒錯。父親跟叔叔的不和是有名的。所以不管是生前還是死後，要是父親特意贈送或留給叔叔什麼東西的話，會有很多人起疑的。可是，如果父親是把錢留給愛妾的話，誰也不能說什麼了吧？在這層意義上，鞠惠只是個受人操控的人偶罷了。」

註：現人神，被神格化的天皇之稱呼。以人類之姿現身於人世的神明之意。認為天皇為神明的思想，於明治維新期間受到強化，持續到日本戰敗。一九四六年昭和天皇發布「人類宣言」，否定天皇的神格為止。

「嘉隆是用什麼來威脅大將，鞠惠知道詳情嗎？」

貴之搖頭。「她就算知道威脅的事實，我想也不知道信件的內容。如果知道和不敬罪有關，那個女人其實是很膽小的，或許會嚇得逃走也說不定。」

沒錯，或許她是膽小。所以才會對珠子的每一個反應動怒，對阿蕗和千惠也得動不動就虛張聲勢，否則就無法安心——

「叔叔花言巧語，教唆那個女人說：我馬上讓妳變成蒲生大將的正室，蒲生大將是個粗人，又不諳女人的花招，一定會對妳說的話言聽計從，那樣一來，蒲生家的財產就可以任憑我們處置了。但是，那個女人有點鈍——」貴之咯咯笑了出來。「她一發現我們表面上對她順從，父親也不會把她給趕出去，光是這樣，就一副以爲自己是正室，錢和財產都弄到手似的。她根本不懂法律跟繼承的規定。她打從心底相信叔叔說的話，也因此變得厚臉皮又任性，開始說她不想待在這種無聊的屋子裡，想要早點出去，結果讓叔叔傷起腦筋來了。但是站在叔叔的立場，他認爲至少在父親還活著的時候，那個女人得待在這個屋子裡才行。因爲病後變成那種狀態的父親，不可能出門到餐廳找她，所以如果要宣稱那個女人是父親的愛妾，她不待在父親身邊的話，根本是說不通的。但是話說回來，事到如今又不能老實向她表明，說妳其實只是我的道具，妳得給我乖乖地待在屋子裡才行。所以叔叔才會使盡千方百計，拚命地安撫她。」

「私奔也是鞠惠提議——」

「沒錯。我得聲明，那個女的說的私奔，可不是離開這個家的私奔。叔叔自己也有妻兒。是要他離開那個家的私奔。叔叔可能也是進退不得了吧。要矇騙住那個女的，應該很辛苦吧。」

說到這裡，貴之收起了笑容。

「但是，這次他們眞的私奔去了。」

孝史抬起頭，又開始緊張了起來。

「昨天黃昏的談話，就是與那封信有關。」貴之繼續說。「從以前開始，我就一直要叔叔讓我看看那封信。因爲我沒有看過實物。父親告訴我他被嘉隆威脅之後，我也只有從叔叔那裡聽說而已。我要求叔叔說：若是沒有親眼看到實物，我沒有理由屈服於你的威脅，要他把東西拿出來。」

但是，嘉隆不願意。那個時候他沒有把信帶在身上。

「他竟然說，在不曉得府邸裡哪裡有槍的狀況下，他怎麼能冒險將那種東西帶來？他說他把信藏在安全的地方。」

孝史提高音調，結果引來腦袋一陣疼痛，但是他管不了那麼多。「那樣的話，就算他們兩個不見了，情況也沒有什麼改變不是嗎？」

計畫告終失敗了。原本打算讓黑井把嘉隆、鞠惠還有那封信一起帶走，然後對世人說明，兩個人是私奔而失去蹤影的。大將在遺言中，留給了鞠惠相當的資產，得到這筆財產的兩個人，手牽著手從一切的枷鎖中逃走了。鞠惠從以前開始，就一直逼迫蒲生嘉隆拋棄家人，和她一起遠走高飛——。

只是這樣簡單的計畫，卻進行得不順利。嘉隆和鞠惠消失了，但是最重要的那封元凶的信件卻還留在這個時代。在某個地方、隱密地。

貴之眺望似地看著孝史的眼睛。然後緩緩地開口：「他們兩個不見了——你剛才是這麼說的吧？」

孝史一驚。「不是嗎？他們不是私奔了嗎？是你跟我說的啊！」

裝傻的臉和刺探的臉，在室內冰冷的空氣當中像雪白汽球般飄浮著。彷彿從高處旁觀似地，孝史漠然地在內心描繪這個情景。貴之的眼睛筆直地望著孝史，卻也像是穿過孝史，凝視著這個屋子牆壁深處更黑暗、更深沉的地方。

貴之低聲說：「你在書房看到了什麼？」

貴之這個問題就像一個被醫生告知罹患了不治之症的人，在醫生開口前就明白一切，而且明明已經知道卻不得不開口詢問。他其實是在問自己，如果這傢伙回答看到了一切，自己能夠應付得了嗎？

孝史察覺到這點，所以實在難以回答。

「你看到什麼了吧？」貴之再一次低聲說。他轉向窗戶，隔著玻璃窗望著陰天，明明一點都不刺眼，卻瞇起了眼睛。

該說出實情嗎？或者堅稱自己暈了過去，什麼也沒有看見？應該擺出裝傻的表情嗎？矛盾的思考在腦中亂舞；在內側搖撼著孝史，突然讓他強烈地意識到頭上的傷痛。

就在這個時候，貴之再一次把視線移回孝史，問道：「你是輝樹吧？」

這個問題一次擊退在孝史腦袋內側亂舞的各種思緒。就像嘗試從被關住的房間裡脫出，與打不開的窗戶或門扉搏鬥時，腳邊的地板卻突然翹起，從那裡出現通道一樣。

「你是輝樹吧。」貴之再說一次。「這是父親取的名字。他說過，他從以前就想好了，如果我有了個弟弟，就取這個名字。」

貴之微微地笑了。

「從你闖進這裡的時候開始，我就一直覺得有些奇妙。所以很快就想到了。這傢伙一定是輝樹。父親一直很擔心。他交代我說，你一定憎恨著父親，所以遲早一定會來見他——而且是以意外的形式，不太令人高興的形式。或許你不會很快就表明身份，要我做好心理準備。」

貴之聳了聳肩後，朝孝史探出身體：「不用隱瞞，老實招了吧。你是輝樹吧？」

孝史緘默、沉思著。有一種暢快的感覺。

原來他誤會了——他想。貴之打從一開始就誤會了。在幾次重要時刻，他對孝史採取的行動雖然稱不上全都是好意，卻也絕非對孝史不利。這當中的理由，他終於明白了。

孝史輕輕張口，說：「這件事，你沒有跟葛城醫生談過吧？」

貴之微微睜大了眼睛。「和醫生談？為什麼我非得跟醫生談這件事不可？」

「因為我也被醫生問了一樣的問題。昨天出門打電話的時候。」

「醫生他——」

「嗯。他問我說，『你是不是輝樹？』」

「你就是吧？」

和葛城醫生提出這個問題的時候完全一樣，孝史覺得再也無法說謊了。對於這個疑問，只有據實回應一途了。不，就算有別條路，孝史也已經不願意走了。他不想再繼續說謊或瞞騙了——

平田的臉掠過腦海深處。他的存在比起陣陣發疼的傷痛更加強烈，孝史的腦袋裡越來越真實感覺到平田的存在。

他是孝史的救命恩人。雖然幾乎都快忘了這回事，不過這是事實。而這個平田——孝史甚至不知道他實際上叫什麼名字——懷抱著某種目的「飛」到了這個蒲生邸。孝史還沒有聽他說明這個目的。雖然平田已經承諾會告訴他，但目前還沒有實現。

不知道平田的目的，就告訴貴之他的事，揭露他的眞面目，這樣好嗎？這樣對平田豈不是不公平？他來到這個時代，一定是與黑井——他的阿姨所做的事、與她的死亡有關。這當中不可能存在著偶然。但是，將所有的事都告訴可能與平田敵對的貴之，可以嗎？這樣我不是對平田恩將仇報了嗎？——

「你不是輝樹嗎？」貴之再次追問。「不是嗎？」

他的口氣當中，充滿了「求求你告訴我你是輝樹」的願望。這點孝史感覺得到。他全身都能感覺得到。貴之內心的苦惱與恐懼，就像用手觸物般清楚地藉由觸感傳達過來。

孝史下定決心了。

「如果我不是輝樹的話，你要怎麼做？」

貴之什麼也沒說，只是很快地垂下了視線。

「你要拿我怎麼辦？你得想辦法堵住我的嘴才行吧？」

「你——」

「昨天，我在書房裡看到難以置信的事。」

孝史盡可能維持著清晰的語調說。已經無法回頭了。

「那個叫黑井的女人出現在書房，帶著嘉隆和鞠惠消失到不知道哪裡去了。我不曉得他們去了哪裡。黑井瞬間出現，又瞬間消失了。簡直像鬼魂一樣。」

貴之的手緩緩地握拳。好像那裡有什麼可以攀抓的東西，想緊緊地抓住它。

「黑井要珠子轉達你，說黑井照著約定前來了，一切都處理妥當了。你從珠子那裡聽說了吧？我看見、也聽見了那一幕。」

孝史搖了搖頭，說：「我不是輝樹。不是你同父異母的弟弟。不是的。」

「你不是輝樹……」

「嗯，我不是。可是，我看見昨天在書房裡發生的事了。你要拿我怎麼辦？就像你看到的，我受了傷，手無縛雞之力，甚至沒有抵抗你的力氣。你可以隨心所欲地處置我。怎麼樣？」

孝史望著貴之的拳頭。他一面望著，爲了不在途中退縮，一股作氣說了下去。

「你甚至可以殺了我，好讓我不會把在書房看到的事說出去。當然，就算我說出去，也不會有人相信吧。因爲那實在是太脫離現實了。可是，或許會有人對於嘉隆和鞠惠的去向、還有他們是否眞的私奔感到疑問。這對你而言，絕不是件值得歡迎的事，是你最希望避免的事。尤其是在現在無法拿回信件的狀況下。怎麼辦？我可是個危險的存在啊。」

貴之僵住似地動也不動。孝史也注視著他，絲毫未動。不知過了多久？一分鐘還是五分鐘？或者是三十分鐘？唯一確定的是，這段期間所流過的時間重量，一定遠比孝史和貴之的體重加起來還要沉重。

不久後，貴之的拳頭突然放鬆了。

他的肩膀放鬆下來。就像處罰結束，被吩咐可以回家的孩子一樣，他的臉鬆垮下來，整個人變得虛弱。

「如果我殺得了你的話，」貴之一副快哭的聲音，然而表情卻笑著。「如果我有殺人的勇氣的話，一開始就不會陷入這種窘境了。」

孝史感覺身體的僵硬解除了。也覺得自己變得軟弱、渺小，但卻是自由的。

「我不是輝樹。」

孝史再一次清楚、明確地表示。

「我也不是這個時代的人。我來自你們的未來。」

然後，他開始說明。說明一切的事情。說明孝史所見所聞，一路思考過來的一切。

2

直到孝史說完，貴之都沒有插口。他的臉上浮現出各種的表情，卻唯一只有「難以置信」的表情，沒有掠過那張端正的臉龐。孝史忽地想到，眞想看看他第一次聽到父親告訴他時光旅行的事時，是什麼樣的表情？

貴之露出一種既像感嘆、又像驚愕、還有強忍笑意般異常滑稽的表情，他低聲唸唸有辭：「那個叫平田的人，原來是黑井的外甥啊……。我想都沒有想到。」

「昨天我看到發生在書房裡的事，原本覺得謎團重重的地方大部分都解決了。」孝史說。「現在我不明白的，只剩下一個地方。那就是平田為什麼要來這裡、來到這個時代的蒲生邸。他說他一定會說明給我聽。我想他應該會告訴我的。只是，像這樣把一切都告訴你，或許對平田是一種背叛。」

貴之好一陣子都閉著眼睛沉思。就像在等待聽到的話在心裡找到一處可以落腳的角落。

然後他抬起頭來，稍微偏著頭：「我不認為黑井是憎恨父親而死的。」

口氣很慎重，但是他似乎有著確信。

「她到最後都為了父親盡心盡力。我不認為她的忠誠是假的。所以，如果平田曾經與過世之前的黑井談過，聽她說明原委的話，我想平田應該不會認為父親是黑井的仇人。」貴之輕笑一下，

「噯，不過這或許只是我一廂情願的想法。」

從出現在書房的黑井的傳話來推測，她到最後一刻都是站在蒲生大將和兩個孩子這邊的。孝史認為這一點不會錯。

可是這麼一來，他更不瞭解平田的目的了。他是來做什麼的？

「你相信我的話吧？」

總覺得有點不踏實，孝史不由得這麼問。結果貴之笑了出來。

「我都相信有一個時光旅人了，沒有理由不相信第二個吧？」

孝史也笑了一下。

「聽說黑井一開始是帶著病房裡的父親，去見過去的家母。」貴之說。露出凝視遠方般的表情。「父親是個嚴厲的人，也一直非常自私任性。只有生了病，身心都變得虛弱的時候，才想起家

母、懷念家母，後悔沒有爲她做的事，或曾經對她做過的事。說這是自私，也的確自私。」
可是，看護的黑井被蒲生大將的那個模樣打動了。所以她才會提出「如果您這麼樣地想不開，這麼樣地傷心的話，我可以帶您見見生前的太太」。
「聽說只是從遠處眺望而已。黑井不允許父親和年輕時候的家母說話，或觸碰她的身體。雖然沒有什麼危險，但是黑井說那樣會讓家母混亂。」
「時光旅行會對身體造成負擔。」
「嗯。好像是這樣。」
「在病房裡做這種事，蒲生大將的身體不要緊嗎？」
「聽說在醫院只試過一次。就是去看家母。在親身體驗之前，父親好像也以爲黑井只是在胡言亂語罷了。」
可是體驗過之後，世界改變了。
「出院的時候，父親說服黑井，把她一起帶來了。他拜託黑井，說他會努力恢復健康，到可以承受數次的時光旅行的地步，要黑井務必讓他看看未來的皇國，讓他看看這個國家的將來。到了這個地步，黑井可能也無法拒絕了吧。」
「大將經驗了幾次時光旅行？」
「就我所聽到的，三次。」
那就是出現在平河町第一飯店的蒲生大將的鬼魂。
「只有少少三次，完全無法滿足父親需要的次數。但是，黑井說以父親的健康狀況來看，三次就已經太多了。剩下的就是在父親要求下，黑井一個人穿越時空，帶著必要的書籍和報紙、寫眞集之類的回來。」

雖然是別人的事，孝史卻覺得背脊發冷。黑井只允許大將進行三次的時空跳躍，自己卻不斷地進行近乎自殺行爲的跳躍。

「黑井很疲累。」貴之呢喃地說。「我禁不住擔心，曾經問她要不要緊。結果她笑著對我說：反正也不長了，這是最後的工作了。」

——難得天生有這麼稀奇的力量，我想爲了我看中的人物，盡可能地效勞。

「昨天，你在書房裡看到的黑井，應該是從我家消失的那一天的黑井吧。是一年多以前的黑井。」

——這麼重大的任務，我是頭一遭。

拖著筋疲力盡的身體，帶著兩個人穿越時空。黑井不可能平安無事。她一定是在帶著嘉隆和鞠惠去的地方，一起斷氣了吧。

「她們去了哪裡呢？你有聽說什麼嗎？」

「沒有。」貴之搖頭。「她不肯明白地告訴我。她只說：我不會殺了他們，運氣好的話，他們也會得救吧。但是我會把他們帶到就算得救，也無法再用那封信威脅老爺的地方。」

「黑井不曾像平田那樣暈過去，或者流鼻血嗎？」

「好像沒有。倒是黑井好像心臟變得非常虛弱。有時候會難過到連旁人看了都覺得恐怖，她會開始敲打地板，抓起榻榻米來——」

貴之說，即便如此，她也絕對不允許別人叫醫生。

——看醫生的話，一定會被宣告需要治療，弄個不好，我會從這個家被帶走。可是，我已經沒有那麼多時間了。就算多一天也好，多一個小時也好，我想要待在大將大人身邊，爲大將大人做事。

「可是，每當黑井那樣發作，阿菈就覺得恐怖。因爲照顧她是阿菈的工作。」

「喔，所以……」

孝史終於明白爲什麼一提到黑井的名字，阿菈就露出複雜的表情了。

「阿菈一直追問，說爲什麼不讓黑井看醫生？她到底是哪裡的誰？但又不能告訴阿菈實情，爲難極了。」

「那你是什麼時候知道這件事的？是大將告訴你的吧？」

貴之點頭。「父親出院後，大概經過三個月的時候。我被叫去書房。那個時候，父親也才剛恢復到勉強能走的程度。黑井在他身邊。然後父親對我說：我去看了未來。」

貴之的聲音變得微微沙啞。

「皇國消滅了——父親說。他還說：爲了阻止它發生，有非做不可的事。所以，我希望你幫忙我。寫信跟論文，然後送交給別人，會晤別人、陳述意見——這些事，我希望你和我一起做。」

「你馬上就相信了嗎？」

貴之笑了。「不，怎麼可能相信呢？在親身體驗前，我完全不相信。」

孝史睜大了眼睛。「那，你也做了時光旅行？」

「只有一次而已。」貴之說。「我去見了家母——去看家母。臨終那一天的家母。那是我生命中記憶最深刻的一天。」

那天的事，不是記憶在貴之的腦海裡，而像是直接烙印在他的眼底。無論何時，他只要望進眼皮底下，彷彿就能看見那天的情景；現在也是，雖然面對著孝史，他的眼睛卻是凝視著過去。然後貴之呢喃：

「那是接受這樣的我、深愛這樣的我，我獨一無二的母親過逝的日子。」

「貴之——」孝史出聲。

「嗯？」

「現在，珠子也知道大將跟時光旅行的事了吧？」

貴之點頭。「嗯，我告訴她了。因爲她目擊了現場。」

與其說是苦笑，更像是在嘲笑自己，貴之稍微揚起嘴角笑了。

「早知道珠子擁有這等行動力，是個意志如此堅定的人，打從一開始我就會全部告訴她了。父親的時光旅行的事、黑井的眞正的身分、還有因爲信件而受到威脅的事、以及父親自決後，黑井要帶走叔叔跟鞠惠的計畫。那樣一來，就不會發生這種差錯了。」

「話是這樣說沒錯……」

「黑井帶走叔叔他們，無論如何都必須是昨天，二十七日這天才行。」

在開口詢問爲什麼之前，孝史也想到了理由。

「原來如此，昨天一整天，一般交通恢復通行。今天又被封鎖了。」

「嗯。應該會持續到明天的下午吧。所以要帶走兩個人的話，昨天是最佳時機。二十七日失去蹤影，二十八、二十九日帝都陷入混亂狀態的話，也可以拖延叔叔的家人跟公司的人尋找他們的消息，或是追查他們的去向了。結果，兩個人私奔的事也會變得不了了之。」

「這個計畫是誰想出來的？」

貴之原本流暢的語氣，突然變得吞吞吐吐。「說是誰想的——」

「是蒲生大將嗎？還是黑井？」

「包括我三個人一起想的。這麼說比較適切。」

「可是你卻連黑井要把他們帶到哪裡去，這麼重要的事都不知道嗎？說起來，你們可是共犯哩。」

貴之閉上了嘴。

「是黑井想出來的計畫吧？」孝史說。「她和大將商量的計畫。你只是被告知決定好的梗概，被分派任務而已。是不是這樣的？」

貴之默默地注視孝史，嘆了一口氣。「逼我承認這種事，有什麼好高興的？」

「我不是在高興。只是想確認而已。你該不是連大將會在二十六日自決這件事都沒被告知吧？」

貴之認栽似地點頭。「會在最近行動——我只有聽說這樣。父親說，他已經對現實絕望了。只是，他不肯具體地告訴我何時實行。可能是擔心告訴我的話，我會阻止他吧。對我說明二十七日的計畫時，也絲毫沒有提到父親要自決的事。父親和黑井之間其實應該都已經談妥了。他們一定是怕我會臨陣畏縮，而不想告訴我吧。」

接著，他低聲繼續說：「實際上，珠子遠比我勇敢多了。而且她也很聰明。我一直小心不要讓珠子知道父親被威脅的事，可是她單憑自己一個人思考，敏銳地察覺了父親、鞠惠跟叔叔的奇妙關係裡背後的隱情，也察覺了萬惡的根源就是叔叔。所以她才會想殺掉叔叔的。」

「對了，說到珠子。」孝史說。「請你把我的事告訴她，向她說明。她知道我在現場。一定很在意我看到了什麼吧。」

「嗯，我會告訴她。只要你願意的話。」

「可以也告訴阿蕗嗎？」

「告訴阿蕗？」貴之好像吃了一驚。「我覺得沒那個必要。」

「你完全騙阿蕗說嘉隆跟鞠惠私奔嗎？」

「我覺得那樣比較好。阿蕗應該不會起疑，就算她懷疑什麼，也會藏在心底吧。」

因爲她對你有好感嗎？因爲她明白女傭的分際嗎？孝史在心底發問。因爲你可以要阿蕗唯命是從嗎？

「可是，不曉得今後會發生什麼事啊。」孝史壓抑心情這麼說。「沒能取回大將的信，也不曉得它現在被保管在哪裡吧？難保它什麼時候會從哪裡突然蹦出來。」

「這……是這樣沒錯。」

「所以，我覺得就算要阿蕗配合嘉隆跟鞠惠私奔的這個說詞，最好還是把實情告訴她吧。如果她對你——對你們如此忠誠的話，不管聽到什麼，都應該不會吃驚也會相信你們吧？」

貴之好像很不安。「這樣好嗎？這樣阿蕗會知道你的眞身分喔？」

「既然都已經向一個人坦白了，就算告訴第二個、第三個人，也沒有傷腦筋的道理吧？」

孝史這麼反駁，貴之「是啊」地苦笑。

「乾脆上街去，向聚集著聆聽青年將校們演講的那些人說說怎麼樣？告訴他們，這場政變不管怎麼發展，結果都是一樣的。」

反正皇國一樣都會滅亡——他小聲這麼加了一句。

孝史沉默，想起阿蕗的臉。如果是從貴之那裡聽到說明，她應該也會相信時光旅行的事吧。令人悲傷的是，比起孝史親自向她說明，會更深地、更老實地相信吧。

可是，孝史更進一步思考。他打算拜託平田，如果他答應的話——不，絕對、絕對要他答應——就邀阿蕗一起到平成時代去。

那裡的話就安全了。沒有等在接下來的飢餓與戰爭。孝史不想讓她留在埋有「大將的信」這顆炸彈的蒲生邸裡，而且如果她相信並接受時光旅行的話，就不需擔心了。他一定要說動阿蕗，把她一起帶走。

「看你一副慘白的臉色。」貴之說。「說得太多太傷神了。你最好躺下。」

「不，不要緊的。」

在這麼重大的事情曝光之後，就這麼睡著反而令人不安。在閉上眼睛的時候，事態會不會有什麼變化？貴之說得沒錯，現在孝史他疲勞得頭昏眼花，但他害怕斷絕了與現實的連繫。

彷彿看透了孝史的心情，貴之站起來，說：「今天不會再發生什麼事了。不管是屋裡還是屋外。那場政變——聽說後世稱之為二二六事件——在今晚深夜到明天上午之間，就會走向結束。已經沒有任何需要你擔心的事了。」

「貴之。」

「什麼？」

「你突然改口叫我『你』了呢。你之前都叫我『你這傢伙』的。」

貴之笑了一下。「這樣嗎？」

「是啊。我是未來人，每次被叫『你這傢伙』，內心就一陣火大。」

「這件事的話，我注意到了。」貴之說。「就是因爲這樣，我才會懷疑你這傢伙是不是輝樹的。」

啊，不是「你這傢伙」，是「你」——貴之邊訂正口誤，邊穿過房間。握住門把的時候，回過頭來說了：「你生活的時代，沒有徵兵制了吧？」

「什麼？」

「不，沒什麼。好好休息吧。」

門關上了。又剩孝史一人了。

躺著休息的時候，不知不覺就睡著了。這次沒有做夢了。來到這個屋子之後，第一次獲得了眞正的深沉休息。

再次醒來時，室內已經變暗了。應該有電燈開關，孝史卻不知道在哪裡。比起對黑暗的不安，它所帶來的隱密的舒適性更勝一籌，孝史就這樣躺著仰望黑暗的窗子。

門打開的時候，他沒有立刻發現。直到腳步聲接近，他才知道有人來了。孝史眨著眼睛轉動頭部，看到珠子就站在床邊。「你起來了。」她輕聲說。珠子走近枕邊的小几，打開電燈。那是一個有著大大的罩子，台座是玉做的檯燈。黃色的燈光朦朧地亮起，室內有一半籠罩在黃色的燈光下，也照亮了珠子的臉。

她換上了灰色毛線的套裝。纖細的身體線條，看起來彷彿浮現在燈光當中。

珠子在孝史腳邊的床上坐下。她坐下的部分凹陷下去，床鋪發出微弱的傾軋聲。

「對不起。」珠子說。她低著頭，凝視地面。「我打了你……。很痛吧？」

雖然貴之說「珠子冷靜下來了」，孝史還是有點緊張。只要被撥火棒打過一次，任誰都會如此吧。

「哥哥跟阿蕗看過你的傷口，說只是擦傷，傷勢不是很嚴重。」

頭痛依然持續，孝史實在不是能夠順從地說出「嗯，是啊」的心情。因為事實上，他被打到昏倒了。但是冷靜想想，要是撥火棒不偏不倚地直擊他的腦袋，他毫無疑問地一定上了西天，所以珠子說的話也並沒有錯。

「不要緊的。我還活著。」

「好像是呢。」

珠子一副事不關己的口氣，讓人無法判別她究竟是覺得慶幸，還是遺憾失手。

「珠子。」

「什麼？」

「妳從你哥那裡聽說了嗎？」

珠子沉默了一陣子，撫摸裙子的織紋後，抬頭看孝史。

「聽說你是從未來來的。」

「沒錯。我和平田——還有黑井的事，妳也聽說了吧？」

「聽說了。」珠子呢喃，彷彿咒文般地一次又一次重複。「嗯，聽說了，我聽說了。」

「嘉隆跟鞠惠已經消失，再也不會回來了。妳沒有殺人，眞是太好了。要是妳弄髒了自己的手，黑井一定會傷心的。」

那個時候，黑井看到書房的情景，驚訝得幾乎就要亂了分寸。爲什麼會出了這種差錯？吶喊般的話語，到現在還殘留在孝史的耳底。

「如果在黑井出現之前，我已經射殺了那兩個人，黑井會怎麼樣呢？」

「不要去想那種事。」

珠子望向房間角落的暗處，自言自語般地說：「她會不會幫我把那兩具渾身是血的屍體，帶到什麼地方讓他們消失掉呢？要是能要黑井她這麼做就好了。我想要教訓那兩個人。我眞的很想那麼做的。」

珠子的眼睛彷彿在發光。

「我想槍斃他們。想槍斃他們。」

還無法隨心所欲動彈的孝史，比起同情珠子扭曲的心，更被她的恐怖給震攝住，什麼話也說不出口。

珠子突然眼睛轉向孝史，問了：

「哥哥打算怎麼跟葛城醫生解釋呢？私奔這種理由，就算騙得了別人，可騙不了葛城醫生。」

珠子說的沒錯。葛城醫生知道手槍不見的事，也知道嘉隆用當上蒲生家的正室云云的甜言蜜語操縱著鞠惠，他知道一切。

「我也擔心這一點。貴之有說什麼嗎？」

「哥哥只說交給他就行了。」

珠子把雙肘放到自己的膝蓋上，像孩子般托著腮幫子。

「我說，我會跟葛城醫生說我偷了手槍，要射殺他們兩個的事。哥哥說，這件事說出來也沒關係。因爲這樣可以說明那兩個人被我威脅，感到害怕，所以才慌忙逃走。然後，不管接下來被如何追問，都要堅稱他們兩個人私奔逃走了，不曉得他們去了哪裡。」

孝史也認爲，結果似乎也只有這個說法可行。不過葛城醫生應該不會輕易相信，還是會起疑吧。可是不管再怎麼找，都找不到蒲生嘉隆和鞠惠被丟棄、藏匿或放置的屍體——至少在這個時代的日本。所以就算是葛城醫生，也莫可奈何吧。

「請照著你哥說的做吧。」孝史說。「這是最好的方法。」

珠子垂下頭，又開始撫摸裙子的毛線紋路。陷入困窘的沉默。

珠子又低聲說了：「這是我編的。」

「咦？哦，這身套裝嗎？嘿……，編得眞棒呢。」

「你認識會編毛線的人嗎？」

「嗯。我妹有時候會。」

珠子突然猛地轉向孝史。

「哎呀，你有妹妹嗎？」

「嗯，有。」

「幾歲？」

「今年十六歲。」

「十六歲……可愛嗎？」

「沒有妳這麼漂亮。」

珠子笑了。許久不見的笑容。

「不是這個意思啦，你疼妹妹嗎？」

孝史有些愣住了。怎麼樣呢？我有疼妹妹嗎？

「不曉得耶……我們老是在吵架。」

「可以吵架的話，就是有疼愛囉！」

「才沒那種事呢。而且，我妹很粗魯，每次一生氣就對我亂丟東西。」

「哎呀，好好玩的樣子。」珠子把手按在嘴邊，咯咯笑個不停。

「才一點都不好玩。貴之跟妳的感情要好得多了不是嗎？」

珠子的笑容瞬間消失了。

「才不好。」

「貴之很珍惜妳的。」

「珍惜我的，只有爸爸而已。」

珠子浮現在橘黃色燈光當中的那張苦悶的側臉，有著一種遠離人類的美。

「眞的只有爸爸而已。媽媽在我小的時候就過世了，只有爸爸一個人，是我的全部。」

「所以，妳才想殺掉折磨你父親的那兩個人嗎？」

珠子像少女一樣用力點了一下頭。看起來格外可愛、弱不禁風。

「爸爸還在世的時候，我不能做出惹他擔心的事……。因爲要是看到我被警官還是憲兵抓走，爸爸一定會因爲痛苦而死吧。可是，如果爸爸自決的話，我就不用顧慮到這些了……」

「貴之呢？貴之也會痛苦、擔心啊！」

「哥哥不在乎的。」珠子冷漠地斷定。

「沒有那種事的。」

「你不明白的。哥哥老是站在阿蕗跟千惠那邊，我一開口，哥哥就淨是嘮叨，說妳這個嬌生慣養、奢侈浪費的人怎樣怎樣的。」

珠子鬧彆扭似地小聲說道。

「哥哥喜歡的是阿蕗。」

這對孝史而言，也不是聽了會舒服的話。縱使明白貴之和阿蕗之間有著某種共鳴，他還是覺得不是滋味。

孝史想要轉移話題：「妳好像什麼都不問我呢。」

「問你……問什麼事？」

「未來的事。像是這個國家的將來，或是今後會發生什麼事。」

還有一件重要的事。

「妳都不想看看未來嗎？」

珠子凝視了一下孝史的臉，發出平板的聲音：「那種事無所謂。反正我又沒有未來。」

「這……」

「爸爸都已經過世了，你說我還剩下什麼？」

「可是，珠子……對了，妳不是要嫁人了嗎？可以建立新的家庭啊！這次輪到妳當媽媽了。」

「我？跟那個人？」珠子笑了出來。「哎呀，眞好笑。」

「什麼那個人……那不是妳的未婚夫嗎？計程車公司社長的兒子。我告訴妳，它將來一定會變成一家大公司的。這點我可以保證。汽車產業和汽車相關產業這些東西——」

珠子揮揮雙手，阻止孝史。「夠了。聽了也沒用。我和那個人，只在相親的時候見過一次而已。那是爸爸決定的婚事，所以我才接受，只是這樣而已。我不知道他是個什麼樣的人，對未來也眞的毫無興趣。如果我珍惜未來的話，也不會想要去殺什麼人了吧？」

孝史沉默了。他覺得被珠子給駁倒了。

「可是，如果你這麼想告訴別人的話，我可以問一件事嗎？」

「什麼事？」

珠子變得一臉正經。這是她看起來最美麗的表情。

「接下來會發生戰爭嗎？」
孝史點頭。「會。」
「很大的戰爭嗎？」
「嗯。捲入整個國家的大戰爭。」
與全世界爲敵，毫無希望、陷入泥沼的戰爭。
「這樣，我懂了。」珠子輕巧地跳下床鋪。「聽到這個就夠了。換句話說，今後我還有很多機會可以死掉。」
留下一句「好好休息」之後，珠子離開了房間。她的腳步很輕盈。只留下滿臉愕然的孝史。
好像是去年的事吧？妹妹經歷了一場大失戀，雖然她還是個孩子，但心裡面的某個重要的地方受了傷，她大哭大鬧，搞得家人束手無策。突然地，孝史想起這件事。因爲妹妹抽抽搭搭地哭個沒完沒了，他便鼓勵她打起精神來，結果妹妹用老成的口氣這麼跟他說：
——以前，我一直害怕哪天會發生大地震，或日本沉沒，害怕得要死。要是發生那種事該怎麼辦？要怎麼樣才能得救？光是想像，我就怕得快哭了。可是現在，就算有人告訴我明天世界就要滅亡，我也覺得無所謂，太好了。一點都不怕。
——失去了活下去的希望，就是這種感覺吧？
妹妹那個時候說的話，孝史只是一笑置之。可是現在，他完全沒有嘲笑珠子的心情。
這天晚上，阿蕗送來晚餐時，孝史感到十分害怕。從出生到現在，他從來沒有經驗過這麼令人害怕的時刻。

阿蕗一定已經從貴之那裡聽說了。她怎麼想？她會用什麼樣的眼神，看著來自未來的孝史？

阿蕗沒有看孝史。她伶俐地工作，出聲問孝史傷勢如何，爲他更換熱水袋，調整棉被。但是這段期間，她一次也沒有正眼瞧過孝史的臉。

「阿蕗，」孝史忍無可忍，出聲叫喚。「阿蕗，妳怕我嗎？」

阿蕗突然停下動作。她正在爲孝史從小鍋裡舀出湯汁，杓子從她的手中掉落。

「妳從貴之那裡聽說我是來自未來的了吧？所以妳才這樣，眼神盡是躲著我嗎？」

孝史用手撐著床，撐起身體。昏昏沉沉的，頭也很痛，一爬出被窩，肩膀和背後就冷得要命，可是他想，在阿蕗轉頭看這裡之前，他絕對不把視線從她身上移開。

阿蕗撿起杓子，慢慢地轉向孝史。

「對不起……」

「沒什麼好道歉的。」

阿蕗握緊白色的圍裙下襬，低下頭去。

「我還不曉得該怎麼去想。有太多不可思議的事了。」

「嗯……」

「可是……孝史？」

「什麼？」

「所以你才會對我說，日本會打輸戰爭，是嗎？」

這麼說來，好像有過這回事。孩子氣的好勝心，讓他對阿蕗說出這種話來。

「會發生戰爭，然後打輸。」阿蕗重覆。「會打輸嗎。」

雖然不曉得阿蕗在想什麼，但似乎不是孝史的事。是貴之的事嗎？還是她弟弟的事——對，那個在造船公司工作，明年就要接受徵兵檢查的弟弟的事。

之後也沒有對話，兩個人都沉默下來。孝史今天再也不想跟任何人說話了。他覺得等待夜晚過去，最好的方法似乎是逃進睡眠當中。可是，把頭放到枕頭上，一閉上眼睛，阿蕗想著某人的未來的眼神就浮現在眼前，久久不肯散去。

3

「你醒著嗎？」

聽到貴之的聲音，孝史睜開眼睛。他睡眼惺忪地爬起身來。貴之穿過房間，彎下身打開桌上的收音機。

「戒嚴司令部在發布消息了。」

「現在幾點？」

打開窗簾一看，外頭還頗陰暗。天還沒有完全亮。

「過六點了。」

收音機裡傳出聲音。那是非常簡潔俐落，宛如一不小心就會折斷的硬質聲音。

「——本日二十九日，麴町區南部附近或許會發生危險，但其他地區方面，據判應無危險。市民應信賴戒嚴令下的軍隊，沉著冷靜，服從司令指導，特別嚴守下述提醒。」

貴之開口說：「終於開始對反叛軍進行武力鎮壓了。」

孝史豎起耳朵聽著廣播。暫停外出、小心火燭、不要受到流言蜚語所惑等等，內容是孝史也能夠完全理解的事項。

「聯合艦隊怎麼了呢？眞的瞄準了起事部隊嗎？」

孝史呢喃，貴之一臉意外地眨動眼睛。

「你不知道這個事件的經過嗎？」

非常尷尬、難堪的瞬間。孝史的臉好像就要紅了起來，同時又像對這種狀況感到惱怒似地，瞪著貴之。

「你又知道了嗎？」

「我從父親那裡學過了。」

「那，到外頭去阻止他們怎麼樣？去告訴他們，就算做這種事，對任何一方都不會有好處！」

貴之沒有把孝史的遷怒當一回事，也沒有恥笑他的樣子。

「這樣，你幾乎什麼都不知道啊。」

「是啊。眞不好意思啊。」

「沒什麼好道歉的。可是，你的那個時代，和你差不多年紀的年輕人，全都什麼都不知道嗎？」

回答「對啊」的話，孝史就不用一個人丟臉了，可是相對地，就等於讓孝史生活的「現代」的所有年輕人都一起蒙羞，讓他一時之間難以回答。

「我想也有人知道得很清楚。就算是年輕人。歷史——特別是現代史，喜歡的人就知道得很詳盡，可是那也不是一般的情形。」

「這樣啊。」貴之像孩子般率直地感嘆。「這表示那個時代是多麼地和平啊。」

「我去一下廁所。」

孝史下床走出房間，發現身體比昨天輕了一些，頭痛也緩和多了。像要趕出從後頭追趕上來的嚴肅廣播似地，他在背後關上了房門。

孝史走向二樓的洗手間，發現自己遲遲擺脫不了剛才的對話帶來的羞恥感，連自己都覺得驚訝。被平田吃驚地說「你眞的什麼都不知道呢」的時候，都不覺得有這麼丟臉的。

他對貴之說，年輕人當中，也有熟悉歷史的人。事實上，孝史的同班同學裡，就有一個喜歡日本史跟現代史的人，他老是在看書，總是喜歡參觀史蹟。他是烏龍麵店的獨生子，不繼續上大學，而是要繼承家業。高中進入溫書假的現在，他應該正忙著幫忙店裡吧。

包括孝史在內，所有的朋友都背地裡叫他「歷史狂」，笑他像個老頭子。——那種知識有什麼用？他是烏龍麵店的孩子，根本不用擔心考試，所以才可以毫不在乎地沉迷於那種無聊的事，眞是無憂無慮啊！

然而孝史卻在腦海裡想著他的臉，反駁貴之說，也有人知道得很詳細。

孝史想，如果不是我，而是他在這裡的話，會怎麼樣？他會和貴之聊得很開心嗎？或者是跑出外頭，試著闖進起事軍與鎮壓軍之間？

小解完回到房間時，阿菈端著裝熱水的洗臉盆進來，看到孝史一個人去上廁所還頗爲驚訝。不曉得是不是因爲貴之在一旁，她沒有像昨天黃昏時那樣避著孝史的視線，幫忙他洗臉。之後，阿菈和貴之兩個人檢查孝史頭上的傷口，給他上了刺痛無比的藥水，換上新的繃帶。

「還眞是顆石頭腦袋。」貴之揶揄地說。「感謝你堅硬的頭蓋骨吧。」

接著，孝史和貴之兩個人一起用早餐。貴之幫忙阿菈端來托盤，讓阿菈感到惶恐不已。

吃完飯的時候，又開始了新的廣播。

「有受到流彈波及的危險，戰鬥區域附近的市民請留意以下事項。

一　面對槍聲發出的方向，利用掩護物避難。

二　盡可能利用低處。

三　在屋內，需待在槍聲傳來的反方向。

四　撤離區域爲市電三宅坂至赤坂見附、溜池、虎之門、櫻田門、警視廳前、三宅坂的連線內側，此爲戰鬥區域，請市民撤離避難——」

孝史吃了一驚。「這裡也在撤離區域內。」

「也有發傳單。剛才阿菈去拿了。」

「不要緊嗎？」

貴之笑了。「不要緊的，未來人。」

孝史露出不高興的臉，貴之笑得更開心了。

「你眞是有趣。用不著那麼生氣，又不是在笑你。」

「最好是。」

「子彈一發也不會飛過來的。放心吧。」

貴之露出遠比昨天更加輕鬆的表情，頻頻地想要和孝史說話。他詢問孝史的生活環境、兄弟姐妹、以及考試的事。孝史太過於在意廣播的聲音，顯不是很專心，不過說著說著，他開始覺得頗有意思，把背靠在床頭上，一面享受著熱水袋的溫暖，一面回答問題。

貴之短時間內集中、且限定領域地吸收「戰後」知識，不全面且片斷的地方太多。然而才剛以爲他的知識有許多大漏洞，卻又發現他對某些事知道得異常詳細且敏銳。這一點在剛開始交談不久後，孝史就發現了。

「我有件擔心的事。」

「什麼？」

「黑井從戰後帶來的那些書籍和報紙，現在在哪裡？處分掉了嗎？」

那些東西要是被人發現就糟了。

「黑井帶回去了。」貴之回答。「她在離開這個家之前，前來報告說她把那些東西全部都處理掉了，叫我們不用擔心。」

原來如此。雖然明白了，不過再次想像起黑井過度頻繁穿梭時空，孝史覺得頭又痛了起來。黑井疲勞至極的心臟，每跳動一下，便在她魁梧的身體內側送出活生生的血液，然後一點一點地，今天是那個毛細血管、明天是這個瓣膜細胞的一部分，逐漸壞死——孝史彷彿看見了這樣的情景。

黑井爲何爲了實現蒲生大將的希望，要拚命到這種地步呢？

——既然天生有這麼稀少的能力，我想盡可能地爲他效勞。

黑井這麼說。光是靠這份心意，就能夠努力到那種地步嗎？只因爲被想念亡妻而神傷的大將所打動？

驅使黑井的熱情是什麼？雖然同樣擁有時光旅行的能力，而且是阿姨與外甥的關係，她卻似乎選擇了與平田完全相反的生活方式。她把能夠自由地離開、回歸時間軸的能力，發揮到最大限。

可是，她所做的事，畢竟只是細部的修正——只能夠讓一兩個人看到未來，讓他們發出警告。蒲生大將知道了未來，改變了原有的想法，不斷地努力想改變陸軍內部的方針，然而二二六事件還是發生了。大將爲此絕望而自決。重臣們遭到殺害。今天，起事部隊將會被視爲反叛軍，受到鎭壓，不久後，青年將校們將會遭到處決。

然後，等在前面的是太平洋戰爭。什麼都沒有改變。

黑井所做的事，終究沒有產生出任何結果。不是嗎？這正是平田所說的「僞神」。

即使如此，平田和黑井之間卻有個決定性的不同點。就連孝史也看得出來的不同點。

那就是黑井很滿足。對於自己的能力、以及能夠活用它，爲蒲生大將工作的事感到滿足。一定是這樣的。若非如此，她也不會更進一步地鞭策隨時都會停止的心臟，完成帶走嘉隆和鞠惠的約定吧。

黑井在書房對珠子說話時的表情。

——請您務必轉告少爺。說黑井依約定前來了。

沒錯。孝史發現了。使得當時的黑井臉上綻放光輝，黑井有而平田沒有的東西——就是對於擁有時光旅行能力的無上「驕傲」。

用完早餐約一個小時左右，珠子來到房間，說從窗戶可以看到廣告氣球。

「底下垂著布幕。」

望出去一看，正好在赤坂見附的方向，升起了兩顆廣告汽球。其中一個較遠，看不見布幕的文章，但是另一個的讀得到一半。

「詔令有曰，軍旗……」孝史出聲唸道。「底下寫什麼？」

「應該是寫，不可違抗軍旗吧。」貴之說。「聽說天皇陛下自始至終都堅持應斷然鎮壓青年將校。」

這時候開始，頭上頻頻傳來穿越的飛機引擎聲。孝史沒辦法像貴之那麼冷靜，一次又一次走近窗邊，眺望外頭。貴之說剛才還有人在發送傳單，現在卻只有一條杳無人煙的白色道路無盡延伸著。

不久後，收音機廣播又開始了。這次傳來男性播報員激動萬分的聲音。

「通告士兵。

詔令已發。天皇陛下的御旨已經發布了。」

貴之發出感嘆的聲音。「哦，就是這個啊。」

「這是什麼？」

「好好聽著吧。這是流傳到後世有名的廣播。『通告士兵』。」

然後貴之的表情微微扭曲，輕聲加了一句：「是離間下士官、士兵與將校們的廣播。」

收音機的聲音幾近哭聲。硬擠出來的聲音說服著：「現在還不遲，丟掉武器回到原隊去吧。回來的話，就不會被問罪」。

廣播結束之後，飛機的引擎聲又飛舞了一陣子。貴之說他去路上看看，到樓下去了。孝史也想跟去，卻在玄關大廳被阿蕗給斥責。她很緊張。孝史握住她的手，那隻手冰冷極了。

回來的貴之，手裡拿著數張傳單。是飛機撒下來給反叛軍士兵們的東西，也飛到這附近來了。

通告下士官兵

一、爲時未晚，速歸原隊。

二、抵抗者一律視爲叛亂分子，格殺勿論。

三、汝等父母兄弟都將淪爲國賊，正悲泣不已。

最後一行寫著「戒嚴司令部」。漢字全部注上假名，是手寫的拙劣文字。

一打開玄關門，遠方便依稀傳來透過擴音器吼叫的聲音。貴之說明，那是鎮壓軍正在對反叛軍的士兵們喊話。

「已經結束了吧。」他冷冷地說。「下午之後，要不要到市電大道去看看？」

「那樣做不會危險嗎？」

聽到阿蕗的問題，貴之微笑。

「不會有什麼危險的。」

「可是，就怕有什麼萬一。請您別去。」

「阿菸就愛操心。」

繼續待在這裡聽這兩個人的對話也太愚蠢，於是孝史走到樓上去。他抓著扶手，慎重地爬上樓梯，忽地興起想要看看蒲生大將遺骸的念頭，走向大將的寢室。

他沒多想就打開門來，珠子卻在裡頭。她坐在床鋪旁邊，伸出手來，握著大將交叉在胸膛上的手。珠子的臉頰濕了。

孝史出聲說「對不起」，珠子也沒有回頭看他。她只是牽著父親的手，流著眼淚。孝史悄悄地出了走廊。

4

漫長的午後，孝史在和貴之聊天中度過，其間偶爾傳來收音機的零星情報、造訪又離去的飛機引擎聲、以及偶爾打開窗戶便會傳來的擴音器聲。

中午之後，收音機開始通知士兵開始歸順的消息。不曉得是不是多心，孝史覺得那僵硬的語調似乎變得有些柔軟了。可是貴之每次一聽到廣播，就露出好像哪裡被捏到一樣的表情。

「結束了。」他好幾次這麼呢喃。

「大將的遺書裡，有寫著即使青年將校們起事，最後還是會以這種形式告終的事嗎？」

蒲生大將的遺書，在孝史所知道的「史實」當中，由於當時的遺族的意向，並沒有被公開。可是，事實眞的是如此嗎？貴之打算怎麼做？

「有寫著類似的事。再怎麼說，父親都是知道結果的。不是洞察出來，而是知道了。」

孝史發現，貴之的口氣裡帶著一絲輕蔑般的音色。

「不只是這場政變而已。上面寫了各式各樣的事。與其說是遺書，量幾乎可以成爲一本著作了。」

「遺書現在在你手上吧？」

孝史還沒問在哪裡，貴之就說了：「讓你看看吧。」

貴之把孝史帶到大將的書房裡。發生那件事之後，這是他第一次踏進裡面。雖然想不去看，眼睛卻不由自主地往地毯瞄去。然後孝史發現那裡完全沒有自己的頭傷流出來的血跡，大吃一驚。阿蕗眞是能幹。

遺書堂堂地陳列在書架上面。原來如此，這幾乎是著作了。附上黑色封面，用繩子縫住的文書，總共有八冊。

貴之抽出其中一冊，遞給孝史。

「雖然你可能讀不懂，不過看看吧。」

翻開封面，薄薄的和紙上，密密麻麻地寫滿了漢字假名混合文，看在孝史眼裡，簡直就像暗號一樣。而且字跡非常凌亂。東倒西歪，到處有重寫或加寫的痕跡。孝史就像解開纏在一起的絲線時一樣，想要找到開頭來讀，卻完全搞不清楚狀況。

在隨處翻頁的時候，總算看見「參謀本部」四個字，徬徨的視線以它為線索安定下來後，讀起前後的文章。

——此一作戰進行之失敗，參謀本部的責任實為重大。無法事前預估逐次投入兵力，僅是徒然擴大損害，造成無謂的兵力損失，雖已迷失作戰當初之目的，卻躊躇於發布撤退命令，此一失態，難免昏庸之咎。」

「這是什麼？是在寫關於什麼的事？」

貴之瞄了一眼黑色封面。上頭什麼也沒寫。他從孝史手中取過冊子，翻了翻之後點頭。

「哦，這是備忘錄。」

「備忘錄？」

「關於太平洋戰爭中的作戰行動，父親所寫下來的感想文章。」

「太平洋戰爭中的作戰……是接下來實際發生的戰鬥的？」

「對。」

「這種東西出現在遺書裡，再怎麼說都太糟糕了不是嗎？」

「當然了。所以，這不是做為遺書發表的文章。但是以父親來說，他無法克制不寫吧。在戰爭結束，能夠在（美）占領下的社會發表父親的文章之前，整理這些也是我的工作。」

孝史吃了一驚。「我不太懂，這是怎麼回事？大將不是對現在的軍部留下了死諫的遺書嗎？」

貴之好像也有些困惑，但是不久後，他便「喔」地睜大眼睛，笑了一下。

「這樣啊，你不瞭解這當中的情形。其實，父親留下了兩份遺書。」

其中一份交給了貴之。
「那一份也相當長，不過是普通的遺書。的確，裡面也有對現在的陸軍中樞提出苦諫的部分。父親生病之後『變節』，批判他們這件事是事實，什麼都沒說就默默地自決的話，反倒不自然。」
「那，是要公布那一份嗎？」
「與其說是公布，應該說是交給適當的人物吧。但是收到它的人……噯，會把它壓下來，當做沒這東西吧。」
「所以，另一份遺書是這個書架上的？」
「沒錯。」貴之仰望成排的黑色封面。「這些東西原本就是打算讓它沉眠到戰後而寫的。父親命令我，在戰爭結束之前要藏好它。」
「為什麼要——」孝史想了一下形容。「做這麼可惜的事？」
「可惜嗎？」貴之笑了出來。「說的也是，很可惜呢。可是這個時代的人，是不可能瞭解它的價值的。父親也嘗試過許多努力，結果還是沒能改變任何一個人的想法。」
無法改變歷史潮流的絕望，也一樣阻擋在這裡嗎？
「沒錯，歷史的必然是無法改變的。也無法阻止。」貴之說。「痛切地瞭解到這件事的父親，於是思考到自己——自己的名譽，還有我和珠子的未來。」
孝史不甚瞭解，貴之沒有收起笑容，靜靜地說下去。「太平洋戰爭中，位居國政要職的人，以及身處軍部中樞的人，在戰後被追究責任，走上了極為艱困的人生。雖然因人而異，受到的衝擊也不盡相同。」

「所以呢——？」

「所以，父親寫下了這些。」

貴之稍微拉大了嗓門。就像在宣言一樣。

「即使在當時朝著無可救藥的戰爭道路邁進的日本陸軍中，也有如此洞悉未來、憂心軍部獨斷獨行、並發出警告的人物——父親想要得到這樣的名譽。雖是死後的榮譽，卻是極爲偉大的榮譽。」

孝史一驚，回想起在平河町第一飯店看到的大將的經歷不也有寫嗎？戰後被發現的蒲生大將的遺書，內容充滿了驚人的先見之明，受到歷史學家極高的評價。

「這些名譽，會在戰後社會保護我和珠子。」貴之說。「我們會被眾人讚嘆說：那兩個人，就是那位蒲生大將的孩子……。你知道東條英機這個人嗎？」

平田提過這個名字。

「嗯，是戰爭時候的首相吧？戰後，他被追究發動戰爭的責任——」

「在極東軍事審判裡被宣告了死刑。」

「嗯，平田有告訴我。」

「東條英機這個人，在今後這個皇國逐漸傾斜的大半時代當中，都被當成英雄崇拜。他會成爲一個任何人都無法違逆的獨裁者。但是到了戰後，他的權威與名望掃地，被定義爲罪大惡極的戰爭罪犯，他的家族飽嚐辛酸。」

我的父親蒲生憲之，想要一個和他相反的未來——貴之說。

「父親現在因絕望而自決了，但是時代改變的時候，蒲生憲之將會被證明他才是正確的，進而獲得無上的讚賞。對於改變時代的道路遭到斷絕的父親而言，這成了他唯一且最大的希望。很棒吧？」

嘴上雖然這麼說，貴之的眼神卻發出陰沉的光芒。

「太棒了。這豈不愉快？」

「貴之……」

「知道東條英機將會當上首相，成爲戰爭指導者的時候，你知道父親露出什麼樣的表情嗎？父親和現在的東條有面識。那個東條啊……沒想到那個東條會變成首相啊——他重複感嘆之後，咯咯笑了好一陣子。沒錯，他笑了。」

貴之從孝史手中搶也似地拿起冊子，把它收回書架。

「父親叫我愼重地保管好這些冊子。根據黑井的話，昭和二十年的五月，這一帶也會因爲空襲而陷入火海。在那之前，我得在半地下的房間裡做好保管場所，把它移到那裡去。」

說完想說的話之後，貴之抓住孝史的手臂。

「出去吧。我不想再談這件事了。」

下午三點，戒嚴司令部正式發表政變已經鎭壓。居民的避難命令已經解除，交通限制也將在四點十分之後解除。

貴之不曉得是否顧慮到阿蕗的心情，直到收音機發表這份發表之前，他都沒有離開屋子。到了三點半左右，他終於開口說要去市電大道看看。孝史說他也要一起去。

「不會影響到頭上的傷嗎？」

「我會按著腫包走路的。」

還沒被阿蕗盤問之前，兩個人就匆匆離開屋子了。出門之前，他們看到珠子已經下來起居室了。她又在刺繡了。她的樣子沉著得彷彿這個世上、這個屋子裡什麼事也沒有發生過似的。

還沒走上多遠的雪道，孝史就發現四處都是人影。交通封鎖還沒有解除，但是民眾已經開始活動了。他們越過路障，穿過封鎖，爲了親自看上一眼剛才被鎮壓的政變下血淋淋的屍骸，接二連三地聚集過來。

來到市電大道的時候，戰車突然橫越前面。孝史呆住了。垂著布幕的鋼鐵色巨軀從左到右地通過。沉重的履帶踢開雪堆，彷彿沒有任何東西阻擋它的去路似地，威風凜凜地前進而去。

「鎮壓部隊要撤離了。」貴之說。

聚集在沿街的民眾，一面吐著白色的呼吸，一面漲紅著臉，說話、拍肩、指指點點。就像戒嚴令當下沒有什麼緊張感和悲壯感一樣，這裡也沒有悲劇的色彩。明確地存在的，只有興奮而已。

貴之默默無語，在寒風中凍著一張臉仰望戰車。比起人們的喧囂，戰車的履帶發出的聲音更強而有力，壓倒了現場的空氣。

塡滿了沿街的臉、臉、臉。在它的中央，戰車飄散出油的氣味，發出巨響，嚴肅地前進。士兵也列隊前進。有人揮手。也有人大叫萬歲。孝史默不作聲地凝視著眼前的情景。

通過的戰車履帶捲起一塊雪，崩解的雪塊的其中一片滾到孝史的鞋邊來。那是塊變黑、骯髒的著。

雪。

凝視著這一幕，孝史感覺到胸口內側有個東西膨脹起來。無以名狀的東西，在孝史的體內掙扎著。

「結束了呢。」

貴之在一旁呢喃。他到底要說幾次這句「結束了」才甘心——？

就在這個時候，在孝史體內焦急得跺腳的感情，突然在腦裡形成了明確的形狀。他抬起頭，望向沿街的人，望向通過的戰車，望向市街，望向天空。聆聽人們的聲音，聆聽風的聲音，聆聽士兵們的軍靴踏過雪地的聲音，聆聽戰車的履帶聲。

你們都會死。

唐突地浮現出這句話。你們都會死。幾乎所有的人都會死。即使僥倖活下來，那也是一條艱辛無比的路。接下來將會發生什麼事，你們根本不曉得。

這個國家將會毀滅一次。你們現在所認知的「國家」就要滅亡了。然後它滅亡的時候，會把你們全部抓去陪葬。在那裡笑的你、在那裡豎起大衣領子的你、還有在那裡對著人行道上的人微笑的士兵、戰車上的那個士兵，全部都會被抓去陪葬。

什麼都沒有結束。今後才要開始。這是結束的開始。然而，爲什麼你們卻在笑？爲什麼沒有人生氣？沒有人害怕？爲什麼沒有人挺身而出？說，這是錯的。說，我們不想死。

爲什麼不阻止？

孝史幾乎要大叫出來，用雙手按住嘴巴。只有呼吸化成了凍結的白色霧氣，流向空中。

爲什麼不阻止？這次的疑問，化成了對孝史自身的詰問。我爲什麼不在這裡揮舞拳頭，向群眾吶喊？告訴他們，這樣下去不行。我知道未來。回頭吧！現在或許還來得及。大家一起回頭吧！出乎意料地，連他自己都沒有意識到，淚水滾落了眼眶。雖然只有一顆，它卻滑下了孝史的臉頰。

——說了也沒用的。

沒有人會相信的。歷史知道這一點。或許會有一個、或者是兩個、或者是十個人願意傾聽他的話，但是就算能夠告訴這些人如何活過戰爭的方法，就算能夠在知道結果的情況下，和他們一起思考適切的處世方法，那依然、依然也不過是細部的修正罷了。等於是對其他大半的人見死不救。

「要叫嗎？」貴之低聲說。

孝史轉向他。貴之朝著正面漠然地望著沿街的人。他不讓在場的人聽見，只輕微地掀動嘴唇，繼續說道。

「大叫：接下來戰爭就要來了。接著軍部眞正的獨裁就要開始了。政治家們害怕恐怖行動和再次的政變，全都成了縮頭烏龜，議會淪爲徒有形式的窩囊廢，戰爭就要以最糟的形式到來了。」

孝史無言地舉起手臂，擦拭眼角。

「我很怕。」貴之呢喃。「怕得不敢叫。」

「怕……？」

「嗯，很怕。怕得全身都要發抖了。要是現在說出那種話來，我會遇到什麼樣的事？光是想像，我就怕死了。」

因爲我是個膽小鬼——貴之的話凍成了白霧。

「父親是陸軍大將，我卻沒有成爲職業軍人。現在也沒有被徵兵。你不覺得不可思議嗎？」

貴之的口氣，帶有揶揄自己的語氣。

「就算我想擔任軍務也不可能。因爲我是個色盲。」

孝史張大了眼睛。寒意刺骨。

「我是紅綠色盲，好像是母親有這方面的基因，所以就當不了軍人了。在我還小的時候，就發現了這件事，父親失望極了。母親在蒲生家的立場也變得艱辛。全都是我害的。」

貴之抬起下巴仰望天空，孝史發現貴之的眼睛濕了。或許是寒風所致，也或許不是這個緣故。

「我一直背叛父親的期待。對父親而言，我是個不符合他的期望的長男。所以當輝樹出生的時候，父親想要把他收養到蒲生家。捨命反對這件事的，是母親。如果輝樹成了養子，我在蒲生家就失去了立場。母親這麼認爲，堅持如果父親無論如何都要收養輝樹的話，就要和我一起去死，堅決抵抗。即使如此，父親還是不死心，但是輝樹的母親害怕母親的懲罰，主動說要退出，事情才總算落幕了。」

孝史想起貴之曾說：「接受並疼愛就這樣的我的，獨一無二的母親」。

「即使如此，很長的一段時間，父親還是對輝樹割捨不下。父親認爲，最後拋棄了他們母子，他們一定很怨恨他。我因爲知道父親爲何執著於輝樹，所以一直憎恨著父親。只要他說右，我就偏往左，他說左，我就偏往右。」

「可是，你父親看見未來之後，不是向你尋求幫助嗎？」

「是啊。那個時候，我眞的覺得很爽快。父親竟然向我尋求協助——。而且他還對我說：我看過了未來，我至今爲止的想法都是錯的。我應該更重視經濟和民主主義教育才對，你才是正確的。我高興得都要飄上雲端了。」

貴之垂下肩膀。

「然而，就連那個時候我也失敗了。我背叛了父親的期待。這是讓父親承認我的唯一機會，我卻失手了——」

戰車的隊伍終於結束了。人們開始湧到馬路上。

「你知道相澤事件嗎？」

記得聽過好幾次。記得——好像是陸軍的要人被暗殺的事件。

「那是去年八月的事。陸軍軍務局長，一個叫永田鐵山（註）的人物，在辦公室被相澤中佐斬殺了。當時相澤中佐接到命令，即將前往台灣赴任，但是他認爲讓反皇道派的中心人物永田鐵山再繼續活下去，將成爲皇國之毒瘤，所以要替天行道。」

父親試著阻止這件事——貴之坦承說。

「知道戰爭發展的父親，拚命地思考，要怎麼樣才能夠多少改變一點潮流。結果，他認爲似乎最有效果的手段，就是阻止永田鐵山遭到暗殺。你所在的時代的歷史學家，應該也都認爲只要永田鐵山還活著，就能夠改變大東亞戰爭的局勢。」

「他是這麼重要的人物嗎？」

「沒錯。父親寫信給永田軍務局長。寫了好幾封。叫他小心安全，強化警備。事件發生在八月十二日，父親叫他那天不可以待在辦公室。然而諷刺的是——」

貴之露出痙攣般的笑容。

「因爲父親是皇道派的人，永田軍務局長那一方的人，把它解讀爲這是恐怖行動的暗示。認爲這是威脅，對警告嗤之以鼻。他們說，他們才不會屈於這種威脅。」

「什麼這種威脅——」

「實際上就是如此。焦急的父親，想要在暗殺事件發生的當天闖進現場。他要在場。這樣一來，或許就可以改變局勢。對方如果把父親的信當成恐怖行動的預告，那麼父親親自登場的話，他們多少也會警戒吧。他們的警戒或許可以阻止暗殺的發生。」

以計畫來說並不壞。孝史點點頭。

「可是，我不想讓父親去。」貴之接著說。「身體不靈活的老人，萬一那時候突然沒辦法行動怎麼辦？所以，我志願了。」

「志願？你嗎？」

貴之點頭，嘆了口氣。「沒錯，我，膽小鬼的我，不符合期待的兒子的我，心想即使只有一次也好，想要回應父親的期待，向父親證明我不是膽小鬼，所以說服了不甚情願的父親。我以送交父親信件的名目，出門了。」

註：永田鐵山（一八八四～一九三五），陸軍中將，統制派的中心人物。被視為讓皇道派的教育總監真崎甚三郎遭到罷免的始作俑者，而遭到皇道派的相澤三郎中佐殺害。

貴之緘默了。孝史等待。因為孝史無法主動說出「可是事情並不順利」這種話來。

「我很害怕。」貴之繼續說。「離開家門，在到陸軍省的路上，我一直很害怕。我走在短短的路程當中，渾身不住地發抖。我不想去。不想去明知道接下來會發生恐怖行動的現場。我後悔不應該志願的。所以腳步變得愈來愈慢。要是趕不上就好了、要是慢上一點就好了、只要晚個五分鐘就行了——我這麼想著，在空無一物的地方停步，擦汗。陽光格外炎熱。」

即使如此，結果還是抵達了陸軍省——貴之說。

「事情已經結束了。我看見斬殺成功的相澤中佐，被帶上憲兵的車子，往三番町的方向開去。我和那輛車子錯身而過了。」

貴之在車窗裡看見相澤中佐的側臉。沒有戴帽，一臉殺氣騰騰。

貴之不被允許進入建築物當中。他在大混亂的現場，看見一名將校的腳印是鮮紅的血色。一想到地板和走廊八成是血流滿地，貴之當場逃走了——

「這樣啊。我聽過嘉隆跟鞠惠提過這件事。」孝史說。「在柴薪小屋。他們說你是膽小鬼。在起居室也有說到這件事。原來是有這樣的內情。可是，他們沒資格說這種話——」

「有的。」

「他們明明不知道整件事的來龍去脈？」

「就算不知道也無妨。前往送交蒲生憲之前陸軍大將的信件給永田軍務局長的蒲生家長男，正巧在暗殺發生後抵達陸軍省，嚇得一臉蒼白。這個傳聞馬上就傳遍各處了。叔叔和鞠惠，都有捧腹大笑的權利的。」

「可是……」

「父親沒有責備我。」貴之說。「他只是失望而已。深深地失望。我想，父親就是在這個時候，開始考慮起自己未來的名譽。他放棄改變現狀了。」

我很怕。貴之再一次重複。

「我是個無可救藥的膽小鬼。我放棄改變歷史的一部分、對於或許能夠挽救的性命見死不救了。只因爲自私保身。這樣的我，現在能夠在這裡吶喊什麼？我沒有這種資格。」

「這一點我也是一樣的。」

「不，不一樣。你不是這個時代的人。」

斷然回絕般的話。

「但是，我是這個時代的人。是這個時代製造出來的膽小鬼。而我有做爲一個膽小鬼，活過這個時代的義務。不管今後會發生什麼事，我都一定要活下去。」

貴之抬起頭來。他仰望著天空。他望著應該已經升上那個方向的蒲生憲之的身影。

「父親留下來的那份文書，是骯髒的搶先集大成。」

「搶先？」

「不對嗎？父親看過了未來。他知道結果。他站在知道的立場上，去批判什麼都不知道的人今後將要去做的事。只有父親一個人準備好了藉口。除了搶先之外，這什麼都不是。」

「可是，到了戰後，你打算把這些搶先的集大成公諸於世吧？你跟你父親這麼約好了嗎？」

貴之望向孝史。他的眼神很柔和。

「如果活過戰爭的時代之後，我依然是個膽小鬼的話，一定會這麼做吧。」

「啊……？」

「如果我依然是個想要拿父親的搶先做爲擋箭牌，來度過仇視舊軍人與軍人社會的時代的膽小鬼，就會把父親的文書公諸於世。但是，如果我多少改變了，就會把那份文書埋葬在黑暗中吧。這樣一來，父親死後的名譽也會跟著消失了。」

「——你覺得這樣好嗎？」

「現在不曉得。」貴之說。「現在不曉得。在活過去之前。」

貴之強而有力的聲音，即使離開了市電大道，回到了府邸，依然撼動著孝史的心。我擁有什麼樣的東西，可以和貴之做爲膽小鬼而活下去的決心相抗衡？

轟然通過雪道的戰車，軍靴的聲響和油味。以及眾多的人群。孝史想著這些情景，找到了一個巨大的眞實。

現在的我，也不過是個僞神——

二二六事件結束了。

5

平田在三月四日回到了蒲生邸。

他看起來已經完全康復了。照顧他的千惠，在政變剛結束的時候，曾經從醫院回來過一次；那個時候，她也通知了平田的病情逐漸好轉的消息，但是平田恢復的情形，遠比想像中的更好。

「因爲這不是中風或腦血栓。嗳，只是腦部過度疲勞，休息一下就會好的。」他以輕鬆的口吻對孝史說。

他不在的這幾天，孝史一面養傷，一面在做得到的範圍內，幫忙阿蕗。不久之後，頭上的繃帶已經可以取下，只需要貼個絆創膏就足夠了。大將自決的消息公開，許多人前來弔唁，基於故人的意志，舉行莊嚴肅穆的密葬。

成爲大問題的葛城醫生，變成一道比預期中更頑強的壁壘聳立在蒲生家人面前。醫生在二十九日的交通恢復之後立刻來訪。貴之和珠子和他一起待在起居室裡，孝史小心不被阿蕗發現，跑去偷窺了一下。

貴之露出岩石般僵硬的表情。珠子的心彷彿飄浮在距離身體三十公分高的地方，面對醫生的詰問，她連眉毛都沒動一下。孝史聽見她說「對不起」，但是聲音聽起來也心不在焉的。

在起居室關了三個小時以上，最後總算走出來的醫生，面色蒼白。孝史在玄關爲他排好鞋子。醫生看到孝史，彷彿在孤立無援當中找到救兵似地衝了過來，雙手抓住他的肩膀。

「你沒事嗎？」

「呃、是的。」

「我聽說了。該不會連你都要對我那樣胡說八道吧？嘉隆跟鞠惠在哪裡？啊？」

「請不要搖，醫生。傷口還很痛的。」

孝史說，輕輕推回醫生的手。

「我什麼都不知道。我被毆打，昏過去的時候，嘉隆跟鞠惠就失去了蹤影。我不曉得他們去哪了。」

「連你——連你都——」

「醫生，是眞的。」

四目相望，孝史拚命不讓歉疚的表情顯露在臉上。

「我太失望了。」醫生撇下這句話，離開屋子。之後一直到今天，他都沒有再來訪。至於今後將會引發什麼樣的風波，似乎也只能靜觀其變了。

知道平田就要出院的時候，孝史要求貴之讓他第一個和平田單獨談談幾小時，貴之答應了。孝史和平田來到半地下的房間。

坦承一連串的事情之前，孝史先向平田道歉。爲他曝露了平田的能力而道歉。平田並沒有像孝史害怕的那樣驚訝，也沒有生氣。

「我早就想可能會發生這種事。」平田說。他很沉著。

和貴之的談話、見到黑井的事、在書房發生的事、二十九日在市電大道感覺到的事——說著說著，孝史好幾次語塞了。不是因爲情緒激動，也不是因爲想哭。孝史只是擔心對於無法完全訴諸言語的部分平田是不懂他的意思。令孝史焦急得不得了。

平田偶爾點頭，默默地聽著。兩人面對面，中隔火盆坐著，平田有時會用火筷翻動炭火。好像要從崩解的灰燼當中找到什麼似地，目不轉睛地凝視著。聽完孝史的話之後，他用火筷挾起燒得赤紅的木炭，點燃香菸。

「眞香。」他吐出長長的煙霧。

「你可以抽煙嗎？心臟呢？」

「阿姨能力很強，所以心臟先受不了了。」

平田說，用挾著香菸的手指敲敲太陽穴。

「我的心臟很結實，但是能力不強，要是跳躍過了頭，腦袋會先受不了。就是這麼回事。」

看著平田神情愉快地抽著煙，孝史也開始想抽了。

「也可以給我一根嗎？」

那是有著紅色與白色花紋，叫做「朝日」的牌子。抽起來很辣，孝史嗆住了。

「要回去有淡煙的現代了嗎？」

「還不能回去。你還沒有完成約定。」

「約定——」

「就是你是到這個時代的這幢宅邸來做什麼的。你說要告訴我的。」

孝史發現自己拿著香菸的手指在發抖。

「哦，那件事啊。」

平田把香菸按進灰裡揉熄。然後他的嘴角突然放鬆了。

「你好像已經自行找到答案了啊。」

「我？」

「是啊。你沒發現嗎？」

孝史凝視著平田柔和的臉。是多心嗎——不，這一定是身在陰暗的半地下的房間的緣故——他周圍的負的氣氛，感覺已經不像以前那麼讓人不愉快了。

就像你所想像的，對阿姨來說，戰前的日本更容易居住，中年過後，她幾乎是在這裡紮根落腳的狀態。只要巧妙地避開戰爭的時期，工作也容易找，生活相當舒適。「之前我也告訴過你，阿姨在過世前不久，來見還在現代的我了。」平田開始說。

「那是約一年前左右的事。從你的話來推測，應該是在即將實行書房計畫之前吧。從這裡穿越到現代是件大工程，只因爲這樣阿姨虛弱得不像話。她說這是最後的道別，無論如何都想親自對我說。她平常都不會這樣的，卻只有那個時候，在我住的地方休息了半天，一定是眞的累壞了。」

平田說，那個時候，阿姨——黑井向他坦白了她所做的事。

「就是她讓蒲生大將看到未來，大將因此採取了種種行動，爲了後世，寫下批判陸軍的文書等等所有的事。因爲這樣，發生了一些棘手的事，她要去解決。她笑著說，解決完之後，她恐怕就會死掉，不過原本也差不多是壽命了。她非常滿足的樣子。」

滿足——沒錯，這正是孝史在書房裡從黑井的臉上讀到的表情。

「就算我問她發生了什麼棘手的事，問她要怎麼解決，她都支吾其詞，不肯告訴我。阿姨知道，我對於她這樣隨便讓別人看見未來、或告訴別人未來的事，非常地不能認同，所以很難啓齒吧。事實上，爲了這件事，我們老是在爭論。因爲無可奈何，我也沒有再繼續深究。所以決定要來到這個屋子的時候，我完全不曉得二十七日會發生什麼事。」

「那，你真的跟這次的事件毫無關係了……」

平田輕笑。「嗯，沒有直接的關係。所以我不是說了嗎？我既不恨蒲生大將，也沒有殺他。」

那個時候的狀況，還不能夠這麼率直地相信這番話——

「就像你說的，阿姨跟我之間，有著決定性的不同。」平田說。「阿姨對自己的能力感到驕傲。她對於只為自己中意的人、喜歡的人、珍惜的人、同情的人使用這種力量，絲毫不感疑問。她覺得時光旅行的能力太美好了。容易遭到他人排斥的這種陰沉的氣氛雖然是痛苦的枷鎖，但是她相信自己擁有遠超過它的東西。」

——黑井照著約定來了。請轉告少爺。

——小姐，請您幸福。

「阿姨也和我一樣，是偽神。但是，阿姨卻肯定這件事、高興地接受它。如同你說的，她對這件事感到驕傲。」

平田像把話撒落灰燼裡似地說。

「我覺得，她那樣也是一種幸福吧。」

但是，平田不一樣。

孝史的腦海裡，再次浮現出在陰影中悄悄並肩站立的兩名時光旅人的圖像。但是，這次這個圖像裡，黑井和平田、阿姨和外甥，並不只是彼此安慰。他們站在同樣的立場，卻選擇了不同的道路，朝向完全不同的方向——

「但是，我和阿姨不同。我感到疑問。質疑自己到底在做些什麼，以為拯救了原本會在這裡消失的性命，另一邊的另一條生命卻消失了。阻止了原本會在這裡發生的事，又在別的地方發生了類似的事。我厭倦了無止盡的錯誤嘗試，知道自己不過是個僞神的時候，我眞的受夠了。」

「就像在市電大道看到戰車的我一樣嗎？」

「對。就像在市電大道看到戰車的你一樣。」平田微笑。「所以，我才說你已經自行找到答案了。」

我也是個僞神。這對孝史而言太過於沉重了。難道說這就是答案嗎？

「聽到阿姨對蒲生大將做的事，我覺得這簡直有如天啓。我覺得機會來了。」

「爲什麼？」

「大將站在知道未來的立場上，想要留下批判同時代的人的文書。就像貴之說的，這是搶先。是站在高處，俯視在每個時代摸索、活下去的人的行爲。這不是該做的事。但是，阿姨卻允許自己這麼做。因爲她對於身爲僞神的自己感到高興，所以才能夠允許。」

但是我受夠了——平田搖頭。

「已經受夠了。我覺得這個世界上再也沒有比自己更徒勞、更意義不明的存在了。就算東奔西走，結果帳目還是變得跟歷史的數字一樣。我這是在做什麼？我一次又一次這麼想。可是另一方面，我也瞭解阿姨的想法，還有藉由阿姨的手，看見未來的蒲生大將的想法；而且是深切地瞭解。既然身爲僞神，就會想要擺出神明的姿態。不由自主地會想這麼做。就連我也做了數不清的這種事。這已經像是佛家說的『業』一樣了。」

蒲生大將留下大量的文書，冀望死後的名譽，這也是看過未來之後，就不由自主想做的事嗎？

「現在的我，沒有責備大將的資格，也沒有原諒他的資格。只是同罪而已。但是，這個時候我發現了。不對，我有逃脫這個立場的手段。」

那就是活在這個時代。平田說。他抬起視線，筆直地望著孝史的眼睛說。

「我要在這個接下來即將進入戰爭的時代紮根，做為這個時代的人來體驗。不管多麼地痛苦艱辛，都不能有半點蒙蔽、預測、捷足先登，一切都要親身體驗。不顧一切地活下去之後，或者是死在這裡的時候，我做為一個『沒有搶先』的同時代的人、站在與這個時代大多數人的相同立場，對於阿姨和蒲生大將，我會怎麼想？會有什麼樣的想法？被他們從高處俯視，會是什麼樣的心情？那個時候，我就能夠切身地感覺到這些。或許我會生氣。或許會暴跳如雷。可是，那不是身爲僞神的憤怒，而是身爲一個人的憤怒。明明搶先了一步，知道一切，怎麼能夠批判我們？這是做爲歷史零件的個人所懷抱的憤怒。」

孝史不由得望著平田的臉。並不是因爲能夠理解他所說的話，而是感覺到他的話語滲透到自己的體內，寄宿在那裡，而且正逐漸地形成了某種東西。

「可是，或許我也能夠原諒阿姨和蒲生大將。」平田繼續說。「或許能夠做爲一個同時代的人，原諒他們所做的事、不得不去這麼做的事。然後那個時候——」

語尾微微顫抖著，平田說了：

「那個時候，或許我也能夠原諒我自己了——我這麼想。」

或許能夠原諒我，以及身爲時光旅人的我曾經做過的一切。或許能夠原諒一切的徒勞掙扎、一切的錯誤。然後我能夠成爲一個人，不是僞神，而是一個理所當然的人。一個不知道歷史的意圖，只是在潮流當中，看不見未來地拚命活下去的人。一個能夠愛惜自己明天或許就會消逝的性命的人。一個和明天或許就再也見不到的鄰人拍著肩膀大笑的人。一個懷抱著普通的勇氣，沉浮在歷史當中卻不曉得這是多麼尊貴的事的人。

俯拾皆是，理所當然的人。

「爲了這個目的，我來到了這個時代。」

平田對孝史訴說。孝史覺得在那裡看見了沒有一絲污濁的眞實。

「以蒲生大將死亡的那一天爲出發點，爲了成爲一個單純的人，我來到了這裡。」

和平田的談話結束之後，孝史到樓上去找阿蕗。

她人在廚房。在砧板上切著大顆的白菜。從綁起的袖子露出來的手臂幾乎和白菜一樣白皙，一樣水潤。

幸好，只有阿蕗一個人。她馬上就注意到孝史，抬起頭來。

「阿蕗……」

阿蕗掃視了一下周圍。她放下菜刀，用圍裙擦著手，離開流理台前，走近孝史。

「你已經要回去了嗎？」她小聲地問。「貴之少爺說，平田回來的話，你可能也很快就會回去了。」

「今晚就要回去。那樣比較不容易被人發現。」

說著「哦」似地，阿蕗頻頻點頭。「這樣啊。說的也是。」

平田的話深植心中的現在，這是件難以啓齒的事。平田想要成爲人，孝史卻想變成僞神。

我想帶阿蕗一起去——

聽到孝史的希望，平田也沒有吃驚。他只是溫柔地說「就是會變得想要這麼做的」。

——你去問問那女孩。她答應的話，雖然無法立刻，不過我一定會把她送到你的時代。

「我有話想跟妳說，方便嗎？」

孝史在泥巴地房間的出口坐下。阿蕗也在他旁邊，離開一點的地方坐下。

「要不要和我一起去？」

說出口的瞬間，絕對不可能、這是個離譜的無理提案，這樣想法化成了露骨的現實，砸上孝史的臉頰。去了又能怎麼樣？要用什麼樣的名字和身份？要怎麼樣、在哪裡生活？

可是，愈是明白這是個愚蠢的提案，孝史的嘴巴就愈是擅自動起來，說出一大堆勸說阿蕗的話。會有空襲唷、會沒有糧食唷、思想統制會變得嚴厲，難以置信的恐怖時代將會來臨唷——

想說的話、能說的話都說完之後，剩下的只有一顆空轉的腦袋。他覺得空轉的心那空洞的聲響，聽起來比心跳還要劇烈。

「你這麼擔心我，我很高興。」阿蕗說。「爲我這樣的人想到這些，眞的謝謝你。」

「不是這樣的。我只是想和阿蕗一起去而已。」

因爲我喜歡妳。在這裡度過的時日實在太過於短暫，讓他說不出這句話。可是，時間這種東西又有什麼意義？

「我很高興，可是我不能去。」阿蕗說。「這個家對我有恩。我不能在現在這種時候離開。能夠待在這裡，我眞的非常感激。若是這個家沒有雇用我，我一定就得去賣身了。我的故鄉是一個孝史一定沒有聽過的小村子，父母是小佃農。」

「可是，那不是用工作——」

阿蕗搖頭。「嗯，或許吧。可是，我不這麼想。」

孝史的膝蓋脫力，開始顫抖。

「貴之少爺說，那些年輕的將校們，是爲了拯救被逼迫到非得賣女兒才活得下去的窮困農村，才挺身而出的。」

阿蕗撫摸著粗糙皸裂的手指說。

「我知道有許多哭著賣掉女兒的貧窮小佃農。要是這次的起事成功的話，或許這個世上就再也沒有賣女兒這種事了，但是沒辦法這麼順利呢。」

「是啊，所以我才希望妳跟我一起來啊。」

阿蕗慢慢地，但神情堅毅地抬起頭來說了：「我不能丟下弟弟一個人走。」

孝史不由得注視著阿蕗的眼睛，知道那句話爲一切做了終結。

「我弟今後就要被囚禁在軍隊裡。我不能丟下他走。不能只有我一個人逃走。」

姐姐，一起去看電影吧——

「對孝史來說是回去。可是，我的話就成了逃走。我做不到，那是不可以做的事。」

阿蕗說完之後，突然笑了出來。那是開朗得令人吃驚的笑法。

「要是這個時代的人全部都逃走也無所謂的話，這個時代到底會跑到哪裡去了呢？」

空欄的年表。想像它被風吹往虛空中的模樣，孝史也跟著笑了出來。兩個人就這樣，一起笑了一陣子。

孝史笑著，聲音哽住了。

「可是，阿蕗妳不怕嗎？或許會死掉唷？活下來的可能性很小的。」

阿蕗果斷地說：「並不是所有的人都會死掉。也有人會倖存下來吧？不可以那麼輕易地就放棄。」

「可是……」

「我會寫信。」

一雙明亮的眼睛正對著孝史，阿蕗說：「我會寫信給你。請你告訴我，該寫到哪裡才好？」

然後她突然害羞起來：

「我現在還寫不好漢字。因爲學校只唸了一半而已……。可是我會學。我會學字，然後寫封像樣的信給你。」

「比起信，我更想見妳呢。我們在哪裡見面吧。」

阿蕗睜圓了眼睛。「哎呀，在孝史的時代，我都變成皺巴巴的老太婆了。才不要，好丟人唷。」

「阿蕗會是個又小又可愛的老婆婆的。所以沒關係啦，我們見面吧！」

沒錯，是老婆婆……和我見面的時候，阿蕗已經變成老婆婆了。現在雖然就在這麼近的地方，其實是非常非常遙遠的。

不想回去——這個想法又邊了回來，湧上心頭。

「還是我留在這裡好了。這樣也可以的。」

孝史鼓足了勁這麼說。結果阿蕗臉上的笑容就像被潑了一盆冷水似地消失，她直盯著孝史看。

「我會在這裡工作。也會努力活過戰爭。不要緊的，我現在覺得這個時代待起來也沒那麼——」

什麼東西撞上了臉頰。觸感很輕，所以他一時之間沒有發現自己是被打了。

阿蕗用打了孝史的臉頰的手，按在嘴邊。她眨著眼睛，睫毛在臉頰落下陰影。

「不可以說那種話。」她在指縫間呢喃。「說那種話，太狡猾了。」

狡猾這句話，刺進孝史的耳裡。或許阿蕗說的不是那個意思，但是平田的話浮上了心的表面。

僞神難以抗拒的業。

「你現在或許說得出這種話，但是到了後來，或許就會後悔了。你會想，來到這個什麼鬼時代，啊，爲什麼我會待在這種地方？早知道就快點回去了。然後，或許你會覺得都是我害的，會討厭、憎恨起我來也說不定。」

那樣的話，我會很難過的。阿蕗說。

「喏，那我們在哪裡見面吧！哪裡好呢？孝史住在哪裡？」

阿蕗直盯著孝史，孝史拚命壓抑住就要顫抖起來的嘴唇。

「我才不會恨阿蕗。」

阿蕗微笑。她把手放到孝史的手臂上，輕輕搖晃。

「爲時未晚，速歸原隊。」

「咦？」

阿蕗笑了。「傳單上有寫吧？人家告訴我的。孝史和我是不同軍隊的士兵。而且是新兵。你得回去才行。」

爲什麼這個女孩會說出這種話？這種女孩子，我的時代裡絕對找不到的。連一個都找不到的。不可能再邂逅得到的。

孝史總算擠出聲音來，說：「要小心二十年五月二十五日的空襲。妳好像已經從貴之跟黑井那裡聽說了，不過這一帶全燒光了。」

阿蕗說：「我會小心」。然後說：「煙囪的洞也會修理好的」。

「告訴我吧。孝史住在哪裡呢？」

「——在北關東。高崎妳知道嗎？」

「很遠嗎？」

「沒有多遠。可是，或許我會在東京也說不定。」

「那樣的話，我們就在東京碰面吧！哪裡好呢？」

「阿蕗知道哪裡？」

「……雷門。」阿蕗說道，愉快地伸開雙手。「那裡有很大的燈籠對吧？我來到東京之後，馬上就跟介紹所認識的女孩子去玩了。雖然只有一下子，可是很熱鬧，很快樂。」

「嗯，就約在那裡吧。在淺草。也不會搞錯。什麼時候好呢？」

「變暖之後。」

「那，四月。四月幾日？」

「二十日。」阿蕗不假思索地說。

「爲什麼？」

「那天是我生日。聽說我是在二十日的中午過後出生的。」

向田蕗將在生日那一天，變成一個又小又可愛的老婆婆，來見尾崎孝史——

貴之叫他不用擔心接下來的事。說他們自己會設法度過。

「比起這裡，我更擔心你。你在這裡待得太久了。回去之後，你打算怎麼解釋在火場倖存之後，在哪裡做了些什麼？」

「就說我喪失記憶。」

阿蕗爲他挑選了就算回到現代也不會太醒目的服裝。跳躍的場所就選在以前也和平田商量過的柴薪小屋旁，孝史應該會降落在平河町第一飯店旁邊的大樓內。

珠子沒有來送孝史。當然她沒有這個義務，但是孝史還是覺得有些寂寞。孝史去打招呼的時候，她也沒有停下刺繡的手，只說了一句「多保重」，成了離別的話。

過去三次的穿越時空，這一次最緊張。或許是雖然只有一點，但是多少「習慣」了，所以反倒恐怖；也有可能是自覺到這一次只有單程車票，再也不會有第二次了。

站在柴薪小屋旁邊平田所設定的地點，孝史踏緊凍住的雪，發起抖來。頭上是滿天星辰。眾星湧近孝史的頭上。天空看起來好近。然後，冷得幾乎發疼。

「要保重。」貴之出聲。「許多事都謝謝你了。」

孝史沒辦法找到合適的回答，只能像個傻瓜似地點頭。站在貴之旁邊的阿蕗朝孝史微笑。

「四月二十日見。」

孝史說，阿蕗點頭。

「那麼，我們走吧。」

平田說，抓住孝史的手臂。

「準備好了嗎？」

在回答「好了」之前，阿蕗舉起右手，做出敬禮般的動作。她的手指伸得筆直，是非常端正的敬禮。

新兵，再見了。

孝史正想回禮的時候，被吞入黑暗當中了。

腳底感覺到地面，孝史睜開眼睛。此時他才發現到，穿越時空的期間，他一直閉著眼睛。

好亮。明明應該是深夜，卻很明亮。在孝史所知道的時代的東京，這才是夜晚。有路燈。有大樓的窗戶燈明。平河町這一帶與鬧區相比，亮度只有一半以下，可是還是亮得讓他嚇了一跳。

約五十公分的前方，看得見一台冷氣的室外機。似乎準確地降落在平田所說的地方了。周圍被大樓的牆壁包圍，沒有人的氣息。

「順利成功了。」

平田說，放開抓住的孝史的手。

平河町第一飯店露出燒得焦黑的牆壁聳立著。窗戶幾乎都破了。像塑膠布的東西鬆垮地垂在扶手上。仔細一看，旅館周圍還圍繞著黃色的帶子。

「已經沒有滅火劑的臭味了呢。」平田抽動鼻子說。「對了，還有這個。」

他從懷裡取出錢包，塞進孝史手裡。

「這是我從旅館裡帶得出來的唯一物品。想說到了的話就交給你。拿去用吧。」

「可是——」

「你需要錢回家吧？兩手空空的，連一通電話也打不了唷？而且，反正我也已經不需要了。」

「平田，你真的不後悔嗎？」

平田稍微想了一下。不，裝出思索的模樣。

「我喜歡ＳＦＸ電影（註）。」他害羞地表白。「只有它讓我依依不捨。其實，要離開這裡之前，我看了兩次『侏羅紀公園』。」

孝史笑了。「我們在電影院碰過面呢。」

「去了那裡之後，就可以等『哥吉拉』上演，眞令人期待。」

平田從孝史身邊離開一步。孝史想要靠近，他便退了兩步。

「已經要走了嗎？」

「不是走。」平田露出笑容。「是回去。」

然後他消失了。「那，再見」的餘韻被留在半空中。孝史伸出去想要握手的手，只抓住了空無一物的夜晚黑暗。

剩下一個人了。面對旅館燒焦的墓碑，只剩下一個人了。聽不見對話的聲音之後，周圍的市街的聲音便靜靜地聳立起來，包圍住孝史。

車子在遠處來來往往。隔壁再隔壁的大樓三樓，有個亮著燈的窗戶，一個人影從那裡晃過。

孝史走了出去。他穿過大樓的隙縫，愼重地走出大馬路。去半藏門的車站吧。那裡是最近的車站。

遲遲碰不到路人。沒辦法，這裡是深夜的平河町。孝史走在黑暗的人行道上，仰望路燈。星星的數目遠比起剛才在昭和十一年看到的天空更少，令他吃驚。

在前往車站的道路第三個轉角，孝史發現一台閃閃發光的自動販賣機。對了，之前也曾經在這裡買過罐裝咖啡。

孝史握緊平田給他的錢包。他從裡面取出零錢，投進投幣口。按下按鈕，一聲「喀咚」，罐子落下取出口。找錢掉了出來。十圓、二十圓、三十圓——

數到九十之後，靜寂又恢復了。

孝史佇立原地，掃視周圍。櫛比鱗次的大樓彷彿都背對著孝史。剛才還在爲他服務的自動販賣機，一賣完東西，也彷彿就這麼背過臉去不理人了。孝史是這麼地微不足道，沒有半個人發現他之前不在，就算回來也引不起任何人的關心。

註：ＳＦＸ為Special effects的略稱，指特殊攝影技術。

但是，這就是這個都市。孝史深深吸滿一口東京的夜晚空氣。

爲時未晚，速歸原隊。

他回來了。

時間會過去，但終會留下痕跡

——塔可夫斯基『犧牲』

終章　孝史

1

生死未卜的高中生回家了

本報消息，發生在上個月二十六日，造成死者兩名、傷者八名的平河町第一飯店（千代田區平河町四之六號）大火，在旅客登記簿上留有姓名，卻於火災後無法確認平安與否的群馬縣高崎市的高中三年級生，已於四日深夜返回家中。據該名高中生的父親表示，該生身上有輕微灼傷及多處擦傷，火災發生後直至回家爲止的記憶全部喪失。此外，在這起火災中尚有一人生死不明。

平河町第一飯店的起火原因經事後調查，應是老舊配電盤走火，導致火勢順著纜線延燒到整棟飯店。飯店的自動灑水及緊急照明等防災設備明顯不足，而房客也證實，火災發生時，飯店員工並未做好引導逃生的疏散工作。本案因涉及業務過失傷害・致死等罪，目前飯店相關人員正在接受千代田警察署的偵訊。

——就是這麼一回事，所以我才會寫信給奶奶。爸爸還在旁邊雞婆地提醒我，千萬不要寫錯字了。

哥哥能夠平安歸來，我們當然很高興，不過，事情還是沒有弄清楚，總覺得有點詭異。在家裡只要提起這件事就會被媽媽罵，所以奶奶千萬別跟媽講喔！

哥哥說火災發生後的事他全忘了。他只記得自己從火場裡逃出來，從緊急逃生梯上掉下來後，就失去了意識。等他醒來時已經是一個星期之後，而且還是在上野車站前面。三更半夜耶！雖說他身上有兩萬塊，不過，那兩萬塊卻是放在一個不知道是誰的皮夾（那皮夾超土的）裡，而身上穿的也不是自己的衣服。這實在太離奇了。不瞞您說，今天高崎警察署的人和上野的刑警先生一起到家裡來，針對錢和衣服的事問東問西的。去查看有沒有人申報失竊不就得了嗎？我相信哥哥絕對不會做出像小偷的勾當，只是，哥哥的頭不知被什麼打到了，傷口還蠻大的。雖然他本人說是從逃生梯掉下來時，不小心撞到的，可我就是覺得怪怪的。不過，到醫院照過X光後，醫生說頭部沒有問題，我們也就放心了。

只是這樣並不代表一切就沒問題了。哥哥不知怎麼的，忽然變得很不愛說話，每天都呆呆地不知在想什麼。還有，他現在沒事就往圖書館跑。我那個哥哥耶，你相信嗎？我有時在想，回到家裡的該不會是一個跟哥哥長得一模一樣的機器人吧？而且他也不再跟我拌嘴……。每次只要我一講這樣的話，媽就會罵我，所以這個也請您幫我保密。

對了，差點忘了最重要的事，哥哥已經考上補習班了，等學校畢業後，就要一個人到東京生活。他回來的那天，通知單剛好寄來，媽已經開始在準備了。接下來會經常往東京跑，所以媽說如果您有空的話，要不要跟她一起去？她說可以順道再去一趟東京的大醫院，讓您做徹底檢查，配一副更合用的助聽器。現在這副不怎麼靈光吧？聽說在飯田橋有一個很不錯的耳鼻科醫生，找機會去看一下吧。然後到時可不可以也帶我一起去？我想去澀谷逛逛。

連同這封信，媽會寄上味噌，說是要給多美惠阿姨的。是紅味噌喔，我知道奶奶很喜歡吃這個。

再過一陣子，我會再繼續寫信給您。哥哥在去東京之前，也會先去拜望奶奶一趟。雖然哥哥不知怎麼搞的一夜長大了，但他可能還是會向奶奶要零用錢喔。若是如此，也別忘了我的份喔。

那麼，再見了，有空再聊。

給親愛的奶奶

尾崎惠美子

補充一點：媽查了哥身上穿的衣服，發現襯衫竟是彈性針織的料子，讓她嚇了一跳。媽說這種料子奶奶肯定知道，想必很古老吧？哥到底是從哪裡弄來那些東西的？

2

孝史以平常心度過突然回家造成的騷動和混亂。

父親的喜悅、母親的眼淚、妹妹的開懷大笑，這些當然都讓他感動。在門口跟母親相擁的時候，他多少也有抱頭痛哭的衝動。

只是，孝史的魂魄還有一半留在那個昭和十一年。這缺了一半的心，不管是重獲新生的感覺或是回到家人身邊的喜悅，都只能體會一半。妹妹還偷偷講說，他好像是空有哥哥形體的機械人，雖然被母親罵了，但孝史卻覺得這個比喻很貼切。

警方來問案，飯店的社長親自上高崎家來謝罪，報社和週刊的記者來採訪，一切只能用雞飛狗跳、無比混亂來形容。可孝史就用一句「我不記得了」當作擋箭牌，躲過這些人的疲勞轟炸。雖然他一貫沉默以對，但並不代表他是被逼問到不知該講什麼。怎麼說也說不清的事，說了也沒有人相信的事，太多了，自然讓他成了個沒聲音的人。

他在自己的房間睡覺，也不會作夢。身體果然非常疲倦，他經常覺得想睡，需要休息。每當睡醒睜開眼睛，發現是自己躺慣了的床，心裡總在想，會不會出現奇蹟，讓他一覺醒來又回到蒲生邸？會讓缺了一半的心眞正感到激動的，只有懷抱這樣的幻想的時候。遺留在昭和十一年的另一半，正呼喚著孝史。

隨著回到家的日子越來越長，原本只顧著歡喜的父母，眼神也逐漸添了疑惑之色。每當母親不小心與孝史四目相接時，就會急忙眨眼，露出笑容。父親面對心中有太多消也消不去的疑問時，就會用粗糙的手指好像跑進沙子似地拼命揉眼睛。在時間將這一切沖淡前，孝史只能裝作什麼都不知道。

只有一次，他有機會和父親太平深談，其實，與其說有機會，倒不如說是碰巧。某天夜晚，他想事情想到睡不著，跑到廚房去找吃的，卻看到太平在那裡喝酒。

「怎麼啦？還不睡。」

「爸你才是。」

太平要兒子也過來喝一杯。他已經喝了不少，眼皮很重，好像快睡著了。雖然不喜歡聽父親囉唆，不過，既然他已經醉了，應該沒關係吧，孝史想著便在父親的旁邊坐下。

太平默默地替兒子倒酒，兩人小口小口喝著啤酒。就在孝史的杯子空了的時候，太平突然像喝醉般說道：「你，好像變了很多。」

「我沒變。」

他那樣子好像不是在對孝史說話，而是在對空酒瓶說話。

「不，你變了。」

「哪裡？」

太平用只有喝醉酒的人才可能做出的慢動作，極爲遲緩地眨了下眼睛，「好像……突然長大了。」

孝史微微一笑。或許吧！畢竟我經歷了二二六事件。

「那是因爲我從鬼門關前走了一遭的關係啦。」

「是這樣嗎？我不懂。」

太平還要繼續講下去，孝史又開口，不期然地兩人聲音重疊在一起。

「我的腦袋不好。」

太平一臉無趣又眨了一下眼，隨即舉手搔起稀疏的頭髮，「幹嘛、這樣講？」

「我只是在學爸爸。」

把杯子放下，孝史也對著空酒瓶講起話來：「我一定會好好活著的。」

「……」

「這是我住在那家飯店的時候得到的啓示。」

「因爲遇到火災的關係？」

孝史只是微笑，沒有回答。相反地他卻說：「爸爸很偉大。」

太平又以極慢的動作睜大眼睛。

「幹嘛？沒事講這個。」

「我一直想講出來，我對爸爸是非常敬佩的。」

——所以，算了吧！別再執著過去了。

「雖然沒有唸書，頭腦又不好，但爸爸還是很偉大。希望爸爸永遠保持現在這個樣子。」

「臭小子，你到底在說什麼？」

「我看到了過去，然後我終於明白，過去不可能改變，未來的事想再多、煩惱再多都沒有用，該怎麼樣就會怎麼樣。但正因爲如此，我才更想要好好地活下去。不需要找什麼藉口，只要活在當下，盡最大的努力就好了。所以就算爸爸沒唸什麼書，只要人生每個當下都有盡力就夠了。」

就這樣，晚安——丟下這句話後，孝史上樓去了，太平睡眼惺忪地瞪著他的背影。等明天醒來，他就會忘了今天的這番話，以爲是在作夢吧。

孝史開始頻繁地跑圖書館，其中一個理由是爲了躲避家人查探的目光，但眞正的原因卻是爲了翻閱資料。想知道的事、想調查的事如山一般高。孝史想知道幾乎是一無所知的昭和十一年——不，他想知道整個昭和史的演變。

有關二二六事件的書籍，他也讀了一大堆。在閱覽室的一角，他把這些書攤開，試著在其中找尋自己熟悉的事物。在雪地上行軍的起事部隊，堅守在拒馬後的步兵。在一堆黑白照片裡，孝史始終找不到去接葛城醫生時，攔住盤查自己的那名士兵的臉。

二十六日破曉的起事，一直到二十九日清早展開的鎮壓行動，這其中的過程是否和自己在蒲生邸經歷的事相吻合，他一一對照、確認著。他原本不懂，爲何起事部隊會一下子就被警備部隊和戒嚴部隊給鎮壓住了；又爲何二十七日宣佈戒嚴令後，街上的氣氛反而變得比較祥和，慢慢地他總算都瞭解了。陸軍大臣是怎樣用假情資誆騙青年將官的，奉飭命令的下達又是怎樣不清不楚的。關於這起政變，至今爲止還有許多無法解開的謎，也讓他瞭解爲什麼陰謀論會甚囂塵上了。

透過孝史和葛城醫生，答應派兵到蒲生邸駐守的安藤輝三上尉，是皇道派的青年將官裡對起事最持保留意見的人，可是一旦他決定出兵，就奮戰到底，直到最後一刻，他旗下的士兵和軍官沒有半個人叛離。另外，大家都以為已經遭到暗殺的岡田首相其實還活著，他混在前來弔唁的賓客裡逃出去了。昭和天皇對這起暗殺大臣的政變大感震怒，甚至宣誓不惜親自率兵討伐叛軍。這些全都是孝史以前不知道的事，現在都知道了。

在翻閱著一張張照片、一頁頁文字的空檔，他突然想起那位麵包店老闆；想起在護城河畔，那對惶惶不安的男女；想起頭戴軟呢帽、身穿褐色外套的男人們說大話的樣子；想起彷彿快要凍結冒著白煙的皇居。士兵們踩在雪地的深刻足印歷歷在目，斷斷續續傳來的軍歌伴隨著三聲萬歲仍餘音在耳。

二二六事件對之後的政局產生怎樣的影響，他也多少知道了。事件結束後不久，原本廢除的陸軍大臣現役武官制（註）再度復活，而且沒有軍方的首肯，陸軍大臣無法就職，也不能組織內閣，議會宛如軍方的傀儡，任其操弄。就孝史看來，覺得文官的狼狽相既可悲又丟臉，也不禁想起葛城醫生夾雜著嘆息說出的那番話。

關於日本是如何走向戰爭的，雖然某些部分仍叫人難以理解，孝史已盡量客觀地收集了相關資料。同樣地對於戰爭結束——最後如何走向戰敗的整個過程，他也想確實掌握。不過，這些工作做起來還眞是困難重重，且令人難過，就連調查戰後的糧食短缺也是如此，因為他總想起阿蕗的臉。

只有一件事，昭和二十年五月二十五日的那場空襲，他是親身經歷的，因此印象深刻。瞬間一片火海。貴之得到黑井的警告，知道會有這場空襲，他在心裡對自己說，阿蕗和千惠姨一定能順利逃脫的。

阿蕗一定能夠平安度過戰爭與戰後時期，直到平成年間的現代，她也一定都還健康地活著。然後，在今年四月二十日的正午，來到淺草雷門與孝史相會。

只是，她與孝史之間隔著整部昭和史，那重量沉得用單手都拿不起來。

畢業典禮結束後，他馬上跟母親、妹妹，還有奶奶到東京辦理補習班的手續和尋找租屋處。

果不出他所料，住的地方決定在神保町，之前表哥曾經住過的房間。孝史很清楚對重考生而言，房租是貴了點，不過，他知道父母親會擔心，所以打算盡量順他們的意。

至於向飯店索賠的事，他全權交給律師處理。雖然成立了受害者自救會，將傷者和罹難者家屬集合起來，不過，孝史只是把拿到的資料看一看，在必要的事項上簽名、回答、交出同意書，並沒有直接參與抗爭。雙親也鼓勵他這樣做。當然，他們也是考慮到孝史的身心的創傷，不過，真正藏在兩人心底沒說出口的是：他們害怕自己奇蹟似生還的兒子再跟其他受害人有任何接觸。

因此，當母親聽到孝史說想去看飯店燒毀的遺跡時，她的臉色非常難看，拼命阻止他去。不過當孝史說，去了說不定能想起什麼時。母親噤口不語，只是偷瞄孝史問道：「真的沒問題嗎？」

「沒問題，我想去看看。我自己去，你不用擔心。」

於是母親帶著祖母去訂作助聽器，孝史一個人走向平河町。他從赤坂見附車站開始走。頭上的傷已經快好了，回來後有一陣子身體各處都還是會酸痛，現在也都消失了，走起路來已經不覺得辛

註：軍部大臣（陸海軍大臣）現役武官制，即國防首長的候選資格限定於現役的陸海軍將領，因此在軍事上較能做出專業合理的判斷，但弊病是容易造成軍人干政，控制中央。

苦了。

太陽暖洋洋的，市區到處開滿了櫻花。稍微走快一點，身體開始流汗。

如今，這擁擠的馬路有市內電車在跑，他曾看到戰車從這裡轟隆轟隆地開過。這條馬路曾經被大雪深埋，人行步道旁有一家麵包店，老闆人很親切。另外他曾經在一家叫法蘭西亭的西餐廳前，撿起被雪浸濕的號外——

平河町第一飯店，從只是飯店的墓碑，變成燒焦飯店的墓碑。四周還圍著禁止進入的黃色布條，而且上面還掛著寫有「危險」二字的黃色牌子。

入口的安全門上，破掉的玻璃已經被撤去，現在只剩個框架。就算站在馬路的另外一邊，也能看透整個飯店大廳。地毯被燒得焦黑，沙發東倒西歪。不過，讓人驚訝的是，一樓的櫃檯還完好的保留下來。

孝史四下張望，想趁人不注意的時候偷溜進飯店裡。幸好，白天這條街上也沒什麼行人，他看準時機，穿過封鎖線，毫不猶豫地跨進大門。

到處充斥著噁心的臭味，讓人忍不住用手摀住口鼻。他邁開腳步，打算往電梯間走去，腳下的地毯踩起來黏答答的。

大廳的壁紙燒得不是很嚴重，火舌似乎是往上竄的樣子。櫃檯後面的門也沒被燒毀，就這麼打開著。陽光從戶外照進裡面的房間。

一樓的電梯前廳也未受到火舌的直接侵襲。一部分的天花板被燻得焦黑，不過應該是二樓地板傳來的熱造成的。孝史急忙往曾經掛著蒲生邸照片的地方走去。

什麼都沒有了，連畫框都被拿掉了。牆壁沒有變黑，可見它不是被燒掉的，大概火災後被搬走的吧。

他失望地轉身離去。他想再看一次蒲生邸的照片，如果可以，他想擁有那張照片，不過，看來只好死心了。

沿著來的路線走回去，穿過櫃檯前面的時候，孝史發現裡面的小房間好像有人。瞬間，孝史的腦海裡浮現蒲生大將的身影。說不定他還在這裡；說不定他從過去來到現在，正憑弔著飯店燒毀後的遺跡。爲了拜訪一無所知的未來，他還特地穿上軍裝，用拐杖支撐著行動不便的身體。

孝史呆站在原地，緊盯著門後面瞧。突然、冒出一顆人頭。是那名櫃檯服務生。

「呀，眞是多災多難啊。」

兩人走出飯店大廳，來到馬路對面的某棟大樓矮牆坐下。櫃檯服務生從上衣前面的口袋掏出香菸，點燃它。他的指甲都是黑的，聽他說之所以幾番偷跑回來，是爲了尋找燒剩的私人物品。當然，一看就知道，他想拿回的不只是私人物品而已。不過，孝史並不打算追究。

「失火的時候，我沒有值班待在家裡，所以才逃過一劫。」

「聽說有兩個人燒死了。」

「是啊。不巧的是，這兩個人還都是房客。至少要是其中一個被燒死的是飯店員工，社會上的責難也不會這麼強烈。」

櫃檯服務生笑得有點狡猾，邊拍著孝史的肩膀。

「不過你沒事，眞是太好了。」

他在飯店的時候，對客人不理不睬，出來飯店後，還是那麼惹人厭。眞想趕快把話題結束。

「聽說除了我之外，還有一個人生死不明？」

「嗯，有啊。」

「叫什麼名字？」

平田是「他」在這時代的化名。

櫃檯服務員偏著頭，「這個嘛……叫什麼名字來著？」

他似乎想不起來。感覺有些遺憾，又覺得這樣未必不好——

不，這樣最好。「平田」是「平田」，他就是他一個人。

「話說回來，你來這裡做什麼？」

「沒做什麼，只不過來看看自己差點丟了小命的地方。」

「哦，是這樣嗎？」

「請問……電梯前面原本不是掛有照片嗎？」

「照片？」

「嗯，曾經座落在此地的那幢蒲生邸的照片。」

「啊，好像有。」

「我剛剛去看已經不見了，被火燒掉了嗎？」

「是嗎？」櫃檯職員偏著頭，「我不清楚耶。有可能，因爲所有備品都弄濕了，現場採證過後要整理的東西也很多。」

櫃檯職員叼著菸，用讓人發怵的眼神盯著孝史的臉。

「那張照片有什麼要緊嗎？」

「不，沒什麼要緊。只是，我覺得它很漂亮，在飯店看到它的時候就很喜歡。」

「咦，這可奇了。」

櫃檯職員把菸蒂往腳邊一丟，踩熄了它。不知他怎麼突發善心，竟然說：「那張照片是原飯店所有者捐贈的。你去找他，說不定他手上還有幾張，加洗的什麼的。他原本好像是這一帶的地主，攝影是他的興趣，那間房子的照片也是他買下時拍的。」

這麼一說，他還在照片旁邊留下文章，說明蒲生大將的一生以及這幢房子的盛衰。

「請問那個人叫什麼名字？」

「拍照的人是小野松吉，不過，他本人早就死了。」

又失望了。

「不過，他兒子或是孫子應該在經營照相館吧？我記得好像在新橋的哪裡。他也曾來過我們飯店、送那幅照片來的時候。」

他反覆利用工商電話簿和查號台，花了兩個小時才找到。在新橋、銀座地區的中心位置，有一棟古老的混凝土大樓，小野照相館就開在它的二樓。

現任老闆是小野松吉的孫子，年約四十出頭，體格魁梧。或許因爲如此，他很會流汗；襯衫的袖子整個捲起，好像很熱的樣子。

「我爺爺是地主也是買賣房子的，攝影是他的興趣，不過，我父親選了攝影當本業，然後我又接著做下去。」他說。

「也就是說，雖然你們失去了土地，但熱愛攝影的血脈卻代代傳承下來了。」

孝史直接表明來意。小野很高興，領他進到照相館裡面。那是間兩坪多的小房間，牆壁上掛的全是裱好的照片。

「這些都是我爺爺和我父親拍的。」

他指著一張張照片，開始講解起來。孝史幾乎是左耳進右耳出，眼睛一直在找蒲生邸的照片。

「在哪裡呢……」小野也張大眼睛到處找，「相片還眞是太多了。」

孝史先找到了。他踮起腳尖一指，「有了！在那裡！」

照片就掛在右邊牆壁的最上排，從窗子射入的光反射在玻璃上，所以很難看清楚。

「可以讓我看仔細一點嗎？」

「請等一下，我去拿腳凳來。」

小野搬來腳凳，替他把鑲框的相片拿了下來。孝史坐立難安，不停地在旁邊踱步。終於把相框拿在手上時，他的手指都發抖了。

沒有錯，就是這張照片，房子的全景。中央頂著小小的三角形屋頂，冒出一管煙囪的舊式洋房。孝史的蒲生邸就在那裡。

但是，他發現一件奇怪的事。

二樓左邊的窗戶。其他窗戶全都罩上蕾絲窗簾，只有這個窗戶的窗簾略微打開，然後有人探了頭出來。因爲很小，不仔細看根本不會發覺——

「很舊的照片吧？我記得是在昭和二十三年（西元一九四八年）拍的。」小野說。「買下這棟房子，過沒多久就決定把它拆掉了。從照片上或許看不出來，其實這棟房子曾經遭到空襲，裡面全燒壞了，連磚牆都被燻得變了顏色。那戶人家是好說歹說才住下的，想必相當不方便吧？有的房間都不能用了，所以才決定拆掉。不過畢竟是難得一見的洋房，所以我爺爺才想說至少幫它拍張照片，留作紀念。」

是嗎？原來是這樣。

孝史微微笑著。握著相框的手還在發抖，一笑連身體也在顫抖，那顫抖傳到相框，連照片中的蒲生邸也跟著搖晃起來，探出二樓左邊窗台的那張臉也在輕輕晃動。

他已經知道那個人是誰了。將臉貼近仔細觀看後，他當下就明白了。

是平田。

當時，他從飯店二樓的緊急逃生梯憑空消失的時候，到底到哪裡去了？孝史曾經問過平田，他回說：「不過是個小小的惡作劇。」還說跟蒲生邸內發生的事無關。現在孝史總算明白他的意思了。

他來到蒲生邸；在展開新的人生之前，他造訪了即將被拆毀的蒲生邸。到留下最後紀錄的蒲生邸一遊，是爲了留下自己的照片、是爲了這樣的惡作劇。

「有什麼不對勁嗎？」

小野奇怪地問道，並且觀察孝史的臉。接著他的目光落到孝史手中的照片，突然發出驚訝聲：

「咦？這張照片裡有人哪。」

孝史安靜地保持微笑。

小野說，那張照片無法給孝史，但可以幫忙翻拍。

「不過，你這個人也真怪。說了你別不高興，你不是差點死在那房子改建的飯店裡嗎？雖說那飯店跟我家已經沒有任何關係了。」

「我是個幸運的人。」

當小野送他來到門口的時候，他發現像是給客人等待用的角落的牆上，掛著一幅很大的油畫。剛才來的時候，他被終於找到蒲生邸照片的興奮給沖昏了頭，根本就看不到其他東西，不過，如今看到這幅畫，他眞想把後知後覺的自己痛扁一頓。

那是一幅女性穿著和服的肖像畫。畫中人只有上半身，似乎是坐在椅子上。在她背後有一張小桌子，上面擺著插了玫瑰的花瓶。擔任模特兒的女性已經不年輕了，但臉上卻掛著媲美紅色玫瑰的嬌豔笑容。

是蒲生珠子。

張大嘴巴，孝史抬頭看那幅畫。

「這、這是——」

「咦，怎麼你只看一眼就知道它是什麼來頭了嗎？」小野好像蠻佩服的，連音量都提高了。

「還眞是不簡單啊。」

「這是誰畫的？」

小野更加挺起已經突出的小腹，得意地吹噓：「是平松輝樹的畫呦。」

平松──輝樹？

「你說的輝樹，是不是輝煌的輝再加一個樹木的樹？」

「唔，沒錯。」

驚訝之餘，孝史繼續張著合不攏的嘴，轉頭看向小野。這下小野更高興了，用力搓著鼻子。

「呀，這有點意思吧？這是平松大師在昭和三十五年（一九六〇）的佳作。當時，平松先生不像現在這麼有名，所以畫也不怎麼値錢。不過，換作今天，它可眞是無價之寶呦。」

終於把嘴巴閉上，潤潤乾澀的喉嚨後，孝史問道：「平松輝樹是那麼有名的畫家嗎？」

小野做出快要昏倒的姿勢，「什麼嘛，你不是說你知道這幅畫嗎？你不是從畫風看出它是平松先生的作品嗎？」

啊！這個畫風──獨特的運筆方式，層層堆疊的油彩──他並不是完全沒有印象。他曾在蒲生邸看過蒲生嘉隆的畫，畫中的人是鞠惠，這幅畫則是珠子。只是，畫風非常相近，幾乎可說是一模一樣。

在蒲生家，與武人的血液一起流動的，是深厚的繪畫天賦。嘉隆有這方面的才華，憲之雖然沒有，但到了兒子輝樹這一代卻開花結果。

孝史也曾被誤認爲是這位大人物。

「平松先生今年肯定會受動的，」小野高興地說道：「呀，眞是了不起啊。」

「小野先生爲什麼會有這幅畫？你認識畫中的女性嗎？」

小野一個勁地點頭。「不可能不認識吧？她是原本住在蒲生邸的大小姐，名叫珠子。」

「爲什麼平松輝樹先生會畫她的肖像呢？」

「這個嘛……這我就不知道了。這幅畫也是我爺爺從珠子小姐那裡得來的，時間一久，價值就暴增了好幾倍。我聽我爺爺說，珠子小姐非常感謝他幫蒲生邸拍下值得紀念的照片。」

這幅畫被送到這裡是在昭和的三十五年。這麼說來，在那之前，珠子和貴之已經跟輝樹本人見過面了。他們會以怎麼的方式相遇？又是如何達成和解——互相接受對方的呢？

「聽說珠子小姐在平松先生還未成名之前，就暗地裡資助他很多。」

是吧，我說是吧！孝史覺得很高興。

「這位叫珠子的小姐現在怎麼樣了？」

「她也不是泛泛之輩呢。」小野說：「大東和計程車，你聽說過沒有？那可是全日本最大的計程車公司呦，而她正是會長夫人。」

孝史又再度露出笑容。

「你看她長得這麼美，聽說腦袋也很不錯。對了，我想起來了，她女兒還曾經代表日本參選過環球小姐。」

一邊點頭，孝史一邊孝。笑完後，他仰頭看著畫中的珠子。

「可惜的是，她去年過世了。享壽七十七歲，不過，她也不枉此生了。家人給她辦了個超級豪華的大葬禮，兒子、孫子加一加有二十幾個。」

這次，孝史開始哈哈大笑起來。

那個珠子是一臉陰鬱地說如果戰爭發生了，她就要去死的珠子嗎？是那個握著蒲生大將的手，淚濕臉頰，賴著不走的珠子嗎？沒想到她好好活過了戰爭和戰後，還以計程車公司會長夫人的身分，風風光光地過世。在二十名子孫的看護下，舉辦了令人瞠目結舌的豪華大葬禮。

何其幸福的人生啊！光是看這幅畫就可以理解，畫中珠子的微笑已經說明了一切。然後，雖然已屆中年，但珠子還是美麗的。特別是若有所思、靜止不動的時候。同父異母的弟弟輝樹以畫家的眼光看出了這永恆不變的美，將它呈現在畫布上……。

歲月流逝了，並不代表一切也會跟著流逝——

「你眞是個怪人。」

小野一臉狐疑地目送他離去。直至新橋車站爲止，迎著春風的孝史都是笑容滿面地走著。

3

平成六年四月二十日，中午。

在今天來到之前，孝史盡可能不去想這天的事。雖然很困難，但他下定決心要把自己的腦袋當成壓力鍋，用力蓋上蓋子、轉緊把手，直至內部的壓力過大，爆炸爲止，他都要拼命忍耐著。

他已經在東京展開一個人的生活。早上沒人叫他起床，光想辦法不遲到就很辛苦了，可只有今天，他一大早就自動睜開眼睛，焦急地等著遲遲不露臉的太陽，痴痴地望著窗外的天空。

淺草的雷門，就算平日人也很多的觀光景點。背對著仲見世通（神社、寺院中的商店街）的喧囂人潮，孝史站在門柱前，一面對自己說：冷靜、冷靜，一面卻還是東張西望，手不得閒。他又是搔頭又是抹臉，又是查看領子有沒有翻好，又是偷瞄手錶，確定秒針還有在走。所有稱之爲「等待」的行爲他都做了，笨得讓人一眼就看出他在等人。

他在圖書館翻過很多資料，知道不管是戰時還是戰後，凡是有人爲了躲空襲或逃難而跟親人走散、失去聯絡的，都會約定只要活著就來這裡碰面。雷門是這麼一個象徵性的場所，雖然他是誤打誤撞的，不過還眞是選對了地方。

十二點一分過了、二分過了、三分過了，他一直盯著自己的手錶。四分的時候，他往仲見世的方向伸長脖子，想說會不會看到嬌小可愛的老婆婆正辛苦地穿越人群而來。十二點五分的時候，他把手錶放到耳邊，確定它還有聲音。

然後，就在這時候，有人出聲喊他。

「請問——」

他抬起眼睛，發現有個身高跟自己差不多的年輕女性正趨身向前，用試探的眼光打量他。雖說她蠻年輕的，還是比孝史大，應該是二十五歲吧？或是二十五到三十之間。她身穿嫩黃色的春季套裝，從領口露出飄逸的白色罩衫。

「不好意思，您是尾崎孝史先生嗎？」她終於問道。

不是阿蕗，不是嬌小可愛的老婆婆——。

好痛，孝史的心揪緊了。好像什麼東西飛來貫穿了他的前胸，在他的身體挖個洞後，又從背後飛了出去。風從那個洞冷冷地灌了進來。

「是。」他發覺自己的聲音已經啞了，「沒錯，敝姓尾崎。」

對方臉上浮現終於安心了的表情。這時，那舒展的眉宇讓孝史清楚看到某人的影子。

她笑的時候，眼睛跟阿蕗好像。

「我叫堀井蓉子。」她行了個禮，「不瞞你說，是我奶奶叫我來的……。她要我今天中午十二點來到這裡，跟一位叫尾崎孝史的先生見面，把信交給他」

「你說你奶奶……」

那麼，這位堀井蓉子是阿蕗的孫女囉。

「是嗎？」孝史點了個頭，立正站好後，看著對方的臉說道：「麻煩你特地跑一趟眞不好意思，我是尾崎孝史，跟你奶奶有約。」

「是這樣嗎？是眞的嗎？」蓉子不斷打量孝史的臉。她會感到驚訝也不是沒道理的。

「那個，容我失禮問一句，你是在哪裡認識我奶奶的？」

站在蓉子的立場，這樣問很正常，可卻讓孝史傷透腦筋。說到底，阿蕗終究沒來的打擊已經讓他頭暈目眩，他心都涼了，根本沒辦法好好思考。

「那是，我是在——」

他不知該怎麼解釋，就在此時，蓉子輕輕一笑。她的眉宇又出現阿蕗的樣子。

「沒關係，我媽和我做了各種猜測。尾崎孝史先生到底是怎樣的人物？他該不會是奶奶的初戀情人吧？他們兩人約好有一天一定要來這裡碰面。若真是那樣的話，你也太年輕了。你還是學生吧？」

感覺好像有人幫他開了一條路，孝史一邊揮汗，一邊露出笑臉。

「就是說啊。不瞞你說，我也是代替我爺爺來的，尾崎孝史是我爺爺的名字。」

蓉子的臉上充滿理解、安心、喜悅之情。「哎呀，原來是這麼回事，我就說嘛！」

蓉子從掛在肩上的手提包裡掏出一封信，「這就是我說的信。」她遞給孝史。

手心又黏又濕地都是汗。孝史連忙把手在褲子上擦了擦，用兩手把那封信接了過來。

信封顯得有點老舊，至少不是新買的。冷風又吹進胸前的空洞，心好痛。

「奶奶六年前過世了。」蓉子說道：「是胃癌。一住院就馬上開刀了，可已經發生轉移……」

眼皮內側一陣灼熱。他曾一度緊閉雙眼，卻仍用力把眼睛打開，看著蓉子。

「她死的時候很痛苦嗎？」

蓉子搖了搖頭，漂亮的長髮跟著擺動。

「沒有。就這點來說算是幸運的。好像止痛藥蠻有效的，她就跟睡著了一樣。心臟衰竭是主要的死因。她不是在醫院，而是在家裡過世的。去的時候，我父親和母親都守在旁邊。」

「這樣眞是太好了。」

孝史的聲音無法隱藏地哽咽了。蓉子顯得有點困惑地皺起眉頭，直盯著孝史看。

「我……是我爺爺偷偷叫我來的。」孝史說道。

「原來是這麼回事。」

「嗯，所以……」

「你不用解釋，我懂。」蓉子面露微笑，輕搖著手。「我這個人不會問東問西的。況且，我是趁午休的時間偷溜出來的，再不回去可慘了。」

再一次，蓉子往包包裡胡亂翻找一陣，這回拿出的是名片。

「這是我公司的名片。有什麼事，打電話給我。」

「啊，謝謝。」

是某大汽車公司的名片，宣傳課。想必她在公司裡是既美麗又能幹吧！

「既然拜託你來，可見你爺爺的狀況也不太好？」

「嗯，非常不好。」

「是嗎？請他多保重哪。」一副大姊姊的口吻。

「那麼，我先失陪了。下次如果有機會的話，你要跟我說你爺爺還有我奶奶的羅曼史喔。」

「好，我們再聯絡。」

敏捷地一轉身，堀井蓉子、阿蕗的孫女昂首闊步地往人群中走去，消失了身影。

孝史把信握在手裡。

信封上，工整地寫著「尾崎孝史先生 啓」。阿蕗寫得一手娟秀的好字，她的字就像她的人品一樣。

翻到背面，署名的地方只寫著「阿蕗」，這兩個字有點暈開了。

孝史輕聲地呢喃著——

阿蕗，生日快樂。

4

孝史先生：

我現在寫這封信給您，時間是昭和六十三年（一九八八）的九月四日，我已經七十二歲了。

我住在埼玉縣一個叫所澤市的地方，跟我大兒子夫婦住在一起。兩年多前，我都還一個人住在東京，不過，後來我大兒子蓋了新家，就趁機把我接了過去。我大兒子在這裡的建築公司上班，有兩個女兒。我想幫我把這封信交給孝史先生的應該是他的大女兒，她叫做蓉子。

我一邊過著日子，一邊期待著跟孝史先生見面的那天趕快到來。我想我一定要親自到淺草去，然而，就在上個禮拜，我因爲肚子不太舒服，到醫院接受檢查，結果發現胃的上方有一塊陰影。聽說好像一定要住院，接受手術才行。

八成是胃潰瘍吧？我大兒子跟他媳婦都這樣跟我說。我自己也不確定是不是得了不治之症，不過，都活到七十幾了，就算眞的因爲生病、開刀而怎麼樣了，我也沒啥好抱怨的。所以，我才開始著手寫這封信。

我的字寫得不好，雖然覺得丟臉，但我還是決定要盡己所能地把這封信寫完。

站在我的立場，從昭和十一年算起，至今已經過了五十幾個寒暑，可對孝史先生而言，從在蒲生家經歷了那件事到現在，還不到兩個月呢。這其中的差距，對我而言，真的很難理解。到底該從哪裡寫起才好呢？

不瞞你說，那個時候，我對蒲生大將看到未來的日本的事，還有黑井女士擁有不可思議的力量：她帶著老爺四處去，還告訴我說孝史先生也來自未來國度的事，這些我都不是很了解。真的有這樣的事嗎？說老實話，我一直是半信半疑的。

那件事發生後，約一年左右的時間，貴之少爺經常開導我，平田先生也經常找我講話。他們兩個人為了讓我理解，曾不厭其煩地向我解釋。所以，今天我已經很明確地知道阿蕗寫這封信是給未來的孝史先生看的。

正在看這封信的孝史先生，您好嗎？

抬起頭來的孝史在心裡回答道：嗯，我很好。連傷也全好了——

首先，我先來寫我覺得孝史先生最關心的事好了，有關鞠惠小姐和嘉隆先生的行蹤。

我想孝史先生也很替他們擔心，要相信他們兩人私奔後就下落不明的鬼話，確實不太容易。葛城先生的質疑就是個大問題。表面上看來，雖然沒有人到家裡來調查此事，可世人都在傳，他們兩個該不會已經不在人世了吧？這樣的謠言滿天飛，甚至傳到了我的耳朵裡。

身為家長的貴之少爺，擔心我住在這樣的家裡不好，於是，昭和十三年（一九三八）的春天，我從蒲生家嫁了出去。是當時已經是大東和計程車公司的少董夫人的珠子小姐替我說的媒。我先生是大東和計程車的司機，他為人很木訥，也不懂情趣，唯一的優點就是做事很認眞。

隔年十四年，我生下大兒子，然而就在我生產的前後，我先生被徵召了。我先生的故鄉在北海道，他留下了我以及還在吃奶的孩子。這時，又多虧了珠子小姐和貴之少爺的仁慈，讓我回到了蒲生家。他們允許我帶著小孩，住在家裡幫傭。

我之所以一直寫自己的事，是有理由的。就這樣，戰爭發生的時候，我一直住在蒲生大將大人的家裡。所以，孝史先生講的，發生在昭和二十年五月二十五日的那場空襲，當時我人就在房子裡面。

那是場非常可怕的空襲。煙囪的鐵絲網，孝史先生事先告訴我的那個洞，事先已經塞住了，只是，燃燒彈還是劃破玻璃窗飛了進來，致使屋子裡面全被燒掉了。不過，幸運的是，貴之少爺和千惠姨還有我都沒有受傷。

可是，空襲結束之後，竟在屋子的前庭發現了兩具屍體，眞是嚇死人了。不管是哪具屍體，都已被燒得焦黑，手腳還保持逃跑的動作，淒慘地讓我不忍直視。

屍體有一具是男的，一具是女的。我們好不容易才從燒剩的皮鞋和和服的刺繡，知道他們是誰。

是嘉隆先生和鞠惠夫人。沒錯，他們兩個是在這場空襲裡唯一喪生的人。

驚訝之餘，孝史忍不住「咦」了一聲。二十年五月的空襲，為什麼嘉隆和鞠惠會被燒死呢？

然後，他忽然有種當頭棒喝的感覺。他想到了。平田帶著孝史到處「飛」，最後他們「降落」

在二十年五月二十五日的那場空襲裡。

當時，他親眼看到全身著火被燒死的阿蕗。不過，在那之前，他耳朵還聽到聲音。從被烈焰包圍的房子裡傳來男人的叫聲，他瘋狂地喊著鞠惠的名字，拖著長長尾音而消失的呼喊。

那是嘉隆的聲音。被呼喊的鞠惠也在裡面，當時她正跟竄起的火焰搏鬥，想要逃出來；或者是，她已經被火焰和濃煙打敗，氣絕身亡了。

貴之曾問黑井，要拿這兩個人怎麼辦？黑井說，不會殺他們。運氣好的話，他們會找到活命的地方。不過，至少他們再也無法威脅老爺了。

黑井把嘉隆還有鞠惠帶進了昭和二十年五月二十五日的空襲裡。

這其實也解開了另一個謎團。無法回到現代的平田和孝史為什麼會「降落」在二十年五月的空襲裡？平田當時也嚇了一跳，莫名其妙就在「路」上了。因爲黑井要帶嘉隆他們去，已經先把「路」開好了，於是孝史他們也就跟著「掉了」進去。

或許孝史先生您已經發覺了，是黑井女士這樣安排的。貴之少爺急忙屋裡屋外尋找，終於在樓梯口發現她全身焦黑地死在那裡。黑井的屍體，貴之少爺把它分成小塊，埋在半地下的房間地板下。

找到剛在空襲裡死掉的那兩具屍骸，也洗刷了貴之少爺該不會早在十一年二月就把他們除掉了的嫌疑。只是時局越來越亂，也已經沒人在乎了。順便補充一點，這時葛城醫生也已經歸往西方極樂了。更早之前的空襲燒到了小日向一帶，葛城醫生就這麼死了。

嘉隆先生手中秘密握有的老爺的書信，一直沒有出現。貴之少爺說，照這情況看來，它們應該也在多次進犯東京的空襲中，神不知鬼不覺地被燒掉了。

長長的書信裡，阿蕗的字一絲不苟，流暢而優美。工整易懂的文章讓孝史也邊讀邊想通了一切。珠子在大將的喪禮結束後，馬上就嫁人了，她和夫婿感情和睦，不過，對方好像在打戰的時候爲國捐驅了。蒲生邸的人一直到戰爭結束，都沒有往鄉下避難，一直住在那裡。特別是進入昭和十九年後，連日用品和糧食的取得都變得非常困難，在那最艱困的年代，千惠因病去世了。他們懷疑她得的是肺炎。

戰爭結束後，還經歷了好長一段糧食荒，珠子也和阿蕗一起坐上了採買列車。珠子賣了蒲生夫人生前留下的和服換米，當時她曾跟阿蕗發誓說：總有一天我一定會把它們贖回來給妳看。戰時因爲沒有從軍而感到顏面無光的貴之，戰後又回到大學唸書，取得教師資格後，在小學任教，爲新時代的民主教育奉獻心力，他一輩子都沒有結婚，五十一歲離開人世。

是嗎？貴之平安活了下來。孝史玩味著這項事實，替貴之感到高興。看，你不是做到了嗎？

我想孝史先生最想知道的還有一件事：平田先生後來怎麼樣了？

與美國正式開打後，戰況越來越不利，不過，就算在那個時候，平田先生還是跟我們住在一起。我也因爲有平田先生在而得到很多幫助，他眞的是個非常可靠的人。

然而，就在昭和十九年（一九四四）的三月初，平田先生突然被徵召了。

以他的年紀來講，本來是不應該收到點召的紅單的，可他卻被送上了戰場。這也是有原因的。

我想孝史先生可能不知道，當時發生了所謂的「竹槍事件」。每日新聞有一位姓新名的記者，在解說戰況的報導裡，寫了非常不敬的文章，觸怒了東條首相，新名先生因此受到徵召，被派往危險的南方戰線。眞的，他寫完報導才剛滿一個星期，就收到點召書了。當時他已經三十七歲，而且早就因近視而不用服兵役了，可這樣的人還是被徵召了。

這叫做懲罰性的徵召，本來它是不應該發生的，但當時的東條首相就擁有這樣的權利，就這點來看，他眞是個心眼很壞的人，只因爲他不原諒說話得罪自己的記者，就用這樣的手段來報復。

當時，若只徵召新名先生一人，未免做的太明顯了，於是，爲了讓一切合理化，不惹人詬病，同一時期，新名先生的故鄉、四國的丸龜裡，有兩百二十五人本來都跟新名先生一樣被免除兵役的，都臨時被徵召了。這其中也包括了平田先生。不，認眞說起來，應該是平田先生在這個時代冒用他名字和身份的那個人也在這兩百五十人裡面。

這兩百五十人都被送到了恐怖的南方戰場，結果有大半爲國捐驅了，平田先生也死了。戰亡的公報不是送到他借用名字的那個「平田次郎」的家裡，而是寄來了蒲生家。怎麼說呢？眞正的「平田次郎」自小就逃離家鄉，來到東京，過著像是流氓的生活。被徵召的平田先生去到丸龜連隊報到的時候，家鄉父老沒有半個人認出他是冒牌的，也沒有家人來跟他相認。他還寫信回來說，自己因此而鬆了一口氣呢！

眞正的「平田次郎」在平田先生來我們這裡之前，就已經橫死在街頭了。好像是梅毒，平田先生說。那個人快要死之前，平田先生用錢買下他的身分，交換條件是，不向官方申報死亡，屍體也將偷偷掩埋掉。這果然像是一向老謀深算的平田先生的做法。不過，如果被徵召的時候，在丸龜，有人可以認出平田先生不是眞正的「平田次郎」的話，就算只有一個也好，他就不用到南方去了吧？只能說他計算得太周到了，對我而言，這是件很諷刺的事。

關於平田先生，我只說孝史先生不知道的事，至於他的眞實姓名、年齡，他始終沒有告訴我們。目前唯一清楚的是，他是在硫黃島戰死的。

他的骨灰沒有回來。

把信放在膝蓋上，孝史用雙手覆住臉頰。

他讓自己置身在手掌製造出的黑暗中，試著回想平田的臉。平田說，他是爲了成爲人類才來到這時代的；他說，他要以人的身分在這時代活下去——當時平田的臉。

——我是僞神，能做的只有細部的修正，我已經受夠了！

話說回來，如果他試著做一下細部修正的話，或許他就不會被徵召，也不會死了。就算他沒辦法避開戰爭，也可以想辦法不讓東條英機這種人當首相吧！只因爲他對一個記者生氣，要將他送往戰地，就把其他二百五十個人都莫名其妙地牽扯進去。這樣的細部修正，對身爲時間旅人的平田而言，應該是有能力做到的。

然而，平田沒有那樣做。他只是淡然地接受徵召，還寫信回來說，在丸龜沒有被揭穿他不是「平田次郎」，讓他「鬆了一口氣」。

不停跑圖書館的結果，此刻的孝史已經聽過硫黃島的名字。太平洋戰爭末期南方戰事最激烈的地點之一，和沖繩一樣，那上面曾展開極其慘烈的戰鬥。

平田死在那裡，沒有看到戰爭結束，沒有聽到天皇在仲夏大熱天發表的戰敗宣言。

——不過，他是以人的身分死掉的。

被捲入懲罰召集的無妄之災，讓他不是以時間旅行者的身分死去，而是以人的身分死去。他成爲人類後才死了。

在圖書館的攝影集裡，他曾看過東條英機的照片，那是他在東京法院接受判決時所攝，非常有名。三分頭，戴著個眼鏡，一點魄力都沒有的平凡中年歐吉桑。透過耳機，他聽著審判長宣判自己的死刑，然而，他的表情已經超越了冷靜，應該可說是漠不關心的平靜祥和。

就算得知平田是這樣死的之後，孝史對東條英機這名軍人，還是不覺得憎恨。東條所犯下的決策錯誤、類似懲罰召集的惡意行爲、將憲兵組織化，藉以實施思想鎮壓的毒辣手段……，諸多歷史事實，他都比以前更加清楚。經歷過戰爭的人或是他們的遺族裡，至今還有人對東條抱著很深的怨念，這些在認知上他也都知道。不過，這些讓他想到的是別的事。

東條英機沒能洞燭先機。至少，他沒有預知未來的能力。他本能地活在那個時代，雖然事後證明他大錯特錯，不過，對那些只能稱之爲歷史的往事，他並沒有替自己的錯誤辯解。他只是平淡地好像在聽音樂似的，戴著耳機，聆聽自己的死刑宣判。

以這一點爲軸心，東條英機所在的位置就跟蒲生憲之完全相反。然後，當蒲生憲之知道這個東條英機將成爲日本未來的首相時，他喃喃自語著：「那個東條啊？」還竊笑了許久。不知死去的平田是怎麼看蒲生大將的這種反應？

總有一天我要去硫黃島看看，孝史下定決心。他要去那裡找平田的影子，找那個曾經是僞神的男人。他一定還剩下些什麼，一定有留下身爲人的堂堂證明。

他把視線調回手中的信，已經沒剩幾段了，結尾是這麼寫的。

孝史先生。

雖然很遺憾，不過，我想我大概是沒辦法去見您了。雖然我大兒子和媳婦什麼都沒說，不過，我有不太好的預感。我會派蓉子去淺草的，到時請您不要太驚訝。

就算眞有個萬一，我不能親眼見到孝史先生，不過，我還是非常期待，不知您將度過怎樣的人生。請您務必要幸福，做一番有益人類福祉的大事業。

阿蕗將永遠在天上守護著您。

孝史回想起阿蕗柔軟的手摸著自己額頭的觸感。

阿蕗——他在心裡試著呼喊這個名字。蒲生邸的阿蕗，那豐滿的臉蛋，那笑起來圓滾滾的眼睛，他試著回想這一切。

阿蕗從戰爭中存活了下來，戰後也還活著。她老公好像是個不錯的人，阿蕗的老公也是個司機，阿蕗曾坐過老公開的車子嗎？

在那之後，我讀了很多昭和史的書，做了很多功課。聽說天皇的公開談話因爲收音機的效果不好，聽起來不是很清楚。第一次聽到昭和天皇本人的聲音時，阿蕗不知作何感想？原本以爲他是神的人竟然開口講話了——

搶購糧食想必很辛苦吧？有沒有碰到可怕的事？跟珠子這位嬌生慣養的大小姐一起去賣和服，想必讓她差來喚去的很辛苦吧？我的奶奶雖然現在耳背的厲害，不過，她還是很喜歡講戰時、戰後的事，說什麼麥克阿瑟總司令很帥之類的。眞的是這樣嗎？阿蕗你怎麼想？

重建一點一滴地在進行，從韓戰開始，日本的經濟也呈現向上發展的趨勢，時局也變得比較平靜了吧？令弟還好吧？你們有沒有一起去看電影？

淺沼社會黨委員長（註一）被恐怖分子殺害的時候，你有沒有覺得很不安，以爲黑暗時代又要來臨了？

東京奧運的時候，你住在哪裡？當飛機在天空以雲彩繪出五色圓輪的時候，你和誰並肩仰望著？

你可有登上東京鐵塔？第一次看電視是什麼時候？阿蕗可是力道山（註二）的粉絲？他好像眞的很強喔。萬國博覽會的時候，你有沒有去參觀？

然後，阿蕗，就在你寫完這封信後不到半年，「昭和」也跟著結束了——

註一：指發生在一九六〇年十月十二日社會黨委員長淺沼稻次郎遇刺身亡的事，右翼團體的年輕人因不滿淺沼的政治思想，而在淺沼演講時對他行兇。

註二：（一九二四—一九六三），日本的摔角之父，原為相撲選手的他，奠定日本職業摔角的基礎，擊敗金髮碧眼的美國選手，成為二次大戰後的民族大英雄，「鬥魂」豬木和「王道」馬場都是他的徒弟。

當天晚上，孝史打了通電話，給住在高崎那位喜愛研讀歷史的同學。對方是烏龍麵店的繼承人，接電話時那股殷勤勁兒已頗有商人的架勢。

「我知道你一向對歷史很有興趣，可不可以請教你一個問題？」

「幹嘛？肉麻兮兮的，該不會又想整人了吧？」

「人家眞的是很佩服你啦。我問你，你知道陸軍大將蒲生憲之這個人嗎？」

「蒲生？」對方怪腔怪調地複述了一遍，然後猛然想起似的回答。

「我知道啊，他是皇道派的將軍，二二六事件爆發當天自殺的。」

「只有這樣？」

「什麼只有這樣？難道還有別的嗎？」

「不，我的意思是說他有沒有留下什麼著名的遺書，難道沒有這樣的東西？」

「應該沒有吧？如果有的話，我一定會知道，因爲我這邊有很多跟二二六有關的資料。」

「是嗎……」

孝史雙眼微閉，說了聲謝謝後掛斷電話。

至今爲止，他一直避免去圖書館查證這件事。他想在見到阿蕗之前，只有這件事先不要去碰它。

蒲生貴之沒有公開父親留下的文書。

他把文章埋葬了。所以，大將在後代歷史學家的眼裡，並沒有留下足以讓他們驚訝的「高明遠見和對陸軍的批判」。孝史和貴之的相遇，改變了歷史，雖然只是非常小的細節。

蒲生貴之以膽小鬼的姿態平安活過戰爭，卻在戰後活得不再是個膽小鬼。

聽筒還握在手裡，孝史閉上了眼睛。這下眞的全都結束了，他心想。

結束了——那天，看著排山倒海而來的鎭壓部隊的戰車，貴之曾幾度呢喃著這句話。

今天，世界仍是封閉的。

蒲生邸的照片現在依然掛在孝史房間的牆壁上。因爲是翻拍的，所以細部顯得模糊，探出二樓左邊窗戶的平田的臉，不刻意去找，還眞看不出來。

然而，蒲生邸比任何地方都更清楚、實在的印在孝史的腦海裡。孝史感覺它就在身邊，好像隨時都可以去拜訪的樣子，那把孝史送回這個現代的蒲生邸——。

裡面有貴之憂鬱的側臉，珠子映著暖爐火光的白皙臉頰。面向桌子的蒲生大將的背又大又寬，彎著腰不停擦擦抹抹的千惠，鞠惠銀鈴般的笑聲響徹天花板，嘉隆的油畫顏料散發出刺鼻的味道。

然後，最重要的是那裡面有阿蕗。

偶爾他會把阿蕗的信拿出來讀，這時腦海中總會浮現他所能想像的，嬌小可愛的年老的阿蕗的臉。請保佑孝史幸福，他彷彿可以聽到阿蕗那老邁的聲音。老婆婆肩負著孝史無法碰觸到的歷史，用那粗糙的手撫摸著他。

然而，在孝史的心裡，有一個始終不變的阿蕗。二十歲的阿蕗，穿著雪白圍裙的阿蕗、擔心時的阿蕗、生氣時的阿蕗、哈哈笑的阿蕗。那冰涼的手的觸感，大雪覆蓋下的蒲生邸，這些終其一生都將活在孝史的記憶裡。

而在那裡，如今仍下著，兩人初見面的那天——昭和十一年二月十六日落在阿蕗髮上、肩上的那場雪。

本作品是小說，蒲生憲之陸軍大將是虛構的人物，作爲其模特兒或雛形的陸軍軍官亦不存在。

有關二二六事件和相澤事件的經過，主要參考以下兩本著作而來——

『昭和史發掘』全十三卷　松本清張著（文春文庫）

『二二六事件　「昭和維新」的思想和行動　增補改訂版』

高橋正衛著（中公新書）

——倘若書中於事實經過上，有任何陳述或用語的錯誤，文責當全由作者來負。

關於二二六事件和大東亞戰爭前後的昭和史，有很多優秀的著作，從來沒有經歷過戰爭的我從中得到很大的感動和啓示，因而讓我寫成這本書。最後，願在此對戮力研究現代史的眾多學者和作家們，獻上我最深的敬意。

對過去一視同仁的原點

《蒲生邸事件》是一篇時間旅行的故事。平凡的現代青年爲了逃生，從一九九四年冬天的東京，回到一九三六年的同日同時同地點，那裡正是「二二六事件」發生的現場。一九九四年被一把大火燒掉的破飯店，在一九三六年是陸軍大將的官邸。更奇的是，大將將死在那棟房子裡，自殺或他殺不得而知。

我這樣寫，或許會讓您以爲這部作品是科幻小說和推理小說的折衷物，就基本元素來看，是這樣沒錯，然而，卻沒有那麼簡單。不管是對未來也好，對過去也罷，無限往返於悲觀與樂觀之間，是科幻小說的典型，而描寫如何破解從憤恨、忌妒等病態心裡出發的行動更是推理小說的基本情節，就以上的論點來看，《蒲生邸事件》完全不一樣。

《蒲生邸事件》的主人翁不是少年，而是「歷史」。這部小說一邊巧妙呈現作者對歷史事件的感觸，一邊也不著痕跡地在問：歷史是什麼？而評斷歷史又是怎麼一回事？

我們對「戰前」總會用腦海裡文明進步的概念去衡量，視它爲討厭的過去，潛意識地想要將它割捨，然而，宮部美幸說：「有一種東西是貫穿時空而不改變的，也不可能改變。」一言以避之，這就是「不因過去已經過去而起差別心的態度。」這位作家以其難得的天賦——平易近人的文筆、明白爽利的敘述，將嚴肅的主題輕快自在地鋪展開來。

宮部美幸似乎對這個時期——尤其是「二二六事件」特別有興趣。在寫《蒲生邸事件》之前，一九九六年出版的短篇小說集《人質卡濃》裡，也有類似的故事：「極其平凡、不近人情」的爺爺留下了十分破舊的遺書，殘廢的孫子後來知道那些其實是在「二二六事件」發生時寫的，因而覺得自己和爺爺之間好像有了某種交集……（出自「八月雪」）。

《人質卡濃》裡，還有其他這樣的故事。

在電車裡撿到記事本，並得知失主已經失蹤的青年，在無人請託的情況下，突然很在意地拼命找起那個人來。結果發現並沒有出什麼事，不過，被找到的年輕女性在分手之際，跟他說：「謝謝你替我擔心。」這句話聽在青年耳裡，「並不覺得高興，只覺得無盡的悲傷」（出自「沒有過去的記事本」）。在深夜的便利商店遇到搶劫，一起被抓去當人質的兩名陌生人（出自「人質卡濃」）。原本打算要自殺的女性不巧認識了在學校被欺負的孩子，不得不伸出援手（出自「生者的特權」）……這些講的都是都會人對友情的渴求。

在現代，或許會被嫌「雞婆」，或是被認爲是「過分親切」而惹人討厭的小動作，宮部美幸都把它視爲發自人心的自然舉措而予以肯定，從中發現其價值。於是，故事裡，毫不相干的陌生人在瞬間產生了交集，「歡喜」、「悲傷」的人類情感擦出淡淡的火花，照亮都會沉寂的夜空。

宮部美幸說：「現代人不管是誰都只有自己一個人。」可是，她也說：「夜晚除了對孤獨的輕聲悲嘆外，還有其他的聲音。」

這個想法放諸四海皆準，不管在哪個年代都適用。書中的主角就算在五十八年前的過去，也還是會在意別人，需要友情。

一九三六（昭和十一）年二月下旬的東京，不是只有殺伐而已。青年因緣巧合地在那裡住了一個禮拜，然而，不可思議的是（理該如此），他過著平靜且充實的生活。在那個比現在更「重視人力」、更「有人情味」的時代，就算只是平凡的日子也讓人覺得踏實許多。憂鬱的時間旅人把青年從起火的飯店裡救了出來，就只是因爲他眞的擔心一個陌生人的安危，或許「他會來這個時代，只是想過簡單的生活」。

這樣的感覺，我們在時間旅行小說——將「回去的時代背景」設定在昭和初年的廣瀨正的《Minus．Zero》，或是向田邦子的《父親的道歉信》裡，已經體會過了，然而，跟宮部美幸不同的是，他們都有在那個時代生活的經驗。

青年從「不歧視過去」到快速適應過去，甚至對那個時代的年輕女傭抱持著近似戀情的友情，因爲他有這麼一顆柔軟的心，所以讓他來說故事再適合不過。醫生曾這麼形容回到過去的青年：「你沒有唸過書」「頭腦倒是不錯，偏偏感覺又超遲鈍。」簡而言之，就是很直、很單純。在這種時候，正因爲無知，才不會對歷史事實做一些無謂的干涉和評論，跟頭腦很好的意思一樣，都是說故事者必備的條件。

成功塑造這種青年的功力是源自於宮部美幸的何種能力呢？如果說這種才能是與生俱來的，那就沒什麼好講的了。雖說宮部很少提及自己的出生背景，不過，若能仔細檢視她曾透露的隻字片語，也不難有某種程度的想像。

她出生在一九六〇年東京的深川。她是他們家的第四代，可說是土生土長的下町人。十八歲以前，她從未離開墨田川以東。至今這裡仍保留了很多傳統的小社區，所謂的雞犬相聞，充滿濃厚的人情味。

後來，她白天上班，晚上讀夜校，取得一級速記的資格後，開始在法律事務所工作。她從十五歲開始讀書，集中讀推理小說是二十歲以後的事。待在法律事務所五年多的時間裡，她非常熱眞地研讀「判例事報」，年輕的律師說「她比我還要用功」。

她在出版社舉辦的小說教室上了兩年的寫作課程，眞的開始寫小說是在八〇年代的中期，也就是她二十五歲以後。一九八七年，她獲得了小說的新人獎。這個時候，她還在其他事務所工作，八九年起她專心寫作，同一年，《魔術的耳語》獲得日本推理懸疑小說大賞，她成爲專業作家。

之後她的活躍，大家應該都知道吧？《火車》（一九九二）獲得山本周五郎賞、《蒲生邸事件》（一九九六年）獲得日本SF大賞、《理由》（一九九八年）獲得直木賞，包含佳作一回在內，她總共得過八個文學獎。文學獎這種東西是很微妙的，每個文學獎各有不同的取向，只因不合評審的胃口就慘遭淘汰的作品不是沒有，然而，只要碰到宮部的作品，就沒有人能夠反對。

就算有點以偏蓋全好了，她的經歷還是給了我各種啓發。

首先，宮部美幸本身就是個重視勞動的人，她不以活動身體、勞力工作爲苦。在《蒲生邸事件》中，她寫那位年輕伶俐的女傭，說她「不論寒暑，掃地、洗衣、煮飯就是她的人生」，我想這也是她自身的寫照吧？她自己也是毫不鬆懈地親手催生每一個故事。

其二，她不受「近代文學」的約束，沒得一種叫做「以自我意識爲全宇宙中心（全宇宙都繞著我運轉）」的病。除此之外，她接觸的不是學校的同學，而是橫跨各個年齡層的人，她活動的區域有職場，甚至是夜校。這讓她生來宏觀的視野更形開闊，也讓我不禁想到同樣獨自生活在世界的某個角落，把從中獲得的生活技能、智慧，甚至是勞動節奏直接反映在文學上的幸田文（註一）。幸田文也是跳脫近代文學的東京自由人作家。

宮部美幸在這部名爲《蒲生邸事件》的虛構小說裡，合理地敘述了合理的事。那是因爲她不以「過去就讓它過去」爲理由而起差別心，對當下的歷史、當下正流逝的時間確實負起責任。所以，窺見未來的蒲生大將所寫的「預言式遺書」終究沒有出現。相對的，她也不讓東條英機有「逃避」歷史的機會，肯定他的以死謝罪。光這點就很難得了。

而且，正因爲對過去沒有差別心，少年才和年輕女傭相約在五十八年後再見。雖然結果並不如人所願，但少年終究還是和老婆婆面帶微笑所背負的沉痛歷史碰面了。然而，他並沒有因時不我予而感到失望，他還是決定不「逃避」歷史，眞是個值得信賴的凡人。

在《蒲生邸事件》裡，在赤坂見附的交叉口，少年受到反叛軍士兵的盤查。「圓圓的臉，粗粗的眉毛，讓人肅然起敬的面容」，那位名叫佐佐木二郎的一等兵，讓我想起另一名一等兵。

一九三六年二月二十六日的凌晨，當時二十一歲、隸屬麻布第三連隊的小林盛夫（爾後第五代柳家小さん（註二））一等兵參加了此次事件，在野中四郎上尉的指揮下，叛軍佔領了警視廳。他原以爲自己是去鎮壓暴動的，沒想到，卻在那天傍晚得知自己這夥人才是眞正的叛軍。戒嚴令頒布後

註一：幸田文，（一九〇四—一九九〇）日本的散文、小說家，作家幸田露伴的次女，女兒青木玉、孫女青木奈緒也都是作家。代表作有《黑色裙擺》、《流》、《鬥》、《弟》等。

註二：柳家小さん，卒於二〇〇二年五月十六日，乃日本當代知名的落語大師。

的二十七日早晨，軍隊移防鐵道大臣官舍，那晚在三宅坂下的壕溝前架起了重型機關槍。翌日二十八日早晨，附近的人送來米和麵包給他們吃，中午過後，這支重型機關槍隊就「自動」投降了。

這個故事發生時，小さん就在現場。他和佐佐木一等兵剛好分站在道路的兩旁，以反叛軍一員的身分看著「蒲生邸」的人們通過的身影。

始終面帶微笑，抱著一貫的挑戰態度，藉由故事將正確解讀歷史的方法展現在你我面前的宮部美幸，兩年後，以「眞相只能相對存在」爲主題，寫出《理由》一書。在那部作品裡，她也讓現代史與獨特的小說寫法和歷史交鋒，結果成功地讓一九九〇年代的日本社會躍然紙上。

透過語言的力量使讀者得到慰藉，鼓起勇氣讓自己的想法徹底實現，無過與不及的宮部美幸，她的作品就是所謂的正統文學，我是這麼想的。

本文作者簡介

關川夏央

文筆家。一九四九年生於日本新潟縣。本名早川哲夫，以《首爾的練習題》一書引起文壇注目。散文、報導文學式的筆觸，經常能敏銳捕捉到時代脈動及社會百態，深受讀者好評。著有《飛越海峽的全壘打》（講談社紀實文學獎）、《「少爺」的時代》（第二屆手塚治虫文化獎）、《昭和清明時》（講談社散文獎）等書

歷史潮流不容改變

《蒲生邸事件》描述一位平成時代的高三男孩尾崎孝史，因第一次到東京應考時，五家大學都落榜，第二次爲了考補習班，到東京平河町一家蕭索小飯店住宿。這小飯店之前是陸軍大將蒲生憲之的西式私邸。不料第二天晚上，小飯店發生火災，有位時光旅行者平田，在千鈞一髮之際救了尾崎孝史，把他「拉」到「二二六事件」爆發的昭和十一年（一九三六）二月二十六日當天。

時光旅行者平田具有特殊能力，能在時光隧道來回。但他的能力不及具有同樣能力的姨媽，無法在短時間內連續「跳躍」，那會損傷肉體。也因此，過慣開關一按什麼都自動做好的日子的平成時代少年，不得不在昭和十一年那時代度過八天。

這八天，他不但以旁觀者體驗了「二二六事件」，也實際干預蒲生邸所發生的「大將自決事件」。同樣是「自殺」，但以前身是陸軍大將身分來說，因引咎而自己斷送自己性命的「自決」，與一般人的「自殺」，意義迴然不同。

所謂「二二六事件」，是一群三、四十歲的「皇道派」青年將校（以大尉、中尉、少尉爲主），打著「昭和維新．尊皇討奸」口號，主張只要以武力殺害元老重臣，便能一掃陸軍內部的腐敗，實現天皇親政。基於這種思想，他們於昭和十一年二月二十六日深夜至黎明，率領一千四百餘步兵、砲兵，殺害了當時的內大臣（天皇近侍）齋藤實、陸軍教育總監（大將）渡邊錠太郎、大藏大臣

（財政部長）高橋是清等人，並佔據陸軍大臣官邸等地。此「叛亂」僅持續三天即以失敗告終。東京澀谷區神南有此事件的慰靈碑。

不過，「二二六事件」在小說中只是背景而已，並非主題。宮部美幸想強調的主題，或許是「歷史潮流不容改變」這點。她以平田及平田姨媽黑井這兩位時光旅行者爲對比，勾畫出「個人在歷史潮流中到底能做些什麼？」的問題。

實際上，平田曾嘗試「跳」到某些遇難事件發生時刻前，企圖阻止災難，換來的結局卻是另一批「代罪羔羊」，致使平田愈活愈沮喪，認爲自己是「不幸的僞神」。而姨媽黑田的能力雖比外甥平田高許多，卻寧願爲小情小愛而燃燒自己的性命餘光。兩相比對，何者比較幸福？或許是姨媽黑井吧。然而，宮部美幸卻爲平田安排了「戰死」結局。而且，他，應該死得從容自在。

平田的觀點跟蒲生家公子蒲生貴之類似。貴之一直活在偉大父親的陰影下。自從父親藉由黑井的助力，「跳」了幾回時光隧道，親眼目睹「未來」，也就是平成時代的現代日本後，一改往昔「軍人最高貴，商人最低賤」觀念後，打算留下讓後人崇敬的著作，讓「讀者」在幾十年後讀到他生前留下的遺作時，讚嘆他具有「遠見卓識」。簡單說來，蒲生大將想獲得「死後名聲」。但兒子貴之卻不以爲然，認爲父親留下的著作是「骯髒的搶先集大成」。因所有同時代的人都一步步隨歷史潮流前進，一步步踏著地面前進，父親卻仰賴他人能力「遙遙領先」，在這種狀況下寫出來的著作，怎能稱之爲「遠見卓識」？

也因此，平田做了跟昭和十一年時代的人同赴戰場的選擇，貴之則決定不發表父親遺作。把平田、黑井這對超能力姨媽、外甥，跟蒲生父子對照，或許可以讀出作者到底想表達什麼。

眞的，身為「歷史後人」的我們，雖可以擅自鞭韃歷史人物或將他們捧上天，或隨心所欲對某歷史事件「蓋棺論定」，但，倘若我們實際活在那個時代呢？倘若我們實際身處那事件漩渦之中呢？觀點和感受是不是又是另一個故事了？

雖然本書主角是十八歲的尾崎孝史，不過，我覺得，眞正主角應該是「歷史潮流」。當然孝史跟蒲生邸下女之間的交流，在本書中形成一條潺潺清流，讀起來非常溫暖。其實我很想看孝史在「跳」回現代之前，跟下女所約定的那個「五十八年後淺草雷門下之約」鏡頭。對下女來說，是五十八年後；但對孝史來說，不足兩個月。只是，作者那樣安排，或許更有餘韻。

令人拍案叫絕的是蒲生家小姐珠子的人生演變：女人，就是要這樣活才有意思！

本文作者簡介

茂呂美耶

日本埼玉縣人，生於台灣高雄市，國中畢業後返日。一九八六年至一九八八年曾在中國鄭州大學留學兩年。水瓶座的讀書人。著有《物語日本》、《江戶日本》、《平安日本》（皆遠流出版），以及譯作《陰陽師》系列（繆思出版）、《半七捕物帳》系列（遠流出版）等。

附錄

宮部美幸｜得獎記錄

1987 **〈吾家鄰人的犯罪〉**
第26屆《ALL讀物》推理小說新人獎

1987 **〈鎌鼬〉**
第12屆歷史文學獎佳作

1989 **魔術的耳語**
第2屆日本推理懸疑小說大獎

1992 **本所深川怪異草紙**
第13屆吉川英治文學新人獎

1992 **龍眠**
第45屆日本推理作家協會獎

1993 **火車**
第6屆山本周五郎獎

1997 **蒲生邸事件**
第18屆日本SF大獎

1999 **理由**
第17屆日本冒險小說協會大獎

1999 第120屆（1998年度下半期）直木獎

2001 **模仿犯**
第55屆每日出版文化獎特別獎

2002 第5屆司馬遼太郎獎

2002 2001年度藝術選獎文部科學大臣獎文學部門

蒲生邸事件

國家圖書館出版品預行編目資料

蒲生邸事件／宮部美幸著；劉姿君・王華懋・婁美蓮譯．－初版
－臺北市：獨步文化：家庭傳媒城邦分公司發行，2006〔民95〕
面；　公分．－－（宮部美幸作品集；14）
譯自：蒲生邸事件
ISBN 978-986-82317-0-2（平裝）

861.57　　　　95009288

原著書名／蒲生邸事件・原出版者／每日新聞社・作者／宮部美幸・翻譯／劉姿君、王華懋、婁美蓮・責任編輯／戴偉傑・發行人／涂玉雲・總經理／陳蕙慧・出版／獨步文化 城邦文化事業股份有限公司 台北市中正區信義路二段213 號11 樓　電話／(02) 2356-0933　傳真／(02) 2351-6320; 2351-9179・發行／英屬蓋曼群島商家庭傳媒股份有限公司城邦分公司 台北市中山區民生東路二段141 號2 樓・讀者服務專線／(02)2500-7718; 2500-7719・服務時間／週一至週五：09：00-12：00、13：00-17：00・24 小時傳真服務／(02)2500-1990; 2500-1991・讀者服務信箱 E-mail／service@readingclub.com.tw・劃撥帳號／19863813 書虫股份有限公司・香港發行所／城邦（香港）出版集團有限公司 香港灣仔軒尼詩道235 號3 樓 電話／(852) 25086231 傳真／(852) 25789337 E-mail／hkcite@biznetvigator.com 馬新發行所／城邦（馬新）出版集團 Cite (M) Sdn. Bhd. (458372 U) 11, Jalan 30D/146, Desa Tasik, Sungai Besi, 57000 Kuala Lumpur, Malaysia 電話／(603) 9056 3833 傳真／(603) 9056 2833 E-mail／citecite@streamyx.com・美術設計／永真急制・印刷／中原造像股份有限公司・排版／浩瀚電腦排版股份有限公司・總經銷／大和書報圖書股份有限公司 電話／(02) 8990-2588; 8990-2568　傳真／(02) 2290-1658; 2290-1628・2006 年（民95）7 月25 日初版・2006 年（民95）8 月10 日初版7 刷・定價／480 元・特價／299 元
Printed in Taiwan　ISBN 986-82317-0-1・ISBN 978-986-82317-0-2

廣　告　回
北區郵政管理登
台北廣字第0007
郵資已付，免貼

104台北市民生東路二段 141 號 2 樓

英屬蓋曼群島商家庭傳媒股份有限公司　城邦分公

請沿虛線對摺，謝謝！

書號：1UA002　**書名**：蒲生邸事件　**編碼**：

請於此處用膠水黏貼

讀者回函卡

謝謝您購買我們出版的書籍！請費心填寫此回函卡，我們將不定期寄上城邦集團最新的出版訊息。

姓名：＿＿＿＿＿＿＿＿＿＿＿＿＿＿＿＿　性別：□男　□女

生日：西元＿＿＿＿＿＿年＿＿＿＿＿＿月＿＿＿＿＿＿日

地址：＿＿＿＿＿＿＿＿＿＿＿＿＿＿＿＿＿＿＿＿＿＿＿＿

聯絡電話：＿＿＿＿＿＿＿＿＿＿＿傳真：＿＿＿＿＿＿＿＿＿＿

E-mail：＿＿＿＿＿＿＿＿＿＿＿＿＿＿＿＿＿＿＿＿＿＿＿＿

學歷：□1.小學　□2.國中　□3.高中　□4.大專　□5.研究所以上

職業：□1.學生　□2.軍公教　□3.服務　□4.金融　□5.製造　□6.資訊

□7.傳播　□8.自由業　□9.農漁牧　□10.家管　□11.退休

□12.其他＿＿＿＿＿＿＿＿＿＿＿＿＿＿＿＿＿＿＿＿

您從何種方式得知本書消息？

□1.書店　□2.網路　□3.報紙　□4.雜誌　□5.廣播　□6.電視

□7.親友推薦　□8.其他＿＿＿＿＿＿＿＿＿＿＿＿＿＿

您通常以何種方式購書？

□1.書店　□2.網路　□3.傳真訂購　□4.郵局劃撥　□5.其他＿＿＿＿

您喜歡閱讀哪些類別的書籍？

□1.財經商業　□2.自然科學　□3.歷史　□4.法律　□5.文學

□6.休閒旅遊　□7.小說　□8.人物傳記　□9.生活、勵志　□10.其他

對我們的建議：＿＿＿＿＿＿＿＿＿＿＿＿＿＿＿＿＿＿＿＿＿＿

＿＿＿＿＿＿＿＿＿＿＿＿＿＿＿＿＿＿＿＿＿＿＿＿＿＿＿＿

＿＿＿＿＿＿＿＿＿＿＿＿＿＿＿＿＿＿＿＿＿＿＿＿＿＿＿＿

＿＿＿＿＿＿＿＿＿＿＿＿＿＿＿＿＿＿＿＿＿＿＿＿＿＿＿＿

請於此處用膠水黏貼

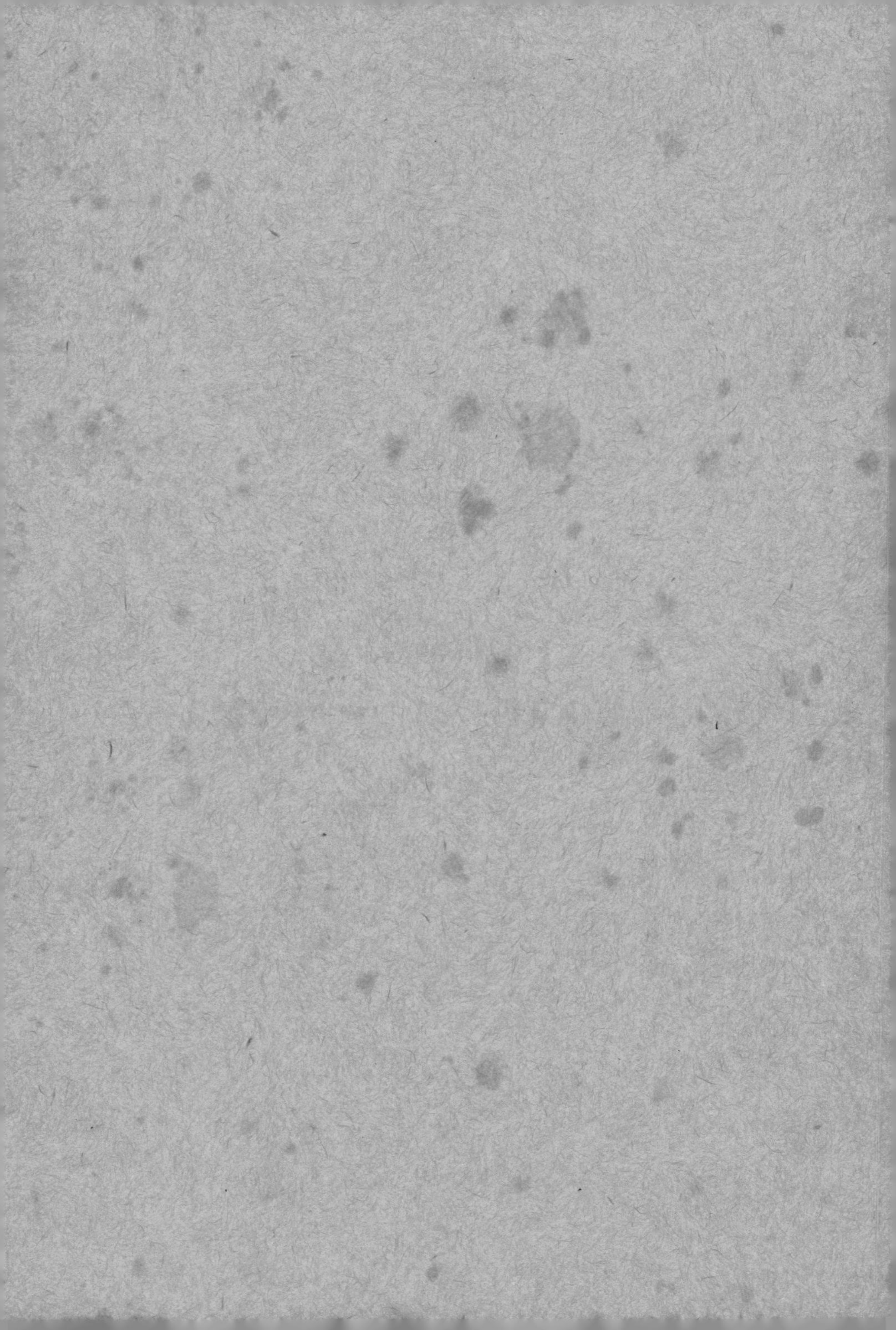

宮部みゆき

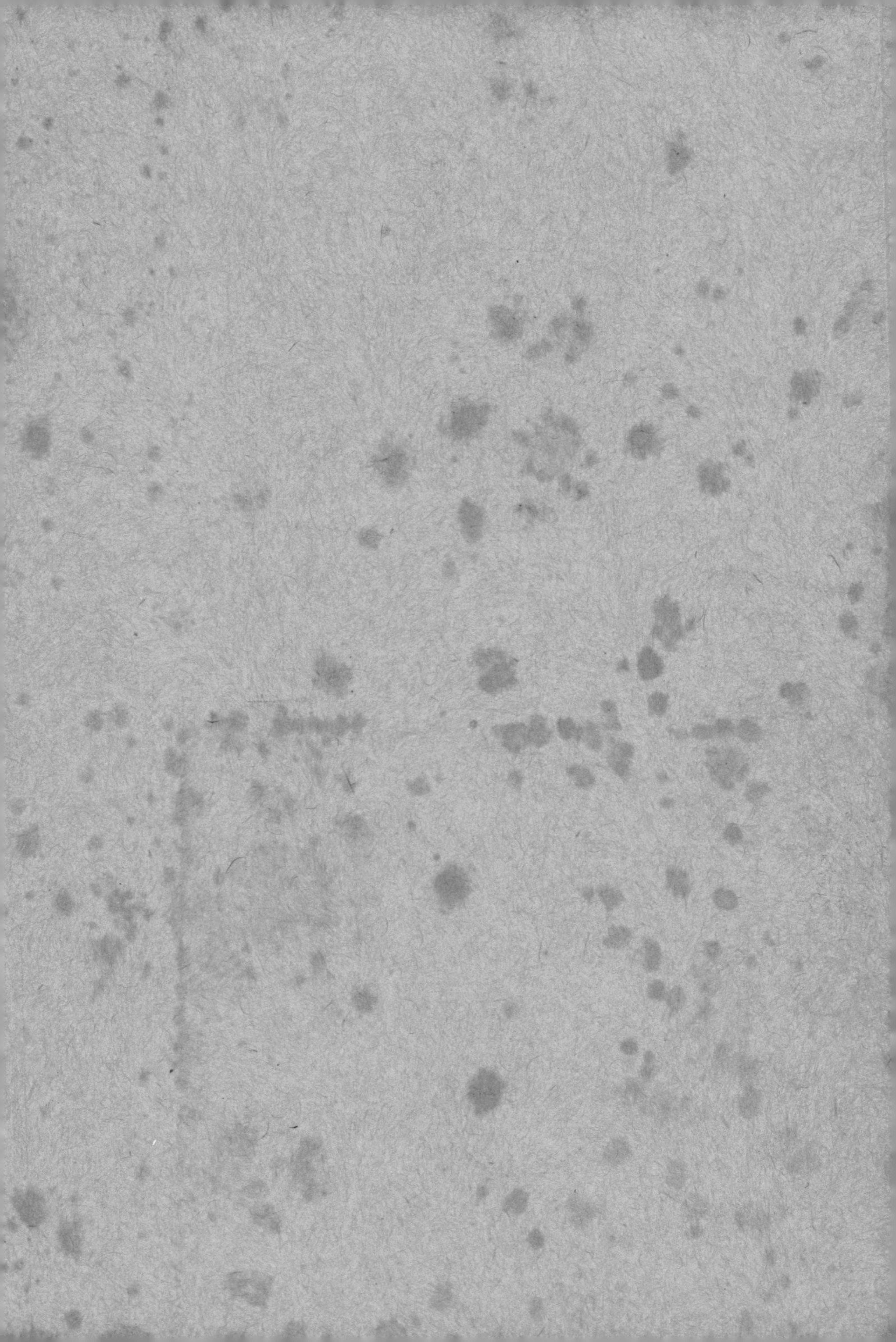